目次

大きな音が聞こえるか 五

解説 参考文献 謝辞

　　　　　　　　　　　瀧井朝世
三六　　　　三五　　　三四

大きな音が聞こえるか

朝、家を出る時は音楽を聴いている。

駅までの道のりは十分弱。マンションと普通の家が交互に立ち並ぶ、つまらない住宅街。朝は駅に向かうサラリーマンやＯＬ、それに俺みたいな学生が一つの流れを作って動いている。皆して同じ方向に向かうのは、なんだか気持ちが悪い。気持ちが悪いけど、流れに逆らってみるわけでもない毎日。駅という排水口を目指す泥水。どぷん、と音をたてて呑《の》み込まれるだけの人生。

かといってそこに留《とど》まってみても、ただ濁るだけだ。この街はいわゆる「上品な住宅街」だから、朝が終わったとたんに子連れの主婦がベビーカーを押して練り歩きはじめる。鼻先にどう、あたしまだまだ綺麗《きれい》でしょ、と書いた紙が貼ってあるような表情の女たち。

昼前には、中年の主婦が「手軽でお洒落《しやれ》なランチ」を求めて小綺麗なイタリアンレストランに集まる。腹回りの肉をそれ以上増やしてどうするんだ、と聞いてみたくてしょうがない。

夕方には、くたびれた男たちが帰ってくる。そして入れ替わりのように、小学生が早めの夕食を終えて塾へと駆けてゆく。夜まで勉強しても、手に入れるのはきっとあんなくたびれた未来なのに。

夜九時を回った頃になると、ＯＬたちが姿を現す。派手に酔ってはいなくても、ヒールがぐらぐら揺れていたりするからわかる。ごくまれに好みのタイプが歩いているときだけ、自転車の速度を気持ちゆるめたりすることはあるけど、感想はただ「ご苦労さん」。

夜中になると、コンビニにたむろし始める奴らが現れる。別にものすごく悪い雰囲気ではないけど、仲間内で軽く閉じてる感じ。たまに、どこに生き残っていたのかと思うようなヤンキーが原チャリでバリバリ走ってることもあるけど、それも通り過ぎてしまえばただの静かな住宅街に逆戻り。

「平和」という油を表面に流しただけの、澱《よど》んだ水たまり。それでも自分だけのBGMがあれば、とりあえずプロモーションビデオの風景っぽく見えるから不思議だ。

電車に揺られながら、大人の男を観察する。夏なのにほとんどが暗い色の背広で、鞄《かばん》は手持ち。若い奴は細身のスーツにしたり髪をアレンジしたりしてるけど、結局皆同じに見える。要するに勤め人ファッションてことか。

高校へ向かう道の途中で、いつものコンビニに立ち寄る。弁当までの合間に食えるよう、菓子パンを二つとペットボトルの飲み物を摑《つか》んだ。レジにいる店長らしき男は、生真面目そうな顔でおよそコンビニ向きのタイプじゃない。銀行や役所勤め、と言われたらしっくり来るような感じ。

友達と挨拶《あいさつ》を交わしながら教室に入ると、すぐあとに担任が姿を現した。理科が専門で、ちょっととっつきにくい感じの男だ。今日でしばらく会わないけど、健康には気をつけて。いつも連絡事項だけを簡潔に説明して終わるところは嫌いじゃないけど。

家に帰るまで、色々な大人の男を見る。駅員、警察官、宅配便の配達員。しかしどれもこれも見たまんま。想像を裏切る感じのタイプなんていない。

一体、大人の男にはどれだけのバリエーションがあるのだろう。

なりたいタイプの大人がいない。それは俺がここ数年悩んでいることだ。たとえばスポーツが好きだったら、尊敬できる選手がいるかもしれない。勉強が好きなら、憧《あこが》れの学者がいるかもしれない。でも俺には、これといって打ち込んでいることがない。その職業に就きたいと思うものもないし、かといって親父なんてもってのほか。

「おっす、泳《えい》くん」

今この時代におっす、はねえだろ。リビングのソファーで俺を見て笑うこの男。ポロシャツの襟を高々と立てて、日サロでの日焼けを恥とも思わないこの神経。

「ただいま」

夕方六時には家に帰ること。お金で解決できることはお金に任せてみる。人生は楽しまなくちゃ。そんな信条で生きてる俺の親父は、IT系で成功したチャラい社長。

「今日は何か楽しいことあったかな？」

「毎日毎日、そう楽しいわけないじゃん」

「そうかな？　俺は毎日楽しいけど」

声をあげて笑いながら、キッチンの母親に向かって手を振る。母親は、そんな親父に対して投げキスを返した。すると親父は、胸の辺りを押さえて「うっ！」とソファーに倒れ込む。

昔はセクシーな服で扇を持って踊っていたのだという母親。当時の写真を見ると、我が母親ながら呆《あき》れるくらいにあちこちがモロ出しだ。そして同じ写真でピースサインをしているのは、会社を興したばかりの父親。恥ずかしげもなく万札を広げて母親の肩を抱いている。これって、よく雑誌の最後の方に載ってるあれだ。「私もこうしてミリオネアに！　金も女も思いのまま！」ってやつ。

今となってはあり得ないことずくめの時代に出会い、結婚した正真正銘のバカップル。俺は、そんな二人から生まれた。

それでも子供の頃は、親父が大好きだった。今にして思えば、精神年齢が近かっただけの話かもしれないが。

親父はバブルまっただ中を経験しているせいか、子供のように流行《はや》りものと楽しいことに目がない。だから小さい俺を連れて一ヶ月も海外旅行へ行ったり、日帰りで札幌《さっぽろ》ラーメンを食べるなんて無茶なことをよくやっていた。

「ねえ泳くん、楽しい？」

そう聞くときの親父は、いつも自分の方が先に楽しんで笑ってる。母親はそんな俺たちを見て、幸せそうに笑う。これぞ絵に描いたような幸せ家族。

俺が小学校に上がる頃には、よく三人で海に行った。二人の青春時代に流行ったのがサーフィンとスキーなのだと、母親が頬を染める。

「だから泳くんの名前はね、サーフィンのイメージにしたいってパパが言ったの」

しかもほら、名前にさんずいがつくと三人お揃いじゃない？　八田淳一《はったじゅんいち》と洋子《ようこ》、そして泳。

その頃の俺は、そんなことすらも嬉《うれ》しくて「お揃い、お揃い」と馬鹿みたいに跳ね回っていた。

　しかし俺が中学に入ると、親父は海に行くのをやめた。最初は俺が部活をやっていたりして、土日が潰《つぶ》れたからだと思っていた。けれど暇なときにも腰を上げようとしない親父に、俺はあるとき聞いてみた。

「ねえ、どうして海に行かないの？」

　すると親父はその当時はまっていたゲームのコントローラーを机に置くと、笑って言った。

「サーフィンにも、飽きちゃったんだよね」

自分の中の波が、もうしばらくいいやって言ってる感じでさ。親父は軽く言い放ったあと、コーンチップをアボカドソースにつけてぱりぱりとかじった。その瞬間、俺のまわりの温度だけがすっと下がったような気がした。

　そのとき以来、俺は親父の笑顔を見るのが嫌になった。

　きっと、いい両親なんだと思う。金銭面で不自由したことはないし、小さい頃はとても可愛がってくれた。ただ少しばかり飽きっぽく、少しばかり享楽的というだけで。

それでも、海へ行く習慣だけは残った。

＊

朝五時。夏休みなのに信じられないほどの早起きをして、ベッドの中で携帯の画面を開き、そのまま天気をチェック。次にカーテンを開くと、微妙に雲が多い。でも出かけてしまえば関係ない。現地が晴れていようが曇っていようが、海の状態が良ければそれでいいのだから。リビングに下りて、テーブルの上にあるバナナを二本ほどむしり取る。そして冷蔵庫から冷えたペットボトルを取り出して、斜めがけの鞄に放り込んだ。

日曜の朝、駅へと向かう道は人っ子一人歩いていない。いつもこうだといいのに。まるで清《せい》冽《れつ》な流れを下る水のように、俺の足は自然と速くなる。

都会を横切る電車も、終点まで乗れば海に近づく。夏は朝早くても混み合うからと考えて、あえて観光スポットがある駅は避けた。そのかわり手前の駅から海沿いの電車に乗り換える。ところどころで町の中を走る小さな電車。ある地点を過ぎると、一気に海が目の前に迫った。時刻はそろそろ八時。朝の海はきらきら光って、いい感じにうねりが入っている。サーフィンは沖から来る波のうねりが力の頂点で砕ける直前を狙って乗るものだから、サーファーにとっては近くの波より沖のうねりが注目すべきポイントなのだ。

「おはよっす」

小さな木造の駅舎を出て、十分ほど歩くと馴染《なじ》みのサーフショップ『波乗屋《なみのりや》』に着く。ここは親父がサーフィンにはまった頃、メインに訪れていたショップだ。俺は普段、ここに自分のボードを置かせてもらっている。

「ああ、おはよう泳ちゃん。朝ご飯はちゃんと食べてきたかい」

窓ガラスを拭《ふ》きながら振り返ったのは、オーナーの三浦《みうら》さん。自然な日焼けが絵になる、それなりに格好いい大人の男だ。けれど小さい頃から知っているせいか、三浦さんは今でも俺を子供扱いする。

「いま食べるって。にしても、今日はよさそうだね」

バナナを口に入れながら、俺はいつもの置き場から自分のボードを取り出した。

「うん。ほどほどのオフショアだからね。でもどうかなあ、やれて二時間ってとこかも」

三浦さんの言葉に、俺はふと振り返る。

「二時間？　天気予報、変わったの」

「じゃなくて、夏だからさ。しかも今は夏休みまっただ中でしょ」

「……そっか」

要するに、十時を過ぎると海水浴客でごった返すということだ。なら早めに海に入るに越したことはない。俺は着てきたTシャツのかわりに半袖《はんそで》のラッシュガードを着込み、スニーカーをビーチサンダルに履き替えた。その場でボードに慌ただしくワックスをかけると、ひとまとめにした荷物を事務所の隅に置かせてもらう。

「それじゃ、荷物だけすんません!」

「いってらっしゃい。ちゃんと海に入る前は準備運動するんだよ」

「うっす」

砂浜に着くと、沖にはすでに数名のサーファーが浮かんでいるのが見えた。こういうとき、地元に住んでるローカルサーファーがちょっとうらやましい。朝起きて、すぐに浜辺に来られるロケーションに住んでるってどんな気分なんだろう。

三浦さんの言いつけを守って軽い屈伸をし、ボードが身体から離れないようリーシュコードを足につける。そして小脇にボードを抱えて、まずは目視でカレントと呼ばれる潮の流れを探した。この流れに沿って進めば、比較的楽に沖の波待ちポイントにたどり着くことができる。もちろん、潮の流れは常に複数あるから、読み間違えるととんでもなく沖へ出てしまう可能性もある。だからこそ慌てて海に入るのではなく、浜辺で冷静にポイントチェックをすることが重要なのだ。

とはいえ海に飛び込んだ直後は、いつも少しだけ興奮する。急ぐ必要などないはずなのに、浅瀬ではしゃぎまわるような波を蹴立《けた》てて、一気にパドリングができる深さまで進む。

ボードにうつぶせになって水を掻《か》いていると、真夏とはいえ朝の海はひんやりと冷たい。背中に風を受けていると、気化熱で寒く感じるほどだ。

「はよっす」

顔なじみのローカルに軽く挨拶《あいさつ》をして、ポイントで波待ちをする。ボードの上に腰かけて、半分浮いたような状態で岸に背を向けた。波の前身であるうねりが通り過ぎるたび、身体がふわりと浮いては沈む。

サーフィンが面白いと感じるのは、この待ち時間の長さだ。サーファーたちはいい波が来るのをひたすら待ち続け、沖でぷかぷか海鳥のように浮かんでいる。

「あのひとたち、遊んでるの？」

俺は小さい頃、そんな波待ち状態のサーファーを見てたずねたらしい。なぜなら子供だった俺は、浜辺に打ち寄せるすべての波に乗って遊んでいたから。けど実際、波待ちのサーファーほどのんきで暇そうに見えるものもない。

やがて、ほどよいうねりが来るのが見えた。波待ちのラインの先頭にいる奴がくるりと方向転換し、岸に向かってパドリングをはじめる。両腕で目一杯水を掻き、背後から迫ってくるうねりに呑《の》み込まれないようスピードを上げた。うねりが高さを増し、そのトップがほろりと砕けて波へと姿を変える直前、中腰の姿勢から立ち上がってテイクオフ。

波が崩れて割れる直前のライン、ショルダーと呼ばれる部分を先頭だった奴が気持ちよく滑ってゆく。その姿を見て、俺はため息をつく。これは、まだまだ先になりそうだ。波のサイズはよくても、来る間隔が長い。

波待ちのライン上には、まだ数人のサーファーが並んでいる。しかしサーフィンは一つの波に一人が原則だから、よりよいうねりを目指して俺はこいつらと争わなければならない。

「波は広くて長いのに、どうして一人しか乗っちゃいけないのかしら」

これは、サーフィンをやったことのない母親の感想。もっぱら浜辺での荷物番で退屈だったせいか、親父と俺が戻ると色々な質問をしてきた。

「波の幅は広くても、崩れてくる場所は基本的に一つだからね。だから、そのスイートスポットを奪い合うわけさ」

親父はそう言って母親の差し出したジュースを飲んだ。

「そして崩れてくる一点から波に乗ったら、そのまま岸に平行に進むんだ。でもそのとき前や後ろから違うサーファーが乗り込んできていたら、ぶつかって危ないだろう？　だから原則として一つの波には一人しか乗っちゃいけないのさ」

「サーフィンって、結構忍耐力を必要とする遊びなのね」

「まあ、待ってる時間も含めてのサーフィンだよ。一月に一回、いや一年に一回でもいい波に乗れたら、それで満足と思わなきゃ」

「まったく気の長い話ね。サーフィンをやる人に男性が多いのも、わかる気がするわ」

まるで釣りと一緒だもん。おにぎりのラップを剝《は》がしながら、母親は呆《あき》れたという風情で肩をすくめる。

「なんで釣りと一緒なの？」

「つまり、来るか来ないかわからないもののために、一日を費やす気の長さが必要だってこと」

私だったらすぐ諦《あきら》めて、違うことしちゃうかも。しかし母親のこのつぶやきは、ある意味的を射ていた。現在、女性サーファーは増えたとはいえ、やはりサーフィンのメインは男性だ。というよりも、今や女性のほとんどはボディボードに流れてしまっていると言っても過言ではない。

損得勘定で考えるなら、サーフィンは確かに割の合わないスポーツかも知れない。けれどその事実とは別に、ある台詞《せりふ》が記憶の中でずっと引っかかっていた。

「それで満足と思わなきゃ」

つまりは、諦めろってこと？　確かに日本は狭くて、海だって混んでいて当たり前の状況だってことはよくわかってる。けどもっとたくさんの波に乗りたい、そしてずっと乗り続けていたいと思うのは、サーファーとして当たり前の欲求じゃないだろうか。

享楽的で飽きっぽい親父の唯一の美点は、楽しむことに対して妥協をしないこと。なのにそんなことを言ったのは、もしかしたらあのとき、親父はもうサーフィンに飽きだしていたのかもしれない。

「飽きたのかい」

「えっ？」

突然声をかけられて、俺はぎょっとした。水平線から目を横にずらすと、そこには仙人がいた。

「待つのに、飽きちゃったのかい」

そう繰り返す男は半端に長い髪の毛と、特別長いあご髭《ひげ》に顔を覆われた年齢不詳の人物。通称「仙人」だ。誰も彼の本名を知らないし、どこから来たのかも知らない。ただ、このあたりで波乗りをしていて仙人を知らないのはモグリだと言われるほどの有名人。

「別に、飽きてないですよ」

ただ考えていたことを見透かされたようで、驚きはしたけど。

「そう」

仙人はゆらゆらとバランスを取りながら、水平線を見つめている。彼はほぼ毎日このポイントに出没しては、日がな一日波待ちをして過ごす。それも一年中、三百六十五日だ。雨でも風でも嵐でも、どんなに家の近いローカルでも海に入らないようなコンディションの日でも、仙人は海に入り続ける。

「今日はいい感じですね」

もしかしたら彼だって、さすがに危険だという日は引き返しているのかも知れない。けど仙人というキャラクターのせいか、噂が噂を呼んでいつの間にかそういうことになっている。

「うん、いい感じだ」

目尻《めじり》が下がっているから、かろうじて笑っているのだとわかる。けど不思議なのは、仙人はどんなにいい波が来ようと乗ろうとしないことだ。

本当は乗れないだけなんじゃないか、という奴がいる。いやいやあれは伝説の大波を待っているんだという声もある。理由がわからないうちに噂はどんどん都市伝説っぽいものに変わり、ついには「仙人が波に乗ったら天変地異が起きる」という意見まで出てきた。

しかしそんな噂もどこ吹く風。彼はただただ、海鳥のように日がな一日沖に浮かび続ける。それが仙人と呼ばれる理由だ。

「乗るべき波が来たんじゃないかな」

仙人の言葉で、俺は沖に目をこらす。確かに良さそうなうねりが来ている。

「じゃあ、行ってきます」

ちょうどいい感じのが盛り上がってきたので、俺は向きを変えてパドルをはじめた。最初の何掻きかは重いけど、やがてぐいっとした手応《てごた》えがスピードと重なる瞬間がやってくる。その瞬間を壊さないよう、腹這《はらば》いから腕を立て、腰を落とした姿勢に変えた。海面が少しだけ下に見えている。今だ。

立ち上がって、ボードの上に立つ。中腰でバランスを取りながら、まずはまっすぐ進む。そして少し波のパワーが弱まってきたところで、カットバック。ボードを左右に走らせて、波が消える最後まで味わい尽くす。

気持ちいい。この瞬間はすべてを忘れて、自分がうねりそのものになったみたいな快感がある。でも、それは一瞬のこと。波はあっという間にパワーを失い、俺は否応《いやおう》なく俺に戻される。どぷんと水中に入り、流されないようボードに手をかけた。海水に濡《ぬ》れた頭を振り、風を吸い込むように大きく深呼吸。俺に戻っても、まあいい。やっぱり、海は気持ちがせいせいとする。

でも振り返ればそこには、砂まじりで濁った波の残滓《ざんし》があるだけだ。この海岸の砂は黒くてきめが細かいから、浜辺に打ち寄せる波はどんよりと暗い色をしている。白い砂と透明度の高い海へ行ったら、この気分の良さがもうちょっと長続きしたりするのかな。俺はインナーの布地にまで入ってくる砂を洗い落とすとき、よくそんなことを考える。

でもたとえ灰色の海だって、ボードに乗ってる以上、次のうねりを目指さないわけにはいかない。俺は端へ寄ると、改めて仙人の待つ沖へと漕《こ》ぎ出した。ボードにうつぶせになり、パドリングを繰り返していると、顔の近くで海水がちゃぷちゃぷと音を立てる。こんなとき俺は、ボードの先端が船の舳先《へさき》のように感じることがある。

少し顔を上げると、遠くに水平線が見えた。たった一枚の板は、世界最小のカヌー。俺は体一つで、大海原へと漕ぎだしてゆく。

「うす」

ラインに到達すると、顔なじみのローカルが声をかけてくる。

「さっき仙人につかまってたろ」

「まあな」

隣に並んでボードに座り、空を仰いだ。太陽が高くなってきたせいか、日射しがきつい。

「今日何本乗った？」

「まだ一本」

俺が指を立てると、ローカルはなぜか肩をすくめる。

「だとしたら御愁傷様。そろそろ混んできたぜ」

ほら、と首を回して岸の方を振り返った。するとそこには、さっきまで見えなかったカラフルでこちゃこちゃとした人間が集まりはじめている。

「……うわあ」

この浜辺は一応、サーフエリアと遊泳エリアが分けられてはいた。けれど夏休みは、そのときだけサーフィンをしにやって来る人間も多いため、サーフエリア内でも混雑が起こるのだ。

「見ろよ。ロングボードとボディボードだらけ」

馬鹿にするような口調で、ローカルが指さす。彼らの間では、安定が良くて初心者にも向いているロングボードは「時代遅れの年寄りと子供のもの」という位置づけで、ボディボードはまんま「オンナノコ向け」の代物なのだ。

「……危なっかしくなるな」

もちろん、ロングボードの良さは彼らだって知っている。小山のような大きなうねりでもテイクオフできる浮力は、ハワイやオーストラリアでロングライドを楽しむのに最も適している。けれどこの日本の小さく断続的な波を刺激的に楽しむには、動きにキレがあるショートボードが向いているような気がするのだ。

そして大きなボードを抱えたにわかサーファーと、どんな波でも乗りにくるボディボーダーで溢《あふ》れ返った海は、どう動いても衝突する危険な場所と化す。だから夏の海では、朝早く来て早く退散するのが賢いとされているのだ。

ともあれそんなことは、三浦さんをはじめとするサーフショップのオーナーの前では口が裂けても言わないけど。

「ラス1、行ってくるわ」

うねりの気配を見定めたローカルが、身を翻してパドリングをはじめた。その力強いしぶきを眺めながら、俺もまた水を掻《か》き始める。

最後の一本は、やはり不慣れなサーファーのせいでスムーズなライディングができなかった。他人にボードを当ててしまうのが嫌だから、波のパワーはまだ続いているというのに自分から降りざるを得なかったのだ。

時刻は十時半。不満は残るけど、この辺が潮時だと判断して海から上がる。再び三浦さんの店へ向かおうとすると、海沿いの道路が大渋滞を起こしていた。脇道もあまりないし、あったとしてもあえてそれを使おうとはしない観光客。そのせいで、このあたりの道はまるで駐車場みたいになっている。高く昇った太陽にじりじりと焼かれる、逃げ場のない灼熱《しゃくねつ》地獄。俺は車の中でぐったりと眠る子供を尻目《しりめ》に、道路を横切った。

「人出が多くて、今日も儲《もう》かりそうだね」

店の裏の屋外シャワーで砂と塩を落とし、店内へと入る。冷房の心地よさに身を委《ゆだ》ねつつ、俺は二本目のバナナを頬張った。

「まあな。主に自販機とトイレだろうけど」

三浦さんがレンタル用のボードを並べながらつぶやく。

「トイレの使用料とか取ればいいのに」

「一回百円って言ってみるか。そしたら結構馬鹿にならない金額になりそうだ」

バナナを食い終わると俺は、そのまま三浦さんを手伝ってボードを並べた。

「いつも悪いな」

「いや、こっちこそ」

ただでボード置かせてもらって、シャワーまで使わせてもらってるんだから。俺がそう言うと、三浦さんはにかっと笑って背中をばんと叩《たた》いた。

「なんだよ、チビのくせにいっぱしの口利くようになりやがって」

「もう高一だっての」

ついでに身長はこないだ百七十センチを超えたんだけど。それでも三浦さんにとって俺は、親父に連れられてきた子供のままらしい。

「奥に焼きそばあるから食べてきなよ」

本当はすぐに帰ろうかと思ってたけど、ほのかに漂ってくるソースの香りに胃袋が白旗を揚げた。降参。

帰り道。夏場の混雑は、やっぱりハンパなかった。まず、電車に乗ろうにも券売機に長蛇の列ができている。帰りの切符は買っておいたけど、それだけじゃ電車に乗ることができない。満杯の車両に少しずつ乗車してゆく人々を見送り、俺は四十分かけてようやく車内に到達した。

それでも、とりあえず海沿いを脱してしまえばなんとかなるはず。しかし時刻はちょうど昼時。そのせいで、飲食店の多い乗り換え駅の駅ビルもまた混雑していた。大きな荷物を抱えてうろうろする若者グループ。泣き出した子供の手を引く家族連れ。その上、海に関係なさそうな年寄りのグループまでもがごっちゃになっている。

「ねえ、海ってまだ遠いのぉ？」

焦《じ》れたような声を上げる女の子に、俺は心の中でつぶやく。御愁傷様。

＊

乗り換えると、さすがに上りの電車は空《す》いていた。席に座ると、水から上がっただるさが一気に全身に広がった。眠い。席で口を開けて爆睡していると、携帯電話にメールが届く。

『今何やってんの？』

クラスメートの二階堂《にかいどう》からだった。

『電車乗ってる。あと一時間で家着くけど』

そう返信すると、速攻で返ってくる。さては暇だな。

『暑くて退屈で腐りそう。遊ばね？』

『おげー』

約束が成立したところで、俺は再び目を閉じる。

そして次に目を開けたのは、降りる駅に停まったときだった。ドアが閉まらないうちに、慌てて降りる。自分の家から三駅ほど離れたところにある、二階堂の家。途中のコンビニでアイスを買って、炎天下の道を五分ほど歩く。

「うぃっす」

インターフォンを押すと、二階堂自身がのっそりと顔を出した。よれよれのTシャツにハーフパンツという姿は、いかにも今まで寝てましたって感じだ。

「家族の人は？」

「親父は仕事。母ちゃんは親戚《しんせき》んち。ついでに姉貴は旅行中」

暇なのは俺だけよ。そう言いながら、自分の部屋に案内してくれる。むっとする家の中、ここだけはエアコンが効いていてオアシスのようだ。

マンガや服の間に座る場所を作ると、俺はアイスの袋を差し出した。

「午前中、サーフィンに行ってたのか」

二階堂は俺の顔をしげしげと見る。この一日で、それなりに焼けてしまったらしい。

「ああ、まあ。でも観光客で混み混みだったから、早めに帰ってきた」

「ふうん、海かあ。行きてえなあ」

「ここから二時間もあれば着くんだから、行けばいいじゃん」

しかし俺の言葉に二階堂は首を振る。

「俺の中の海には、複数の女子が含まれてるからな」

ちなみに俺も二階堂も、彼女はいない。

「だったら現地で探すとか」

「合コンよりも難しそうだな、それ」

二階堂は腕組みをしてから、ふと顔を上げた。

「そういえばさ、お前ってサーフィンうまいの」

「小学生の頃はうまかったよ。子供の部でも何回か入賞したし。でも今はそれなりに乗れる方、ってくらい」

それなりに乗れる、というのは初めてのポイントに行ってもそこのローカルに馬鹿にされないくらいの実力はある、ということだ。

「じゃあさ、それ生かそうぜ。海辺で強いのは、やっぱサーファーだろ」

「でも、そこまでうまいわけじゃないからなあ」

「ていうかお前、サーファーの彼女とかできないのかよ」

俺のイメージだと、海には気の強いスポーツ大好き少女か髪の長い浜辺で待つ女がセットなんだけど。二階堂は棒アイスの端をかじりつつ、首を傾げる。

「無理無理。サーファーは男比率高いし、髪の長い女なんて散歩中のカップル以外見たことないって」

「そうかあ」

そりゃ、俺だって彼女は欲しい。ていうか、彼女がいたら、なんかもうちょっと色んなことが変わる気がする。でも、彼女の作り方がよくわからないからどうしようもない。

そもそも彼女って、作ろうと思って作れるようなものなのか。仲いい奴で彼女持ちがいれば聞くこともできるけど、あいにく俺の周りは二階堂みたいな奴ばっかりだ。

「あーあ。なんにもない夏、かあ」

二階堂は食べ終わったアイスの棒を口にくわえて、ふらふらと揺らす。まあ、俺と二階堂は立場が似てるから気持ちはよくわかる。

学校は持ち上がり式のエスカレーター校で、よほどのヘマをしないかぎり大学まで行ける。しかも打ち込む部活やマニアックな趣味がないから、基本的に暇。ついでに家はほどほどに裕福だから、差し迫ってバイトをする必要もない。

贅沢《ぜいたく》な立場だってことはわかってる。自分で何かを見つけたりはじめたりすればいいってことも。でも、今は何をしていいのかどうしたら楽しくなるのかよくわからないからしょうがない。

「なんにもない一生、だったりして」

自虐的な意見を言うと、二階堂は俺の肩をどつく。

「お前にはサーフィンがあるじゃん」

「ちゃんとやってないから、意味ないよ。二階堂がスケボーやってんのと同じ」

「退屈しのぎ、ってことか」

「そうそう」

こうなりたいという希望や目標がないから、そもそも理想が描けない。理想が描けないから、それに近づく喜びも、また近づけない悲しみも知ることがない。感じるのは、ただ退屈だということだけ。

このままだらだらと高校生活を過ごし、自動的に大学生になり、なんとなく就職して一生を終えるのか。そう考えるとちょっと、いや、かなりげんなりしてしまう。

「もうちょっと過激な性格だったら、違ってたのかもしれないけどな」

俺は立ち上がって、ゴミ箱を探す。すると部屋の壁際に、見慣れないものを見つけた。底面積がノートくらいの、小さな水槽。

「なんだこれ。カメ？」

中を覗《のぞ》き込むと、五百円玉サイズのカメがぷかぷか浮いていた。

「ああ。こないだ近所の夏祭りに行ったとき、カメすくいでとってきたやつ」

「ミドリガメとかいうんだっけ」

「いや。ミシシッピアカミミガメ」

いきなり呪文《じゅもん》のような名前を返されて、一瞬戸惑う。すると二階堂は笑いながら雑誌を取り出した。見ると生き物系の雑誌で、爬虫《はちゅう》類の飼い方が載っている特集だった。

「一応さ、俺だって飼うにあたって調べたわけよ。そしたらこいつ、けっこうすごい名前の持ち主でさ」

「ミシシッピ、ってことはマーク・トウェイン号のあれ？」

「そうそう。でもこの雑誌見てたら、ヘビとかイグアナとかもカッコいいなって思えてきたよ」

二階堂が上からページをめくると、俺の目に一面の緑が飛び込んでくる。ボルネオ、アフリカ、スリランカ。聞いたことはあっても行くことはないであろう場所の名前が並ぶ。空から撮った写真には、緑の大地をうねる蛇のような河。そして『採取風景』と書かれたものには、茶色い湖面に浮かぶ昔話に出てきそうな丸木舟が写っていた。

「……今でもこんな世界って、あるんだな」

特に生き物が好きなわけじゃないし、ジャングル的なものが好きなわけでもない。なのに何故だか、引き込まれた。

「なんとか探検隊、みたいだな」

二階堂はおどけて隊長、と敬礼してみせる。

「探検、か」

密林を進みたくはないし、遺跡にはこれっぽっちも興味がない。でもその言葉の先に、何かひっかかるものを感じた。俺がその何かをたぐり寄せようとしている間に、二階堂はすでに雑誌を置き、ゲームソフトを探しにかかっている。

「お、あったあった」

そう言って取り出したのは、流行のRPG。

「これ二人設定でやると、けっこう面白いんだぜ」

メモリーカードを差し込んで、二階堂は百年前から使い古されていそうなベタな台詞《せりふ》を口にした。

「いざゆかん。冒険の旅へ」

冒険ねえ。俺は画面の中を走り回るキャラクターを見ながら、指を動かす。勇者と実はお姫様だった娘、それに魔法を使える少年で組んだパーティーで旅は進んだ。

「絵的にはありきたりだけどさ」

二階堂は自分の組んだパーティーを、森の分かれ道で俺と違う方向に進ませた。

「ここでちょっとストーリーが変わってくるわけよ」

最終的には、どっちが先に伝説のドラゴンを倒すことができるかの競争なのだが、その主人公が辿《たど》る道筋によって内容が変化するのだという。

「そっちだと回り道だよな。わざわざそっち選ぶってことは、努力家みたいになるとか？」

「おお、鋭い。でも半分当たりで半分外れ。回り道を数回選ぶ分には、慎重で努力家になるけど、あんまり回り道ばっか選んでると恐がりの腰抜けになっちゃうわけ」

「ドラゴンのいる塔へ行くのを遅らせてる、ってことか」

俺は次の分かれ道で、悪い妖精《ようせい》が飛び交うトンネルをあえて選択した。するとそれを見ていた二階堂が、「あっ」と声を上げる。

「なんだよ」

「今の選択って、ただの無謀な元気者になるぞ」

慌てて画面の端を見ると、確かに体力のポイントは上がって、知力のポイントが下がっている。

「そういうの、先に言えって」

「わりわり。でも無謀な元気者は、ラストまで行き着ければ結構強いから」

慣れた手つきで雑魚《ざこ》キャラの山賊を倒すと、二階堂は今度こそ近道を選んだ。

「とりあえず、俺はもう塔まで着くからさ。お前も塔まで来たら教えろよ」

ちょっとトイレ行ってくるわ。そう言って二階堂は部屋を出る。

残された俺は、できるだけ頭の良さそうな敵に出会わないよう気をつけながらパーティーを進めた。近道、回り道、また近道。

ふと考える。今の俺って、近道と回り道、どっちを歩いてるんだろう。とりあえず学校に行ってるから回り道じゃないとは思うけど、近道をしてるって実感もない。ていうかそもそも、歩いてるって気がしない。

『さあ、この剣を手に入れなさい！』

誰かが言う。学校に行きなさい。勉強しなさい。運動しなさい。ご飯を食べなさい。お風呂《ふろ》に入りなさい。

『塔まではもう少しだよ！　頑張って！』

そしてもう少ししたら、きっとこう言われる。将来を考えなさい。進路を決めなさい。就職しなさい。働きなさい。でもって結婚しなさい。子供を作りなさい。働きなさい。

なあ、人生ってこれだけなのかな。百人いれば百通りの人生、とか言う奴もいるけどさ。でも大体こんな感じだろ？　働いて結婚して、子供作ってそんで死ぬ。基本の土台はみんな同じピザで、それ以外の部分なんて要するにトッピングみたいなもんだ。

……それって、俺がやらなくてもいいんじゃないか？

『どうしたの？　後ろになんて進んじゃダメだよ！』

指が、のろのろとバックボタンを押していた。

『後ろに気をつけて！　山賊が来てるよ！』

動かない勇者の前方には、塔からドラゴンの手下が舞い降りる。挟み撃ちになって、絶体絶命。でも、俺の指は動かない。

このまま誰かの言う通りにしてたら、きっと腐る。

『危ない！』

前後から好き勝手に攻撃されて、勇者はなす術《すべ》もなく地面に倒れた。

「おいおいおい、どうしたんだよ」

戻って来た二階堂が、画面を見て呆《あき》れたような声を出す。

「わり。ちょっとぼんやりしてた」

「ぼんやりとかいうレベルじゃねえだろ、このどん詰まりエンドは」

思いっきり死んでる勇者を指差して、俺は笑う。

「なんかさ、こんな気分になった」

「鬱《うつ》かよ」

「その手前、的な？」

詳しくは話さない。でも話さなくても、雰囲気は伝わる。

「そっか、ならしょうがないな」

二階堂のいいところは、他人を批判しないところだ。起きてしまったことはしょうがないと割り切り、それ以上深く追及することもない。

追及したりされたりは俺も苦手だから、二階堂とは気が合う。ただ、似たようなスタンスでも俺はどちらかというと批判に傾いてしまうから、二階堂のことはちょっとだけ尊敬している。

「なんか他に、したいこととかある？」

勝手にゲームを終わらせてしまったので、お詫《わ》びの意味でそうたずねた。

「したくはないけど、しなきゃいけないことはあるな」

二階堂はちらりと水槽を見る。

「水換え。夏場はすぐに水が悪くなるから、ちょっとでもサボると超絶臭えの」

「手伝うよ」

お詫びプラス、ちょっとした興味本位で立ち上がった。

「んじゃ水槽持つから、ドア開けて」

言われるがままにドアを開けて、階段を下り、風呂場までついてゆく。二階堂が床に水を流すと、水草が腐ったような臭いが鼻を突いた。

「けっこう、くるな」

「だろ？　俺はカメ洗うから、お前は床流して」

二階堂の言葉にうなずいて、シャワーのヘッドを手に取った。床一面に広がった、薄緑色のカメの糞《ふん》。それを残さないように水を流す。狭いバスルームに流れる、臭い水。狭い世界で腐ってゆく、自分。それを流してゆく、透明な水。

いつか、こんな風に流し去ることができるんだろうか。大人になったら、すっきりとした顔で皆と同じ人生を歩むんだろうか。下を向いて流れる水を見ていたら、二階堂が声をかけてくる。

「なんかさ」

「え？」

「よくわかんないけど、元気出せよって感じだな。俺たち」

洗面台に上げたカメの甲羅を、スポンジでこすりながら二階堂は笑った。笑ってはいるけど、それが楽しさからきてるんじゃないのは知っている。

「夏なのにな」

「そ。高一の夏なのにな」

俺も二階堂もきっと、何かを軽く諦《あきら》めてる。だから笑う。カメは暴れる。

「甲羅はデリケートゾーンみたいだぞ」

　スポンジが甲羅の中心をかすめるたび、カメはばたばたと手足を動かして逃げようとする。

「だな」

「こいつも、なんか考えてんのかな」

もし考えてなくても、ただなんとなく生きてる俺より勢いはあるよな。たとえ人間につかまってたとしても、さ。

「お前、本とか読めば」

　カメを洗面台に置いたまま、二階堂は水槽に水を入れはじめる。

「何だよ突然」

「八田ってさ、運動はできるけど体育会って感じでもないじゃん」

「文系でもないけど」

　カメが洗面台から身を乗り出さないよう、俺は手でひさしを作りながら答えた。

「筋肉バカだったら、走れって言うところ。でもそれっぽくないから本とかマンガとか、あとなんだろう……映画とか？　そういうの見ればって思った」

「ああ、そういうこと」

　でも多分無理だろう。ゲームでも本でも、誰かが考えたことに変わりはない。そして今の俺は、他の奴が作ったストーリーなんかに乗っかりたくない。影響すら、されたくないんだ。

「ホントは、部活とかに夢中になれればよかったんだけどなあ」

　俺たちが、何度となく口にした台詞《せりふ》。でもそれも無理だ。四月。部活の見学でスタメンから外された部員たちが、それでも満足そうな顔で試合の応援や器具の整理をしているのを見たとき、俺はうそ寒い気分にしかなれなかったから。

報われない努力に何の価値があるのか。縁の下の力持ちは幸せなのか。

「……もうちょっと不幸だったら良かったのに」

内戦や差別のある国の人たちから、殴り殺されそうな発言をあえてしてみる。そしたらこんなこと考えてる暇もなくて、生きることに一生懸命だったかもしれないと思うから。

「言っちゃまずいだろ、それ」

「まずいよな」

水槽にカメを戻した二階堂は、再び俺に先導させて部屋に戻った。

「まあ、きっと努力が足りないんだよ。俺たちは」

冷蔵庫から出してきたチンゲン菜をちぎりつつ、二階堂はしゃがみこむ。

「努力ねえ」

横から覗《のぞ》くと、餌の気配に早くもカメが寄ってきていた。

「ないないって言ってるだけで、好きなものを探す努力とか、してないじゃん？」

「そういうのって、努力して探すもんかな」

かぷり。カメが葉っぱと水を同時に呑《の》み込む音は、やけに可愛い。

「わかんない。けど好きなものが見つからないなら、探してみる価値はあるかなと思ってさ。だってほら、岡島《おかじま》みたいなケースもあるし」

「ああ、あれか」

クラスメートの岡島は、つい二ヶ月前までは俺たちと同じ無趣味の帰宅部組だった。それが何の偶然か、ネットサーフィンをしていて出会った『自称アイドル』に一目惚《ぼ》れ。今、奴の青春は彼女一色に染まっている。

「とりあえず、幸せそうじゃん」

彼女のライブに行くためにバイトをし、彼女の撮影会に行くためにデジカメを買い、彼女がいつも笑顔でいられるようにとお笑いの勉強まではじめた岡島。その気持ちが実るか実らないかはさておき、確かにその充実した感じは悪くない。

「クリック一回で、何かと出会えることだってあるって話」

「ネット詐欺みたいな台詞だな」

無心に餌を食べるカメは、迷いがなくてやっぱりいい感じだった。かぷり、かぷり。ちぎったチンゲン菜をカメの鼻先に差し出して、二階堂は笑う。

「少なくとも、探してる間は退屈しないんじゃね？」

おとなしく腐るのを待つよりは、マシかもしれない。俺は新しい水の中で幸せそうに口を動かすカメを見つめながら、小さくうなずいた。

探すといっても、何をどこへ探しに行けばいいのか。岡島の真似をするつもりはないけど、

＊

家に帰った俺は部屋でネットサーフィンをしてみる。

スタートは、いつも見る気象情報のページ。そこから興味はあるけど、クリックしたことのなかったページへ次々に飛んでみる。地元のＦＭ局、次に商店街、おいしいと評判のレストランから、そこのシェフが好きだという北海道《ほっかいどう》情報。さらに市場から、隣の国のカニ事情に詳しい商社、そこと取引のある北欧の漁業サイト。

画面が英語になったところで、俺は次へ行くのを断念した。

「これじゃまるで世界グルメの旅、だよな」

渡ってきたページの履歴を見て、ため息をつく。

「んじゃもう一回」

ちょっとした実験感覚で、今度はいつも見るサーフショップのページから飛んでみた。地元の組合に行ったら、さっきと同じ道を辿《たど》るような気がしたので、あえて違う方を選んでゆく。マリングッズを販売しているスポーツブランドのサイトから、プロサーファーのブログ。さらにはその人が趣味で集めているという、世界のマクドナルドの砂糖。最後は世界のマクドナルドマニアが集う英語の掲示板になって、俺は画面を閉じた。

結局最後は、どうやっても世界に出てしまうらしい。インターネットの広さと狭さを味わいながら、俺は考える。やっぱり、世界に出るべきなんだろうか。

「今まで行ったことのある場所？」

夕方、買い物から帰ってきた母親に俺はたずねた。

「ママ、女子大生の頃は旅行好きだったし……。たくさんあり過ぎて、全部言えるかしら」

「ざっとでいいよ」

すると母親は、いきなり数え歌でも歌うように指を折りはじめる。

「まず、メジャーな観光地はほぼ行ってるわね。北海道なら札幌、函館《はこだて》。沖縄《おきなわ》なら那覇《なは》に慶良間《けらま》、関西《かんさい》は京都《きょうと》・大阪《おおさか》・奈良《なら》の有名コースは押さえてあるし、伊豆《いず》や箱根《はこね》みたいな近県は言わずもがな。あ、それとスキー場のある県はほぼ行ってるわね。だから関東《かんとう》以北は完璧《かんぺき》」

なんだそれ。

「あ、九州《きゅうしゅう》はラーメン食べに行ったことはあるけど、ちゃんと見たことないな。広島《ひろしま》とかあるのって中国《ちゅうごく》地方だっけ。あの辺はノーチェックだけど、四国《しこく》は泳ちゃんも一緒にうどん食べに行ったよね」

「どんだけ旅行好きなわけ」

「旅行が好きっていうよりも、他にやることがなかったのよね。女友達と彼氏が欲しいね、なんて言いながらパックツアーに何度申し込んだことか」

俺は一瞬、飲んでいたアイスティーを噴き出しそうになる。二階堂と二人での旅行は却下。ついでにパックツアーは厳禁だ。

「海外はどうなの」

聞く前からわかるような気はしたけど、一応聞いてみる。

「泳ちゃんも行ったハワイ、グアムでしょ。それから新婚旅行のヨーロッパ周遊、OL時代にはニューヨークとパリのお買い物ツアーに、台湾《たいわん》・香港《ホンコン》グルメツアー。バリ島なんかも行ったわよ」

どんだけ暇で、どんだけ金が余ってたのか。バブルという言葉を知ってはいても、イメージがついていかない。

「あの頃は良かったわねえ。円高だったから、どこへ行っても安くて、国内だったら泊まれないような高級ホテルだって選べたし」

「……いい時代だったんだ」

「そうね。とりあえず国際線の飛行機に乗るのは、今よりずっと楽だったわ」

液体の制限なんかなかったしね。パスタソース用のトマトを刻みながら、母親は笑う。

「親父も、それくらい旅行してたの」

「どうかしら。今も昔も、男性よりは女性の方が旅行好きだから」

「そうなんだ」

「そうよ。平日の観光地なんて行ってみなさい。女性のグループで溢《あふ》れ返ってるから」

主婦は暇なのか。それとも男は観光になんか興味がないのか。確かに俺だって寺や大仏が見たいかと言われると、別にとしか答えられないけど。

「あ、でもアメリカだけはどうしても行きたくて、友達と行ったって聞いたことがあるわ」

「へえ」

「パパにとっては、シリコンバレーが憧《あこが》れの地だったのよ。でも旅行で行くようなところじゃないから、パックツアーに入ってなくて苦労したって言ってたわ」

母親の話を聞いていて、わかったこと。両親は基本的にパックツアーのヘビーユーザーらしい。それも海外となると、百パーセントの確率でそうだ。

「サンフランシスコで終日フリーのあるツアーを申し込んで、日帰りしたのが一世一代の冒険だったんだって」

冒険。その言葉で思い浮かぶのは、二階堂の家で見た雑誌。緑の大地にうねる長い河。丸木舟の浮かぶ湖。

「アメリカ人が普通に暮らしてる場所に行くのが、冒険？」

俺が眉《まゆ》をひそめると、母親は軽く手を振った。

「だっていつもはツアコン任せの人が、言葉のわからない国で自力で移動したのよ？　それって結構な冒険じゃない？」

「ていうか、いっつもツアーってどうなの」

「あら。パックツアーってそう馬鹿にしたもんじゃないわよ。知らない国のホテルなんてどこがいいかわからないし、空港から市内までに危ない目にも遭わないし。ツアーは、そういう安全と保障を売ってるんだから」

その言葉は、多分間違いじゃない。特に俺が小さかった頃のグアム旅行なんかは、子供連れのプランに乗っかった方が正解だっていうのは、よくわかる。ただ、どうしても自分の中の何かが納得できないと叫んでる。だってそれって、誰かに与えられたストーリーの上を進むことと同じじゃないか。

「ちなみに、そん中で一番良かったのってどこ？」

「そうねえ……」

ふと、母親が首をひねる。

「どこ、って言われても案外覚えてないものね。現地のガイドさんが連れて行ってくれたところだと、地名がわからないし」

あ、でもやっぱりイタリアのご飯はおいしかったわよ。トマトソースにオレガノを振り入れて、母親はガスの火を止めた。

「その経験がほら、ここに生かされてるってわけ」

エアコンの効いた部屋に漂う、甘酸っぱいトマトソースの香り。それはオレンジ色の夕陽とよく合って、なんだか俺を微妙な気分にさせる。

＊

パックツアーは嫌だけど、旅というのはキーワードとして悪くない感じがした。

「だとすると、一人旅かな」

夕食を終えた後、再びパソコンを立ち上げて俺は日本地図を広げる。目的はないけど、とりあえず行きたいと思える場所を探した。遺跡や寺に興味はないから、自然が豊かなところなんかいいかもしれない。でも山好きじゃないから、登山ルートみたいなのじゃなくて水のあるところ。

『国内旅行・自然・水』と打ち込むと、おいしい水の産地や屋久島《やく》なんかがヒットする。でもどっちもピンと来ない。屋久島は確かに自然が豊かで良さそうだけど、『中高年に人気の』って書いてあるのが気にかかる。

次に『国内旅行・若者』で検索をかけたら、もっとひどい結果が出てきた。人気のテーマパークに泊まる旅、ってなんだよそれ。さらに『国内旅行・冒険』に至っては『冒険の森パーク』なんて施設名が出てくる始末。

「結局、自力で探せってことか」

俺はパソコンの電源を落とすと、エアコンのタイマーをセットしてベッドに倒れ込んだ。

翌日、俺はまた早起きしてスケボー片手に近所の公園に向かう。本当は毎日海に行くことができればサーフィンで暇がつぶせるんだけど、それじゃ交通費で破産するから普段はスケボーで我慢している。そして夏場は日射病で死ぬから、やっぱりこれも朝にやるのがいい。

道路に置いて、軽く地面を蹴《け》る。ふわりと波に乗る感覚はないけど、板に乗ってる実感はある。厳密に言うとこのボードは、スケートボードより長くて幅のあるサーフスケートって物なんだけど、他人に説明するときは面倒くさいから単にスケボーと言っている。

「よっす」

公園に着くと、広場の周囲を滑っていた二階堂が片手を上げた。こいつとは、学校より先にこの公園で知り合った。

「おは。昨日あれから考えたんだけどさ、一人旅ってのはどうかな」

片足で地面を蹴り、二階堂の隣に並ぶように滑る。

「おお、一人旅。いいじゃん、なんかロマンの香り」

俺に合わせてスピードを落とした二階堂は、片手の親指を立ててみせた。

「でもなあ、どこに行けばいいのか」

軽く身体を傾けて、スラローム。サーフスケートは前方の車輪が可動式になっているおかげで、動きがサーフィンに近づいている。さらにこのボードは三浦さんのお下がりだから、見た目はボロいけど手入れが行き届いていて動きはなめらかだ。

「イメージだと、北とか？」

「夏なのに？」

視界の端を、緑の木々がかすめる。こうして滑っていると、流れのない場所でも風を感じることができるから好きだ。

「じゃあ、とにかく遠い所！」

そう言って二階堂は段差からジャンプした。プロテクターや安全用のヘルメットも被《かぶ》ってないから、誰かに見られたら怒られるような格好だ。でもそんなの着けてたら、暑くてしょうがない。

「遠い所、か」

なんとなく、空を見上げる。どこまでも上っていけそうな、まっさらの夏空。俺は一体、どこへ行きたいんだろう。行き先を口にしてみればすべてが陳腐に聞こえ、かといってこのままここにいる気にもなれない。

上下に力を加えるような気持ちで、アップスンダウンズの動きを繰り返す。広場を何周かした後、再び二階堂が戻ってきた。海の上なら俺が勝つけど、地面の上では二階堂の方がうまい。風を連れて隣に並び、にかっと笑う。

「おんなじことでも、外国でやったら楽しいかもな」

「やっぱ、そう思う？」

「うん。俺だったらアメリカで、お前だったら南の海。あ、オーストラリアやアメリカ西海岸だったら両方オッケーじゃん」

こんな風に青い空の下、パイプラインをくぐる俺。海岸沿いの道路でハーフパイプを跳ぶ二階堂。そんな風景は悪くない。

「でも俺エイゴ、あんまできないけど」

「スケボーとサーフィンやってる間は、関係ないっしょ」

「そっか」

特にサーフィンは、海に入ってしまえば言葉はいらない。自分の知らないうねりを想像すると、少しだけ心が騒いだ。俺は広場の周回を外れて、段差に向かう。行き先を察した二階堂が、同じスピードでついてきた。

「この道を行けばどうなるものか！」

前を見たまま大きな声で投げかけると、二階堂は同じくらい大きな声で応《こた》える。

「行けばわかるさ！」

バカヤローッ、と叫びながら俺たちは地面を蹴った。

＊

外国でサーフィンをするためにはどうしたらいいのか。そしてそれにはいくらくらいかかるのか。それを調べていたら、サーフトリップという単語が目に入った。それはどうやら、サーフィンが目的の旅という意味らしい。

とにかく動きたい気持ちが高まっていた俺は、サーフトリップという単語だけを胸に、もう昼過ぎだというのに三浦さんの店へと向かった。しかも今週に入って二回目。メールか電話で聞けば良かったんじゃないのか、と気づいたのは人でごった返す乗り換え駅で財布を開いたときだった。

人波をかき分けるようにして電車を降り、店にたどり着く頃にはすでにぐったりと疲れていた。店内のベンチに座り、とにかく水分補給をしようとペットボトルを取り出す。

「どうしたの、こんな時間に」

貸しボードの精算を終えた三浦さんが、冷えたおしぼりを投げてくれた。

「うん。ちょっと聞きたいことがあってさ」

サーフトリップのことを口にすると、三浦さんは驚いたような顔で俺を見る。

「へえ。泳ちゃんも大人になったもんだなあ」

「もう高校生だし」

「子供じゃない、そう言いたいわけだ」

にやにや笑いながら、壁際の戸棚から一枚のディスクを取り出した。

「サーフトリップの番組が入ってる。説明するより、これを見た方が雰囲気が摑《つか》めるんじゃないかな」

同時にノートタイプのパソコンを立ち上げて、こちらに渡してくれる。

「サンキュ」

一時間ほどあるから、終わったら呼んで。そう言って三浦さんは店の外に出て行った。こうやって適当に放っておいてくれるのが、三浦さんのいいところだ。うちの親父は何かと言うと「楽しい？」「おいしい？」「嬉《うれ》しい？」と感想を求める。考える前に聞かれたってどうしようもないから俺が黙っていると、「おいしすぎて無口なのかな」とか「超気分悪い？」なんて勝手に思い込む。だから親父の中での俺は、親父が想像した通りの発言しかしていないんじゃないかと思う。

画面をクリックすると、ハワイアンのようなのんびりとしたメロディーが流れてくる。登場するのはプロのサーファーが数人。舞台はバリ島やフィリピンといったアジアの島々だ。彼らは現地の屋台で食事をし、地元の子供たちに好奇の目を向けられながらも楽しそうにビーチへと進む。

『ここは地元でも人が少ない場所で、しかもこの国ではまだまだサーフィンが広まっていない。だからノーバディ・サーフィンが思う存分楽しめるんです』

ノーバディ・サーフィン。初めて耳にする言葉だけど、意味はすぐにわかった。彼らの背景に広がる無人のビーチ。無人の海。波待ちをする人間のいないところで、最高のうねりを繰り返す海面。夢のような景色に、つかの間俺は自分のいる場所を忘れた。

「……まるで天国じゃん」

おだやかな海風に吹かれながら、笑い合うサーファーたち。食べて、寝て、サーフィンして、旅して、また笑う。男所帯の上、国籍もバラバラな混合チームなのに、尖《とが》った雰囲気はかけらもなく画面は平和に満ちあふれている。

番組の最後に『プロと行くサーフトリップ五日間』という文字が出たとき、反射的に行ってみたいな、と思った。でもその反面、ちょっともの足りないなとも思う。地元に精通したガイドがいて、その土地のサーフショップを紹介してくれる。しかもホテルも飛行機も手配済みなんて、つい最近どこかで聞いたような話だ。

番組を見終わって三浦さんに声をかけると、汗を拭《ふ》きながら店内に戻ってくる。

「どうだった？」

「んー、ああいう旅もあるんだなって感じ」

でも現実的には無理っぽいね。そう言うと、三浦さんは軽く手を振る。

「いやいや。サーフトリップは、国内でもできるよ」

「そうなの？」

「そりゃそうさ。日本は島国なんだから、海岸線を辿《たど》れば人気のないビーチはいくらでも見つかる」

そうか。俺は行きたい場所を有名な観光地や自分の知っている駅名から探そうとしたから、手あかのついたような場所しか出てこなかったんだ。

「近場だったら千葉《ちば》。遠くなら九州にでも行けば、あちこちにいいポイントがあるよ」

「そっか。それくらいなら俺でも行けそうだね」

「ああ。実はかくいう私も、若い頃はサーフトリップで各地を旅した一人さ」

青春18きっぷなんかを活用して、あったかい季節にはビーチで寝たこともあったっけ。遠い目をして三浦さんは微笑む。

「……マジで、うらやましいかも」

「だったら泳ちゃんも行けばいいじゃないか」

「そうじゃなくてさ」

悔いのない青春を送った感じがうらやましいんだ。という言葉は自分の中に呑《の》み込んだ。だって俺、今のままじゃ腐るから。

番組を見せてもらったお礼に貸しボードの片付けを手伝うと、三浦さんは海を指差す。

「せっかくだから、入ってけば。夕方ってあんまりやってないでしょ」

親父と車で来ていたときは、帰りの時間を気にする必要がなかったから夕方の波も楽しんでいた。けど一人でここへ来るようになってからは、数えるほどしかやっていない。

「じゃあ、ちょっと入ろうかな」

慌ただしく支度をして外に出ると、うねりのサイズが上がってきていた。ビーチを見ると海水浴客はほとんど帰っているし、にわかサーファーも疲れて陸に上がっている。絶好の状態を目の当たりにした俺は、準備運動もすっ飛ばしてカレントを探しにかかった。

勢いのままにパドリングを繰り返し、ポイントに着くとそこにはやはり数人のローカルと仙人がいた。声をかけると、軽く会釈を返してくる。

「珍しいじゃん。泊まり？」

「いや、日帰り」

俺が首を振ると、ローカルは信じられないといった表情で目を見開いた。

「マジで？　俺だったら、夕方やった後に電車とか乗れねえ」

「俺は海の側で育ってないから、乗れるカラダに鍛えられてんだよ」

軽くむっとした声を出すと、近づいてきて手を合わせる。

「わり。でもそれだけ疲れる価値があるぜ、夕方は」

楽しんでけよ。ローカルはそう言い残すと、うねりに合わせて漕《こ》ぎだした。それを見ていた俺は、水平線に向き直って次のうねりに目をこらす。なるほど、いいセットが来てる。

何度か波に乗ったあと、休憩がてら波待ちをしていると仙人と並んだ。

「楽しんでるかい」

水平線を見つめたまま喋《しゃべ》る仙人は、顔を西日に照らされている。

「はい。夕方に入るチャンスがあんまりないんで、楽しいです」

「ならよかった」

静かにうなずく仙人。すべてを知っているようで、その実何も知らなそうなその横顔。オレンジ色の海は水平線から光が射して、まるでこの世じゃないような雰囲気。似合いすぎだよ、と思いながら俺も光の方を向く。

ゆらゆらとうねりに揺られていると、天国とか永遠とか、そんなことを考える。繰り返し繰り返し、何度でも訪れるうねり。波は終わらない。でも、人間は終わることばっかだな。小学校が終わって、中学が終わって、今は高校だけどあと二年経てば終わって、大学も終わる。親は親であることを終わらせる日が来るし、出会った人とは必ず終わる日が来る。そう、親父が俺への興味を失ったように。そしてこんなことをぐだぐだ考えているうちに、いつか人生そのものが終わる。

本当に、ゲームと同じだ。だったらストーリーをなぞることに何の意味がある？　俺はふと、余計な一言をもらした。

「けど」

「けど、なんだい」

「終わるのが嫌です」

当たり前すぎて、今まで誰にも言ったことのない想い。しかし仙人は笑わずにうなずいてくれた。

「楽しいことが長く続いてほしいと思うのは、当然だ」

夕映えに照らされたまま、俺はぽつりとつぶやく。

「終わらないものが、あればいいのに」

国内とか海外とか、旅とかそういうのは実はどうだっていい。どうせ終わるなら、何をしても意味がないんじゃないかという不安に応《こた》えてくれるものが欲しかった。

そしてその手がかりをほんの少しでも感じさせてくれるのは、うねりを捕まえたときの喜び。

地球で唯一の存在になって、世界と遊んでるようなあの感じ。もしもそれが、長く続いたなら。

「あ、無理だってのはわかってるんですけど」

顔を上げて、フォローするように笑ってみせた。けど、仙人はうつむいて語尾を濁す。

「うん……」

子供みたいなこと言ったから、対応に困ってるのかな。そう思ったとたん、恥ずかしくなった。

「あ、俺、あれに乗ります！」

高さの足りないうねりを適当に指差して、俺は叫ぶ。すると顔を伏せてパドリングをはじめた耳に、仙人の声が届く。

「あるよ」

「えっ？」

それでもなんとかうねりをとらえて、足を引きつける。

「終わらない波は、あるよ」

聞き間違いかと思って振り返ろうとした瞬間、俺はバランスを崩して海中に落ちた。

落ちた瞬間、俺は手で顔をブロックしながら身体を丸める。何百回となく繰り返してきた、防御の姿勢。落ちてすぐに水上に顔を出すと、自分のボードと衝突する危険性があるため、海中でやり過ごすのだ。

サーファーにとって、落ちるのは当たり前のこと。上下左右がごちゃ混ぜになった中で、俺は波に逆らわず身体を任せる。そしてそのパワーが弱まったところで、光を頼りに海面を探し始める。

しかし、この日の海は勝手が違った。暗いのだ。

夕暮れに差しかかった海面は、角度が違えばすでに夜の暗さを宿している。そのことに気づいて、俺はぞっとした。荒れているわけじゃないから、浮力に任せていれば自然に海面に出ることはできる。そう頭ではわかっていても、身体が強《こわ》ばった。

自分が進むべき方向がわからず、無我夢中で手足をばたつかせる。『溺《おぼ》れそうになったときこそ冷静に』なんて言葉は、頭の中から吹っ飛んでいた。

上へ。とにかく上へ。

肺にはまだ余力があるはずなのに、突然息苦しさが迫ってくる。しかし次の瞬間、暗闇の中でオレンジ色の光がリボンのようにするりとうねった。夕映え。俺は光を目指し、必死で泳いだ。すると、あっけないほど簡単に水面に顔が出る。

大きく息を吸いながら、自分のボードをたぐり寄せる。ボードに両腕を乗せ辺りを見渡すと岸には数人のローカル、背後には相変わらず仙人が水鳥のようにぷかぷか浮かんでいた。面はなめらかで、オレンジ色に包まれた世界は平和そのもの。

一人で溺れかかって、馬鹿だな。俺は深呼吸を繰り返し、塩水が染みた目を何度もしばたいた。

「泳ちゃん」

店に戻るなり、三浦さんが近寄ってくる。

「さっきから何度も携帯が鳴って、メールも何回か届いてた。今、ビーチに呼びに行こうかと思ってたところなんだ」

「え……」

俺はタオルを引っ掛けたまま、バッグの中から携帯電話を取り出す。着信履歴が八回。メールが三通。全部家と母親からだ。何かあったんだろうか。先にメールを開くと、そこには『八田のおじいちゃんが危篤。できるだけ早く連絡して』の文字。

「じいちゃん……」

試すように、つぶやいてみる。

「なんだって？」

心配そうにたずねる三浦さんに、俺は携帯電話の画面を見せた。

「うちのじいちゃんが、危ないみたいで」

「そ、そりゃ大変だ。早く帰らないと！」

俺はうなずきながら体を拭《ふ》き、着てきた服を手早く身につける。汗臭さが気になるけど、今日は突然来たからしょうがない。

「あ、車。車出そうか？」

「いいよ」

「でも、急がないと」

何故か当事者より慌てている三浦さんに、俺は諭す。

「今は夏でしょ。観光客も多いし、日が暮れたら暮れたで渋滞は避けられない。だから電車で帰るのが一番早いはずだと思うんだけど」

「ああ、まあ、そうだね……」

俺は身支度を終えると、タオルをたたんで三浦さんに手渡す。

「ありがとうございました」

「泳ちゃん、気をつけるんだよ」

三浦さんは唇を引き締めた表情で、俺の肩を叩《たた》いた。俺はそれにうなずくと、足早に駅へと向かう。

歩きながら、母親に電話をかける。しかしつながらない。ということは移動中なのだろう。じいちゃんの家は、うちから特急で二時間、車で高速に乗っても同じくらいかかる。親父と一緒なら助手席にいるだろうから、これは電車に乗っていると考えた方がいい。そこで俺はメールに切り替え、一度家に帰ることを告げた。

海沿いの電車は本数が少ない。夏の混雑に合わせて多少本数が増えているとはいえ、二両編成では運ぶ人数に限界がある。俺はいつもなら見送るくらいぎゅう詰めの車内に乗り込み、浅い息をした。

一駅、二駅。徐々に海から遠のいてゆく。もう辺りは薄暗くて、海なんかほとんど見えないのに、体が距離を感じてる。そろそろ遊びの時間は終わりだよ。海が消える場所を過ぎたとき、そんな風に言われているような気がした。

乗り換え駅で家まで続く電車に乗ると、俺は再び携帯電話を取り出した。母親からメールが届いている。

『電話の横に交通費を置いてきたから、それを使ってね。あと、襟のあるシャツを着てくること』

つか、冷静じゃん。俺は『了解』とだけ打って画面を閉じる。

危篤。危篤って、どのくらい危ないんだろう。俺まで呼ばれるってことは、もうすぐ死ぬってくらいの状況なんだろうか。確か八田のじいちゃんは心臓だかどこだかが悪いって聞いたことがあるけど、やっぱりそれが原因なんだろうか。

俺はなんとなく、じいちゃんのことを思い出してみた。八田のじいちゃんは父方の祖父ってやつで、つまりは親父のお父さんだ。小さい頃はよく遊んでもらったらしいけど、正直記憶はあんまり残ってない。というのも俺が物心ついた頃には、じいちゃんの体調が悪くなってあまり外に出なくなったからだ。確か、最後に会ったのは一昨年《おととし》の正月。今年は調子が悪いから新年会は中止って言われて、友達と遊ぶ予定のあった俺はこっそり喜んだ。血も涙もない孫だな。ていうか、じいちゃんってどんな顔してたっけ？　俺は頭の中にぼんやりと浮かぶじいちゃんの顔を、一生懸命たぐり寄せる。だって年一回しか会わない相手の顔なんて、そうそう覚えてられない。そりゃあ、八田の家に行けばじいちゃんの顔はわかる。ただ、こうして電車に乗っているときなんかに偶然行き合わせてもわからないだろうなとも思う。

じいちゃんが、危篤。つまり今現在、じいちゃんは苦しんでる。でもって発展させれば、死んで二度と会えなくなるかもしれない。お年玉をくれたじいちゃん。ビールを一杯飲んで席を立ったじいちゃん。バブリーな親父のお父さんとは思えないほど、真面目な喋《しゃべ》り方をするじいちゃん。

「じいちゃん……」

駄目だ。どんなに悲しがろうとしても、悲しくならない。というよりは、実感がわかない。

そもそも俺、じいちゃんのことよく知らないし。

外の景色を見ながら、ぼんやり考える。ばあちゃんは今、悲しいんだろうな。多分、ばあちゃんが死んだら俺は動揺するし、もしかしたら泣くと思う。だってばあちゃんとは正月以外にも時々会ってるし、おやつを作ってもらったりした記憶がある。あと、母親の方のじいちゃんとばあちゃん。こっちは近いせいかしょっちゅう会ってるから、きっとそれなりに動揺するだろう。

にしても、俺ってやっぱりひどい奴なんだろうな。じいちゃんについてこれっぽっちも気持ちが動かない自分が、軽く嫌になる。嫌になるけど、どうしようもない。電車を降りて、改札を抜けるときも一番楽なルートを選んでるし、もう、これ以上ないってくらい冷静だ。自分が海で動揺したときなんて、あっという間にパニックに陥ったくせに。

家に帰りついたときは、すでに七時を過ぎていた。急がないと最後の乗り継ぎが最終になるかもしれない。そう考えた俺は、ばたばたと部屋へ戻った。言いつけ通り襟つきのシャツと、あまり明るくない色のジーンズ、それに新しいTシャツを持って居間に戻る。

すると、ソファーの上に放り出してあった携帯電話がちかちかと光っていた。母親からだ。もしかして、もしかしたりするのかな。

「もしもし」

『ああ、つながって良かった。今どこ？』

悲しい感じの声じゃない。俺はとりあえず肩の力を抜いた。

「家。これから出るところだけど」

『ああ、それなら良かった！　あのね、おじいちゃん持ち直したから』

「え？」

『山場を乗り切っちゃえばもう大丈夫だってお医者さまも言ってたから、泳ちゃんはこっちに来なくてもいいわよ』

なんだそりゃ。肩の力どころか体の力が抜けるような感覚に襲われ、俺は片手に持っていた服を床に落とした。

「マジで、行かなくても大丈夫なの」

『うん、大丈夫よ。でもおばあちゃんが心配だから、パパとママはとりあえず泊まっていくわ。泳ちゃんは一人になるけど、大丈夫よね？』

「そりゃまあ、もちろん」

子供じゃないんだし。そうつぶやくと、母親は安心したように注意事項を伝えたあと、電話を切った。いわく、夕食はデリバリーでもいいけど、ゲームは程々に。

「……なんだかなあ」

携帯電話を片手に、俺はどさりとソファーに倒れ込む。夕方からずっとばたばたしてたのが、いきなりゆるんで変な感じだ。もう一度時計を見ると、七時半。海上がりのシャワーが適当だったから髪の根っこはかゆいし、何も食べてないから腹も超絶減ってる。でもって突然の一人っきり。本当なら二階堂あたりに連絡して、ダべりながら夜更かしってのが最高のコースだろう。

けど、眠い。眠くてだるくてもう、動きたくない。俺はソファーに横たわったまま、重力に任せてまぶたを閉じた。


遠くで電話が鳴っている。でも俺の携帯じゃないし。そう思ったところで目が覚めた。携帯じゃない。家電だ。

「もしもし……」

電話に出ると、男の声が聞こえてくる。

『八田さんのお宅ですか』

「そうですけど」

勧誘とかだったら速攻切ってやる。なにしろこちとら疲れて眠くてしかもエアコンもつけずに寝たから、体中汗だらけで最低の気分なんだからな。

『洋子さんはいらっしゃいますか』

「あー、留守です」

自分から名乗ってこないのは、面倒な証拠。そう思っていると、いきなり男が呼びかけてきた。

『もしかして、泳くん？』

「えっ？」

『覚えてないかな、僕だよ僕』

オレオレ詐欺じゃなくて、ボクボク詐欺かよ。俺は少し苛《いら》ついた気分で返事をする。

「あのう、どこの誰だか知らないけど、まだ名前を聞いてないからわからないんですけど」

『あっ、そうだっけか。悪い悪い。剛《ごう》だよ、剛。お前の叔父《おじ》さんで、母さんの弟。覚えてる？』

「剛くん？」

名前を聞いた途端に、頭の中に映像が甦《よみがえ》った。剛くんは、俺が小学生の頃よく遊んでくれた。確かその頃は大学生だったはずだけど、今は何してるんだっけ。

『そうそう、覚えててくれてよかった』

ほっとしたような声。でもちょっと電話が遠いな。

「今日は八田のじいちゃんが倒れたから皆留守なんだけど、急ぎの用事?」

『いや、急ぎじゃないけど、転勤が決まったからさ。とりあえずその連絡しとこうと思って』

「そうなんだ」

うなずきながら、ちょっと不思議だと思った。転勤って普通、あとで葉書とか出すもんじゃないか?

『えっと、じゃあ伝えといてくれるかな。メールアドレスは前と変わらないけど、使えるかどうかわからないから、急ぎのときは前と同じく会社に連絡をくれって』

「メールが使えないような場所に行くの?」

『うん。ブラジルの奥地に行く予定なんだ』

奥地。そう聞いた瞬間、どきりとした。手のひらにたまった汗を、静かに握りしめる。

「わかった。伝えておくよ」

『ところでさ、泳くんは元気?』

「うん、まあ元気だよ」

ちょっと鬱《うつ》だけど。とは言えず、軽く流す。

『今って高校生だっけ? そしたらメールくらいするだろ。良かったら今度、僕にもメールしてよ』

「使えるかどうかわからないんじゃなかったの」

『ああ、まあねえ。でもいずれ使えるようになるからさ』

適当な返事。剛くんってこんな感じだったっけ。昔はすごく几帳面《きちょうめん》で、折り紙の端っこなんかもきちんと合わせるタイプだったような気がするけど。

「じゃあ一応、今口頭で教えてよ。こっちのアドレス送っておくからさ」

『そうだな。久しぶりだから泳くんとゆっくり話したいんだけど、国際電話で長話は高くつくし』

「え？　これ国際電話なの？　ていうか今どこ？」

『今はブラジルのサンパウロ。そうそう、あと二日くらいは都会にいるから、ネットカフェかなんかでメールが読めると思うよ』

そう言うと、剛くんはアルファベットを読み上げはじめた。無料のウェブメールの名前が最後についたアドレスは、偶然にも俺と同じ会社のものだった。

「ブラジルって、日本の裏側なんだっけ」

『そういうことになってるね。まあ実際、来るのに時間はかかるよ』

地球の裏側。そんなところにいる人と話してるんだ。

「じゃあ、続きはメールに書くよ。長くしてごめん」

『いやいや。じゃあ洋子ちゃんたちによろしく。あとおじいさんお大事に。それから泳くん』

「何？」

『僕、多分こっちに二年くらいはいるから、暇があったら遊びにおいでよ。じゃあね』

明るい声の余韻を残して、電話はあっけなく切れた。俺は汗にまみれた受話器を見つめて、これはもしかして夢だったんじゃないかと思う。

＊

風呂場《ふろば》でシャワーを浴び、すっきりした後に冷蔵庫を覗《のぞ》くと昨日のパスタソースが残っていた。そこで俺はパスタを茹《ゆ》で、電子レンジで温めたソースをかける。退屈しのぎにテレビをつけ、ソファーに座って食べながら考えた。

剛くんの本名は、七尾《ななお》剛。俺が小学生の頃に大学生だったということは、今は二十代後半か三十代。それは後で母親に聞けばわかることだけど、俺の中での剛くんは楽しくて優しいお兄さんだ。

母親の実家が近いせいか、じいちゃんとばあちゃん、それに剛くんとはよく会ってた。けど剛くんが就職すると、ほとんど会うことはなくなった。確か最後に顔を合わせたのは、中学三年の頃。だから俺の中の剛くんは、そのときのまま止まってる。

どちらかといえばやせ型で、背は普通。数学や工作が得意で細かい作業もお手のものだったから、俺はよくプラモなんかを一緒に作ってもらった。つまり、思いっきりインドアで理系のイメージだ。

そんな人が、ブラジルの奥地に。予想外すぎるけど、本人の声は明るかった。てことは通信手段が遅れてるだけで、ブラジルはそんなに未開の土地ってわけじゃないのかもしれない。

自分の部屋に戻り、パソコンで基本情報を検索してみる。ブラジル。公用語はポルトガル語で、通貨はレアル。日本との時差は十二時間で、面積は日本の約二十二倍。そしてその国土の九十パーセントは熱帯地域に属す。

「……でかっ」

俺にとってのブラジルは、カナリア軍団のイメージしかない。けど、それにしても広い上に暑そうな国だ。地域の情報を眺めていくと、奥地っぽい場所が二つある。ブラジル高原と、アマゾン河流域。

アマゾン。期せずして冒険という言葉が頭の中に浮かんだ。確か二階堂の家で見た雑誌にも、そんな地名があった気がする。でもブラジルは広いから、そこに剛くんが行くとは限らない。とりあえずフリーメールのサイトへサインインして、文章を打ち込む。

『泳です。俺は相変わらずサーフィンやってます。転勤でブラジルってすごいね。行ってみたいけど、奥地ってどこ？』

これで後は返事を待つだけか。俺はベッドにごろりと横たわると、二階堂に電話をしようかと携帯電話を持ち上げた。しかし、持ち上げたまま手は止まる。何か大切なことを、忘れているような気がしたのだ。

八田のじいちゃん。それも大切だ。でも気になるのはそのちょっと前。動揺して海に落ちたとき、仙人に聞かされた言葉。なんだっけ、あれはそう。俺はがばりと身を起こしてつぶやく。

「終わらない波……」

あるよ、と仙人は言っていた。でもよく考えたら、そんなの嘘っぽい。だってもし波が終わらなかったら、いずれは陸に届いて世界は津波で溢《あふ》れ返ってしまうだろう。あるわけない。そう思うのは簡単だった。でもなんとなく気になって、その言葉で検索をかけてみる。結果はほとんどゼロ。文章の表現として『終わらない波みたい』なんて言葉があるぐらい。

「ま、そんなもんだろ」

ほっとしたような、がっかりしたような気分で俺はベッドに戻る。いつもだったら親のいない家なんてパラダイスなのに、今日はもう疲れて遊ぶ気力もない。とにかく電気を消そう。そう思いながら、俺の意識は布団の中へ沈み込んでいった。

＊

翌朝、寒くて目が覚めた。気づけばエアコンも部屋の電気もつけっぱなし。時計を見ると、まだ六時。これならもう一眠りしても、公園で二階堂に会えるだろう。

八時に身支度をして家を出ると、思った通り二階堂は公園にいた。

「おは。連続じゃん。昨日海行かなかったのか？」

「行ったけどさ、まあ、色々あって」

俺が朝マックをベンチに広げると、二階堂もドリンクを持って隣に腰かける。

「色々？」

　そこで俺は飯を食いながら、昨日あったことをそのまま二階堂に話して聞かせた。

「やっぱり冷たいと思うよな」

　落ち込みの上塗りをするような気分で、俺は告白する。けれど二階堂はあっさりと言い放った。

「冷たいかも。でも、俺も同じかも」

「マジで？」

「うん。俺も片方の親戚《しんせき》とはあんま会わないから、なんかあってもきっと感覚摑《つか》めないと思う」

　てかそれってある種しょうがなくね？　首を傾げる二階堂に、俺はポテトを差し出した。

「食えよ」

　サンキュ、と二階堂はポテトをつまむ。

「まあ、じいちゃん無事でよかったじゃん」

「そうだな」

　俺はアイスコーヒーを飲み終えると、ゴミ箱に向かってシュートした。

「ていうかさ、ブラジルに親戚って新しいよなあ」

「俺もびっくりしたけど」

　二人揃って立ち上がり、それぞれのボードに手をかける。

「で、行くわけ？」

滑り出してすぐ、二階堂がたずねてきた。

「え？」

風でよく聞こえない。すると二階堂は少し大きな声で言った。

「だから、ブラジル行くのかって。誘われたんだろ？」

「そりゃそうだけど、そんなの社交辞令だろ」

まさかマジで受け取るなんて、思ってないだろうし。俺がそう言うと、二階堂はにやりと笑った。

「その社交辞令に、乗っかってみたら楽しくなるかも」

「まあな」

どうせ旅をしたかったわけだし、それが一番遠い外国なら条件としてはぴったりだ。

「初めてのおつかい、イン・ブラジル。なんちゃって」

並行して滑る二階堂は、テレビでよく聞くテーマソングを鼻歌で歌い始める。

確かにブラジル旅行なんて、ちょっと珍しい。けど、そこに親戚がいるとなると話は別だ。成田《なりた》から飛行機に乗って、着いた空港に剛くんが待ってたら、これはもう究極のドアツードア。新幹線の駅でばあちゃんが待ってたりするあれと同じだ。

せめて、何か目的があればいいのに。体重を前後にかけながら、俺は考える。たとえば海が綺麗《きれい》だとか、サーフィンができるとか。まあ、百歩譲ってカーニバルとかジャングルクルーズでもいいけど。

「とにかく、メールの返事が来たら考えてみるよ」

踏み込みを軽くしてノーズを上げ、うねりをつかまえるイメージ。やっぱりブラジルよりも、海に行きたい。白い砂の青い海で、ノーバディ・サーフィンを日がな一日楽しめたらどんなにいいだろう。

昼過ぎ、ようやく両親が家に帰ってきた。

「泳ちゃん、何もなかった？」

「俺は大丈夫だけど、じいちゃんは」

言いながら、ちらりと親父を見る。

「もう平気だって。心臓の発作だから、おさまったらけろりとしてたわよ」

母親の説明はあっけらかんとしたものだったけど、親父の顔色は冴《さ》えなかった。だって八田のじいちゃんは、親父の父親なわけだし。

「あ、そういえば電話あったよ。剛くんから」

伝言を書いたメモを渡しつつ、俺はたずねる。

「なんか今度はブラジルだって言ってたけど、もしかして転勤とか多いわけ」

「あら、また転勤なの？」

母親はアドレスを見て肩をすくめる。

「やんなっちゃうわね。移動が激しくって」

「そんなにしょっちゅう別の場所にいるの」

「そうよ。製薬会社に入ったのに、一体どういう部署にいるのかしら。おかげで出した葉書はほとんど戻ってきちゃうし、電話が通じないこともしょっちゅう。それでメールをやらない母さんたちにはどうしようもないから、こっちに伝言が来るわけ」

それって会社員の生活として、どうなんだろうか。俺は思わず首をひねる。

「剛くんは、元気そうだったかい」

ソファーにぐったりと体を預けた親父が、俺の方をゆるりと見た。

「元気そうだった。じいちゃんお大事にって言ってたよ」

こんなときに悪いと思いながらも、俺はつい目をそらしてしまう。

「そうか」

普段口数の多い親父も、さすがに疲れたんだろう。そのまま目を閉じて、やがて寝息をたてはじめた。これじゃまるで、昨日の俺と同じだ。

「パパ、ずっと気が張ってたから」

タオルケットをかけてから、母親は俺をキッチンへと誘う。そこで立ったまま麦茶を飲みながら、小さな声で話しはじめた。

「おじいちゃん、初めての発作じゃなかったのよ。でも続けて発作が起きるようなら覚悟して下さいって言われててね、今回はその間が短かったから」

「だから心配だったんだ」

「そう。でもとりあえず快復したし、安静にしてれば大丈夫って言われたから帰ってきたの」

乱れた髪を後ろで留めた母親は、麦茶をぐっと飲み干して大きく息を吐く。

「ホント、びっくりした。こんなに突然、終わってしまうかもしれないなんて思わなかったから」

終わる。その言葉をひっくり返すように、仙人の声が頭の中に響く。終わらない波。

終わらない、波。

突然、強い気持ちがどこからかやってきた。もしそんなものがあるなら、この目で見てみたい。そしてできることなら、その波に乗ってみたい。いつまでもどこまでも続く波がこの世界のどこかにあるなら、俺は遠くても行きたい。そう。俺が、終わってしまう前に。

でも、一体どこへ行けばいい？

＊

とにかく一眠りするという母親を置いて部屋に戻り、サーフィン雑誌をめくっていてふと気づいた。波のことなら、まず三浦さんにたずねるべきだろう。昨日はじいちゃんのことがあったから、その話をする暇がなかった。

俺は携帯電話を取り出し、『波乗屋』をアドレスから呼び出す。

『ああ、泳ちゃん。心配してたんだよ。その後どうだい？』

「おかげさまで持ち直したみたいで、俺が行かなくてもよくなりました」

『そりゃよかった』

電話の向こうで、三浦さんの声が緩んだ。

「ところで、ちょっと聞きたいことがあるんですけど」

『なんだい』

「三浦さんは、終わらない波って知ってますか」

つかの間、沈黙が流れる。それが妙に長いから、俺はついおかしなことを考えてしまう。これはもしかしたら、何かの隠語だったりするんだろうか。

『……海嘯《かいしょう》』

ほら、暗号っぽい。じゃなくて、三浦さんは今、なんて発音したんだろう。

『海嘯のことじゃないかな、それ』

国語の成績は悪くないはずだけど、単語の意味がわからない。

「海嘯って、何ですか」

『えーと、つまりそのあれだ。海が逆流して河をさかのぼるやつ』

「海が、逆流？」

想像を絶した答えを突きつけられて、俺はおうむ返しにたずねた。

『そう。大潮みたいなもんでさ、月が関係してたと思う。それで確か年に一度大きいやつが来て、河口から何キロもさかのぼる波を作るって聞いたことがあるよ』

「それ、ホントにある現象なの」

声が、うわずっていた。

『えーと、確か中国のどこかとあともう一つ有名なのがあった気がするな』

調べてメールするから、ちょっと待っててよ。そう言い残して電話は切れた。俺は携帯電話を放り投げるようにして、パソコンに向かう。そして立ち上がりを待つのももどかしく、フリーメールのサイトを開いた。どうせまだ来ないのはわかっている。しかし待ちきれなくてメールボックスを見ると、そこには一通のメールが届いていた。

タイトルは『剛です』。俺は迷わずそれを開く。

『メールありがとう。泳くんが元気そうでよかった。これから僕が向かうのは、アマゾン河の玄関口と言われるベレンです。そのあと、そこをベースにアマゾンの奥まで向かう予定。生き物やジャングルに興味があったら、ぜひおいで』

アマゾン。俺の胸は、いよいよざわついてきた。海嘯に、アマゾン。どっちに転んでも、何かが起こりそうな予感がする。今までずっとくすぶっていた気持ちが、うねりのように高まってきた。もうすぐ。もう少し高くなったら、俺はこの波に乗ることができるかも。

返事を書こうと顔を上げたところで、今度こそ三浦さんからのメールが届いた。そして開いた瞬間、俺は声を上げそうになる。

『海嘯は河口が広い三角形の河で起こる現象と言われていて、その代表的な例は中国の銭塘江《せんとうこう》、もう一つの代表がブラジルのアマゾン河だ』

矢印が、ぴたりと同じ方向を指していた。パドリング！　今こそ渾身《こんしん》のパドリングで引き寄せろ。

『現地の言葉では、ポロロッカ。八百キロ以上さかのぼるという話もあるけど』

あと少し。うねりの頂点に追いつけ。

『ちなみにその波は、サーフィンで乗れるらしいよ』

テイクオフ。俺は、乗るべき波を見つけた。

終わらない波は実在した。そのことに興奮した俺は、思わず二階堂に携帯電話でメールを打つ。

『ブラジル、マジで行くかも』

すると二階堂も驚いたのか、速攻でメールが返ってきた。

『すげえ！　で、いつ？』

そうたずねられて、はたと俺は気づいた。行くとしたら、いつがいいんだろう。

とりあえず今は夏休みだし、時期的にはぴったりだ。でもいきなり「行く」って言ったところで、親からすんなりオーケーが出るとも思えない。それに剛くんだってまだ着いたばかりで、向こうで落ち着いてないだろう。

第一、三浦さんの話にあった『年に一度の大きいやつ』っていうのは、いつ来るんだ。

まずは調べないと。そう考えた俺は、インターネットの画面で『ポロロッカ』を検索する。

すると驚くべきことに、この波は月二回の割合で起こっていることがわかった。三浦さんも大潮に関係していると言っていたし、やはりこれは満月とか月の引力とかそういった自然現象の末に起こる波らしい。

そしてそれの一番大きなやつが来るのは、向こうの雨期に当たる春。もの凄《すご》い勢いで河に降りそそいだ雨が、海に出ようとするところを逆流してくる海水に阻まれる。そのぶつかり合いによって生まれるパワーこそが、河を何百キロもさかのぼるほどの波を生み出すのだという。

「春に、行けってことか」

さらに検索結果を見てゆくと、驚くべきことにこのポロロッカでサーフィン祭りを開催している村まであった。もちろん本流ではなく、支流の比較的穏やかな流れを使っているふしはあったけれど。

「……もしかして結構、メジャーなイベント？」

自分が知らないだけで、一般的には有名なものなのかもしれない。そして現地は観光客で一杯だったりするのだろうか。もしそうだとしたら、ノーバディ・サーフィンなんて夢のまた夢だ。俺は混み合った河岸をイメージして、少しがっかりした。

しかしスクロールを重ねていくと、意外なことに気づく。情報が少ないのだ。

「ん？」

本当の意味でポロロッカについて書かれていたのは最初の数件だけ。あとは同じ名前の店や企業ばかりが出てくる。気になったのでブログでも検索をかけてみると、今度は結構な数がヒットした。それもサーファーの書いているものが多い。しかしそのほとんどは『ポロロッカでサーフィンができるらしい』という話題を扱ったものばかり。

「……実際、行った奴はいないのかよ」

噂ばかりで実体がない。現地の人間は乗っているのかも知れないが、どうやら日本人で乗った奴はいないようだ。さらに探ってゆくと、欧米のプロサーファーが乗った動画があちこちで見つかった。そこで俺は、無料のその動画をクリックしてみる。

ざわざわという音と共に、小さな画面の中で静止していたサーファーが動き出した。うねりを捉《とら》えたサーファーは、そのままバランスをとって波に乗り続ける。うまい。さすがプロのライディングだ。泥水のような黄土色のうねりの上で、サーファーは腰を深く落とし、膝《ひざ》でバウンドの衝撃を殺している。落ちない。まだ落ちない。まだ乗っている。

そして数分が経過した。俺はいつしかパソコンの画面の前で、両手をぎゅっと握りしめている。こんなものは、初めて見た。

「なんだよ、これ……」

＊

サーフィンするなら青い海。白い砂。顔のそばではじける透明度抜群の海水。抜けるような空に、心地よいオフショアの風。そして一日に何回か訪れる、最高のうねり。

俺の思い描く理想のサーフィンは、こんな感じだった。なのにこの映像ときたら。

底が見えないほど茶色く濁った水に、両岸はジャングル。風はどうかわからないけど、軽い地響きか遠雷のような音を立てて向かってくるうねり。抜けるような空は同じでも、状況が違いすぎる。

もし落ちたら、どうなるんだろう。あの色からして、水中で視界が利くとは思えない。それにアマゾンって、ピラニアとかいるんじゃなかったっけ。考えれば考えるほど、ポロロッカでのサーフィンはマイナス要素が多い。そもそも、どうやって河の真ん中でうねりを待つのかすらわからない。

なのにどきどきする。目が惹《ひ》きつけられる。行ってみたいと思う。

どうなるかわからないのに行きたいなんて、おかしいかな？　俺は自分で自分に問いかける。冷静になれ。俺は、何で、行きたいんだ？

「それは……」

一人机の前で、言葉に詰まる。エアコンの効いた涼しい部屋で、俺は何を待っているんだろう。握っていた手に力を込めると、内側にじっとりとした汗を感じた。握ったまま動かすと、にちゃにちゃして気持ちが悪い。でも、その湿った部分が気になる。無視しちゃいけないと誰かが叫んでる。

乾いた世界。見えてる未来。誰かの書いた線をなぞるみたいな人生。

『腐りたくない』

そう、思った。

小さく声に出してみる。すると、うねりのように遠くからどきどきがやってきた。

「……腐らないために」

「俺は、腐りたくない」

もう一度口に出すと、うねりがぎゅっと高さを増す。これは呪文《じゅもん》だ。口に出すたびに、何かがせり上がってくる。

気持ちの高まった今こそ、動き出すときだ。俺は思わず立ち上がって、部屋を出る。階段を駆け下りると、廊下で出くわした母親に怪訝《けげん》な顔をされた。

「ちょっとコンビニ」

そう言ってスニーカーに足を突っ込み、外へ出る。ついでに玄関脇に立てかけてあったスケボーを引っ摑《つか》んで、家の前の道路から乗り始めた。普段は車が気になるから公園に着くまで乗らずにいるんだけど、今日はそれが我慢できない。

はやる気持ちのままに片足で漕《こ》いで、一気にボードに乗る。ようやく陽の傾いてきた街はむわっと暑く、握りしめた手の中と同じ肌触りがした。歩道の端を駆け抜け、湿気《しけ》た空気を切り裂くようにして俺は前へ進む。

正面からやってきた自転車をノーズターンでかわし、前を歩いていたカップルを追い越す。後ろから突然現れた俺を見て、女の方が驚いたような表情をしていた。向かいの歩道では、けしからんという表情をしているばあさん。多分、音がうるさいからだろう。

ごうごうという音が、足下から地響きのように聞こえてくる。その音に後押しされるように、俺は風を切って進む。目的地はない。ただ広い方へ、思い切り走ることのできる道を選んでいった。

スピードをコントロールするため足に体重をかけては外し、アップスンダウンズを繰り返す。アップスンと呼ばれるこの動きは、海の上ではパワーゾーンや加速を操るテクニックだが、陸で乗るときは主に速度を上げるために使う。

アップスンを繰り返すうち、いつしかこめかみから汗がしたたり落ち、全身がじっとりと濡《ぬ》れ始める。気化熱で涼しさは感じるものの、身体の内側から生まれる熱の方が大きかった。

息を切らしながら進んでいると、道路の向こうにいつもの公園が見えてくる。ノーズを切り返してスピードを上げ、俺はゴールとばかりに入り口に飛び込んだ。ベンチの前までボードで乗りつけると、仰向《あおむ》けで倒れこむ。背中に当たる木の感触と、ぐるりと回った風景。見上げた空は、少しだけ夕暮れの気配をはらんでいた。

「……なにやってんだろう」

目に入りそうになった汗を拳《こぶし》で拭《ぬぐ》いながら、小さくつぶやく。一人で馬鹿みたいだし、非生産的だ。でもなんだか気持ちが地団駄を踏んでるみたいで、身体が止まっても心が動いてる。

俺は拳の外側についた汗を見つめ、静かに手を開いた。じっとりと湿った手のひらが、外気に触れてすっとする。その感触でようやく、俺の中の足は動きを緩めた。

気持ちが落ち着いたところで俺は起き上がり、ベンチに座り直す。そう。まずはきちんと考えろ。アマゾンに行きたいのはわかった。そしてポロロッカのメインは春。なら、春休みを利用すべきだろう。旅費は貯金を使うとしても、ブラジルは遠い。三泊四日なんていうのは無理なはずだ。

「だったら、やっぱ情報収集だよな」

調べるべきことはたくさんある。俺は立ち上がると、再びボードを手に駅前へと向かった。

本屋の自動ドアをくぐると、すっと涼しい風が頬に当たる。俺はガイドブックの棚からブラジルの本を抜き出し、アマゾンへの行き方を探す。

そこでまずびっくりしたのは、日本からの直行便がないこと。てっきりパリとかニューヨークみたいに、成田で飛行機に乗ったら次に降りるのはブラジル、という感じだと思ってたのに。ブラジルが地球の裏側にあるってことぐらいは知ってたけど、主要都市にも直行便がないなんて初めて知った。ちなみに一番楽な方法としては、同じ会社の飛行機で乗り継ぎを繰り返すというのがあるらしいが、それでも最低二回は乗り換えが必要だ。

しかもアマゾンに近い都市へ行くには、さらにブラジルの国内便でもう一回移動しなくてはならない。一体、どれだけ飛行機に乗せれば気が済むんだ。

「マジ、遠いし」

俺は乗り換えルートの地図を見て、ため息をつく。主要都市から三時間半って、どんだけ広い国なんだ。それとも日本が狭すぎるのか。

しかしガイドブックをめくっていても、肝心な情報があまり出てこない。アマゾンに関してのページが、ほとんどないのだ。あっても『ジャングルツアーを楽しもう』とか『エコツアー体験』みたいなものがほとんどで、ポロロッカでのサーフィンに至っては欄外に数行載っている程度。これだったら、ネットで検索した方がよっぽどましだ。

本屋を出て駅の構内に入ると、チラシの入ったラックが何台も置かれている場所がある。旅行会社の主催するツアーがほとんどだけど、よく見ると中には往復の航空券だけ手配してくれるようなものもあった。『南米』と書かれたものを探すと、遺跡や滝をメインにしたものがいくつかある。参考までに、と思ってツアー料金を見た俺は自分の目を疑った。

十日間で、四十万円台。

「……あり得ない」

四十万あったら、韓国《かんこく》や台湾に十回は行ける。四十万あったら、マックの百円メニューが四千回食べられる。ていうか四十万なんて大金、持ったこともない。これで、行くか行かないか以前に、「行けない」という選択肢が出てきてしまった。

遠い高い情報が少ない。アマゾンへの道は三重苦だ。それでも不思議なことに、気持ちはこれっぽっちもへこたれない。俺は頭の中で、自分の所持金を数えてみる。今持っている財布の中身は千円。あと部屋にへそくりっぽくとってある金が五千円くらい。メインは郵便局の口座だけど、そこにはお年玉貯金として十数万は入っていたはずだ。

でも、十万円台じゃどっちにしろ無理だ。四十万というのはホテル込みの料金だから、往復チケットだけだったらもう少し安くすることもできるだろう。でも現地での滞在費まで考えると、やはり同じくらいの金を用意したい。

かといって親に言って出してもらうには、額が大きすぎる。まあ、うちの親父だったら「アマゾン？　面白いね」の一言でぽんと出してくれそうな気はする。でも、できれば親には、特に親父にだけは頼りたくなかった。

だとしたら残された方法は一つ。稼ぐことだ。

＊

少し頭を冷やそうと、駅前のマックに入ってコーラを頼んだ。俺はなんだかさっきから、一人で盛り上がってはクールダウン、を繰り返してる気がする。動き出すヒントを摑んだのはいいけど、これじゃ焦りすぎだ。ボードの上だったら、確実にワイプアウトしてる。

店内を見渡すと、壁に夏のデザートのポスターが貼ってあった。大げさなチューブをサーフィンでくぐり抜ける動物のキャラクター。水色と白のさわやかな波。本来なら俺だって、こういう風景を理想としていたはずだ。なのにもう、これには心が動かない。ほんの数時間で、俺はどう変わってしまったというのか。

コーラを片手に席に着くと、俺は携帯電話の画面を開いて二階堂への返事を打ち始める。

『アマゾン河にいいうねりが来るらしいから、できれば来年の三月頃に行きたい。でも旅費がマジ足りない。てことでまずはバイト探し』

告白すると、俺はまだアルバイトをしたことがない。中学の頃は禁止されていたし、高校に入ってからはサーフィン以外に金を使うことがないので、必要がなかったのだ。こう言うといかにもお坊ちゃまっぽくて嫌なんだけど、実際金銭面で不自由を感じなかったんだから仕方ない。

『バイト？　何やんの？』

速攻で返ってくる二階堂の返事。さては今日も暇なんだな。

『今からマックで考えるとこ。なんかあったら教えて』

そう送ったあと、そのまま携帯電話でアルバイト情報を検索しにかかった。自分に近い地域、時給、時間などで調べてゆくと、自然と自分の方向性が決まってくる。まずは高校生を受け入れていること。夏休みが終わったら学校があるから、短期であること。そしてなにより、時給が高いこと。

「そうなると、やっぱり肉体系かな」

引っ越しの手伝いや、倉庫での荷運び。わかりやすいと言えばわかりやすい。とりあえず体力はあるし、この方向で検討すべきだろう。『応募』と書かれた部分をクリックしようとしたそのとき、俺の前に突然ドリンクが置かれた。

「ちょっと待った！」

そう言いながら腰を下ろしたのは、顔から大量の汗をしたたらせた二階堂だった。

「……もしかして、ものすごくヒマだったわけ」

「ものすごーく」

語尾にハートマークがついているような口調で、二階堂は笑う。脇に置いたボードを見ると、俺と同じように勢い込んで漕《こ》いできたってのがありありとわかった。

「あのさ、俺もまぜてよ」

「はあ？」

「いや、別にアマゾンに行きたいわけじゃなくて、バイトの話」

だってただでさえ退屈なのに、八田がバイトはじめたら俺はどうしろって感じじゃね？　まるで子供のような理屈で、二階堂はバイトをしたいと訴える。真面目に働く人が聞いたら、腹を立てそうな理由だ。

「俺はとにかく時給がよくて短期狙いだから、どうしたって肉体系になるけど。それでもいいわけ？」

「あーもう、それはオッケー。俺だって普通程度には体力あるし」

それなら、と俺は今見ていた画面を二階堂に見せる。

「引っ越しかあ。確かにその日だけ集まればいいって感じだもんな。でも倉庫作業は微妙だなあ。なんの倉庫に送られるかわかんないし」

「だから引っ越しにしようかと思ってた」

俺の言葉に二階堂はうなずくと、一息つくようにファンタをすすった。

「ところで、イベント系は調べた？」

「え？」

「俺、前に一回だけやったことあるんだけどイベント系も短期で高いんだよ。会場設営とか、キャンペーンスタッフとかさ」

そうか。設営の方なら男子もありなのか。俺はてっきり、イベントというのは女子しか募集していないものだと思ってスルーしていた。そう話すと、二階堂は訳知り顔で首を振った。

「キャンペーンギャルしかいないのは、今どき逆に珍しいって。ケータイの店だって、店頭で兄ちゃんが呼び込みしてたりするだろ」

「ああ、そう言われれば」

「笑顔をふりまくのが苦手じゃなかったら、こっちも並行して考えてみたらどうかな。引っ越しで全部埋めるのも疲れるだろうし」

それはそうかもしれない。俺は二階堂の言う通り、アルバイトを二本立てで考えることにした。

「三月までに、いくら貯《た》めたいんだっけ」

「あとでちゃんと調べるけど、四十万くらいかな」

ツアーのチラシに載っていた料金を基準に言ってみる。すると二階堂は驚いたのか、軽くむせた。

「よんじゅうまん!?　マジかよ！」

「大マジ。てかそれくらいないと、迷惑かけそうだし」

現地では剛くんのところに泊めてもらうとしても、食費や向こうでの交通費、それにいくらかわからないサーフィン大会への参加費などを考えると、金はいくらあっても困らないように思える。

「ちょっと待て。だとすると……」

二階堂は携帯電話の画面にカレンダーを呼び出して、指を折っていた。

「夏休みはいいとして、普通のときは週末の土日に働いて二万弱とする。それを二十回だから二十週と考えると、五ヶ月！」

「え？」

「やばいぞ、急がないと間に合わない！」

そう言うなり、二階堂は自分でもアルバイト情報のサイトにアクセスして、スクロールを始める。

「八田、明日はヒマ？」

「え、ああ。ヒマだけど」

「だったらこれ申し込むぞ。夏祭りの現場設営。時給が千二百円で、最寄り駅は学校と同じだ。定期が使える」

うなずく俺を見た二階堂は、そのままあっという間に『送信』のボタンを押してしまった。

「早っ」

「ま、悩む前に飛べってことで」

＊

翌日、俺たちは駅前で待ち合わせて現地へと向かうことにした。集合時間は八時四十五分。つまり、普段学校へ行くのと変わらない時間でちょっと不思議な気分になる。

「あら。今日も出かけるの」

声をかけてきた母親に、俺は一瞬ぎくりとした。

「うん。二階堂とちょっと」

大枠で間違ってはいない返事をすることで、なんとかやり過ごす。別に親に内緒でアルバイトをしたいわけでもないけど、話すのが面倒くさかった。なのにコーヒーを飲んでいた親父が、思い出したように話しかけてくる。

「今日も暑くなるらしいから、熱射病に気をつけるんだよ」

いつもと同じ、笑顔。昨日の疲れはすっかり抜けたみたいだ。

「……かぶるものは、持ったから」

手に持ったタオルを見せると、俺は目を合わさないようにして部屋を出た。じいちゃんのことがあったから、親父には優しい対応をすべきだと思っている。でもなんだか上手《うま》くできないから、どうにも中途半端な感じになる。その変な雰囲気が嫌で、俺は駅までの道を駆け抜ける。

電車を降りると、先に着いていた二階堂が手を上げた。

「うっす」

一緒に改札を出て、現地へ向けて歩き出す。携帯のサイトを見ると、場所は学校と反対側にある商店街を指していた。どうやら夏祭りというのは、ここの商店会が主催するものらしい。

「この道で合ってるかな」

地図を頼りに商店会の事務所にたどり着くと、そこにはすでに数人の人が集まっていた。

「あの、『バイトコム』で申し込んで来たんですけど」

責任者っぽく書類を持っていた人に声をかけると、彼は軽くうなずく。

「ああ。二人で参加の二階堂くんと八田くんね。高校生だっけ。ご両親の許可は取ってある？」

ここでたずねるくらいだから、形式的な質問だというのはわかっていた。だから俺と二階堂は、迷いなく「はい」と答える。それに内容からしても、いたって健康的なバイトだからばれたところで何の問題もないだろう。

「じゃあこれに必要事項を記入して」

書類を渡された俺たちは、事務所の机でそれに住所や名前などを書き込んだ。

「今日は盆踊りで使うやぐらをメインに、縁日の設営も行います。午前中は主に資材運びと基礎の組み立て。炎天下の作業なので、熱中症に気をつけてこまめに水分補給をして下さい」

「そうそう、熱中しすぎないようにね～」

奥のおやっさんの飛ばすゆるいギャグに、全員が苦笑する。のんびりとした空気。アルバイト初体験をここにしたのは、正解かも知れない。

なんて思ったのはつかの間。十分後、俺と二階堂は鉄パイプを肩に食い込ませながら顔色を変えていた。半端ない。この重さはマジで半端ない。

「なんだこれ……」

思わずつぶやくと、前にいる二階堂がぶんぶんとうなずいた。ビニールシートをかけられていたとはいえ、炎天下に数時間さらされた鉄パイプは熱く、その重さとともにダメージを与える。二本目ぐらいまでは余裕で運んでいた俺たちも、三本目からはだんだんと無口になった。

暑い重いしんどい。軍手をはめた手のひらはじんじんしびれてくるし、肩はアザができたんじゃないかってくらい痛い。頭はぼうっとしてくるし、なんだかもうわけがわからない。

パイプを支えているうちに指はしびれ、だんだん腕があがらなくなってくる。無理なパドリングを長時間繰り返した後の痛みに似た疲労が、筋肉に蓄積されていた。向かいで支柱を支えている二階堂を見ると、やはり辛《つら》そうに顔をしかめている。

「おーい。もうすぐお昼だから頑張れよー」

そんなこと言われても、これっぽっちもはげみにならない。それよりも今この痛みをなんとかしてくれ。そんな言葉が喉《のど》もとまでせり上がった。

そして昼前、すべての基礎が組み上がると同時に、アルバイト全員が地面に倒れ込む。

「終わったー！」

二階堂が頭のタオルをむしり取り、汗だらけの顔をごしごし拭《ふ》いた。俺は座ったまま、黙って息が落ち着くのを待つ。

「ご苦労さん」

そんな俺たちの前に、よく冷えたペットボトルが差し出された。

「今日はよく晴れてるから、きつかっただろう。大丈夫か？」

小太りのおっさんが、笑顔で覗《のぞ》き込んでいる。

「はい、大丈夫です」

本当は全然大丈夫じゃなかったけど、俺はそう言って頭を下げた。

「よかった。じゃあこれからお弁当を配るから、事務所へ行ってくれるかな」

二階堂と俺はよろよろと立ち上がる。

「やあやあ、お疲れ様」

事務所に入ると、ゆるいギャグのおっさんが弁当を手渡してくれた。まだできたてなのか、持つとほかほか温かい。

「ここは冷房が効いてるから、その辺に座って食べるといいよ」

「……ありがとうございます」

半死半生の状態で、俺たちは椅子にどかりと腰かけた。最初は食欲なんかわかないと思っていたが、弁当の蓋《ふた》を取ったとたんに猛烈に腹が減ってくる。俺たちは無言で箸《はし》を割ると、そのまま素早く飯を口に放り込みはじめた。

しょっぱいおかずが異様にうまい。それに端っこにある激甘の煮豆も。普段はどちらかというと薄味好みなのに、おかずのトンカツをソース漬けにしてもまだ足りないくらい濃い味が欲しかった。

「君たち、高校生だって?」

ギャグのおっさんが同じ弁当を食べながら話しかけてくる。

「夏休みにアルバイトってことは、何か欲しいものでもあるのかな」

「ええ、まあ」

アマゾンに行くため、と言うと説明がややこしそうなので俺は言葉を濁す。すると隣で二階堂が、俺は新しいスケボーが欲しいんです、と答えた。

「スケートボードか。いいねえ。青春って感じだ」

でも受験のときには乗っちゃダメだぞ。スベるからな。さらなるゆるギャグを飛ばしつつ、おっさんは立ち上がって奥に姿を消した。

俺と二階堂はペットボトルを持って事務所を出ると、設営場所の脇にある木陰に腰を下ろす。地面はまだぼんやりと暑いけど、それでも自然の風が心地いい。仰向《あおむ》けに倒れて目を閉じると、木漏れ日がまぶたの裏でちかちかと躍った。

「なんだかさあ」

同じように倒れている二階堂が話しかけてくる。

「すんごくしんどいんだけど、なんか今は悪くない感じじゃね？」

そよそよと吹く風にさらされる、日焼けした肌。たまに近くを通り過ぎる車の音。満腹感。

「うん。悪くない」

「きっと明日は筋肉痛で死ぬんだろうけど」

「確かに」

仰向けのまま会話をしながら、俺は瞬間的に眠りの淵《ふち》へと吸い込まれてゆく。

「……マジで悪くない」

海から上がったときの倦怠感《けんたい》にちょっと似てるから。そう言おうとしたときにはすでに、二階堂の方が盛大な寝息を立てていた。

これで午後一杯頑張って八千円。アマゾンへの道は、まだ始まったばかりだ。


夏祭りの設営を手伝ったあとは、二階堂の予言が当たった。筋肉痛によろめきながらも俺は二階堂の家を訪れ、次のバイトについて話し合う。

「肉体系は舐《な》めてたらマジでヤバいな」

「したら今度はちゃらい方、申し込んでみよっか」

二階堂はポテチを食べながら、『キャンペーンスタッフ』の項をスクロールした。どのサイトで探しても上の方に出てくるのは、やっぱりティッシュ配り。退屈なイメージはあるけど、とりあえず時給は高いしいつでも募集があるのがポイントだ。

「ティッシュねえ……」

金が第一目的じゃない二階堂は、あからさまに不満な顔をする。

「じゃあ『イベント整理員』はどうだ。少なくとも何かのイベントが見物できる」

「ああ、そっちの方が断然面白そうだな！」

しかし時給を比べてみると、わずかながらティッシュ配りの方が勝っていた。そこで俺は順番に申し込んでみようと提案する。

「今はお試し期間みたいな感じで、色々やってみるってのは？」

「そうだな。食わず嫌いはよくないもんな」

二階堂はポテチのかけらをざっと流し込んで、画面の申し込みボタンを押した。

「そんじゃ、よろしくっと」

申し込み日は、ティッシュ配りが先だった。『首都圏の主要乗り換え駅に集合』ということだったが、どこに送られるかわからない。

「一応、前日にメールが来るらしいけど」

「よくそれで成り立つよなあ」

「一人でも来ればいいって感じじゃね？」

ゆるいよなあ、と二階堂は笑う。まあ、ゆるい分には楽そうでいい。楽して金が貰《もら》えるなら、それに越したことはないんだから。

しかし、そうそう楽な話は転がっていない。

携帯電話に届いたメールを開くと、集合時間は六時四十五分。しかも指定された駅は、うちから一時間はかかる所にあった。

「これじゃ海に行くときと変わらないな」

五時に起きた俺は、思わず気象チェックをしてしまう。すると皮肉なことに、いいサイズのうねりが続くらしい。

「……んだよ、もう」

きらめきながらうねる海面を思い描いて、俺は軽く舌打ちをする。いっそブッチしてやろうかとも考えたけど、二階堂の手前それはできない。もしかして友達と二人で申し込む本当の利点は、さぼりの抑止効果にあるのかもしれない。

案の定、集合場所で顔を合わせた二階堂は半分寝ていた。

「ていうか、ティッシュごときになんでこんな早起き……」

壁にもたれかかり、ずるずると下に落ちてゆく。そのましゃがみ込んで頭を落とすと、二階堂はまるで「あれ」のように見えた。いくつもの路線が交差する大きな駅の地下道。俺たちの目の前を流れるように通り過ぎてゆく人々。その中で、じっと壁際にとどまっている俺たち。

「二階堂」

「何だよ」

「ホームレスっぽいんだけど」

　さすがにヤバいと思ったのか、二階堂は慌てて立ち上がる。

「マジかよ」

　俺は黙って通路の向かい側を視線で示した。そこには、壁にそって横たわる本職のおっさんがいる。

「うーん……」

　似てたかも、とつぶやいて二階堂が尻《しり》の辺りを払う。そのとき、近づいてきた誰かが声をかけた。

「あの、ティッシュ配りのバイトの方ですよね？」

「あ、はい」

　ちょっと年上、でなきゃ老けた同い年の男。彼は俺と二階堂に軽く頭を下げると、並んで壁際に立った。そしてポケットから携帯電話を出すと、メールを打ち出す。

「あのう」

　二階堂が話しかけると、男は顔をこちらに向けた。動きやすそうな服に、少ない荷物。おそらく慣れているんだろう。

「このバイトに、コツとかってあるんですか？」

「初めてなんだ?」

瞬間、ほんの少しだけ男の顔が優越感を浮かべた。はい、と笑顔でうなずく二階堂はそんな表情に気づいていない。

「まあコツっていってもね、特にはないけど。とにかく人の邪魔にはならないことだね」

「でもよく道の真ん中に立って渡してる人がいますよね」

「ああ。あれは初心者。ああいうのは逆に避けられやすいんだ。その証拠に、中州みたいになってる奴もいるだろ?」

確かに、真ん中に立っていれば人が通ると思うのは間違いかもしれない。歩いているとき配布する奴が見えたら、その時点で人はルートを変えるものだし。

「じゃあ道の端がいいってことですか」

「まあね。やっぱり人は通りやすいところに集中するし」

そんな会話をしているうちにようやく派遣会社の女性社員が姿を現し、俺たちについてくるよう指示した。地下道の出口から出ると、道路脇にワゴン車が停めてある。

「まずはこれを一人一箱持って、あそこの端まで行って」

顎《あご》でしゃくるようにして、女は商業ビルの軒下を示した。

「愛想のかけらもねえな」

箱を持って女から離れると、二階堂がぼそりと囁《ささや》く。俺も小さな声で「性格ブス」と返すと、にやりと笑った。

女はこの暑いのに、黒のスーツを身に着けている。スカートの足下は涼しそうだけど、ジャケットはいかにも辛《つら》そうだ。そのせいか不機嫌そうな顔をして、早口で連絡事項のみを告げる。

「じゃあこれから各自ティッシュを配ってもらいますけど、二時間単位で三十分の休憩が入りますから、自分で時計を見て帰ってきて下さい。配る場所は基本的に路上のみ。駅の構内や商業施設に入ったら注意を受けますから、気をつけて下さい」

　俺たちは黙ってうなずく。

「それと各自、距離は取ること。アルバイト同士で喋《しゃべ》って時間を潰《つぶ》しているのを見たら、二時間分の時給をなしにしますから。質問は」

「ノルマはあるんですか」

　俺がたずねると、女はむっとしたような表情でこっちを見た。

「強制ではありませんが、こちら側の希望としては二時間で一箱を空けてもらいたいですね」

「わかりました」

　その後俺たちは、貴重品や荷物の有無などを確認されたが、俺と二階堂は二人で一つのコインロッカーに荷物を詰めてきたので問題はなかった。

「さて、いざ路上だな」

　説明を聞き終えたあと、俺たちは相談をして扇形に広がることにする。

「真ん中は歩行者のスピードが速いから、初心者には向かないよ」

　男の忠告を受けて、駅のメイン出口に近い中央はベテランの男。そしてその左右を俺と二階堂が受け持つことになった。

男は俺たちに手を振ると、一足先に箱を抱えて歩き出す。

七時。通勤ラッシュの人波が溢《あふ》れ出てくるのを俺は待ち受ける。当たり前のことだけど、大人って夏休みはお盆前後しかないんだよな。朝から疲れた顔で歩くスーツの人々を目にして、俺は心の中で手を合わせた。ご苦労さん。

しかしいざ配ろうと用意を始めたとたん、俺は軽く気持ちが萎《な》えた。ティッシュを入れて手に提げるプラスチックのカゴ。よく見たらそれがあまりにもダサい。いかにも百均製といった感じの安っぽさはいいとして、問題はその色だ。

「よりによって……」

行ったことはないけど、なんとなく風俗系の店を思い起こさせる風呂場《ふろば》っぽいピンク。しかもティッシュを両手に持つためには、そのカゴに腕を通さなければいけない。ということは、まんまおばちゃんの買い物スタイル。

屈辱感、というほど大げさなものではないけど、なんとなく負けたような気分に襲われた。

それでも気を取り直して、俺は道の端から手を差し出す。

「よろしくお願いしまーす」

サラリーマン、軽く無視。返す刀で次にやってきたOLに差し出した。完全無視。まあ、こんなのは想定内だ。しかしずっと誰も受け取ってくれないと、さすがにヤバい気がしてくる。

思わずベテランの男の方を見ると、さすがに慣れた動きをしていた。そして確実に、俺よりも受け取られている。どこが違うんだろう。そう思って見ていると、あることに気づいた。あいつ、道の真ん中に立ってるじゃんか！

嘘を教えたのか。そう思った瞬間、俺はもう一つ嫌なことに気がついた。午前七時半。照りつけはじめた日射しがじりじりと肌を焼く中、あいつは何も被《かぶ》らずに涼しい顔で通路に立っている。そう。中央出口にだけは、屋根があるのだ。

負けるもんか。そう思った俺は、まず奴の動きを観察した。ティッシュは両手に二つずつ、そして身体は人の流れに対して真正面じゃなくて半身。胸の位置から突き出すんじゃなくて、腰の辺りから出す。ポイントは、相手の顔を見ないこと。

真似してみると、奴の動きは確かに理にかなっていた。俺は最初流れが見たくて前を向いていたけど、誰だってティッシュ配りに真正面から待ち受けられるのは嫌だろう。だったら、どっちつかずの状態で相手を油断させた方がいい。それに人は突き出された物を、わざわざ手を上げて取りはしない。けれどそれが自然な位置にあれば、とにかく摑《つか》んではくれるのだ。

目を見ないようにして、低めに差し出す。

「ありがとうございます！」

初めてもらってくれたサラリーマンに思わず礼を言うと、驚いたように振り返る。そうか。配ってる奴は礼なんて言わないのか。

なんとなくバリエーションをつけながら配っていると、わずかながら調子がつかめてきた。

数人に一人の割合で受け取ってもらえると、カゴの中身がみるみる減ってゆく。けれど何故か気分は微妙に下降線を辿《たど》っていて、時間が経つにつれて俺はここに立っているのがつらくなってきた。

「ああ、それは無視されてるからだよ」

九時。休憩の時間に再会した嘘つき男は、こともなげに笑う。

「無視、ですか」

やはり奴の嘘に気づいたらしい二階堂が、不機嫌そうな表情で男を見た。しかしその視線を軽く受け流して、男は続ける。

「そうだよ。五人通りかかって二人に渡せたとしても、残り三人には無視されてる。てことはさ、半分以上の人間に無視されてるってことじゃないか。それはたとえ意識してなくたって、へこむよ」

「あー、まあそうかもしれませんね」

ペットボトルのお茶を飲み干して、俺はふと思いついたように男を見た。

「ところで、次は場所を交換しませんか？　なんか、同じ場所で無視されてるとつらいんで」

「え？　でも真ん中はつらいって言ったよね？」

なんだよ面倒くさいな。奴の顔がそう言っている。

「でも同じ時給で一人だけつらいところにしちゃうのも悪いから、次は俺とこいつで代わりますよ」

「いいよそんな、今日が初めての君たちには荷が重いって」

俺たちのやりとりを、社員の女がじっと見ていた。そこで俺は女に向かってたずねる。

「あの、一つの場所をずっと一人がやった方が効率いいとかあるんですか？」

「ないわね。むしろ場所は二時間ごとに変えるべきだわ」

この台詞《せりふ》に男はぐっと言葉に詰まった。

「じゃあ今日はあと二回あるから、次はこいつが真ん中で、その次を俺がやります」

いいですよね？　と笑顔でたずねると男は俺を憎々しげな目で見る。

「やったな」

二階堂が小声で囁いた。俺は男に見えないようピースサインを出すと、わざと勢いよく立ち上がる。

「さて、新しい場所でスタートですね！」

残り二回。確かに場所を変えたら気分も変わった。特に最後の中央出口付近は、ほとんど入れ食いといった状態でティッシュのはけもいい。電車が到着するたびに、押し出されてくる人々。それはまるで狭い河口から海へ出る流れのようで、俺は一瞬だけど水を感じた。多分、海に行きたい気分がそう思わせたんだろう。

けれどいくら配っても、箱の中身はなかなか減らなかった。見たところベテランの男も空になってはいなかったから、二時間で一箱はかなりハードルの高い目標なんじゃないだろうか。

しかも時間が遅くなるにつれ人の数が増え、その分無視される回数も増えてきた。

「でもまあ、空けなくてもバイト代は同じわけだし」

自虐的な気分で、言ってはならない台詞をあえて口に出してみる。

そんなとき、出していた手に強い衝撃を受けた。殴られたのだとわかったのは、腰パンをじゃらつかせた若い男が拳《こぶし》を見せつけながら歩いていたからだ。

「うぜえんだよ！」

そう吐き捨てた男の声と、プラスチックのカゴが落ちた軽々しい音が重なる。瞬間、人々が何ごとかと振り返った。

「んだと！」

追いかけようとしたところで地面に散らばるティッシュを踏みつけてしまい、俺は思わず足を止める。そしてその逡巡《しゅんじゅん》の隙に、男は人混みへと姿を消した。

俺は黙って路上に落ちたティッシュを拾う。下品なイラストの入った、出会い系のティッシュ。それを一つずつ拾い集めていると、なんだか人間として終わりかけてるような気がしてきた。

もちろん、誰も拾ってなんかくれやしない。俺だってそうするだろう。道で年寄りが荷物をぶちまけてたら手伝いもするけど、ティッシュ配りがティッシュを落としたらそれはただの自業自得って感じだからだ。

どかどかどかどか。しゃがんでみると、思ったよりも人の足音は大きく聞こえる。革靴にハイヒールにサンダル、たまにスニーカー。バッファローの大移動みたいな音をたてて、人は動き続ける。立ち止まる奴なんかいない。皆、同じ方向を向いて進むだけだ。

ふと、顔を上げて流れの方向を見る。そこに何があるというんだろう。何を求めて、先を急ぐんだろう。

＊

「やっぱ、向いてなかったな」

地元のマックでソーダを飲みながら、二階堂がうなずく。

バイトを終えた足でここに来た俺たちは、まっすぐ家に帰りたくないほど気持ちが疲れていた。

「なんかなあ、足も痛いけど、心がイタすぎ」

「だよな。なんか自分が、物になったみたいな気がする」

「そうそう！　石みたいに避けてくんだよ、人がさ。それがマジで気持ち悪い」

人として見られないことが、こんなにこたえるとは思わなかった。よくいじめの話でクラス総シカトなんて聞くけど、それをもしやられたら、本当につらいだろう。

そう考えると、午後に出会った腰パン男なんかいっそいい人に思えてくる。だってあいつは俺を人として見て、なおかつ声をかけてきたんだから。

「もうこの路線はやめとこう」

幸い次に入っているのは『イベント整理員』だから、路上ということはないだろう。俺たちはそれに望みを託して、厄落としのように百円マックを食いまくった。


夜、自分の部屋で俺はフリーメールの画面を開く。剛くんのアドレスを呼び出してから、机の前で頬杖《ほおづえ》をついた。何て書けばいいんだろう。

『泳です』

タイトルはこれでいい。問題はここからだ。

『アマゾンって面白そうな所だね。本当に行ってみたくなりました』

小学生かよ。俺はもう一度打ち直す。

『本当に行ってもいいですか』

単刀直入すぎる。でも、いきなりポロロッカの話をするのにも抵抗がある。つきあいきれないから来るな、と言われたら終わりだし。

『剛くんがいると知ってから、アマゾンについて調べました。そうしたら本当に行きたくなったんだけど、迷惑じゃないかな？』

微妙だ。行く気まんまんなのが、文章からだだ漏れ。

『調べてみたら、アマゾンは面白いね。いつか本当に行きたいんだけど、もし行くならどうしたらいいのかな』

うん。クエスチョンマークがないだけで、大分さりげなくなった。これなら一発目から退《ひ》かれることはないだろう。俺はメールを何度も読み返したあと、力を込めてマウスをクリックした。

俺は何度も自分に言い聞かせる。今、自分は勝手に行く気になっているけど、剛くんの出方次第で状況はいくらでも変わる。あの言葉がただの社交辞令だったなら、俺は自分でアマゾンへの道を探さなきゃいけない。だから安心するな。まだ保証されたわけじゃない。手がかりを貰《もら》っただけなんだ。

なのに、何度言い聞かせても気持ちは足踏みをし続ける。

行くんだ行くんだ行くんだ。だだっ子のように心の中で叫んでる。行けないかもしれないなんて、これっぽっちも考えたくない。前に進みたい。

そして俺はいつしか、目を閉じる。そのとき聞こえてきたのは、安らかな海の音ではなくて大勢の足音。どかどかばたばたとうるさい、群れの音だった。

＊

剛くんからの返事が気になりつつも、俺はアルバイトに出かけた。今日は家から一時間の所にある会場に八時集合。今のところ一勝一敗といった感じだけど、今回はどうだろうか。

「はい。じゃあ皆集まったところではじめまーす」

広い会場の一角に作られたブースで、俺たちは説明を受けた。今日のイベントはおもちゃ会社の新作発表会で、普通のゲームからスライムみたいな原始的なおもちゃまで、各社の新製品をアピールするイベントらしい。

「なので、できるだけお客さまに声をかけて、商品に触っていただくことが狙いです」

ちなみに俺たちのブースでは、懐かし系のシンプルなゲームがおすすめらしい。ボタンが二個で、画面も白黒。クオリティよりも、値段の安さと軽さから企業などにおまけとして買ってもらうことを目的にしている。

「ちゃっちいな」

俺がぼそりとつぶやくと、二階堂が苦笑しながらうなずいた。しかし反対側の女の子は、刺々《とげとげ》しい声で反撃してくる。

「これはちゃっちくて気軽なのがコンセプトのゲームでしょ。商品を馬鹿にしてたら、おすすめなんかできないわよ」

キャンペーン用の黄色いジャンパーを着た女の子は、同い年くらいだろうか。結構可愛いのに、生意気だな。

「社員かよ」

小声で返すと、真顔で睨《にら》み返してきた。

「社員じゃなくても、今日一日おすすめするものはきちんと把握しておくべきでしょ」

正論過ぎて反論できない。俺は軽く負けた感じで、説明の続きを聞いた。

十時に客を入れはじめた途端に、各ブースの周りに人だかりができる。ただで遊べるのを目的に来た子供、業界の人っぽい背広組、オタくさい人、ひやかしに来ただけのカップル、それに業界紙やネット関連の記者腕章をつけた人々。

「ねえ、これやっていい？」

下から小さい子供に言われて、俺はゲームを差し出す。

「いいよ」

子供は嬉《うれ》しそうに笑うと、壁際に移動してゲームをやりはじめた。うん、なんか微笑ましくていい。

「ちょっと」

「はい？」

カップルの女に声をかけられ、俺は振り向く。

「これ、貰えないの？」

「あ、はい。これはまだ販売していないので、お持ち帰りはできないんです」

説明で言われた通りのことを繰り返すと、連れの男が顔をしかめた。

「しょぼいゲームのくせに、配布もなしかよ」

「はい？」

自分がさっき同じことを言ったにもかかわらず、俺は純粋に腹が立った。けれどそれを顔に出したら負けだ。そう思った俺は、「申し訳ありません」と頭を下げる。

「ケチなブースだな」

そう言い捨てると、二人は腕を組んでだらだらとブースを後にした。ムカつく気分で顔を上げると、今度は違う方向から声がかかる。

「あの、ゲームやらせてもらえますか」

「はい」

振り返った瞬間に、がっかりした。見るからにオタク。それも古典的な感じの、小汚いおっさんだ。

「どうぞ」

いやいや、外見で判断しちゃいけない。もしかしたら有名ゲーム会社の社員かもしれないし。

そんなことを考えていると、男の口から質問が矢継ぎ早に飛び出した。

「最大可動時間は」「材質は」「百個単位の値段は」、指が高速で動きながら、ゲームを簡単にクリアしてゆく。すべての種類を試し終わったところで、男は俺にゲームを返した。

「及第点以下だね。後追いにもほどがある。これ売り物にしたら、ちょっと泥棒って感じだよ」

「はあ……」

泥棒まで言うか。俺は正直、うんざりしはじめていた。だいたい最初にゲームを渡したガキ、あいつはずっとそれを独り占めしたまま、使いっぱなしで返そうともしないし。

「まあバイトくんに言っても仕方ないけどね。企業だからって安かろう悪かろうのコピー商品を堂々とやられちゃ、マニアからしても許せないっていうかさあ」

やっぱりただのオタかよ。俺は心の中で悪態をつく。別にオタが嫌いなわけじゃないけど、こういうタイプは本当にムカつく。けれど顔には出さず、無難な返事でお茶を濁す。

「はあ、すみません」

「やる気ないねえ。ていうかゲームがこんなんじゃ、やる気もでないかあ」

そのあとも男はゲーム業界についてくだくだと喋《しゃべ》り、しまいには最近の若者についてまで喋り倒していった。ていうかお前は一体いくつなんだよ。そう突っ込みたくて仕方なかったけど、とりあえず俺は我慢することができた。

以前の俺だったら確実に声を荒らげていただろうけど、ティッシュ配りの後では何故か許せる。

「ムカつく言葉も態度も、とにかく相手にされているという実感があるからだろうか。これは二階堂も同じだったらしく、イベントが終わったあとのお茶で激しくうなずいていた。

「ティッシュ配り、恐るべしだな」

「なんていうか、未知の人に対するハードルが異常に下がるよな」

いい勉強にはなったが、二度とやりたいとは思わない。

「それにくらべると、あの商店会のバイトは良かったなあ」

二階堂の言葉に俺はうなずく。

「安いし体もきついけど、気分がすっきりしてたよな」

「あれが最初で、ラッキーだったのかも」

「……結局、バイトって内容より人かもな」

資金を貯《た》めるために始めたバイトだけど、どうせやるなら気分よく働きたい。多少本末転倒っぽいけど、俺たちはここでバイトの方向性を決めた。

「不特定多数へ接客するやつは、やめとこう」

そうなると、短期で時給が高い中に残されたのは肉体労働系。身体を動かすのは嫌いじゃないから、次は引っ越しだと二階堂がボタンを押す。

*

家に帰るなり、パソコンを立ち上げた。何をしていても、一日中頭の片隅から離れなかったこと。客に怒られている最中でも気になって仕方なかった、剛くんからの返事。

どきどきしながらメールのページを開くと、そこには一件のメールも届いていない。

「なーんだ……」

剛くんは仕事をしてるんだから、返事が遅くたってしょうがない。それにもしかしたら、奥地へ行っている可能性だってあるし。そんなことは頭でわかっているけど、でもやっぱり返事が欲しかった。

このままじゃ俺、ただバイトをしただけの夏になっちゃうよ。

俺はベッドに横たわると、両腕で目の上を塞《ふさ》いだ。

海へ行きたい。

朝起きて最初に思ったのは、そんなことだった。

今すぐ電車に乗り、三浦さんのショップを横目に海に飛び込みたい。たとえ波に乗れなくても、とにかく潮の匂いを嗅《か》ぎ、身体を水中に放り込んでしまいたい。

最後に海に行ってから、まだ二週間弱。なのにその欲求は突然大波のようにやってきて、俺をざぶりと呑《の》み込んだ。ちょっと我慢していればすぐに過ぎ去ると思っていたのに、うねりの力は予想外に強く、巻き込まれた俺は感情の渦にぐるぐると翻弄《ほんろう》される。

「今日はバイトだし」

自分に言い聞かせるようにつぶやいてみても、気分は変わらない。一刻も早く海に行かないと、叫びだしてしまいそうな焦燥感。じりじりして居心地が悪くて、こんな気分は何だか苦手だ。

自ら望んで入れた予定なのに、誰かを恨みたくなるような晴天。携帯電話の波情報サイトをちらりと見ると、『今日は乗らなきゃ損!』なんて書いてあるし。見なきゃ良かったと後悔しても、もう頭の中は白く泡立つ波打ち際の映像で一杯だ。

それでも強引に立ち上がって着替えると、我知らず小さなため息がもれた。

「はあ……」

好きな場所に今すぐ行きたいなんて、子供みたいだ。せめてこの間みたいに、苛立《いらだ》ちを勢いに変えることができれば少しはすっとするのに。

そういえば、俺は昔からあまり手のかからない子供だったらしい。

「だって泳くんは駄々もこねないし、わがままも言わなかったもの。本当に楽だったわよ」

そんな母親の証言を、今ならきっぱり否定できる。そうじゃない。わがままを言わなかったのは、言う必要がなかったからだ。

欲しいものはおおむね買ってもらえたし、どうしても嫌なことにも遭遇しなかった。習い事はちゃんと通ったし、恵まれた家庭に育ったお坊ちゃんと言われてしまえばそれまでだ。でもそれは実のところ、俺の性格による部分もあったと思う。なぜなら俺は欲しいものがあっても待つことができたし、大抵のことは器用にこなせたので、本当に嫌なことにはあまり出合わなかったのだ。

でもそんな俺の心は、今初めて駄々をこねている。それは、欲しくても手に入らないものができてしまったから。誰かに向かって泣いて叫んで、それで願いが叶《かな》うなら、いくらでもそうしてやりたい。

海に行きたい。アマゾンに行きたい。波に乗りたい。絶対乗るんだ。

恥も外聞もなく地面に寝転がって、子供のようにわあわあとわめきたい。

でもそれをすべき相手がわからず、言うべきときもわからない。ぶつける先のない感情は、ただぐるぐると心の中をかきまわす。

昔のことを思い出したついでに、子供の頃の習い事を二階堂にたずねてみる。

「親のすすめで素直に通うなんて、信じらんないね。俺は死ぬ気で抵抗したぞ」

途中の駅で待ち合わせた二階堂は、目を見開いて声を上げる。あまり眠そうじゃないのは、今日の集合が九時と遅めだからだ。都心にある引っ越し専門の会社には、急行に三十分乗れば着く。

「う―ん。俺はおやつ目当てだったから、嫌じゃなかったのかも」

「それはあれだよ。お前の親の教室選びのセンスが良かったからだよ。俺だって美人の先生がいて、きれいな教室でおやつが出たら通ってるって」

まあ、確かに親のセンスは悪くない。バブルを引きずる親父は何をするにも形から入るし、母親はお洒落《しゃれ》であれば大抵のことは許せるという体質だ。

「極端な話をすれば、俺が悪いことをしようと思ったとき、ヤンキーはNGだけどクールなb‐boyならOKみたいな感じだよ」

「そりゃ面白いな」

「だから習い事も、英会話とスイミングスクールで済んでたんだ」

いわく、英語が喋れたら格好良いじゃない？　体形が逆三角形だったら、将来的に素敵よね。それに何より、男の子が金槌《かなづち》って格好良くないもの。その延長線上にサーフィンもあったというわけだ。

「うちもそういう路線でいてくれたら、楽だったんだけどなあ。結局俺なんか、近いっていうだけの理由で書道教室だぜ？」

書道もいいじゃん。俺が言うと、二階堂は激しく首を振った。

「だから、近いってだけなんだって。先生はそこんちのおばさんだし、授業時間の半分は一緒に来た母親とのお喋りで潰《つぶ》れて、ぐだぐだだったな。なんか聞くと『墨摩《す》ってなさい』って言われたから、超ヒマだったよ」

「ひでえ」

軽く混み合った電車の中で笑い声を上げると、隣に立っていたOLにじろりと睨《にら》まれた。普段だったら八時台のルールくらいわかってるんだけど、夏休みだから油断した。俺と二階堂は顔を見合わせて口をつぐむと、それぞれどんよりとうつむいた。そう。俺たちは今、ちょっと弱っているのだ。

勢いのままにアルバイトを片っ端から申し込んだ結果、微妙に不快な仕事が続いた。ティッシュを配るのもゲームの説明をするのも嫌じゃなかったけど、問題はそこに訪れる不特定多数の人々だった。

相手を物のように無視する態度や、初対面なのに言いがかりをつけてくるような奴。これまでの人生であまり理不尽な相手と向き合ったことのなかった俺たちは、それですっかり気分が落ち込んだ。

このままじゃ人間不信か対人恐怖症になる。言葉には出さなかったけど、俺と二階堂はお互いにそんな恐怖を感じていた。

もし今度も人として扱われないような職場だったらどうしよう。でもそれも駄目だったら、もしかして俺たちって、そもそも社会に向いてないってことなのかもしれない。ていうか、そんなんで将来就職とかできるのかな。考えだすと不安はぐるぐると渦を巻き、気分が落ち込んでゆく。

でも、それを口に出したら本当に恐くなってしまいそうだから、声に出すことはない。そのかわり、くだらない話題でもとにかく話し続けていたかった。明るい声で笑っていられれば、とりあえず大丈夫だと信じて。

駅から数分歩いた所にある引っ越し専門会社は、思ったより立派な『会社』だった。

「まあ、テレビでコマーシャルとかやってるくらいだからな」

そうつぶやいてみても、受付には綺麗《きれい》なお姉さんが微笑み、花なんか飾ってあるところを見ると、少々気おくれしてしまう。しかし二階堂的にはヒットだったらしく、自動ドアを嬉々《きき》として抜けると、一直線に受付のカウンターに向かった。

「あの、引っ越しのアルバイトで来たんですけど」

集合場所は携帯電話に届いたメールで知っているくせに、あえて話しかける。

「ああ、それでしたら建物の裏手に回って下さい。一階が作業スペースになっていて、その中央に配車事務所がありますから、そこに声をかけて下さればわかると思います」

る。

「ありがとうございます！」

必要以上の声を出してお辞儀をした二階堂は、世にも幸せそうな表情で俺の方へと駆けてくる。

「……言わなくてもわかるからな」

「そう？」

「いい会社じゃん、とか思ってるだろ」

まあまあまあ。二階堂は笑いながら俺の背中を叩《たた》いた。

「働くモチベーションての？　そういうの、ないよりはあった方がいいわけだし」

鬱《うつ》からあっと言う間に立ち直った二階堂は、足取りも軽く駐車場へ入って行く。

「にしても広いなあ」

辺りを見回して、思わず声を上げた。駐車場が、とにかく広い。そこに二トンや四トンのでかいトラックが何台も並び、よく見ると中には梯子《はしご》車《しゃ》みたいなやつまである。

「特殊車両って、なんかわくわくするよな」

見学者丸出しの状態でトラックの脇を通り過ぎると、やがて屋外の駐車場と地続きの場所に配車事務所らしきものが見えてきた。打ちっぱなしのコンクリートで囲まれた空間にぽつりと佇《たたず》むプレハブ小屋は、デパートの駐車場出口なんかでよく見るものと同じだ。

近寄って窓を叩くと、年配の男性が顔を出す。

「アルバイトの学生さん？」

「はい」

「暑いのにご苦労さん。もうすぐ担当者が来るから、この付近で待ってるといいよ」

そのおじさんの対応を見て、俺と二階堂は顔を見合わせた。対応がすごく人間っぽい。この会社は、本当にいいかもしれないぞ。

待っている間に周囲を見ていると、いかにも配送といった感じで段ボール箱を載せた台車があちこちを行き来している。柵《さく》のあるラックで運ばれているのは、大型の家具や縦長の照明だろうか。

「ああいうの、階段とかで持たされたら自信ないかも」

「いきなり素人にそんなことはさせないだろ」

きっと俺たちは地味に段ボールを積み上げたりするだけだよ。そんなことを話しているところに、声がかかった。

「そこの二人、今日のアルバイトか」

いきなり居丈高な口調。嫌な予感のまま振り向くと、イメージどおりにガタイのいいおっさんが立っている。

「そうですけど……」

二階堂は、気圧《けお》されたまま語尾を濁した。おっさんは近づいて来ると、ファイルに挟まれたエントリーシートと俺たちを見比べる。

「高校生か。細っこいけど、力仕事は大丈夫なんだろうな」

じろじろと値踏みされるように見られて、俺はむっとした。

「二人とも運動やってますから、大丈夫だと思いますけど」

すると次の瞬間、いきなり俺たちは頭をぽかぽかと殴られた。痛くはなかったが、びっくりして思わず声を上げてしまう。

「何すんだよ！」

「うるせえっ!!」

上げた声の倍音量で返されて、俺は瞬時に口を閉じた。

「けど、で終わらせる言葉を使うな。言う気があるならその先まできちんと続けろ。そういう言葉づかいが、俺は大嫌いだ」

あんたの好き嫌いで世の中は動いてんのかよ。そう言おうとしたが、猛獣のような雰囲気に負けて再び口をつぐむ。

「お客さまの前でそんな喋《しゃべ》り方をしたら、エレベーター禁止で働かせるから覚悟しとけよ」

はい。殊勝な返事をした俺たちは、視線で会話した。やっぱハズレだ。

猛獣なおっさんは、四方《よも》と名乗った。

「うちは一回の引っ越しを一班で行うから、俺のことは班長と呼んでくれ」

はい、と返事をするのは俺と二階堂の他に、社員らしき男女が一人ずつ。

「今日の引っ越しは若い女性の一人暮らし。だから荷物の内容は比較的楽だと思うが、依頼内容としてはトラックが二台。そういう理由で今日はアルバイトが二人入る。二階堂と八田だ」

呼び捨てかよ。そう思いつつも他の二人に頭を下げる。二人とも笑顔でよろしくね、と返してくれたので良かったが、俺は男の方を見て驚いた。制帽の下の髪の毛が、会釈とともにちゃらちゃらと音をたてたのだ。

ドレッドヘア。CDのジャケットで見たことはあっても、身近な人間の中では見たことのない髪型だ。でも、社員がこんな髪型をしていいんだろうか。

「こっちは女性部の加藤《かとう》と、それから短期社員の馬場《ばば》だ。二階堂と八田は、わからないことがあったら馬場に聞けばいい。わかったか」

はい。と声を揃えると、猛獣は俺たちに何かを放って寄越した。

「制服だ。あっちの奥にロッカーがあるからそこで着替えてこい。あと、靴は安全靴が置いてあるからそれに履き替えてくること」

「安全靴？」

俺が首を傾げると、ドレッドの馬場さんが教えてくれた。

「引っ越しの作業って重いものを運ぶだろ。それを足の上に落としたりしたら大変だから、つま先が補強された靴を履くってわけ」

二階堂と二人でロッカー室に入ると、そこにはサイズ別に区分けされた安全靴が並んでいる。それぞれ選んで着替えると、最小限の私物だけをポケットに入れて外に出た。

「おーい、こっちこっち」

トラックの窓から顔を出した馬場さんが、手招きをする。

「えーと、八田くんはこっちに乗って、二階堂くんは前のに分乗してくれるかな」

「あ、はい」

言われるがままに乗り込むと、運転席では加藤さんがにっこりと笑っていた。

「加藤さん、が運転するんですね」

女性と大きなトラックの組み合わせは意外だったので、つい思ったままを口に出してしまう。

「うちは正社員が運転することになってるから」

馬場さんを挟んだ向こうで、加藤さんが前を見ながら答えた。

「でも君は、行きがこっちでラッキーだね」

馬場さんが俺にガムを差し出す。

「四方さんと一対一はつらいもんねえ」

大きなハンドルをぐぐっと回して、加藤さんは苦笑した。

「やっぱ、恐いんですか」

「いや。四方さんはあんな見かけだけどいい人だよ。ただ、運転席に座るとね……」

「どうなるんですか」

ハンドルを握ると豹変《ひょうへん》、っていうのはよく聞くけど。しかし馬場さんは首を振り、いかにも恐ろしそうに声を潜める。

「あの人は運転席に座ると……、演歌のジャイアンになるんだ！」

「はい?」

「調子っ外れで音程の狂った演歌を、隣で延々と聴かされるんだよ」

恐いよねえ。そう言って二人は揃って笑った。

＊

それから三十分。現場に着いたとき、トラックから降りてきた二階堂はぐったりとしていた。

「あの二人から聞いたよ。すげえんだって?」

「すげえとかすごくねえとか、もうそういう次元の問題じゃないんだ。なんていうのかな、あれは……。未知との遭遇?」

帰りはお前だからな。覚悟しといた方がいいぞ。二階堂はそれだけ言うと、両手で顔を叩いた。

「さて。じゃあ一旦《いったん》集合」

四方さんの号令で全員がトラックの前に集まる。

「最終確認だが、一応事前連絡によるとお荷物はまとめ済みらしい。二階堂と八田は指示された段ボールを運べ。皆、相手は女性だということを忘れずに、丁寧な物腰を心がけてほしい。以上、今日もよろしくお願いします」

四方さんのお辞儀にあわせて全員が腰を折る。

「よろしくお願いします！」

一人暮らしの女の人、と聞かされていた。けれど部屋に入るなり、俺は言葉を失った。なんだ、この箱の量は。

「ちょっと本が多いんですけど、よろしくお願いします」

ぺこりと頭を下げたのは、二十代くらいの女性だった。引っ越しのためかほとんど化粧もしていないので、すごく若く見える。

「本は、新しいお部屋のリビングに運べばよろしいでしょうか」

「うーん、ちょっと量が多いのでリビングと寝室の半々でお願いします」

一応、数字で区別はつけてありますから。女性は引っ越し先の見取り図を広げて説明した。

「よし。じゃあさっそく二階堂と八田は本の段ボールを運んでくれ。馬場、トラックを開けて置き場所の指示だ。それから加藤はお客様と衣類及びキッチン回りのチェック。俺は電化製品の梱包《こんぽう》をする」

「はい！」

それぞれが持ち場に散ると、馬場さんがまず箱を持ち上げる。

「そしたらまず、二人で一箱を持ってみようか」

「俺たちも一箱持てますよ」

「いや。本って案外重いんだよ。だから持ち上げることはできても、トラックまで運ぶのはきついんだ。だから最初はちょっと慣らしって感じでさ」

言いながら、さっさと先に部屋を出てしまった。俺と二階堂は仕方なく、一番手前にある箱に手をかける。

「確かに重いけど、別にこれくらい平気だよな」

「なあ」

むしろ二人で運ぶのは、後ろ歩きをしなければいけないから面倒くさい。それでも逆らうわけにはいかないので、ゆっくりと歩き出した。狭い玄関を出て、廊下を階段の方へ進む。この建物は二階建ての小さなマンションだから、エレベーターが存在しないのだ。

「うお。階段、けっこう恐え」

前を担当した二階堂が、悲鳴を上げる。

「なんか、すっげえ急な感じがする。落としたら俺が死ぬぞ」

「俺もかなり恐い。超前のめり」

二人で持つと、階段の傾斜が強調されるのだろうか。俺たちは腰が引けた状態で、のろのろと下る。

「あー、遅い遅い」

トラックの前では馬場さんが腕組みをして立っていた。

「でも、二人で階段って恐いですよ」

俺が言うと、馬場さんはにやりと笑う。

「段ボールより持ちにくくて重いものを、俺たちはこれからじゃんじゃん階段で降ろさなきゃいけないんだよ？」

「あー、そうっすよね」

二階堂が頭をかくと、馬場さんはトラックの奥を指さした。

「ま、とりあえず誰かと運ぶ感覚を摑《つか》むために、十個くらいは二人でやってみてよ。慣れたら一人でもいいからさ」

「わかりました」

トラックの奥に箱を収めたところで、ようやく一つ完了。一体これを何回繰り返せばいいのか、考えてはいけないような気がする。

二階に戻ると、リビングで四方さんがテレビやDVDのプレーヤーを梱包していた。使い捨てではないエコ包装の緩衝材でてきぱきと包み、組み立て式の箱に入れては中身を明記してゆく。その手早さは、まるで家電量販店の店員みたいだ。

「速いっすね」

思わず足を止めた俺たちに、猛獣が吠《ほ》える。

「喋《しゃべ》ってないで動けよ」

「はい！」

慌てて二人で箱を持ち上げると、廊下へ出て魔の階段を下りた。荷物を持たないで下りている分には急に感じないのに、持った途端角度が変わるようでなんとも不思議だ。

それでも馬場さんの言う通り、十個も運ぶとコツが摑めてくる。腰が引けると逆に体が斜めになるとか、できるだけしっかりと荷物にくっついて下りればあまり恐くないとか。

「よし。じゃあ今度は一人でよろしく。ただし、持ってみて重いやつは無理をしないで二人で運ぶこと。腰とか膝《ひざ》をやると、後でつらいからね」

「わかりました」

代わる代わる箱を運んでいると、やがて汗が噴き出してくる。しかし慣れてくるに従って、箱の山が徐々に低くなってきた。

「結構、達成感があるよな」

すれ違い様、二階堂に声をかけると、嬉《うれ》しそうにうなずく。

「だよな。俺、このパターン嫌いじゃないぜ」

「俺も」

最初にやった商店会のアルバイトを思い出して、ほのぼのとした気分になる。四方さんは恐いけど、とりあえず必要以上には怒らないみたいだし、馬場さんと加藤さんは優しい。さらにお客さんも普通の対応をしてくれているし、例の対人ストレスは感じないで済みそうだ。

明るい気分のまま二階堂と入れ替わりに部屋に入ると、奥から「うそっ！」という声が聞こえてきた。何ごとかと思って近づくと、キッチンでお客さんと加藤さんが立ち尽くしている。

「どうしたんですか」

「いえ、その。ちょっとあれが誤算っていうか……」

お客さんが冷蔵庫を指さして、語尾を濁した。その後を引き取るように、加藤さんが続ける。

「あのね、冷蔵庫って移動させるときは基本的に前日までに電源を抜いておいた方がいいのよ。故障防止のためにもね。でも、これの電源が抜かれたのは今朝だったの」

「朝でも移動には間に合いますよ」

突然背後から、野太い声が聞こえた。四方さんもさっきの声が気になって来たらしい。

「はい。冷蔵庫的にはそれでもいいんですけど、中身が……」

そう言って加藤さんは冷凍庫の扉を開けた。するとそこには、食べきりサイズのカップに入ったアイスクリームが山のように入っている。

「冷蔵室を掃除し終わったのが昨日の夜中で、気づいたら朝になってたんです。それで慌てて電源を抜いたら、これを忘れてて」

「うーん……」

四方さんがタオルで額をぬぐった。

「あの、クーラーボックスとかは使えないんですか」

口を挟むと、じろりと睨《にら》まれる。

「もちろん、使える。でも逆算して考えると、微妙なとこなんだよ」

「微妙？」

「引っ越し先は、ここから車で一時間のところだろ。昼前には移動できるとしても、冷蔵庫を降ろすのは休憩を挟んだ一時過ぎだ。そしてこのタイプの古い冷蔵庫は、設置後二、三時間経ってからじゃないと電源が入れられない。そう考えると、本当に冷えるのは四時とか五時になる」

　ということは、今が十時過ぎだから五時間ちょっとか。

「クーラーボックスの中にドライアイスを入れて、何度か取り替えれば保《も》つんじゃないでしょうか」

　俺が言うと、お客さんが微妙な表情で首をかしげた。

「正直、そこまでしなくても、って感じなんですよねえ」

　まあ、確かに手をかけて運ぶほどのものでもないだろうな。俺は軽くうなずいた。するとそんな俺を見ていたお客さんが、ぽんと手を打つ。

「そうだ。よかったら皆さん、食べていただけませんか？」

「はい？」

「さっき数えたら、アイスは全部で十二個あったんです。で、ここには私を含めて六人の人間がいます。一人頭二個食べれば、綺麗《きれい》になくなるんですけど」

「え」

　さり気なく真剣な表情で固まった加藤さんを尻目《しりめ》に、お客さんは俺と四方さんに添え付けのスプーンを差し出した。

「私、食べ物を捨てるのって苦手なんです。でも皆さんが無理なら、ここで捨てていきますから」

　せめて一個は食べていただけませんか。そう言われ対応に困った俺は、四方さんを見る。すると腕組みを解いた四方さんは、スプーンを受け取って言った。

「八田。馬場と二階堂を呼んでこい。十五分休憩だ」

皆で車座になってアイスを食べているとき、お客さんが俺たちにたずねる。

「ところでお二人は高校生だってうかがったけど、夏休みにバイトなんて偉いですねえ。何か欲しい物とかあるんですか?」

「ええ、まあ」

俺が説明しないでいると、横から二階堂が口を出した。

「ありますよー。俺はできれば新しいスケートボードが欲しいんですけど、こいつはちょっと変わってるんです。なんと、ブラジルに行くための旅費を貯《た》めてるんですから」

勝手に喋んなよ。少しむっとして睨むと、二階堂は肩をすくめる。

「いいじゃん。ここなら喋っても大丈夫なカンジだし」

その上お客さんは興味をそそられたようで、身を乗り出してきた。

「ブラジルって、地球の裏側じゃないですか。行きたい理由って何なんですか?」

初対面の人間に、終わらない波の話をする気はなかった。だから俺は嘘じゃない範囲でぼかした説明をする。

「親戚《しんせき》が仕事であっちに行ってて、いる間に来ないかって言ってくれたからです。そんな遠い所、これを逃したら一生行けないかと思って」

「ブラジルは広いけど、どの辺に行くの?」

一つ目のアイスを食べ終わった馬場さんが、さらに質問を続ける。それ以上喋りたくなかったので、俺はどうせわからないだろうとマイナーな地名を挙げた。

「マナウスとか、ベレンの辺りです」

「ああ、てことはアマゾン流域だね。冒険っぽくていいなあ」

さらりと場所を特定されて、ものすごく驚いた。何なんだ、この人は。

「アマゾンは、さすがに俺も行ったことないなあ。うらやましいよ」

「ほう。馬場にも行ったことのない国があったのか」

四方さんの言葉に、馬場さんは笑う。

「ありますよ、もちろん。でもブラジルは行きましたよ。リオデジャネイロだけですけどね」

「リオって、リオのカーニバルのあれですか」

きわどい衣装のお姉さんを思い浮かべたような表情で、二階堂がたずねた。

「うん。でも行ったのはカーニバルの時季じゃなかったよ。だってその時季は旅費も高いし、宿も取れないからね」

あからさまにがっかりとした二階堂を見て、加藤さんが笑う。

「馬場さんみたいな旅のプロは、基本的にお祭りとかは外すのよ」

旅のプロ。その言葉に俺は、ヒントのようなものを感じた。

「あの、馬場さんはよく海外に行くんですか」

「うん。まあ一年の半分働いて、半分旅してるくらいだからね」

「寅《とら》さんみたいな人なんですよ」

加藤さんはこめかみを押さえながら、ゆっくりとスプーンを口に運ぶ。

「すごーい。世界を股《また》にかけてるんですねえ」

皆がわっと盛り上がる中、俺は一人黙り込んでいた。これは、次のうねりだ。もしかしてこの人なら、インターネットでわからなかったことにも答えてくれるかもしれない。

反射的に俺は、身を乗り出して馬場さんにたずねていた。

「あの、良かったら今度、ブラジルについて教えてもらえませんか」

「ん？　いいよ」

馬場さんはスプーンを片手に、軽くうなずく。

「南米の情報って、手に入りにくいもんな」

「そんなもんなのか？」

四方さんが二個目のカップに手を伸ばす。

「ええ。ガイドブックがないわけじゃないんですけど、なんていうか目的地が広いわりに情報は少ない感じなんです」

「ブラジルって日系移民が多い土地なのに、不思議よね。そういう関係だったら普通、文化の交流とかもっとありそうなものじゃない?」

お客さんの質問に、俺はうなずいた。ブラジルと日本は仲が良いとされている。人の行き来もある。なのにブラジルの文化はカーニバルとサッカー止まりで、これといったものが伝わってこない。俺だって今回のことがあるまで、ブラジルでは何語が使われているかなんてことさえ知らなかったんだし。

しかし、その答えは、馬場さんの次の言葉であっけなく説明される。

「うーん、確かにねえ。日系ブラジル人はたくさん日本に来てるんだけど、出稼ぎに来ている人が多くて、工業地帯にいるから、出会わないんだろうな」

出稼ぎ。また新しいキーワードが出てきた。こっちから移民に行っていたのはガイドブックにも載ってたけど、あっちからこっちに来てるなんて知らなかった。

「貧しいってイメージはないけどなあ」

四方さんの言葉に、俺はうなずく。しかし二階堂はあっと声を上げる。

「そういえば、ロナウジーニョとか有名サッカー選手の伝記で、スラム街の話とか読んだことあるぞ」

「私もストリートチルドレンの特集とか、ニュースで見たかも」

二つ目のカップを開けながら、お客さんが言った。

出稼ぎ、スラム街、ストリートチルドレン。ガイドブックを読んでいるだけでは出会わない言葉の羅列に、俺は軽く打ちのめされた。『貧しい』っていうのは、アフリカのどこかや、東南アジアの田舎みたいな所のことだと思っていたから。

「でもスラムがあるからって、国自体が貧しいわけじゃないよ」

馬場さんはそう言うと、俺の方を見る。

「最近日本でもよく聞くだろ。経済格差の問題なんだよ。地方で仕事のない人が都会に押し寄せて、でも仕事だって無限にあるわけじゃないから、あぶれる人が出るっていう悪循環。だからブラジルにも金持ちはいるし、俺たちみたいな普通の人だって大勢いる。ただ、そこからこぼれ落ちる人が日本よりたくさんいるってだけなんだ」

「そう、なんですか」

「うん。だから勝手にそういう情報だけで、ブラジルのイメージを固めない方がいいよ」

どきりとして、俺はスプーンを持つ手を止めた。確かに今俺は、そのキーワードで国を思い描きつつある。それを見透かされた。

「行く前に情報は必要だけど、色つきのサングラスは持って行かなくていいってハナシ」

「まあ、先入観ってやつは若者にとっちゃ不必要だろうな」

深くうなずく四方さんの隣で、ふと二階堂が首をかしげた。

「加藤さん、食べないんですか？」

見ると、加藤さんはアイスのカップを手に持ったままうつむいている。それにさっきから、一人だけ何も喋《しゃべ》っていない。

「あの、実は……」

「どうした、溶けるぞ」

「すみません。しみる歯があって、食べられないんです」

どんよりとした表情で、カップを俺と二階堂に差し出す。

「……よかったら、食べてくれない」

「ごめんなさい、私が忘れていたばっかりに」

お客さんが慌てて言うと、加藤さんはゆっくりと首を振った。

「私、アイスクリームが大好物なんです。だから本当は誰かにゆずったりなんかしたくなくて」

そう言って、俺と二階堂をじとっとした視線で睨《にら》む。これは冤罪《えんざい》。ていうか逆恨みだろう。

しかしそんな加藤さんを、四方さんはばっさりと斬った。

「加藤。子供みたいなこと言ってないで、歯医者に行け」

「でも私、子供の頃から歯医者が苦手で」

「デモも行進もねえ。歯を食いしばれない引っ越し屋が、役に立つとでも思ってるのか」

「……はい」

不承不承、という感じで加藤さんはうなずく。

「それじゃ、食べ終えたら移動にかかるから各自準備しておけよ」

早くも二つ目を食べ終えた四方さんは、立ち上がると外に出て行った。

＊

そう言えば、ジャイアンのことをすっかり忘れていた。

隣でおそろしく音程の狂った演歌をうなりまくる四方さんを見て、俺はがっくりと肩を落とす。すげえなこれ。しかし幸いなことに、移動先はここから一時間。罰ゲームだと思って頑張れば、なんとか耐えられなくもないだろう。

「ところで八田、お前海外旅行の経験はあるのか？」

ジャイアンが歌の合間に、ふとたずねてきた。

「はい。家族でのパック旅行なら何度か」

「なんだ。最近の若い奴は経験豊富だな。俺なんざ、新婚旅行が初めての海外だったってのに」

「新婚旅行……」

目の前の人物からはあまりにも遠いイメージだったので、俺は呆然《ぼうぜん》とした顔をしてしまう。新婚ってことはつまり、ジャイアンと結婚しようって思った女の人がいたわけで、それってかなり趣味的にはすごいような。

「お前、表情が正直すぎるぞ」

正面の信号を見つめたまま、四方さんは眉《まゆ》を寄せた。俺が身を硬くして「すみません」と謝ると、にやりと笑う。

「でもまあ、アルバイト先にうちを選んだのは正解だ。ほめてやる」

「どういうことですか」

「実はな、うちの会社には馬場みたいな奴が多いんだよ。短期契約で社員になって、半年から一年働いて金を貯《た》めては、どっかへ行くような奴らがな」

四方さんのハンドルさばきで、トラックは狭い路地をなめらかに進む。

「短期契約っていうのは、アルバイトとどう違うんですか」

「手っ取り早く言えば、社員と同じ待遇で働けるってことだ。もちろん初回は一年勤めて研修を受けるとか、それなりの制約はあるがな」

社員と同じ、ということはボーナスなんかも出るのだろうか。俺がたずねると、四方さんは首を振った。

「さすがにボーナスは出ない。でも保険に入れたり、時給じゃない給料が出たりするから評判がいいんだ。そうすると、一回旅に出た奴がまた戻ってきてここで働くって寸法だ」

目的地であるマンションの前にトラックを横付けすると、四方さんは俺に言う。

「ま、頑張って生きた情報を集めるんだな」

生きた情報。確かに今までの俺が見ていたのは、死んだ情報が多かった気がする。一年以上前に出版されたガイドブックに、更新のないサイト。『嘘』じゃないけど、『今』じゃない。そんな感じ。

降ろすのも大変だが、運び上げるのがやっぱり一番つらいかもしれない。俺と二階堂はさっきの逆で、段ボール箱を二人で持ちながら階段を上がっていた。

「なあ、上って楽？　下はかなり荷物が迫ってくる感じで恐えんだけど」

二階堂が、段ボールの向こうから情けない声を上げる。

「上は上で超恐えよ。下へ荷物と一緒に引きずり込まれそうでさ」

「マジで？」

俺は二階堂を正面から見て、激しくうなずいた。

「地味な作業が、一番つらかったりするんだよね。でもこれは、筋肉になって返ってくるから」

毛布にくるんだ家具をホールに運びながら、馬場さんが汗を拭《ふ》く。この毛布ってやつも案外くせ者で、肌に触れると暑いしちくちくするし、結構つらい。

「ここまで運べば後はエレベーター様がやってくれるんだから、文句言うな」

全員の頭をぽかぽか叩《たた》いて、四方さんが通り過ぎた。

「うぃーす」

二階堂がぬるめの返事をすると、戻ってきてもう一度げんこつが見舞われる。

「適当な返事すんじゃねえ。仕事中はどこで誰に見られてるかわからないんだぞ」

言われてみれば、同じマンションの住人や通行人など、俺たちは多くの目にさらされている。

「あ、はい。すいませんでした」

きちんと謝ると、四方さんはにやりと笑った。

「家まで搬入が終わったら昼飯だ。あとちょっと頑張れや」

それを見ていて、俺はふと思う。言ってることに一貫性があって、わかりやすい。こういう人が父親だったら、楽だろうな。


昼は近くのコンビニで買って、皆でお客さんのリビングで食べた。普通はトラックや駐車場で食べるらしいが、今日はお客さんがぜひ一緒にと誘ってくれたので特別に許可されたのだ。

「まだこっちには知り合いもいないし、平日だから友達も来ないんです」

「一人で食べるのも寂しいですもんね」

コンビニのそばをすすりながら、加藤さんがうなずく。

「それもあるんですけど、さっきのブラジルの話が面白かったから、私も聞かせてもらおうかなって」

俺は思わず、唐揚げを持っていた手を止めた。

「もし良ければ、ですけど」

「俺は別にいいですよ」

そう言って馬場さんが俺を見る。

「あ、俺は聞かせてもらえるならどういう形でも」

四方さんが黙っているということは、多分オーケーの印だろう。

「じゃあ、何が聞きたい？」

「えっと、飛行機のことなんですけど。ツアーに乗っかるのと、自分で手配するのとどっちがいいんでしょうか」

ハワイみたいな観光地なら、飛行機のチケットだけツアーを利用して、あとはフリーという方法がある。多少の制約はあっても、自分で手配するよりは確実に安い。

「そうだねえ。それにはまず旅行の形態を知りたいんだけど、いつ頃に何日くらい、何目的で行きたいの？」

「来年の三月頃に、二週間くらい。目的は――」

サーフィン、というのが何となくためらわれたのでもうちょっとぼやかした返事をした。

「ポロロッカを、見に行きたいんです」

「ポロロッカ？　何それ」

加藤さんと四方さんとお客さんが、同じ表情でこっちを見ている。やっぱり、知られていないものなんだな。

「あ、それはですねー」

すっかり事情通になった二階堂が、得意げに知識を披露した。それに聞き入る三人の横で、馬場さんは俺の旅行プランを検討してくれる。

「時期は微妙だね。二月の最後はリオのカーニバルがあるから、飛行機のチケットやホテルなんかの値段が高騰するんだ。三月の最初もその余波があるから、中旬から下旬が望ましいんだけど。でもって二週間くらいで、というのは帰りの日は決めないでおきたい感じ？」

「そうですね。ポロロッカは満月のときに起こる自然現象で、いつとは決まってないから」

「うん。でも満月なら、最大でも前後一週間見ておけば大丈夫だよね。だとするとオープンのチケットがいいかな」

オープンというのは日付を決めないで買う航空券のことで、その逆がフィックスという。知識の乏しい俺でも、それぐらいは知っている。あと、最近ではペックスという航空会社自体が発売している格安航空券というのもあるらしい。

「ま、とはいえブラジルとなるとあんまり選択肢もないんだよね」

やっぱり、という思いで俺はうなだれた。格安航空券のサイトでブラジルを検索しても、あまり数が出てこなかったのだ。

「でもまあ、往復十五万くらいが底値かな。それに燃油サーチャージの分が二万ぐらいかかるとして、十七万ってとこか」

「燃油サーチャージって、なんですか」

二階堂の質問には、意外なことに四方さんが答えた。

「手っ取り早くいえば、ガソリン代だよ。原油の価格が高騰したから、航空会社が客にも負担してほしいってことで変動価格制の燃料代を要求してるんだ。もちろん、乗る距離にもよるがな」

「え、なんすかそれ。なんでチケット代を支払ってるのに、そんなの必要なんですか」

納得できない、という表情で二階堂は飯を口に運ぶ。実は俺も、この間から同じ疑問を持っていた。するとお客さんが考えながらゆっくりと喋《しゃべ》る。

「変動価格、っていうのはそのときどきで値段が変わるってことですよね。ということは、たとえば三ヶ月前にチケットを買ったら、乗るときにはもっと燃料が高いかも知れない。そのリスクを航空会社が避けるために設けた制度ってことなんじゃない？」

「ああ、そういうことなんですか」

わかりやすく説明してもらったおかげで、謎の値段が俺にも理解できた。にしても、理解はできるけどなんか納得がいかない。だって飛行機以外の乗り物で、そんな料金を要求してるものがあるか？

「友達の車に乗せてもらうからガソリン代折半ね、みたいな感じ。でも、お客が頭数で燃料代を払ってるとしたら、理屈の上ではお客さんがいないガラガラの路線は飛べないですよね？」

加藤さんの質問に、四方さんは腕組みをする。

「そこはそれ、企業努力ってやつでなんとかするしかないな。でも実際のところ、原油の高騰で閉鎖される路線は多いし、機体を軽くして使う燃料をできるだけ少なくしようって動きもあるくらいだ」

「詳しいんですね」

「まあな、燃料代を気にする業界って意味では人ごとじゃないからな」

たくさんのトラック。駐車場に貼ってあった『アイドリング禁止』の文字。なるほど、引っ越し業と車は切っても切れない関係か。

「ところで不思議な金額と言えば、あれも不思議。空港使用料ってやつ」

加藤さんの声で、俺ははっとした。そんなものもあったんだっけ。

「空港を運営するために必要なお金、ってことだよな」

トンカツをくわえた二階堂が俺を見る。

「でもさ、それってなんで客負担なんだろう？　空港に乗り入れてる航空会社が負担する問題じゃないのかな」

だって駅ではそんなものとられないし。俺の言葉に二階堂が激しくうなずいた。

「なんか、日本を出る前に金かかり過ぎ」

本当だ。俺は軽く頭の中で計算してみた。まず、家から成田まで往復の電車代。それに空港使用料に燃料代。ここまでで二万五千円は見ておかねばいけなくなった。おいおい。俺は自分の食べていた『おろし唐揚げ弁当』を見て自分に問いかける。四百八十円とか、そんな豪勢なの選んでる場合じゃないだろ。

しかし馬場さんは、さらに駄目押しのような言葉をつけ加える。

「あ、そうそう。ブラジルだとビザがいるんじゃなかったっけ」

「え」

さらにまだ金がかかるのかよ!?　誰かに突っ込みたい気持ちで、俺は乱暴に卵焼きを突き刺した。

「いくらかは思い出せないけど、五千円以内と考えておけばいいかな。旅行代理店でチケットと一緒に手配してもらうか、自分で取りに行くかでだいぶ値段は違うけどね」

「……交通費差し引いたら、どっちが安いんでしょうね」

「できるだけ安く上げたい。ていうか、安く上げなきゃそもそも旅に出られない。

「うーん、まあ都内に住んでるなら自分で行った方が安いかもね。旅行会社を通すと、手数料込みで一万くらいかかるから。それにこれは俺個人の意見なんだけど」

食べ終わった焼肉弁当の容器を置くと、馬場さんは俺の顔を見た。

「その国の大使館や領事館に行くのって、めったにできない経験だからしておいた方がいいよ。少なくとも、そこには現地の人がいるわけだし」

「……そうですよね」

俺は視線を床に落とした。リフォームが済んだばかりの、顔が映りそうなフローリング。今の俺は一体、どれほど情けない顔をしてることだろう。

日本を出るだけで三万超え。それにチケット代が安くても十五万？　それだけでもう二十万近いじゃないか。滞在費や食費を足したら、一体いくらになるっていうんだろう。一夏バイトして、しまくって十万貯まればいい方。学校が始まってしまえば、放課後と週末しか使えないから金額はぐっと下がる。これで三月に旅立つことなんてできるんだろうか。

生の情報を聞いたところで、資金不足じゃ意味がない。『行く』と『行かない』は考えたけど、これほどまで切実に『行けない』を突きつけられるとは思わなかった。

「色々、面倒なもんだな」

四方さんの言葉が、胸に突き刺さる。ため息をつく俺の前で、お客さんが言った。

「あの、安く行ける方法ってないんですか？　彼は学生なんだし、時間がかかっても——」

「そうだなあ。燃料代と空港使用料は削れないから、あとはチケット代と滞在費をどれだけ安くできるかにかかってますね。そういえば、あっちに親戚《しんせき》がいるって言ってたよね。だとするとホテル代や食費は少なく見積もることができるかな」

でもその親戚から、まだ返事が来ないんです。とは言えず曖昧《あいまい》にうなずく。

次のうねりを逃したのは自分の責任。そんなことはわかってる。でもやっぱり誰かのせいにしたいくらい悔しくて、諦《あきら》められない。

アマゾンに行こうと思うのがもう少し前だったら、時間をかけて旅費を貯めることができただろう。情報や準備だって万全にして、意気揚々と旅立つことができただろう。でも。でも行きたいと思ったのは、この夏だったんだ。

「あのさ、馬場さんの馴染《なじ》みの旅行会社とかないわけ」

ペットボトルのキャップを閉めて、加藤さんが立ち上がる。そのままフローリングのリビングを横切ると、部屋の隅から新しいゴミ袋を持ってきて、皆の前に広げた。

「なんか困ってるみたいだから、少しはまけてくれるとこ紹介してあげればいいじゃない」

紹介？　まける？　想像していなかった展開に、俺は面食らう。旅行って、大根みたいに値切ったりできるものなのか？

「ああ、そういえばそうだな」

携帯電話を取り出して、馬場さんが画面を覗《のぞ》き込んだ。

「会社によって得意な地域や路線があるから、俺は行き先によって使い分けてるんだけど」

そう言いながら、俺を手招きする。

「ケータイ、持ってたら出しなよ。おすすめの会社のアドレス送るからさ」

「あ、ありがとうございます！」

素早く赤外線通信でアドレスを交換すると、やがてメールが送られてくる。

「南米に強い会社だから、聞いてみて損はないと思うよ。一応、知り合いの名前も入れといた」

「すみません、ホントに」

加藤さんのおかげで、沈んでいた気持ちがちゃっかり上向きになってきた。これはオフショアの風。うねりをとらえろと背中を押してくれる力だ。

俺が馬場さんに頭を下げていると、四方さんが呆《あき》れたような声でつぶやく。

「まあったく、ちっちぇー機械でちまちま何やってんだか」

もしかしてアナログ世代のデジタル嫌いかな、と思ったとき加藤さんがぷっとふき出した。

「とかいって四方さんのメール、絵文字一杯じゃないですか」

「それはあれだ。その、仕事の内容が伝わりやすいようにだな」

わかりやすく慌てる四方さんを尻目《しりめ》に、加藤さんはゴミ袋の口を閉じる。

「いいじゃないですか。道具は使うもんです。使われなきゃそれでオッケー。カーナビも同じです」

「カーナビは別だ。俺はあいつに頼るくらいなら、ドライバーをやめる」

あいつ、って擬人化してる時点でなんか負けてるような気がするんですけど。大笑いする二階堂の隣で、俺はちょっと感動していた。

なんかやっぱ、このバイト当たりかも。

＊

それぞれの部屋へ指定された荷物を運び込み、サービスで電化製品の配線を終えるとようやく仕事が終わる。

「助かりました。ありがとうございます」

そう言ってお客さんは、お年玉袋のようなものを俺たちに差し出した。これはもしかして、料金外のお礼ってやつか。しかし貰《もら》っていいのかわからなかったので、ちらりと四方さんを見た。すると案の定、四方さんはそれを丁寧に断った。あーあ。

「お客さま。当社は規定の料金以外は受け取らない方針になっています。お気持ちはありがたいのですが、どうぞお収め下さい」

「でも、本当に少ししか入っていないんですよ」

お客さんは貰ってもらわないと困る、みたいな顔で袋を握りしめている。多分、引っ越しをしたらこれをあげなきゃいけないと思い込んでるんだろう。

「嬉《うれ》しいんですけど、いただいてしまうと私どもが上司から怒られますから」

「でも……」

困り顔のお客さんは、四方さんの説得でしぶしぶ袋を引っ込めてくれた。本当はもらえたら御の字なんだけど、とりあえず、それはもとからなかったものと思って諦める。

「あ、だったらちょっと待って下さい」

引っ越し完了の書類にサインをすると、お客さんは奥の部屋の荷物から何かを取り出してきた。

「君、よかったらこれ使って」

そう言って差し出したのは、外国語が書かれた薄い本。

「ブラジルってポルトガル語だって聞いて、思い出したの。ちょっと前、仕事がきっかけでポルトガルにはまってたことがあったから」

本の表紙には『旅の簡単ポルトガル語』と小さく書いてある。

「いいんですか？　もらっちゃって」

お客さんと四方さんを見比べながら、俺はたずねた。すると二人は示し合わせたようにうなずく。

「私はもう使わないし、むしろ貰ってほしいくらいなの」

「そういうことなら、まあいいでしょう」

また一つ、追い風が吹いてきた。俺はその薄い本を握りしめて、深々と頭を下げる。だってこの人が話題を振ってくれなきゃ、馬場さんの情報だってなかったかもしれないし。

「本当に、ありがとうございました！」

「気にしないで。あと、それからこれはあなたに」

お客さんは加藤さんに近づくと、名刺のようなものを手渡した。

「えっと、『品川《しながわ》デンタルクリニック』……？」

「私の通ってる歯医者さん。すごく優しくて丁寧だから、歯医者嫌いの人にはおすすめなの」

よかったら、ひどくなる前に行ってみて。そう言われて、加藤さんは複雑な表情でうなずく。

よほど歯医者が苦手なんだろう。

「皆さんには何もなくて申し訳ないんですけど」

お菓子の小袋を差し出すお客さん。これにはさすがの四方さんも負けたのか、苦笑して受け取る。

「それじゃあ、頑張ってね」

帰り際、ドアの前でお客さんは俺に向かって小さくガッツポーズをしてくれた。いいお客さんに当たったんだな。そう思いつつ、新しい表札を見上げた。『高津《たかつ》』さんか。まるで幸運の女神みたいな彼女に、俺はもう一度深く腰を折った。

「よかったな。最初がいい人で」

四方さんに肩を強くどつかれ、一瞬息が止まりそうになる。

「はい。おかげで、すごく色々役に立ちそうです」

「私も応援するよっ」

後ろから追い抜きざまに、加藤さんが背中を激しくどついた。

「痛いっすよ」

俺が文句を言うと、にやりと笑って階段を一気に駆け下りる。

「帰りのリサイタルの前に、目を覚まさせてあげたんだよ！」

せっかく忘れてたのに。俺は軽く殺意のこもった視線で、天国カーの方を眺めた。


体中汗みどろで臭くて、筋肉は痛いし、上司はジャイアン。同僚はドレッドと、軽く男っぽい女の人。でも、なんだか楽しい。なんだか居心地がいい。

俺と二階堂は、それぞれ車に乗ってから顔を見合わせた。ガラスごしに、身振り手振りで意思を伝え合う。二階堂が両手で何かを引き延ばすような仕草をすると、俺はオーケーのサインを返した。

それは単発をやめて、長期を申し込もうという意思表示。俺たちはやっと、理想のバイト先を見つけたのだ。

拭《ふ》いても拭いても汗が流れてくる。

「おい、脱水症状に気をつけろよ。つらかったらすぐに水分補給するんだぞ」

でかいタンスを一人で担ぎ上げながら、四方さんが叫んだ。

「うぃっす」

俺は比較的小さな段ボールを運びながら、返事をする。にしても畜生、なんだこの暑さは。地球温暖化なんてテレビの中のことかと思ってたけど、最近の気温は顔がふっとマジになるくらいヤバい。

「こんだけ湿気が多いと、あとで一雨来そうだなあ」

ペットボトルの蓋《ふた》を閉めて、馬場さんが空を見上げる。今はまだ晴れているが、遠くの空が微妙に曇っていた。

「なら、なおのこと早く、運び入れないと」

加藤さんが手早く段ボールを降ろす。そのきちんと部屋別に分けられた小山を、俺は必死で持ち上げた。今日は、二階堂がいないのだ。

長期バイトを申し込んだ俺たちは、最初の数回を一緒に働いた。けれど今回は家族旅行があるとかで、二階堂は申し込まなかった。家族旅行。昔はよく行ってたけど、今はすっかり行く気がしない。ていうかじいちゃんのこともあるし、この夏は親父だってどこにも行かないだろう。

「八田くん、そこまで急がなくても午前中は大丈夫だと思うよ」

荷台の奥から加藤さんが叫ぶ。そうか、雨に濡《ぬ》れない時間だと踏んだから地面に積んだのか。とはいえ早く片付けるに越したことはない。俺はエレベーターホールに向かって、小走りで箱を運んだ。

昼休み。今日の引っ越し先は周りにほとんど店のない場所で、唯一あったコンビニに俺たちは向かう。お客さんは若い男だから、手伝いに来てくれた友人をもてなす最低限の用意はあっても、俺たちの飯まで気にかけるような神経はない。

有名チェーンではなくて、酒屋の親父が片手間に始めたような小さなコンビニ。だから商品も種類が少なくて、弁当に至っては高い幕の内と最安値ののり弁しか残っていない。

俺がのり弁を手にすると、馬場さんがうらめしそうな顔でこっちを見た。

「八田くん。そののり弁は俺も欲しかったんだけどなあ」

「駄目です。俺、節約しないといけないんで」

「ていうか、そもそも俺は今月金欠なんだよ。助けると思って、ね？」

「馬場さん、ゆずってあげなさいよ。大人げない」

調理パンを手にした加藤さんが、眉《まゆ》をひそめる。しかしその手に握られている唐揚げ串《くし》を見て、俺と馬場さんは同時に声を上げた。

「ずりい！　一本しかなかったのに！」

「あ、これはゆずらないからね。のり弁にはコロッケが入ってるんだから、八田くんは我慢してよ」

「俺はどうなんだよ！」

おにぎりを手にした馬場さんが悲痛な声を漏らす。

「蛋白源《たんぱくげん》なら、そこの『味つきゆで卵』でも食べれば」

加藤さんは二個パックになった卵を指さした。

「おいおい、なんの騒ぎだ」

棚の裏から、スーパーカップを手にした四方さんが姿を現す。

「いやその、ちょっと……」

馬場さんが口ごもると、四方さんはその手の中にあるおにぎりを一つ、ひょいとつまみ上げた。

「お、こんなとこにあったのか。シーチキン、好きなんだよな」

「駄目っすよ！　返して下さい！」

馬場さんは電光石火の勢いで、おにぎりを奪い返す。

「それ取ったら、昆布だけになっちゃうじゃないっすか！　いくら四方さんでも、それは駄目っす！」

「お前もカップ麵《めん》にすればいいだろう」

「そういう問題じゃないんすけど……」

馬場さんはしぶしぶ棚の奥に引き返し、カップヌードルのビッグサイズを手にして戻って来た。

「いよいよ怪しくなってきたな」

トラックの荷台で飯をかき込みながら、俺は四方さんの言葉にうなずく。空はさっきよりも確実に黒さを増し、今にも降りそうだ。

「昼休みの間に降って、すぐにやんでくれればいいんだけど」

とりあえず荷物は屋内に運んであるしね、と加藤さんが汗を拭《ぬぐ》う。荷台は屋根つきで広いけど、エアコンがないので蒸し暑い。しかし企業としてアイドリングストップという標語を掲げている以上、トラックの運転席で俺たちが冷たい風を受けるわけにはいかないのだ。地球温暖化め。

「にしても、夏の引っ越しって多いんですね」

バイトに入ってみて感じたのだが、引っ越しの予定はほぼ毎日ある。てっきり、四月あたりがピークだと思っていたのに。

「確かにね。俺もこの仕事につくまでは、夏に引っ越す奴なんていないと思ってたよ」

「でもお客さんを見てればヒントはあるよ。八田くんはわかる？」

加藤さんの問いかけに、俺は首を傾げる。

「ヒント？」

今日までに会ったお客さんをざっと思い出す。女の人が二人に、男が三人。

「あ、単身パックばっかりだ。てことは、夏は単身赴任が多いんですか？」

「惜しいな。単身は当たりだ」

うなずきながら、四方さんがおにぎりを二口で片づけた。

「答えは社会人。学生は四月だし、家族連れの引っ越しは涼しい季節が多いんだが、単身者の引っ越しは夏も多いんだ」

「なんで一人だと夏休みが多いんですか」

「社会人の休みは、週末をのぞけば盆暮れ正月。暮れと正月は忙しいが、夏休みは旅行の予定でも入ってなきゃ暇だろう。家族連れだと、お盆に相手の実家に行ったり家族サービスをしなきゃならなくて忙しいけどな」

なるほど。確かに二階堂は家族旅行中だし、俺も物心ついたときから夏は旅行の季節だった。

「でも、週末だって引っ越しはできるんじゃないですか」

「できることはできるが、前後に数日は欲しいだろう。だからまとまった休みの方が楽なんだよ」

「どうせ夏休みなんてどこへ行くにも高いし、有意義な使い方ですよね」

加藤さんの言葉に俺はうなずく。安くどこかへ行こうと思うなら、有給休暇をとって時期を外した方が賢い。

「なのにそのハイシーズンにハワイ三泊四日、とかやってるお父さんを見ると泣けるんだよなあ」

馬場さんがスープを飲み干すと同時に、遠くから雷の音が聞こえてくる。

「休みじゃないときは、お母さんの方が泣けますよ。引っ越し見てると、ホントお父さんは頼りにならないですから」

ぽたり。荷台から見える地面に最初の一粒が落ちた。降ってきたか。そう思った次の瞬間には、どしゃり。いきなり豪雨になっている。

「あら」

スコールか台風といった感じの雨は、叩《たた》き付けるような強さで地面に突き刺さった。激しく上がる飛沫《ひまつ》は、下手すると荷台の中にまで飛び込んできそうな勢いだ。

「日本も熱帯になってきたって感じ」

加藤さんが外を見ながら、唐揚げ串の肉をぐいっと引き抜いた。

「あれ、歯、痛かったんじゃないんですか」

「ああ、大丈夫。歯医者さん行ったから」

にっと笑って見せる歯は、まばゆいばかりに白い。

「それって、あのお客さんが教えてくれたところですか」

「うん。すごく良かったよ。ちょっと遠かったけど、行ってみて良かった」

「歯医者さん、恐かったんですよね」

「そうそう。でも私的には、歯医者さんよりもアイスクリームが大事だったからさ」

子供かよ。そう言いたかったが、殴られそうだったので黙っていた。しかし加藤さんは得意そうに話し続ける。

「ていうか、天秤《てんびん》にかけたときにどっちが大切かって話でさ。歯医者が恐くてアイスを我慢するより、歯医者を克服してアイスを食べる方が私にとっては重要だったわけ」

「……はあ」

「本当にゆずれないものは何かって考えたら、自《おの》ずと答えは出たわけね」

ゆずれないもの。一瞬、唐揚げ串のことを考えたけれど、苦笑しながら打ち消す。

「笑うし」

「いえ。すごい雨だなあって」

叩き付ける雨、雨、雨。うるさいほどの雨音に、自然と皆無口になる。

作業再開までにはまだ二十分ほどあるし、この雨の中に踏み出す気にもなれない。そのせいか四方さんは奥でごろりと横になり、馬場さんは壁面にもたれて目を閉じた。加藤さんは入り口付近にもたれかかり、携帯電話でメールを打っている。

俺はぼんやりと水にまみれた外を見ながら、考えた。ゆずれないもの。今の俺にゆずれないものはなんだろう。サーフィン、アマゾン、それとものり弁か？

とりあえずサーフィンは、行こうと思えば行ける。のり弁はさっき食べた。だとしたら残るはアマゾン、それしかない。でもいくらゆずれないと言ったって、俺一人の力じゃどうにもならないじゃないか。実際、まだメールの返事は来ないし、金も全然足りない。

もし加藤さんみたいに、何かを我慢すれば手に入れられるとしたら、俺は何を我慢すればいいのか。

「あのさ。多分アマゾンって、こんな感じだよ」

顔を上げた馬場さんが、ねむそうな目で外を見ている。

「あっちは川沿いだから一年中すごい湿気で、しかも雨期にはスコールが死ぬほど降るんだ」

「へえ」

「その間、外に出られなくて、停電でもしたらもう本当に何もできなくて、人はただ、こうやって雨をぼんやり見つめるだけなんだって」

向こうの知り合いが言ってたんだけどね。そういって馬場さんは再び目を閉じた。

俺は灰色に煙る世界を見て、小さくつぶやく。これがアマゾンか。


どっかの誰かが怒りにまかせて風呂桶《ふろおけ》をひっくり返したような雨は、皮肉なことにちょうど昼休みの終わりにやんだ。

「もうちょっと降ってくれれば、休めたのに」

のびをする馬場さんに、四方さんが顔をしかめる。

「帰る時間が遅くなるだけで、同じことだ」

再び顔を出した太陽が、水たまりにぎらりと反射した。地面から立ち上る水蒸気の中、俺たちは汗と湿気にまみれて仕事をする。

「あ、どーも」

にもかかわらずお客さんは最後まで何の気づかいもない奴で、携帯電話で誰かと話しながら俺たちに手を振る。俺と加藤さんは少しむっとした表情をしていたが、四方さんが黙って深く頭を下げると、それに従った。

「いいお客さんばっかじゃないですね」

帰りの車内で俺がつぶやくと、四方さんは前を見たまま答える。

「今日みたいな人は中の上だ。とりあえず手はかからなかった」

「え。じゃあ下の下は」

「当日キャンセル。あとは仕事の最中、ずっと引っ越しなんかしたくなかったと文句を言う」

そもそも仕事をさせないのが下の下か。モラルの低さに俺はどんよりとする。単発のバイトと同じものが、ここにもあった。俺たちは地球温暖化以前に、日本人の常識ってやつをなんとかするべきなんじゃないだろうか。ま、俺みたいな高校生に言われたくないよって話かも知れないけど。

「基本的に引っ越しをする意思があれば、俺は我慢できる。たとえ前日まで仕事をしていて、これっぽっちも用意をしてなくてもな」

「冷蔵庫がいっぱいでも、ですか」

「ああ。そんなのはたいした問題じゃない」

狭い道を進みながら、四方さんは対向車に向かって手を上げる。

「引っ越すという意思がない相手にだけは、どう対処していいかわからないんだよ」

「お金じゃなくて、意思」

「当たり前だ。キャンセル料を払われたからって、ドタキャンばっかりじゃやる気をなくすだろう」

国道へ出る直前の左折では、しつこいくらいに左右と下の方を確認した。そしてゆっくりとハンドルを切る。

「ただ、今までで一番ショックだったのは違うパターンだな」

そのまま中央のレーンに進んだところで、四方さんはふっと息をついた。薄暗くなってきた道路には、まるで川のように車のライトが流れている。

「どんな相手だったんですか」

恐いもの見たさで、つい聞いてしまった。でもとりあえず、話してる間はリサイタルは開かれないわけだし。

「相手？　その相手がな、いなかったんだよ。約束の時間に行ってみたら、ついさっきまで生活してたって感じの家の中に、小学生ぐらいの子供がぽつんと一人で立ってた」

「それって捨て子、とかじゃないですよね」

「いっそそうだったら俺も納得できたんだが、違うんだよ。親は引っ越しの準備をするのが嫌で、でもその言い訳をすることすら放棄して、子供にすべて背負わせたんだ」

ついさっきまで家族で食卓を囲んでいたような家に、取り残された子供。その子は教えられた通りにこう言った。

『おじちゃんたちが、引っ越しをしてくれるんだよね？』

料金は、通常の値段が先に振り込まれていた。なので四方さんたちは他人の荷物を梱包《こんぽう》し、ゴミを片付け、子供をあやしながら引っ越しを終えた。

「ひどいっすね」

「ああ。それにくらべたら大抵のことは許せるな」

「確かに……」

けどそれはきっと、一人だったら許せないと思います。うなずきながら、俺は心の中でつぶやく。

ようやくわかった。ティッシュ配りもイベントスタッフも、仕事が辛《つら》いんじゃない。そこに信頼できる仲間がいないから、辛いんだ。

二階堂はもちろん信頼できるけど、単発のバイトの場合、周りの人間はその日限りのつきあいだ。だから適当にやっても、恨まれるようなことをしても後腐れがない。それをお互いにわかっているから、どうしても探り合いのようなぴりぴりした雰囲気になる。お前は敵か？　味方か？　仕事をする気はあるのか？　それとも適当に流すから協力してほしいのか？

そんな問いかけを毎回一から繰り返すのは、空しいし疲れる。同じ場所で働くってことは、まずそこが楽なんだ。しかも同僚が悪い奴でさえなければ、もう楽勝。

渋滞の始まり出した国道は、流れがゆるやかになってきている。窓の外を見ると、浴衣《ゆかた》を着た人々が同じ方向に歩いていた。

「どっかで、お祭りがあるみたいっすね」

「そういう季節だな」

四方さんが横顔で微笑む。

車の流れ。人の流れ。皆、どこへ向かうんだろう。そこに意思はあるんだろうか。

＊

夜、家に帰ると母親が不審そうにたずねてきた。

「ねえ。最近泳ちゃん遅いけど、毎日何やってるの？」

「別に。ちょっと二階堂と遊んでるだけだよ」

真剣に隠そうとは思っていない。でも、アルバイトをしていると言ったら、理由を聞かれるはずだ。その説明をするのは、できれば剛くんの返事が来てからにしたかった。もしアマゾンに行けるならそう言うし、行けないならアルバイトを楽しむことにすればいい。

「でも、ここのところ毎日すごく汗臭いし、疲れてるみたいよ」

「スケボーにつきあってると、こうなっちゃうんだって」

アルバイトの保護者同意書は、玄関にある宅配用の判子を押して作った。署名は当然、二階堂と書きっこして、給料は自分のおこづかい口座に振り込み。ついでに仕事の予定は携帯電話のメールで申し込むから、バレようがない。

「もうすぐごはんだからね」

「先にシャワー浴びてくるよ」

自分の部屋に荷物を放り込むと、俺はパソコンの電源を入れておく。そして風呂場《ふろば》に行き、汚れた服を洗濯機に放り込んだ。熱い湯をざっと浴びると、べたべたの身体が一瞬にしてリセットされていくような気がする。

そういえばここんとこ、海から上がってないな。

潮を落とすためのシャワーをざっと浴びて、日焼けに火照った身体で歩く帰り道。海上がりのだるい感じに、ペタペタと響くビーサンの音。エアコンの効いた電車で、正体もなく眠りこけるのが最高に気持ちよかったっけ。

気持ちいいといえば、やっぱりうねりをとらえた瞬間だ。腰を上げ、足が重心を的確に押さえると体がふっと前に滑り出す。そしてカットバック、ターン、またターン。オフショアの風を頬に受け、海の上を斜めに横切る。あの心地良さは、ちょっと比べるものがない。

一瞬、馬鹿馬鹿しい問いかけが浮かぶ。俺、なんであんな楽しいこと、やってないんだっけ？

もっと楽しいことをするためだろ。理性の部分がそう答えても、体がうねりを懐かしがっていた。なんでなんで。あれを我慢してまで、行くほどのものなのかよ。

「ていうか、行かなきゃいいんじゃん」

降りそそぐ湯の下で、ぼそりとつぶやく。

行かないと決めれば、また海に行ける。二階堂とふらふら遊べる。死ぬ気でバイトしなくてもいいし、親に隠し事をしなくてもいい。元々行ける可能性なんてほとんどなかったんだし、諦《あきら》めればすぐに楽になる。面倒くさいことを考えた、俺が馬鹿だったのかもしれない。アマゾンに行かないという考えは、ちょっと嘘みたいに魅力的だった。最初はポロロッカという現象にドキドキしていたけど、よく考えたらやっぱり高校生が一人で地球の裏側に行くなんて無理だし。金だって貯《た》まりそうにないし。

それに、旅費は貯まらなくても小遣いくらいは貯まる。四方さんとこのバイトは楽しいし、チームでのやりがいもある。だからこの夏はいいアルバイト先を見つけたってことで、とりあえず満足できるだろう。うん、そうしよう。

始めるよりは、やめる方が圧倒的に簡単だ。やめて日常に戻れば、俺はサーフィンと退屈にまみれた毎日に沈む。少しばかり腐ることはあっても、匂いに気づかないふりをすれば日々は過ぎてゆくだろう。そう、我慢だ。少しばかりの我慢。それで俺は楽になる。

俺は自分の部屋に戻ると、起動しておいたパソコンを開いた。惰性で波情報をチェックすると、明日は良さそうで悔しくなる。そしていつも見るサイトを適当に回ってから、夕食のためスリープモードにしようとしたその時。

メールの画面に、新規メールが表示された。

タイトルは『こんにちは』。普段なら迷惑メールだと判断して、速攻捨てるタイトルだ。けれど差出人を見て、俺は息を呑《の》む。剛くんだ。

『泳くんへ。返事が遅くなってごめん。ちょっと調査が長引いてしまって、なかなかネット環境のあるところに帰って来られなかったんだ』

俺は首にタオルを引っかけたまま、画面をスクロールする。なんで今。なんで諦めかけたとたんに。

『アマゾンに興味を持ってくれて嬉《うれ》しいよ。知り合いの誰も、来たいなんて言わなかったしね』

うねりが迫ってくる。俺の背後から有無をいわせずに迫ってくる。楽な方へ流れかけた俺の、なまけた気持ちを押し上げて砕く大きなうねり。

『もし本当に来る気があるなら、歓迎するよ。空港まで来れば送り迎えと宿は保証する。ただし早めに言ってくれないと、奥地に行ってしまうことがあるから気をつけて。何月頃の希望かだけでも、先に教えてほしい』

来た。うねりのトップから、俺は真っ逆さまに水中へ叩《たた》き込まれる。ぐるんぐるんにかき回されて、余計なことなんか一つも考えられなくなる、洗濯機の中。ただ海面を目指してもがく間にすべてが振り捨てられ、顔を出した瞬間にすべてを理解する。

やっぱり行きたい。どんなに面倒でも、暑苦しくても、やっぱり行きたい。

俺はパソコンの前で、一人静かに拳《こぶし》を握りしめた。

それにしても、とため息をつく。俺ってこんなに弱いタイプだったのかな。ちょっとつまずいたら「やめます」、なんてダメすぎだろう。なのに剛くんからメールが来た瞬間、気分はマックス急上昇。現金すぎる。わかりやすすぎる。そして都合が良すぎる。

「……ガキ、サイテー」

もしここに猪木《いのき》がいたら、絶対俺は闘魂をお願いする。次点で、ジャイアンな四方さんにやってもらってもいい。とにかく、誰かに力一杯ビンタされたい。何やってんだよ、と言われて頭を下げたい。

もっと強くなりたい。つまんないことでぐらぐら悩まないで、目標に一直線に進めるような、メンタルの強い男になりたい。そうしたらきっと、もっと道が開けてくるような気がする。あ、でもちょっとカラダも強くなりたいかな。

気持ちが固まったのはいいが、問題が片付いたわけじゃない。そして中でも一番気になるのは、やっぱり親のことだ。

剛くんからオーケーの返事が来た。だからもう言い出してもいいんだけど、それもちょっとなと思う。計画の段階で話したら、簡単に反対されて終わりそうな気もするからだ。

夕食のテーブルで、俺はちらりと母親を見る。もし、話したらなんて言うのかな。

飯を半分食ったところで、親父が帰ってきた。

「ああ、ぎりぎり間に合ったかな」

汗を拭《ふ》きながら、背広を脱いで食卓につく。海にも行ってないくせに、よく焼けた顔がむかつく。

「今日は何？　ハンバーグ？」

「そう」

だけど、と続けそうになってしまい、俺は慌てて語尾を呑み込む。四方さんの嫌いな言葉を、使いたくなかった。特に親父の前では。

「おいしそうだねえ。ねえママ、目玉焼きはつくのかな？」

「ご希望なら載せるわよ。そのかわり、酢の物をちゃんと食べるっていう約束つきで」

キッチンから出てきた母親が、親父の前にワカメとキュウリの酢の物を置いた。

「……洋子さーん」

世にも情けない声で、親父は訴える。酸っぱいものと青くさい野菜が、苦手なのだ。しかし母親は健康のために必要だと、ことあるごとにその両者を食べさせようとする。

「サワードリンクと青汁を飲んでくれるなら、免除してもいいけど」

「あー、いただきます」

親父は悲しそうな表情で、小鉢に箸《はし》をつける。俺は食べ物にあまり好き嫌いはないからよくわからないけど、親父の好みがものすごく子供っぽいということだけはよくわかる。奴は甘いもの、柔らかいもの、カリカリしたもの、肉っぽいものが大好きなのだ。

俺が子供の頃は、レストランに入っても同じものを頼んでくれるのが嬉しかった。ハンバーグにグラタンにエビフライ。でもあるとき、すごく高そうなワインのつまみにトンカツを食べているのを見て、首をひねった。大人って、そういうもの？

ちなみに母親は酸っぱいものと青魚が大好きな、渋い好み。だからことあるごとに親父は母親に教育されている。

「最近はメタボリックとか聞くじゃない？　パパには、いつまでも元気でいてほしいから、そういうものを出すのよ」

母親のそういう物言いに、親父はものすごく弱い。

「そうだよねー、やっぱり人間、体が資本だもんね」

小鉢の中身をかき込んだあと、口直しのようにハンバーグを頬張る。ものすごく平和な、平和すぎて皮肉なくらいの風景。俺は親父の表情を横目で見ながら、トマトサラダを口に運ぶ。

もしここで俺がアマゾン行きを切り出したら、親父は一体どんな反応をするんだろう。家出するってわけじゃないから、いきなりすごい状態にはならないと思うけど、それでも波乱はあるはず。

常識的に考えるなら、理由を話して説得するべきだ。たとえ一度は反対されても、行きたい理由をきちんと伝えて判断を仰ぐ。でも、そんなことがすんなりできてたら、誰も苦労しない。

「ところで泳くん、最近忙しいんだって？」

いきなり話題を振られて、俺は固まった。

「ママが言ってたよ、帰りが遅いって。なに、二階堂くんと新しい遊びでも見つけたのかい」

笑顔でこっちを見られて、俺は軽く動揺する。ついさっきメンタルの強い男になりたいと思ったばかりなのに、これは恥ずかしい。俺はできるだけそれを悟られないよう、いつも通りに喋《しゃべ》った。

「まあね。でも基本スケボーだから、やってることはいつもとおんなじ」

「ふうん。でもさ、もしなにか新しくて面白いことを見つけたら教えてよ。仕事にも役立つしさ」

要するに、インターネットのコンテンツとして常に新しい流行が必要だということなんだろう。俺は少しほっとして、スケボーについての話を親父に説明した。

うなずく親父を見ながら、俺はこれからのことを考える。説得はきっとものすごく面倒くさいし、できればやりたくない。親父と話し合うのなんてごめんだし、許しを貰《もら》うには全面的に優等生でなきゃいけない。

「へえ、公園でねえ」

家出みたいにして旅に出ることも、できないわけじゃない。旅行会社に提出する保護者の同意書には、また玄関にある印鑑を使えばいいだけのことだ。そして旅行会社や航空券に関する様々な連絡先を携帯電話とパソコンに設定しておけば、出発までバレることはないだろう。

でもそれじゃ、下の下だ。自分のやりたいことだけを最優先して、他の人のことなんてこれっぽっちも考えてない。それをやったら、引っ越しのときに子供を立たせておいた奴と同じになる。俺は、そんな奴にだけはなりたくない。

でも、どうやったらうまく行くんだろう？

夕食を食べ終えて、部屋に戻った俺はそのまま考え続けた。

こんなとき、熱血青春ものだったら真っ正面からぶつかるんだろうな。それで言い合いになって、ケンカして、親父に一発殴られて、でもって和解。俺が悪かったよ父さん。いやいや、お前ももう一人前の男なんだな。

「……あり得ないって」

パソコンの前で、一人つぶやく。そもそも俺はマンガの登場人物みたいに熱くないし、親父だってそういうタイプじゃない。

『まずは楽しむことだよ、泳くん』

そんな思想の奴に、現状で打ち明けたらどうなるか。答えは簡単。面白がられるだけだ。下手するとスポンサーになるから、そのままネットのコンテンツにしろとか言い出しかねない。

反対されるのは困るけど、面白がられるのは問題外だ。

「でもさ、反対を押し切るならわかるけど、『面白がられないようにする』ってイメージわかないな」

旅行から帰ってきた二階堂は、土産のクッキーを差し出す。俺は礼を言ってそれを受け取ると、二階堂の部屋の床に座った。

「だって想像してみろよ。もしお前が必死に金貯《た》めてんのに、『へえ。スケボーで海外？　面白そうじゃん。お金は出すからやってみたらあ？　そのかわりネットで追うから、コメントよろしくね？』なんて言われたら」

「いいじゃん。何はともあれ行かせてくれて金まで出してもらえるなら、俺は文句ないよ」

麦茶をぐっと飲み干して、二階堂は笑う。

「……そんなもんかな」

「俺はね」

もしかしたら、こっちの考えが子供っぽいのかな。俺は一瞬、どきりとする。すると二階堂は、二杯目を注ぎながら真面目な顔で言った。

「でもさ、気持ちはわかるよ」

ぽつりとつぶやく。

「笑われるよりは、怒られた方がマシってとこ」

普通に考えたら、怒られる方が嫌に決まってる。学校の中だったら、なおのこと笑いで済ませられたらと思う。

「これって、親父だから、なのかな」

「んー、母親に面白がられるのは、どうだろう。不快だけど、わかってねーなって感じになるかも」

「だよなあ」

そこで俺はふと考える。たとえば馬場さんになら、面白がられても腹は立たない。でも四方さんや三浦さんだったら、悲しくなるかな。

「八田ってさあ、親父さんとビミョーなの」

「まあ、仲良くはないな。たまにムカつくけど、向こうは意識してない。そこがまたムカつく」

「あー、うちもそんなもん」

ていうか熱血親父なんて、マジで存在してるのかね。二階堂はため息をついて、ポテチを齧《かじ》る。

「家族旅行もさあ、超疲れたよ」

確か行き先は、軽井沢《かるいざわ》だと聞いていたけど。

「もしかして、一緒にサイクリングとかしたわけ」

「いや。さすがにそこまではしなかったな。姉ちゃんもいるし、とりあえず別行動は許されてた。でも親父がなあ」

二階堂はがっくりと肩を落とす。

「なんかドリーム持ってんだよ。熱血方面にさ。俺も親父もそういうタイプじゃないってのに」

「へえ」

「たとえば俺が散歩に出ようとすると、いきなりキャッチボールしようとか言ってくるし、夕食のときなんかは『早くお前と酒が飲みたいなあ』だぞ？　つきあってられないって」

それは、かなりのドリームっぷりだ。俺はちょっとだけ二階堂が気の毒になる。

「しかも街に出たら出たで、ナイフを買いたがるんだ。多分あれは、映画かなんかに影響されたんだろうな。たき火のそばで枝を削りながら語り合う父と息子、みたいな感じでさ」

「結構、キツいな。お前の親父さん」

「だろ？　今どき高校生がナイフを持ち歩いてたらヤバいとか、考えもしないんだ。頭の中が勝手なイメージでフリーズしてるんだよ。一週間一緒にいたら、絶対キレる。三泊四日が限度だ」

部屋の隅にある水槽を覗《のぞ》いて、二階堂はため息をつく。

「こういう親父が理想なんだけどなあ」

「……カメ？」

「いや。なんていうかあんま喋んなくていいから、じっとそこにいる、みたいな感じ」

ああ、それはちょっとわかる。物思いに耽《ふけ》っているような表情のカメを見て、俺はうなずいた。

＊

とりあえず言い出す前に、やれることはやっておこう。二階堂の家からの帰り道、俺は馬場さんに教えてもらった旅行会社に電話をかけてみた。

『はい、南海トラベルです』

少し不思議なイントネーション。歩きながらだから、うまくつながっていないのだろうか。俺は街路樹のそばまで行って、木陰で足を止める。

「あの、馬場さんから紹介してもらった八田といいます。譲二《じょうじ》さんという人はいますか」

話しながら、微妙に恥ずかしかった。というのも、馬場さんが送ってくれた情報には、下の名前しか入力されていなかったからだ。

これじゃまるで、下の名前しか呼びたがらない女子か、ただの礼儀知らずって感じだ。ていうか、見ず知らずの相手にいきなり名前で呼び出されたら絶対不快だと思う。ましてやそれが高校生のガキだったら、なおのこと。

なのに相手は、そんなことなど気にしていないような自然さでこう名のった。

『お待たせしました。譲二です』

ホストかよ。失礼を承知で突っ込みたくなる。

「あの、馬場さんに紹介してもらった八田と言います」

『ああ、はいはい』

なんか軽いな。不安になりつつも、俺は話を続ける。

「南米、ていうかブラジルのアマゾンに行こうと思ってるんですけど」

『アマゾンですねー。はい、手配できますよー』

「えっと、それでですね」

そこまで喋って、俺はふと考えた。いきなり電話で安くして下さい、なんて言えるわけないじゃないか。だったらなんて切り出せばいい？　一番安いツアーを探してます、とか？

すると相手は俺の沈黙を旅行の悩みと解釈したらしく、明るい声で言った。

『よかったら一度、こちらにいらっしゃいませんかー？　それで直《じか》にお話しすれば、パンフレットの他にご提案なんかもできると思いますよー』

旅行会社に行く。相談をする。パンフレットを貰《もら》う。ツアーを決める。振り込みをする。これは、母親が家族旅行を手配するときにつきあったから知っている流れだ。けれど、いざその流れに自分が飛び込むとなると、緊張する。

頭の中で思い描いていたものが、突如現実となって立ち上がってくる実感。俺は意味もなく、辺りを見回す。熱気にさらされた街路には人通りも少なく、陽炎《かげろう》のように空気が揺らめいている。

『もしもーし、いかがですかー？』

熱気の中に切り込んでくる、妙に明るい声。俺は思わず、うなずいていた。

「あ、は、はい」

『でしたら、明日とかはいかがですかねー?』

「え、あ、はい」

しどろもどろの返事を適当に流されたまま、俺は約束をしてしまった。電話を切ると、辺りは急に静かになる。ときおり通り過ぎる車の音が、妙にぼやけて遠く聞こえた。動き出したんだよな。俺は携帯電話を見つめて、ぽつりとつぶやいてみた。通話記録は残ってるけど、なんか妙に現実感がない。

「……ヘンなの」

とりあえず二階堂には報告しよう。そう思って携帯電話を開いた瞬間、我に返ったように頭上で蟬が鳴き出した。

「あーもう、うるせっ」

俺は画面をメールに切り替えると、わんわんと鳴く声に追い立てられるようにして木陰を後にする。

家に帰り、南海トラベルの所在地を調べようとサイトを開いてみるとこれまた微妙だった。旅行会社のサイトなんてあまり見たことがないから、これが普通なのかどうかはわからない。ただ、なんていうか色使いがかなり派手で、擬音とビックリマークが多用されているところが気になった。

『パーッと行こぅ香港！』や『どーんと北米！』あたりまでは許容範囲だが、『マジでいっチャイナ？』になると、ちょっと怪しい。ていうか、そんなツアー名で呼びだされるのはごめんだ。

下にスクロールしてゆくと、確かに『南米に強い！』とも書いてある。しかし残念なことに、パッケージツアーはやはり十八万くらいからだった。

（やっぱ、無理かなあ）

旅行の手続きを一から全部自分でやっても、旅行会社より安くなるわけじゃない。だとしたら、明日会って直に訴えるしかない。もしそれで断られたら、また違う会社を探すか、バイトをもっと入れるか。どっちにしろ、やることは決まっている。

高くても、それでも行く。俺は自分に対する宣言の意味も込めて、剛くんに返事のメールを書いた。

『こちらこそ返事ありがとう。できれば来年の三月頃に、そっちに行きたいと思ってるんだ。行くからには一週間から十日間くらい滞在できたらいいな。もちろん、剛くんの迷惑にならないようにするから』

知らない土地だし、わからないことだらけだから本当は迷惑をかけてしまうだろう。でも、できるだけのことはしていくつもりだ。そのためには、あと何が必要だろう？

俺は旅に必要なものを紙に書き出してみた。旅費、パスポート、ビザ、ボード、衣類。でも何か忘れてる気がする。俺はガイドブックを開いて、『旅の準備』というページを眺めた。

通貨単位に、時差、それに言語。言語？

『ブラジルの公用語はポルトガル語。とはいえスペイン語もかなり通じる。英語は旅行者向けの場所以外、ほとんど通じないと言っていい』

忘れてた。俺、テキストをもらってたのにこれっぽっちも勉強してない。じゃあ次点のスペイン語ができるかと言うと、問題外。できるのは、英語。といってもハワイで通じる程度の片言だけ。

現地で言葉が通じなかったら、迷惑どころの騒ぎじゃない。まだ未送信だった剛くんへのメールに、俺は慌ててつけ加える。

『やっぱりそっちでは、ポルトガル語じゃないと通じないのかな？　もしそうだったら、来年までに勉強しておくよ』

ポルトガル語もスペイン語も知らない。けど、きっと現地へ行くまでの間には英語も必要だろう。俺は行ったことのある海外の空港を思い出す。大抵、表記はその土地の言葉と英語の二本立てだ。しかもブラジルには直行便がないというのだから、空港を一人で移動しなければならない。

俺は、英語以外の言葉を勉強したことはない。だから一つの言語をどれくらい勉強すれば身につくのかわからない。でも、それなりに長く習っているはずの英語がこのレベルだってことを考えると、先は長そうだ。

俺は『旅の簡単ポルトガル語』を開いて、小さな声で読み上げてみた。

「ボア・タルジ」

ポルトガル語でこんにちは。

「ブエナス・タルデス」

スペイン語でこんにちは。

「ハロー」

言うまでもなく、英語。

挨拶《あいさつ》のほかに単位や疑問形など、言葉を見ていくにつれ絶望的な気分になる。英語はいい。とりあえず意味はわからなくても読めるし、5W1Hくらいは理解できる。でもスペイン語とポルトガル語は、呪文《じゅもん》にしか見えない。

『こんにちは』もわからない外国語を一から覚える。それも半年で。俺はどんよりとした気分で、ポルトガル語の単語を読み上げていった。


翌日、南海トラベルの事務所をたずねるため、俺は都心に出た。電車を降りたとたん、むわっとした熱気が身体を包む。ティッシュ配りのときにも思ったけど、ヒートアイランド現象は、言葉の上だけじゃなくて身体が勝手に感じる。

混み合う駅の構内を歩きながら、俺は早くもうんざりとした気分になった。夏休みだからって、人が多すぎる。何しに来てるんだ。自分のことは棚に上げて、俺は舌打ちをした。

構内のショッピングモールを抜け、ようやく外に出たら出たで、日射しが容赦なく照りつける。そんな中、プリントアウトした地図を片手に、大通りから路地に入った。するとその先に『南海トラベル』と書かれた赤と黄色の看板が見えてきた。

近寄ってみると、どうやらそのビルの三階に入っているらしい。灰色で古ぼけた雑居ビル。もし馬場さんのおすすめがなかったら、入り口で引き返したくなるような雰囲気だ。

今にも停まりそうなエレベーターに乗って三階で降りると、ガラス扉が見える。

「いらっしゃいませ」

扉を開けると、カウンターの中から声がした。

「あの、八田と言いますけど、譲二さんは」

声をかけてくれた女性にそう告げると、彼女は後ろを振り返る。

「譲二、お客さまよ」

社内で呼び捨て？　ていうか彼氏？　どんな顔をしていいのかわからなくて、俺がフリーズした。

「今参りますので、こちらに座ってお待ち下さい」

「あ、はい」

社員は呼び捨てでも、客にはちゃんと敬語なのか。先行き不安なまま、俺はカウンターの椅子に腰掛けた。するとほどなくして、奥のスペースから背の高い男が姿を現した。

「あ、どうもー。いらっしゃいませー」

向かい側に腰かけたのは、二十代後半くらいの若い男。旅行会社らしく、ノーネクタイのシャツ姿でさわやかな感じだ。

「お電話いただいた八田さんですかー？」

「あ。はい」

ファイルを置いて、名刺を取り出す。

「こんにちは。ジョージ・テンです。初めましてー」

「え？」

思わず貰《もら》った名刺を見ると、そこにはカタカナで『ジョージ・テン』と書いてある。

「見かけと電話で区別つかないけど、私は台湾人なんですよー」

「あ、そうなんですか……」

どうりでイントネーションが微妙だったはずだ。ていうか、まさか外国人を紹介されるとは思わなかったので、俺は軽く口ごもった。すると男は、にこやかな笑みを浮かべながら手を差し出す。

「馬場さんとは仲良くしてます。どうぞよろしくー」

「あ、こちらこそ」

握手という習慣がないのでぼんやり手を出すと、思いのほかぎゅっと握られる。驚いたけど、驚く顔はしたくない。というのも、なんだかずっと相手のペースみたいで微妙に悔しかったからだ。そこで俺は、顔を上げる。

「八田泳です。よろしくお願いします」

ちゃんと相手の目を見て話す。敵意がなくても、舐《な》められないためには必要な一歩だ。これは昔三浦さんに教えてもらった、初めて会うローカルと話すときのやり方。

視線を合わせたままにしていると、男はつかの間真剣な表情になった。けれど次の瞬間、その顔はころりとサービス業の笑顔に逆戻りする。

「はい、八田さん。私のことはジョージって呼んで下さいねー」

だから会社でも下の名前で呼んでたのか。怪しさが少し薄れたところで、俺はカウンターに置かれたパンフレットを手に取った。

「えーと、ブラジルがご希望なんですよね。時期と場所によってだいぶ値段が違いますけど、いつ、どこに行きたいんですか？」

「はいはい」

「来年の三月に」

ジョージは俺の答えを聞きながら、横に置いてあるパソコンに条件を打ち込んでゆく。

「アマゾンへ行きたいんです」

「……はい？」

「だから、アマゾン」

俺が繰り返すと、ジョージは珍しい物でも見るような目でこっちを向いた。

「アマゾン流域、は広いです。どの都市へ？」

「ベレン」

「ベレン？」

おうむ返しにたずねられて、俺はちょっとむっとする。

「そんなに珍しいですか」

その言葉に、ジョージはこくりとうなずいた。

「珍しいねー。普通は世界遺産とかカーニバルとか、あなたくらいの年だったらフットボールとか、そういうお客さんがほとんどだから」

「ああ、サッカー留学とかですか」

「そうそう。ツバサくん。あとは釣りくらいですねー。フィッシャーは世界中に行きたがるから」

ジョージは笑いながら、パソコンの画面をくるりと回す。

「ベレンへの直行便はありません。サンパウロかリオデジャネイロで乗り換えることになります」

「知ってます」

「往復をお望みですよね？」

うなずくと、マウスをクリックした。そこに現れた金額は二十万。馬場さんから主要都市までは十五万が底値だと聞いていたから、経由地に国内線の料金を足すとこうなるのだろう。

「こんな感じでいかがですかー？」

笑顔のジョージ。さて、ここからが問題だ。

「あの……」

俺はジョージに向かって告白する。

「実は、あんまり予算がないんです」

「はい」

「だから、とにかく安く行く方法を探して欲しいんです」

それを聞いたジョージは、軽くうなずいて電卓を取り出す。

「とりあえずご契約いただけるなら、このくらいまでは下げることができます」

提示されたのは十九万。しかし、やはりもう少し下げないと後が辛《つら》い。

「……できれば、十五万くらいで行きたいんです」

「十五万、ですか」

いきなり四万も下げろというのは、無茶な相談なのかもしれない。ジョージは眉間《みけん》に皺《しわ》を寄せて、なにやらキーボードを叩《たた》いている。

「そうですねえー、こちらとしては、下げて五千円が限度でしょうかねー」

「……そうですか」

やっぱり無理なんだ。俺はため息をつくと、軽く頭を下げた。

「調べてもらって、ありがとうございます。でもやっぱり俺にはその金額、出せそうにありません」

せっかく教えてもらった旅行会社だけど、金額で折り合いがつかないのはしょうがない。

「お客さんになれなくて、すみません」

そう言って立ち上がると、ジョージも立ち上がる。

「残念ですね。ところでベレンには何をしに行く予定なんですか？」

「ポロロッカを——」

「ああ、ポロロッカ見物ですか。確かにそれだったら流域ですね」

「いえ。ポロロッカに乗ろうと思って」

俺の言葉に、ジョージは再び首をかしげた。

「乗る？」

誰彼かまわず言うのは嫌だったが、どうせもう来ない場所だ。そう考えて俺は素直に事情を話した。

「サーフィンです。あの波に乗った人の話を聞いて、調べたら流域でサーフィン大会をやっている村もあるってわかったから」

「へえ」

「それに今年から、あっちに親戚《しんせき》が行ってるんです。だからチャンスだと思ってお金を貯《た》めてるんですけど、まだ全然足りなくて」

ジョージは腕組みをして、感心したようにうなずいている。ここまで話せば、お客になれない理由もわかってもらえただろう。

「それじゃ」

俺が背中を向けて歩き出すと、いきなり声が追ってきた。

「ちょっと待って」

振り返ると、厳しい表情をしたジョージが手招きをしている。

「諦《あきら》めが良すぎるでしょう」

「え?」

「日本人の男性って、ときどき本当にブシドーなんじゃないかって思いますよ。清く正しく、道を外れようとしない。でもひっくり返せば、かたくなで曲げることを知らず、交渉の機微を理解しないとも言えますけどね」

「はあ?」

何を言っているのか、よくわからない。しかしそれでも俺はカウンターの前に戻った。

「八田さん。ゴネ得って言葉、知りませんか?」

「それって、もっと安くしてもらえるってことですか」

「そうあからさまに言われると、ちょっとまずいですけどねー」

ジョージは再び椅子を勧めながら、にやにや笑う。

「でも私は台湾人で、この南海トラベルは中華系の会社です。それはつまり、どういうことかわかりますか?」

「……わかりません」

「中華系の人種が得意とするのは、コネと口利きで広がるネットワークです。つまり、あなたが馬場さんを通じて私の友になり、さらに私が納得できる材料を見せてくれれば、私は自分ができうるかぎりの力を使ってあなたの旅をお手伝いします、ということです」

いきなり人種の話を持ち出されて、理解するまでにちょっと時間がかかった。けど、要するにこの人は仕事の枠を超えて力になってもいいと言っているのだ。

「納得できる材料、っていうのは何ですか」

これも波だ。俺はそのうねりを逃さないよう、慎重にたずねる。

「そうですねえ。本来は、あなたの旅が私にとって有益であることを証明してくれれば、それでいいんですけど」

「たとえば、旅を宣伝に使うとか？」

「大きい会社ならそれもありですが、うちのような規模では、逆にマイナスです」

じゃあ、何をすればいいんだろう。俺が首をひねっていると、ジョージが笑い声をあげた。

「いいですよ。ポロロッカに乗るなんて、そんな面白い話を聞かされたらそれだけでワクワクしましたから」

「え、じゃあ」

「もちろん、安いなりにハードな乗り継ぎしか手配できないかもしれません。それと、もしかしたらお使いも頼むかも知れない」

こうなってくると、怪しさはマックス。でも、うねりの気配もマックスだ。

「ありがとうございます！」

立ち上がって頭を下げると、ジョージは苦笑する。

「座って下さい、八田さん」

「泳でいいです」

「じゃあ泳、とりあえず一番最初からやりなおしましょうか」

ジョージはファイルから申込書を取り出し、カウンターに置いた。連絡先と電話番号、それにメールアドレスを記入して最後に名前を書くと、ジョージは面白そうに漢字を指さした。

「泳。さんずいに永遠の永と書く。まるであなた自身が、ポロロッカみたいな名前ですね」

ポロロッカのような名前。そう言われて、頭の中にいきなり雄大なイメージが広がった。どかん、と何かが音を立てて開けたような気分だ。

泳という名前の意味は今まで『泳ぐ』という意味でしか考えたことがなかったし、まるで水泳選手みたいな名前だと思っていた。なのに、それがポロロッカ。永遠に続く波。格好良すぎだろう、俺。

ちょっとナルシストっぽいけど、ついにやけてしまう。名前に違う意味がついただけで、まるで新しい自分になったような気がする。俺はあたりを見回すと、軽く地面を蹴《け》った。

走り出すと、頬にほんのり風を感じる。足を速め、勢いよく駆け出すと景色が流れはじめた。スタートに立った実感と手応《てごた》え。これからどうなるかはまだわからないけど、前進していることに間違いはない。

俺は泳。さんずいに永遠の永と書く泳。うねりの予感に満ちた夏を駆け抜ける男。文句がある奴は、ここに出て来い。

浮かれた気分のまま家に帰ると、残暑見舞いの葉書が机の上に置かれていた。二枚か。返事を書く手間を考えて、少しげんなりする。

俺はまめな方じゃないから、親しい奴とはほとんどメールでしかやりとりをしない。だけど中には、うんざりするほど真面目な奴もいる。たとえば小学校から顔見知りの奴とか、同じクラスの女子とか。

顔見知りの奴とは、今ではほとんど話さない。だからお互いメールアドレスも知らないし、教える気もない。毎年毎回、コピー&ペーストを繰り返したようなお決まりの言葉が書きなぐられた葉書は、見なくても内容がわかる。

もう一枚の葉書をめくると、こっちはきちんと手紙になっていた。

『暑いね。サーフィンのベストシーズンだけど、海には行ってる？　私は家族旅行で伊豆の海に行ったけど、サーフィンって難しそうだね』

差出人は工藤《くどう》鮎美《あゆみ》。同じクラスの女子だ。特にこれといったつきあいはないけど、去年の秋頃に自転車で転んだところを助けてから、なぜか葉書を寄越すようになった。

別に、知り合いだからって助けたわけじゃない。ただ目の前で派手に転んだ女の子がいて、しかもそれが車道側だったから手を貸しただけの話だ。海で溺《おぼ》れかかっている奴がいたら助けるし、それが陸でも大差ない。

「ありがとう」

そう言って顔を上げた女の子は、俺の顔を見てからちょっと考え込んだ。

「えっと……八田くん？」

そう言われるまで、俺も相手がクラスメートだとは気づいていなかった。ていうか、女子は制服を着てないと、外で会っても誰だかわからない。しかも髪を一つに束ねてたりすると、印象が変わって致命的だ。

工藤は地味ではないけど目立たない印象の女子で、かろうじて名前と顔が一致するだけの相手だった。手を貸して立たせてやると、俺の持っていたスケートボードをじっと見つめる。

「八田くんって、スケボーやるの」

「いや。それは二階堂の方。俺はサーフィンの練習のためにやってるだけ」

「へえ。初めて聞いた」

俺は、特にサーフィンのことを秘密にしてはいなかった。けれど積極的に話す気もないので、クラスではほとんど知られていないのだ。

「うまいの？」

「そうでもない。下手でもないけど」

そんな雑談を交わしただけの関係なのに、工藤は俺に年賀状を寄越した。義理堅い奴だとは思うけど、出されたら返事を書かなくちゃいけないから面倒くさい。正直何を書いていいかわからなくて、俺もコピー&ペースト的な文になってしまうから。

そんな手紙、出しても出さなくても一緒じゃん。母親にもらった官製葉書を二枚並べて、俺はため息をつく。とりあえず宛名を書いて、内容は二枚とも同じ文句を書いた。

『はがきサンキュー。夏バテには注意！　また学校で会おう』

我ながらつまらない文だけど、まあ嘘はついてない。学校に行けば、自動的に顔を合わせるわけだし。それから、ちょっとだけ考えて工藤の方にもう一言つけ加えた。

『ボディボードなら浅瀬でも楽しめるし、初心者向きかも』

そしてふと、工藤の姿を思い出してみる。前に会ったときはジーンズにパーカーだったけど、スタイルは悪くなかった。水着だったら、どうなんだろう。

*

旅行会社が決まったことは、純粋に嬉《うれ》しい。でもこうなると、先送りにしていた親への報告をしなければならない。壁にかけてあるカレンダーを見て、俺は考えた。あと一週間ちょっとで、夏休みが終わる。だったら、休みが明けてから切り出した方がいいかもしれない。

(なんてね)

言い訳なのはわかってる。でも残りの一週間は、できるだけ働いて稼いでおきたい。反対されて議論を重ねるのは、学校が始まってからでも遅くはないはずだ。

とりあえず報告も兼ねて二階堂にメールを入れると、速攻で返事が返ってきた。

『すげーじゃん！　旅行会社に手配してもらえるのが決まったなら、もう行けたも同然だな』

『でもまだ親に言えてない。いつ言おう』

軽く泣き言めいた文を打つと、二階堂は具体的な案を出してきた。

『旅行会社へ払う金額が貯《た》まったら、言えば。自分で行くっていう意思表示にもなると思うけど』

なるほど。行ける金額を手に入れた上での宣言なら、本気だと受け入れてもらえるかもしれない。俺は二階堂に『サンキュー』と短く答えたあと、パソコンを立ち上げて引っ越し会社のページにアクセスした。

画面に会社から与えられたＩＤナンバーを打ち込むと、シフト表のカレンダーが出てくる。俺は残りの一週間にすべてチェックを入れると、椅子の背にもたれてため息をついた。これを全部こなして、さらに貯金も合わせればようやく十五万くらいにはなる。でも学校が始まってしまえば週末しか働けなくなるから、一気にペースは落ちるだろう。

（だったら、平日も何かしないと）

まるでドラマの中の貧乏学生みたいな生活になるかもしれないが、とにかく短い時間のアルバイトも見つけておかなければ。そう考えた俺は、葉書を片手に立ち上がった。

ポストのあるコンビニを目指して歩きながら、俺は近所にある店をチェックする。酒屋、本屋、ファストフード店、喫茶店、花屋、そしてコンビニ。そのどれもが『アルバイト募集』の張り紙を出していたけれど、ピンと来ない。酒屋は免許がいるみたいだし、本屋は時給が桁外《けたはず》れに安い。ファストフード店は最後の砦《とりで》としてとっておくとして、喫茶店は中が見えなくて怪しいし、花屋は恥ずかしい。

唯一、コンビニは悪くなかったけど、ここじゃ家から近すぎる。多分、ここに入ったら確実に知り合いに会う。顔見知りの同年代はともかくとして、親に会ったりしたら最悪だ。やっぱり、近所でバイト先を探すのはやめよう。

「平日午後のアルバイト？」

振り返った馬場さんに、俺はうなずく。

「はい。学校が始まっちゃうと、ここには土日にしか来られないんで」

なんかないですかねえ。俺は相談半分、雑談半分で持ちかけてみた。このメンバーは、すでにアマゾンのことを知っているから話がしやすい。

「やっぱコンビニとかがいいんじゃないかな。半端な時間でも嫌な顔されないし」

「でも近所のコンビニって、知り合いに会うからやめた方がいいよ。せめて一駅となりにするとか」

加藤さんが梱包《こんぽう》を解きながら、声を上げた。

「俺もそれは考えました。家と学校の近所はやめようって」

テレビの配線を終えて、俺は立ち上がる。その正面に、四方さんがぬっと立ちはだかった。

「なんだ、かけ持ちとは生意気だな」

眉間《みけん》に皺《しわ》を寄せたゴリラ。俺は思わず、軽く後じさりする。

「で、でもうまく組み合わせないと、旅費が貯まらないんです」

「そうか。ならしょうがないが、勉強もおろそかにはするなよ」

神妙な顔つきでうなずいてみせると、四方さんはじろりと俺をにらんだ。

「旅も必要だが、学校も勉強も必要だ。お前くらいの年頃には、無駄な経験なんて何一つない」

「はい」

俺は四方さんの目を正面から見返して、きちんと返事をした。四方さんの言葉は、なぜかいつも俺の中にまっすぐに入ってくる。同じ言葉を親父から言われても、きっとこんな風には受け止められないはずなのに。

その違いはどこからくるんだろう。そんなことを考えながら昼飯を食っていると、尻ポケットの携帯電話が震えた。

『泳ですか?』

いきなりの呼び捨てに、俺は反射的にむっとする。

「ていうか、誰ですか」

『ジョージです。南海トラベルのジョージ』

ああ、だから呼び捨てなのか。俺は声を和らげて、挨拶《あいさつ》をした。

『ところで、泳は今なにしてますか』

馬場さんと一緒に引っ越しのアルバイト中だと答えると、ジョージは一瞬言葉を切った。

『そのアルバイトは、ずっと続きますか』

「いえ。もうすぐ学校が始まるんで、そうなったら週末だけです」

ジョージが何を言いたいのかわからず、俺はちらりと時計を見る。携帯電話は休憩中だけ電源を入れているので、あと十五分しか話せない。

『学校は、何時に終わりますか』

「四時くらい、です」

根掘り葉掘り聞かれて、不信感がつのる。

「あの、用件は何なんですか。はっきり言って下さい。お昼休みが終わっちゃうんで」

そう告げると、ジョージはつかの間黙り込んだ。そして次の瞬間、声の調子をがらりと変えて喋《しゃべ》り出す。

『要するにですね、アルバイトのお話ですよ。アルバイト』

「アルバイト？」

馬鹿みたいに同じ言葉を返すと、ジョージはここぞとばかりにまくしたてた。

『そう。旅費が足りないなら、実働でまかなってもらえたらいいなということです。時間は五時から八時半くらいで、期間はたぶん二ヶ月ぐらい。場所は泳の家から電車で十分くらいのところにあるチャイニーズレストラン。そこのホールスタッフが急病でいなくなってしまったので、急遽《きゅうきょ》人手がいるんですよ。それは来週からでかまわないんですけど、いかがですか？』

一気に伝えられた情報を、できるだけ冷静に頭の中で並べ替える。家から電車で十分の中華料理屋で、ウエイター。時間は五時から八時半で、二ヶ月。

「時給はいくらですか？」

『冷静ですね』

ジョージがにやりと笑ったような感じの声を出した。からかってるんだろうか。

「それに週何日入るのかも聞いてません。土日はこっちのバイトもあるんで、毎日は無理です」

『できるだけ多い方がいいですが、週三でもいいそうです』

「だから、週三でいくらになるんですか」

なんとなく油断してはいけないような気になって、俺は問いただす。

『時給は八百円くらいでどうですか』

どうですか、って。おすすめメニューの話をしてるんじゃないんだし。しかしそこで、俺ははたと気がついた。もしかして、ゴネる余地があるのか？

「八百円は、ちょっと安いですね。都内なら九百円台が当たり前ですよ」

これは本当の話。アルバイト情報のサイトで見た飲食店の相場は、八百円が底で千円だと高い。

『安いですか？』

「安いです」

きっぱりと言うと、ジョージは再び沈黙した。

『……八百五十円』

「九百円」

『八百七十円』

「九百円」

相手の出方をうかがい、こっちにちょっとずつたぐり寄せる。

『しょうがない、九百円』

「九百五十円」

駆け引きのコツはなんだろう。やっぱり上を言いすぎないことかな。

『九百五十円はひどい。上げ過ぎですよ』

「じゃあ、九百円でいいです」

一瞬の間に、手応《てごた》えがあった。

『わかりました。九百円で手を打ちます。でもそのかわり、週三で二ヶ月はお願いしますよ』

ため息とともに、ジョージが折れる。

「わかりました。じゃあ店の場所やなんかの情報は、パソコンの方に送って下さい」

『もちろんです。じゃあこれにて契約成立ということで』

「はい。よろしくお願いします」

俺は思わず、小さくガッツポーズをした。初めてにしては、中々の成果だ。そんな俺を見ていた加藤さんが、話の流れも知らずにガッツポーズをしてみせる。いい気分のまま電話を切ろうとすると、ジョージがふと思い出したように声を上げた。

『あ、そうそう』

「はい？」

『言い忘れましたけど、交通費は出ませんから』

なんだそれ。交通費が出ないなんて、それじゃ時給が上がったところで同じじゃないか。俺が呆然《ぼうぜん》としたまま言葉を失っていると、ジョージはにこやかな声で会話を切り上げた。

『大丈夫ですよ。泳なら自転車で二十分もあれば着く場所です。それじゃ、頑張って』

やられた。俺は携帯電話を片手にしゃがみ込む。

「どうしたの？」

加藤さんの問いかけに、俺は頭を抱えたまま答えた。

「ちょっと、負けました」

「負けたって、何に？」

「交渉……」

ジョージのやけにさわやかな笑顔を思い出して、俺は歯ぎしりをする。あいつめ。

＊

夏休みの最後は、そのまま引っ越しのアルバイトをして終わるはずだった。けれどお客さんの都合で急にキャンセルが出て、最後の日だけがぽっかりと空いてしまった。

何をしよう。前日の夜、ぼんやりと明日の予定を考えた。二階堂とは昨日バイトで会ったし、宿題はやばくない程度に片付けてある。

海に行こうかな。うねりの感触を思い出したとたん、俺はたまらなくなってネットで明日の天気を調べた。いい風が吹きそうな一日。そうと決まれば、明日は早起きだ。海パンやラッシュガードをデイパックに詰めると、俺は早々にベッドに倒れ込む。

朝は、ぴかぴかに晴れていた。けれど一歩外に出ると、ほんの少しだけ肌がすうっと涼しい。秋の気配がもう、そこまで来ていた。

「おはようございます」

「ああ、泳ちゃん。おはよう」

声をかけると、三浦さんが振り返る。

「ここんとこ、ちょっと来なかったね。いい夏休みを過ごしてたのかな」

「バイトに明け暮れてたんだ」

荷物を置いて服を脱ぎ、ラッシュガードを身につけた。

「ふうん。欲しいボードでもあるのかい？」

なんだったら、うちでバイトすればいいのに。そう言いながら三浦さんは、レンタル用のボードに丁寧にワックスをかける。

観光客が乱暴に扱ったボードは、ひと夏で傷だらけだ。しかしそんなボードに、三浦さんはことさら手をかける。パテで傷を埋め、塗装で補強してワックスをかける。ワックスが劣化したところは、スクレイパーで削り取ってから塗り直し。まるで手術のようだが、三浦さんいわく「ボードは使われてこそ」だから気にならないらしい。

「実は」

俺はつかの間、口ごもった。三浦さんにこのことを言えば、俺が言わなくても親父に情報が流れる危険がある。でも、だからといって三浦さんに嘘をつきたくはない。

緊張したまま三浦さんの隣にボードを置いて、俺もワックスをかけはじめる。いつもの動きを繰り返すことで、うまく喋れるような気がしたのだ。

「実は俺、ポロロッカに乗りにいくことにしたんだ」

「……えっ？」

うまく聞き取れなかったという風に、三浦さんが首を傾げる。

「前に教えてくれた、アマゾンのポロロッカ。あれに、乗りたいと思って」

俺の言葉を呑《の》み込んで、それが脳みそに届くまで数秒。三浦さんは、これ以上ないってほど目を見開いて俺を見た。

「ちょっと待って。それって泳ちゃんがブラジルに行くってこと？」

「うん。実は今年、叔父《おじ》さんがアマゾン流域に転勤になって」

そこで俺は、順を追って話しはじめる。その間三浦さんは手を止め、俺のことをじっと見つめながら相づちを繰り返す。そして話が現在の時点まできたところで、しばらく考え込むように目を閉じた。

怒られるか、それとも反対されるか。俺はどんな答えが返ってきても対応できるようにと身構えた。ここで三浦さんを説得できなきゃ、両親の許しだってとうてい得られないだろう。

「泳ちゃん」

「はい」

「このこと、もうご両親には話したのかい」

俺は黙って首を横に振る。

「話す気は、あるの」

「もちろん」

「なら、僕が出しゃばる場面じゃないね」

あっさりとそう言われて、俺は肩すかしを食らったような気分になる。

「反対とか、しないの」

「してほしいなら、するけど」

いや、別にそういうわけじゃないけど。俺が口ごもると、三浦さんは再び手を動かしはじめた。

「確かにブラジルは遠いよ。高校生が一人でふらっと遊びに行くような場所じゃない。でも泳ちゃんには親戚《しんせき》の方がいるし、それに何より本気じゃないか」

「本気って、わかるの」

「わかるよ、それくらい。僕は泳ちゃんを子供のときから見てきたんだからね」

俺は思わず手を止めて、三浦さんを見つめる。日に焼けて潮にさらされ、年齢よりも少しだけ老けた顔。なのにTシャツと半パンが世界一似合う、大人の男。

「ありがとう」

ごく自然に、頭を下げていた。わかってもらえたことが、ただ純粋に嬉《うれ》しかった。

「僕ができることなら、何でも協力するよ。でも一つだけ約束してほしい」

首を傾げると、三浦さんはぽつりとつぶやく。

「絶対に無事で帰ってくること」

その言葉に、俺は胸を突かれた。

三浦さんは海岸沿いに店を構えているから、年に数回は海難事故に遭遇する。それは海水浴にきてはぐれた子供だったり、慣れないサーフィンで強いカレントに運ばれた初心者だったりする。たいがいは無事に救出されるが、中には不幸なケースだってある。

そんなとき、三浦さんは悲しそうな表情を浮かべてこう言っていた。

「楽しく遊ぶってことは、無事に帰ってくるまでがワンセットなのに」

海の遊びは、すべてが自己判断にゆだねられる。だからこそ海に入るときは、自分を冷静に見ることが大切だ。実力以上に泳げると過信したり、まだ雨は降らないと勝手に判断した結果、人は事故や災害に巻き込まれる。

「無理はしません」

「もし、うねりを捉《とら》えられなくても？」

無茶をするのは、目の前に魅力的なものがある場合が多い。登山家なら手の届きそうな頂で、サーファーにとっては強いカレントの向こうにある最高のうねりがそれに当たる。

「『自制心がなければ、自然相手のスポーツをやってはいけない』はずですから」

いつか三浦さん自身が言っていた台詞《せりふ》を、俺はそのまま返した。すると三浦さんは、静かに微笑む。

「泳ちゃん、大きくなったなあ」

ボードを抱えて海岸に出て、風向きとカレントのチェックをする。オンショアでちょっとうねりがだぶついているけど、今は海に入れるだけでも嬉しい。もしいいうねりが来なくても、沖でゆらゆらと波待ちをすればいい。俺は準備運動をすると、リーシュコードを足首につけて歩き出す。

ゆっくりとパドリングをしながら沖に出ると、数人のローカルと仙人がぷかぷか浮かんでいた。

「今日はやっぱ、駄目?」

「予報が外れたね。ほとんど来ないから、上がろうかと思ってたんだ」

ローカルは近所に住んでいるから、いい状態でなくなればあっさりと海から引き揚げてしまう。多分、これが無茶をしない理想の状態なんだろう。離れた場所から電車を乗り継いできた俺は、せっかくだからという気分を必死で抑え込む。

手を振って離れてゆくローカルを見送り、俺は海岸を見つめた。八月最後の海岸は、もう海水浴客もまばらですっきりとしている。夏の海はにぎやかで絵になるけど、本気で乗るなら俺は秋が好きだ。もう少しして、水に入るのをためらうような気温になった頃、海岸はサーファーのものになる。

水の上で戯れ、ワイプアウトしては楽しそうに顔を出す。波の上でうねりとともに滑っているときは、地球と遊んでいるような気にさえなる。そんなうねりが、来ないかな。方向転換して水平線を見つめると、短いセットのくせにダレたうねりが延々と続いている。

「まあ、いっか」

俺は軽く伸びをすると、今度は仙人に声をかけた。

「こんにちは」

「ああ、こんにちは」

振り返った仙人が、にっこりと笑う。

「前に、永遠に続く波があるって教えてくれましたよね。覚えてますか」

「ああ」

「俺、それに乗りにいくことにしたんです」

一応、教えてくれた当人にも報告しておきたい。そう考えての告白だったけど、仙人はこれっぽっちも驚かなかった。

「いいことだね。乗れても乗れなくても、それはいいことだ」

珍しい現象だから、見るだけでも貴重な体験だと言いたいのだろうか。

「できれば乗りたいですけど」

俺の言葉に、仙人はにこにことうなずいた。

「乗りたいと思うのもいいし、乗りたくないと思うのもいい」

「なんでも『いい』んですね」

「そう。うねりや波はただそこにあるだけだから」

意味が深すぎて、ちょっと坊さんの話みたいになってきた。俺は仙人に頭を下げると、小さなうねりを強引に捉えてその場から離れる。

＊

夕方。最も腹の減る時間帯が近づくと、俺は憂鬱《ゆううつ》になる。それは食べるものがないからじゃなくて、世界で一番わけのわからない場所に行かなくてはならないから。

「ジャオズー」

「はい？」

私服の上にエプロンを着けただけの姿で、俺は首を傾げる。すると相手は不審そうな表情を浮かべて、同じ言葉をゆっくりと繰り返した。

「ジャオズ」

「えーと……」

要領を得ない俺の返事に業を煮やしたのか、相手はメニューを指さす。

「ジャ・オ・ズ！」

指先にある『餃子《ギョーザ》』の文字を見て、俺はようやく理解した。うなずいて伝票に書き込むと、相手がじっと俺を見上げている。

「もしかして、日本人？」

「はい」

「ふうん。珍しいね」

完璧《かんぺき》な日本語を使い、相手はかすかに微笑んだ。

「ま、頑張って」

俺は軽く頭を下げると、踵《きびす》を返して奥のカウンターに声をかける。

「餃子ひとつー！」

すると厨房《ちゅうぼう》の中で鍋《なべ》を振っているウーさんというおっさんが、こちらを見ずに叫んだ。

「メニューを覚えろって言っただろう！」

餃子で通じてるくせに、なんでいちいち中国語で言わなきゃならないんだ。そう思いながらも、俺はさっき聞いたばかりの言葉を真似してみる。

「ジャオズー！」

「いくつだ⁉」

「イー！」

とりあえず、一から五までの数は覚えた。それ以上の数字は、大量注文でもない限り使わないだろうし。ため息をつきながら、俺は何気なくカウンターに手をつく。するといきなりそこに、熱々の蒸籠《せいろ》が置かれた。

「危ねえ！」

「ハーガウ。持ってけ」

聞き覚えのない名前だったので、俺は中身を確認するために蓋《ふた》を開けようとした。しかしその手は、フロアの方から来た人物にぴしゃりと叩《たた》かれる。

「痛って！」

思わずにらみつけると、にらみかえされた。

「お客に出す前に蒸籠開ける馬鹿がどこにいるわけ。開けたときの湯気がごちそうなんだから、蒸しなおさなきゃいけなくなるでしょ」

「でも中身がわかんないから」

「だからハーガウって説明してたじゃないの」

背の高い女が、つんと顔をそらす。そして蒸籠を持ち上げると、何やら声を上げながらテーブルへと向かっていった。

このツンデレならぬツンツン女。そう思いながら、俺は女の後ろ姿をにらみつける。

中国語なんか、知るわけねえっての!


ジョージの強引な紹介でバイトすることになった『南仙《なんせん》』は、駅前の商店街にある小さな中華料理屋だ。料理人のおっさんいわく「本場香港の味」を出す店らしいが、俺の頭の中では香港も台湾も中国もごちゃまぜだから、「中華料理だな」ということしかわからない。客層は、中国人が八割に地元の人が二割。その国の人間が多いのは、やはり本場の味だからだろうか。

「はあ?　なんで日本人?」

二十人も入ればいっぱいになってしまう、小さな中華料理屋。そこでホールを取り仕切っているエリという背の高い女は、俺に向かって開口一番そう言い放った。大学生ぐらいに見えるけど、ここの娘なんだろうか。

「ジョージさんに紹介されたから来たんですけど」

軽くむかついた俺は、自分の中で禁止事項になっていた言葉をあえて使った。こっちだって知らないで来たんだし、というニュアンスは果たして伝わったのだろうか。

「ジョージの紹介なら、しょうがないわね」

しょうがないのはこっちだっつーの。そう言い返したくてたまらなかったけれど、とりあえず黙ってうなずく。

「言葉が不自由だろうから、初日はテーブルのセットと片づけをして。メニューは今のうちに書き写して、次までに覚えてくること」

ここは日本じゃねえのかよ。そう思いながらも、俺はメニューの小難しい漢字を書き写した。しかしせっかく写したメニューも、最初はほとんど役に立たなかった。というのも、お客は皆それを中国語で発音するから。

「は？　今何て？」

チンジャオロースやマーボー豆腐。それくらいなら俺にだってわかる。でもジャオズやハーガウが何かなんて、わかれっていう方が無理だ。

「馬鹿じゃないの」

困惑する俺に向かって、エリは指を突きつける。

「ねえ。こっちだってあんたが中国語ぺらぺらだなんて思ってないわよ。だったら、書き写した後にどうして誰にも発音をたずねないわけ？」

「それは……」

ぐっと言葉に詰まって、俺はエリを見た。

「辞書で調べるとか、ネットで発音を聞くとか、それが嫌ならお客に確認するとか、やりようはいくらでもあるでしょ？　ねえ、そこまで教えないといけないようなお馬鹿なニホンジン、こっちは望んでないんだけど」

日本人、という言葉をあえて片言っぽく発音してエリは俺に背を向ける。俺は悔しくて、でもこれといって返す言葉も見つからなくてただぐっと唇を噛《か》み締めた。

俺は日本人だし、ここは日本だ。だったらお前らの方こそ、ここの言葉を使うのが当然だろう。そう、言ってやりたかった。でもエリに言ったら猛反撃を食らいそうだし、お客に言ったら国際問題的にやばい感じがしたので何も言えなくなった。

「なんだよ、あの店！」

初日のバイトが終わるとすぐ、俺はジョージに電話をかけた。

「何、って中華料理のお店でしょう」

「そういう意味じゃなくて。俺、カンペキに望まれてないんですけど」

店の裏に停めてあった自転車のキーを外しながら、ジョージのにやけ面を思い浮かべる。

「だって相手は、中国人が希望なんだっていうし」

店の人間だけではなく、客だってそうだ。俺は今日だけで何回「日本人？」と聞かれたことか。悪かったな、日本人で。

「中国人希望とは言われてませんよ。ただ、いつもは中国人を紹介してただけです」

「その流れだったら、普通中国人を想像するだろ」

「想像するのは、先方の勝手ですね」

ジョージのしれっとした返答に、俺は顔をしかめる。

「……ともかくそっちから説明してバイトを替えて下さい。このままじゃ、お互い得にならない」

「得にならない、ね。うまい言い方をします」

電話の向こうで、ジョージが小さく笑った。俺は携帯電話を持ったまま、片手で自転車を押す。

「事情はわかりましたが、すぐには代わりの人が見つかりません。探しますから、見つかるまでは働いて下さい」

そう言われると、こっちはうなずくしかない。俺はそんな理由で、『南仙』に通うことになった。


「なんか疲れてない？」

学校の机に突っ伏す俺を見て、二階堂が首を傾げる。

「夜のバイト、マジでキツいんだよ」

「引っ越しよりも？」

「体力はそこまで使わないんだけど、なんかせわしないっていうか」

五時から八時半。間に休憩もあるし、時間だけならそうきつくはない。しかしその三時間半は、ほとんど日本語の聞こえて来ない時間なのだ。

「てか中国人て、マジで喋《しゃべ》り過ぎ」

とにかく客はよく喋る。喋って喋って食って食って、笑って口論して大騒ぎ。店が混んでいるときはホール全体がうわん、というざわめきに呑《の》み込まれる。

「そうなんだ」

「しかも日本語、使わねえし」

意味のわからないざわめきの中で、俺は呼び止められる。必死で相手の発音を漢字に変換して、これと思うメニューを指さす。しかし正解率は五十パーセント。二回に一回は首を横に振られた。

そしてわずかに混じる日本人は、また別の意味でつらい。

「……ああ、日本人なんだ」

ようやく日本語で注文が受けられると思ったら、あからさまにがっかりした顔を見せられる。要するにあの店に来る日本人は、味とともに中国っぽい雰囲気を期待しているのだ。なのに、それを力一杯ぶち壊す俺。落ち込むなっていう方が無理だ。

「その店の中だけ、中国って感じなんだな」

二階堂の言葉に力なくうなずいて、俺はぼんやりと教室を眺める。ダベる奴、騒ぐ奴、本を読む奴、携帯でゲームをする奴。平和そのものだ。

「日本人っていいよなあ」

怒鳴るように喋らないし、床にゴミとか捨てないし。あそこの客全部がそうだとは言わないけど、にしてもマナーがなってないっていうか。

「なに、八田くん。海外旅行でもしてきたの？」

隣の通路から声をかけてきたのは、夏に葉書を寄越した工藤鮎美。今はセミロングの髪を一つにまとめて、ちょっとスポーティーな感じになっている。

「いや、別に。この夏はどこにも行ってないし」

アマゾンのことは、あえて学校の奴らに広める気はなかった。ぼやかした返事をすると、その意を汲《く》んだ二階堂が援護してくれる。

「こないだ、八田と二人で世界の紛争地域みたいなテレビを見たんだよ。それで平和なのっていいなあって思ってさ」

しかしそんな二階堂の適当な返事に、工藤は予想外の返事をした。

「確かに平和が一番かも。隣の韓国だって兵役があるっていうじゃない？　ちょっと生まれる場所が違ってたら、軍隊に入らなきゃいけなかったかと思うと、恐いよね」

「軍隊で兵役⁉　マジ勘弁て感じ」

あり得ない、と頭を振る二階堂。確かに俺だって、いきなり「その年齢になったから軍隊に入れ」って言われたら困る。ていうか、軍隊って入ったら何をするんだろう。訓練？　それとも銃の撃ち方とかも習うのかな。だったら、一日くらい入隊してもいいけど。

「でも、何でそんなこと知ってるんだ」

「うちのお母さん、韓流ドラマが好きだから」

そう言われれば、前に韓流スターが兵役をズルしてニュースになってたな。二階堂のつぶやきに俺もうなずく。

「日本で、よかった」

そうそう。女子も笑顔だし、マナーもいいし、やっぱ日本だろ。

銃は撃てないけど。


しかし放課後に待っているのは、韓国でも日本でもなく、相も変わらず中華街だ。

「チャオファン！　スー！　シーミータン、スー！」

よく注文を受けるメニューは、徐々に音で覚えつつある。俺はテーブルの間をすり抜けながら、客席に目を配った。すると、端のテーブルで手を上げている男の一人客がいる。

「はい」

伝票を片手に近寄ると、その男はふっと表情をくもらせる。

「日本人……？」

またかよ、と思いながらもうなずく。

「なんで、こんなところで働いてる」

「人の紹介です」

なんであんたに話す必要があるんだ。俺は少しふてくされた気分で、ボールペンを持ち直す。

「あの、ご注文は」

俺の問いかけに、男はいきなり早口の中国語で答えた。料理名も言っているようだけど、ほとんど聞き取れない。これってどう考えたって嫌がらせだろ。さっきまで日本語を使ってたくせに、意地の悪い奴。それでも客は客なので、俺は覚えたての言葉ですいませんと頭を下げる。

「トイプチー。もう一度お願いします」

けれど男はメニューを指さすこともなく、二回目も中国語を使った。しょうがないので、俺はエリを呼びに行こうと背中を向ける。すると背後で、男がぼそりとつぶやいた。

「日本人が、こんなとこでバイトしてんじゃねえよ」

ここは仕事場。バイトはジョージの紹介。でもって金は大事。だって俺はアマゾンに行くんだから。

俺は頭の中に言葉を並べ立て、自分を抑える努力をした。でも、さすがにちょっと無理。ていうか頭きた。

「バイトしちゃ悪いのかよ」

振り返って言うと、近くのテーブルにいた客が一斉に俺を見る。

「日本人は金持ちなんだから、もっと適当なバイトをのんきにやってればいいんだ」

男はわけのわからない理由で、さらに俺を糾弾した。

「片言の中国語なんか使うな。日本人の話す中国語なんて、わかりにくくて聞けば聞くほど不愉快だ」

不愉快。そこまで言われるとは思ってもみなかった。確かに片言だし、発音が正しいかどうかなんてわからない。微妙に痛い所をつかれて、俺はぐっと言葉に詰まった。

そのとき、俺と男の間にエリが割り込んできた。

「ちょっと、何やってんの」

そう言いながら、中国語で男に話しかける。しかし男は首を振り、納得していないような素振りを見せた。しばらく二人は言い合いを続け、最後にはエリが大声で男を叱りつける。

男は立ち上がると、店を出る前に周囲の客に向けて大声で何かを叫んだ。瞬間、空気がぴりりと張りつめる。そして微妙に同情を含んだ視線が俺に注がれた。

「ニホンジンのガキなんか、死ねばいい。だって」

聞きたくない台詞《せりふ》を、エリはご丁寧に訳してくれる。

「……訳すなよ」

「そう？　知らずにいる方が嫌かと思った」

「それはそうだけどさ。ちょっとは空気読めよ」

客のほとんどは、中国語も日本語もわかる。ただでさえ険悪だった店の雰囲気を、駄目押しでさらに暗くしていることに気がつかないのか。なのにエリは、自分が法律だとばかりに胸を張る。

「空気なんて見えないもの、読めるわけないでしょ」

「そうじゃなくて。店で言うことじゃないだろ」

せめて裏で話すとか、あの男とだって外に出てから話せば良かったのに。そう意見すると、エリは俺のことを軽蔑《けいべつ》したような目で見た。

「言いたいことは、その場で言わなきゃ伝わらない。場所を変えたら、相手は自分の意見が通ったと勘違いするわ」

「それはそうかもしれないけど」

「あの客はここだから大声を出したの。たぶん外でエイに会っても、何も言わないし言えない。卑怯者《ひきょう》の弱虫」

あまりの言い様に、俺は再び言葉を失う。こいつ、マジで女かよ。いや、見た目はちゃんと女だけど、なんていうかこう、乱暴すぎる。

「雰囲気だけで通じるなんて、ニホンジン固有の幻想だから」

そう言い残すと、エリは出来上がった料理を取りにカウンターへ引き返した。俺が呆然《ぼうぜん》とその場に突っ立っていると、食べ終えた客が肩を軽く叩《たた》く。

「じゃあね」

「え？　あ、はい」

いきなりフレンドリーな言葉をかけられて、俺は慌てた。優しそうな笑顔のおっさん。この人も中国人のはずだけど、さっきの男やエリみたいにとんがった感じはしない。

「シェシェ。ありがとうございました」

救われたような気分になって、俺は深々と頭を下げる。おっさんは軽くうなずくと、気にするなという風に手を振って帰っていった。そりゃ、中にはいい人もいるよな。おっさんの後ろ姿を見送りつつ、俺は自分を戒めた。こういう場所にいると、どうしても「中国人」というくくりで話をしてしまいがちだ。でも、そうやってひとまとめにしてしまうと見えなくなるものもある。

「じゃあねー」

優しいおっさんに影響されたのか、そこに居合わせた客は帰り際に俺に声をかけていった。おかしな発音だけど、これっぽっちも不快になんか感じない。やっぱり言葉は、下手でも喋《しゃべ》った方がいい。

しかしなぜ「じゃあね」なんだろう。親しみってやつなのか。俺が首をかしげていると、エリが声をかけてきた。

「なんて言われてるかわかってる？」

「じゃあね、って」

「違う。ジャーヨー、中国語よ」

どうりで発音がおかしいと思った。空になった皿を下げつつ、俺はふっと笑う。

「意味は？　またな、とか？」

少なくとも、悪い意味じゃないだろう。そう考えた俺の顔を、エリは正面から見つめて言った。

「頑張れ」

加える油と書いて、ジャーヨー。それが中国語の「ファイト」。ひどい台詞を投げつけられた俺に、赤の他人がかけてくれた言葉。

あのあと、休憩の時間に厨房のおっさんはいつもより多めにチャーシューの載ったどんぶりを出してくれた。エリは相変わらずつんとした顔をしていたけど、店の雰囲気は不思議と悪くなかった。

バイトの帰り道、俺は自転車をこぎながらぼんやりと考える。色々な国があって、そこには俺たちと違う人が山のようにいるんだな。


家に帰ると、母親がふと顔をしかめた。

「最近、よく油が臭うわね」

どきりとしながら、俺はさり気なく服を洗濯機に突っ込む。

「ラーメン屋に行ってきたから」

「それにしたって、毎日帰りが遅すぎるわよ」

いぶかしげな表情で見られて、さすがに苦しくなってきた。引っ越し屋のバイトは休日の昼間だから、いくらでも言い訳ができる。でもこっちのバイトは夜だから、バレるのは時間の問題だ。

だとしたら、自分で言った方が罪は軽い。

「……あのさ、実はバイトしてるんだ」

俺が切り出すと、母親はやっぱりという表情をした。

「ちょっと欲しいゲームがあってさ。そしたらちょうどバイトを募集してるラーメン屋があったから」

「なあに？　じゃあ泳は放課後にラーメンを運んでるわけ？」

「うん。でも言ったら反対されると思ってて、黙ってたんだ」

嘘じゃない。でも百パーの真実でもない。それを口にすることで、安堵《あんど》と罪悪感が同時にせり上がってきた。

「ちゃんと言ってくれれば、頭ごなしに反対なんてしないわよ。泳の学校は、アルバイトを禁止してるわけじゃないし」

「ごめん」

「いいわよ。でも、勉強もちゃんとやるって約束して。あとアルバイト先を教えること」

『南仙』の場所を言いたくはなかったけど、ここで拒むのも不自然だった。だから俺は、最寄り駅と店名だけをざっと伝える。

母親はこれでいい。でも問題はやっぱり親父だ。

「へえ、泳くんがアルバイト！」

帰って来るなり、嬉《うれ》しそうに声を上げる。これだよ。この今にも家を出てバイト先に押し掛けそうなケツの軽さ。これが嫌なんだ。

「しかもラーメン屋さんとは、学生らしい働き口だね。懐かしいなー、学生時代はぼくもよくバイトしたっけ」

「どんな仕事をしたわけ」

「そうだね、あの頃からパソコンが好きだったから、基本はそっち系かな」

技術系のアルバイトは時給が高かったし、バブルの時代だったから簡単にお金が貰《もら》えたね。

そう言って焼き魚をつつく。

「肉体系は苦手でさ、一回やったら懲りちゃった。あとビラ配りとかも、やるもんじゃないね」

肉体系プラス配りもので、悪かったな。俺は同じように魚を食べながら、ふと親父の皿を見た。身が、かなり残っている。

「もういいの」

「うん。内臓に近い所は苦手なんだよね」

表面を食べただけの魚を押しのけて、親父は野菜炒《いた》めを食べはじめた。中に入っているゴーヤとピーマンを器用によけながら、肉とキャベツばかりを拾っている。母親は困った人ねと笑いながら、残った魚をゴミ箱に捨てた。

俺はふと、『南仙』のお客が食べ散らかしたテーブルを思い出す。しゃぶり尽くした魚の骨やソースが辺りに飛び散って、汚いことこの上ない。でも、食べ残しなんてほとんど見たことがなかった。

「でもまあ、アルバイトはいい社会勉強だよ。頑張って」

頑張って。同じ意味の言葉なのに、驚くほど心に届かない。俺は適当な笑顔を浮かべると、丁寧に魚の身をほぐしにかかる。

今の俺にとって、学校は貴重な休憩場所だ。だから昼休みも、だらりと椅子に座ったまま、二階堂と一緒に周囲の奴らとダベってる。

「つかさあ、あいつってよくね？」

何の流れかは聞いていなかったが、誰かが女子の話をしはじめた。本人たちに聞こえるとまずいから声を潜めてはいるものの、こういう話題はけっこう盛り上がる。

「でも俺は、ああいうのダメ」

「いや俺はあっちの方が」

ああ、そうなんだ。でも俺はどっちも違うなあ。ぼんやり聞いているのは楽しい。けれどそんなことを話しているうちに、一人が特定の女子をやり玉に挙げだした。目立つし可愛いけど、遊んでると噂されてるやつだ。

「ぜってえヤリマンだって。しょっちゅうオトコと歩いてるしさ」

こういうのは、適当に好みを言い合ってるのが楽しいのに。俺はちょっと不愉快な気分になった。

「マジでさ、いつでも声かけてオーラがプンプン。化粧すげーし、下手したら援交とかしてそう」

そいつがあまりにも力説するもんだから、なんとなく周囲も同調し出す。

「そう言われれば、前におっさんと話してるとこ見た」

「うわ。こええ」

ていうかもう、道聞かれててもそう見えるんだろ。俺は別にその女子と知り合いでもなんでもないけど、なんだかムカついてきた。

「下手すると病気とか持ってそうだな」

「マジかよ！　キモすぎ！」

げらげらと笑い声を上げる輪の中で、二階堂が軽く肩をすくめている。やってらんねえな。そう言っているのだ。いつもの俺なら、同じように肩をすくめて終わりにしていただろう。でもなぜか、今日は口を開いてしまった。

「キモいのは、本人に聞こえるところで噂話してる奴の方だろ」

そう声に出した瞬間、話の輪がしんと静まり返る。そりゃそうだ。今は休み時間で、これは聞き流して適当に相づちを打つような会話だし、そうあることを求められている。

「八田……」

二階堂が不安そうに俺を見る。やめた方がいい。目がそう言っていた。

俺と二階堂は帰宅部だし、学校で目立つ方じゃない。だからこういうときも、あえて自分の意見は出さずに適当にやり過ごしてきた。今だってその方が絶対楽なのに、俺はさらに言葉を重ねる。

「噂は、笑い話ですむ程度にしといた方がいいって」

言い出しっぺの奴に畳み掛けると、そいつは曖昧《あいまい》な動作でうなずいた。やっちまった。そう思ってはいても、後戻りはできない。ぎくしゃくとした雰囲気のまま会話は続き、やがて予鈴が鳴った。

全員がどこかほっとしたような表情で散開する中、すれ違い様に誰かがぼそりとつぶやく。

「空気読めねー奴」

なんだかなあ。バイトに向かう道すがら、二階堂と歩きながら俺はため息をついた。

「調子が狂ってる、ってこういう感じかも」

前はそれでいいと思ってたことが、そう思えない。あるいは、特にどうとも思っていなかったことがやけに気になる。それはそれで変化として受け止めるけど、問題は思ったことを素直に口から出してしまったということだ。

平穏な学校生活を望むなら、場の雰囲気を盛り下げる発言なんてするもんじゃない。

「……もしかしたら、ハブられるかも」

面倒なことになるかもしれない。そう考えると気分が暗くなった。しかし隣を歩く二階堂は、予想外に明るい声を出した。

「でもさ、狂ってるのもありなんじゃね。俺もあのとき、気分良くなかったし」

「あ、そうなんだ」

「うん。だからもしハブられても、俺はハブらないし」

おお親友。古くさいマンガの中なら、そう言って握手でもしていたところだろう。でも俺たちの場合は、とりあえず笑い合うくらいでいい。熱すぎると、なんか引き返せなくなるような気がするから。

「サンキュ」

「おう」

前より少しだけ早くなった夕暮れは、俺たちの顔をいい具合に隠す。


家に帰ると、剛くんからメールが届いていた。タイトルは『虫だらけ』。

「虫……？」

不思議に思いながら開くと、どうやら写真が添付されているらしかった。

『泳くん、元気かい。僕は今奥地に来ているよ。どこに行っても虫だらけで、昆虫学者にとっては天国みたいなところだ。でも飲み物やおかずにダイブするのも多いから、僕にとってはちょっと迷惑』

文章を読みながらスクロールすると、銀色の食器らしきものを持った剛くんが顔をしかめている。どうやら、虫入りの飯を食べてしまったときの写真のようだ。

「はは」

コミカルな表情に、つい笑いがもれる。そしてさらに画面を辿《たど》っていくと、いきなり壮大な風景が現れた。

地平線の見えそうな、広い草原。どかんと青い空。画面の下に小さく写っている剛くんと木を基準に見ると、まるで冗談みたいにスケールがでかい。剛くんは密林にいるとばかり思っていた俺は、ひどく驚かされた。

そしてメールの文章は、そんな俺の気持ちを見透かしたかのように続く。

『広いだろう！　でかいだろう！』

本当だ。広くてでかい。こんなところにいたら、空気なんて読むどころじゃないだろうな。

俺は自分の尺度を取り巻く状況の小ささにため息をついた。

『自分の尺度じゃ計れないものが、世界にはまだまだある。そう思えることは幸せだ』

ただ、最後の一文の意味はよくわからなかった。予想外にでかいものを見つけたりするのは、楽しいのかな。俺はそんなことを考えつつ、画面の中の大地を見つめていた。

＊

翌日、予想に反して俺はハブられなかった。

「もしかして、結構オトナな対応？」

教室に入った俺が囁《ささや》くと、二階堂も首を傾げつつうなずく。

「予想外デース」

俺の登場にざわつくでもなく、会話が止むでもなく、ごく当たり前の風景。

「はよ」

席の近い奴に声をかけると、いつものように「うん」と返事が戻ってくる。別にハブられたいわけじゃないけど、こうまでいつも通りだと逆に怪しい。

「昨日さ」

「あ？」

「昨日俺、空気壊しただろ。それって大丈夫だったのかな」

あえてたずねると、そいつは不快そうに顔を歪《ゆが》めた。そりゃそうだ。せっかくフツーにしてやってんのに、ほじくんなよ。そう思われて当然だし。

「……大丈夫だろ」

「……そっか」

とりあえずの安心と、何も変わらなかったことへの不安。微妙な気分で、俺は口をつぐんだ。

昼休み。いつものように二階堂と飯を食っていると、工藤が話しかけてくる。

「ねえ、今の海ってどうなの」

「なに、工藤もサーフィンとかやってんの」

二階堂がたずねると、工藤は首を振った。

「やってないけど、ちょっと興味あるんだ」

「秋冬は寒いけど、人が少ないぶん海がきれいでおすすめだよ」

「そうなんだ」

やっぱりはじめてみようかな。そう言いながら工藤は俺たちの席を離れる。するとそれを待っていたかのように、ぼそりとつぶやく声が聞こえた。

「キムタクかよ」

思いっきり聞こえてはいたが、反応すべきかどうか迷う。ここで追及しないとなめられそうだし、でも追及したら溝は本格的なものになるかもしれない。

悩んだ末、俺は振り返ってみた。声の方向からすると、言ったのはサッカー部の山下《やました》らしい。しかし奴はこちらを見ていない。ということは、正面切って文句をつける気はないということなのだろう。昨日の今日だし、こんなことぐらいはあるだろう。そう思って、俺はそいつを放っておいた。

しかし午後の授業で理科の実験をやっているとき、事件は起こった。

「お、わりい」

フラスコを持った二階堂が、偶然山下に肘《ひじ》を当ててしまったのだ。

「危ねえだろ」

奴は持っていたビーカーを置くと、二階堂を睨《にら》みつける。

「だからわりいって」

「これだから空気読めねえ奴らは嫌だよ」

ざわり、と周囲に不穏な波が立った。二階堂は眉間《みけん》に皺《しわ》を寄せて、山下を見つめた。

「おい」

俺が声をかけると、二階堂が片手を上げる。自分で相手をする気らしい。こいつのことだから、きっとうまいこと笑いでスルーするんだろうな。そう思って見ていたら、二階堂はそのままの表情で口を開いた。

「空気空気って、うるせえな。お前はどんだけ酸欠なんだよ」

予想外だった。それは山下も同じようで、つかの間びっくりした表情をする。

「……マジで言ってんのか」

「マジだよ」

普段へらへらとしている二階堂は、怒らせると案外怖い。相手をじっと見つめたまま、視線を外さないのだ。

「これ以上やると、ハブになんぞ」

山下は肩にぐっと力を入れて、二階堂を脅しにかかる。上背があるから、それなりに迫力があった。しかしまだ互いに向かい合って立っているだけなので、先生はこのことに気づいていない。ただ、同じ班や近くの奴は固唾《かたず》を呑《の》んで成り行きを見守っている。

「面白れえな。ハブってのはお前が決めるのかよ」

二階堂が表情を崩さず、問いかけた。

「皆だよ、皆」

そんなこともわかんねえのかよ。山下はうんざりしたような表情で、二階堂を見る。しかし二階堂は、一歩も退《ひ》かない。

「なあ。皆って誰だよ」

「は？」

「皆、ってのはこのクラスの全員か。でも少なくとも八田は違うし、女子も違うよな。ついでにお前の仲間じゃない奴だっているんだし、多く見積もっても七人ってとこだろ。それのどこが皆なんだよ」

正論。あまりにも正論過ぎて、山下はぐっと言葉に詰まる。こんなこと、普段なら二階堂だって絶対口には出さない。そんなことを言ったら、それこそ『皆』に嫌な顔をされることがわかっているから。なのに俺と二階堂はそのことを、口に出さずにいられなくなってる。

そのきっかけはなんだろう。赤の他人に無視されたことだろうか。それとも知らない人の中で汗水垂らして働いたからだろうか。

（違うな。それはたぶん――）

たぶん、四方さんに出会ったからだ。教室で言ったら笑われそうな正論を堂々と口にする大人。その格好良さを目の当たりにしてしまったから。

でも俺は今の二階堂と同じことを口に出す人間を、もう一人だけ知っている。けれど皮肉なことにそいつは、四方さんとは天と地ほど離れた存在なのだ。

ものはないよね」

「『みんな』とか『世間』とか『国民』みたいに全体を括《くく》る言葉を使う奴ほど、うさんくさい

俺が小学生の頃から、親父はよくそんなことを言っていた。

「安易に全部を括れると思うのが、そもそもの錯覚だよ。そういう奴に限って、体面を盾にして自滅したりするんだ」

おそらく、その頃は会社もまだ軌道に乗ったばかりで対人関係の揉《も》め事も多かったのだろう。

「でも、だからって正面切ってそれを言うのは、ねえ」

微妙な表情で首を傾げる母親に向かって、親父はさらに続ける。

「検索だって、条件を与えてこそ絞り込めるってものなんだよ。だから安易な言葉で人を表現する奴は信用しちゃいけないんだ」

泳くんもこの先の人生、言葉のマジックには騙《だま》されないようにね。そう言って親父はにっこりと笑った。しかしその隣で、母親は顔をしかめる。

「でも、それってやっぱり良くないわよ」

「どうして？」

「パパの言うことは、間違っていないわ。でもね、それを相手に突きつけただけじゃ駄目。逆に相手を怒らせるだけよ」

「そうかな。僕は正論を言い続けることに意味があると思うよ」

「世の中は理屈で動いてるわけじゃないもの」

だから泳は気をつけて話してね。母親にそう言われて、子供だった俺は悩んだ。言葉が難しくて、よくわからない。でも父親と母親がそれぞれの意見を主張しているのはわかった。似たような会話がしょっちゅう交わされるということは、きっと大事な話なのだろう。でもどっちが合っていて、どっちの真似をすればいいのか。

とりあえず普段の両親を見ていて感じたのは、母親の方が他人とうまくやっているということだ。

(だったらお母さんの真似をすればいいや)

そのときはそう思ったし、ついこの間まで、それが賢いやり方だと思っていた。けど、なぜか今は親父の言っていることもわかる。あの適当な親父の。

「あのさあ」

睨み合ったままの二人に、俺は声をかけた。

「なんだよ」

仲良くないくせに、返事がハモってる。

「とりあえず、今は実験やっちまった方が良くね？　これ以上やってると気づかれるし」

そう言って周囲の状況を示すと、山下はばつの悪そうな顔になった。多分、『空気を読めない俺』とか思ってるんだろう。

「けど……」

「放課後にしようぜ」

周りの視線が、今度は俺に集中する。決闘の申し込みめいた提案に、山下の眉《まゆ》が再びつり上がった。俺はそれを制するように、穏やかに話しかける。

「別にタイマンしようってわけじゃないし。フツーに教室で話し合おう。そう言ってんだ。それでも駄目か？」

正直、山下と一対一でやったら俺は負けるだろう。でも、こんな風にギャラリーがいれば勝機はあるはずだ。だって山下は、親父が言うところの「体面を盾にして自滅する」タイプに見えたから。

そしてその読みは、それなりに当たっていたらしい。

「いいぜ。でも逃げんなよ」

まだ気持ちのおさまらないような顔で、山下は言い放つ。二階堂はそれを見て、何か言いかけた。しかし俺は、それをあえて遮る。

「てなわけで二階堂、この続きは放課後な」

「あ……ああ」

「ほら。実験、やっちまわないと間に合わないぞ」

そんな俺を見て、山下がくるりと背を向けた。その瞬間、あたりの空気がふっとゆるむ。こういう感じを目の当たりにすると、『空気を読む』のも必要かな、という気もする。

やっぱり、答えは謎のままだ。

放課後。教室に残っていたのは俺と二階堂と山下。ついでに山下の仲間と、数人のギャラリー。意外だったのは、その中に工藤もいたことだ。

「さてと」

向かい合った中で、口火を切ったのは俺。当事者なのに妙に冷静なのは、二階堂が先に俺よりも熱くなってしまったからだ。

しかも俺は、冷めきった上に間抜けな発言をしてしまう。

「ところでなんでお前、怒ってるんだっけ」

「ふざけんなよ！」

卓球のリターンみたいに、素早い反応が返ってきた。山下に対して、ちょっとだけ申し訳ない気持ちがするものの、やっぱり冷静になってみると理由がわからない。

「だってさ、俺は昨日、お前らと意見が合わなかっただけじゃん。それで説得しにくるならわかるけど、なんでお前が怒ってるのかなと思って」

「八田……バカか」

「わかってるよ。雰囲気壊したって言いたいんだろ。でも雰囲気より大事なことだと思ったから、言ったんだ」

言いながら、頭の中で「何やってるんだろう」と思っていた。ここまで馬鹿正直に話したって、得なことなんか一つもない。むしろ「イタい奴」って言われかねない。

なのになぜだか、止まらない。

「お前さ、言葉が通じねえよ」

もういいよ。そう言って山下は疲れたような表情で、俺から目をそらした。その瞬間、俺は奴の首根っこを摑《つか》んでいた。

（あれ？）

身体が勝手に動いて、口が勝手に喋《しゃべ》る。

「そうやって簡単にシャッター下ろしてんじゃねえよ」

「はあ？」

俺の手を振り払おうと、山下がもがく。

「言葉が通じないんじゃなくて、わかろうとしてないんだって！」

「わけわかんねえし。放せよ！」

「それだよ。わかんないって言えば、自分から遠くできるとでも思ってんのか」

言いながら、これは俺のことだと思った。わけわかんねえ。意味不明。言葉が通じない。それは、俺がこれまで大人に対して言ってきた言葉だ。

（そっか。俺はシャッター下ろしてたんだ）

なんで今になって気づくんだろう。そんなことを考えていると、いきなり頰に衝撃があった。

熱い。

「八田！」

殴られたのだという意識は、少し遅れてやってきた。そしてやられたと思った瞬間、理屈のすべてが遠ざかって俺は拳《こぶし》を突き出す。

「山下！」

がつん、という手応《てごた》えとよろめく山下の体。しかし奴は踏みとどまって、もう一発を放ってきた。

「うおっ！」

痛い、とかこの野郎、とか言うつもりの声は、意味不明のうめきに変わる。俺は何歩か後じさると、机に腰をぶつけて止まった。

「八田、大丈夫か」

駆け寄ってきた二階堂に、俺は軽くうなずく。どこからも血は出ていないし、問題はない。

（ここが退きどきなんだろうな）

山下はこれ以上攻撃してこないようだし、ダメージも少ない。やめるなら、今だ。頭の中では、冷静な自分がそう言っている。けれどそうじゃない俺の方が、胸の中で騒いでいた。

盛り上がってくる感情のうねり。果たしてこれはいい波か、悪い波か。

「わかりやがれ、この野郎っ！」

俺は勢いよく踏み出すと、渾身《こんしん》のパンチを山下めがけて繰り出した。

ごりん。山下の頬骨の手応え。奴がぐらつくと、仲間が一斉に寄ってくる。その前に、二階堂が立ちふさがる。

「どけ！　二階堂」

「うるせえ！　八田に手を出すな！　一対一だろうが」

二階堂と数人が小競り合いをしている間、俺と山下はじっと見つめ合った。拳も頬もじんじん痺《しび》れて、体中に血ががんがん流れてるのがわかる。

「……お前、キャラ変わったな」

山下のつぶやきに、俺は軽くうなずく。

「自分でも、よくわかんねえんだ」

「めんどくせーな」

本当だ。確かにこんな奴、以前の俺だって面倒くさいと思うよ。それがおかしくてふと口元を緩めると、山下は眉間《みけん》に皺《しわ》を寄せた。

「お前さ、そういうとこがムカつくんだよ」

「は？」

「部活とか学校とか、ダサいって思ってんだろ」

そりゃそうだ。部活でセンパイの言う通りに汗を流すなんて馬鹿みたいだし、学校なんて別にあってもなくてもかまわないと思ってた。でもそんなの、お前だって同じじゃないのかよ。

そう言い返そうとしたとき、俺は山下が真剣な表情をしているのに気づいた。

「お前。俺のこと、馬鹿にしてんだろ」

そうか。こいつは部活も学校も好きなんだ。そのことに気がついた瞬間、俺は山下に対して急に申し訳ない気持ちになった。

「……俺は」

「なんだ」

「俺は部活も学校も特に好きってわけじゃないけど、お前のこと馬鹿にしてるわけじゃない」

山下は軽く息を吐くと、今度は俺の目を見てつぶやく。

「お前は本当に、面倒くせえ」

「悪いな」

和解の雰囲気が広まったのか、二階堂と山下の仲間が揃ってこちらを見ていた。山下はそっちに向けて声をかける。

「おい、二階堂」

「なんだよ」

「お前も面倒くせえぞ」

それを聞いた二階堂は、肩をすくめて笑った。二階堂ともめていた奴らが気になったが、皆ほっとしたような顔で立ち尽くしている。こいつらも、本気でケンカをするつもりはなかったんだろう。

「おら、部活行くぞ」

山下にうながされて、ぞろぞろと教室を出て行く。それを見ていたギャラリーも、鞄《かばん》を持ち上げて散っていった。後には、女子のグループと俺たちだけが残る。

「さてと、一件落着」

そう言って帰ろうとしたところに、工藤が割り込んできた。

「八田くん、二階堂くん、大丈夫⁉」

「大丈夫だよ。別にどっか切れたわけじゃないし」

「でも殴り合ってたじゃない！　もしどこか打ってたらどうするの⁉」

どうするの、って言われてもどうかなるのは俺だし。

「頭とか打ってないから、平気だって」

それよりも、そろそろバイトに行かないと。俺が時計を見ると、察したように二階堂が間に入ってくれた。

「心配サンキュー。でも俺ら用事があるから、ここで解散。またな！」

「ちょっと待ってよ」

私、保健委員なんだからね。工藤の声を振り切って、俺たちは足早に教室を出る。

「今、女子的な好感度下げまくった気がするんだけど」

競歩選手のように歩きながら、俺はちらりと二階堂を見た。

「たぶん下がったな。でも俺、ああいうのニガテ」

「俺も」

笑いながら学校の門を出たところで、ようやく俺たちはスピードを落とす。そこで俺は、ずっと気になっていたことを二階堂にたずねてみた。

かしかった。

二階堂は、高校に入ってからできた友達だ。だから小さい頃どうだったかは知らないし、俺の知らない部分がたくさんあることだってわかってる。でも、それにしても今日のこいつはおかしかった。

二階堂は、基本的に穏やかな性格だ。たまにふざけ過ぎだろうってくらいへらへらしてて、怒った顔なんかほんのたまにしか見せない。よく気がついて、世渡り上手。俺もかなり適当な方だけど、さらにその上をいく極楽タイプ。

そんなこいつが、実験のときに見せた怒り。俺は山下の一件より、そっちに驚いてしまったのだ。

「……いやあ」

二階堂は照れくさそうに笑う。

「山下なんて、どうでもよかったんだろ。普段、あんなことで怒らねえし」

「まあね。でもちょっとエラそーなのがムカついたかな」

「あいつ、もとからああいうキャラだろ」

高校生活において、メジャーな運動部所属でガタイのいい奴ってのは大抵あんな感じになる。

だから俺たちは今まで、あえて接触しないようにしてきたはずだ。

「家でさ、ちょっとあったんだ」

「父親系？」

「いや。姉貴系」

そう言えば二階堂にはお姉さんがいたんだっけ。会ったことないけど、美人なのかな。

「ケンカ？」

「そんな可愛いもんじゃないよ。バトルだ」

「バトル？」

物騒な表現に、首を傾げる。

「姉貴はさ、たまにキレるんだよ」

「それって、ストレスとか？」

「そう。なんか会社で嫌なことあったりするのはわかるんだけどさ、その苛々《いらいら》がマックスになると、俺に当たるわけ」

はた迷惑な話だな。俺がつぶやくと、二階堂は深くうなずいた。

「あんたみたいなガキに何がわかんのよ、まではいいんだ。でも将来性ゼロとかごくつぶしとか言われると、さすがの俺でもちょっとな」

「そりゃ、キレない方がおかしいだろ」

「だからつい、結婚不適応者とか年増《としま》バカと返しちゃうだろ。そうなるともう、泥沼」

夜中まで悪口の言い合いでさ、しかも相手は物とか投げてくるから最高に疲れるんだ。ため息とともに、二階堂はうなだれる。

「親は。止めないのか」

俺が腕力でやり返さないから、放っとかれてる」

一方的なケンカは、普段なら月に一回。けれど昨夜は珍しくも二回めの夜だった。

「スケボーをどんなにやったって、金を稼げるわけじゃない。ただの遊び。部活みたいに学校での人間関係が築けるわけでもないし、ただの時間の無駄遣い。そんなことを一人でやってるあんたは精神的ひきこもりのニート予備軍」

これをずっと言われ続けてたら、気持ちも荒《すさ》むってもんだよ。ちが暗くなった。

「しかもさ、決め台詞《ぜりふ》が山下と同じだったんだよ。スケボーなんて馬鹿な若者がやるものだって、皆言ってるわよ」

皆って誰だよ。あのとき確かに二階堂はそう言った。

「だから、か」

「うん。山下には悪いけど、八つ当たりに近いな」

分かれ道が近づいてきて、俺は頭の中で言葉を探す。俺は、いつも二階堂に助けられてる。だから。

「あのさ、次にその日が来たらうちに泊まりにこいよ」

「サンキュ」

二階堂はいつもの笑顔に戻って、俺に手を振った。

なんだかやっぱり照れくさいけど、今日も夕陽は俺たちに優しい。

今まで、二人でこんな話をしたことはなかった。こんな夕暮れを過ごしたことはなかった。

じゃあなんで急にこんなことになったのかというと、それはわからない。

毎日が、音を立てて変わっていく。大きな波が河をさかのぼっていくように、すべてを吞《の》み込みながら進んでゆく。

感じ方が違う。見え方が違う。自分そのものが、違う。

俺たちはこれから、どこへ向かうんだろう。


流れというより、むしろこれは渦だ。


「エイ！」

厨房《ちゅうぼう》からの声に振り向くと、そこにはすでに数種類の料理が出来上がっている。

「うっす！」

油で滑りやすくなった床でターンすると、俺は手前の皿を持ち上げようとした。するとエリの鋭い声が、鞭《むち》のように飛んでくる。

「おこげが先！」

見ると、確かにカウンターにはおこげのセットが並んでいた。自分だって注文を取っているくせに、よく気づくよな。そう思いながらも俺は、おこげの入った器とあんの入ったどんぶりをトレーに載せた。

「お待たせしました！」

言いながらテーブルの真ん中におこげの器を置き、間髪をいれずにあんを流し込む。すると揚げたてのおこげにあんがしみ込み、キューキューともシュワシュワともつかない音を立てた。

わっと喜ぶ客の前でそれを軽く混ぜると、俺は安堵《あんど》の息をつく。この音を聞かせることができるのは、おこげが揚がってから二分以内。それを過ぎると、おこげが自分の熱で湿りはじめるからあんの吸収が悪くなるのだ。

「次！」

エリの声で俺はまたカウンターに戻り、両手で炒《いた》め物の皿を持ち上げる。そしてテーブルに運び、違う場所で呼び止められては振り返る。

ぐるぐる、ぐるぐる。油とざわめきにまみれた空間で、俺は回り続けた。

「てか、人使い荒すぎ」

休憩時間に飯をかき込んでいると、厨房のウーさんが蒸し鶏《どり》の切れ端を皿に放り込んでくる。

「ごちそうさまっす」

ここはとにかく忙しいし、言葉は相変わらずわからない。さらにエリの口は悪いし、服も油くさくなる。それだけマイナス条件が重なっているにもかかわらず、仕事が嫌にならないのは何でだろう。

（まかないがうまいから、かな？）

香ばしい野菜炒めを頬張りながら、俺は首を傾げる。楽しいわけじゃない。でも、悪くもない。

（なんだかなあ）

ま、義理と思えばいいのか。あまり深く考えてもわからなそうなので、俺はその問題を高い場所に棚上げしておいた。

しかし棚上げできない問題も、中にはある。

「エリ」

すれ違い様に小さく声をかけると、矢のようないきおいで振り向く。

「何」

「ちょっと」

カウンターの方へ顎《あご》をしゃくると、むっとした顔で首を傾げる。

「ここで言いなさいよ」

ぐっと言葉に詰まった俺は、負けるものかともう一回顎をしゃくる。

「あっちで言う」

するとエリは、一言「メンドクサ」とつぶやいて歩き去った。

エリは不機嫌になると、いつもわざとらしい発音で日本語を使う。それがまた超絶憎たらしい。やり返してやりたいとは思うものの、語学力のなさが仇《あだ》となっていまだにそれは叶《かな》っていない。

「で、なんだっていうの」

トレーを片手に戻ってきたエリが、カウンターのそばに立った。俺はできるだけそっちを見ないようにしながら、小声で囁《ささや》く。

「ジッパー」

「は？」

「だから、パンツのジッパー」

エリが今日穿《は》いているパンツはサイドジッパーで、横から見るとそこがY字に開いていた。しかも上半身は短い丈のシャツなので、中からは下着としか思えないものがのぞいている。それを見た瞬間、俺はぎょっとした。だって、どう見てもその下着は細すぎたから。

(紐《ひも》？　それともTバックみたいなやつ？)

ちらりと見える白い肌の上に、黒い線が重なる。見てはいけないものを見てしまったような気分で、俺は慌てて目をそらした。エリはさっき休憩から戻ったばかりだから、トイレにでも行ってたんだろう。

(てか、そんなパンツ穿くなよ)

ジーンズだったらたとえ閉め忘れても、エプロンで隠れてわからない。なのによりによってサイドが開くタイプとは。

「ああ」

俺の指摘で腰の辺りを見たエリは、顔色ひとつ変えずにジッパーを上げる。

「気をつけろよ」

「は？」

「だから、女なんだから気をつけろって」

言い終わる前に、鼻先で笑われていた。

「んだよ」

「ここに呼んでまでする話？　逆にいやらしいよ」

エリは冷たい瞳《ひとみ》を俺に向けると、手を上げた客の方に向かって歩き出す。人目につかないよう注意してやったのに、その態度かよ。エリにははなから何も期待しちゃいないけど、あんまりだ。

うなだれてカウンターに手をつくと、油でぬるりと手が滑った。

「ちっくしょ」

＊

目の前で、黒い紐が揺れている。

思わずがばりと身を起こすと、工藤が首をかしげていた。

「どうしたの？」

それが携帯電話につけられたストラップだと気づいた瞬間、俺は再び机に倒れ込む。

「いや、別に」

「八田くん、最近おかしくない」

「そうかな」

横が紐みたいな下着を見たから動揺してるんだ。なんて言えるわけもなく、俺は力なく笑った。そんな俺の横を、女子の群れが通り過ぎる。こいつらも、あんなの穿いてるのかな。関係ないけど、うちの母親は中庸だ。いつも物干しにあるのはババくさくもなく、かといってセクシーでもない感じのパンツ。たまにローライズっぽいのもあるから、それなりに流行には気を遣ってるんだろうけど。

「あゆ、トイレ行くけど」

群れの一人に声をかけられ、工藤は顔を上げた。

「あ、じゃあ私も行こうかな」

そういって鞄《かばん》から小さなポーチを取り出すと、立ち上がる。

「じゃ、ちょっと行ってくるね」

別に俺に言わなくてもいいのに。ていうかなんで女子って集団でトイレに行くんだろう。俺がぼんやりとしていると、後ろの席の奴がぼそりとつぶやいた。

「あの入れ物って、謎だよなあ」

「謎？」

「ああ。多分中身はハンカチやリップなんだろうけど、なんかみんな持ってるだろ。そこが謎っていうか」

確かに、手ぶらでトイレに行く女子は少ない。俺がうなずくと、そこに二階堂が加わってきた。

「夢をぶちこわすようで悪いけど、あれっていわゆる生理用品入れなんじゃね」

「せ」

せいりようひん。後ろの席の奴は、言いながら真っ赤になる。

「あ、もしかしてお前んちって姉ちゃんとか妹とかいない？」

ぶんぶんとうなずく奴に、二階堂は冷静に説明した。

「うちの姉ちゃんは、そういうの家では一切隠さないんだよな。だから俺、姉ちゃんの周期とか知ってんの」

「きっついな、それ」

「この世でもっとも意味のない情報。でもたまにそれが狂うらしくて、そのためのストックを化粧ポーチの中に入れとくって言ってたから」

エリといい二階堂の姉ちゃんといい、夢のないことはなはだしい。

そりゃあ俺だって一応高校生だし、生理がどんな理由で女の身体に起こるかぐらい知っている。でも、だからといって目の前でカレンダーに印をつけられたら、正直萎《な》える。隠せとは言わないけど、鼻先に突きつけられる問題じゃないって気がするから。

下着や下ネタは嫌いじゃないけど、教室でずっと話してるわけにもいかない。工藤が戻ってきたところで、俺たちはぴたりと口をつぐんだ。

「ねえ、なに話してたの」

「うん、まあテキトーなこと」

「気になるなあ。教えてよ」

どうしてこういうときに限って突っ込んでくるんだよ。

「女子には言えないようなハナシだよ」

二階堂の助け舟に、俺はほっと胸を撫《な》で下ろす。

「なにそれ。もしかして悪口？」

「いや、そういうんじゃなくて」

しつこいな。工藤の相手が面倒くさくなってきた俺は、思わずこうつぶやいた。

「どんなパンツが好みかって話してたんだよ」

生理っていうよりはマシだろう。そのくらいの気持ちで言ったのだが、予想に反して工藤は急激に赤くなった。

「やだ、なにそれ。いやらしい！」

「そうそう、男子はみんないやらしいんだって」

二階堂の絶妙なパス回し。

「で、参考までに聞くけど。工藤はどんなの？」

「言うわけないでしょ！」

たび重なる失礼な発言に、工藤はついにくるりと背を向けた。その反応を見て、俺はなんとなく思う。こいつはきっと、キャラクターとかついたパンツを穿いてるんじゃないだろうか。

帰り道、二階堂がふと思い出したように言った。

「カンケーないけど、さっきのあれ、他の人にも聞いてみたいな」

「あれって？」

「どんなパンツ穿いてますか、ってやつ」

そりゃセクハラだろう。笑う俺に向かって、二階堂はたずねる。

「で、八田はどんなの穿いてんの」

自分に来るとは思わなかったので、俺は一瞬言葉に詰まった。俺はいつもボクサータイプのを穿いてるけど、今日は何色だったっけ。

「えーと、グレーのボクサータイプかな」

「なるほど。ちなみに俺はチェックのトランクスだ」

この世で二番目に意味のない情報を交換したところで、分かれ道が近づいてきた。

「んじゃ、また明日」

『南仙』につくと、エリが今日もサイドジッパーのパンツを穿いている。身体にぴったりとしたパンツを見ていると、中の紐を想像してしまいそうでヤバい。

「なに」

俺の不審な目線に気づいたのか、くるりと振り返る。

「別に」

「今日もファスナーが開いてないか、チェックしてたんじゃないの」

「んなことないって」

見透かされたようで、俺はつい顔をそむけた。ていうか、なんで俺の方が赤くならなきゃいけないんだ。エリのことなんか、好きでもなんでもないのに。

（でも、しょうがないじゃん！　今まで周りにTバック穿《は》く女なんていなかったんだから！）

心の中で叫びながら、俺はふと首をかしげた。それにしても、なんで工藤だと大丈夫で、エリだと駄目なんだろう。やっぱ服装の差かな。

別に俺は、下着や女に飢えてるわけじゃない。というのも言い訳くさいけど、とりあえず誰の下着でもいいから見たいってタイプじゃないことは確かだ。

「じゃあお前、女とやったことあんのかよ」

山下あたりにはそう突っ込まれそうだけど、そっちはまだ経験がない。でも中学生の頃、つきあってた子と一応キスはした。

向こうから告白してくれたから気楽につきあって、いつかこの子と最後までいくのかな、なんて漠然と考えていた。けれどそのまま時は過ぎ、ゲーセンや遊園地といったデートを重ねるだけで、俺たちは卒業を迎えた。違う高校に進学する彼女は「お別れに」と俺の前で目を閉じた。

そのときは、確かに興奮した。柔らかい唇の感触と、シャンプーだか香水だかのいい匂い。彼女の背中に回した手の指が、ブラジャーらしきものにひっかかった瞬間は、エロいことしか考えられなくなった。

でも彼女と別れて数ヶ月。少しも寂しさを感じなかった俺は、自分自身に対して首をかしげた。あれって、恋とかじゃなかったのか？　あんなことやこんなこともしてみたいけど、それが彼女とじゃなきゃ嫌だなんて、実はこれっぽっちも思わなかった。冷たいようだけど、結局それだけのことだったんだろうな。今はそんな気分で、ちょっと冷静に振り返ることができる。だから今回のことだって、きっとそんなものだ。

「エイ！」

ウーおじさんの声に振り返ると、そこには熱々の卵チャーハンと中華風コーンスープが出来上がっていた。

「うっす！」

思い出を振り切るように大盛りの卵チャーハンを持ち上げ、担当のテーブルにどかんと載せる。するとすかさず複数のレンゲが伸びてきて、好き勝手に自分の茶碗《ちゃわん》にそれを盛ってゆく。

そのためらいのなさが、なんだか最近は気持ちよく感じる。

ちなみにここで見ていて気づいたのは、中国人は白い飯より味つき飯の方が好きらしいということ。白い飯は、丼《どんぶり》もの以外じゃほとんど登場しない。たまにそれを注文するのは、日本人だけだ。中国と日本なんて隣同士の国で、ついでに食べるもんだって似てる。でも食べ方が微妙に違うのは、見ているとちょっと面白い。

（そういえば、ブラジルってどんな食事なんだろう）

イメージとしては洋食で肉、みたいな感じだけど。それに、サンバとか踊ってる国の奴らが魚を食べてるって気はしないな。

そんなことを考えながら動いていると、正面からコーンスープの丼を持ったエリが近づいてきた。俺は手ぶらだから道を譲ろうと思った瞬間、エリの横で客が注文の声を上げた。

「シー！」

はい、とかただいま、みたいなことを言いながらエリは立ち止まって身体をひねる。しかし勢いよく歩いていたせいで、丼は慣性の法則に従って、トレーの上を移動してゆく。

落ちる。

そのときは、まるでスローモーションのようにやってきた。俺の目は、丼が落ちるであろう方向に踏み出したエリの足と、さらにはその足もとを抜けてトイレに向かおうとしている子供の姿をとらえた。そしてそのどちらにも、熱々でとろみのついたスープをかけてはいけない。

「危ない！」

とにかく違う方向に。そう思って走り出した俺は、無意識に自分のトレーを差し出していた。

ぎん、とステンレス同士がぶつかる音が耳に響く。そして丼はエリのトレーから俺のトレーに、バランスを崩しながら移動した。トレーの中で傾いた丼は、一気にスープをぶちまける。

「あちっ」

縁にかけていた指に、スープの波が押し寄せて俺は悲鳴を上げた。けれどここでバランスを崩すわけにはいかない。足もとではまだ、何が起こったのかわからないという表情で子供が俺を見上げているからだ。

平たいトレーに表面張力でとどまっているスープを、そのまま水平に移動させなければ。そうは思うものの、熱伝導の良い金属はあっという間にスープと同じ温度に上昇し、今度は手のひら自体が焼けるように熱くなってきた。

「うわちち！」

それでも走ることもできずに、俺はそろりと一歩を踏み出す。マジで、火傷《やけど》するかも。いや、もうしてるな。そんな熱さに唇を嚙《か》み締めていると、ようやく我に返ったエリが子供をどかしてから、カウンターに走った。

「こっちに貸して！」

濡《ぬ》れた布巾《ふきん》で手をガードしたエリが、俺の手から静かにトレーを受け取る。そして静かな足取りでカウンターに戻ると、そっと着地させた。

一連の動きを息を詰めて見守っていた客は、一様にほっとした表情で再び喋《しゃべ》り出す。立ち尽くす俺の前には、子供の親らしき女性が出てきてありがとうと何度も頭を下げた。

「あ、いえ。気にしないで下さい」

そう言って笑う俺の腕を、カウンターから戻ってきたエリがぐいっと引っ張る。

「早く、こっちに来て」

有無を言わさぬ勢いで厨房《ちゅうぼう》に連れ込み、俺の手を蛇口の下に持ってゆく。じゃあじゃあと盛大に水をかけられると、手のひらにぴりりとした刺激を感じた。

「大丈夫だって」

多分あんまり大丈夫じゃないよな、と思いながらも俺は笑ってみせる。けれどエリは俺の手首を摑《つか》んだまま、動かない。

「あの、自分で冷やしとくから」

「黙ってて」

ぴしゃりと言い返されて、俺は口ごもる。ぴりぴり熱い手のひらに、ひんやりとした水。その中で、エリにぎゅっと摑まれた手首だけがやけに気になる。

時間にすれば一分ほど。流水に俺の手をさらしたエリは、次に業務用の冷凍庫から氷を出して、それを皿洗い用の桶《おけ》にがらがらと放り込み、さらに水を満たした。そこに両手を導かれ、氷水の痛くて冷たい感触に俺は今度こそ顔をしかめる。

「少し我慢して。五分、できれば十分くらい」

「マジかよ」

「途中から、あんまり感じなくなるから」

要するに麻痺《まひ》ってことか。逆らうこともできずに、俺はじっと桶に手を浸《つ》けていた。エリはその間に俺の分の料理を運び、時計を確認しては去っていく。そして十分が経過した頃、ようやく俺は解放された。

「今日はもう、帰っていいから」

「え」

俺の前に乾いたタオルを差し出し、エリはそれで俺の手をくるむ。

「もしこのあと、水ぶくれができたら病院に行って。治療費は出すから」

「大丈夫だよ」

「あと、一週間は休んで」

いつものように言葉少なく喋りながら、それでも最後にエリはタオル越しに俺の手をそっと撫《な》でた。その柔らかい感触に、俺のどこかがぴりりとする。

「……これ、よかったら使って」

そう言ってエリは、小さな瓶を差し出した。中国語の書かれたラベルは読めないけれど、どうやら薬らしい。

「火傷の薬？」

たずねると、こくりとうなずいた。背の高いエリがうつむくと、いつもと違っておとなしそうな印象になる。一重の目が、不安そうに揺れていた。

「ありがとう」

そう言って受け取ると、ほっとしたような表情で手を離す。もう少しこのままでいてもよかったかな。そんなことを考えながら、俺は店を後にした。

別にこれは恋じゃない。そんなことはわかっていたけれど、頭の中はエリで一杯だった。エリの下着。エリに摑まれた手首。エリが撫でた手。

たぶん、女とこんなに接したことがないからだ。だからどきどきしてるだけだ。何度も言うようだけど、これは恋じゃない。

「あー、すっとしねえ!」

夜空に向かってつぶやいてみても、手のあたりにわだかまる感覚は消えない。しかもこれから一週間は、バイトがない。四方さんのところに行こうにも、手が使えなければ役に立たないだろう。

こんな気分のまま、ぼんやり時間を潰《つぶ》すなんて洒落《しゃれ》にならない。そう思った俺は、携帯電話を開いてウェザーニュースをチェックした。

決めた。週末は海に行こう。

＊

よく考えたら、パドリングもできないんだった。三浦さんのショップについた俺は、そのことに気づいて呆然《ぼうぜん》と立ち尽くす。

エリの素早い手当てが功を奏したのか、火傷は水ぶくれにもならずに治まった。ただ、治りかけの手のひらは皮が薄いのか刺激に敏感だ。こんな状態でボードを抱えたりしたら、水でふやけて一発で皮が剝《む》けるだろう。

「どうしたんだい」

理由を話すと、三浦さんはぷっと噴き出した。

「笑うとこじゃないよ」

「ああ、ごめんごめん。でも冷静な泳ちゃんにしては、珍しいなと思ってさ」

俺だってびっくりだよ。そう言いながら、店内の椅子に腰かける。

「……何しよう」

「うねりの研究でもしてれば？」

とりあえず教材には不自由しないと思うよ。三浦さんはサーフィン雑誌の収められたラックを指さし、次に窓の外を示した。

「入らなくても、学ぶことはあるから」

「そっか」

俺は腰を上げると、三浦さんに礼を言って店を出る。

砂浜に転がっていた流木に腰かけると、頬に秋の風を感じた。いい風だな。そう思いながら、デイパックから一冊の本を取り出す。

それは以前、引っ越しのアルバイト先でもらったポルトガル語の入門書だった。いつか勉強しなきゃと思って鞄《かばん》に入れておいたものの、ずっと読み進めていなかった本。

（これもいい機会だろうし）

海を前にして勉強ってのも悪くない。俺はページを開くと、真剣に本を読み出した。

しかしその真剣さは、三十分も持たない。

「……わっかんねえ」

とりあえず、今まで習ってきた英語とは、まったく違うジャンルの言葉だということはわかった。でもって、ボナペティ、とかビバ、ってあたりを見ると、なんとなくフランス語とかに近いような気がした。でも、単語が一個も頭に入って来ない。ていうか、挨拶《あいさつ》さえわからない。

「ボア・タルジ、でこんにちは？」

なんだそりゃ。遠すぎるにもほどがある。俺は本を閉じようとして、ふと不安になった。こんな言葉を話してる国に、いきなり行ってなんとかなるんだろうか。

いやいや、剛くんがいるし。そう考えても、勇気がわいて来ない。一人で買い物もできないような状態では、いくら剛くんがいてくれたって不自由だからだ。

「……どうしよう」

とはいっても、語学教室に通う金なんてない。ここはやっぱり独学でなんとかしなければ。

俺はお先真っ暗の気分で、ぼんやりと海を眺める。波間には、いつものように仙人がぷかぷかと浮かんでいた。その水鳥のような姿を見ていると、少しだけ気持ちが楽になる。

「ま、うねりに言葉は関係ないか」

そうつぶやくと俺は、再び本を開いた。今はわからなくても、とりあえず読んでおこう。いつかわかるかもしれないし。

潮風は、そんな俺の頬をさわさわと撫で続けた。


バイトに行けず、ボードにも乗れないことがこんなに暇だとは思わなかった。放課後、二階堂とジュースを飲みながら俺はつぶやく。

「なんかなあ。今までどうやって暇をつぶしてたんだか」

『暇だ』って言いながら、こんな感じでダべってたんじゃね」

そうか、とうなずきながらぼんやりと空を見た。夏だったら、まだまだ明るい時間。けれど今は、薄いオレンジ色の光に満ちた世界。

「でもさ」

歩きながら二階堂が、携帯電話で時間を確かめる。

「なんかこういうのって、親とか先生みたいで嫌なんだけど」

「何だよ」

「八田の場合さ、暇な時間にこそ、やっておくべきことってやつがあるんじゃないかと思ったり」

図星だった。

「やっぱ、そうだよなあ」

本当は、暇だなんて言う前にやるべきことが二つある。まず一つは、ポルトガル語の勉強。これは一応、テキストを持ち歩いて覚えようと努力はしている。そしてもう一つは、ずっと考えないようにしていた問題。できるだけ先延ばしにして、「金が貯《た》まったら」なんてうそぶいていた、親の説得。

正直、親なんか無視してアマゾンに行ってしまえたらと思う。特に親父。親父にこのことを話すって考えただけで、気持ちのどこかががっくりと萎《な》える。

バイトのつらさや、言葉の難しさにになら耐えられる。でも親父に笑われたり、母親に理詰めで反対されたら、ちょっと自信がない。

「あーあ。すっげえわかりやすく、頭ごなしで理不尽に怒られねえかなあ」

「なんだそれ」

「そしたら、俺だってわかりやすく家出したり、反抗したりしやすいじゃん」

ひどいことを言われたら、そのお返しができる。意見も聞かれずに叱られたら、その反動を利用できる。どっちを選んでも子供っぽい反応だけど、どうしたらいいのかわからないよりはマシだ。

「ずっと言ってるよな、それ」

これは二階堂でなければ、カチンときているような台詞《せりふ》。自分でもわかっていることを指摘されるのは、やっぱりつらい。

「るせえな。今夜にでも言うって」

尖《とが》った声で返事をすると、二階堂は表情を変えずにうなずいた。

「結果、報告しろよ」

そんな二階堂を見て、俺は申し訳ない気持ちになる。こいつは、ずっと俺につきあって応援してくれてる味方なのに。

「……わり」

小さな声で謝ると、二階堂はにやりと笑った。

「八田って、もっと器用なタイプかと思ってた」

「どういう風に」

「なんだろう。たとえば親相手でも、口八丁でケンカせずにやり過ごすとか」

それはお前の方だろ。つっこみ返すと、二階堂は声を上げて笑う。

「ま、なんにしても家族ってのは面倒だよな」

「だよな」

「ベタを避けて通れないっつーかさ」

ふと、真面目な表情になって二階堂はつぶやく。姉ちゃんのことでも思い出したのだろうか。

「ベタかあ」

すっげえ避けたいけど、それでも駄目なんだろうな。俺たちは二人して、無言で残りのジュースをあおった。

いつもより早く家に帰ると、母親がシチューを作っていた。鍋《なべ》を覗《のぞ》かなくてもわかる。うちのシチューはほとんどがクリーム系だ。

グラタン、クリームシチュー、カルボナーラ。親父の好みを重視したラインナップに、最近俺はうんざりしてきている。野菜や肉を豪快に炒《いた》めたような中華料理ばかり目にしていたせいだろうか。

「南蛮漬け、残したらシチューはおあずけですからね」

「だってこれ、小骨があるんだよ」

不満そうに鯵《あじ》の切り身を持ち上げた親父を見て、俺はさらにうんざり。骨が嫌なら、吐き出せばいい。野菜の端が固かったら、際まで食べて残せばいい。『南仙』の客は、皆そうやって食べている。

俺が小骨をぷっと皿に出すと、親父が驚いたような顔でこちらを見た。

「おお。ワイルドだね、泳くん」

「普通だよ」

食後に話を切り出そうと思っているのに、どうしても口調がぶっきらぼうになってしまう。酢の利いた魚が、それをいさめるように口の中できゅんと跳ねた。

「ところで、ちょっと話があるんだけど」

紅茶の入ったカップを前に、俺は切り出した。前に座った親父と母親は、珍しい生き物でも見るように俺を見つめる。

「何？　泳くんが改まって話なんて、どきどきするね」

能天気な発言をする親父の隣で、母親は緊張した面持ちになっていた。おそらく、最近のバイトと関連づけて事態を想像しているんだろう。

「別に悪いことをしたとか、されたとか、そういう話じゃないから」

そう前置きをした上で、俺はこう言った。

「来年の三月、アマゾンに行きたいんだ」

それを聞いた瞬間、両親の顔は「？」としか表現できない雰囲気だった。

「え。ちょっと待って。泳、今、アマゾンって言ったの？」

「そう。ブラジルにあるアマゾン。でかくて有名な、あのアマゾン」

「僕、ネット書店のことかと思っちゃったよ」

一人で笑う親父を制して、母親は身を乗り出す。

「ブラジルって……、もしかして剛が？」

国名を聞いて弟のことを思い出したらしく、少しだけ表情が和らいだ。

「うん。剛くんに案内をしてもらおうと思ってるけど、剛くんが無理に誘ったわけじゃない。俺が自分で行きたいと思ったんだ」

「ああ、そうか。剛くんは今ブラジルにいるんだったね」

元気かなあ。遠い日をする父親とは裏腹に、母親はさらに切り込んでくる。

「でも、なんで三月なの？　夏休みの方が長く行けるのに」

「ポロロッカっていう、自然現象があるから」

再びぽかんとする二人に、俺はポロロッカの説明をした。

「それは、三月にしかないものなのかい？」

「一応毎月あるんだけど、一年で一番大きいのが三月なんだ」

「それを見に行きたいと」

親父の言葉に、俺は曖昧《あいまい》にうなずく。見るんじゃないんだとは、まだこの時点で言うべきじゃない気がしたから。

「観光はいいけど、ブラジルって遠いのよ。言葉だって英語じゃないし、そういうの、わかってる？」

「わかってるよ」

子供扱いされたような気がして、俺は口を尖らす。

「旅費も調べたし、そのためにアルバイトも始めた。剛くんには面倒をかけるかもしれないけど、できることは一人でやるつもりだから」

「一人で、って」

文句を言いたげな母親に向かって、俺は訴えた。

「行ってみたいんだ。親戚《しんせき》でもいなきゃ、多分一生行く機会なんてない場所だろうし」

「でも、地球の裏側になんて」

渋る母親とは裏腹に、親父は明るい声を出す。

「うん、話はわかったよ。でも今すぐにオーケーとは言えないな。国の情勢は、そのときによって変わるからね」

だからちょっと時間をくれないか。そう言う親父に、俺はうなずく。こっちだって、すぐにわかってもらえるとは考えてないし。

「でもまあ、基本的に僕は賛成だよ。剛くんが相手をしてくれるならとりあえず安心だし。それに泳くんは受験もないんだから、一人旅っていうのは有意義だと思うんだ」

「でも……」

不安げな母親の肩を、親父は軽く叩《たた》いた。

「自分で決めた行きたい場所があって、そのために自分で働いてお金を貯《た》めてるなんて、むしろこれは喜ぶべきことだよ。頼もしいじゃないか」

とにかく、結論は近日中に出すから。親父の一言で、この場はお開きになった。

部屋に戻ると、大きなため息が漏れた。ものすごい修羅場も想像していただけに、なんだかちょっと肩すかしを食らったような気分でもある。

「……なんだかなあ」

でも、親父の対応が予想外に冷静なことには驚いた。もっと慌てて、騒ぎ立てると思っていたのに。

俺はベッドに寝転ぶと携帯電話を取り出し、二階堂にメールを送った。

『話してみた。とりあえず答えは保留。自分なりにブラジルを調べるんだってさ。なんか冷静な対応』

すると、即座に返信が届く。

『冷静でよかったじゃん。言ったらすっきりしたんじゃね？』

心配して、待っていてくれたのかもしれない。返信の早さに感謝しながら、俺は天井を見上げた。でも気分は、まだすっきりしないままだ。

『判決が出たら、すっきりするかもな。サンキュー』

そんな言葉を打ち込みながら、本当は何がいけないのかわかっていた。サーフィンの問題が、心のどこかにひっかかっている。

(観光はよくても、サーフィンはよくないだろうな)

そう思うからこそ、最後まで言い出せなかった。正直、向こうに行ってしまえばどうにでもなるだろうし。でも、言わないままではいけないという思いも捨てきれない。

親に嘘をつくことなんか、これっぽっちも悪いとは思っていない。どっちかって言うと、心配をかけたり悪いことをする方が悪いと思っている。

(嘘も方便、ってことわざも習ったし)

今回の場合、言ったら心配をかけるけれど悪いことをするわけじゃない。だから黙って旅立つこともありって気がする。

（でも――）

別にいい子である必要なんてない。正直者である必要なんてもっとない。いくら自分に言い聞かせても、なぜか俺はすっきりとした気分にはならなかった。

翌日の夕食は、クリームシチューの残りが変化したグラタンだった。食事の間、ちらりと見ても親父の表情に変化はない。アマゾンの件については、まだ検討中なのだろう。

しかし、食後に親父は突然立ち上がって言った。

「泳くん。昨日の返事をするから、ちょっと待っててくれる？」

「え、うん」

不意をつかれた状態で俺がうなずくと、親父はノートパソコンを持って来てテーブルの上に置く。何が始まるのかと覗《のぞ》き込む母親と俺の前で、スリープモードから画面を立ち上げた。

「まず最初に、確認できたこと」

無線ＬＡＮでネットに繋《つな》がれた画面に映っていたのは、ブラジルの政府観光局の情報。

「ブラジルは、都市部は治安があまり良くない。けど無差別にどうにかなるってほどでもないみたいだ。だからごく常識的に気をつけて行動すれば、そう危ない目に遭うこともないと思う」

「そう……なの？」

疑わしい顔の母親に向かって、俺もうなずく。

「夜道を歩かないとか、金持ちそうな格好をしないとか、そういうことで防げると思う」

「まあ剛くんもいることだし、これに関して問題は少ないだろうね。むしろ心配なのは、直行便がないことによる乗り継ぎの失敗や、ロストバゲージの方だよ」

結構、ちゃんと調べたみたいだな。俺は画面に次々と表示される情報を見て、感心した。

「次にお金の問題。昨日、泳くんは旅費を自分でなんとかするって言ってたけど、安く見積もっても三十万くらいはかかるんじゃないかな。それ、本当に用意できるの？」

「安いチケットを探して、バイトをぎりぎりまでやればなんとか足りる計算だよ」

俺が答えると、親父はほうという表情をする。

「ならそれもクリア。次に言葉だけど、ブラジルはポルトガル語を使うんだね。それはどうする？」

「今、テキストで勉強してるよ。旅行用の言葉くらいは、覚えられると思う」

今度は、母親がへえとつぶやいた。

「最後に期間だけど、春休みは短いよ。泳くんは、学校を休んでもいいと思ってるの？」

「その間に遅れるぶんは、ちゃんと勉強して取り返すよ。昨日親父も言ってたけど、うちの学校はエスカレーター式だから受験は関係ないし、それで大丈夫だと思う」

親父は、少しの間黙り込んだ。

「治安、費用、期間。ここまではまあいい。でもね、僕はちょっと気になったことがある」

そう言って親父は、最後のウィンドウを開く。するとそこには無料動画サイトの画像が並んでいた。

「何……？　これ」

母親の質問に、親父は黙って動画を再生する。小さな画面の中では、サーファーが茶色い波に乗って懸命にサーフィンを続けていた。

「ポロロッカだよ。調べてみたら、ポロロッカでサーフィンをする人がいたんだ。つまり、河の波で行うサーフィンだね」

「でも、それって危険なんじゃないの？」

「危険だね。河幅は日本とは比べ物にならないし、深さだってとてつもない。落ちたら、後から来る波に呑《の》まれて死ぬことだってあるだろう」

「それでも、その波に乗りたいと思うサーファーは多いらしいよ」

やられた。俺は画面を見たまま、凍りついたように動けない。

親父はそこまで言うと、俺の顔をじっと見た。

「泳くん。もしかして旅の目的は、これ？」

「ちょっと、何よそれ！」

母親が動転したように声を上げる。

「泳、答えなさい！」

俺はその場で動けず、ただぐっと拳《こぶし》を握りしめる。

「……どうして」

かろうじて絞り出した言葉は、他人の声のように聞こえた。

「ポロロッカを見てみたいと思って、画像を検索したら出てきたんだよ。三月の大波でサーフィンと聞いたら、泳くんと結びつけるのが当然だろう?」

俺は自分の馬鹿さ加減に、がっくりと肩を落とす。ポロロッカという言葉だけでも、画像検索をかければサーフィンに行き着くのか。

「で、どうなんだい。旅の目的は、このサーフィンを見ること? それとも、この波に乗ること?」

どうしよう。ここでの答え一つで、状況はまったく違ったものになる。

「なんで、そんなこと聞くんだよ」

俺が口を開くと、親父は真剣な表情で両手を組み合わせた。

「波に乗りたいと言うなら、許可できないからだよ」

「なんで。剛くんだっているのに」

言ってから、俺は思わず口を押さえる。これじゃあ、答えを教えてしまったも同然だ。その証拠に、母親はすでに椅子から腰を浮かせている。

「剛くんの存在は、確かに心強いよ。でもいくら彼でも、泳くんの安全まで任せるわけにはいかない」

「でも」

「もしそういうツアーがあって、泳くんが日本から参加するっていうなら話は別だよ。もちろん、僕がそのツアー会社を確認してから判断するけどね」

判断。なんだか嫌な響きだ。自分が一気に、子供に戻るような気がする。

「……乗るとは限らないけど」

「なら、乗らないって約束してくれるかい」

二人が、じっと俺を見つめた。ひたひたと足もとに押し寄せる水。なんとかしないと、俺はやがて溺《おぼ》れてしまう。


嘘か、本当か。

どちらを口にするべきか、この期に及んでまで自問自答を繰り返す。

「約束しないと、許可はできないよ」

親父の言葉に、俺ははっと顔を上げた。ここにも二者択一がある。約束をして、守らなければいいのだ。波になんて乗らない。約束するよ。あんなの、見るだけで充分だ。

そう、口に出してしまえばいい。

けれど俺の口は、イメージとは違う台詞《せりふ》を紡ぎ出す。

「約束は、できない」

ここで嘘をつくのは簡単だった。はいはいとうなずけば、簡単に許しを得られただろう。だのに、なぜ俺は馬鹿正直に首を横に振っているのか。

「じゃあ、やっぱり許可できない」

親父は、ふっと息を吐いてから笑顔を見せる。

「でも泳くんが自立しようとする瞬間に立ち会えて、僕は幸せだよ。今回は残念だったけど、また新しいことにチャレンジするときにはこうして教えて欲しいな」

そう言って立ち上がろうとする親父は、まるで社員を励ます社長のようだった。許可はできない。でも嬉《うれ》しい。またチャレンジして欲しい。なんだそれ。

なんなんだ、それ。

俺は親父に詰め寄ると、テーブルに両手をついた。

「まだ話は終わってない」

「と、いうと？」

「納得できない」

満ちてくる水から顔を出すように、大きく息を吸う。

「安全かどうかってことだけなら、いつもやってるサーフィンだって危険だ。死者が出ることだってある。だったらなんで、こっちは良くてアマゾンは駄目なんだよ」

親父は、少しだけ顔を歪《ゆが》めた。

「本当にわかってないのかな」

「何が」

「リスクヘッジ、あるいはサポートの未確認が問題なんだよ。日本だったら、もし何かあっても連絡すべき場所があったり、周りに人がいたりするだろう？」

「海上保安庁とか？」

「それ以外にも、三浦さんや地元のサーファー、それに通りがかりの人だっているはずだ。でもアマゾンは広い。泳くんが溺れた瞬間、そこへ助けに行ってくれる人を呼んでいる間に、泳くんは溺れてしまうよ」

「だから剛くんが」

口を開きかけた俺に、親父はたたみかける。

「じゃあ聞くけど、剛くんは船を操縦できるの？　水難救助は？」

「それは」

「現地の人に頼む？　でもそんなの、当てにできるのかい？　たとえば波に乗る地点から病院まで、どれくらいの時間がかかる？」

言い返そうにも、言い返す言葉がなかった。唇を噛《か》み締め、黙り込む俺を痛ましそうな目で母親が見ている。

「答えられないっていうことは、考えてなかったっていうことだね」

親父はため息をついて、パソコンの画面を閉じた。

「リスクは国内のサーフィンにだってある。それがわかってるなら、海外でなおかつ人が少ない場所で行うサーフィンが、どれだけ危険か考えてみるべきだったね」

「でも」

でも、やりたいんだ。今のままじゃ駄目なんだ。心の中の叫びが、満ちてくる泥水をはね返す。

「せっかく旅費も貯《た》めたんだ」

「お金の問題じゃない」

泥水が、ひかない。このままじゃ俺は、あの濁った人の流れの一部になってしまう。

親父は、俺を見つめて静かにつぶやいた。

「これ以上提示する意見がないなら、駄々をこねるのはもうやめにしてくれるかな」

頭から、水を浴びせかけられたようだった。

「駄々――」

「そう。駄々だね。親を説得できない状態で、それでもどうしてもって言い張るのは、子供の駄々だよ。違うかい？」

よもや、そんなことを言われるとは思わなかった。自分で計画して、それなりに手段を講じ、やっと実現に近づいたこの状態が、子供の駄々。

頭にかっと血が上り、思わず大声を出しそうになる。でも、ここで騒ぐのはそれこそガキのやり方だ。俺は深呼吸を繰り返すと、もう一度言われたことをよく考えてみた。

「……俺にも、反論する点はあるんだけど」

座りなおした俺を見て、親父は軽くうなずく。

「意見なら、聞こう」

「国内なら危険に対するサポートがあるって言ってたけど、俺はいつも同じ場所でサーフィンをやってるわけじゃない。人気のないビーチや、人気のない時間に乗ることだってある。そういう場合、危険の割合はぐっと上がるはずだ」

「それで？」

「道を歩いてたって交通事故に遭うかも知れないし、通り魔に刺されることだってある。そこに人がいなかったら、アマゾンだって日本だって結果は同じことになる」

「だから？」

俺は慎重に言葉を選んだ。

「絶対安全なんて、どこにいたって言えないと思うんだけど」

それを聞いた親父は、もう一度ゆっくりとうなずく。

「穴だらけの理論だけど、一理あることは認めよう」

「じゃあ」

「でもまだだ。さっきは言わなかったけど、僕の側にはまだ反対の理由がある」

なんで言わなかったんだ。そうたずねると、親父は俺をちらりと見た。

「ただのわがままなら、そこまで理詰めで潰《つぶ》す必要がなかったからだよ」

また、頭に血が上りそうになる。

でも待てよ。俺は今の台詞を、もう一度頭の中で繰り返した。ただのわがままなら、ということは。

（今は少し、認めかけてるのか？）

疑問に思いながらも、続きを聞く。

「お金の問題だけど、泳くんは自分で貯めたお金で旅行に行きたいと言った。それはいい。でも泳くんは、自分が行くことによって剛くんの仕事を邪魔するとは思わなかった？」

「仕事――」

「だって彼は、仕事でブラジルに行っているんだろう？　そこに押しかけて、何日も面倒をかけたら彼の収入の妨げになるとは考えなかった？」

正直、そこまでは考えていなかった。でも、考えるべきだった。アマゾンにいるとはいえ、剛くんは社会人なんだ。

「自分が休みだから、一人で乗り物に乗って面白そうな自然がある親戚《しんせき》のところへ行きたい。これって、夏休みにおばあちゃんの家に行くような発想だよ。来られる方の事情を、まったく考えてない」

ぐうの音も出なかった。「おいでよ」と言ってくれたとはいえ、それをすぐに真に受けた自分が、とてつもなくガキに思えた。言葉や治安、それに泊まるところに関して、俺がどんなに予習をしたところで剛くんは面倒を見ざるを得ないだろう。

「それに泳くんは、学校を休むとためらいなく言ったね。勉強は君自身がするものだからいいとして、そこの学費を出しているのは誰だと思ってるんだい？」

「パパ」

母親が、たしなめるように親父を見た。

「ああ、ごめん。恩を売るようなつもりで言ったんじゃないよ。ただ泳くん、君が学校を休むと言うなら、スポンサーである僕らを納得させてほしいと思ってね」

「納得……？」

「そう。僕が今言った問題点をよく考えて、それでも行きたいなら、僕らがうなずけるような理由を提出してほしい。泳くんがどうしてそこまでポロロッカに乗りたいのか、なぜアマゾンじゃなきゃ駄目なのか。それがわかったらまた話し合おう」

そう言って、親父は今度こそ本当に席を立った。母親はそんな俺たちを見ながら、そっと紅茶のカップを持って流しへと姿を消す。

俺は一人その場に取り残されたまま、混乱した頭で考えた。理由？　アマゾンじゃなきゃ駄目な理由って？

わからなかった。

乗ったことのない波に乗りたい。そんな気持ちは確かにある。でもなんでそれがハワイやオーストラリアじゃないのかと言われると、ちょっと悩む。

海じゃなくて河だから？　淡水というのは新鮮だと思った。でもどうしても河でやりたい、とは思ってなかった。ブラジル、という国にも特に興味はなかった。ただ遠くて、サッカーが強い。そんな認識しかない。そもそも何語を使っているのかすら、知らなかったし。

でも、アマゾンは別かもしれない。二階堂の部屋で見た、蛇行する長い河の写真。緑の中を縫うように、ゆったりと流れる水。その広大な感じは、何故だか気持ちの奥に残っている。

「広い所に行きたい、とか」

でも別に砂漠や山に行きたいわけじゃない。ただ、水がある場所に魅《ひ》かれた。それも湖や池じゃなく、流れている水のある場所。澱《よど》むことなく、流れ続ける何かがある場所。

「でもそれじゃ、理由にならないよな」

何となく方向性は見えてきたけど、これをそのまま口に出したって説得はできない。また「子供の駄々だね」と言われるのがオチだ。俺は部屋のベッドに倒れ込んで、そのいきさつを二階堂にメールする。泣き言は言いたくないけど、どうやっても明るい文章にはならない。

『きちんとした理由を並べて、説得してみろって言われた。理由なんて、俺にだってわからないのに』

自分がやっていることがわからないなんて、おかしなことだとは思う。でも考えれば考えるほど、答えは遠ざかっていくような気がする。

『どうせ理由が曖昧《あいまい》なら、意味はないけど青春ぽいことでも言ってみたら？「ここではないどこかへ行きたいんだ」とか（笑）』

二階堂からのメールを見て、俺は苦笑した。ここではないどこか、って。腐るほど使い古されたフレーズだな。

ここではないどこかへ行きたい。今しかできないことをしたいんだ。だって青春は一度きりだから。

歌やドラマの中で聞いたような台詞《せりふ》は、いかにもそれっぽい。でも、それじゃ親父を納得させることはできないだろう。

「じゃあどうしてここじゃ駄目なの？　今より前にしたがらなかったのは何故？　青春どころか、人生は誰にだって一度きりだってわかってる？」

機関銃のような反論の流れが目に見えるようだ。あいつを納得させられるのは、イメージみたいなぼんやりとしたものじゃない。実証っていうか、誰にどう言っても通じるようなことじゃないと。

そう言えば、俺が小さい頃から親父はああだった。楽しいことが最優先のくせに、変なところで現実的。ふわふわした性格っぽいくせに、理屈が通らないと納得しない頑固なところがある。

たとえば家族で旅行をするとき。親父は母親の希望を聞くまま、あまり考えもせずに高い宿をとる。しかしそこへ行くまでの高速料金は、何度も計算してできるだけ安く上げる。

「楽しい時間を買うことにお金を惜しみたくはないんだ。でも、楽しくないことだったら損得をよーく考えなくっちゃ」

楽しいことと損得。たぶん、それが親父のキーワードだ。でもそんな親父を見て育ったせいか、俺は損得でものを考えるのが好きじゃない。損とか得でものごとを判断するのは、なんだか下品っていうか、さもしい気がして。

そりゃあときに損得の判断をするのは必要だと思うけど、それだけで割り切れることばかりじゃないと思うから。

(でも、損得だけで割り切れたら楽だろうな)

そうしたらあの教室の中のもやっとした雰囲気や、親父に対する気持ちなんかもすっきりするんだろうか。

言いたいことを全部言って、やりたいように振る舞う。けど、そんなことしたら確実に浮く。ていうか、余計な衝突ばっかり増えそうな気がする。それもちょっと、面倒な話だ。

(でも——)

ぶつかるのは、本当に面倒なことだろうか。俺はふと、エリのきつい眼差《まなざ》しや顔を思い出す。

「言いたいことなんて、言わなきゃ通じるわけないでしょ」

もしあいつが俺のクラスにいたら、確実に浮くよな。きっと連れ立ってトイレにも行かないだろうし、気に食わないことはがんがん口に出すから。

もし俺がエリだったら、なんて言うんだろう。

ものすごく、らしくないことをしている。そんなことはわかってた。

「コンビニに行ってくる」

何気ない風で玄関を出て、自転車を引っ張り出す。そしてペダルに足をかけると、力を入れてこぎ出した。時間は九時半。『南仙』はまだ営業している。

「何しに来たの」

表のドアを開けたとたん、怪訝《けげん》な表情のエリが言い放った。

「まだ手は治ってないでしょ」

「……腹が減ったんだよ」

俺が言うと、エリは黙って厨房《ちゅうぼう》に近い席を示した。こんな時間だというのに店内は大勢の客で賑《にぎ》わい、むっとするくらい熱かった。

「何にするの」

言外に、面倒なものを頼むなという雰囲気が漂っている。そこで俺は、夜によく出るメニューを選んだ。

「卵チャーハン」

するとエリは何も言わずに、くるりと背を向けて厨房に向かう。この時間は他の従業員がいないから、とにかく忙しいのだろう。横顔にはうっすらと汗が光り、背中に張りついたシャツからはブラジャーのシルエットが浮き上がっている。

そして料理は、ものの五分としないうちに出て来た。

「はい。卵チャーハン」

ごん、と音を立てて置かれる丼《どんぶり》。縁まで盛り上がった飯の横に鶏肉《とりにく》の切れ端が載っているのは、ウーさんの親切だろう。礼を言う間もなく背を向けたエリを横目に、俺は飯にレンゲを差し込んだ。

夕食を普通に食べたあとだから、正直腹は空《す》いていない。けれど何となく飯を口に運び、黙々と食べた。食べながら、もう一度店内を見る。

たくさんの皿を並べて、好き勝手に食べる家族。カップルらしき二人連れは、一つの点心を分け合っている。男同士のグループは仕事帰りなのか、ビールの瓶をテーブルに並べていた。

俺は一人で食べているのが何だか急につまらなくなって、エリを呼び止める。

「コーラ一つ」

その瞬間、エリの眉間《みけん》に皺《しわ》が寄る。

「そこのコンビニで買えば」

店で頼むと、コーラは一本三百円。五百円の卵チャーハンに比べると、確かに割高だ。それでも。

「ここで飲みたいんだ」

そう言うと、エリの顔が皮肉な表情を浮かべた。

「お金持ちのニホンジンは、一時間の時給をこんなことに使う」

「使い道は俺の勝手だろ」

口に出した瞬間、ものすごく嫌な気持ちになる。金は金。どう使おうと、俺の勝手。それは間違ってないはずなのに、どうしてこんな気分になるんだろう。

それを逆なでするように、エリが薄笑いを浮かべた。

「オカネモチの坊ちゃんは、グラスがないとコーラも飲まないの」

頭に、今度こそかっと血が上った。坊ちゃんじゃねえよ。そう言おうとした瞬間、エリは再びくるりと背を向ける。俺は立ち上がってその背中を追いかけると、肩に手をかけて振り向かせた。

「ちょっと、何すんの」

怒りを含んだ声で、エリが首をかしげる。

「コーラ取り消し」

五百円玉をトレーの上に置き、今度は俺がエリに背を向けた。

夜の街を、自転車で駆け抜ける。

どうしていいのかわからない。どうしたいのかわからない。

ただこのままじゃいけないという気持ちだけがくすぶって、足が止まらない。

秋の冷たい風を頬に受けながら、俺は無意味にペダルをこぐ。

金って何だよ。金があれば、やっていいことなんてたくさんあるだろう。コーラを店で飲むくらい、何だって言うんだよ。金があれば、飛行機に乗ってアマゾンにだって行けるだろう。それが何で駄目なんだよ。

馬鹿にしやがって。

＊

翌日、俺は親父と顔を合わせないように早起きをして学校に行った。とはいえ行ったところでやることもないので、教室でぼんやりと紙パックのジュースを飲んでいた。するといきなり、教室の戸が大きな音を立てて開く。驚いて振り返ると、そこには山下が立っていた。

「八田か」

驚いたようにこっちを見た山下は、そのまま自分の机へと向かう。

「こんな時間に何してんだよ」

「何って、朝練に決まってんだろ」

机の横にスポーツバッグを引っかけて、山下はどかりと椅子に座った。

そう言えばこいつは、サッカー部だったっけ。バッグからはみ出したタオルを眺めていた俺は、それが緑と黄色であることに気づく。

「お前さ、ブラジルのチーム好きなの」

問いかけると、怪訝な表情で首をかしげた。

「何で知ってんだ」

「そのタオル」

「ああ」

山下は納得したようにうなずくと、そのタオルを引っ張り出す。中心に惑星のような青い丸が描かれたそれは、ブラジルの国旗になっていた。

「よくワールドカップとかでさ、それ羽織ってる奴いるよな」

日の丸だといかにも『愛国心』みたいな感じになるけど、明るい色合いのブラジルカラーだと、楽しそうでいい。

「俺もいつか、やりてえんだけど」

「それって見る方？　それともやる方？」

「やる方、で行けたらサイコーだけどな」

それを聞いて、俺はちょっと驚いた。こいつ、本気でサッカー選手になりたいんだな。でもそれよりもっと驚いたのは、その夢を簡単にカミングアウトしてるってことだ。

素人の俺にだってわかることだけど、プロのサッカー選手なんてそうそうなれるもんじゃない。しかもうちの高校はそれほど強いわけじゃないから、全国規模の話すら出ない。だとするとスカウトの目にもとまらないだろう。そんな中で、選手を目指してるって。

「山下って、学校以外でもクラブチームとかに入ってるわけ？」

「そんなとこ入る金があったら、もっといい学校に入ってるよ」

その言葉を聞いて、俺はまたショックを受けた。確かにスポーツで上を目指すとき、経済的な問題は無視できない。才能があれば奨学金が出たり特待生になったりできるのだろうが、そこまでは到達していない「かなりうまいレベル」の奴なんて腐るほどいる。

山下は、その中からどうやって抜け出そうとしているんだろうか。

「じゃあ、プロチームのテストとか受けにいってるとか」

恐る恐るたずねると、山下はうなずいた。

「ま、そんなとこ」

でもジュニアで落とされたときは、正直へこんだよ。そう言って笑う山下を、俺は少し尊敬した。

俺だったら、俺程度のつきあいの奴になんか絶対夢の話はしない。だって、かなわなかったときに恥ずかしいから。もし話すとしたら、それは九割がたかないそうだって確信が持てたときだろう。

でも山下の夢には、何の確信もなさそうだ。なのに堂々とそれを言い放つこいつは、馬鹿なのか器がでかいのか。それとも自信の問題なのか。そんなことをじっと考えてると、自分が小さい人間のようで恥ずかしくなった。

「先のこととか、ちゃんと考えててすげーな」

自分が将来どうなりたいかなんて、俺はまだ考えたこともない。しかし山下は、ほんの少し顔を歪《ゆが》めて言った。

「そうでもねえって。ものにならなきゃ食ってけなくて、結局ただの趣味になるんだろうし」

そしたら俺、観光でブラジルに行くんだろうな。でもきっとそれでも嬉《うれ》しくて、こういう柄のTシャツとか買っちまうんだろうな。山下のつぶやきが、静かな教室にしんと染み渡った。

「あのさ」

　軽く身を乗り出して、俺は山下を見た。

「俺もブラジル、行きたいと思ってるんだけど」

「なんで」

　そこで俺はサーフィンをやっていること、そしてポロロッカのことを説明する。

「そんなんあるのか。おもしれーな」

　山下は軽くうなずくと、にやりと笑った。

「でも今、親父とバトってる最中でさ」

「へえ」

「バイトして自分で金貯《た》めたのに、すげー冷静に反対された」

「まあ、親としてはフツーの反応だろ」

　そうなんだ。そうなんだけど。

「説得してみろ、とか言われるとなあ」

　正直、わかんねえよ。俺は二階堂にも言わなかった台詞《せりふ》を、山下相手に愚痴った。

「でも、八田は行きたいんだろ」

「そりゃそうだよ」

「じゃあ、もっとごねれば」

「そうしたくても、理屈がないんだよ」

すると山下は、意味がわからないというように肩をすくめる。

「理屈なんて、わかるわけねえじゃん」

「え？」

「やりたいことが全部、理屈で説明できる奴なんているわけないし」

そんなもんなのか。俺がたずねると、山下は当然だと答えた。

「だって俺、どうして自分がサッカーやりたいかなんて説明できないもんな」

「じゃあ、なんでやってるかって聞かれたら、どう答える？」

「好きだから」

山下の答えに、俺はつかの間言葉を失う。

「好き、だから……？」

「そう。でもな、いつ好きになったとかならわかるけど、どうして好きかって聞かれたら、こう答えるしかねえな」

山下はブラジルの国旗をひらりと広げると、得意げに胸を張った。

「なんとなく、だ」

たとえばスポーツ。たとえば趣味。そしてたとえば恋愛。

好きになったきっかけは覚えていても、なぜそれが好きなのかを理屈で説明するのは難しい。

なぜならその理由は、大抵複数の要因が絡まり合っているから。

たとえばサーフィン。好きになるきっかけは、晴れた日の海が気持ちよかったことと、親父と一緒に遊べたこと。でも今となっては天気なんて関係ないし、親父に至ってはほぼ無関係だ。じゃあなんで続けてるのかと聞かれたら、それはなんとなく好きだからとしか言いようがない。

理由がないわけじゃない。海にいるときの自由な感じとか、うねりをとらえた瞬間の快感とか、数え上げたらきりがない。ただ、その中の一つに答えを絞ることができないだけなんだ。それは言われてみれば当然だけど、言われなければ気づかなかったこと。

「ていうか、わかる必要なんてないんじゃね」

俺は山下のおかげで、親父へ言うべきことがわかったような気がした。

その日の夜、俺は再び親父と向かい合って座っている。

「さてと」

テーブルの上で両手を組んだ親父は、楽しそうに首をかしげた。

「話があるってことは、僕を納得させる理由が見つかったってことだよね」

俺が黙ってうなずくと、お茶を運んできた母親が不安げな表情で席につく。

「じゃあ、はじめようか。あらためて聞くけど、泳くんは何でポロロッカに乗りたいの？」

さあ、ここだ。軽く息を吸って、俺は言い放つ。

「乗りたいから」

「え？」

「乗りたいから、乗りに行く」

親父はつかの間目を丸くすると、やがてぷっとふき出した。

「なんだい、それ。ちゃんとした理由は見つからなかったの？」

「理由は見つかったよ。それが『乗りたいから』。じゃなきゃ、『やりたいから』って言い換えてもいい。『そういうことが好きだから』でもね」

俺が続けると、親父はまだ口の端に笑みを残しながら首を振る。

「駄目だよ、泳くん。それじゃただの子供の我がままだ」

その笑い顔がむかつく。でも見てろよ。ここからだからな。

「じゃあ聞くけど、親父はなんで母さんと結婚したの」

「ええ？」

「美人で見た目が良かったから？　それとも家が金持ちでメリットがあったから？」

母親はごく普通の顔立ちだし、じいちゃんちが金持ちじゃないことも知ってる。でもあえて俺は、そんな質問をぶつけてみる。

「そんなんじゃないよ。好きだったからに決まってるだろう」

頬を膨らませて、親父は反論する。そこで俺は、「なんでそんなことを聞くのか」と言われる前に質問を繰り出す。

「どこが好きになったの」

「えっと、特に好きなのは目かな」

　母親の顔を見て、親父は微笑んだ。

「じゃあ同じ目をした女の人がいたら、そっちと結婚したわけ」

「そうじゃないよ！　ママと結婚したのは、性格も含めて好きになったからだよ」

「あら」

　いきなり始まった妙な告白に、母親はそれでも頬を染める。小さい頃はそんな二人が誇らしかったものだが、今は微妙。軽く引く。

　ともあれここで止まるわけにはいかない。俺はさらに質問を重ねた。

「性格って、どこが好きなの」

「それは優しいところとか……」

「じゃあこういう目をして優しい性格の人だったら、誰でもいいんだ？」

「そんなわけないよ！」

　俺の突っ込みに、親父は次第にのめり込んでくる。

「ママが好きだから、って言ったじゃないか」

「だから、具体的にどこが好きなの」

「どこ、って言われると——」

　親父は目を閉じて、しばし腕組みをしていた。

「他の女の人と違う、好きなところってどこなの」

「え？　うーん、だからそれは……」

たたみかけられて、親父はもごもごと答える。

「ただ、なんとなく」

「なんとなく？」

俺の言葉に、親父はぱっと顔を上げた。

「そう、なんとなく。フィーリングっていうのかな。この人だって感じるのは、理屈じゃないよね」

取った。俺はにやりと笑う。

「そっか。好きになるのは、理屈じゃないんだ」

さも感心した風を装って俺がうなずくと、親父は得意げに胸を張った。

「そうだよ。気持ちがそっちへ向かうのは、見た目とかメリットみたいに、他の誰かと比べられる部分の話じゃないんだ」

いつか泳くんにもわかる日が来ると思うけどね。親父と母親は顔を見合わせて、にっこりと笑う。

そこで俺は、次のカードを切った。

「じゃあ、俺の理由もわかってくれるよな」

「どういうことだい？」

「好きになることは、人相手じゃなくたって同じ気持ちってことだよ。小さなきっかけや好きな部分は色々あるけど、総合して言うなら『理屈じゃない』。ただ、気持ちがそっちへ向かったって感じ」

　この言葉を聞いて、親父は最初きょとんとした表情を浮かべた。しかし次の瞬間、悔しそうに顔を歪《ゆが》める。

「泳くん、トラップをしかけたね」

「こういうのって、会社じゃなんていうわけ」

「さあね。ディベート上手かな」

　苦々しく唇を曲げた親父を見て、俺は少しだけ胸がすっとした。

「でも、危険を伴う旅行に当てはめるっていうのはどうかな」

「危険に関しても、同じことだよ。たとえば、もし母さんが不治の病だったら、親父は結婚を申し込まなかった？」

「いや。そんなことは問題じゃない」

「だったら、どうやって乗り越える？」

　さらに追求すると、親父はむっとしながらも答える。

「ママが好きなことに変わりはないから、知力と財力、僕の持てるものを全部使って全力で乗り越えるまでだ」

「ほら、同じだ」

俺が言うと、親父は真っ赤な顔をして口をつぐんだ。

ただ、やってみたいから。乗りたいから。行きたいから。気持ちが動いたことの説明なんて、できないししなくてもいい。

それが、俺の出した答えだった。


とはいえ、屁《へ》理屈だけで押し通すのも子供っぽい。

「『乗りたいから』っていうのは、俺なりにちゃんと考えて出した答えなんだ。だって金を稼ぐ仕事や勉強でもない行為って、損得では量れないだろ」

説明を始めると、親父は腕組みをしたまま小さくうなずいた。

「サーフィンは趣味だし、アマゾンに行きたいっていうのは娯楽の範囲だと思う。だからいくらそれらしい理由をつけても、嘘っぽいなって思ったんだ」

「……まあね。僕だって泳くんが『人間として成長するため』なんて言い出したら、嘘だろって突っ込んでたよ」

「だから、本当の気持ちを探した。そうしたら、これに行き着いたってわけ」

そこまで話して、俺はもう一度深呼吸をする。

「でも、現実問題として二人や剛くんには迷惑をかけることになると思う。できるだけそうしたくないから努力はするけど、可能性がゼロっていうのは無理だから」

「だから？」

怪訝《けげん》そうな表情の親父と母親を交互に見て、俺は頭を下げた。

「だから、許して下さい」

室内に、沈黙が落ちる。

俺はテーブルの表面を見つめながら、答えを待つ。やることはやった。あとは、どう受け止められるかだ。

「……それでも、僕は反対だな」

親父の声を聞いた瞬間、積み上げてきた希望が音を立てて崩れたような気がした。

「だって、どう言われたって危険なことに変わりはないし」

絶望。そんな言葉を使いたくはないけど、使わざるを得ない状況ってやつか。俺は顔を上げることもできず、そのままうつむいている。

「そうだよねえ、ママ」

当たり前よ。そんな返事が出るものと思っていた。でなきゃ、残念だけど諦《あきら》めて。

親父と俺が話している間、ずっと不安げな表情だった母親。しかし聞こえてきたのは、意外な台詞《せりふ》だった。

「何言ってるのパパ。私は大賛成よ」

「え？」

母親の思いもかけない発言に、俺と親父は同時に声を上げる。

「大賛成。そう言ったの」

「な、なんで？」

動揺した顔の父親に、母親は首をかしげた。

「だって、反対する理由がわからないから」

「え……」

「泳は自分でお金を貯《た》めて、さらに現地の言葉まで勉強してるわけでしょ？それに危険があるのもわかってるみたいだし、これ以上何を望めって言うの？」

「でも」

口を開こうとした親父を、母親は人差し指を立てて制する。

「ねえ、ちょっと思い出してみて。パパが泳と同じ歳だった頃、海外旅行に行ったことはある？」

「え？うん、そりゃまああるけど」

「でもそれって、お父様たちに連れられて行っただけの旅行よね」

さすがにむっとした顔をする親父に、母親はさらに突っ込んだ。

「じゃあ、初めて一人旅をしたのはいつ？」

「それは……」

「念のために言うけど、親にお膳立《ぜんだ》てされたのじゃなくて、自分で企画してチケットをとったような旅のことよ？」

「うーん……」

親父はつかの間考えてから、悔しそうに首を振る。

「ないね」

「でしょうね」

それ見たことかとうなずく母親を見て、親父は眉間《みけん》に皺《しわ》を寄せた。

「だから何。同い年のときに僕ができなかったことを泳くんがやってるからって、それが偉いって言いたいのかな」

親父の不機嫌そうな言葉に、今度は母親がむっとする。

「ええ。偉いと思ってるわよ」

「でもそれって、許す理由にはこれっぽっちもならないよね」

たちまち満ちてくる、険悪な空気。俺は思わず首をすくめた。ちょっと待てよ。なんだこの展開。

「だいたい、あなたは偉そうなのよ」

「はあ？　いきなりなんだい」

「許す許すって、何様って感じ。確かに泳は私たちの子供だし、大切に思ってるのはわかるわよ。でも、そこまで上から目線なのもどうかと思う」

そう言い放った母親に対して、親父はぐっと背筋を伸ばす。明らかな戦闘態勢をとりつつある二人を見て、俺はテーブルの端でひっそりとため息をついた。

俺の母親は、普段わりとおとなしい。理不尽なこともあんまり言ってこないし、子供としては楽な親だと言えるだろう。親父と一緒にいるときもそれは同じで、基本的に母親は親父の意見に従っている。

これだけ聞くと、母親はまるで意見のない人間のように思えるかもしれない。けれどもそれは同意しているときだけの話で、意見がかち合ったときはその限りじゃない。

ていうか、正直言って質《たち》が悪い。

「上からって……」

「だってそうでしょう？　泳がせっかく条件をクリアしようと頑張ってるのに、その姿勢を評価もせずに切り捨てるなんて」

「でも、条件を満たさなければ許すことはできないよ」

あくまでも理詰めで返事をする親父に向かって、母親は首を振る。

「ああ、それ経営者として失格よ。努力や姿勢を評価されないと、モチベーションって下がるもの」

「失格……」

そこまで言うか。

「じゃあ君は、この場合どうするべきだって言うんだい」

親父の呼びかけが「ママ」から「君」に変わった。これは親父にとってのゴングだ。するとそれを察知した母親は、軽く笑みを浮かべてみせる。

「あのね、パパ。一人旅って、ある種の人にとっては大切な経験なのよ」

「僕は、経験してないけどね」

「したがらない人にとっては、さほど重要じゃないのよ。問題は、したくなっちゃった人の方なの」

したくなっちゃった人。なんとも微妙な表現に、親父と俺は困惑した。

「理屈はともかく、とにかく今すぐにこれがしたい。そんな気持ちって、誰にだってあるはずだと思うの。そういう気持ちなら、パパにだってわかるでしょ？」

「わからないよ」

言下に切り捨てた親父に向かって、母親はにやりと笑う。

「あら。新しいソフトを手に入れたときのパパは、まさにそんな感じだけど？」

ぐっと言葉に詰まる親父の姿を見て、俺は軽い同情を覚えた。確かにそういうときの親父は、まるで新しいおもちゃを手に入れた子供のようだからだ。

「帰ってくるなりパソコンにかじりついて、私がご飯よって声をかけても部屋から出ようとしない。いい加減にしてって怒ると、ノートパソコンを片手にテーブルに向かって、ご飯を食べながらマウスを操ってる」

そして行儀が悪いとさらに怒られ、パソコンを持ってトイレに避難する。それがパターンだ。

「どうしてもやめられない。誰に何を言われても今、これがしたい。そんな欲求って、否定できないものよ」

「……そんなものかな」

僕は夢中になるけど、途中でやめる理性だって持ってるのに。小さな声で親父がつぶやくと、母親はあっさりとそれを受け流す。

「そうよ。だって私があなたのパソコンを取り上げたら、烈火のごとく怒ったじゃない？」

それは初めて聞いた。思わず親父の方を見ると、親父は顔を赤くして口をへの字に結んでいる。これじゃまるで、たしなめられた子供だ。

「今現在、やらなければいけないことがあるのに、それでも何かがしたい。取り上げられると、全力で抵抗する。それのためなら、どんなくだらない努力だってする。たとえば、ソフトを買うために徹夜で店頭に並ぶとかね」

もう親父は、ぐうの音も出ない。

「それが旅に向かう人だっていることと、わかってくれたかしら」

「ああ、うん……」

力なくうなずく親父と、優しく微笑む母親。本気のゴングがなった場合、ラストシーンは大抵こんな風になる。というのも、普段はおとなしい母親が反撃するのは、よほど意見が合わないときに限られるからだ。

理詰めで追いつめようとする親父に対し、母親はまず心理戦で相手を叩《たた》く。さらに理屈ではない部分で軽く痛めつけたあと、優しげな声で懐柔にかかる。その手口は、正直何度見てもびびる。

(これってあれだよな。スパルタな部活とか、新興宗教みたいなとこで見る手口だ)

でも口に出すと俺が標的になるので、黙っている。

「どうしてもやりたくなったから、泳はお金を貯めて言葉まで勉強してる。普段サーフィンくらいしかやりたがらない、この泳がよ？　それってすごいことじゃない？」

「まあ、そうだろうね」

「子供が自発的に何かをやろうとしたら、それを評価して応援すべきだって思わない？」

「それは、そうだけど」

「だったらもう少し、譲歩する余地があったっていいと思うの」

「うん、まあ、ね……」

津波のような攻撃に、親父はただうなずくしかない。そんな親父に、さらに母親はたたみかける。

「じゃあ、もう少し条件をつけたら、行ってもいいっていうのはどう？」

「でも、剛くんの迷惑になることには変わりがないよ」

それでもしぶる親父を、母親の波状攻撃が呑《の》み込んでゆく。

「剛なら、大丈夫よ。だって泳の話によると、そもそもは剛が来てみたらって言い出したみたいだし」

「でも、彼だって仕事が」

ないわ」

「仕事は確かに大切よ。でも、剛は仕事で子供の夢を潰《つぶ》すような、そんな器の小さい人間じゃ

えーと。俺はちらりと親父を見る。これを聞く限りでは、親父が反対すればするほど、「子供の夢を潰す器の小さい人間」って感じになりそうなんだけど。

それからしばらくの間、俺は黙って成り行きを見守っていた。ていうか、口を挟む隙がなかった。

「ね。お互い納得したところで、条件を考えましょうよ」

納得したのは片方だけだと思うけど、それでも親父は一応うなずく。

「君は、どういう条件をつければいいと思ってるわけ」

「そうね。やっぱりこの問題の一番のネックは、危険ってことだと思うの。だからまず、ポロロッカでサーフィンをしたいというなら、基本的に剛が一緒であること。剛の都合でそれが無理なら、せめて剛の知り合いの日本人が一緒にいること」

「なるほど」

「その手配がつかなかった場合は、挑戦は諦《あきら》めること。私たちは、直前に剛と連絡を取ってそれを確認する。代理人がいるならその人と実際に話して、そしてそのとき泳も電話口に出ること。これでどうかしら」

「ああ、そういうことならありかもしれないけど」

俺が何も言わないうちに、話が勝手に進んでゆく。なんとなくオッケーが出たみたいなのはありがたいけど、自分のことを自分抜きで決められるのもいい気分じゃない。

「あのさ」

俺が口を開くと、二人が思い出したようにこっちを見た。

「俺の意見は、聞かないわけ」

「あら、聞かないわけじゃないわよ。まずはこちら側の条件を決めてるだけであって」

「条件についての意見があるなら、ここで言っておいた方がいいよ」

親父の言葉に、俺はうなずく。

「条件については、今二人が話していたことに納得した。俺だって日本人が一人もいないところで乗る勇気はないし、乗ろうとも思わないから」

それに実際問題として、剛くんがいてくれるなら心強いだろうし。

「でも迷惑はできるだけかけたくないから、他のことに関しては自分でやるよ。滞在費も、行くギリギリまでバイトして多めに貯めることにする」

「じゃあ、これで話はまとまったわけね」

「うん」

母親に向かって、俺はうなずく。

しかし不思議なことに、なんだか喜びが薄い。あれほど望んでいた許可が出たというのに、俺はまだそれを現実のものとして感じられない。ただぼんやりと、安堵《あんど》の気持ちがあるだけだ。

（夫婦喧嘩《げんか》、みたいになったからかな）

意見の対立と言えば聞こえはいいけど、二人のこの状況を作り出したのは俺だ。ほんのりと湧き上がる罪悪感を抱えたまま親父を見ると、むすっとした表情でそっぽを向いている。

どう、すべきなんだろう。

何を言えばいいんだろう。

諸手《もろて》を挙げて喜べない気分のまま、俺は考えた。

こんなとき、エリなら躊躇《ちゅうちょ》なく喜ぶんだろうな。二階堂だったら、とりあえず礼を言ってから無難にこの場を離れるだろう。そして、俺は？　俺だったら、どうする？

そのとき、頭に四方さんの姿が浮かんだ。

俺は椅子から立ち上がると、二人に向かってぺこりと頭を下げる。

「許可してくれて、ありがとうございます」

言えるのは、ありがとう。たぶんそれが一番、心に近い言葉だと思った。

そんな俺を前にして、親父は何故か顔を歪《ゆが》めた。唇は再びへの字に結ばれ、怒ったような表情で俺を睨《にら》みつける。

何か間違ったかな。そんな疑問を抱いたまま立ち尽くしていると、低い声で親父がつぶやいた。

「……ずるいよ」

「え？」

「ずるいよ、泳くん。勝手に一人で大人になって」

そう言われてもなあ。

（大人になった実感なんて、これっぽっちもないんだけど）

再びどうしていいかわからない状況に陥った俺は、ちらりと母親を見る。けれど母親はただ微笑んでいるだけで、助け舟を出そうとはしない。

「えっと」

ふと冷静になって親父の言葉を反芻《はんすう》してみると、おそろしくクサい言葉だということに気づいた。こっちが言うならまだしも、よもや親からこんな青春っぽいことを言われるとは。

（やっぱここは、クサい言葉で応《こた》えるべきなのか？）

二階堂なら確実に「言っとけよ」と笑うところだけど。

（『一人で大人になんて、なれるわけがないじゃないか』とか、『親父に追いつきたかった』とか？）

どこかのドラマやマンガで知ったような台詞《せりふ》は浮かぶものの、恥ずかしすぎてそれを口に出す気にはなれない。

「泳くん」

俺が困惑していると、親父が再び口を開いた。

「僕はね、悔しいよ」

「悔しい？」

「そう。君が大人になって、僕たちから離れていくのが悔しい。だから、絶対に許すつもりなんてなかった」

いや、なんか言いたいことはわかるんだけど。でもそれ、子供に面と向かって言っていいことなのか。微妙な気持ちで聞いていると、親父はいきなり立ち上がって、テーブルに両手を叩きつけた。

「許すけど、絶対に絶対に、許さないよ！　だって、嫌だもん！」

そう言っていきなりリビングを出ると、そのまま寝室へ入ってしまう。呆気《あっけ》にとられた俺は、同じ場所に突っ立ったままぼそりとつぶやいた。

「子供かよ」

言うだけ言って、自分はその場から走りさるなんて。しかし母親は首を横に振る。

「大人よ」

「でも、あんなのってありかよ」

「結果的には、許してたでしょ？　本当に子供だったら、何がなんでも自分の意見を曲げようとはしないはずよ」

残っていたお茶を飲み干すと、母親も立ち上がった。

「まあ、それはそうだけどさ」

「だから大人よ」

流しに向かう母親の背中を見つめて、俺は小さく息を吐く。

「さっき、サンキュ」

「何よ、今さら」

「でも一応、言っとかないと」

親父と自分のカップを流しに持っていくと、母親がスポンジを片手に微笑んだ。

「血は争えない、って本当なのね。それともパパが反面教師ってやつかしら」

「どういうこと」

「私は大学生の頃、旅行ばっかりしてたって話したでしょ」

ああ、そう言えばそうだった。だから俺の肩を持ってくれたのか。

「でもそれは泳の旅と違って、ほとんどがただのパックツアーよ。なのに、親によく怒られたわ。ツアーだって自由時間は危ない。若い娘がわざわざお金をかけて、海外の危険を味わいに行く必要なんてない。ってね」

「へえ」

いつも優しいじいちゃんとばあちゃんが、怒るなんて想像もつかない。俺がそう言うと、母親はうなずいた。

「そう。おじいちゃんとおばあちゃんは、すごく優しい人たちよ。だから乱暴なことが苦手なの。私が小さい頃、剛を引き連れて男の子たちと冒険ごっこをしてたときなんか、そりゃもう毎日叱られて」

「冒険ごっこ、って何してたわけ」

「塀の上を歩いたり、木の上でおやつを食べたり」

たまに遠征して、川べりの道を隣町まで行ったりしたわ。楽しそうに喋《しゃべ》る母親の姿に、俺は少し驚いた。こんな話を聞いたのは、初めてだ。

「田舎の子供みたいだ」

「そうねえ。昔は都内でも、結構遊べたものよ」

冷蔵庫に寄りかかったまま、母親の横顔を見るとはなしに見る。考えたこともなかったけど、母親だって子供だった時代があるんだよな。

「でもおじいちゃんとおばあちゃんは、女の子には女の子らしくしてほしかったみたい。普通にしてるのが一番で、穏やかな暮らしが一番だっていつも言い聞かされてたもの」

「なのに、旅行ばっか行ってたんだ」

「そう。あの頃はどこかへ行きたくて、何かをしたくてしょうがなかったから」

どこかで聞いたような台詞に、俺はちょっと自分が恥ずかしくなる。だって親に似てるなんて、なんか嫌だし。

「ちなみに剛は、今回のアマゾン行きを反対されてたわ。いくら会社に言われたからって地球の裏側、それも危険が一杯のアマゾン地域になんて行くことないって」

「――そうなんだ」

大人になって会社で働いてても、親に反対される。そんなこと、考えてみたこともなかった。

「そんな姉弟《きょうだい》の血を、泳も受け継いでるのかもね」

「なんかそれって、オリジナリティーがないって言われてるみたいなんだけど」

「いいじゃない。旅の目的は人それぞれなんだし」

まあね。俺は小さくうなずく。

「でもパパだって、冒険はしてるのよ」

「え？　いつ？」

だって一人旅をしたこともなくて、旅行はいつも人の案に乗っかってるだけなのに。洗い物を終えた母親は、手を拭《ふ》きながら俺に向き直る。

「自分で会社を作って人を集めて、それを運営する。それってすごい冒険だと思わない？」

「そんなもんかな」

「だって経営者っていうのは、他人の人生に責任を持たなきゃいけないのよ？　そしてその人たちをまとめて、同じ未来を目指す。それはまるで砂漠を行くキャラバンみたいに、長くて辛い旅よ」

そんな冒険、私にはとてもできないわ。母親は最後にグラスで水を一杯飲むと、真顔で言った。

「それを、忘れないでね」

冒険には色々な形がある。

「そんなもんかな」

確かに会社の経営っていうのは、すごく大変そうな気がする。でも俺は今まで、それが親父の仕事だからと思っていた。ていうか仕事は仕事で、楽しいこととは別のところにあるものだと思ってた。

(でも剛くんは、仕事でアマゾンに行ってるんだよな)

楽しい仕事なんて、マンガ家とか芸術家とか、いわゆる自由業にしか当てはまらない。そんな先入観を持っていた。でも母親の話からすると、普通の仕事でも楽しむことはできるらしい。だとしたら、将来ってやつもそう悪いもんじゃないのかもしれない。俺はそんなことを考えながら、眠りについた。

＊

翌日の昼休み、ことの成り行きを二階堂に話した。

「てか、八田の父ちゃん、面白すぎ」

腹を抱えて笑い転げる二階堂に、教室の目が微妙に集中する。

「笑いすぎだろ」

「わりわり」

焼きそばパンを摑《つか》んだまま、二階堂は片手を上げた。

「でも良かったじゃん。オッケーが出てさ」

「まあな。でもなんか、今になってみると超恥ずかしいし」

家族三人で繰り広げられた、妙に熱いトーク。しかも今朝の親父ときたら、わざとらしいほど目を合わせない。

「なのに、砂糖の入れ物をこっちに押し出してみたりすんだよ。つか、何がしたいんだってハナシ」

「マジ面白え。照れ方がハンパねえよな」

新聞で顔を隠しつつ立ち上がった親父は、そのまま無言で出勤していった。けれど玄関先で靴ベラを落として音をたてたり、わざとらしく咳《せき》をしてみたりと、行動は無言どころかうるさいくらいだった。そのいちいち芝居がかった仕草に、俺は軽くげんなりとする。

「なんかさ、ああいう態度じゃなきゃ、もっと俺も感動できたっつーか」

「だろうな」

「そっちから声かけろ、ってプレッシャーがさ」

正直面倒くさい。そう言ったら、さすがに悪いか。俺はため息をつくと、机に突っ伏した。

親父と正面きって向き合ったのは、いいことだと思ってる。しかも結果的には許可まで得たんだから、文句を言う筋合いなんてこれっぽっちもない。ただ、親父があんな面倒な性格だなんて知らなかっただけで。

「いっそ母親の方がさばけてたんだよな」

「ああ、そういうカップルっているよな。役割分担が逆なパターン」

「ねえ、カップルって誰と誰のこと？」

突然割り込んできた工藤に、二階堂は自分たちを指さす。

「俺たちのこと」

「何それえ」

「お似合いでしょ」

うふ、とおどけてみせる二階堂を笑いながらも、工藤はその場から去ろうとしない。しょうがないから俺も両手を組み合わせて、首をかしげてみる。

「二人の時間を邪魔しないで、って感じ」

「やだ、八田くんまで」

「ところで、何か用」

たずねると、工藤はふと表情をくもらせた。

「えっと、別に用はないんだけど」

意地悪をする気はないけど、工藤とダベりたいわけでもない。用がないなら、あっちに行ってほしいんだけどな。そんなことを考えていると、工藤の後ろからもう一人の女子が顔を出した。

「あゆ、行こう」

ちらりとこっちを見てから、軽く眉間《みけん》に皺《しわ》を寄せる。その不満げな表情に、俺は軽くムカついた。なんだよ、それ。

「ああいうの、なんじゃねえの」

　にやにやと笑う二階堂に向かって、俺は口を尖らす。

「どういう意味だよ」

「八田の父ちゃんと、似てるってこと」

「やめろって」

　これ以上面倒くさいのはごめんだ。俺のつぶやきに、二階堂は再び笑う。

言いたいことがあるなら、言えばいい。ていうか言ってくれないと、わからない。だって俺は、雰囲気を察してやるほど親切でもないから。

「人間なんだから、言葉を使えば」

　頭の中に、エリがスパンと切り込んでくる。俺は小さくうなずくと、窓の外に広がる秋の空を眺めた。白い波頭のように連なる鰯雲《いわしぐも》。

　どうせ察するなら、風の方向やうねりの大小の方がいい。

　いざとなってみると、現実味がないもんだな。

　俺はのんびりと自転車をこぎながら、空を見上げる。

　最大の障害だったはずの、親へのカミングアウト。それをきちんとこなし、しかも二人ともから許可を得る。そんな都合の良い流れ、正直言って予想外だった。ていうか俺自身、自分があんな風に喋《しゃべ》るとは思ってもみなかったし。

(にしても、意外だよなあ)

アマゾンへ行くということが、全面的に却下されるとは思っていなかった。けれど、もうちょっと厳しい状態を想像していたのだ。たとえば父親は説得できても母親がNGとか、あるいはその逆とか、そんな感じで。なのに結果は、そこまでバトることもなくあっさり終わった。

(もしかして、甘やかされてる?)

そうは思いたくないけど、俺って一人っ子だし。ついでに親に殴られたこともなければ、理不尽な扱いを受けたこともない。道路の脇に生える草を眺めて、ふとテレビで見た『雑草魂』という言葉を思い出す。

何度踏みつけられても立ち上がる、不屈の闘志。お上品なガーデニングの観葉植物とは違う、強靭《きょうじん》な生命力。

『その意志の力があったからこそ、夢はかなったのだ』

番組のナレーションは、そう結んで感動の場面を映した。

「てか、どう考えても俺たちってガーデニング側だし」

リモコンを持ち上げて、二階堂は肩をすくめた。

「じゃあ俺たちは、夢をかなえられないってことか」

俺がコントローラーを引き寄せると、二階堂が画面をゲームモードに変える。

「ま、そもそもそんなでかい夢なんてねえし」

かなうもかなわないも、関係ないか。そう言って、俺たちは笑った。でも今、俺はその「でかい夢」とやらの入り口に立っている。

アマゾンに行ける。しかもポロロッカに乗ることができるかもしれない。願った夢が、もうすぐ手の届くところまできている。

「はは。嘘みてえ」

声に出して笑うと、より一層嘘のような気がした。

「でも、本当なんだよな」

自分を納得させるようにつぶやいても、今ひとつ実感がわいてこない。ポロロッカに乗るという行為が、立体的に感じられないのだ。

すごい勢いで、喜ぶべきなんだと思う。

「バンザイ！」とか言いながら、無闇に走り回ったり、転げ回ったりするべきなんだと思う。じゃなきゃ一人で涙を噛《か》み締めたり、静かにガッツポーズを決めたりして。

……青春もののドラマじゃあるまいし。

自分でも、ちょっと冷めすぎなんじゃないかと思う。もともと冷めてるタイプではあったけど、それでも最近は四方さんたちの影響で、不必要に熱くなる場面もあったはずなのに。なのに、気持ちは妙に冷静なままだ。

（手に入れた女に興味を失うって、こんな感じなのかな）

あんなに焦がれていたというのに。とにかく動かなきゃ腐るとまで思っていたのに。親父の説得をしている最中は、行かなきゃ死ぬぐらいの勢いで求めていたというのに。なのに行けるとなった途端、熱がすっと冷めたように俺はぼんやりとしている。これは一体、どういうことなんだろうか。考えてみても、明確な答えは出ない。

そもそも情熱がいつまでも続く方が、珍しいのかもしれない。どんなに面白いことだって、ちょっと飽きるときはやってくるものだし。それはきっと、俺だけに起こる気持ちじゃないはずだ。だからもう少し時間が経てば、またあの興奮が戻ってくるに違いない。自分にそう言い聞かせてみても、気分はすっきりとしない。

この考えは、突き詰めたらいけないのかもしれないな。心の片隅から聞こえてくる声に首を振りつつ、俺はペダルをこぐ。

（いざとなったら、ビビってんじゃないのか？）

そんなことはない。ただ、ちょっと現実味がないだけだ。

（夢見て、バイトして、親父と話して、いい夏だったろ？　秋には日常に戻ればいいじゃないか）

確かに今年の夏は、いつになく充実していた。だからここで夢が途絶えても、そこそこ満足だったかもしれない。

（八割がたかなった夢は、もう夢じゃないのかもなあ）

そうなのか？

（だって後は、行って乗るだけだもんなあ）

それはそうだ。大河もの少年マンガで言えば、物語はもう八割のところまできている。我慢や努力を重ねて、ぐぐっと高まったところでクライマックス。ポロロッカに乗れても乗れなくても、どっちでもいい。どんな結果であれ、来て良かった。人生に無駄なことなんか何一つないんだ。そんな主人公の独白で、物語は終わる。熱い感動。

どこかで見たようなストーリーの流れ。想像がつく未来をなぞるのは、嫌だったはずなのに。

「うるせえな」

心の中の声に、強引に蓋《ふた》をする。

（ビビってるくらいなら、やめちゃえよ。もともとお前には、大き過ぎる夢だったんだからさ）

「うるせえって言ってんだよ！」

俺は向かい風に向かって声を上げると、ペダルを力一杯踏み込んだ。

百パーセントお膳立《ぜんだ》てされた状態に、文句をつけるのは贅沢《ぜいたく》だ。そんなのは、今さら言われなくたってよくわかってる。でも何だか、振り出しに戻ったような気がするんだ。どんよりとした澱《よど》みに沈みそうだと思った、あの日々に。

（苦労知らずのニホンジン）

どこからか、エリの声が聞こえる。

「苦労知らずになりたくて、なったんじゃねえし」

ガーデニングで植えられた草花は、自分で望んでそうなったわけじゃない。

「雑草だったら、同じことやっても偉いのかよ」

ぼそりとしたつぶやきは、誰に受けとられることもなく風の中に消えた。

行きたいと望んだ場所がどんなに遠くても行くことができて、しかも受け入れ態勢もバッチリで。

（ん？）

その瞬間、俺はふと引っかかるものを感じた。何かが間違っているような、奥歯にモヤシが挟まってるような、そんな不思議で不快な気持ち。何が引っかかったんだろう。巻き戻すようにして考えると、「受け入れ態勢」のあたりに原因があるような気がした。

（でも剛くんは来いって言ってくれてるわけだし、ポロロッカでのサーフィンだって——）

あれ？　俺は原因に思い至って、瞬時に青ざめる。

ポロロッカでサーフィンしたいって、俺、剛くんに言ったっけ⁉

やばいやばいやばい。

ペダルをこぎながら、俺はものすごい勢いで考える。

当の本人にやりたいことを伝えていないなんて、やばすぎるだろう。行ってしまえばどうにかなるかもしれないけど、それはあまりにも無責任というもんだ。

（それに、親と剛くんが直《じか》に話したら——）

俺が嘘をついたと思われても仕方がない。

どうしよう。ていうかどうするもこうするもない。とにかく早く言わなくちゃ。

それってどうやってかけるんだっけ。俺の携帯って国際ローミングはオッケーじゃない気がする。

（えっと、国際電話――？）

だとすると、公衆電話を探さないと。けどいまどき、公衆電話ってあんま見つからないよなあ。でもってブラジルまでって、一体いくらかかるんだろう。つか、そもそも剛くんの電話番号は家に帰らないとわからないし。

「うわあ！」

頭を抱えたくなるような事態に、俺は思わず声を上げてしまった。自分で掴《つか》んだチャンスを自分でふいにしてしまうなんて、間抜けにもほどがある。なんとかしないと。突然の高波に襲われたように、じたばたと暴れたくなった。でも暴れたところで、水面が近づくわけじゃないんだよな。

しょうがないので、俺は家に一度帰って、剛くんの電話番号を携帯電話に移してきた。時間があったらかけようとは思うものの、回り道をしたせいでバイトの時間ギリギリで、ゆとりも何もあったもんじゃない。

「遅い！」

『南仙』に着いたとたん、鞭《むち》のようにエリの声が飛んでくる。

うん、流れてる。ここの水はいつも渦を巻いて流れ、澱む暇がない。そんな場所を知っただけでも、無駄じゃなかったかもな。

「悪い！」

油のしみ込んだエプロンをかけて店に出ると、さっそく客に呼び止められた。少しだけ慣れた中国語の注文にうなずくと、俺は厨房《ちゅうぼう》のウーさんに向かって声を張り上げる。

「チャーシウパオ、スー！　ハーガウ、イー！」

「お茶が出てない！」

うなずくウーさんと俺の間を、風のようにエリがすり抜けた。テーブルを見ると、確かにお茶のセットが出ていない。俺は給湯器に走りよると、隣に置いてある急須《きゅうす》に熱湯を勢いよく注いだ。そんな俺に向かって、エリは声を潜めて囁《ささや》く。

「ヤケド、気をつけて」

ぱしゃん。小さなうねりが、波打ち際ではじけた。

俺はエリの方を振り返って声を上げる。

「シェシェ、シャオジェ」

その言葉に、エリがふと動きを止めた。また怒らせたのかな。そう思った瞬間、エリは俺の顔を見て口の端を上げた。

「ブーヨンジイ」

知らない言葉だったが、悪い意味ではないだろう。俺はエリの笑顔にとまどいながらも、その音を記憶した。

そういえば、エリに聞けば話は早いのかも。そう思いついたのは、休憩時間に中国語の電話に出ているエリを見たからだ。電話のかけ方くらい、ガイドブックの後ろに載ってるでしょ。そう言われそうな気もしたが、今はとにかく急ぎたい。駄目だったら最悪、店の客に聞けばいい。

「ちょっと教えて欲しいんだけど。公衆電話から国際電話って、どうかければいいのかな」

不機嫌そうな表情で振り返るエリ。

「急用なんだ。でも俺の携帯じゃ国際電話はかけられないし」

頼む、教えてくれ。そう言って頭を下げると、エリは無言でついと顔をそらして厨房へ消える。

やっぱり駄目か。カウンターに出てきた料理を持って客席へ向かおうとしていると、盆の脇にパンフレットのようなものがぱさりと置かれた。見ると、そこには電話会社の名前と『国際電話のかけ方』と書いてある。

「そこに国別の番号も載ってるから」

予想外の親切に、俺は戸惑いながらももう一度頭を下げる。

「あ、ありがとう」

「別に。ここではよく聞かれるから、置いてあるだけ」

あと、急いでるって言ってたけど、昼間の方が料金は安いから。エリはそれだけ言うと、次の料理を持ってさっさと歩き出す。すらりとしたその後ろ姿は、まるで浅瀬を泳ぐ魚みたいだった。

休憩時間の残りを使って、俺は近くの公衆電話まで足を運んだ。パンフレットを片手に、慎重に番号を押す。小銭は、とりあえずあるだけ積み上げてみる。

プッシュボタンを押し終わったあと、やけに長い静寂。間違っているのか、それとも電源が通じていないのか、そんなことを考えはじめた頃、ようやく呼び出し音が鳴りはじめた。

『アロ？』

「え？」

いきなり電話に出たのは、とりあえず男。それが剛くんなのかどうか確認する前に、相手は喋《しゃべ》りだす。

『アロ？　アロ？　ケイン？　ケインエヴォッセ？』

「え、あ」

一瞬にして、パニックに陥った。相手が何を言っているのか、まったくわからない。俺は剛くんの携帯電話にかけているつもりでも、違うところにかかったのだろうか。俺が言葉に詰まっていると、相手もそれを察したのか、首を傾げるような気配が伝わってくる。

『おい？』

「え？」

今、「おい」って言ったよな？　てことは、相手は日本人？　ていうか剛くん？

「ご、剛くん!?　泳だけど、剛くん？」

『オクエ？』

駄目だ。日本人じゃない。そこで俺は、脳みそを振り絞って英会話のフレーズを引きずり出す。

「エクスキューズミー。イズディステレフォン……えっと」

『オクエ？　クエメボーチェ？』

通じない。そうだ。名前。まず名前。フルネームを言わなきゃ、わかるはずがない。

「マイネームイズエイ。エイ・ハッタ。ドゥユーノウゴウ？　ゴウ・ナナオ？」

今度は少し、間があいた。

『エステセゴーセラフォーニア』

よくわからないけど、言葉の間に「ゴー」って聞こえた気がする。

「イエス！　ゴー！　ゴーイズマイアンクル！」

頭の中の英単語を必死に探りながらも、ふと俺はおかしくなった。「叔父《おじ》（アンクル）」とか「叔母《おば》（アント）」なんて、英語の授業で習っても一生使わないと思ってたのに。

『セウノーメエイ。オエンテンディイスト。オイントロデューゾイステムゴー』

言った。「エイ」と「ゴー」って言った。わけのわからない言葉を話す相手に、少しでも通じた。それが嬉《うれ》しくて何か言おうと口を開きかけたそのとき。

唐突に、電話が切れた。

「え？」

もしかしてお金が足りなかったのだろうか。慌てて公衆電話を見ると、残額がちゃんと表示されている。つまりこれは、相手が電話を切ったということだ。

（通じたと思ったのは、気のせいだったのかな）

よく考えると、俺が英語を喋っても相手は英語を喋っていなかった。それでどうやって通じるんだ。

（話す努力はしたけど、飽きて切ったとか？）

切れたままの受話器をようやく本体に戻して、俺はため息をつく。なんていうか、ひとつも合っていた気がしない。言葉がわからなすぎて、かけた場所がブラジルかどうかもわからない。だから相手もわからないし、英語が通じたかもわからない。「エイ」や「ゴー」は、俺が発音したから返しただけかもしれないし、「ゴー」に至ってはそういう英語と間違われていてもおかしくない。

（あー、なんかもう！）

これじゃまるで、台風のときに起こるようなグランド・スウェルだ。落ちて巻き込まれたが最後、洗濯機の中に入れられたようにめちゃくちゃに振り回される。そうなったらもう、あとは力を抜いてかすかな浮力に身を任せ、水面を目指すしかない。

力を、抜かなきゃな。

俺はふうっと深呼吸をしながら、残りの小銭をポケットに突っ込む。剛くんには、やっぱりメールを打っておこう。その方が確実だし、そこに俺の携帯電話の番号や電話したけど失敗したことなんかを書いておけばいいだろう。

そういえば、俺は一言もポルトガル語を喋ってなかったな。『南仙』に戻る道すがら、ふとそんなことに思い至る。電話の相手は、わからない相手に向かってたくさん話しかけてくれていたのに。

ボア・タルジ、くらい言っておけば良かった。

それにしても、言葉ってあんなにもわからないものなんだな。英語圏の国しか知らないからかもしれないが、ポルトガル語はいっそ笑えるくらいわからなかった。

（しかも、字で書いてもわからないんだよなあ）

家に帰ってポルトガル語の教科書を開くと、字の上にはダッシュやにょろりとした傍線なんかが躍っている。もはや、使用しているのがローマ字ということくらいしか手がかりがない。

（でも――）

不思議と、シャッターを下ろす気にはなれなかった。「わかんねーし」と諦《あきら》めるより、「わかんねーな」と笑うような気分。これは、グランド・スウェルに巻かれたおかげなのかもしれない。夕方まで感じていた、あの妙に後ろ向きな気分が、あっさりと流された。

（障害があるほど燃える、っていうタイプでもないのに）

俺は苦笑しながら、パソコンを立ち上げて剛くんにメールを打つ。そしてそれを送信し終わったところで、ふとオンラインの辞書をクリックしてみた。

『ブーヨンジィ』は『どういたしまして』。

「ポルトガル語より先に中国語を覚えて、何になるんだって」

エリのすらりとした後ろ姿を思い出しながら、俺はパソコンの電源を落とす。


明け方、突然携帯電話が派手な着信音を響かせた。

「え？　何？」

がばりと身を起こして時計を見ると、まだ四時。こんな時間に誰だよ、と画面を見るとそこには見知らぬ番号が表示されている。

「……もしもし？」

出会い系とかの宣伝だったらマジ殺す。そんなことを考えていたら、いきなり名前を呼ばれた。

『泳？　これは泳くんの携帯電話で合ってる？』

剛くんだ！　俺はベッドから降りて、無意味に立ち上がる。

「うん、合ってるよ」

窓際に近づき、カーテンを開ける。夜明けを知らせる薄い光が、家々の向こうに見えた。

『メール読んだよ。それとあの電話、間違いじゃなかった。ただ僕がちょっと手を離せなかったから、友達が出てくれちゃっただけでね』

「あ、そうなんだ」

『彼は基本的にポルトガル語しかできないけど、片言の英語を聞き取ってくれたわけさ』

もしかして、相手の英語力も俺と同じくらいのレベルだったのだろうか。

『だからどっちにしろ電話をかけようと思ってたんだ。そしたらメールまできたからね』

「あ、うん――」

うなずきながら、俺は胸の中のうねりが高まるのを感じる。

『それでさ、ポロロッカのことなんだけど』

このうねりはどうなる。限界まで高まって、もうすぐ波頭が砕けそうだ。

『来ればいいよ。僕はサーフィンができないけど、つきあうことくらいはできるし』

テイクオフ。俺は無意識に、膝《ひざ》にぐっと力を込める。

「ありがとう!……ところで仕事とか、迷惑じゃないかな」

『いやあ、全然! むしろ歓迎だね。泳くんのプランを聞いて、僕も仕事のヒントを貰《もら》ったくらいだし』

仕事のヒント? 意味はわからないが、とりあえず何かの役には立てたらしい。

「じゃあ、来年の三月に――」

『空港まで迎えに行くよ。って、気が早い話かな』

もちろんそれまでの間にメールや電話で情報を教えるけどね。そう言ったあと、剛くんは少し声を小さくして聞いてきた。

『ところで、姉さんはなんて言ってた？』

「大賛成、だって。ちなみに親父は大反対。それで母さんにねじ伏せられてた」

『……お義兄《にい》さんに同情するよ』

もしかすると、剛くんもあのやり方で泣かされてきたのかも。

＊

電話で呼び出された俺は、南海トラベルのドアを開ける。

「久しぶりですね、エイ」

カウンターの向こうから、ジョージがすっと手を伸ばしてきた。何か渡すものがあっただろうかと首をかしげた瞬間、それが握手のために差し出された手だと気づく。

「ああ、こんちは」

それでも気後れしているところを見せたくはないので、俺も自然なふりをして手を差し出す。

「メールで知らせてもらいましたが、ご両親の許可が下りたとか」

俺がうなずくと、ジョージは書類を出してきた。

「だったら旅行の契約、しましょうか。細かいところを詰めて、計画を立てましょう」

「あ、はい」

「『南仙』でのバイト代も、結構貯《た》まってきているでしょう？　エイの旅行は、時期はもう決まっているのだから、あとはフライトを選ぶだけですよ」

それとも最初と最後くらい、空港の近くに宿をとりますか？　ビザは自分で取得するんでしたよね？　ジョージのなめらかな日本語を聞きながら、俺はごくりとつばを呑《の》み込んだ。いよいよだ。

書類に名前を書き込むときは、少し緊張した。

「ポロロッカは三月でしたよね」

「できれば直前まで待てるといいんだけど」

「どうしてですか？」

「潮の満ち引きは一応カレンダーで予測されてるけど、それでもずれることがあるんだ」

「なるほど。でもあまり直前では割引もききませんから、待てても三ヶ月前くらいまでになりますよ」

いいですか？　とたずねるジョージに俺はうなずく。

「チケットは一ヶ月のオープンにしておきますから、多少のズレは受け止められると思います」

オープンというのは、乗る日付を決めないでおくチケットの形態だ。つまり、一ヶ月以内であれば自分で出発日を調整できる。

「ビザは確か、発給から九十日以内だったっけ」

「はい。だから、直前に取りに行った方がいいね」

そういえば、ビザに関して気になっていることがあった。

「ところで、ビザって俺みたいな未成年のヤツが一人で行って貰えるのかな」

ブラジルに個人旅行をする人は少ないせいか、ガイド本にもビザの情報は詳しく書かれていない。そこで俺はインターネットで日本にあるブラジル大使館のサイトにアクセスし、質問のメールを送ってみた。ところが。

来ないのだ。返事が。いつまでたっても。

「もうひと月以上たつのにさ。そんなに忙しいのかな」

俺の言葉に、ジョージは苦笑する。

「どうなんでしょうね。もしかしたら、案外適当な理由かもしれませんよ」

「適当？」

「担当者が一人しかいなくて、いちいちメールを打つのが面倒だから、しびれを切らして電話をかけてきた相手だけに対応してるとか」

「なんだそれ」

「でなければ、連絡用のアドレスを設定はしたものの、担当者が代わって誰もメールボックスを開かなくて、しびれを切らして以下同文とか」

それはつまり、「どっちにしろ面倒だから電話しろ」っていう風にしか聞こえないんだけど。

「ま、ラテンの国ですから」

「もしかして、すべてをそれですませたりするわけ」

ジョージは、笑いながら肩をすくめる。

「とりあえずビザに関しては、未成年者が単独で行っても貰えないそうです。基本的に保護者と一緒というのが条件のようで」

「マジで？」

俺はカウンターに額をつけそうなほど頭を下げた。どんより。それはとんでもなくどんよりだ。母親に付き添ってもらうなんて、いかにも甘ったれたガキみたいで嫌だし、かといってあのガキみたいな親父を連れて行くかと思うと、それはもっと嫌だ。

そんな俺を見て、ジョージはにやにや笑う。

「でもそれが無理な場合は、同意書を書いてもらってそれを持って行けば大丈夫だということですよ」

なんだそりゃ。引っ越し屋のアルバイトと同レベルのハードルの低さに、俺は椅子から転げ落ちそうになった。

大使館は、都会のど真ん中にある。

コンクリート打ちっ放しの、ものすごくお洒落《しゃれ》で巨大なビル。確認して来なければ、これが大使館だとは思わないだろう。けれど、中に入った瞬間、そこは異国だった。

日本語の表示が、ほとんどない。

「あの、すいません」

「はい、何でしょう」

よかった。日本語は通じるんだ。俺は安心しつつ、書類を提出する。あたりを見回すと、俺の他に申請をしている人はいない。ツアーなら、旅行代理店がまとめてやってしまうんだろう。そのせいか、俺はすぐに名前を呼ばれた。

「八田さん、目的は観光ですね」

はいと答えると、カウンターの中にいる若い女性がにこりと笑う。

「二世でもない高校生が、個人旅行って珍しいわね。しかもマナウスって、生き物でも好きなの？」

「いえ。ポロロッカが目的です」

「あら、それはそれは」

驚いたように両手を広げると、女性はいきなりカウンターの下に消えた。そしてしばらくごそごそと音を立てたあと、片手に薄い冊子を持って再び現れる。

沈して、海面に顔を出したみたいだな。俺がくすりと笑うと、女性は軽くウィンクをした。

「これ、よかったら持って行けば。ポロロッカ祭りのことが載ってるから」

「ありがとうございます」

俺は軽く頭を下げながら、まただな、と思う。

この旅のことを口にすると、何かが動く。動いてくれる人が、現れる。暗闇を照らすように、明かりを灯《とも》してくれる人がいる。そのおかげで俺は、ここまで辿《たど》りついたのだ。

それからの日々は、なんだかあっという間に過ぎていった。

実質的なことをはじめると、時間の経つのがおそろしく早い。要するに、あれこれ悩んでいたうちは暇だったんだな。そんなことに今さらながら気づく。

「なんか、行くまでにやることありすぎだろ」

バイトにポルトガル語習得に、荷造り。あと、とりあえず勉強はしとかないといけない。ブラジルに行く前に成績が落ちたら「そら見たことか」って感じだし、戻ってきてグダグダなのも格好が悪い。だから現状維持プラス、予習の必要性があるわけだ。

ちなみに学校への手続きは、親父が手紙を書いてくれた。担任の教師は、それを読んで一瞬目を丸くし、俺を二度見した。

「八田……お前がサーフィンをやってるのは知ってたけど、そこまでとはな」

「やっぱ、こういう理由じゃ休めませんか」

駄目だったら僕が学校に行って説明してあげるから。親父はそう言っていたけど、できれば学校には来てほしくない。この期に及んで贅沢《ぜいたく》は言えないけど、やっぱ嫌だ。ていうか親が学校に来て喜ぶ高校生なんかこの世に存在しないと思う。

けれど担任は、首を横に振った。駄目か。俺ががっくりとうなだれると、慌てたように口を開く。

「ああ、違う。駄目じゃないってことだ」

「はい？」

「うちは私立のエスカレーター式だからね。親の承諾さえあれば大抵のことは大丈夫だ。それに八田がブラジルに行くのは、春休みの辺りだろう。休み明けに多少休んだところで、問題はない」

それにクラス替えもないから、学年のはじめに人間関係でつまずくってこともないしな。担任はそこまで一気に喋《しゃべ》ると、ふっと息を吐いた。

「うらやましい、なんて思ったのは久しぶりだよ」

俺ははっとして、担任の顔を見る。

「……海とか、好きなんですか」

「いや。そうじゃなくて」

父親より多分若くて、でも剛くんよりはずっとおっさん。理科が専門で、不必要なことは口に出さない。だから空気のような存在で、今までちゃんと顔を見たことなんかなかった。

「若いっていいな、とか、そういう類《たぐ》いの意味だ」

思わず目を丸くすると、ふっと視線を外された。

「こういうの、口に出すとおそろしく滑稽《こっけい》なもんだな」

同じだった。言葉なんか、通じそうにない相手だと思ってたのに。

「……ですよね」

こっそり笑って見せると、担任も笑った。

山下は、「うらやましいと思われるから、黙ってろ」と言った。

「ぼく春休みに学校休んで海外旅行して、ブラジル行ってアマゾンの逆流でサーフィンするんです〜、なんて吹いてみろ。ハブられるどころの騒ぎじゃねえぞ」

「そりゃそうだろうな」

ていうかヒットする単語多すぎ。俺がつぶやくと、山下はにやりと笑った。

「俺だったら、学校休んで海外旅行、だけでアウト」

「あー、俺はそこスルーできる」

「そういうとこがムカつくんだっての」

殴るふりをして、寸止めの拳《こぶし》。少しだけごめん、と思っているのが余計悪い気がする。ブラジルお前より先に行ってごめん。サッカー関係なくてごめん。ていうかそんな上から目線で、マジごめん。

何かが、流れ出す。

自分が動いているのか、周りが流れているのかわからない。けど、確実に何かが変わっていく。その手応《てごた》えがある。水をぐんと蹴《け》って、身体が進む感覚。それが今、俺を動かしている。

「S字フック！　それにガムテープとサイズ色々のジップロック！　あとレジ袋と虫よけ。このラインナップは、日本が世界に誇れる品質だから、絶対入れてった方がいいよ！」

旅慣れた馬場さんの助言は、とにかく実質的で頼りになる。

「そうそう、ガムテープは百均で買うと巻きが少なくて便利だから。それから長期いるんだったら、衣類圧縮袋もあると便利かも。帰り、お土産入れるスペースがないときとか使えるし」

バイトの休憩時間、俺はそれらの助言を必死でメモる。

「あー、でもホントはトイレットペーパーもあるといいよね。それからナイフじゃなくても、小さいハサミあると便利なんだよ。だって日本みたいに、親切なパッケージのお菓子なんてあんまりないからさ。死んでも開かないって感じのポテチとかあるし。それからそれから——」

「馬場さーん、家一軒しょってけって言ってるのー？」

加藤さんが、横から茶々を入れる。

「だって必要性で考えたら、外せないもんばっかりなんだよ。特にマナウスはいいとしても、アマゾン流域を考えるとさ。あっ、万が一を考えて水の浄化ストロー貸してやろうか？」

「……それは、いいです」

とりあえず、全部はメモらないことにした。

意外に実用的だったのは、母親の意見。

「とりあえず箱を一つ用意して、そこに必要になりそうなものを入れとくの。それで最後にトランクの大きさを考えながら引き算すれば、なんとかなるものよ」

というわけで、俺は馬場さんお勧めの旅行グッズを段ボール箱に入れてみた。するとどこからか両手一杯に電子機器を持った親父が現れ、それらを放り込もうとする。

「ちょっと泳くん！　これ！　電子辞書！　あとMacBookAirの最新版。それにLANケーブルと変圧器とスマートフォン」

「いや。いらないから」

「うそお!?　ぜーったいいるって！　それにほら、これは防水機能だってついてるし」

そういう問題じゃなくて。俺は必死に親父を説得する。

「飛行機の荷物には、重さの制限があるだろ。それに——」

言う端から、かぶせでさえぎられる。

「あっ、ていうか小切手！　いくらにする？　十万くらい？」

……だから、そういうのが嫌なんだってばよ！

「まあ冷静に考えれば、準備自体はハワイとたいして変わらないんじゃね？」

二階堂の言葉に、俺は深くうなずく。

「そうなんだよ。ブラジルだアマゾンだって思うから、なんかちょっと前のめりっていうか、秘境行きのイメージばっかあってさ」

しかもそこに住んでる人もいれば、八田のおじさんだっているわけだし。てことは日用品なんかは、あんま考えなくてもいいんじゃね？　このごく真っ当な意見を、親父に聞かせてやりたい。

「だとしたら、荷物は四つに分けるべきだ」

「四つ？」

「まず一つめは海外旅行に必要なもの。二つめはサーフィン旅行に必要なもの。でもって三つめは、ブラジルでアマゾンだから必要なもの」

なるほどなるほど。それで、四つめは。俺がたずねると、そこではじめて二階堂はにやにや笑った。

「四つめは、どれにも当てはまらなくて、でもお前がどうしても持って行きたいと思うもの」

「どういうものだ、それ」

「たとえば、エロ本とか」

なんだよそれ。俺がわざとらしく額に手を当てると、二階堂もわざとらしく人差し指を額に当て、名探偵のふりをする。

「でなければ私が思うに――うーん、お守りなんかも、それに含まれるでしょうかあ」

ああ、そういうこと。

とにかく色々な人の意見を参考に、箱に荷物を放り込む。向こうの気温に合わせた服、デイパックや靴、それにフッシュガードと海パン。ウェットスーツは、悩んだ末に半袖《はんそで》のシーガルタイプにした。これを着ていれば落ちても浮上しやすいし、身体の保護にもなる。

貴重品は別に小さめの箱を用意して、そこに放り込む。二階堂言うところの「四つめ」は、今のところ心当たりがないのでそのままだ。

（そういえば、海パンは何枚持って行けばいいんだろう）

河に入るチャンスが何回あるのかわからない。一回だけということだって、あり得なくはない。

（それからボード）

ロングが乗りやすいかもしれないが、慣れていないし持っていないから自動的にショートだろう。その方が移動だってしやすい。

（ま、もし困ったら現地のショップに——）

そこまで考えて、俺ははっとする。そんなもの、あるわけがなかった。

一年に一度しか波の来ない場所。それも河。そんなところにサーフショップを開くなんて、南の島でスノボショップを開くくらい馬鹿げてる。

（て、ことは）

現地でサーフィンのことは当てにならない。てことは、ボードに何かあっても修理できない可能性がある。ポロロッカに乗りに来るサーファーはいるだろうけど、リペアできるかどうかは別問題だ。だとすると、準備の中で一番重要なのはここだ。俺は期末試験で時間の空いた午後、三浦さんのショップを訪れる。

するとと開口一番、三浦さんは予想外のことを口にした。

「あのさ、泳ちゃん。忘れてたけど、河って淡水だよね」

言われた瞬間、見落としていたことに気がついた。淡水。それが意味するのは、海水ではないということ。そして淡水と海水の違いは、単に味だけの問題じゃない。

「浮力、ですか」

当たり前のことだが、塩分を含んだ水の方が浮力は強い。

「うん」

三浦さんは店のボードを眺めて、腕組みをした。

「ポロロッカは逆流現象だから、河口付近なら海水が混ざって少しは浮力が期待できる。でも、泳くんが行こうとしてる場所は、河口からずっと遠いんだろう？」

「……はい」

確か河口から千五百キロ、だったような。

「ということは、ここにあるボードじゃ駄目かもしれない」

もちろん、使えるかもしれない。でも河サーフィンをやったことがないから、断言はできないんだ。三浦さんの言葉に、俺は黙ってうなずく。

どうすればいい。ここまで用意して行ったところで、乗るボードがないなんて。それとも、今のボードで無理やり乗るしかないのか。

（乗れないかもしれないボードでも、ショップがないんだから持っていくしかない――）

もし河で沈んだら、洒落《しゃれ》にならない。

「浮力をつけるには、どうしたらいいのかな」

一応ウェットスーツにも浮力はあるけど、それはボードの上に出てしまう部分だから意味がない。

「二枚重ね、ってのも無茶だし」

ぶつぶつとつぶやく俺に向かって、三浦さんは慰めるように語りかけた。

「要するに、作ればいいんじゃないかな」

「作る？」

「作るっていうか、今の泳くんのボードを調整するって感じ」

こう、少し厚みをつけてさ。三浦さんはボードを一枚引き寄せて説明する。

「たぶん、ウェイクサーフィンのボードがそれに近いんじゃないかと思うんだけど」

「ウェイクボードじゃなくて、ウェイクサーフィン？」

聞き慣れない単語に、俺は首をかしげた。ウェイクボードというのは、ボートに引っ張ってもらって乗るボードのことで、水上スキーのボード版みたいなスポーツのことだ。波のない湖なんかで、たまに見かける。

「この二つの差は何かわかる？」

そう聞かれて、俺は考えた。

「ボードはロープが不可欠だけど、サーフィンはロープがない」

「正解」

でも、ボートに引っ張ってもらわなかったら、それはただのサーフィンじゃないのか。『ウェイク』と呼ぶ意味はあるのか。俺が疑問を口にすると、三浦さんはうなずいた。

「ポイントは、余波だよ」

「え？」

「大型の船やボートが起こす余波。それに乗ろうってのがウェイクサーフィンなんだ。ただ、乗れるほど大きな余波が出る船なんて、日本じゃそうそう近くに寄れない。だからあんまりメジャーじゃなくてね」

そういうことか。確かに大型船が入ってくる湾内では、サーフィンなんて許可されていないだろう。

「ちなみにウェイクと似たようなサーフィンで、タンカーサーフィンっていうのもあるけどね」

「ああ、そっちは聞いたことがあるかも」

それは巨大なタンカーの起こす波に乗るという、ちょっと冗談みたいなサーフィンのことだ。最初に聞いたときは、マンガとか映画の話だと思ってた。でも、マジらしい。ネットで調べたら、一応画像があってびっくりした覚えがある。

「で、本題に戻るけど、ウェイクボードはアメリカが発祥だろう。あっちには内陸部まで延びる大きな河も多いから、河でやる人も多い。だから淡水用も出てるんだ」

「淡水用の、ボード――」

「それを参考にすれば、浮力の問題は解決できるんじゃないかと思うよ」

とりあえず、一枚取り寄せてみるから。そう言って三浦さんは、潮焼けした顔でにっこりと笑う。

「ありがとうございます!!」

親切、なんて言葉じゃ足りない。もうほとんどサポートと言ってもいいくらいの、申し出だった。

いくらありがとうと重ねても足りない。いくら頭を下げても足りない。だったら、俺は何で返すことができるんだろう。そんな俺の思いを見透かしたように、三浦さんは続ける。

「お礼なんて、考えなくていいよ。でもひとつだけお願いしたいことがある」

「何でもやるよ」

とりあえず今日できることは、全部やるし。掃除にボード整理にワックスがけにサイト更新に、あと何があったっけ。前のめりになる俺を、三浦さんは軽く押しとどめた。

「そんなことじゃなくてさ、泳くん。これを聞いて気を悪くしないでほしいんだけど」

悪くなるわけなんてない。そう言うと、三浦さんはカウンターから一枚の紙を持ってきた。渡されたそれに目を落とすと、俺は首をかしげる。

「『プロが教える、レッスン』――？」

「そう。僕がお願いしたいのは、レッスンを受けてもらうことなんだ」

「どういうことですか」

「正直に言うよ。泳くんは、素人にしてはうまい。適当な大会なら、そこそこ入賞することだってできるかもしれない」

話の行く先が見えず、俺は曖昧《あいまい》にうなずく。

「けど、それだけだ」

「それだけ……」

「つまり、泳くんは独学に近いままの状態でサーフィンをしてる。それでここまでできるんだから、レッスンを受けて技術の精度を上げれば、もっとうまくなる可能性があるってことだ」

だから技を磨けってことか。俺が納得していると、三浦さんは意外な方向に話を持っていく。

「でも僕は、今の泳くんに本当に必要なのは、落ち方なんじゃないかと思う」

「え？　落ち方？」

「そう。前から思ってたんだけど、泳くんはワイプアウト後の浮上が今イチだよね」

器用に波に乗れてしまうから、どうしてもそっちがおろそかになるんだろうけど。三浦さんの指摘に、俺はぐっと言葉に詰まる。確かに、そうかもしれない。薄暗くなってからのワイプアウトで、軽くパニックを起こした記憶が甦《よみがえ》る。

「混んでる場所でスムーズに避《よ》けるのはうまいけど、ちょっと巻かれたときや大波に遭ったとき、バタバタしてるでしょ」

「そう、かも……」

認めるのが悔しくもあるが、これは事実だ。もしあれがアマゾンだったら、浮上はもっと難しいかもしれない。それにさっきの話で思い出したけど、落ちるのは真水の中だ。ということは、浮力も期待できない。しかもその水だって透明じゃないから、視界はゼロだろう。

つまるところ、俺がパニックに陥る可能性は、限りなく高い。

「だから、そのへんをちゃんと教わってほしいんだよ」

これもひとつの準備だと思ってさ。三浦さんの言葉に、俺は深くうなずく。

＊

日々の生活に、またひとつ課題が増えた。

学校と『南仙』を往復する間にポルトガル語の教科書を読み、わからなくてもとにかく文章を書き写してみる。そして恥ずかしくてもそれらしい音で発音してみる（これはジョージの提案）。さらに土日は引っ越し屋のバイトとプロサーファーの集中レッスンで埋まり、ついでにそのレッスン代を捻出《ねんしゅつ》するため、『南仙』にいる時間を少し増やした。

そうしたらこれがもう、忙しくて忙しくて。

「なんか最近、時間が経つのが早いような気がする」

昼休み。机にぐったりと身体を預けていると、二階堂が目の前にジュースを置いた。

「おごり」

サンキュ、と言いながらストローを挿す。へたれたままずるずると啜《すす》っていると、工藤が通りかかった。なんかエリ以外の女子を、ひさしぶりに見たような気がする。Vネックのセーターに濃い色のハイソックス。ちょこっと覗《のぞ》くチェックのスカートの裾《すそ》が、『ザ・女子高生』って感じだ。

「最近、なんか忙しそう。放課後とかすぐ帰ってるでしょ」

「うん、まあ」

「何かやってるの？」

「ああ、バ——」

バイトとか、と口を開きかけた瞬間、二階堂が割り込んでくる。

「バトルもののゲームに、はまってんだよ。だから眠くて眠くて」

「そうなんだ」

なんだか妙にほっとしたような表情で、工藤は笑う。

「なんてゲーム？」

「オンライン系で、ちょっとエロ入ってるやつ」

やだあ、と笑いながら、工藤は俺の背中を叩《たた》く。いやいや、そんなんやってねえし。手を振りながら去ってゆく工藤をぼんやり眺めていると、今度は二階堂に頬をぴしゃぴしゃと叩かれた。

「てえな。何すんだよ。ていうかさっきの、なに」

「忙しすぎて頭回ってねえだろ。工藤になんか言ったら、根掘り葉掘りで全部話す羽目になるぞ」

「あ、ああ。そうかもな」

「そうかも、じゃなくて絶対、だ」

二階堂がさり気なく示した先には、女子のグループに合流した工藤が見える。数人の女子は、今の会話を聞いたらしくこっちを見てくすくす笑っていた。

「あー、サンキュ」

色んな意味で。俺が言うと、二階堂は大げさにため息をついてみせる。

「なーんで俺が、お前のスクールライフのお守りをしなきゃならないんだか」

「……わり」

気が、まわらなくなっていた。というよりも、今までさらりとこなしていた行動が、とれなくなっている。空気もなにも読めないし、意識しようとすら思えない。ただ、目的のために行動するので精一杯で、余裕がない。

たぶん、二階堂や山下がいなかったら、帰ってきたとき俺の居場所はない。でも、それでもいいとすら思ってしまう自分が、ちょっと怖いような気もする。

「ワイプアウトのないサーフィンはないからね」

三浦さんに紹介されたプロサーファーの志村《しむら》さんは、そう言いながら自分の頭頂部を俺に見せた。

「見える？　この辺のはずだけど」

チャラい色の髪の毛を両手でかき分けると、地肌に亀裂《きれつ》が入っている。ギザギザの、縫い目。

「サーフィンをはじめて、慣れてきた頃。やめときゃいいのに台風の波に乗って、ワイプアウトして海底で巻かれたんだ。それで息が苦しくなって浮上したとたん、自分のボードが頭にヒット。死ぬかと思ったよ」

「……よく、戻ってこれましたね」

「頭から血をだらだら流しながら、必死にパドリングしたよ。なのに、岸がちっとも近づかないんだ」

「それって、リップカレントってやつですか」

リップカレント。訳せば離岸流。どう頑張っても岸から離されてしまう、恐ろしい流れ。確かあれは、台風のときに多いと聞いたことがある。

「そうそう。あのときは本当に、死ぬかと思ったよ。でも『流れに逆らわずに、少しずつずらせ』ってのを思い出したから、なんとかなったんだ」

で、これが残ったわけ。再度頭を指さして、今度は俺に向き直る。

「これは、俺のスクールに入ってくれた生徒さんには、必ずする話。でも君は台風よりもっと激しい場所に行くんだから、肝に銘じておくべきだよ。ほんのささいなことで、人は死ぬかもしれないって」

志村さんの言葉に、知らず俺は両手を握りしめる。恐ろしい流れ。逆巻く水。それは確かに、ポロロッカと似ていた。

「ところでアウトの基本は、覚えてる？」

「ワイプは浅ければボードを蹴《け》りだす、深ければ自分が飛び込む。プルはボードを放さなくてもいい」

俺の答えに、志村さんは軽くうなずく。

ちなみにワイプアウトをあらためて説明すると、自分の意思に反してボードから落ちることをいう。それの反対語はプルアウトで、こちらは意図的に波から降りること。そしてワイプアウトでは通常、志村さんのような事故に遭わないために、蹴ったり飛び込んだりしてボードから自分の身体を離せと教えられる。

「うん、合ってるね。でも今回の場合、ワイプでもボードを離さない方がいいような気がする」

「どうしてですか？」

「だって洗濯機みたいな波が、ずっと河をさかのぼるんだろ？　一度でもボードと離れたら、たぐり寄せるのは難しいんじゃないかと思って」

なるほど。それは一理ある。いくらリーシュコードをつけていても、逆巻く波の中では身動きがとれないかもしれない。ボードと距離を保ったまま一緒に流されてゆく自分の画像が浮かんで、俺はちょっと身震いをする。大丈夫。これは秋の浜辺が寒いからで、怖いわけじゃない。

「で、考えたんだけど。とりあえずワイプアウトしそうになったら、ボードに抱きついてみたらどう？　そうすれば、少なくとも沈まないし」

「あ、そうか。浮いたまま流されるぶんには、またチャンスもあるかも」

「そういうこと」

ウェットスーツのジッパーを引き上げながら、志村さんは続ける。

「ところで、三浦さんはアウトの技術を教えてやってくれって言ってたけど、俺はドルフィン・スルーの技術も磨くべきだと思う」

「ドルフィン、ですか」

「うん。画像を見たら、ポロロッカの波ってのは一度だけじゃないんだね。後から後から、波が来る。だとしたら、生き残るためにはそれをやり過ごす方法だって必要なはずだ」

確かに、そう言われればそうだった。俺は乗っているサーファーとメインの波ばかりに注目していたけど、絶えず波は来ていたような気がする。

「さすがプロですね」

俺はリーシュコードを足首に装着しながら、志村さんを見上げる。

「なんだよそれ」

ちょっと照れたように、足もとの砂をかき回す。

「いや。本当にプロってすごいなあって」

三浦さんも含め、俺とは見方が違う。ちゃんと波を研究して、そこからうまく乗れそうな方法を探してくれている。ただ「行きたい」と騒いでいた自分が、恥ずかしくなるくらいだ。

そう言うと、志村さんは頭頂部の傷の辺りをぽりぽりとかく。

「ほめなくていいよ。だって俺、ムカついてるからさ」

さらりと笑顔で返されて、対応に戸惑う。

「俺だって行ってみたいのに、その若さで、その程度の技術で行くなんてさ。やっぱムカつくね。生徒さんじゃなかったら、確実にイジメてたよ」

でも、と志村さんは言葉を切った。

「でも本当は、ただうらやましい。それだけのことさ」

ぺろりと舌を出して、大人のくせにいたずらっ子のような顔で笑う。それにつられて、俺も笑う。晴れた秋空の下、乾いた潮風が俺たちを優しく撫《な》でていた。

はじまりはもう、すぐそこまで来ている。

＊

年が明け、二月に入った最後の週。俺は一人でいつものビーチに出かけた。気温は極寒。薄曇りで、今にも雪がちらつきそうな空。ほぼ無風のベタナギで、本来ならあえて海には入りたくないような状態だった。

それでも、海に入った。

とろとろとしたうねりをスルーしながら沖に出ると、そこでボードに乗ったまましばらく待つ。ローカルすら来ていない。いや、ローカルだからこそこんな日は来ないのだろう。

独り占めの、静かな海。灰色の世界で、ただゆっくりと揺れている。

とろり、ゆらり。なんだか眠気を誘うような、揺りかごのような上下運動。

(これ、夢じゃないよな)

ぼんやり水面を見つめていると、自分が自分じゃなくなるような気がした。色のない世界に呑《の》み込まれて、最後にはとぷん。小さな波紋だけを残して、消えてしまいそうな。

(なんて――余裕こいてられるわけねえっつの!)

幻想的な気分は、現実の寒さの前ではあっけなく敗北する。俺は両手で身体をごしごしと擦《こす》り、白い息を吐きかけた。寒さで、指の感覚が薄れている。海水に浸《つ》かっている爪先はまだマシだが、このままじっとしていたら身体は冷えていくばかりだ。

しょうがないので、うねりとすら呼べないものにもトライする。ただ、水面に立つだけではほとんど滑らない。面白さのかけらもない、ライド。それでも少しだけ身体が温まった頃、どこからともなくその姿が現れた。

「やあ」

まるで、沖から突然現れたように思える。長い髪に、使い込んだ黒のウェットスーツ。今日のシチュエーションは、これ以上ないってくらい仙人にぴったりだ。

「こんにちは」

「久しぶりだね」

「はい」

とろとろと波に揺られながら、仙人は微笑む。

「今日、入ってるのは君くらいだよ」

自分のことは棚に上げて、俺の方を見た。その目が、なんだか不思議な色をしていてどきりとする。

「その……乗れるかもしれないんです」

だからつい、言ってしまった。仙人は、軽く首をかしげる。

もしかしたら、また「うらやましい」と言われるのかもしれない。それとも仙人のことだから、「いいよね」とか？　一体どんな答えが返ってくるのか、俺は待ってみた。

しかし仙人は、黙っている。黙ったまま、俺を見て静かに微笑んでいる。なので思わず、駄目押しのように喋《しゃべ》ってしまう。

「終わらない波に、乗れるかもしれない。それで最後に、いつものビーチに来たんです」

別に、このビーチがすごく大切なわけじゃない。それに俺はここのローカルでもない。だけどやっぱり、ホームグラウンドといえばここだから。

だから、来た。

別れとか決意とか、そんな大げさなものはなく、ただ、来た。

でも本音を言えば、ちょっと実験のつもりもある。アマゾンに行く前と後じゃ、どう違うんだろう。そんな意味も込めて、俺はビーチを見つめた。

沈黙。どこを見ているかわからない仙人と、海岸を見つめる俺。間にあるのは、灰色のゆるいうねりだけだ。

「君はもう、乗ってるよ」

突然、仙人が口を開いた。

「え？」

慌てて横を向いた瞬間、俺はバランスを崩す。そんな俺に笑いかけながら、仙人は言う。

「君はもう、終わらない波に乗ってる」

「それって――」

どういう意味ですか。慌ててバランスを取って持ち直し、たずねようと顔を上げた。しかし、そこにもう仙人の姿はなかった。

「マジで仙人かよ」

思わずつぶやくと、遠いうねりの先にその姿がぷかりと浮かんだ。

「なんだ、いるじゃん」

やっぱりただの人間だ。けど、だらけたセットの波にわざと乗ったのか、それとも音もなくドルフィンで移動したのかはわからない。どっちにしろ、その距離を移動するのには早すぎる気がした。

相変わらず謎だらけの仙人は、海鳥のようにぷかぷかと浮かび続けている。

空の高いところで、トンビが鳴き声を上げる。

俺は冷たい潮風を頬に受けながら、灰色の海に別れを告げた。


そして週が明けた月曜日。俺はカウンターの前で途方に暮れていた。

「だから、預けられる荷物は二十キロまでなんです」

航空会社の人が、困ったように俺の荷物を見る。トランクは、きっちり二十キロ。ちゃんと事前に調べて、収まるように荷造りしてきた。なのに。

「このサーフボードまで入れると、超過手荷物として五キロ分の追加料金が必要になるんです」

「あの、事前に旅行会社の方から連絡がいってると思うんですけど」

チケットの手続きをするとき、ジョージはこう言った。

『サーフボードを載せる場合は連絡しておかないといけないから、サイズと重さを教えてください』

てことは、連絡ミスなのだろうか。そうたずねると、係の人は首を振る。

「いえ。ご連絡はいただいてます。事前の手続きがないと、そもそも載せることができませんから」

「え？　じゃあ、載せられるんですか」

「そうではなくて。お客さまの場合『載せる予約』をしただけ、という状態なんです。予約をした後、超過料金をお支払いいただかなければ手続きは完了しません」

それを聞いて、俺はようやく状況を理解した。慌ててポケットから携帯電話を取り出し、南海トラベルに電話をかける。

ジョージを呼び出してもらい事情を説明すると、奴はのんきな声をあげた。

『あらら』

「あらら、じゃねえよ」

なかば喧嘩腰《けんかごし》で現状を説明すると、ジョージは半笑いの声で答える。

『それは困りましたねえ』

むかつく。ていうか、これじゃ旅行会社で手配した意味がない。

「なんで金がかかるって教えてくれなかったんだよ」

『聞かれなかったから』

「はあ!?」

『だって泳は、空港使用料も燃油サーチャージも知ってたでしょう。それに機内持ち込みの荷物の重量だって知ってたし。だから、それも知ってるとばかり思ってました』

そう言われて、ぐっと言葉に詰まる。

『しかもサーフボードは、この旅行の主役でしょう？　とっくにリサーチ済みかと』

その主役を、置いてけぼりにした。ていうか、持って行くのが当然と思い込みすぎて、荷物としてカウントするのを忘れてた。なんか最近、こういうことが多いような気がする。大丈夫なのか、俺。

「……こういう場合、どうしたらいいわけ」

とりあえず、金はできるだけ払いたくない。ここまで来るのに交通費や空港使用料なんかで、ばんばん金が消えているのだから。するとジョージは、なんのためらいもなく言った。

『荷物を減らすしかありませんね』

「へ?」

『あれー? 電波悪くて聞こえませんでしたかー? サーフボードの分だけ荷物を減らして、重さを調整すればいいと思うんですけどー』

「減らす、って――」

俺は言葉を切って、カウンターの前に置いてあるスーツケースを見つめる。できるだけ必要最低限で、軽くしようと思って厳選した荷物。馬場さんのおすすめグッズを百均で買い込んで、父親の押しつける電子機器をはねのけて、悩みに悩んで軽くした荷物。ここからさらに不用品を出すなんて、想像もできない。

その沈黙を理解したのか、ジョージがさらりと言う。

『減らせないなら、お金払うしかありませんね』

俺はとっさに顔を上げて、係の人にたずねる。

「あの。その超過料金っていくらですか？」

「約二万円です」

それを聞いた瞬間、心が決まった。

「減らします。なのでチェックインは待ってください」

俺の言葉に、係の人は軽くうなずく。そしてふと顔を上げると、フロアの反対側を手で示す。

「あちらに」

「はい？」

「あちらに、宅配便のカウンターがございます。段ボールは一箱百円ですし、着払いでご自宅に発送されればいかがかと」

「あ、ありがとうございます」

軽く頭を下げると、綺麗《きれい》なお姉さんがにっこりと微笑んでいた。

「頑張ってね。最後は自分とパスポートとお金さえあれば何とかなるから」

そういうもんかな。でも旅のプロが言ってるんだから本当なんだろうな。首を傾げながらフロアに足を踏み出した瞬間、いきなり耳元で声がした。

『ところで、美人だった？』

「え？　うわっ！」

ジョージと電話中なのをすっかり忘れていた。

『グランドホステスの声がしたからね。とりあえず、問題なさそうでよかった』

「問題は……」

ありまくりだろ。と言おうとして、やめる。

「ないね。行ってくるよ」

色々な人の顔が浮かぶ。母親、父親、二階堂、山下。三浦さんや四方さんたち、ウーおじさん、そしてエリ。

『行ってらっしゃい。ピラニアとピラニア女子には気をつけて!』

わけのわからない忠告とともに、ジョージは電話をぶつりと切った。

軽くなったな。隙間だらけのスーツケースを持ち上げ、軽く振ってみる。中には水着とウェットスーツとラッシュガードなどのサーフィングッズ。それに少しの服と剛くんへの手土産。それだけだ。貴重品も、現金とパスポートとポルトガル語の教科書、それにデジカメと携帯電話にまで絞った。

あとで、困ったことになるのかもしれない。でも妙に気分がすっきりとして、ものがよく見えるような気がする。

(身一つ、ってこんな気分なのかな)

とにかく、身が軽い。心が軽い。持って行かなければならないと思っていたもののほとんどを捨てて、今ここにいる自分。

学校が遠い。家が遠い。縛るものは、この先何もない。

そんな雰囲気に、ちょっとばかり酔っていた。

酔っていたから、大切な物を忘れた。

「……まだ着かないのかよ」

飛行機の座席で、俺はもう何十回も『現在の飛行状況』の画面を見つめている。飽きた。ていうかもう降りたい。

席についた当初は緊張していたものの、日本発の機内には日本人スタッフがいるし、客も日本人が多い。なので俺はすぐに気がゆるみ、一回めの機内食を終えた辺りで気持ちよく眠りに落ちた。

しかし、そこからが長かった。

乗り継ぎのロサンゼルスまで約十時間。そこからブラジルの都市サンパウロまで、十一時間。でもってとどめとばかりにベレンまで国内線で三時間。単純計算でも二十四時間はかかるのに、ロサンゼルスとサンパウロで待ち時間がプラスされた。

合計、二十八時間。しかも一人旅。それでもロサンゼルスまでは、映画を観たり音楽を聴いたりして時間を潰《つぶ》すことができた。でもサンパウロへ向かう便には、もはや日本語サービスはなく、映画を観ても楽しめない。音楽だって選曲が違うのか、俺の知らないミュージシャンの曲ばかり。つまり、何をどうしたって暇だってことだ。

そんな時間を潰すために、文庫本や携帯ゲーム機を持ってきた。はずだった。なのに、それらを勢いにまかせて段ボール箱に放り込んでしまったのだ。

（……俺って、案外バカ？）

あのとき問題になっていたのは預ける方の荷物の重さで、機内持ち込みの方はまだ余裕があったのに。それにゲーム機はともかく、本なんか読んでから捨ててもいいんだから、とりあえず機内には持ってくるべきだった。

だったらせめてポルトガル語の勉強をしようと教科書を開くも、高度のせいかぼんやりして頭に入ってこない。こうなったらもう寝るしかないと思って目を閉じても、さんざん寝たあとなので今さら眠れない。いっそ隣の席の人と喋《しゃべ》ってみようかとも思ったが、新婚旅行っぽいカップルだったのでやめておいた。ていうか、下手に話しかけたらこの先十一時間つきあわなきゃいけないわけで、そう考えると口を閉じているのが正解のような気がした。

そんなこんなで、ようやくサンパウロに着いたときは、声を上げて空港を走り回りたいくらい解放感があった。あと三時間で着く。そう思うことで、すべてが吹き飛ぶような気がした。

けれどもやはり、暇は暇。しかもブラジルの国内線ということもあって、言葉はさらにわからなくなっている。機内アナウンスの英語に必死に耳を傾けていると、ふと「テイクオフ」という単語が耳に入った。

（そっか、離陸もテイクオフなんだ——）

機体が加速し、ふわりと宙に浮いた瞬間、俺は足を開いて床を軽く踏んでみる。飛行機は、波じゃなくて空気に乗るんだな。

＊

想像だと、ここはもっと田舎のはずだった。街にそびえる高層ビルに、マンションの群れ。俺は車の窓からそれらを眺めつつ、もう何十回目かの後悔をする。

「都会なんだね」

そうつぶやくと、隣でハンドルを握っている剛くんがうなずく。

「そりゃあそうさ。人口百四十万人、ブラジルのアマゾン地域では最大の都市なんだから」

その大都会に、最低限の服しか持ってこなかった俺。なんていうか、これは予想外の不覚だ。

（もっと田舎で、アマゾン河しかなくて、暑くて、服なんて着てればいいって感じのところだと思ってたのに！）

ま、暑いのは合ってるけど。エアコンの効いた車内でため息をつく俺に、剛くんは窓の外を示した。

「ほら、あれがマンゴーの木。ベレンは別名『マンゴー並木の町』っていうくらい、この木があちこちにあるんだよ」

見ると、ひどく丈の高い木が道路の両脇に立っている。

「マンゴーって、あんなに高い木になるんだ」

三階建てのビルよりも高い梢《こずえ》。さわさわと揺れる緑の葉。照りつける太陽の光をやわらげるような、優しい日陰。

「そうなんだよ。僕もこれを見るまでは、マンゴーってもっと小さい木になるものだと思ってた」

並木を見ながら目を細める剛くんは、最後に会ったときよりずっと日焼けしている。そしてどことなく、たくましくなったような。

「あのさ。ところで剛くんの仕事って何だっけ。製薬会社っていうのは聞いてるけど、実際ここではどんなことをしてるの？」

「ざっくり説明すると、メディスン・ハンター」

この単語、知ってる？　と聞かれて首を横に振る。

「要するに、新薬開発のため、薬になりそうな植物なんかを探す仕事のことだよ。植物に限るならプラント・ハンターとも言うけど」

だから奥地に行ったりするのか。細いけれど引き締まった腕を見て、俺は深く納得した。会社員って、デスクワークだけじゃないんだな。

「かなりアウトドアな仕事っぽいね」

「うん。一ヶ月、毎日野宿のときもあるよ」

「すごいな」

「もちろん、僕一人じゃどうにもならないよ。それで現地のガイドとチームを組んで仕事をするんだ」

だから当たりのガイドに出会えたら、仕事の半分は終わったようなもんだね。笑いながら、剛くんはぐいっとハンドルを切った。かなり強引な車線変更だったから、後ろの車が激しくクラクションを鳴らす。でも、それがまるで聞こえないかのように剛くんは運転を続ける。

「――あのさ。本当に迷惑じゃなかった？」

おそるおそるたずねると、剛くんはいきなり片手をハンドルから離して、俺の肩を叩《たた》いた。

「迷惑どころか、感謝だよ。メールにも書いたけど、泳くんのおかげで仕事のヒントが見つかったんだ。だから協力は惜しまないよ」

「その『ヒント』って、何？」

「企業スパイに摑《つか》まれるとマズいから、まだ秘密！」

なんてね。言いながら、片手で器用にペットボトルの蓋《ふた》を開けて水を飲む。

「でも、本当に何でも言ってくれよ。できるだけのことはするから」

笑顔の剛くんに向かって、俺は心の中でつぶやく。だったらまず、前を見て運転して下さい。

協力は惜しまない。そう言ったくせに、剛くんは翌日から姿を消した。

「ごめん、急に仕事が入っちゃって」
二、三日、留守になるから。本当にごめん。片手で謝るポーズをしつつ、またもや荒い運転で街中をかっ飛ばす。
「いいよ。気にしないで」

俺は急いでまとめた荷物を抱えたまま、必死で手すりにしがみつく。

「ここ。ここで待ってて。事情は説明してあるから。戻ってきたら、ポロロッカの手伝いをするから安心して。あと、困ったことがあったら携帯。でなきゃメールでね」

それじゃ、楽しんで！　そう言い残すと、剛くんは派手なエンジン音と共に去っていった。

俺は一人、その場でぽつんと立ち尽くす。目の前には一軒の家。『Yamamoto』と記された表札を見ると、日本人の家らしい。でも窓ガラスには鉄格子がはまり、塀の上には泥棒よけのガラス片が突き刺さっている。造りは立派で大きい家だが、まるで監獄みたいだ。俺は鉄の門の前で、しばし悩む。でも、悩んでいても仕方がない。

(ここ以外に、行くところもないんだし)

とりあえずインターフォンを押すと、バタバタと人の動く気配がした。

「ケイン、エヴォッセー？」

まずい。俺はその場で固まったまま、返答に困る。ポルトガル語しか話せない、こっち生まれの日本人もいるという可能性を忘れていた。

「えっと、マイネームイズエイ。エイ・ハッタ」

しょうがないので、英語で話しかけてみる。これで駄目なら、ポルトガル語の教科書を開いて単語を探すしかない。すると、その声の主がいきなり流暢《りゅうちょう》な日本語を話しだした。

「ああ、エイくんね。ゴーから話は聞いてます。今開けますから、少々お待ちください」

そしてドアが開き、中から鍵束《かぎたば》を持ったおっさんが出てきた。ぎいぎいと軋《きし》む鉄の門を、童話に出てくるようなでかい鍵でがちゃりと開ける。

「初めまして。私はヤマモトと言います。どうぞ、中に入ってください」

「あ、ありがとうございます」

丁寧な挨拶《あいさつ》をされると、なんとなくかしこまってしまう。そんな俺を見て、おっさんはにっこりと笑った。日焼けと皺《しわ》の目立つ顔に、白い歯が眩《まぶ》しい。

おっさんにうながされるまま中に入ると、外からのイメージとは真逆な空間がそこには広がっていた。白っぽいタイル張りの床に、南国風のソファー。居心地のよさそうなリビングには、外に張り出したサンルームまである。

「ここに座って、待っていてください」

荷物を置き、ソファーに腰を下ろすと天井に大きなファンが回っているのが見えた。どこまでも「南国」なインテリアだなと思っていると、不意に首筋がひやりとする。

「え？　うわっ！」

濡《ぬ》れたような感触にビビって払いのけると、床に緑色のゼリーがぺちゃりと落ちた。

「……スライム？」

何故ここにこんなものが。慌てて後ろを振り返ると、そこには小学生くらいの年の少年がいた。黒髪だけど天然パーマでくしゃっとした頭に、大きな目。もしかしたらこの子は、ハーフなのかな。

「オラー！　よーこそエイ！」

満面の笑みで、落ちたスライムを拾って今度は俺の手に載せる。何がしたいのかわからない。俺が困惑していると、少年はそれにかまわずべらべらと喋《しゃべ》りだした。

「エゥはセン。それ、エイのために冷やしておいた。ボンでしょ？　エイはいくつ？　センは十四だよ。エイはいつまでいるの？　ゴーはまた狩りに行ったんでしょ？　どこまでかな？」

「……えーと、ごめん。ゆっくり喋ってくれないとわからない」

日本語とポルトガル語がミックスされたような喋りに、頭がくらくらする。

「え？　エイは日本人なのに、ニホンゴわからない？」

「いや、そうじゃなくて」

君の「ニホンゴ」がわからないんだ。そう言うのも悪い気がして、口ごもる。するとトレーを片手に戻ってきたおっさんが、少年の頭を軽く叩いた。

「こら、セン。お客さまに失礼だろう」

「失礼なことなんかしてないよ。セルビッソ、セルビッソ」

多分、「歓迎」とかそんなことを言っているんだろう。そんな気がする。おっさんはテーブルに冷たい飲み物の入ったグラスを置くと、自分も腰を下ろして自己紹介をはじめた。

「八田泳くん。あらためまして、こんにちは。私はヤマモトコージローです。こちらは息子のセン。今は出かけていますが、他に妻のヨシエと娘のミウ、それに私の母のムツミがいます」

なんか、教科書に載ってそうな話し方だな。もしかして日本語学校の先生とかやってたりして。

「そう、エゥはセン。それからミウは十六。エィと同じ！」

俺と同い年の娘がいるのか。ちょっと驚いて、でもそれを悟られたくなくて、何気ないふりでグラスに手を伸ばす。そしてそれに口をつけて、今度は本当に驚いた。

「麦茶！」

「そうですよ。麦茶は、お嫌いですか？」

「いえ。どっちかというと、好きです」

じゃなくて、ブラジルのベレンまで来て飲んでいるのが驚きなのだ。しかもなんていうか、これは。

「すごく、おいしいです」

「それはよかった」

目の前でにこにこと微笑む親子を見ていて、俺ははっと気づいた。さっきからすごく丁寧にされているのに、俺からはきちんとした挨拶をしていない。四方さんがいたら、ぶっ飛ばされるところだ。

「あの、挨拶が遅くなりました。八田泳です。十六歳の高校生です。今回は突然お邪魔してすいませんでした」

「かまいませんよ。ゴーとは親しくさせてもらっています。だからエィくんも、ここを自分のうちだと思ってゆっくりしていって下さいね」

「ありがとうございます」

一息ついた後、俺はセンに案内されて二階の部屋に入った。きちんと整えられたベッドに、バスタオルまで用意されている。

「ねえ。エイはサーフィンやるってホント？」

ベッドの端に腰かけて、足をぶらぶらさせながらセンがたずねる。

「ホントだよ」

持ってきたボードケースからボードを出してやると、センは珍しそうにその表面を撫《な》でた。

「じゃあ、ポロロッカでやるっていうのもホント？」

「――ホントだよ」

できるかどうかは、わからないけどね。そう言うと、センはにこにこと笑う。

「いいね。楽しいね。エウはフットボールが好きだよ」

どうやら、「エウ」というのは「ぼく」のことらしい。しばらく聞いていて、ようやく気がついた。コージローさんの日本語がきっちりしているのに比べて、センはポルトガル語が混じっていてわかりにくい。

「ねえ。今日はヒマ？」

「ああ。ヒマだよ」

「じゃあさ、じゃあさ、エウがベレンを案内してあげる」

すぐに駆け出しそうな勢いで、センが俺を見上げる。なんだか、せわしない仔犬《こいぬ》みたいだな。

俺は苦笑しながら、彼の提案にうなずいた。

やっぱ、つきあうんじゃなかった。俺は帰ってくると同時に、ベッドに倒れこむ。夕方まで町を引きずり回されて、足はがくがく。しかもなんだか身体がだるい。

（よく考えたら、昨日こっちに着いたばかりなんだっけ）

一日以上飛行機に乗ったあとで、剛くんのアパートに着き、会話もそこそこに眠りに落ちた。だから、実は剛くん自身のこともまだよくわかっていない。

なのに、朝起きた途端「ごめん、急に仕事が入っちゃって」。

「とりあえず、ポロロッカにはまだ一週間くらい間がありそうだから」

現地の新聞に載った情報を読み上げて、一人うなずく。

「俺は、一人でも大丈夫だよ」

ちょっと不安だったが、邪魔はしたくないのでそう言った。しかし剛くんは、激しく首を振る。

「そんなことできないよ！」

「じゃあ、ホテルに行くから」

「そんなもったいないことしなくていいよ。滞在先は、手配しておいたから」

そんな会話があった上で、今に至るというわけだ。

（いきなり人んちにいるって、どうなんだか）

いつもだったら、ここですかさず二階堂にメールを打つところだ。でもそれをする気はない。

携帯電話は、非常用。それが自分で決めたルールだった。ごろりと寝返りを打つと、この部屋にもファンがついている。ゆっくりと回る羽根を見つめているうち、俺はいつのまにか眠りに落ちていた。

「エイ」

呼ぶ声に、ぼんやり意識が浮かび上がる。

「エイってば」

心地好《よ》い水底から、ゆっくり引き上げられる感覚。

頼む。もうちょっとこのままで。

「ごーはーんーだーよー!」

「うっ!」

どすんと身体にのしかかる重み。浮力から重力へと移り変わる世界。ああ、このまま魚でいたかったのに、なんであのとき、陸に上がったりしたんだろう――。混乱の中、一人で進化の記憶を辿《たど》っていると、目の前ににゅっと黒髪の少年が顔を出した。

「えっと、セン」

「ボンだね、エイ。でもおなかへっちゃった。早く起きて下行こ? ママとグランマとミウをイントロデューセするから」

「ええ?」

思わず、がばりと顔を上げる。汗まみれの上、髪はぐしゃぐしゃ。ろくな着替えもない。これで紹介されるなんて、悪印象間違いなしって感じだ。

「待って。ちょっと顔洗わせて」

「んもう、エウはホントにおなかへったんだよー」

その場で足踏みをするセンを尻目《しりめ》にバスルームで顔を洗い、髪を手櫛《てぐし》で撫で付ける。そして新しいTシャツを出して、上半身だけ着替えた。

一階のダイニングルームに降りてゆくと、すでに他の人は席に着いていた。センにうながされて腰を下ろすと、コージローさんが立ち上がり、あらためて皆を紹介してくれる。

「エイくん、こちらが私の妻のヨシエ。そしてその隣が私の母のムツミです」

俺の母親よりはちょっと老けているけど、でも優しそうなおばさんがヨシエさん。かなり太ってるけど、それがキャラに合ってる感じ。

「ようこそ、エイくん。何もないけど、お腹いっぱい食べてね」

「ありがとうございます」

ぺこりと頭を下げると、ムツミさんと目が合った。

「礼儀正しくて、ようございますね。さぞかし親御さんの躾《しつけ》が良かったのでしょう」

「あ、ありがとう、ございます」

まるで時代劇みたいな言葉づかいに、ちょっと戸惑う。でもムツミさんの見かけは、アップにした髪とワンピースという、至って洋風なものだ。

「最後に、私の最愛の子供たち。ミウとセンです」

同い年の女子。あんまりじろじろ見ないように、気をつける。

「初めまして。ようこそベレンへ」

まっすぐで長い黒髪と、真っ黒な目。ジーンズにTシャツというシンプルな格好だけど、身体のラインにぴったりしてるから、胸が目立つ。

「エイ、私ニッポンが大好きなの」

身を乗り出して、目を覗《のぞ》き込んでくる。いや、そんなポーズするとわざとカットしてあるTシャツの胸元から、なんか見えそうっていうか。せっかく見ないようにしてるのに無駄っていうか。

「よかったら、今のニッポンのことを教えてね」

にこっと笑いかけられて、悪い気はしない。しないどころか、かなりいい。

俺は同じように笑みを返すと、ちょっとばかり気取って言った。

「俺でよければ、喜んで」

そんな会話に、センが勢いよく割り込んでくる。

「ベレンのことは、エウが教えてあげるからねー」

いいや。もうしばらくいいかも。

そう言えば、他人の家に泊まるなんて小学校以来かもしれない。夕食の後、俺は部屋のベッドに寝転んで不思議な気分に浸る。部活に入っていれば合宿があっただろうし、そうでなくても学祭や何かに力を入れていれば、泊まりがけをする機会もあっただろう。でも、そのどちらもしなかった。

(……なんか、すっげつまんねえジンセイ送ってたような気がするんだけど)

家と学校の往復。そこにサーフィンがなければ、一体俺はどうなっていたのか。

(もっと早く、バイトすればよかった)

特に金が必要じゃないからといって、うだうだと過ごしていた毎日。でも自分で使える金を手に入れるということは、自分で遠くへ行けるということなんだ。そんなことを、考える。

電気を消した室内には、窓から月の光が差し込んでいる。月はいつもと同じ月。そして俺は俺。なのに、すべてが違って感じるのはなぜだろう。

もしかしたら、これのせいかな。枕から香る、いかにも外国といった雰囲気の匂い。そのやけに甘い匂いに包まれて、俺は静かに目を閉じた。

一日一日が、新しい体験で埋め尽くされている。

朝起きたとき、ベッドの下にビーサンが置いてあるのを見て、俺はつかの間考える。昨日は疲れて意識する暇がなかったけど、ここの家って土足なんだよな。床がタイル張りだから自然にそうしてたけど、なんだかホテルにいるような感じだ。

ぺたぺたと階下に降りてゆくと、ダイニングにはムツミさんとミウがいた。

「おはよう、エイ。よく眠れましたか？」

　ムツミさんが新聞から顔を上げ、俺の方を見る。

「あ、はい。おはようございます」

「エイ。こっちに座れば」

　ミウの手招きで、俺は椅子に腰を下ろす。それと入れ替わりに立ち上がったミウが、コーヒーやパンの載ったトレーを持ってきてくれる。

「今日はみんなバラバラだから、パンなんだ。おかわりは一杯あるから、好きなだけ食べてね。コーヒーもね」

「ありがとう」

　言われるがまま、とりあえず手に取ったカップを口に運ぶ。すると鼻先でふわりと香りが立ち上がる。そして一口飲むとまろやかな苦みと酸味が感じられ、すぐにすごい勢いで鼻の穴から喉《のど》の奥まで香りが広がる。

「なんだこれ。すごい」

　今まで飲んだどんなコーヒーとも違う。たとえるなら、コーヒーとよく似た別の飲み物だ。

「おいしいでしょ」

　カップを持ったミウが、自慢げに微笑む。

「うちは知り合いの人に、必要なぶんだけこまめに焙煎《ばいせん》をしてもらってるの。だからどこの店で飲むよりフレッシュなんだ」

確かにこれは新鮮な味がする。俺は特にコーヒーが好きなわけじゃないし、グルメなわけでもない。でもここまで味が違うと、さすがにちょっと感動する。

「さすがブラジル、って思った？」

「うん」

素直にうなずくと、ミウがけらけらと笑った。

パンにジャムを塗ったりハムを挟んで食べていると、ミウが途切れなく話しかけてくる。

「ねえ、今学校では何が流行《はや》ってるの？」

「女の子の服装はどんなかな」

「音楽は、どんな種類を聴くの？」

矢継ぎ早に繰り出される質問に、俺は必死で答えていく。えっと、ゲームが流行ってて、女子は制服ならミニにするのがいけてるらしくて、音楽はこれといって決まってないな。

そんな俺を見かねたのか、ムツミさんがミウに注意をする。

「ミウ。少しはエイさんに食べる時間を差し上げなさいな」

「あ。ホントだ。ごめんね」

ぺろりと舌を出したミウは、自分の食器を片付けると言ってキッチンの奥へ消えた。その途端、場がしんと静まり返る。

うるさすぎるのも困るけど、静かすぎるのも気まずいな。俺は新聞を読むムツミさんを気に
「フレッシュ――」

しながら、それでもパンを詰め込みまくり、コーヒーのおかわりをした。

「——色々、驚いたでしょう」

「はい？」

ムツミさんに突然話しかけられて、俺はパンを喉に詰まらせそうになる。

「日本とブラジル、それもベレンではあまりに違います。色々驚くこともあるでしょうし、困ることもあるかと思います」

「あ、はい。そうですね」

「たとえばミウやセンのお喋《しゃべ》り。こちらでは、あれでも静かな方です。なのでもしうるさくても我慢してやってくださいな」

静かな方。ウソだろ。思わずそう言いそうになった。

「けれどあなたが困ったときには、なんなりと力になります。だからこの家にいる間は、私たちを自分の家族だと思ってください。私たちもそう接しますから」

「あ、えっと」

ちょっと、いやかなり戸惑った。だってこの台詞《せりふ》、テレビでなら散々聞いたことがあったから。芸能人が海外でホームステイして、来たときに必ずといっていいほど言われる言葉。

それを、俺自身が聞くことになろうとは。

（ここは感動しないと、マズいんじゃないか）

そうは思うものの、まだ着いたばかりで感動するほどのことが起こっていない。しかしここまで言ってくれるのは、当然嬉《うれ》しいわけで。

だから俺は、現時点での感謝をこめて頭を下げた。

「色々お世話になると思いますが、よろしくお願いします」

そんな俺を見て、ムツミさんは初めて口元をほころばせる。

「こちらこそ、よろしくお願いしますよ」


「今日は私が休みだから、案内してあげる」

食後。ミウに引っ張られるようにして、街に出た。

昨日はセンの案内だったから、わかりやすい街の名所とセンのお気に入りスポットというセレクトだった。でもミウはさすがにこっちのことを考えてくれているようで、スポーツショップの場所やコンビニのような雑貨店、それに本屋などを案内してくれる。

「うーん、やっぱりマリンスポーツのものはないね。でも欲しいのがあれば、取り寄せはできるって」

サッカーグッズと釣り道具の多いスポーツショップで、ミウは腕組みをして言った。

「ありがとう、助かるよ」

現時点で、俺はほとんどポルトガル語が聴き取れない。だから案内というよりも、通訳としてセンとミウはありがたい存在だ。しかもこっちの学校は毎日昼で終わるらしく、交互に俺につきあってくれるという。

センに引きずり回されているときには気がつかなかったが、落ち着いて見れば街はいかにも外国だった。それはマンゴーの並木だけではなく、道ゆく人々の服装や、あちこちにあるアイスクリームの屋台、それに看板の文字などに表れている。

中でも、車の運転が荒いのには驚かされた。

「道路を渡るときは気をつけてね」

まるで小学生にするような注意をされるのは、本当に道路が危険だからだろう。俺が見ている前でも、小規模な交通事故がどかどか起こる。だから剛くんの運転もあんな風になったわけか。

『南米はとにかく明るくて、全体的にワイルド。だから楽しいぶん、気をつけなきゃいけない』

そんな馬場さんの言葉が、ようやく腑《ふ》に落ちた。とはいえこっちに来てから剛くんとヤマモト家の人々にしか接していなかったせいか、どうもここが南米だという気分がしないのも事実だ。

「あとね、本屋にはなかったけど、図書館ではインターネットがフリーで使えるから、そこでポロロッカのことを調べてあげる」

市立の図書館に行ってPCブースに入ると、ミウは検索のサイトを開く。

「俺も日本でかなり調べたよ」

だからきっと、同じ情報しか出てこないんじゃないかな。そうつぶやくと、ミウは首を傾げた。

「でも、エイはポルトガル語が読めないでしょう？」

「あ、うん。そうだけど」

でも大抵のページは自動翻訳で読めたよ。そんな俺の言葉にうなずきながら、ミウは次々にサイトを開いてゆく。よく見てみると、それはどうやら掲示板やチャット、SNSなどのページらしい。確かに、そんな雑談めいたところまでは探したことがなかった。

「あ、ほら。これなんかどう？」

そのひとつを指さし、ミウは読み上げる。

「『もうすぐポロロッカでサーフィンします。近くの人は見に来てください』だって」

「え？　そんな人がいるの？」

「人っていうか、これはグループみたい。最後にメーカーっぽい名前が入ってるから、ちょっとコマーシャルの意味もあるかもしれないなあ」

「コマーシャル……」

言われて、はっと思い当たった。確かに日本にも、そういった宣伝があった。エナジードリンクや４ＷＤの車、それにスポーツ用品。『〇〇にチャレンジ！』みたいなＣＭは、雄大な自然を相手にしたものが多い。

「これに返信して、コンタクト取ってみようか」

「いいの？」

「そうしたら、色々教えてもらえるかもしれないじゃない」

キーボードに指を置いて、ミウは俺を見る。

「なんて書く？」

「そうだな。『こちらもサーフィンする予定ですが、どこでエントリーするのがいいと思いますか？』って書いてもらえる？」

「オッケー」

あとは返事を待ってみようね。そう言いながら、ミウはやけに派手なページを開く。半分裸みたいなファッションで踊る人々の写真に、パーティーめいた室内の様子。

「ここね、ミウの好きなクラブ。クールでしょ？　今度エイも一緒に行こう」

ぴたりと身体を寄せてくる。ちょっと動揺。でも顔には出したくない。

「……そういえば、ポロロッカのことは、剛くんから？」

「うん。甥《おい》がサーフィンをやってて、ポロロッカに乗りたいって言ってきて驚いた、って話してたよ」

「ふーん」

かるく腕をからめられる。

腕に、胸が当たった。

「小さな頃はおとなしい子だと思ってたけど、カッコいいよな。自分が学生のときと比べると、すっごくクールだって」

「へえ」

胸が。やわらかい。

「それを聞いて、思ったんだ。私のサムライは、ここにいたんだ、って……！」

「——え？」

サムライ？

どうやら、ミウの中で「サムライ」というのは「王子様」と同義語らしい。でなきゃ、「イケメン」とか。でも俺は王子様でもなきゃ、イケメンでもない。

「あのさ、日本にはもう、サムライもニンジャもいないんだよ」

女子に好かれるのは誤解とはいえ嬉しいけど、日本人として正しておかないとまずい気もした。けれどミウは、うっとりとした表情でうなずく。

「知ってるよ。でもニホンダンジには、サムライのスピリットがあるって聞いたの。そうやって、謙遜《けんそん》するところなんか、本当にブシドースピリットだね」

おいおいおいおい。山ほど突っ込みたい衝動に駆られたけど、相手はブラジル育ちの女の子だ。とりあえず情報を修正するため、元ネタをたずねてみる。

「それ……どこで聞いたの？」

「ムツミグランマ」

「ええ？」

あのおばあさんが、そんなトンデモ話を吹き込んだのか。俺は思わず、ミウの顔をまじまじと覗《のぞ》き込む。すると信じられないことに、ミウがうっすらと目を閉じた。ちょ。ちょっと待った。ここは公共の図書館で、俺と君は出会ってまだ二日目で、そりゃあスタイルはいいし可愛いとは思うけど。

けど展開、早すぎだろう。

マンガだろ。でなきゃラノベ。

俺はベッドに倒れ込み、ひとりため息をついた。『主人公が下宿する家の家族はみんな親切で、とりわけ同い年の娘は親切。なぜならそれは、彼に恋していたからでえす！』みたいな展開。現実には絶対あり得ない、男の妄想だと思ってたけど。よもやそんな状況に、自分が陥るとは。

誰かに話したくて。特に二階堂に話したくて。俺はちらちらと携帯電話を見つめる。緊急事態以外に使わないと決めた、それを。

（メールくらいなら――）

そう思って、手を伸ばす。でも心のどこかが、やめとけと言っている。

（ブシドースピリット的には、こらえとくべきかも）

理由はわからないが、その方がカッコいいような気がした。

でも、今度あんな風になったらどうしよう。そこを考えはじめると、ゴロゴロ転がり回りたくなった。ミウはそれなりに可愛いし、何よりスタイルがいい。そして日本の女子より、格段に大人っぽい。ていうかセクシー光線出し過ぎだ。

（……キスぐらいなら、してもいいかも）

よくわからないけど、キスなら挨拶《あいさつ》の延長線上にあるかもしれない。それにキスしたからといって即「つきあう」みたいなことにはならないだろうし。

（でも、ここにいるのってあと何日なんだろう？）

たとえば明日剛くんが帰ってきたら、そこでさようならだ。だったらそんな深いつきあいになるのって、マズいよな。でもキスって、こっちの人にとっては深くなかったりして。だったら一回くらい、しといてもいいかな。

ところでヤマモト家は全員日本人なんだけど、ときどきちょっと不思議な感じがする。たとえば図書館で気になった情報をメモしたくて、ミウに「ちょっと書くものを貸してもらえないかな」とたずねたとき、ミウはこう言った。

「鉛筆と帳面でいい？」

「ちょうめん？」

頭の中で言葉が変換できずに、一瞬戸惑う。チョウメン、と発音してポルトガル語を疑い、さらに英語を疑った。しかしその間にミウはバッグから鉛筆と小さなノートを取り出し、俺に差し出す。

『帳面』という単語が頭の中から検索されたのは、彼女にお礼を言ってからのことだった。

(なんか、昔の言葉っぽいな)

そんなことを考えていた矢先、今度は夕食の前にヨシエさんが「オゼンの用意ができたわよ」と叫ぶ。「オゼン」という料理かと思いきや「お膳《ぜん》」、つまり夕食の支度ができたという意味だった。

さらに取り分け用のスプーンを持ったセンが「オサジいる?」とたずねてくる。帳面にお膳にお匙《さじ》。まるで国語の教科書に載っている、昔の小説みたいだ。

でも、目の前にあるのは肉とパスタが山盛りの皿で、ヨシエさんの着ている服はタンクトップだ。

(なんか、落差が激しいな)

そういえば「ニホンダンジ」とか「ブシドースピリット」とか吹き込んだおばあさんがいるんだっけ。そこで俺は間違いの大本を正すべく、ムツミさんに声をかける。

「あの、ムツミさんは日本生まれなんですか」

「ええ。そうですよ。私はおじいさんと結婚してこっちに渡ったので、二十歳くらいまでは日本にいました」

そのあとコージローが生まれて、一度里帰りはしましたが、ほとんどはこっちにいますね。

ムツミさんの隣で、コージローさんがうなずく。

「私は何回か日本に行ったことがありますが、旅行程度ですね。そしてこの子たちは、まだ日本を知りません」

ということは、ミウとセンは日系三世。そりゃ情報もあやふやになるはずだ。

「でもね、私はムツミグランマの話してくれる日本が大好き！　礼儀正しくて、マナーが良くて、ギキョーシンがあるのが素敵よね。だから私、日本に行きたくて日本語学校に通ってるの」

だからミウは日本語がぺらぺらで、センはチャンポンなのか。日系三世ともなると、あえて学ばない限り言葉も通じなくなるんだな。

しかしミウの好きな「ニホン」はおそらく、ムツミさんの時代の日本だ。まだ言葉づかいがきちんとしていて、今よりも不便だけど今よりも人が礼儀正しかった時代。昭和なんだろうけど、古い言葉や物が残ってる。そんな時代のことなんだと思う。

「私、ブラジルもベレンも大好きだけど、きちんとしたニホンはもっと好き。ねえエイ、ニホンではみんな信号を守って、順番を守るんでしょう？　そして勤勉で、『弱きを助け、強きを挫《くじ》く』のよね？」

「ウソ。エウは信号なんて見ないよ」

「あんたはいつか轢《ひ》かれるわよ」

そんな掛け合いを続ける二人を見て、俺は口をつぐんだ。言えない。

今の日本人は子供の前で信号無視を平気でするし、順番はかろうじて守るけど、なんかジンセイ早いもん勝ち的な雰囲気があって、失敗は許されないし、どっちかっていうと弱者にめちゃくちゃ厳しい社会みたいな感じなんだよ。

(だから俺も腐りかけてたわけで――)

なんて、言えるわけがない。

間違いを正すとかそういうんじゃなくて、言いたくない。目の前で目をきらきらさせながら日本の良さを語るミウを、幻滅させたくない。それにムツミさんの思い出の中の日本を、汚くしてしまいたくない。

せっかく親切にしてもらってるのに、恩を仇《あだ》で返すような真似をするのも嫌だし。

(どうせ俺なんて、すぐこの家からいなくなるんだから)

だから、あえてそれを崩さなくてもいい。そう思った俺は、曖昧《あいまい》な笑顔でうなずいた。

＊

その日の夜、剛くんから連絡があった。

「連絡が遅くなってごめん！　明後日《あさって》には戻れるから、そしたらすぐにポロロッカに取りかかるよ！」

コージローさんに手渡された受話器の向こうで、剛くんが叫んでいる。背後では激しいエンジン音が鳴り響き、剛くんの声も途切れ途切れだ。

「じゃあ、また！」

その声にうなずいた途端、電話は切れた。

「えー!?　明後日パルティーダしちゃうのー？」

会話を横で聞いていたセンが、残念そうな声を上げる。

「もっともっと遊びたかったのにー！」

「こら。エイくんはセンと遊びにブラジルまで来たわけじゃないんだぞ」

「わかってるよう。でも明日のアミゴのバースデーには行ってもいいよね？　エウの家にサムライが来てる、って噂になってるもん」

おいおい。一瞬頭の中に、コスプレをして歩く自分の姿が浮かんだ。

「でもバースデー、って誕生パーティーだろ？　俺が突然行ったら迷惑なんじゃないか？」

「いや、そんなことはないよ」

意外にも、それを否定したのはコージローさんだった。

「センの友達は十五歳になるのだけどね、こっちの十五歳というのは日本の二十歳みたいな節目の年なんだよ」

「え？　十五で、二十歳ですか？」

「そう。こっちでは十四歳で義務教育が終わるから、その次の年の十五歳が自分の進路を決める年になる。それで大人の仲間入りというわけなんだ。特に女子は古いしきたりで『社交界デビュー』という意味もあるから、フォーマルドレスできちんとしたパーティーを開くんだ」

「へえ」

「ミウのときもすごかったね。パパがミウに新しい靴を履かせたんだよ」

まるでシンデレラみたいだった。興奮して話すセンを前に、俺はもう抵抗する気力を失った。こうなったら、行ってやろうじゃないか。ポルトガル語の飛び交うパーティーとはいえ、相手は十五歳。せいぜいケーキとお茶でもごちそうになってやる。

後悔先に立たず。これは日本語学校で、ぜひとも教えておいてほしいことわざだ。

「エィがパーティーに行くんだって？」

電話の直後、ミウがリビングに飛び込んでくる。

「本当⁉」

すごいいきおいでたずねられて、思わず首を縦に振る。そのとたん、腕を摑《つか》まれた。

「パパ、コスチュレイロに行かなきゃ！」

「ああ、わかったわかった。ちなみにパパのじゃダメなんだね？」

「ごめん、シントムイート。ちょっと時間が経ちすぎてるの」

興奮しているのか、ミウの言葉までもがポルトガル語とのミックスになっている。

「エウのは？」

「サイズが違いすぎるわよ。ナタリアのお兄さんくらいならいいんだけど、お兄さんも確かパーティーに出るから使えない」

サイズ、と聞いておそらく服のことだろうと思った。確かに俺は服をほとんど持ってきていないから、きちんとしたものが必要なのだろう。これが、母親が言うところの『襟つきのシャツを着てきなさい』ってやつか。

翌日。ミウに半ば引きずられるようにして、俺は一軒の店に連れていかれた。ぱっと見は、洋服屋。でもなんだか置いてある服が派手なものばかりで、気後れする。

「あのさ、これ、買わなきゃいけないのかな」

買っても日本では着られないようなノリだし、第一俺に余分な金はない。正直にそう話すと、ミウは声を上げて笑った。

「そんな心配はいらないの。だってここは、貸衣装屋だから」

「貸衣装……？」

またしても古い言葉に惑わされ、それがレンタルショップだと気づくのに時間がかかった。

「それに、レンタル代は気にしないで。うちが誘ったんだから」

「でも、それじゃ」

「いいのいいの。だってエイはうちの家族だし、パーティー的にはサプライズゲストだもん」

まずはこれとこれ、着てみて。ミウがハンガーごと渡してきたスーツと共に、カーテンで仕切られただけの試着コーナーに放り込まれる。そして服をよく見もしないで着替えたあと、鏡に映った自分の姿を見て俺は愕然《がくぜん》とした。

（襟元に、スパンコールって!!）

そして二着目。

(シルク風で水玉のシャツって!!)

……センスが違いすぎるのか、それともミウの趣味が悪いのか。できれば後者であってほしいと思いつつ、俺はミウに声をかけた。

「ごめん。もうちょっと地味なスーツってないかな」

「それ、充分すぎるくらい地味じゃない?」

なんて言えばわかってもらえるのか。俺は悩んだ結果、日本では通用しない言い訳を口にする。

「あのさ。サムライって、派手な着物を着ていないだろう。だから日本では地味な色、特に黒と白の服がクールとされてるんだよ」

「ああ、そういうこと。クールの流行が違うのね」

そのトンデモな言い訳に、ミウはあっさりとうなずく。罪悪感を覚えつつも、俺はさらに適当なリクエストをつけ加えた。

「あと、刀ってすごくスリムだから、シルエットも細いのがいいんだ」

「それなら、こんなのはどう?」

渡されたのは、シンプルな黒いスーツ。タイに銀のラインが入っているくらいは、我慢しよう。

(お。けっこうキリキリでいい感じじゃん)

鏡に映るシルエットは、ロックなバンドマンのそれに近い。こっちの体型を見るにつけ、もしかしてサイズがないかと思っていたのでそれをミウに伝えると、いきなり笑われた。

「だってエイ！　それってローティーンのサイズだもの！」

ローティーン、っていうのはつまり十三歳からはじまるわけで。

「マジ!?」

思わず叫ぶと、ミウが不思議そうに聞き返してくる。

「『まじ』って、どういう意味？」

やばい。聞かれた瞬間、なんとなくそう思った。よく考えれば特に問題のある言葉じゃないんだけど、昔の丁寧な日本語を話しているミウには、教えたくないような気がしたのだ。

「その、『真面目にそうなのか』が省略されたような感じで、『本当か』みたいな言葉なんだけど」

「へえ、面白い」

「でもこれは若者が使う言葉で、えっと、そうだ。スラングみたいなものだから、あんまり使わない方がいいと思う」

「ふうん」

じゃあ他に今流行っている言葉を教えてよ。そう言われて、俺は困ってしまった。だって本当に流行っている言葉なんて、お笑い系や携帯電話のメールから派生したようなものばかりで、とうていきれいなものだとは思えなかったから。

(ん？　きれいじゃない、って？)

タイを結びながら、自問自答する。俺ってもともと、そんなこと考える奴だったっけ？

(——言葉がきれいとかきたないとか、あんま意識したことなかったのに)

でも、振り返ってみれば女子がそういう言葉を使うのは、好きじゃなかった気がする。だって「チョーイケてるショップがあるから、ウチと学校の帰りに行かね？」なんて誘われても、その気になれないし。

とにかく流行語は、あえて教えるべきものじゃないって気がする。それにもしここで適当な言葉を教えてしまったら、この先ずっとミウはそれを使い続けるのだ。ムツミさんに教えられたように。

ふと責任、という言葉が思い浮かぶ。

ここで何かしたらそれは俺の責任なわけだけど、もしかして日本人の責任にもなるんだろうか。

(いやいや。他にも日本人はいるし)

でも現役の高校生は、かなり少ない。ということは、俺がやることなすことは『日本の高校生がやったこと』に分類されるわけだ。

(ヘンなこと、できないよな)

まあどっちにしろ短い滞在なんだから、ボロを出さなきゃいいか。ちょっと詐欺師になったような気分だけど、良くないことを残すよりいいだろう。

「あ。そういえば、女の子の間で流行ってるのは、『カワイイ』って言葉だよ」

「え？　それって『可愛い』とどう違うの？」

「えーと、確か元の可愛いよりも、広い意味で使うんだ。グッドとかクールとか、とにかくいいなと思ったら、『カワイー！』って叫ぶんだ」

言いながら、俺はカーテンを開ける。すると待っていたミウが開口一番、こう叫んだ。

「カワイー！」

いや、そうじゃなくって。

服を借りたら、次は靴。そしてさらに手土産のチョコレートを一緒に選んで、そこでようやく俺は解放された。ときはすでに夕方。

「疲れた？」

マンゴー並木の下でアイスクリームを舐《な》めながら、ミウが笑う。

「初めてのことばっかりだから驚いたけど、疲れてはいないよ」

「そう？　よかった」

女の子と一緒に洋服屋に入って試着なんて、日本でやったら超絶恥ずかしいし、周りにも笑われそうだし、めちゃめちゃ気疲れしただろう。でもここではなんだかそれが自然にできてしまった。

（何でだろう？）

相手がミウだから？　それとも俺が『外国人』だからだろうか。でもなんとなく、答えはもっと違う方向にありそうな気がする。

少し離れた所に、夕映えにきらめく水面が見える。アマゾン河だ。

「ちょっと、河を見に行ってもいいかな」

俺の言葉に、ミウがうなずく。

水辺に近づくと、公園の池のように鉄の柵《さく》が立っていた。これじゃなんだか、大自然っぽくないな。少し拍子抜けしながら柵に近づくと、俺は不思議なことに気づいた。

「あれ？　ここって入り江とか湾なのかな。海が両方に見えるんだけど、河はどっちなんだろう」

まるで船の舳先《へさき》のように尖《とが》った場所に立ち、首を傾げる。するとミウは左手の海を指さした。

「こっちが河よ」

「え？　そっちは海だろ？」

だっていかにも大海原で、見えるのは船と水平線ばかりだし。

「ううん。これがアマゾン河の河口。広すぎて、よくわからないでしょ」

嘘だ。いや、嘘じゃないんだろうけど、これは俺の知っている『川』じゃない。俺は、呆然《ぼうぜん》と目の前の風景を眺める。

対岸が見えなくて、水平線が見える場所。それが『川』だなんて。

「大きい、な」

「すごい……」

「うん」

しかもこの水平線まで続く水が、逆流するなんて。

「対岸までは、三百キロ以上あるらしいよ」

「え⁉ 三百キロ？」

冗談のような数字に、俺は思わず声を上げた。

「測り方によっては五百キロって説もあるの」

あり得ない。ていうかハンパねえ。どころじゃなくて、やっぱ大自然。いやいや、そんな言葉がちゃちに思えるほど、規模がでかい。でかすぎて逆に、嘘みたいだ。

何も見えない。ただ水だけ。

水だけ。

そこに立つ俺も、俺だけ。

（来て、よかったな）

吹いてくる風は、ほんのりと潮の匂いを孕《はら》んでいた。

＊

翌朝は、またセンに叩《たた》き起こされた。

「エイ！　リプライが来てるって！」

「はあ？」

「よくわかんないけど、ミウがそう言えってさ」

ベッドの上で飛び跳ねるセンをどうにかなだめつつ、着替えて下に降りてゆく。するとテーブルについていたミウが、興奮した面持ちで立ち上がった。

「話すより、まず来て。すごいよ！」

うながされるままミウの部屋へ入る。女の子らしい、ピンクや白が目立つインテリア。でも俺が目を疑ったのは、ハンガーに無造作にかけられた数枚の水着。

（……紐《ひも》かよ!!）

日本でこんな水着を着てる女子高生なんていない。ていうか、体型的にも難しい。布の面積があり得ないくらい少なくて、俺はそれを着たミウを想像することすらできない。それにそもそも、下着を見ているようで落ち着かないことこの上ない。

そしていきなり、エリの下着を思い出した。

（……海外の女子は、みんなこうなのか？）

ていうか日本人女子の下着がイレギュラーなのか。それは俺にはわかりかねる問題だったので、とりあえず脇によけておく。

「これ。この間の返事」

そんな俺の動揺も知らず、ミウは机の上に置かれたノートタイプのパソコンを示した。その画面を覗《のぞ》き込むと、表示されていたのは昨日書き込んだSNSのページ。

『『ポロロッカに乗るなら、上流の方がおすすめ。もし君が一人なら、こちらのチームに合流してもいい。船代と食費を払えるなら、一緒に乗りに行こう』』

音読してくれるミウの声を聞きながら、俺は耳を疑った。

「一緒に——!?」

これはまさに、渡りに船。夢みたいな申し出だ。でも頭のどこかに「ちょっと待てよ」という思いもある。だって軽すぎじゃないか。俺がどんな奴かわかりもしないのに誘うなんて。船代と食費がものすごく高いとか、あるいは古典的に誘拐とか?

けれどミウはのんきに手を叩く。

「すごい、ラッキーじゃない。きっとこの人たち、大きな船をチャーターしてるんだよ」

「チャーター、って」

俺の頭の中には、飛行機を貸し切るセレブの姿が浮かんだ。

「コマーシャルとかのチームみたいだから、きっと大人数なんじゃない? だから一人二人増えても大丈夫とか」

「ああ、そういうことか」

でもそれにしても、ノリが軽いよな。相手がいい奴か悪い奴かはわからないが、とりあえず返事は明日剛くんに相談してからするしかない。

「じゃあ、明日まで考えさせてくださいって書き込んでくれる？　あと、できればどんなチームなのか聞いてほしい。それに船代と食費はいくらですかって」

そう告げると、ミウはうなずいてキーボードに手を置いた。そして画面を見つめて、声を上げる。

「あれ、まだあった」

「何が？」

「『追伸・君の実力は知らないが、撮影に協力してくれるなら、安くしとくよ』だって」

いよいよもって、ノリが軽い。でも実際に撮影するってことは、そんなにあやしげなチームじゃないのかもしれない。

（機材を運んだりするのなら、引っ越し屋で慣れてるしな）

力仕事でなんとかなるなら、言葉の問題も少なくてすむかもしれない。俺はそんな希望を持って、パソコンの画面を見つめた。

また、うねりが来ている。

朝食後に今日の流れをたずねると、センはただ「夜だよ」と答えた。てっきりお茶の時間だとばかり思っていたので、なんとなく肩すかしを食う。

「じゃあ今日の午後はどこに行こうかな」

そうつぶやくと、センとミウと、さらにはムツミさんまでから総つっこみを受ける。

「どこにも行かないで、シエスタしなきゃ！」

「そうよ。体力を使っちゃダメ」

「パーティーに参加するなら、昼寝をすべきですよ。でないと後で疲れてしまいますからね」

なぜそんなに昼寝を勧めるのか。俺は不思議に思いながらも、軽くうなずく。きっと暑いから、昼寝の習慣でもあるのだろう。

とはいえ午後一杯かけて昼寝をする気にもなれない。そこで俺は再び河を眺めようと、散歩に出かけた。センはパーティーの準備にかり出され、ミウは自分のドレスを裾上《すそあ》げするというので、しばらくぶりに自分一人だけの時間だ。

「アンソルベーテ、ポルファボール」

覚えたてのポルトガル語でアイスクリームを買う。ミウの発音を真似したら、屋台の男がにやりと笑って親指を立てた。

「オブリガード」

毎度、みたいな雰囲気。でもアイスはコーンから激しくはみ出て、あっという間に落ちていきそうな雰囲気。それを慌てて受け取ると、男は気にすんなよ、みたいな笑顔を浮かべる。そうか、これはサービスのつもりなんだ。

(ラテンの国だからアバウト、ってこういうことか)

日本人の家に滞在していたから気がつかなかったけど、よく見ればアイスは入れ物からしてべったべたに汚れてるし、道ばたの露天商が売るTシャツは、俺が畳んだ方がマシだってくらいくっちゃくちゃに乱れてる。

日本だったら、売れないよなあ。そんなことを考えながら、俺は昨日と同じ河べりの柵《さく》まで歩いた。

ゆらゆらと波打つ水面を見つめていると、少しだけ眠くなる。この水に乗るなんて、信じられないな。ていうか水だけ見てるなら、横浜《よこはま》辺りの海にも思えるし。

なんとなく、家族のことを考えてみる。母親と親父はどうしてるかな。母親はきっといつも通りで、親父は下手すると一時間ごとにメールチェックをしてそうだ。それで「どうしよう、泳くんから連絡がない！　何かあったんじゃない⁉」とか騒ぎ立てて、母親にたしなめられてる感じ。

（でも――）

想像してみても、全然切ない感じにはならない。やっぱ俺って、冷たいのかな。じいちゃんが危篤になったときと同じような感覚が、すっと背中を横切る。

（いやいや、まだ日本を出て数日しか経ってないし）

もうちょっと時間が経てば、そういう気分になるかもしれない。俺は河を眺めながら、溶けかけのアイスクリームを大急ぎで舐《な》めた。

ヤマモト家に戻ってから言いつけ通りに昼寝していると、夕方センが腹の上に飛び乗ってきた。

「いって！　なんだよ！」

「ごはん。パーティーのアンテスだからクラーラなごはんだよ」

相変わらず、意味がわからない。

「クラーラ、ってどういう意味？」

「んーと、ちょっと？　とかそういう感じ」

ちょっと。それが「軽食」だとわかったのは、食卓に並んだサンドイッチを目にしたからだ。

「あ、私はいらないから」

なのにミウは、食べ物を無視してカフェオレをすする。

「あれさ、ダイエットのつもりなんだよ。クアンドゥやってれば、あわてなくたっていいのにね」

俺の耳元でこそこそと囁《ささや》くセンに、ミウがきっと目を向けた。

「ダイエットはいつもやってるでしょ！　これはね、ドレスをきれいに着こなすためにやってるの！　ぎりぎりに食べると、エストゥマーゴが出ちゃうから」

エストゥマーゴはたぶん、腹とか下腹とか、そんな意味なんだろう。にしても、たかが弟の友達の誕生日会なのに、そこまで気合いを入れる必要があるんだろうか。俺が首を傾げていると、センが俺に皿を回してくれた。

「あーわかったわかった。エイはそんなの気にしなくていいんだから、エウといっしょに食べよ」

俺は分厚いハムの挟まったサンドイッチにかぶりつきながら、少しだけがっかりした気分になる。事前に軽食をとっていくってことは、もしかして本当にお茶とケーキしか出ないのかもな。

お茶とケーキで、ガキのお誕生日会。な、はずだった。

なのに、この時間は何だ。

「それじゃ、楽しんでおいで」

ヤマモトさんがそう言いながら車で送ってくれたのは、夜の九時。子供のパーティーなんだから、おひらきの時間といってもいい。なのにミウもセンも普通の顔で車を降りる。

そして車から降りたそこは、どこからどうみても結婚式会場だった。リボンとフリルで飾られた丸テーブルに、シャンパングラス。広々とした室内では、なんと生のバンドが演奏中。

「あの、これ……ホントに誕生日のパーティー？」

隣で楽しそうにリズムを刻むセンに話しかけると、タキシードの襟元を指でこっそり広げながらうなずく。

「そうだよ。エウが言ったでしょ。十五歳は特別だって」

特別って言っても、ここまで徹底的に『特別！』だとは思わなかった。

「テーマカラーは白とピンクね。可愛くできてるじゃない。いい感じ」

反対側で会場を見渡していたミウが、「ね？」と俺に向かって笑いかける。でも俺はそんな彼女を、まっすぐに見返すことができない。

ていうか何だよ、その半乳。肩とか剝《む》き出しで、胸の谷間どころじゃない。

いや、黒いミニスカートのドレスはすっごく似合ってる。似合いすぎて、ちょっとなんか見とれそうなくらいだ。でも、だからこそ、見返すことができないわけで。

「まずはホステスに挨拶《あいさつ》しないとね」

「へ？」

一瞬、水商売を思い描いた俺は激しく頭を振った。違う。「ホステス」は言葉通り、「主催者（女性）」で、つまりはこのパーティーの主役という意味だ。

「ハーイ、ボニータ。ボア・ノーチェ！」

センの声で、人の輪の中にいる女の子が振り返る。

「ハイ、セン。オブリガーダ、ポルファボール、ヴェンハ」

白とピンク。テーマカラーのミニドレスで身を包んだ金髪の女の子は、ミウと同じように肩を出している。でも年齢相応の可愛さで、これなら俺だって安心して挨拶できる。

お誕生日おめでとう。とりあえず覚えてきた言葉を口にすると、その子は顔一杯に笑って両手を握ってくれた。

「フェリツ・アニベルサリーオ」

「遠いところから来てくれてありがとう。ゆっくり楽しんでいってね。だって」

センの通訳に俺が笑顔でうなずくと、女の子はテーブルからグラスを取って俺に手渡してくれる。

「そんじゃエウは、このボニータとダンスしてくるから」

「はいはい。じゃあアテアマニャン」

「んー？　疲れたらパパ呼ぶけど。ミウは？」

「わかんない。なんかあったらテレフォーネモベールで」

意味はよくわからないが、ここからは別行動ということだろう。俺はミウに連れられて、会場を回る。そして何気なく手にしたグラスを口に運んで、再び驚く。

（酒、入ってる？）

軽めのパンチに仕上げてあるが、後口は明らかにワイン。そんなドリンクを十五歳のパーティーで出してしまっていいのか。開始時間の遅さといい、フォーマルな服装といい、どれをとっても俺の想像する「お誕生日会」とはかけ離れている。

（それにみんな、大人っぽいし）

センと同い年、つまりは十四歳から十五歳の子が多いはずの会場なのに、遠目に見ると本当に結婚式場に見える。それはつまり、全員が大人に見えるからだ。もちろん中にはミウみたいな年上の子も多いわけだが、それでも二十歳以下。でもパーティーの雰囲気は、明らかに「オトナ」だ。

「エイ、友達を紹介するね」

混み合ってきた会場で、軽く腕をからめられる。

すんだ。

どきりとした。でもスーツを着てるから、肌が直《じか》に触れない。それでなんとか、動揺せずに
「え、あ」

「ハーイ、ボア・ノイチ」

ミウの声に、群れていた集団がざっと振り向く。男女取り混ぜて七名ほどに、ミウは楽しげに話しかけた。そしてそれに応《こた》えて、皆が一斉に喋《しゃべ》りだす。身振り手振りに、大きな声。女の子は身体のラインを強調したドレスを着こなし、男はグラスを片手に精一杯カッコつけている。

(なんか……生き物として違う感じだな)

ミウが俺を紹介すると、場がわっと沸いた。そんなに日本の高校生は珍しいのか。わからない言葉に必死で耳を傾けながら、俺は適当な笑顔を浮かべる。なんて言われてるかわからないが、とりあえず女の子はみんな好意的だ。そして男は、ちょっとひいて見ている感じ。俺が敵かどうか判断してるみたいな。

(ま、別に嫌われたってこの場限りのことだし)

そんなことを考えていると、一人の女の子がグラスを差し出してきた。

「ハイ、エイ。サウージ!」

たぶん乾杯、と言ってるんだろう。グラスを受け取って合わせると、その子はにっこりと笑って小首をかしげた。黒髪だけど彫りが深くて、なかなか可愛い。

「アー、ワタシ? ニホン、スキ。イキタイ」

片言の日本語で話しかけられて、ちょっと感動した。わざわざ俺のために喋ってくれてるんだな。そう思ったら、もっと可愛く見えてきた。

「オブリガード。えっと、ありがとう」

ああ、もっと真面目にポルトガル語を勉強しておくんだったな。なんて柄にもなく思う。しかしそんな俺のそばで、聞こえよがしにこんなことをつぶやいた奴がいる。

「サムラ～イ」

ぱっと振り向くと、わざとらしく口笛を吹く素振りの男が二人。

（ベタなマンガの脇役かよ！）

むっとしつつも無視していると、そこに低い笑い声も加わる。

「ニンジャ、ゲイシャ、サムラ～イ」

「スシ、テンプラ、サムラ～イ」

馬鹿にしやがって。瞬間、頭にかっと血が上った。けどそんな俺の腕を、ミウがからめとる。

「エイ、あっちに行こう」

「でも、友達と喋りたいんじゃない」

「いいの。いつも会ってる子がほとんどだし。それよりも嫌な思いをさせてごめんね」

「気にしてないよ」

ていうか、もしミウが言葉通り俺のことを「サムライ」だと紹介していたら、あの反応も仕方ないだろうと思う。俺だって日本で欧米人の男を「ナイト」とか紹介されたら、鼻で笑う。

絶対、笑う。

ちらりと場を振り返ると、一人の男が悔しそうな表情で俺とミウを見ている。もしかしてあいつ、ミウのことが好きなのか。そう思うと、怒る気にもなれなかった。むしろ邪魔してごめん、みたいな。

「そういえば、あの子」

「え?」

「乾杯した子、いたでしょ。あの子、エイを狙ってた」

「ええ!?」

マジで。ていうか俺、狙われたのって人生初なんだけど。

(あれが逆ナン、ってやつか!)

だったら助け出してほしくなかったな。いやいやでもその場限りなわけだし。

「もう、困るよね。エイはうちのゲストで、私のサムライなんだから!」

今ちょっと、聞き捨てならないことを聞いたような。俺が口を開こうとした瞬間、誰かが大声を上げた。

「ラドロン!」

「ラドロン! ラドロン!」

その声に、周囲の人がわっとざわめく。そしていきなり俺は、見知らぬ男に突き飛ばされた。

「エイ、その人、泥棒！」

ミウの叫びに、俺は思わずポケットの中を探った。ない。

日本から持ってきた、デジカメが、ない。

誘われたパーティーだから、せめて写真を撮るくらいのサービスはしよう。そう思って持ってきたデジカメだった。

（あれがないと――）

ポロロッカの写真が撮れなくなる。いや、正確に言うと携帯電話のカメラがあるから、百パーセント無理なわけじゃない。でも、だからといってあっさり盗まれていいもんじゃない。

俺は反射的に、男の背を追って走り出す。

「エイ！」

ミウの叫びが、背後に聞こえる。

男は出口を目指して走りながら、次々に人を突き飛ばしてゆく。男の通った後には、綺麗《きれい》なドレスのまま尻餅《しりもち》をつかされた女の子や、割れた食器などが散乱している。

「待て！」

せめて出口で食い止められれば。そう思う間もなく、男は夜の街へ走り出る。

「ハポネス！」

俺と同じように泥棒を追いかけてきた男たちが、身振りで「お前はそっちの道を行け」と指示する。俺はうなずくと、右の道を走り出す。

会場の建物からワンブロックほどは、明るい道だった。しかし道路を渡った次のブロックは、いきなり薄暗い。それでも勢いで駆けてゆくと、細い路地が現れた。さらに奥へと進むと、近い場所で物音が聞こえた。

(まさか?)

足音をたてないようにして近づくと、ゴミ捨て場のような場所で男がこちらを向いて立っていた。

手に、何か光るものを持っている。ナイフだ。

(逃げるんじゃなくて、俺を返り討ちにする気か)

そう気づいた瞬間、背中の方がぞわりとした。なまあたたかい夜。漂う生ゴミの臭い。まだここにはこない援軍。

俺と、この男だけ。

脇の下を、嫌な感じの汗が伝う。

「……返せよ」

通じるわけないのに、なぜか日本語で言っていた。

「デジタルカメラ、バック、プリーズ」

俺の言葉が通じているのか、男はナイフを胸の前に構えたまま首を横に振る。

ここで諦《あきら》めておけよ。頭の中に冷静な声が響く。デジカメより、怪我したらこの先が大変だぞ。

（そりゃそうだ）

俺は頭の中でうなずく。でも、なぜだか口が開いた。

「返せっつってんだろうが！」

俺の言葉にびくりとした男は、そのままこっちに向かってくる。

そこから先は、なんだかスローモーションのように流れた。

俺のすぐそばまで来た男は、ナイフを突き出すように持ち替える。俺はそれを避《よ》けようと、身体をひねる。まるでアクション映画みたいに、ひるがえるネクタイ。そこにナイフが触れるものの、軽く巻きつくだけですぐに離れた。

（触れただけで切れるようなナイフなんか、現実にはないか）

たぶん人生で一番危機的な状況だっていうのに、頭のどこかは冷静に突っ込みを入れている。それが妙におかしくて、笑い出しそうになる。

（もう一回来られたら、避けられないかも）

けれど男はそこまで俺に執着せず、さっさと逃げる方を選んだ。俺はその背中を呆然《ぼうぜん》と見送り、地面にぺたりと座り込んだ。助かった。

「ハポネス！」

人の声に顔を上げると、路地の入り口に数人の人影が見えている。

「エイ？　エイなの？」

ミウの声に、俺は片手を上げる。

「ごめん、ダメだった」

そう言いながら立ち上がろうとした瞬間、ミウがどしんと身体をぶつけてきた。

「エイ！　エイ！　心配した！」

半泣きで俺にしがみつくミウ。なまあったかい夜が、さらに熱くなる。

「だいじょうぶ、だよ」

ホントは全然、大丈夫じゃなかった。下手すると身体が勝手にがたがた震えそうなくらい、ビビっていた。でもミウの両腕が、それをかろうじて止めてくれていた。

「無事で、よかった……！」

肩に顔を埋《うず》めたまま、ミウが声をもらす。

「あ、りがとう」

心からの感謝をこめて、俺はあたたかな身体を抱きしめ返した。やわらかくて、甘い匂いがする。人間の身体って、くっつくとこんなにほっとするものなんだ。

「ユー、ＯＫ？」

野次馬の声で、俺は顔を上げた。そういえば、路地の奥に座り込んだままだった。俺はミウをうながして一緒に立ち上がると、心配してくれた他の人に手を振った。

「アイムＯＫ。オブリガード」

そのまま皆と一緒にパーティー会場へ戻ろうとする俺を、ミウが軽く引き止めた。

「エイ、服が」

「ん？」

自分を見下ろしてみると、座り込んだ拍子にスーツがかなり汚れている。しかもゴミから出た水も染みたらしく、けっこう臭い。

「うわ、ごめん！　貸衣装なのに」

「クリーニングに出せば大丈夫。でも当座臭うから、汚れを落としに行かない？」

それを断る理由はなかったので、俺はうなずく。するとミウは会場の入り口まで俺を連れて行き、中にいる友達に声をかけた。すると周りにいる友達が、こぞって紙皿に料理を盛りつけはじめる。

（なんだ、あれ）

首を傾げている俺に向かって、女の子たちは心配するなという顔で手を振る。もしかして、この場で食べられなくて可哀相だから「お土産」を包んでくれてるのか。

「お待たせしました」

両手に紙袋をさげて戻ってきたミウは、にっこり笑って俺を見る。

「え。どこ行くの？」

「友達の家。ここから歩いてすぐのところにあるから、そこで洗わせてもらうことにしたの」

ドライヤーもあるしね。そう言ってミウは夜の街にすいと歩き出す。その姿はしなやかで、ひるがえるスカートの裾《すそ》が熱帯魚のヒレのように見えた。

＊

たぶん、一人だったらとても歩く気にはなれなかっただろう。泥棒騒ぎの後で見るベレンの街は、どこか闇が濃く、物騒に思える。しかしそれはミウも同じようで、「普段だったら、夜の街は絶対に歩かない」と真面目な顔で言う。

「ここはまだいい方だけど、治安の悪い場所なんて、遅い時間にはスクールバスだって乗っちゃいけないって言われるの」

「そんなに」

「うん。暗くなると強盗が出るんだって」

スクールバスに強盗。あんまりな組み合わせに、俺は一瞬言葉を失った。昼間、外を歩いているだけでは気づかなかった、ベレンのもうひとつの顔。

（殺人じゃないだけ、マシなのかな）

そんなことを思うのは、さっきナイフを突きつけられたせいだろうか。

「はい到着」

さっきの通りから二ブロック先の建物で、ミウは立ち止まる。なるほどこの距離なら、歩こうと思うはずだ。

「このビルの、四階だって」

古ぼけたアパートっぽい建物の入り口には、大きくていかついドア。それを大きな鍵《かぎ》で開けると、中には白い漆喰《しっくい》の壁が見える。

エレベーターがないから階段で上る。ミウの荷物を持とうと手を差し出すと、紙袋を片方だけ渡された。

「両方、持つよ」

「ううん。空いた手は、これを持って」

そう言って、手を握られた。

どきどきした。ていうか、してしまった。

たぶん、親愛の情とか、外国人への親切とかの範疇《はんちゅう》のはずで、もし好意的に見ても、俺が騒ぎに巻き込まれて「可哀相だから」って感じだと思う。

なのに、どきどきした。

「じゃあ、とりあえずバスルームでスーツを脱いで」

ミウに言われるがまま、俺はバスルームに向かう。日本のワンルームよりは広いけど、いかにも女の子といった感じのインテリアが気恥ずかしい、小さな部屋。それでもとにかくスーツを脱いで、汚れを軽く水で流す。

「脱いでも臭うでしょ。そのままシャワー浴びて」

ドア越しに言われて、俺は戸惑った。

「着替えがないよ」

「大丈夫。シャツとパンツがあるみたいだから」

初めて上がる家で、いきなりシャワー。蛇口のひねり方からしてわからないような状況で、俺はミウに従うしかなかった。外国の香りがする石けんに、なまぬるいお湯。渡された服は男物で、もしかしたらこの部屋の子の彼氏のものかもしれない。嗅《か》いだことのない洗剤の香りが、さらに『外国』を感じさせる。

少し大きめの半袖《はんそで》シャツに腕を通し、ハーフパンツのベルトを締める。

「ふふ。カワイー」

バスルームを出た俺に、ミウがからかうような声をかけた。

「可愛くないよ」

「カワイー、だよ。だって大きめの服ってセクシーだもん」

セクシー。その単語で、一瞬フリーズした。自分の人生的には、一生出合わないかもしれない言葉だ。もしあるとしても、『(笑)』とつくのが関の山。

なのに、それが今、ここで使われるとは。

「ほら、そうやって開いた胸元が」

「ふざけるなよ」

あんまりそんなことばっか言うと、おかしなムードになるぞ。俺は心の中で、ミウに説教をしそうになった。だってここは密室で、外国人のよく知らない男と二人きりなんだからな。

(密室で、二人きり)

またまたどきり。自分で思いついた言葉に、過剰反応した。俺のバカ。

振り返ると、ミウがハンガーにスーツやシャツを干してくれていた。

（こんなに親切にしてくれてるのに）

そっち方面の想像をするのは失礼というものだ。俺はせめて何か手伝おうと、小さなテーブルに紙袋の中の食料を広げた。

手でつまめる揚げ物に、サンドイッチ。それからチョコレートやフルーツ。ピクニックのような食卓を挟んで、俺はようやく肩の力が抜けた。

「それじゃ、乾杯」

「乾杯ってポルトガル語で何て言うの」

「サウージ、かな」

缶入りのドリンクを合わせて口に運ぶと、またもやアルコール入り。しかもこれはさっき飲んだパンチよりも度数が高くて、注意しないと本気で酔いそうだ。

（こっちの人は、酒に強いのかな）

そういえば、日本人はアルコールを分解する何かが少ないってテレビで見たような気がする。でもたとえば日系人の場合、どうなんだろう。遺伝子は同じわけだし。そんなことを考えながらカクテルを舐《な》めていると、ミウが俺の方をじっと見つめていることに気がついた。

「何?」

「ううん。ただ、カワイーなって思ってた」

「どこが。ていうかミウの方がカワイーだろ」

女の子なんだし。そう言って笑うと、ミウがぐっと身を乗り出してくる。すると、ただでさえ露出気味の胸元がかなり奥の方まで見えた。

「エイは、私のどこがカワイーと思う？」

上から丸見えの半乳が。とも言えず、俺は必死で胸元から視線をそらす。

「えっと、顔もカワイーし、スタイルなんてすごくいいと思うよ」

「わあ、嬉《うれ》しい！　ねえ、他には？」

小さなテーブルを乗り越えそうな勢いで、ミウは俺の方に身を乗り出す。

だから、おっぱいが。

「……胸元がセクシー」

注意をうながす意味で口にした途端、空気を変えてしまったことに気づいた。

「え」

ひくよな。そうだよな。ていうかこれじゃマズい展開だよな。俺のバカ。マンガのように、自分の頭をポカポカ殴りたい衝動に駆られる。

「いや、そういう意味じゃ」

言いかけたときには、ミウがテーブルに膝《ひざ》を乗せていた。ぎっ、と軋《きし》む音。

「え。な、なに」

現状が把握できず慌てているうちに、ミウは猫のようなポーズでテーブルを乗り越えてしまった。

「もっとそばで、見て」

「な、にを」

「セクシーなところ」

いつの間にか、ミウは俺の肩に手をかけ、膝の上に上っている。

どうしよう。

こんな状況でそんな感想しか出ない自分が情けないけど、マジでどうしよう。『外国人の』『女の子から』『迫られる』。あり得ない事態の三連コンボに、俺の思考はフリーズしかけている。

膝の上があったかい。肩にかけられた手があったかい。頬に当たる髪の毛がくすぐったい。香水みたいないい匂いがする。なんか全体的に、重くてあったかくてやわらかい。

「どう？」

「な、なにが？」

「私の胸」

それは今、鼻の真下にある。だから自動的に見えてるわけなんだけど。ていうか今、膝の上に乗られてるのはマズい。とんでもなく、マズい。

「お、下りてくれないかな」

俺の言葉に、ミウはちょっと傷ついたような表情を浮かべる。

「私のこと、嫌い？」

けど、と続けようとしたところで、鼻が胸の谷間に埋もれた。

「そんなことない」

「嬉しいっ。私たち、相思相愛だね」

そしてミウが俺の頭を抱きしめた拍子に、膝の上の足が股間《こかん》に触れる。

ヤバい。ヤバすぎるし、恥ずかしすぎる。頬にかっと血が上り、俺は言葉を失った。

しかしミウは、それでも笑顔を崩さない。

「……ホントに、相思相愛だあ」

言いながら、もっと激しく抱きついてくる。もはや俺に、抗《あらが》う術《すべ》はない。

ていうかこの展開は、もはやラノベじゃなくて成人向けだろう。

身体は、あっという間に『準備』ができてしまった。けれど心が最後のストッパーをかける。

（だって俺は本当に通りすがりだし、責任とか取れないし、それにミウのことは好きだけど、愛してるわけじゃないし）

別に女の子じゃないから、「初めては愛してる人と！」なんてことは思わない。ただ、外国でここまで親切にしてくれたヤマモトさん一家を裏切るようなことはしたくなかった。

だから最後の最後で、かろうじてミウの肩を押し戻した。

「好きだけど、結婚したいわけじゃない。だからごめん」

するとミウは、傷ついたような表情を浮かべる。ごめん。できれば俺だって断りたくなんかない。

しかし次の瞬間、ミウはとろけるような笑みを浮かべた。

「……エイはやっぱりサムライね！」

「は？」

「理性で本能を抑え込むなんて、すごい。こんな男の人、今まで見たことない」

いやちょっとそれは事情が違うっていうか、それにちょっとばかり聞き流せない部分もあったっていうか。

「大好き」

もう、何を言ってもオールオッケーらしい。こぼれ出た胸に鼻を埋めながら、俺はすべての抵抗を放棄した。

そもそも、こんなキスすら初めてだった。ていうか正直言って、俺のしたことと比べたら、これはキスじゃなかった。唇をくっつけるのをキスと呼ぶのなら、これはそうじゃない。

俺は今、喰《く》われている。

唇を唇で挟まれ、引っ張られ、舌でねろねろいじられる。

なんだこの感触。なんだこのとろけそうな感覚。そしてなんだこのエロさは。

（これって）

もうセックスだよな。頭の片隅で、ちらりとそんなことを考える。でも次の瞬間にはすべてを忘れて、ねろねろした感触に夢中になる。

相手のつばを呑《の》み込むなんて、信じられない。小学生の俺にこの事実を伝えたら、俺は間違いなく「きったね！」と叫んでいたことだろう。なのに俺は今、全力でミウの唇の端から垂れたよだれを舌でぬぐっている。

さらにその舌をミウの口の中にねじ込み、でろでろと舐め回している。

（……これ、マジで俺？）

自分を鏡で見たら、確実に発狂する。それほどエロくてあり得ない行為を、俺は絶賛継続中なのだ。

（うわあ、なんだこれ。どこ行くんだ⁉）

垂れたよだれを追うようにして、俺の口はミウの首筋を降りてゆく。軽く震えるミウの身体と、エロい声。それに後押しされるようにして、口はさらに下へと進む。

谷間から立ち上る、むっとした、でも甘い匂い。いつの間にか、手が勝手にドレスの布地にかかっている。

引き下げた。

出た。

ノーブラだった。

リアルなおっぱいを見たのは、赤ん坊のときを除けばこれが初めて。

（マジでマジでマジで⁉）

白くてぽよんとしたものを目の前に、俺はどこまでも興奮し続ける。

「──いいの？」

「もちろん」

ミウの声が、ゴーサインだった。

そこから俺は、おっぱいにしてみたかったこと全部を、した。

結果、ミウが信じられないほどエロさを増した。

（俺が、そうした……？）

のけぞり喘《あえ》ぐミウを見て、俺は少しだけ自信を持つ。これなら、できるかもしれない。

そろそろと、片方の手を下の方へ伸ばす。スカートの裾《すそ》から手を差し入れ、足の上でむにゅっと潰《つぶ》れているお尻《しり》を触ってみた。ぷるぷるの、すべすべ。

（まさか、ノーパン⁉）

下着の中に指を入れてみたくて布地を探すものの、その布地がない。剝《む》き出しの尻を撫《な》でていると、やがて細い何かに指が引っかかった。紐《ひも》パンだ。

（穿《は》いてる意味、あるのかな）

ほぼ丸出しのお尻を撫でていると、なぜかミウの興奮が増した。

「ね。私のお尻、カワイー？」

「あ、うん。すごく、いいと思う」

「嬉《うれ》しいっ……！」

そう言ってミウは、お尻を突き出すようにしてくねらせた。そしてその拍子に、俺の指はするりと細い紐の境界線を越えてしまう。

（うわ。ぬるぬるしてる！）

こういうとき、女の子がこういう感じになるのはマンガやなにかで知っていた。でもホントにこんなにぬるぬるなんて、人体がこんな液体をその都度都合よく出してるなんて、信じられない。

（なんだこれなんだこれなんだこれ）

指を中に入れると、ぬるぬるの中に色々な手触りがあった。それを一つずつ触ってゆくと、ミウの声のトーンがどんどん上がる。それにつられて、俺の股間もどんどん硬くなる。硬くなりすぎて、なんかもう痛がゆいくらいだ。

「すげえ……」

興味のままにいじくりまくると、ミウの身体ががくがくと震えだす。それがあまりにも激しすぎて、俺は一瞬ミウがけいれんでも起こしたのかと思った。

「だ、大丈夫？」

「だいじょうぶ。ボン。でも少し楽になりたい」

そう言われて、初めて俺はベッドの存在を意識する。ていうか、あそこに行ったら、もう、マジで引き返せない。

「いいの？」

「いいの」

膝《ひざ》に乗ったまま俺の肩に顎《あご》を預けるミウを、どうしたものかと一瞬悩む。しかしくたりと力の抜けた身体を床に下ろすのも悪い気がして、俺は人生で初めてお姫様抱っこに挑戦した。

あ、無理かも。

両手にかかる体重に、俺は歯を食いしばる。よく考えたら、この背丈の人間はどんなに軽くたって五十キロ近くあるはずだ。

（五十キロのベンチプレスとか、絶対無理だし）

でもそれを顔に出したら失礼っていうか、俺のプライド的にもちょっと問題があるので、できるだけ平静を装ってよろよろと歩き出す。

「ふふふ、マンガのプリンセサみたい」

俺の首に手を回して、ミウがうっとりと微笑む。なんだよ、可愛いじゃないか。ていうか今までもじゅうぶん可愛かったのに、これはかなり本気でストライクゾーンだ。さらにぎゅっと顔をうずめて、小さく耳もとで囁《ささや》く。

「エイ。だいすき」

あ、ダメだ。これはもうダメだ。

震える腕でミウをベッドにそっと横たえると、俺は片手でミウの髪を撫でる。

「ミウ、最高に、可愛い」

空いたもう片方の手は信じられないほどエロいことを、ミウのおっぱいや下半身にし続ける。

「エイ、すっごくセクシー」

「ミウの方が、素敵だ」

俺ってこんなに器用だったっけ。両手で違うことをしながら、でもすべてはミウに釘付《くぎづ》けだった。優しくて可愛くてエロいミウ。

そのミウの中に、俺は入った。

最初は、ただただ気持ちいいだけだった。次にエロエロな気持ちが湧いてきて、マンガやアダルトサイトで見たようなことを試しはじめた。でもしばらくすると、もう何も考える余裕がなくなった。

あったかくて熱くて、ぬるぬるのぐちゃぐちゃで、息は上がるし、両手はずっと腕立て伏せみたいな状態。とにかく動いて、動いて、どこかへ行こうとしていた。

どこに？　わからない。

何をしに？　わからない。

ただ、動く。終わりに向かって。

でも終わりが来るとまた、始まりが来る。

繰り返し。その繰り返し。

それはまるで、寄せては返す波のようだった。

＊

翌朝。俺は関節の痛みで目が覚めた。

「うぉ、いって！」

身体をひねると、肩のあたりに激痛が走る。ていうか肩から先ががっちりホールドされてて、ぴくりとも動かない。

(なんだなんだなんだ)

俺は寝てる間に、プロの格闘家に組み伏せられたのか。それとも大事故に遭って、腕に大怪我でもしたのか。しかしそんなくだらない想像は、肩から先でもぞりと動いたぬくもりの前にかき消えた。

「……エイ？」

俺は激痛をこらえつつ、できるだけさわやかな笑みでそれに答える。

「おはよう、ミウ」

水から上がったみたいに身体がだるい。でも気分は最高だ。

なんとなく、大きな波を乗りこなしたような、何か一つステップを上ったような感じ。誰かに言いふらしたいような、でも誰にも言いたくないような、そんな気分。

一人前の男になった？　それはちょっと違う。

女を征服した？　それはだいぶ違う。

大人になった？　そうなのかな。これが？

俺は、大人なのか？

——たぶん、ぜんぶ違う。


正直に告白すると、最初からうまくいったわけじゃない。

俺はおろおろして、興奮して、色んなことを色んな場所で間違えた。ミウの「そこ、ちょっと違う」にびくりと動きを止めては教えを乞《こ》い、「痛いよ？」に何度も何度も謝った。でも、ミウは笑ってくれた。恥ずかしさと照れくささでうつむく俺に、ミウはそれでも微笑みかけてくれたんだ。

「ね。これってエィの初めて？」

もし、相手が日本人で、しかも同い年の女の子だったら、俺は素直にうなずけなかったかもしれない。強がって嘘をついて、もっと恥ずかしい思いをしていたかもしれない。でもここはブラジルで、ミウは同い年で日系だけど、中身は日本人じゃない。

だから色々考えずに、素直にうなずくことができた。するとミウは俺と向かい合って座ったまま、胸の前で両手を合わせた。

「すごく、素敵」

「え？」

「愛《いと》しい人の大切なときに、一緒にいられるなんて」

そのとき、ミウは当たり前だけど裸で。薄暗い部屋の中、ベッドサイドの灯《あか》りにほのかに照らされたその姿を、俺はすごく綺麗《きれい》だと思った。まるで美術の授業で見た、マリア像みたいな感じ。だから。

素敵なのは、ミウの方だ。

「素敵なのは、ミウの方だ」

思ったことがそのまま、口から出た。

「いま、なんて言ったの？」

自分で自分に驚く。でもそれがなんだか、自然だった。

「素敵だ。ミウ」

もう一度、口に出すと、ミウがふわりと笑う。花が咲いたみたいだった。

この夜に学んだことは、山のようにある。たとえばお姫様抱っこは、現実的にはかなり無理をしなきゃできないということ。あるいは腕枕をすると、腕が痺《しび》れて使い物にならなくなること。

そしてセックスっていうのは、「いいもの」なんだってこと。

朝食は、ミウの入れてくれたコーヒーと昨日のパーティーの残り。でもヤマモト家と豆が違うのか、そこまでおいしくはない。

「エイ、『このコーヒーおいしくないなあ』って顔してる」

「え。わかる?」

「ふふ。私もそう思うから」

しけてぬすっとしたパンや、油の回りきったドーナツ。それに溶けかけたチョコレート菓子と、ぬるいフルーツ。おいしいとは思えないものを惰性で口に入れると、意外な発見があった。

「フルーツって、冷たくない方が甘いんだな」

メロンといえば、冷蔵庫から出して食べるもの。冷えてないのなんてきっとまずい。そう思い込んでた。それとも。

「ミウと食べてるから、甘いのかも」

「ふふふ。カワイーの味」

ミウが、唇の端についたキウイの汁をぺろりと舐《な》める。その唇に向かって、俺はごく自然に顔を重ねた。

「おいしいな」

心と言葉が、ぴったり同じ方向を向いている。こんな感覚、今までなかった。澄んだ海みたいに、気持ちがいい。

「じゃあ、そろそろ帰ろうか」

「うん」

帰り支度とともに、部屋の簡単なかたづけをする。自分たちの持ち込んだゴミをまとめ、ベッドメイクをし、なんとなく部屋が元通りになったところでよしとする。

「身支度を、整えてくるね」

そう言ってミウはバスルームに入った。俺は壁にかけたスーツを身に着けて、靴ひもを結びなおす。

(そういえば、この部屋に住んでる子はどうしたんだろう)

確か昨日の時点では「ちょっと部屋を借りる」って雰囲気だったけど、もしあの最中にドアを開けられてたら、どうなっていただろう。

(ミウは、その子が帰って来ないって知ってたのかも)

でなきゃ俺がシャワーを浴びてる間に、メールでも入ったとか。

(ってことは、その子も彼氏と――)

けっこう、可愛い子たちだったよな。俺はミウの友達をぼんやりと思い出す。この部屋の主は、あの中の誰だったんだろう。

「いって！」

いやらしい想像をしていたせいか、肘《ひじ》を固いものにぶつけた。痛みに顔をしかめながら目をやると、そこには半開きのクローゼットがあった。

「ちゃんと閉めとけよ」

文句を言いながら手で押すと、何かがつかえて閉まらない。そこで一度開いてみようとした瞬間、中のものがすごい勢いでなだれ落ちてきた。

「うわっ!」

慌てて両手でブロックすると、なだれはそこで止まった。下に落ちているものを見ると、服や下着に加えて雑誌やぬいぐるみ、それに教科書っぽいものやマグカップまで雑多に散らばっている。

「むちゃくちゃな入れ方すんなよ……」

これじゃまるで、リビングにあったものを適当に突っ込んだだけじゃないか。そうつぶやこうとして、俺はふと首を傾げる。

リビングのものをざっと押し込んだのは、誰だ?

この強引な押し込み方を見る限り、ミウがやったとは考えにくい。だってこんな入れ方、他人がやったら持ち主に怒られるだろう。

じゃあやったのをこの家の住人だと考えると、彼女には来客の予定があったことになる。それも家を出る直前に連絡を受けたような、急な来客が。

なのに彼女は、家に帰ってこなかった。

(んん?)

俺の頭の中に、いくつか疑問符が浮かんでくる。

そういえば、センは会場で別れたあと、一緒に帰ろうとも言わなかったし、そもそも寄ってさえこなかった。それからパーティー会場で料理を詰めてた女の子たちは、やけに手際が良かった。まるでこの流れがわかってるみたいに二食分きっちり詰めてあった紙袋を思い出して、俺はさらに首を傾げる。

ていうかそもそもベッドサイドにコンドームがあったのも、流れ的にちょっと都合よすぎな気がする。だってここは、女の子の部屋なわけだし。

しかもミウは俺に「つきあってくれ」とも「ずっとここにいて」ともなんとも言わなくて。

そもそも、なんか流れ的にうまくいきすぎっていうか。

ぼんやりと、ラノベ的な展開だとは思っていた。でも、もしかしたらそれはまったく逆の話だったのかもしれない。

「どうしたの、エイ？」

バスルームから出てきたミウに、俺はゆっくりと振り返って笑う。

「なんでもないよ。ただ、クローゼットを閉めただけだ」

部屋を出ると、強烈な日射しに襲われた。

「少し歩いたら大通りに出るから、そこからバスに乗ろう」

慣れた様子で先を歩くミウの、くびれたシルエットを俺は眺める。

「にしても、スーツで歩く温度じゃないな」

「そうね。帰ったらまたシャワー浴びなきゃ」

「また、ね」

共犯者の笑みを浮かべて、俺たちは手をからめた。

昨夜は恐ろしく感じた路地も、朝の光の下では普通の道だ。ただ、路上にゴミやガラクタが散乱しているし、石畳もあちこちで割れたり剝《は》がれたりしている。

おそらく、ヤマモト家の近所と比べると治安の良くない地域なんだろう。俺はどこからか漂ってきたゴミの臭いに、顔をしかめる。

それに気づいたミウが、左の方向をさした。

「生ゴミかな。出しっぱなしだと、すぐに傷んじゃうのに」

ゴミ置き場なのか、それともただゴミが集まっただけなのか。適当に積み上げられたゴミの山から、嫌な臭いの汁が流れ出ている。それを踏まないようにと注意した瞬間、俺は自分の目を疑った。

血。のようなものが、流れてる。

「ミウ」

思わず足を止めると、ミウが鼻を押さえた。

「行こう、エイ。きっと生の肉とか内臓を使った料理の残りよ」

「そっか」

ブラジルは肉食っぽいもんな。うなずこうとしたところで、目にきらりと光るものが飛び込んできた。デジタルカメラだ。

(まさか、な)

昨日の今日でこんなとこに落ちてるわけがない。でも同じ機種なんて、違う方が不自然だ。

「エイ、なにしてるの」

「盗まれたカメラとそっくりなのが、落ちてるんだよ」

とはいえ、カメラに名前を書いていたわけでもないから、俺のだとは言い切れない。何気なく拾い上げてみると、裏側の液晶画面が割れていた。

「どっかで落として壊れたから、捨てていったのかな」

「そうかもね。暗いところで転んだら、わからないしね」

これをそのまま持ち帰ったものかどうか、少し悩んだ。電源が入れば、中に残された映像で俺のものだと特定できる。でもそれができないから、誰のものともわからない。

「うーん」

とりあえず放っておくよりも、持って帰った方がマシかな。そう考えていたとき、俺の目に信じられないものが映った。

「どうしたの?」

そばに来ようとするミウに向かって、俺はとっさに言い放つ。

「来ちゃダメだ」

「え？」

俺の視線の先に、ミウは何気なく目を向ける。そしてひっという声とともに、息を呑《の》んだ。

ゴミの間から、棒のように突き出ているもの。それは人の手だった。


水面に向かってもがく手。

何かを摑《つか》むように関節の曲げられた指を見て、俺はつかの間そんな想像をした。

そしてそんなことを思った直後、俺はゴミの山に歩み寄った。

「エイ、何するの」

「埋もれてるなら、助けないと」

酔っぱらったまま寝たとか、ケンカのあと倒れたとか、そんなことだってあり得るし。頭の隅では最悪のパターンが激しくちらついていたけど、俺はそれをあえて無視した。

突き出た手を握る。反応はない。

しょうがないのでゴミをかき分けると、肩が見えた。

見えなければいいと思いながら、そのまま掘り進めると顔が出た。

思いっきり、死んでた。

ていうか、たぶん、死んでる。


「エイ！　エイ！　どうしたの⁉」

ミウの呼びかけが、どこか遠いところからのものに聞こえる。引き潮に足もとの砂をさらわれるように、足もとがなんだか不安定で。

「あー……っと」

何て説明しようかと、ぼんやり考える。目の前にある顔は、目が開いちゃってて、鼻と耳から血が出てる。でもって頭の上の方には、固まった血がべっとり付いていた。

イメージとしては、後頭部を殴られて死んだ。そんな感じ。

(でも、脈をとったわけじゃないし)

それをやっても意味はないだろうと思うものの、俺は半開きの口元に手をかざしてみる。呼吸は、感じない。

(死体を、見つけるなんて)

今までの俺の人生的にはあり得ないし、たぶんこれから先もそうそうはないはずの出来事。ミウとのこともそんな風に思ったけれど、こっちは全然嬉《うれ》しくない。しかしそれより何より問題なのは、俺はこの男の顔に見覚えがあるということだ。

(ブラジルでは、こういう顔が多いとか)

どちらかというとそうであってほしいんだけど、たぶん違うだろう。人相がだいぶ違ってはいるものの、この男はおそらく、昨夜俺に斬りつけてきた奴と同一人物だと思う。

あの路地裏で、こいつはぎらぎらした目を俺に向けていた。素早く動いた。何か喋《しゃべ》っていた。泥棒だった。

それが今は、ただの死体として目の前にある。

落差がありすぎる登場の仕方すんなよ。俺は思わずつぶやいた。

(――昨日は、生きてた)

腐臭につられてやってきた蠅が、俺と男の間をぶんぶん飛び回る。暑い。

こめかみから、汗が滴り落ちる。暑い。

死ぬって、こんな感じなのか。

意思のない瞳《ひとみ》。穴ぼこみたいな口。蠅にとまられても、どこも動かない身体。

死ぬって、こうなるのか。

じいちゃんは、あやうくこうなるところだったのかな。いや、でも病院で迎える「死」は、きっともうちょっと違うはずだ。たぶんもうちょっと清潔で、もうちょっと人の手がかかってて、もうちょっと死体らしからぬ感じ。

でもこの男は、うるさいほどこっちに向かって「死」をアピールしてくる。

臭い液体。へんな方向に曲がったままの関節。黒ずんだ血。

それをじっと見つめたまま、俺は心の中でつぶやく。

へえ、死体って、こんな感じなんだ。

ずっと、見てみたかった。


最初に死体を見てみたいと思ったのは、子供の頃。

アリを指で潰《つぶ》すのと同じレベルで「人も死ぬんだ？　へえー、見てみたい」と思った。でも、思ったところでそうそう見られるもんじゃなかったから、やがてその欲求自体を忘れた。まあ、ガキだったから。

そして中学生の頃、突然また死体が見てみたくなった。理由は、よくわからない。でもホンモノはやっぱり見られなかった。だからゲームやマンガや映画や小説なんかで、それっぽい気分を満たした。

「ネットで海外の画像を検索すれば、死体の写真が見られるぞ」

そんな同級生の言葉に気持ちが動いたものの、家のパソコンにはフィルタがかかっていたので、見られなかった。かといってネットカフェに金を払ってまで見る気もしなかった。そしたら、またしばらく忘れた。

でも今、思い出した。

俺は、死体を見てみたかったんだ。

気持ち悪いな。

それが正直な感想だった。

生ゴミみたいだし、これが人生の終わりなんて、あり得ない。

死んだら、こんな風に口に蠅とか入るんだ。

臭いし、汚い。

でもみんな、いつかは死ぬ。嫌でも死ぬ。誰でも必ず死ぬ。どんなに元気で健康でも、絶対に死ぬ。

そんなことは、わかってた。でも。

(死にたくないな)

飛び回る蝿を見ながら、そんなことを思った。

男にたかる蝿は、暑苦しいくらいに生きていて、ぶんぶんうるさい。手や足をせわしなくすりあわせて、口をにゅっと伸ばす。その先っぽが男の歯にぺたりとくっついて、また離れる。

その蝿が、不意に飛び立った。

そして次の瞬間、俺の顔にぺたりととまる。

俺は、狂ったように頭を振りまくった。

「エイ！　エイ！　大丈夫!?」

いきなり頭を振り出した俺に驚いて、ミウが近寄ってくる。俺は「大丈夫だから」と手で制する。

「死んでるんだ。見ない方がいい」

「そう、なの――？」

うなずきながら、口の中に酸っぱいものがこみ上げてくるのを感じた。朝から、油の回った揚げ物なんか食べたせいだろうか。胸焼けがひどい。

「うん。しかもこいつ、昨日の泥棒だと思う」

「ええ？　じゃあそのカメラは」

「俺のだろう、な」

なんだか、まだ視界が揺れている。そしてなぜかミウが近寄ってくる。

「来ちゃダメだって」

「でもエイ。ずっと頭振ってるから」

「え？」

気づかなかった。だからめまいがし始めたのか。

「片手もずっと動かしてる。ほっぺたのところに、何かついたの？」

「いや、ここに蠅が」

そう説明しようとしたとき、突然吐き気が襲ってきた。

「エイ！」

俺は体を二つ折りにして、地面に吐いた。

すっぱい。にがい。きもちわるい。

熱く乾いた地面に、俺の胃の中身が広がる。それを見て、気持ち悪さに拍車がかかった。でもなぜか、目が離せない。広がった中身が、ゴミの方にゆっくりと流れていく。そしてゴミから流れ出た臭い汁と合流して、一つの河のようになった。

色の違う二つの流れ。

俺のと、この男の。

「う……えっ」

もう、ダメだった。

死にたくない死にたくない死にたくない。こんな風になりたくない。

(でも、いつか絶対に、死ぬ)

俺はげえげえと吐いて、吐いて、吐きまくった。涙と鼻水とよだれにまみれて、吐きまくった。情けないとか恥ずかしいとか、そんなことを考える余裕もなく、吐きまくった。

「エイ！」

そんな俺を、ミウが強い力で車道の方に引っ張ってゆく。

「しっかりして！　エスタ・ベ？」

頬をぱちぱちはたかれて、ようやく俺は顔を上げた。

「あ。うん」

口から胃液を垂らしたまま、俺はゆっくりとうなずく。そんな俺に向かって、ミウはきっぱりと言い放った。

「サムライでしょ。しっかりしなさい！」

俺はつかの間呆然《ぼうぜん》とし、そして急に笑いたくなった。

そんな俺を、ミウは不思議そうな顔で見ている。

「そっか。サムライか」

スーツの袖《そで》で口元を拭《ぬぐ》うと、俺は息を吸う。浅くて速い呼吸を整えるように、ゆっくりと深く。

そして水面に顔を出すように、空を見上げた。眩《まぶ》しかった。

＊

警察の前に、ミウはまずコージローさんに電話をかけた。そしてポルトガル語で何やら話しながら、あたりを見回している。そして近くの壁に住所表記を見つけるとそれを伝え、うなずきながら電話を切った。

「パパが迎えに来てくれるって。それまで、近くにお店でもあれば入っていればいいって」

とりあえず大きな通りに出て、カフェでも探そう。そう言ってミウはさっさと歩き出す。俺はつかの間後ろを振り返り、さっきとまったく同じ状態で固まっている男の手を眺めた。

（死んだら、死んだままなんだよな）

当たり前のことを、当たり前に考える。

先を歩く、ミウのくびれたシルエット。どんどん上がる気温。ためらいのない歩幅。

「ミウは、大丈夫なのか」

思わず声に出すと、自分がどれだけビビってたかがよくわかる。なのにミウは、俺よりずっと冷静だった。

「大丈夫、じゃないよ。でもああいうの見たの、初めてじゃないから」

「そうなんだ」

そうなんだ。驚きを隠せずに、俺はミウを見つめる。ここは死体があって当たり前の国なんだろうか。

「トレフィコのアクシデント……えっと、なんて言うのかな。車の事故とかで、何回か見たことがあるの」

交通事故か。それならまだわかる。でも、何回かっていうのがちょっとひっかかる。こっちの消防や警察は、死体を隠さないんだろうか。

角を曲がったところに小さなベーカリーカフェを見つけて、俺たちは腰を下ろす。トイレで顔や手を洗い、ミウが買ってきてくれたレモンソーダを一口飲んで、ようやく俺は人心地がついた。

「俺は、さっきのが初めてだったんだ」

じゃあしょうがないね。ミウはうんうんとうなずきながら、ソーダのストローをくるくると回した。

「でも、ニュースとかで見たことはないの？」

それを聞いて、はっとした。

「こっちでは、ニュースで死んでる人の映像も映すの？」

「うん。別にアップとかじゃないけど、大きな事故のときなんかは映るかも。それにＣＮＮや

BBCみたいに有名なところは、世界に公開すべきひどい事件だと映すことが多いの。これだけひどいことが行われています、っていう意味でね」

だから子供の頃は、ニュース禁止でキッズチャンネルばっかり見せられてたなあ。ミウは懐かしそうに、日本のアニメのタイトルを上げる。

「でも、そのおかげで日本が大好きになったのかも」

にっこりと笑うミウを見て、俺は自分がいかに子供だったのかを思う。

死体を見ることもなく、育ってきた。だから「死体が見てみたい」なんて思う。でも、人は生きてれば死ぬんだから、見ない方がおかしいんだ。

そして悲しい死体には、それを映す意味がある。こうならないように、こんな悲劇を繰り返さないように。あるいは、あなたはこれをどう思いますか？　という意味で。

俺は、そのどれも感じなかった。ただ気持ち悪い、こうはなりたくない、としか思わなかった。

それがどれだけ子供っぽい反応なのかは、ミウを見ればよくわかる。

俺は、甘やかされた世界で育ったんだ。

そういえば、警察に電話してないよね。ベーカリーに併設された小さなカフェに腰を下ろし、俺はふとたずねる。するとミウは、携帯電話をさして言った。

「パパが連絡しておいてくれるって。知り合いに警察の人がいるから、できるだけ面倒になら

「ないようにするみたい」

「面倒?」

「うん。だってエイは日本人だし、旅行中でしょ。それに、知らないところの警察は恐いし」

「知らないところの警察が恐い?　俺が首を傾げると、ミウはちょっと言いにくそうに声をひそめた。

「だって、何を求められるかわからないから」

「求められる？」

それは身分証とかＩＤみたいなもののことだろうか。いちいち持ち歩くのは面倒なのに、持っていないのがバレれば逮捕されるとか。

しかし、ミウの答えは俺の想像を超えていた。

「その……お金とか」

「はあ⁉」

俺の驚きに、ミウは恥ずかしそうな顔をする。

「まあ、大抵の場合、コーヒー代くらいだけど。でもスラムの方だと本当に何があるかわからないから、用心するに越したことはないの」

「用心、って」

なんで警察相手に用心しなきゃいけないんだ。俺はそう言おうとして、ふと口をつぐんだ。

ミウの顔が、悲しそうに歪《ゆが》んでいたから。

「きっと、日本はこうじゃないんだよね」

うまく答えられず、俺は曖昧《あいまい》に首を振る。

日本にだって、賄賂《わいろ》を受け取る警察官がいるだろう。痴漢をしたり、盗みを働いたり、そんなニュースなら俺だって耳にしたことがある。

でも、それは当たり前じゃない。当たり前じゃないからこそ、ニュースで取り上げられている。

「いい人もいるんだけど、悪い人もいる。だから用心しなきゃいけないの。近所に警察の知り合いを作って、ホームドクターみたいに面倒を見てもらうのがベスト」

「そうなんだ」

その人が窓口になってくれれば、ものごとは悪い方に進まないのだという。

でも、と俺は心の中でつぶやく。

知り合いを作るためには、まずこっちからいい態度をとらないといけないだろう。ということは、そもそもそこに金品が絡んでいるんじゃないだろうか。

「ひどい人だと、マフィアとつながってることもあるの。それでスラムの方では暴動や銃の乱射事件が起きたりしたんだって」

「うん」

俺は、うなずくことしかできない。さっき目の前にあった死体。ミウが見たという事故の死体。そしてヤマモト家の窓に嵌《は》められた鉄格子。いいとか悪いとか、ここで判断しても意味がない気がした。

「……自分の住んでるところが、こんなで恥ずかしいな」

セックスのときにさえ、あまり恥ずかしがらなかったミウ。そのミウが、ストローを嚙《か》んで視線を落としている。

「ミウのせいじゃないよ」

そう言うのが、精一杯だった。

「ありがとう」

微笑むミウを見て、俺は胸のあたりがぎゅっとなる。

スクールバスが当たり前のように襲われ、警察を呼ぶにも用心しなきゃいけない現状。スラムがあって、暴動があって、家には頑丈な鍵《かぎ》がかかっている日常。そんな世界を生きているミウ。

俺の知っている日常とは、まったく違う日々。

(だから剛くんは、俺をヤマモト家に預けたんだ)

俺みたいに甘やかされた子供は、この国じゃ一人にしておけない。そう考えたから、あの家に頼んでくれたんだ。

そしてヤマモト家の皆は、そんな俺を気持ちよく受け入れてくれた。

そのありがたさが、ようやくわかった。

「やあ、お待たせしたね」

声に気づいて顔を上げると、そこにコージローさんが立っていた。

「パパ」

ミウが勢いよく立ち上がって、コージローさんに抱きつく。

「エスタ・ベ？　メッ・ベベ」

コージローさんがミウの頭を優しく撫《な》でると、ミウは黙って何度もうなずいた。やっぱり、怖かったんだな。女の子だもんな。でも俺が先に吐いたりしたから、頑張ってくれてたんだろうな。そう思うと、あらためて申し訳なさが湧いてきた。

「泳くんは、大丈夫かい？」

ミウを抱えたまま、コージローさんは俺にたずねる。

「はい。少し気分が悪くなりましたけど、もう大丈夫です」

少しどころじゃなかったけど、まあいいだろう。これ以上心配をかけるのも嫌だし。俺がきっぱりとうなずくと、コージローさんはうなずき返してくれた。

「じゃあ疲れただろうし、帰ろうか」

「え？　警察は？」

俺が声を上げると、コージローさんはにっこりと笑う。

「大丈夫。知り合いの人がこっちの警察に話を通しておいてくれたから。それにミウと泳くんはパーティーの後で、疲れてるだろう？　早く家に帰って、休むといい」

話を通しておいた。その一言の意味と、何をしてもらったかを考える。

そして今、俺にできることは。

「ありがとうございます。お世話になってばかりで、すいません」

深く頭を下げることだけだった。

「なあに、気にすることじゃないよ。むしろひどい目にあったのはエイくんの方だろう？　カメラも盗まれたことだし」

「でも」

「帰って朝食を食べて、おいしいコーヒーを飲もう。そうしたらミウだってすぐに元気になるさ」

「――はい」

コージローさんの額には、うっすらと汗が浮かんでいる。この暑い中、あちこち寄ってからここに来てくれたんだろう。

面倒をかけたんだな。そう思うと、もう情けなさが全開だった。

勝手に来て、泊まらせてもらって、ご飯も食べさせてもらって、親切にしてもらって、そのお返しがこれか。車の後部座席に座ったまま、俺は深くうなだれる。さっきまでの暑さが嘘のように、涼しい。どうせなら、暑くてべとべとして、不快だったらいいのに。ていうかいっそ、俺だけ降ろして「歩いて帰ってこい」って怒ってほしい。

だってそもそも、俺がのんきな日本人丸出しでカメラを持ってたのが悪い。しかもそれを追ったところで、取り返すこともできなかった。その上朝帰りして、さらに死体を見つけて事態をややこしくして。

(……そんで最後に、ゲロって)

日本人がどうとか言う以前に、男として問題がありすぎる。俺はどんよりとした気分で、前の席を見つめた。助手席に座ったミウは、ずっと無言でコージローさんの右腕を摑《つか》んでいる。コージローさんと会ってから、ミウはコージローさんにくっつきっぱなしだ。

暑苦しいな。そんなことを、ふと考える。

(怖かったのは、わかるけど)

でも昨夜は俺にしがみついてたくせに。俺のことが好きだって言ってたくせに。なんだよ、それ。ファザコンなのかよ。ていうか、ミウは軽すぎなんじゃないのか。すごく慣れてる感じだったし、いつもあんな風に男とやってるんだろうか。

(俺以外の、男と)

想像するだけで、むかついた。

だいたい、外に出たら危険な場所でパーティーをするってどうなんだ。それに犯罪が当たり前で、警官が賄賂を要求するような国なんて、ろくなところじゃないだろう。

感謝すべき状況なのに、嫌な気分が止まらない。そして嫌なことを考えれば考えるほど、それが自分にはね返ってもっと気分が悪くなる。

甘やかされた国の、甘やかされた子供。そいつが俺の中で好き勝手にわめいている。それがぎゃあぎゃあうるさくて、俺は思わず両手で耳を塞《ふさ》いだ。

家に着いたら、ミウの代わりにセンが飛びついてきた。

「うわー。テリベルだったね、エイ！　エスタ・ベ？」

「あ、うん……」

「エウはプレオクペイしたんだよ、本当に！」

小猿のようにしがみつこうとするセンをいなしながら、俺はムツミさんとヨシエさんに頭を下げる。

「えっと、『プレオクペイ』ってどういう意味かな」

「ああ、んーと、プレオクペイはプレオクペイだから、ずっとエイとミウのことを考えてたっていうか——なんだっけ？」

「『心配した』でしょう。セン」

ヨシエさんの柔らかな声に、俺は一瞬動きを止めた。

「——心配」

「そう。心配したわ。でも無事で本当によかった」

拒む間もなく、ヨシエさんに軽く引き寄せられる。

香水。柔らかい腕の感触。

頭を撫でる、手。

突然。わけもわからず、大声で泣きたくなった。小さな子供みたいに手放しで上を向いて、わんわんと声を張り上げて、泣いてみたくなった。

なんでそう思ったのかはわからない。でも、それは悪い感じじゃなかった。

「ね。よかったわね」

そっと囁《ささや》かれて、俺はこくりとうなずく。

嫌な気持ちが、すっと溶けていく。ヨシエさんのふくよかな身体は、まるでスポンジのように俺の嫌な部分を吸い取ってくれている気がした。

心臓の激しい鼓動が、収まる。

手のひらの汗が、消える。

そして、静かに目を閉じる。

俺はいつの間にか、ゆっくり、ゆっくりと息をしていた。

なんだかずっと、こんな風に息をしていなかった気がする。

ブラジルへの旅が決まり、用意をし、バタバタと旅立ち、初めての場所や初めて会う人々の間で、俺はずっと緊張していた。でも、緊張していることに気づかなかった。いや、気づきたくなかった。

自分で選んだ旅なんだから、力一杯楽しまなくちゃいけない。文句を言える立場じゃない。

どんな経験だって、日本に帰れば自慢話だ。だから全部呑《の》み込もう。そう、思っていた。

でも俺の器は、思ってたよりもずっと小さくて、ずっとお粗末だったらしい。だから、あっという間に溢《あふ》れた。暗い海の底で口をぱくぱく開けて、酸素の足りない金魚みたいにせわしなく動いて。そのことでまたパニックになって、でもそれを認めたくなくて。

(馬鹿、だよな)

思いっきりのワイプアウト。せっかくプルアウトを習っても、これっぽっちも使いこなせていない。駄目だと思ったら、自分の意思で降りる。ただそれだけのことが、なんでできなかったのか。

息を吸って、ゆっくりと目を開ける。するとそこに見えたのは、心配そうに俺を見つめる皆の姿。

深海からあたたかな南の海。浅瀬にぴょこんと顔を出したら、初めて人の顔が見えた。そんな気分だった。

＊

ずっと昔。俺がまだ小さかった頃、母親はよく俺のことを抱きしめていた。今思い出すと恥ずかしいけど、特に悲しいことや怖いことがなくても、母親はふとした瞬間に俺を抱きしめていた。

「ね。ぎゅってしてもいい?」

いつも、答える前にぎゅっとしていた。だから俺は「もうおそいよー」と文句を言っていた。そして文句を言いながらも、されるがままになっていた。嫌じゃなかった。でも、誰かに見られたらと思うと恥ずかしかった。だから抱きしめられながらもそっぽを向いて、わざと逃げようとしていた。

ちょっと悪いなとは思っていた。だからたまに、短く抱きしめ返した。すると母親は、手放しで喜んだ。

「わ。泳がぎゅってしてくれた!」

笑いながらほおずりをして、さらにぎゅうぎゅう抱きついてくる。それが嬉《うれ》しくて、でも照れくさくて、俺は母親の腕からいつものように逃げ出す。

たぶん、こうすればよかったんだ。

返すものが何もなくはなかった。お辞儀をすればいいんじゃなかった。

ただ、同じことを返せばよかったんだ。

俺は、おずおずとヨシエさんの背中に手を回す。そして軽く力を込めて、引き寄せた。

「あら」

やっぱり間違ってたのかな。手を緩めかけると、ヨシエさんがにこりと笑った。

「嬉しい」

「えっと、あの」

こういうとき、なんて言うのかがわからない。オブリガード、じゃありがとうだし、好きです、とかも違う気がする。俺が口ごもっていると、ヨシエさんは再度腕に力を込めて言った。

「何も言わなくていいわ。わかるから」

「……はい」

時間にすれば、きっと一分もない。でも俺にとっては、妙に長い時間だった。

「なによエィ。私にもしてよ」

頬を膨らませたミウの声で、我に返る。

「エゥにも！　はーやくー！」

両手を広げてジャンプしているセン。その後ろで、静かに微笑んでいるムツミさん。そして黙ってうなずいている、コージローさん。

俺は皆に向かい合うため、ゆっくりと一歩を踏み出した。


午後遅くになって、剛くんがやってきた。

「うわー、待たせてごめんごめん！　大丈夫だった？　楽しくやってた？」

仕事帰りらしく、汗臭い服でバタバタと飛び込んで来た剛くんに、俺はうなずく。

「うん。みんなによくしてもらって、楽しく過ごしてるよ」

すると剛くんは動きをぴたりと止めて、俺の顔をじっと見た。

「ふうん」

「何？」

「んー？　たった二日間で、顔が変わったね」

「そうかな」

「そうだよ」

剛くんは俺の顔をもう一度見ると、にやりと笑う。

「なーんだろなー」

ちょっと見透かされたような気分で、俺はどきどきする。でも別に、言わなきゃわからないし。

「たぶん、死体とか見ちゃったからだよ」

とりあえず、皆が知ってる方だけを報告しておく。その話を聞いた剛くんは、今度は真面目な表情でうなずいた。

「そっか。結構ヘビーなことがあったんだね」

「でも、知ってよかったよ」

俺の答えを聞いて、剛くんは俺の肩を軽く叩《たた》く。

「泳くん、カッコいいな」

「なにそれ」

「いやあ。なんていうか、大人の階段上った？　みたいな気がしてさ」

再びどきり。何気なく視線をそらそうとしたところで、その張本人が姿を現した。

「ゴーとエイ。もし出発が明日でもいいなら、ディナー食べて泊まっていけば？　ママがフェイジョアーダ作るって言ってるの」

ドアから半身を覗《のぞ》かせたミウが、鍋《なべ》をかき混ぜるような仕草をする。

「ああ、そういえばもう週末だね。ヨシエさんのフェイジョアーダはおいしいから、泊まらせてもらおうかな」

剛くんが言い終わる前に、ミウが部屋に飛び込んできた。

「本当？　嬉しい！　もう一日、エイといられるなんて！」

「え。あ、うん」

うわ、やべ。ミウに抱きつかれたままちらりと剛くんを見ると、にやにや笑いながら親指を立てている。いやいや。「グッジョブ」じゃなくてさ。

「あ。あとこれ。エイに渡そうと思って」

ようやく身体を離したミウが、俺に小さなメモを渡す。見ると、そこにはインターネットのアドレスと何かの暗証番号みたいなものが書かれていた。

「SNSのアドレスと、ログインナンバー。私のとは別に、新しく作ってきたの。ゴーのパソコンで連絡取れるようにと思って」

そういえば、ポロロッカでサーフィンをするグループがいるんだった。パーティーからこっち、色々なことがあり過ぎてそのことを忘れていた。しかも今日は、その返事をする日じゃないか。

剛くんに事情を説明すると、ぱっと表情が輝いた。

「そんな情報を摑《つか》んでたなんて、すごいじゃないか。さっそくここで返事してみよう」

鞄《かばん》からノートタイプのパソコンを引っ張りだし、剛くんはそのサイトのアドレスを打ち込む。

「はは。ニックネームは『eissoai』か。うまいね」

ふふふ、と得意げにミウが笑った。

「エイッソアイ？」

「こっちの言葉で『やったね！』みたいな感じかな」

頭に泳くんの名前が入ってて、それらしいよ。言いながら、指が素早くキーボードの上を行き来する。仕事で使い慣れているのだろうけど、そのスピードにちょっと感心した。そしてよく見ると剛くんのパソコンは、ノートなのにずいぶんごつい。

（親父の部屋でも、見たことないタイプだな）

普通のノートの上に、もう一枚スーツケースみたいなパッケージを被《かぶ》せたそのデザインは、もしかしたら特注のオリジナルなのかもしれない。

「これ、珍しいね」

思わず声に出すと、剛くんが顔を上げる。

「ああ、これか。これは極地系のアマゾン仕様だから、珍しくて当たり前だよ」

「アマゾン仕様、ってどういうこと？」

隣に腰を下ろしたミウが、パッケージを指ではじく。

「んー、つまり防水と耐衝撃に特化してるってことだね。ちなみに極地仕様のパソコンは、耐温度変化が標準装備されてる」

言われてみれば、キーボードのキーの間に隙間がなかった。一般的な防水・防汚カバーが、本体と一体化したつくりになっているらしい。色が白なのは、太陽の熱を防ぐためか。

「外で使うから、防水なの？　それとも河を考えてのこと？」

ミウが身を屈《かが》めると、ちらりと胸元が見える。さんざん触ったはずなのに、まだそれにどきどきするのはなんでだろう。

「いやあ、実はそのどっちもハズレ。防水の本当の目的は、湿気なんだ」

「湿気？」

「そう。ここは日本と違って雨期と乾期がある。そして今は雨期の終わりかけ。泳くんも、ちょっとは感じてるだろう？」

「ああ、うん」

確かに外へ出ると、湿気がすごいのは感じていた。けれどヤマモト家をはじめとした屋内には、もれなくエアコンが効いていたのでそこまですごいとも思わなかったんだけど。

「この湿気がね、なかなかやっかいなんだ。人間はこうしてエアコンのもとにいても、クローゼットの中のものは常に黴《か》びつつある。そう言っても過言じゃないほどにね」

剛くんの言葉に、ミウが激しくうなずく。

「そうそう。だから大切な服は、着なくてもしょっちゅう出し入れしてるし、ママは冷蔵庫の中を三日に一度はアルコールで拭《ふ》いてるの」

「そんなに?」

驚いた俺の目の前に、剛くんがポケットからビニール袋を引っ張りだして置いた。

「これはジッパーつきフリーザーバッグ。僕はこっちに来て間もない頃、カメラをテーブルの上で黴びさせたことがある」

「はあ?」

「以来、この袋を持ち歩かずにはいられない。いわんや、パソコンをやだよ」

要するに、カビ防止のための防水機能というわけか。それにしても、強烈な話だ。

「ま、その湿気のおかげで、インフルエンザなんかは感染しにくいんだけどね」

一応、製薬会社の人らしい発言をしつつ、剛くんはぴたりと手を止めた。

「あ、これだね」

画面を覗き込んで、ふむふむと読み込んでいる。

「返事が来てるね。船代と食費はそれなりに高いけど、船がいいやつだったら妥当なところかな。内容から察するに、確かに撮影隊っぽいね。乗る気があるなら、マナウスの港で落ち合おうだってさ」

マナウス。ガイドブックには『アマゾンの玄関口』みたいな感じで紹介されていた街だ。

「んー。とりあえず悪い感じじゃないから、同行できるよう申し込むね」

言いながら、剛くんは素早くキーボードを打ってエンターキーを叩く。

「え？　そんなに簡単でいいの？」

相手の名前すら知らないのに、返事をしてしまっていいのか。俺の不安は顔に出ていたようで、ミウと剛くんが揃って噴き出した。

「あのさ。そんな心配は、不要じゃない？」

「なんで」

「だってポロロッカに乗ろう、なんて人はブラジルにだってあんまりいないのよ」

「そんな珍しい相手をわざわざひっかけるようなこと、面倒くさくて誰もやらないって」

まあ、確かに。俺がうなずくと、ミウは続けた。

「サントドミンゴではポロロッカのお祭りをやってるらしいけど、本気で乗りにいく人なんて、数えるほどしかいないはず。だから悪いことをしようと思うには、効率がよくないんじゃないかな」

「ま、問題があるとすれば、相手の雰囲気と、言ってる料金との折り合いくらいだよ」

それを確かめるには、まず会わないと。そう言って、剛くんは返事を書き込んだ。

その日の夜は、和気あいあいとした夕食になった。目の前に並ぶヨシエさん手作りのごちそうを指して、ミウや剛くんが説明してくれる。

「コシンニャ。ポテトの中にチーズと肉を入れて揚げてるの。うちはトマト味の鶏肉《とりにく》でピメンタが入るのが『ナポリタン風』なんだって」

「ナポリタン？」

予想外の単語に聞き返すと、ムツミさんがおっとりとうなずいた。

「私が日本にいた頃知った、洋食の味です」

「ああ、スパゲティの」

どうりでどこか懐かしい味がすると思った。俺は小さい頃、母親が作ってくれた『赤いスパゲティ』を思い出す。

「それと、こっちがパステル。揚げたミートパイみたいなもの。それからこれがフェイジョアーダ。ざっくり言うと黒豆と肉類の煮込み。ブラジル版おふくろの味ってとこかな」

パステルはともかく、フェイジョアーダは真っ黒な上にどろりとしていて、見た目的に食欲をそそらない。微妙にためらっていると、センが横から手を伸ばして、俺の皿にフェイジョアーダをよそってしまう。

「これからセマンナだから、食べなきゃ！」

センの言葉を、ミウが補足した。

「セマンナは週末っていう意味。フェイジョアーダは、水曜日と週末に食べることが多いの」

「え。食べる曜日が決まってるの？」

それって宗教的なものなのかな。俺がたずねると、ヨシエさんが笑いながら首を横に振った。

「そんな大層な意味なんてないわ。豆と肉の煮込みは力がつくから、週の半ばに食べて一週間を乗り切ろうって感じ。そしてさらに週末に食べて、元気出して遊びましょうってとこかしら」

説明にうなずきながら、おそるおそるどろりとした物体を口に入れる。塩味がきつくて、ちょっと脂っこい。でも肉の味が濃厚で、後を引くような味だ。これをごはんにかけて食べるわけだから、カロリーも相当なものだろう。

「確かに食べごたえがあるね」

「そうそう。だから『食べる精力剤』とも言われてるんだ」

にやりと笑うコージローさんを見て、俺はひきつったような笑いを返す。気まずい。この食卓は、気まずすぎる。ていうか、今になって気づくか、俺。

ひきつった笑顔で料理を口に運びつつ、心の中で頭を抱える。どうしよう。どうしようもないけど、どうしよう。

俺は今、セックスをした女の子の父親の前で飯を食っている。

正直に言うと、死体のショックがでかすぎて、忘れてた。でもそんな告白、しない方がマシだろう。

(……たぶん、日本だったら殴られても文句の言えないシチュエーションだよな)

うちの娘を傷物に、とかいうのは時代劇の台詞《せりふ》か。でもいくらブラジルだからって、自分の娘とやっちゃった奴が、何の約束もしないで飯だけ食って出てくってのはどうなんだろう。

「ほら泳くん、これも食べなさい」

なのにコージローさんは、普通に明るく接してくれている。

（……もしかして、バレてないのかな）

いやいやいや。誰がどう見てもあれは朝帰りだった。それにセンもいなけりゃ他の友達もいない。俺たちが二人っきりで夜を明かしたのは、火を見るよりも明らかだ。

それともあえて、黙っていてくれてるんだろうか。

（ミウとは、今日別れることがわかっててしたわけだけど）

でもそれがコージローさんに通じるかどうかは、わからない。ここに残って婿になれ、とか言われてもおかしくない。

（まさか、未来の父親として優しくしてるとか!?）

そんな馬鹿な。もしそのつもりなら、先に追及されているはずだ。

あるいは、ものすごく好意的に『二人きりだっただけど、何もなかっただろう』と思ってくれているのか。雰囲気的にはこれが一番近いけど、それじゃ都合が良すぎる気がする。

それとも、『旅行者だから、まさかそんなこと』と思ってくれたのか。その場合、真実を知ったら「うちの娘の親切につけ込んで！」とか言われるのかもしれない。でもそうなったら、俺はちゃんと殴られないといけないだろうな。

実際、俺はミウの親切に甘えっぱなしだったから。

「ねー、こっちも食べなよ！」

俺が一人でぐるぐる悩んでいると、センが皿を奪って勝手に料理を盛りつけてしまう。

「あ、ちょっと」

「はい。ニックジャガー！」

一瞬、世界的に有名なバンドのボーカルを思い出した。しかし渡された皿にこってりと積み上がっているのは、じゃがいもとタマネギと肉としらたき。

「遠慮しないで、たくさん食べてね」

ヨシエさんに微笑まれて、俺は反射的に笑顔でうなずく。でも、正直言うと肉じゃがはそんなに好きな料理じゃない。俺は醤油《しょうゆ》味で煮込まれたじゃがいもよりも、洋風に調理されたじゃがいもの方がうまいと思うから。たとえば、さっきのコシンニャみたいなフライものとか。

「ね。懐かしい？」

ミウにたずねられて、どうしたらいいのかなと思う。だって親父の好みのせいで、うちの食卓に肉じゃがはほとんど登場しない。かといって醤油の味を懐かしがるにはまだ、時間が足りない。でもそれを言うのも、悪いような気がする。

しかしそんな俺に向かって、剛くんはあっさりと言い放った。

「いやあ、泳くんは懐かしくないでしょ。だって日本を出てから、一週間も経ってないんだから」

「そんなものですかね。昔は旅行に出るときは、梅干しを持ち歩いたりしたものですけど」

ムツミさんの言葉に、俺は思わず口を開く。

「あの、ホントにそうなんです。今は日本の食事もこっちとかなり似てて、下手すると一日和食を食べない日もあるくらいで。だから特に困ってないっていうか」

「へー。どんなカンジ？　エウも知りたいよ」

「えっと、朝はパンで昼はハンバーガー。それで夜がパスタだったりすると、そうなるかな」

俺の言葉に、皆が目を丸くする。

「あ、もちろんこれが毎日じゃなくて、たまにそんな日もあるってことなんですけど」

「……なんか、ニホンじゃないみたいね」

がっかりしたような表情で、ミウがつぶやく。きっとミウの中の『ニホン』では、サムライが味噌汁《みそしる》と魚と漬け物で飯をかっこんでいるんだろう。でも、今は違う。

「うちの母は、そういうのも作れるけど、得意なのはシチューやパスタです。父は酢の物や骨の多い魚が苦手だから、洋食が好物で、だからうちでは洋食が多いんです」

話しながら、頭のどこかから「そうじゃない」という声が聞こえてくる。だってこれが今の日本の普通かといったら、それも違うから。

「そうだねえ。今はホントに家ごとに食習慣が違うから、日本人は世界一の雑食民族って説もあるよ」

肉じゃがを山盛りにしながら、剛くんがのんびりとうなずく。皆がそれを聞いて「へえー」という顔をする。

「だから同級生でも毎日味噌汁を飲んでる奴もいれば、ラーメンばっかり食ってる奴もいるんです」

「ふーん。チャイニーズねえ」

ミウのつぶやきに、俺ははっとする。中華。

「……俺は普段、中華料理をよく食べます」

野菜の炒《いた》め物。端にぽんと載せられたチャーシュー。

『南仙』っていう店でアルバイトしてて――」

吐き出される骨。なみなみと注がれた熱いスープ。

『ニホンジンのガキなんか、死ねばいい』。加油。ジャーヨー。

そして、氷水にさらされた指。

「中華料理が、好きなんです」

言った瞬間に、再びあの感覚が戻ってきた。ミウと過ごしたおかげで知った、言葉と心がストレートにつながる感じ。

とはいえ、せっかく作ってくれた料理を前にして言うことじゃなかったかもしれない。瞬間的に我に返った俺は、慌てて両手を振り回す。

「あ、でもブラジル料理も好きです。特にこのコシンニャとか。フェイジョアーダはまだ苦手っていうか、慣れるのに時間がかかるっていうか。でもコーヒーは最高においしいと思います」

なんだか言ってることがめちゃくちゃになってきた。心がストレートに出るのはいいけど、ストレートにもほどがあるって感じだ。そんな俺を見たミウが、くすりと笑う。

「ヘンなの」

「だよねえ」

剛くんものんびりと笑う。笑いながら、俺の皿に肉じゃがを積み上げる。

「食べときなよ」

「え?」

「この先、ただの醬油味でさえ『うまい!』と思うようなところに行くかもしれないんだから」

「エイとゴーは、そんなすごいところに行くの?」

ミウの質問に、剛くんは軽くうなずく。

「まあ、運だけどね。長く乗る船のシェフがイギリス人だったら、そうなるかなって」

その答えに、皆がどっと笑った。俺も笑いながら、肉じゃがを口に運んでふと思う。もしかして、食べやすくしてくれたのかな。

「おいしいです」

そのせいか、今度は素直にそう言えた。醬油味だけど牛肉の味も濃くて、ちょっと脂っこい。普通の和食よりもブラジルっぽいところが、逆に俺の好みだった。

「よかった」

ヨシエさんの笑顔を見て、あらためて思う。おいしい。

おいしいと思えることが、すごく嬉《うれ》しかった。

＊

翌朝、旅立つ俺たちを皆が玄関で見送ってくれた。俺は剛くんの車の前に立ち、ヤマモト家の人々と向かい合う。なんだろう。俺は絶対にそういう感じにはならないと思ってたのに、なんだかちょっと寂しい。

「気をつけてね。波に乗れることを祈ってるわ」

ヨシエさんに柔らかく抱きしめられながら、俺はうなずく。

「なにかあったら、すぐにここへ帰ってきなさい」

ムツミさんの乾いた、でも力強い手が俺の背中を叩《たた》く。

「良い旅を」

コージローさんはそう言いながら、俺の耳元でぼそりと囁《ささや》く。

「娘のわがままにつきあってくれて、どうもありがとう」

「え?」

心臓が、ぐわんと波頭に持ち上がる。

「気にすることは、ないからね」

やっぱりわかってたのか。俺は思わず、頭を下げた。

「す、すいませんでした！」

それを見ていたセンが、けらけらと笑う。

「ミウのことでしょ？　ニャオプロブレマだよ、エイ。だってミウは、ピルを飲んでるんだから」

「ピル？」

確かそれって、薬のことだよな。でもなんの薬だろう。そこまで考えて、俺はこの単語を知っていることに気がついた。そうか、避妊のための薬か。

「セン！　セカーレ！」

ミウがいきなり、センの耳を引っ張った。センは顔をしかめながら、それでも懲りずに続ける。

「いいじゃない。セグレドじゃないんだし」

センは周知の事実だと言いたいらしい。でもそう言われても、なんだかこっちの方が困る。そもそも、家族全員の前で避妊薬の話って、ありなのか？

「もう、本当にあなたたちは慎みがない」

ムツミさんが、ため息とともに首を横に振る。

「でもグランマ、ピルは女性の体に有効なのよ。月のものも自分でコントロールできるから、プールや不意のロマンスにも対応できるし」

真剣な表情でムツミさんに説明するミウ。ていうか、聞いてていいのか、これ。別れの場面をぶった切られたまま、俺はぼんやりと立ち尽くす。するとそれを察したのか、ヨシエさんが口を開いた。

しかしその口から出たのは、さらなる衝撃発言。

「ミウ。そうは言っても、コンドームは必要でしょう。ピルじゃエイズは防げないんだし」

「わかってる。だから併用してるんじゃない。それなら完璧《かんぺき》でしょ？」

そうねー、と不承不承うなずくヨシエさんに向かって、今度は剛くんが口を開く。

「んー、でも避妊と性病に百パーセント回避策はなし、といいますけどね」

「あー、やっぱり？」

「精子は射精の前からちょろちょろ漏れてるし、相手の体を口に入れた時点で性病に感染するリスクは免れないでしょう」

「口に入れるって、舐《な》めるとかそういうの？」

おいおいおい。あまりにも即物的なセンの質問に、剛くんは動揺もせずうなずく。

「相手の指を舐めたとき、その人が自分の性器を触ったあとだったら、そういうことをするのと同じだろう？」

「あー、そゆこと」

「トイレのあとは手を洗わなきゃいけない、というのはそういう部分でも有効な知識なわけさ」

きったなー、と笑うセンを、コージローさんが真面目な顔で諭す。

「セン。お前はちゃんと勉強しておきなさい。女の子の体は、とてもデリケートなんだから」

「そうそう、勉強は大切だよ。なにしろ日本は性教育をないがしろにしたせいで、ここ数年HIVの感染者が増えっぱなしなんだから」

「え？　そうなの？　日本って、教育がきちんとしてると思ってたのに」

ヨシエさんの戸惑いに、俺も心の中で同調する。そんなの、初耳だ。

「日本人は性に関して、語るのが苦手だからですよ」

「ああ、上品で慎み深いから」

納得したようにうなずくミウに、剛くんは首を振る。

「感染の危険を知っているのに教育を施さないのは、美徳じゃない。先進国でこんなことになってるのは、日本くらいですよ」

その強い口調に、ちょっと驚く。

「薬の進歩のおかげで死病のイメージは消えたけど、だからって防げるはずの病気にかかり続けるのは、おかしいでしょう。二十年前と比べて、一体どれだけの薬が必要とされてることか」

薬の進歩か。そういえば、剛くんは製薬会社に勤めてるんだっけ。

（でも、そう言われれば学校では、ほとんど教わらなかったような——）

すごく生物学的な「生殖のメカニズム」みたいな感じの授業は受けたけど、実際の知識は母親から叩き込まれた。

「したい年頃になったら、してもいいと思う。でも、あんたの『やりたい』って気持ちで、精液の一滴で、ひと一人の人生が変わるかもしれないってこと、覚えておきなさいよ！」

俺を生物兵器みたいに言うなよ。そのときはぶつくさ文句を言ったものの、ストレートに教えてくれたのは悪くなかった。ちなみにそのときの父親ときたら、まさに剛くんの言う「性を語るのが苦手」な日本人そのものだった。

「いやその、女の子は大切にしなきゃいけないよ。だからあれ、あれはつけなきゃだし。うわ、それって若者が買うのへビーだよねえ。あ、ぼくがあげればいいのか。でもいや、恥ずかしいねえ。ていうか使ってるブランドがバレるのも、子供的には興ざめじゃない？」

余計なこと喋《しゃべ》りすぎ。俺はあたふたする父親をしらけた目で眺めながら、そっとため息をついた。

あとはネットと友人たちとの会話。それが俺の性教育のすべてだった。確かに、何かが足りてない気がする。俺が思うにそれはたぶん、剛くんのような立場の人からの言葉じゃないだろうか。生物学的な学校の教育に、道徳的な家庭の教育。そこに冷静なプロフェッショナルが加われば、完璧だ。

……こういうの、三位一体って言うんだっけ？

それにしてもなんだか、くらくらしてきた。まあ、さっきからずっと車の脇に立って直射日光を浴びてるから、これが原因といえば原因かもしれないんだけど。

でも、なんで俺はこんなところで避妊と性病の家族会議を聞いてるんだろう？　わいわいと話の止まらぬ人たちを前にして、俺は一人無口だった。いや、無口でいるしかなかった。

そんな中、ムツミさんが声を上げる。

「あなたたち、いいかげんにしたらどうです。慎みなさいと言ったでしょう」

「でも母さん、知識がないと身を守ることができないから。今は昔と違って、色々なことがあるし」

コージローさんの言葉に、ムツミさんはきっぱりと首を振る。

「慎みと知識は、両立するもののはずですよ」

それに、と俺の方を見ながらコージローさんにぽかりと軽いげんこつを落とした。

「門出に際して、この話題はないでしょうに」

ムツミさんの言葉を聞いて、全員が「あ」という顔をして俺を見た。

ていうか、見ないでほしい。

そのあとは、ぐだぐだなまま別れの場面に突入した。でもハグを繰り返すうちに、ほんのりとまた感傷がつのってくる。

最後に、ミウとは長く抱きしめ合った。

「気をつけてね、エイジ。私のサムライ」

「ありがとう。その――忘れないよ」

耳元で、俺は囁く。カワイー身体、と。それを聞いたミウは、俺の目をキスしそうなほどの至近距離で覗《のぞ》き込み、にっこりと笑った。

「私も忘れない」

「あと、えっと、大丈夫だから」

口ごもる俺に、ミウは首を傾げる。

「なにが大丈夫なの？」

「俺はその、本当に初めてだから、病気とか、たぶんだけど、ないはずで――」

そこまで言った瞬間、ミウが笑い出した。

「もう！　誰もエイのこと性病だなんて思ってないから！」

「いやでも、言っておかないと不安かなって」

目をそらそうとした俺の頬を、ミウが両手でしっかりと摑《つか》む。

「愚直なまでに真面目。やっぱり私、サムライが大好きよ！」

言いながら、派手な音を立ててキスをした。以前の俺だったら恥ずかしくてどうしたらいいかわからなかっただろうけど、今はこれが「外用」のキスだってことくらいわかる。

だから、お返しにミウの頬にキスをした。

ありがとう、俺の『カワイー』ミウ。

ありがとう、俺の初めての女の子。

ありがとう。

＊

マナウスまでは、飛行機で移動するのだという。

「船旅の方が安くて一般的だけど、今回は時間がないからね」

空港で乗り捨てるというレンタカーのハンドルを切りながら、剛くんが説明してくれる。

「一時間くらいで着いちゃうんだけど、国内時差があるから数字的には二時間かかるんだよね」

「そうなんだ」

うなずきながら、俺は窓の外を眺めた。流れてゆくマンゴーの木。強い日差しと、濃い日陰。

「――ベレンは、いいところだね」

ふとつぶやくと、剛くんが前を向いたままうなずく。

「そりゃそうに決まってるさ。なにしろここは、祝福された土地なんだから」

「祝福？」

俺が首を傾げると、剛くんは正面に見えてきた白い教会を指さした。

「ベレンの語源はベツレヘム。つまりここは、キリスト生誕の地と同じ名前がつけられてるってわけ」

ま、東方の三博士は暑くて辿《たど》り着けないだろうけどさ。剛くんは笑いながら、教会の正面に立っている像を示す。

「ちなみに南米──ラテンアメリカではマリアの人気も高いらしいよ。キリスト教が伝わったとき、土着の女神信仰と結びついたのがきっかけのようだけど」

言われてみれば、確かにその像は女性の姿をしていた。

「でも、マリアって普通の人間って設定じゃなかったっけ」

「設定か。はは、キリスト教の人が聞いたら怒るだろうね」

剛くんに言われて、俺ははっとした。ここは日本じゃない。剛くんと二人きりだからよかったものの、これから先は気をつけないと。

「確かにマリアは普通の人間として聖書に登場するけど、キリストを身ごもり、産むことによって聖母、つまり聖人になるんだよ」

「ああ、そういうこと」

だから拝む対象になるわけか。優しそうな表情を浮かべるマリア像を眺めて、俺はちょっと納得した。あれなら、俺だって拝めると思う。

実は昔から、イエス・キリストの例の像が苦手だった。十字架に張りつけられて、手や足から血を流して、苦しそうな表情をする半裸のおっさん。クリスマスに近所の教会に連れられて行くたび、なんでこんな怖いものに祈るのか不思議だった。

(だって、どう考えてもあっちを先に助けるべき状況だし)

とりあえず十字架から降ろして、手足の治療をして、最後に服を着せてやらなきゃ。俺はキリスト像を見るたびに、そんな思いに駆られる。祈るのは、その後でいい。でもマリア像は、穏やかな微笑みを浮かべて両手をこちらにゆったりと差し伸べている。これなら、安心して悩みを打ち明けられそうだ。

「マリア信仰は、わかる気がするなあ」

「そうだね。実は僕もこっちの方がしっくりくるよ。女性の包容力とか豊饒《ほうじょう》のイメージって、人種を超えて普遍的なものだし」

遠ざかるマリア像を見ながら、俺はふと昨夜のミウを思い出した。そっとまぶたを閉じたその表情。合わせた手。あれは、まさに。

「……女って、すごいな」

受け止める力。癒《いや》す力。でもどこか貪欲《どんよく》で、それが生命力って感じ。ていうか、そもそも子供を産める時点で、女って神様に近いんじゃないだろうか。

「だって、人間を作るわけだし」

俺がそうつぶやくと、剛くんは派手な笑い声を上げた。

「なんだよ」

「すごいな、泳くん。なんかちょっと悟りが開けたみたいだったよ」

そんなことないって。軽く反論すると、剛くんは俺の方を見る。

「いや、本当にすごいよ。なんだか音が聞こえてきそうだ」

「音？」

「そう。成長する音。骨がぎしぎしいうくらい、泳くんは毎分、毎秒ごとに成長してるって気がする」

たとえ話だということはわかっていた。でも俺は、口をつぐんで目を閉じる。そうすれば、本当に何かが聞こえるような気がしたから。

飛行機が離陸したとき、俺はベレンの街を見ていた。小さくなる、小さくなる。何車線もある道路も、背の高い木も、立派な教会も、すべてが小さくなってゆく。

(覚えておくんだ)

コージローさんの、昔のお父さんのような整髪剤の匂い。

ヨシエさんの、柔らかな感触。

ムツミさんの、少し乾いた手。

センのやけに高い体温。日向《ひなた》の仔犬《こいぬ》みたいな匂い。

そしてミウの、カワイー身体。

覚えておこう。名前や写真みたいなデータじゃなくて、この感触を。この匂いを。この感情を。

＊

マナウスに着いてからタクシーに乗り込み、すぐに港に向かった。

「買うものとかあるかもしれないけど、とりあえず先方に会わないと話が始まらないからね」

メールの相手はすでに船をチャーター済みで、あと二、三日したら出航する予定なのだといら。だとしたらとにかく早く会わないと、この話そのものがなくなってしまう。

港に着き、いけるところまで車を乗り入れる。屋根のあるところは薄暗く、でもやけに広い市場を抜け、桟橋が見えてくるとそこが港だった。

（やっぱ、海じゃん）

ベレンでも感じたけど、河幅が広すぎてこれが「河」なのだと感じられない。しかもそこに泊まっている船が、またでかい。船の上に、二階建てのビルみたいな横長の建物がどかんと載っている。

「ああいう船が、アマゾンの主要交通機関だよ。ちなみにあれに乗ると、ベレンからここまで四日くらいかかる」

その他にも中型の船、小型の船、漁船らしきもの。さらにただのゴムボートから、モーターボートまで、様々な種類の船がわさわさと艀《はしけ》に寄っている。ていうか艀じゃない場所にも、寄りまくっている。そこから人や荷物が、これまたわさわさと移動しまくる。

活気に満ちてる、と言えば聞こえはいい。でもよく見てみると、巨大な荷物を素手で運ぶ人や、子供を背負ったまま両手にバッグを提げて途方に暮れている人、立ち止まって話をしてるだけの人など、雑多な人々が好き勝手にしている。

この中に踏み出すのか。そう思うと、ちょっとだけ緊張した。タクシーが停まり、思い切ってドアを開ける。と、瞬時にして湿気と熱気に全身を包まれた。

(うわ。なんか……)

臭いわけじゃない。でも空気の中に何かが含まれている。それでもすうっと吸い込むと、水の匂いを感じた。ベレンの公園で嗅《か》いだのとは、確実に違う匂い。これが、本当のアマゾンの匂いなのだろうか。

「とりあえず荷物を降ろしたら、そこのパラソルの下で荷物番をしてて」

お金を払い終わった剛くんが、振り返り様に告げる。

「ここは開けた場所だし、妙な人は来ないと思うけど、もし何かあったら携帯にかけるか、隣のファストフードショップに駆け込んでね」

それじゃ、僕は船を探してくるから。剛くんはそれだけ言い残すと、俺があたふたと荷物を降ろしているうちにさっさと姿を消した。

「え。ちょっと」

二人分。しかもサーフボードまで含めた荷物は、車から降ろしてしまうと数が多くてまったく身動きが取れない。俺は仕方なく、言われた場所にずるずると移動した。錆《さ》びたパイプ椅子に、褪《あ》せたパラソル。それでも日陰に入るだけで、ほっとした。
椅子に腰掛けて、再び港を眺める。見れば見るほど、ベレンとは違う。
まず服装。ベレンは日本と大差ない感覚だったけど、こっちはもっとずっと南国っぽいって
いうか、正直言ってボロいしダサい人が目立つ。首回りがだるだるに伸びたTシャツに、すり
切れたようなハーフパンツ。一昔前に流行《はや》ったような濃いめの化粧。中には、裸足《はだし》で歩いてる
人までいる。
次に荷物。ベレンは都会だから、あまり大荷物の人を見かけなかった。でもここは港という
こともあって、とにかく大荷物の人が多い。しかもその持ち方がまた、どことなく昔っぽい。
バックパックやキャリーじゃなくて、背負《しょ》い籠《ご》や風呂敷《ふろしき》、みたいな感じだ。
でもなにより違うのは、人の顔。アジアっぽいというか、原始人ぽいというか、黒髪で濃い
顔つきの人が目立つ。目がぎょろりとしていて、ちょっと怖そうに思うのは、見慣れないから
だろうか。
「見つかったよ」
戻ってきた剛くんは、言いながらバッグを肩にかける。
「近いから、このまま行こう。あっちだ」
俺も荷物を持ち上げ、剛くんの指した方を見た。けれど船があり過ぎて、それがどの船なの
かはわからない。
「名前はヴィンチ号。見たところ、中の下ってとこかな」

人混みの中を、剛くんはすたすたと歩く。けれど俺は、その人混みの中からときおり向けられる視線が気になった。ぎょろりとした目の放つ、強い視線。日本人が珍しいのだろうか。

「ああ、これこれ」

数十メートル歩いたところで、剛くんが足を止める。そこに停泊していたのは、二階建てだけど縦がちょっと短めな船。大きいものがビルだとしたら、こっちは一軒家といった感じだ。『VINTE』と横腹に書いてあるのは、たぶんこれで『ヴィンチ』と読むのだろう。白を基調に、緑のポイントが涼しげな印象を与える。

「へえ、いい感じだね」

「まあ、外見はね」

気になることを言いながら、剛くんはさっさと艀を渡っていく。

「テーブルセットがあるから、船の中で話すことになったんだ」

艀から伸びた、ぐらぐらする木製のタラップ。ところどころ穴が開いていて、いかにも使い込まれたものという気がする。しかしそのタラップの端に書かれた『VINTE』の文字を見て、俺は嫌な予感に襲われる。そして船の中心部にある、今にも壊れそうなテーブルセットに腰を下ろしたとき、不安は最高潮に達した。床が、つぎはぎだらけだ。

(こんな船、ポロロッカにあったら沈むんじゃ……?)

どんよりと下を見つめていると、いきなりぽんと肩を叩《たた》かれる。

「ハイ。ウェルカムアブロード!」

流暢《りゅうちょう》な英語に顔を上げると、そこには二人の白人が立っていた。

「アイム、ジョン・フォーナム。コールミー、ジョン。ナイストゥーミートュー！」

こちらに向かって手を差し出しているのは、ぼさぼさの金髪に、首周りが伸びきったTシャツを着ている男。でも笑顔はとても感じがいい。

「アイム、フランク・クルツ。コールミー、クルツ。ミートゥー」

もう一人は同じく金髪だけど短く刈り込んでいて、ごつい身体と合わせると、ちょっと軍人っぽくも見える。俺はちょっとびびりながらも、順ぐりに二人と握手を交わした。ジョンはいかにもアメリカ人、といった感じの明るい雰囲気。クルツは怖そうだけど、握手は優しい感じだった。

「マイネームイズエイ。エイ・ハッタ。アイムグラッドトゥーミートュー」

会えて嬉《うれ》しい、ってこれでよかったんだっけ。俺が剛くんの方をうかがうと、剛くんは笑顔でうなずいている。

「二人は今回、ポロロッカをメインにしたコマーシャル作りのためここに来てる。ジョンは制作の責任者で、クルツが映像作家だそうだ」

それを聞いて、俺は首を傾げた。

「あれ？　じゃあ誰が波に乗るの？」

「サーファーは二人いて、今買い物に出てる。それから船員たちも買い出しで留守だって」

「なんかすごく忙しそうだね」

そんなところに来て、迷惑だったかな。俺がつぶやくと、剛くんは首を横に振る。

「忙しいのは、ポロロッカのせいだよ。気にする必要はない」

河の逆流現象が起きたら、船は通常の運航ができない。だから荷運びや移動を今のうちにすませておかなきゃいけないんだ。そう説明されて、ようやく港がわさわさしていた理由がわかった。

『ところで、なに話してるの？』

おそらくそう話しかけられて、剛くんはジョンに英語で説明する。難しい単語はわからないけど、まあなんとなく雰囲気はわかる。そんな俺に、クルツが話しかけてきた。

『エイ。君は高校生だって聞いたけど、学校や親は大丈夫なのか？』

大丈夫、じゃなくて許してもらったか、なのかな。考えながら、俺は「話しあってクリアしてきました」と答える。

『そうか。なら問題ないだろう』

おお、ちゃんと会話できてる。今さらだけど、俺はちょっと感動した。学校で習った単語と、海外旅行で聞いた英語の雰囲気だけでも、なんとかなるものなんだな。

そのとき、大声を上げながら船に乗り込んで来た人物がいた。

「アーイムホーッム！」

両手に抱えた荷物をテーブルにどすんと置き、空いている椅子に腰かける。栗色のパーマがかかった髪に、タンクトップとサーフパンツ。たぶん、この男がサーファーだろう。

男は両手で顔をぱたぱたとあおぎながら、機関銃のように何かを話しだした。

（……英語？）

でも、これはさすがに聴き取れない。それに対して、ジョンとクルッが相づちを打つ。そして突然、男は俺の両肩に手をかけて言った。

「コニチワ。アイム、バディ・ジュニア！　ヨロシクジャパーン！」

――ちょっと、往年のアルシンドを思わせる発音だった。でも日本語を使ってくれたのは嬉しい。

『こちらこそ、よろしくお願いします』

そう言って握手をしていると、さらにもう一人乗り込んで来た。

「アー。ハッデューカム、ガイズ？」

今度は黒髪に浅黒い肌。穏やかな口調の彼が、もう一人のサーファーなのだろうか。

「この人は今、なんて言ったの？」

「『君たち、もう来てたのか』かな」

「アイムグラッドトゥーミートュー」

俺から手を差し出すと、嬉しそうに笑ってくれる。

「アイム、セグンド」

力強いけど、そっと差し出された手。セグンドは、どことなく優しい大型犬をイメージさせる。

ジョンとクルツ、それにバディとセグンド。この四人のグループ名は『チーム・ジリオン』。アメリカで発売予定の『ジリオン』という栄養ドリンクがスポンサーだから、そんな名前がついたらしい。

『いやあ、レッドブルみたいな有名どころだったら、船も貸し切れたんだけどねえ』

ジョンが言うには、その会社は「トゥー・リトル！」なので、あまり広告にお金をかけられない。けれどインパクトは欲しいから、最少人数で臨場感のある『冒険もの』を撮ってきて欲しいという依頼を受けたそうだ。

『だから考えた末にハンディカメラで、ポロロッカ・サーフィンを撮ってみようと考えたんだ』

カメラをかまえるポーズをしたクルツに、俺はたずねる。

『でも、なんでポロロッカをチョイスしたんですか？』

するとクルツは、つかの間口ごもる。何か聞いちゃいけないことだったのかな。そう思っていると、バディ・ジュニアが大声で横入りしてきた。

『なぜって？　ジョンは運動音痴だし、クルツは極度の寒がりだからさ！』

だっはっは。天井を向いて爆笑するバディ・ジュニアを恨めしそうな顔で睨《にら》みつけながら、ジョンが肩をすくめる。

『まあね。ポロロッカ・サーフィンなら、作り手は船に乗っていればいいわけだし』

もし冒険に山を選んだら、否《いや》が応でも一緒に登らなければならない。それにくらべると、ずっと船に乗っていられるのは確かに魅力なのかもしれない。

「そして企画が決まったと同時に、フェイスブックやツイッターでポロロッカに乗るというプロサーファーを探したんだってさ」

ちなみにバディ・ジュニアはジョンやクルツと同じアメリカ人で、セグンドはブラジル人。だからセグンドは出演者という役割の他に、現地コーディネーターの役目もあるのだという。

『だって俺たち、ポルトガル語できないもんね。なぜなら、アメリカ人だから！』

だっはっは。バディ・ジュニアは、またもや天を仰いで爆笑する。

（……アメリカン・ジョークって、こういうののことを言うんだっけ？）

笑いの沸点の低さに驚きつつ、俺は汗を拭《ぬぐ》う。それにしても暑い。船が動いていないせいなのだろうか。河に停泊しているはずなのに、空気が重く湿っている。船室には、エアコンがあるんだろうか。ふと不安になって、辺りを見渡す。しかし室外機のようなものは見えない。

「ちょっと聞きたいことがあるんだけど」

俺は思わず、剛くんにたずねる。

「なに？」

「この船に乗ったら、俺たちはどこで寝るのかな」

「ああ、生活する場所はどこかってことか」

剛くんは軽くうなずくと、右手で床を指さした。

「ここだよ」

「え？」

意味がわからず首を傾げると、剛くんは思い出したように手の方向を変える。

「ああ、ごめん。そうじゃなくて、こっちだ」

その手は、天井を向いていた。

「ハンモック⁉」

声を上げた俺に対して、セグンドがうなずきながら天井の一部を指さす。

『ザッツ、フック』

そこには、等間隔に飛び出た鉤《かぎ》が並んでいた。おそらくあれにハンモックを引っかけるのだろう。

（そこで、寝るのか）

エアコンは、そこまで期待していたわけでもない。個人の船室も、もしかしたらないかもと覚悟していた。けど、寝るのが屋外だとは思わなかった。

「大丈夫だよ、泳くん。船室もあるけど、こっちの方が夜は涼しいから。それに、アマゾンを航行する船にはこのスタイルが多いんだ」

剛くんの説明に、俺はうなずく。がっかりするのは簡単だ。でも、それはまだしたくない。

「セグンドが、ついでだから船を案内しようかって言ってるけど」

よし。こうなったらちゃんと見て覚悟を決めよう。俺は立ち上がると、セグンドについていった。

結論から言うと、ここでも俺は甘やかされたガキだった。

まず、トイレがものすごく汚い。男ばかりだからしょうがないかもしれないけど、誰も掃除をしないのかってくらい汚い。汚いトイレに入れないほどやわでもないが、綺麗《きれい》なトイレがあるならそこまで我慢しようと思う俺は、やはり甘ちゃんなのだろう。

（でもこれは、掃除される前かもしれないし）

次に船室が、おそろしく臭い。雨期のせいもあるかもしれないが、じめっとカビくさくて、さらにそこに外人特有の濃い体臭が満ちて、俺はしばらく息をこらえてしまう。

（いや、換気すればまだ）

そして風呂《ふろ》、というかシャワーは。

『ここだよ』

そう言ってセグンドが指したのは、船の手すりの向こう。つまり、アマゾン河そのものだった。

すんません。頭に浮かんだのは、なぜかそんな台詞《せりふ》。何に対して謝っているのかは、わからない。

（アマゾン、ナメててすんません？）

それもある。でももっと根底に何かがある。俺は手すりに寄りかかって、つかの間考える。

俺は、甘やかされた世界で甘やかされた生活をしていた。それはたとえば便座があったかくて、明るく清潔なトイレ。あるいは常に掃除されて居心地のいいリビング。スイッチを押せばいつでもつく灯《あか》りや、蛇口から流れ出る綺麗な水。

そういうものを、提供してくれていたのは、誰だ？

(日本?)

そうじゃない。日本でも、快適じゃない生活はある。と、いうことは。

(親、か)

ふと、親父のことを思い出した。こんな船、きっと親父だったら裸足《はだし》で逃げ出すよな。そう思った瞬間、ちょっと面白くなってきた。

手すりに寄りかかったまま、俺はセグンドに言う。

「ビッグバスタブ」

するとセグンドが、にやりと笑った。

「ビッゲスト、オブザワールド」

その後、俺たちは契約を結んだ。メインは『この船に乗って何かあってもこちらは責任を負いかねる』というようなもの。しかしジョンがそれ以外の書類をばさばさと重ねたのには驚いた。

その紙の束に目を通しながら、剛くんは笑う。

「いかにもアメリカの人だね。予防線としての契約書が山積みだ」

「笑うとこなの、それ」

「だって笑うしかないよ。『もし何かあっても自己責任です』はいいとしても、『映像の収録中に不適切な言葉を叫ばないこと』とか『同・下半身を露出しない』とかさ」

……一体、何を想定してるんだろう。俺はちらりと、バディ・ジュニアの方を見た。

細々とした項目に、俺と剛くんはサインをしていく。と、その途中でジョンが剛くんに話しかけてきた。なんとなく、お金の交渉っぽかった。

「えーと、これは泳くんに聞かないとね」

「なに？」

「この船の船員は本来四人なんだけど、一人マラリアで倒れちゃったんだって。それでもし船の作業を手伝ってくれたら、乗船料を安くするって提案なんだ」

ああ、だから掃除が行き届いてなかったのか。俺はうなずく。

「俺が手伝うから、安くしてもらって」

これにて契約は成立。俺たちは皆と握手を交わすと、明日乗船しにくるからとひとまず船を下りた。

「今日から泊まるのかと思った」

「それでもいいんだけどさ。まだ買い出しもあるし、それに――」

「それに？」

首をひねる俺に向かって、剛くんはにやりと笑う。

「最後の文化的生活を、味わっておいた方がいいかなと」

熱いシャワーの出るホテルに泊まって、きちんとしたベッドに寝る。それが剛くんの言うところの『文化的生活』らしい。

「奥地へ行って帰ってくるとね、こういうことのありがたみがホントにわかるんだ」

まあ、僕の場合『虫の入ってない食事』とかもあるんだけど。剛くんの言葉に、俺は苦笑する。

「あの船見たら、すでにありがたい感じがするんだけど」

「いやいや、まだまだこれから」

でかいフライドチキンにナイフを入れつつ、俺は想像する。

たとえばサーフィンで海に入った後、シャワーのない海岸はいくらでもあった。潮でベタベタする身体のまま服を着て、家に帰ったこともある。乾くにつれて皮膚が塩を吹き、かゆくなってくる。ことに耳の穴はかゆさがマックスで、電車の中でこっそり、ミネラルウォーターを指につけてこすっていたこともある。

あるいは学校の行事で登った山。山小屋に風呂はなく、寝るときも服のままで寝た。食事は飯と佃煮《つくだに》とタクワン、それにぬるい味噌汁《みそしる》だけ。夜のトイレは、蛾との闘いだった。

そういう、感じなんじゃないかと思う。

夜。ベッドに横になった途端、剛くんは寝てしまった。寝付きがいいのか、それともこういう旅に慣れているからなのかはわからない。

（いよいよ明日）

船に乗る。そう思うだけで、眠れなくなった。俺は、二階堂の家で見た蛇のようにうねる河の写真を思い出す。

（長かった）

ここに来るまで、長かった。十六年の人生の半分は、退屈で埋め尽くされていたから。

（短かった）

でも、ここに来ると決めてからは短かった。二階堂とバイトをはじめてから、日々は流れはじめ、いつしかその勢いに呑《の》み込まれそうになるほどだった。出会った人々。体験したものごと。その、どこでぶった切っても後悔はしなさそうな日々。

そして今。もしかしたら人生のマックスかもしれない時。

俺は、猛烈に手がかゆかった。

アマゾンの蚊は、半端ねえ。

＊

ぼりぼりぼり。結局一晩中かゆみの引かなかった手をかきながら、俺は朝食のコーヒーをすする。

「ん？」

うまくない。ていうかこれは、日本でもまずい方に入る味だ。

「煮詰まったのかな」

味をごまかすために砂糖とミルクを入れると、剛くんが同じようにミルクを入れながら笑う。

「言っちゃおうかなあ」

「何を？」

「実は、こういう方が当たり前なんだよ。ヤマモト家のは特別。味にうるさい人たちだからね」

え。でも、ブラジルはコーヒーの本場だし、これが基本なんて。俺が首を傾げると、剛くんは少しだけ真面目な顔になる。

「たとえば、紅茶をたくさん輸出してるインドやスリランカ。現地で主に飲まれているのは、『ダストティー』といって崩れた葉の紅茶だ」

言いながら、剛くんはテーブルの上にあった紅茶のティーバッグを持ち上げる。

「これが、どういうことかわかる？」

社会科で少し、教わったような気がする。貿易とか、先進国とかいう言葉が頭に浮かぶ。

「えーと、いいものは外国に売るから、国内では流通しない、とか」

「そう。高く買ってくれる方に売るのが資本主義かつ自由貿易」

「自由なら、しょうがないか」

俺がうなずくと、剛くんはさらにココアの粉が入った袋を持ち上げた。

「ちなみに、チョコレートに使うカカオを輸出しているコートジボワールや西アフリカの国では、チョコレートがどういうものかすら知らない人もいる」

「知らない、って？」

「末端の人間にとって、それは高価すぎるから」

高価なチョコがあるのは知っている。でも、十円のチョコだってあるじゃないか。俺が言うと、剛くんはちょっと悲しそうな顔をする。

「そう考えることができるのは、選択肢があるからさ」

「選択肢」

意味がわからず、俺はおうむ返しに同じ言葉を発音してしまう。

「色々な値段のチョコレートが売られていること。そしてそれを買えるお金があること。さらに言うなら、そのお金を稼ぐことができること。そのすべてを選べない人が、世の中にはいる」

なんか今、すごく大切なことを聞いた気がする。

選択肢。俺はたぶん、すべてを選ぶことができた。どこに行くか、何をするか。そして金を稼ぐことも、稼がないで生きてゆくことも。

選んで、選んで、ロールプレイング・ゲームみたいだとか言いながら、ここまで来た。でも、そう思えるのだって、選ぶことができたからなんだ。

「自由貿易の『自由』という言葉の中には、『貧しくなる自由』や『独り占めする自由』だって含まれてるってことだね」

「……難しいんだね」

俺はずしりと重くなったカップを両手で支えて、小さくつぶやく。正直、なんて言っていいのかわからなかった。だって俺は、理想的な『自由』の中にいて、豊富な選択肢に迷っていた甘ったれだったから。

すると剛くんは、にっこりと笑ってコーヒーを飲み干す。

「そう、世界は広くて一筋縄じゃいかない。だから面白い」

「面白い、んだ」

「うん。だって一方ではそういう不公平をなくそうとして、公正取引をうながす人たちもいるから」

それを聞いて、少しほっとした。

「ちなみにここマナウスは『マナウスフリーゾーン』っていって、税制の優遇地帯なんだよ」

「税制の優遇って、どういうこと」

「作った製品にかかる税金が低かったり、その製品を売った儲《もう》けに対する税金が安かったりするんだ」

安いのはいいけど、なんでそんなことをするんだろう。俺がたずねると、剛くんは再びコーヒーカップを指さす。

「マナウスには、コーヒーみたいな主要産業がないからだよ」

昔はゴムの栽培がさかんだったらしいけど、それが廃れたあとは特色のない地方都市マナウス。それを再開発しようとして、国は外国企業の誘致をはじめたのだという。

「うちで作れば安いですよ。だからここに工場を置いて、人を雇ってね。そしてここから輸出して、儲けを作ってね。ひらたくいうと、そんな感じかな」

なるほど。産業がなければ、場所を提供するっていう産業を作ればいいのか。それもまた、自由の側面なんだろう。

「にしても、詳しいね。まるで経済のプロみたいだ」

「まあね。カカオに含まれるカフェインだって薬のもとだし。そういう相場をチェックするのも仕事のうちだから」

仕事。その言葉を耳にして、俺はふと思い出した。

「でもさ、本当に剛くんも船に乗ってもらっていいのかな。仕事を休まなきゃいけないんじゃない？」

「ああ、その点に関しては大丈夫。出張扱いにしてもらったから」

「え？　船に乗りながら、仕事ができるの？」

「ま、ちょっとこじつけたけどね」

部屋のキーをこちらに渡して、剛くんは立ち上がる。

「さてと。そろそろ行こうか。僕はチェックアウトの手続きをしてるから、泳くんは用意ができたらロビーまで降りてきて」

俺はあまりうまくないコーヒーを残さず飲み干すと、テーブルを後にした。

ヴィンチ号に辿《たど》り着いたとき、艀《はしけ》には見知らぬ男が立っていた。黒髪に濃い眉《まゆ》。丸顔にずんぐりとした体型は、ちょっとお笑い芸人を思い出させる。でもそれよりなにより気になったのは、男が裸足《はだし》だったということだ。

剛くんが声をかけると、ポルトガル語で返事をした。

「どうやらこの人、船員らしいよ」

「オイ。メウノーメ、システィロ」

軽く握手を交わすと、システィロは船に向かって声をかける。すると、さらに二人の男がデッキに姿を現した。一人はスキンヘッドにサングラスという、迫力のある格好をしたじいさん。もう一人は黒髪で彫りの深い、細身のおっさん。

「オイ。ベンビンドゥ！」

確かこれは「ようこそ」じゃなかったかな。じいさんのかさついた手を握りながら、俺は考える。

「この人はドゥエイン。船長だって」

サングラスを見たときからそんな気はしていたけど、こんなじいさんで大丈夫なんだろうか。

ていうかそもそもこの人、何歳なんだろう。日焼けしすぎていて、もとの肌の色もわからなければ、皺《しわ》も年相応なのか謎だ。しかもなぜか、このじいさんも裸足だった。

「チャーオ」

ん？　これはポルトガル語じゃなくて、なんだっけ。首を傾げていると、剛くんが「イタリア語だよ」と教えてくれた。

「アントーニオ」

なるほど。こいつは一番わかりやすい。イタリアっぽい名前のイタリア人だ。しかもちょっとカッコつけた感じが、俺の想像するイタリア人そのものだ。

「彼は船のコックだってさ」

それを聞いて、俺はちょっとだけこの旅に期待を持った。イタリア人シェフの作る料理を食べられるなんて、いいじゃないか。そしてさらに、彼がサンダルを履いていることにも安心した。

ドゥエイン、アントニオ、システィロ。ヴィンチ号の乗組員は、これで全部らしい。それにチーム・ジリオンの四人と剛くんと俺。総勢九人のメンバーで、俺たちはポロロッカへと向かうことになった。

与えられた個室に荷物を積み込むと、ドゥエインが部屋の鍵《かぎ》を渡してくれる。

「キーは船長しか持たないから、この部屋はセーフティ・ボックスがわりに使えってさ」

剛くんの言葉に、俺はうなずく。確かにこの状況で何か盗まれたら、最悪だ。

「特に停泊中は気をつけろって。物売りが勝手に船に乗り込んでくることがあるからだそうだよ」

そうか。船は車と違って扉があるわけじゃない。だから、艀があれば誰でも乗り込めるんだ。それにもし艀がなかったとしても、小さな船で近づくことはできる。船は、いろいろな意味で風通しのいい乗り物みたいだ。

「それにしても、暑いなあ」

小さな窓が一つあるだけの船室は、とにかく熱気がこもりやすい。そして窓を開けたところで、停泊中だから空気も動かない。

「ま、しょうがないか」

ここで寝るわけじゃないし。そんなことを話していると、バディ・ジュニアが派手な音を立てて艀を渡ってきた。

『あー、間に合った！』

大げさに肩で息をしながら抱えてきた段ボール箱を床に降ろす。

「それは何？」

俺がたずねると、バディ・ジュニアは箱をべりべりと開けた。

『やるよ』

そう言いながら、こっちに投げる。慌てて受け取ると、それはずしりと重い酒瓶だった。表記を見ると、カシャッサと書いてある。何の酒だろう。

「あー……サンキュー」

剛くんの方をちらりと見ると、セグンドと何か話している。そんな俺を見たバディ・ジュニアはにやりと笑って親指を立てる。

「シークレーット！」

俺はうなずきながら、その瓶を自分の荷物にこっそりしまう。別に取り上げられるとは思っていないけど、もしポロロッカに乗れたら、そのときに一人で飲もう。そんなことを考えた。

がたがたと音がして、振り向くとシスティロが艀を畳んでいる。いよいよ、出航だ。俺は手すりに近づき下を覗《のぞ》き込んだ。動いている。

アマゾンに、漕《こ》ぎだしたのだ。

ごうんごうんごうん。途切れることのないエンジン音。

俺は船の手すりにもたれたまま、流れる景色を見ている。その背後で、システィロが何か言った。

「すぐ飽きるから、そんなに見なくてもいいよ、だってさ」

「なにそれ」

まだ、全然飽きない。むしろ船から下りるまでの間に、飽きなかったらどうしようかと思う。

ゆっくりと遠ざかる岸。慌ただしく行き交う船。手を振り、声を上げる人々。港を離れる時点で、俺の旅情はマックスだった。そしてヴィンチ号は岸から少し離れたところで、ゆるやかに河をさかのぼりはじめる。

町が村になり、村が家の集まりになる。そして人の気配が薄れ、船を着けられそうにない岸辺が増えてくると、いよいよアマゾンっぽくジャングルが見えてきた。

岸辺の緑と、茶色の水。空は晴天というより、少し曇ってきたので眩《まぶ》しさはない。

「なんか、思ってた通りのアマゾンすぎる」

「はは、なんだいそれ」

「雑誌に載ってたみたいな景色だからさ」

その中に自分がいるなんて、嘘みたいな気がする。ぱっと目を覚ましたら、いつもの自分のベッドにいたりして。

しかしそんな夢のような思いは、システィロの差し出した洗剤によってあっけなく終わりを告げる。

「あ、掃除——クリーン？」

「シム」

確か、シムが「イエス」でニャオが「ノー」だったな。俺は洗剤とブラシの入ったバケツを受け取ると、どこを掃除すればいいのか聞くため、首を傾げてみた。するとシスティロはうなずきながらトイレのドアを開ける。いきなりそこかよ。

「アグア」

バケツを指さしてから、アマゾンを指さす。水はそこから汲《く》んで来い、と。

「あー、シム。オッケー」

俺はバケツの持ち手にロープを結びつけると、まるで井戸で水を汲むように河面《かわも》へと下ろした。持ち上げて中をしげしげと見る。これが、アマゾンの水。

（……なんか、飲んだらヤバそう）

茶色っぽく濁ってて、清潔とは言いがたい。寄生虫とか、新種の菌とかがいそうだ。

（でもこれが、風呂《ふろ》の水でもあるわけで――）

なんとも微妙な気分で、俺は水を見つめる。これを、浴びると。

ともあれ掃除に問題はない。俺はトイレの扉を全開にすると、洗剤を便器の中にかける。そして次の瞬間、悶絶《もんぜつ》した。

「うおっ!!」

塩素!? アンモニア!? なんだかわからないけど、とにかく刺激臭が凄《すご》い。立ち上る臭いをそのまま吸い込んだら、確実にヤバいことになる。真っ黄色なその液体は、日本だったら確実に販売停止級の劇薬だ。

とにかく換気。こするのは後だ。俺はトイレの扉を押さえたまま、デッキに立ち尽くす。

「オー……、テリブルスメル」

通りがかったクルツが顔をしかめる。

「トゥーバッド」

俺が洗剤を見せると、うんうんとうなずいた。

「テイクケア」

気をつけて。そう言い残すと、クルツは口の辺りを押さえながら歩き去った。まあ、歩き去ったところで狭い船内なんだけど。

狭いとはいえ、掃除をするとなると結構広い。そこで俺は見学もかねて、あらためてヴィンチ号の船内を見て回ることにした。

ヴィンチ号は外から見ると二階建てで、船底の階まで入れると三階建てという構造になっている。

まず地下というか船底の階には、機関室っぽい部屋と、俺たちに用意された例の船室。同じようなドアがあと二つあるから、それはチーム・ジリオンの面々や船員が使っているんだろう。

「いてっ」

天井の張り出した場所に頭をぶつけて、俺は思わずうずくまる。

ここは地下といっても水没している部分ではないから、とにかく天井が低くて圧迫感が凄い。注意して歩かないと、頭をぶつけまくる気がした。

(ま、『船室』じゃなくて『物置』ってことだな)

港で船を見ていて思ったんだけど、どうやらアマゾンの船は水面下に隠れている部分が少ないらしい。つまり、浮かんでいる状態で見えてる部分がすべてということだ。

でも、と俺はしゃがんだまま首を傾げる。底がフラットで上に重心があるなんて、危なくないのかな。日本でこれくらいの大きさの船だったら、船底がもっと下に張り出していなければ簡単に転覆してしまうだろう。

(河だから、なのかな)

海みたいに時化《しけ》がなく、三角波が立つこともない場所だからなのか。あるいは、天候が悪くなったら河には出ないからなのか。

(それとも浅瀬に乗り上げるから?)

理由はよくわからないけど、おだやかな航行を思わせる船の造りを目の当たりにして、俺は少しほっとした。

そして一階は中心にデッキ。ここは船員のスペースらしく、壁に二つのハンモックがぶら下がり、壁際にはじゃがいもやタマネギなどの袋が無造作に置いてある。その前方にキッチンがあり、後方にはトイレと、ふだんほとんど使用されていないであろうシャワー。

『トイレがうしろでよかったよね。だって臭いがバックに流れていくもん』

ジョンが言っていた台詞《せりふ》に、今は激しく納得する。この洗剤の刺激臭がキッチンに流れたら、コックであるアントニオが倒れかねない。

けれどそのキッチンも、キッチンと呼んでいいのか正直迷う。なぜなら壁際に小さなガス台と流し(のようなもの)があるだけで、言われなければただの洗面コーナーにしか見えない。

(これで九人分の食事とか、作れるんだろうか)

俺は再び首を傾げる。だってそもそも、冷蔵庫が見当たらないのだ。

(釣り上げた魚を食べるとか?)

さらに辺りを見回すと、足もとに巨大なクーラーボックスを発見した。あまりにも使い込まれすぎて、ぱっと見にはそれだとわからなかったのだ。

蓋《ふた》を開けてみると、中にはぎっしりと氷が詰め込まれ、奥に生鮮食品が埋まっている。そしてその近くには、飲み物専用のクーラーボックスも置いてあった。

『FREE』と書かれていたので、俺はコーラを一缶貰《もら》って上の階に上る。

上った先は二階こと最上階。ここは俺たちの居住区であるデッキがメインで、前方に操舵室《そうだ》、そして後方は屋根のないベランダのような場所になっている。

古ぼけた樹脂製のデッキチェアが二つ、申し訳程度に「リゾートです」って言っているような感じ。ちょっとトホホなその場所で、バディ・ジュニアはご機嫌だ。

「オー、ナーイススペイス!」

いや。ナイスじゃねえし。俺は心の中で軽く突っ込む。

突っ込むといえば、操舵室には思わず声を上げて突っ込んでしまった。

「え? これだけ!?」

俺の思い描いていた操舵室というのは、計器類がたくさんあってレバーやハンドル的なものがある、機械だらけのイメージだった。しかしドゥエインが『どうぞ』と入れてくれたそこには、舵《かじ》とレバーが一つずつあるだけ。

計器、一切なし。しかもレバーなんておもちゃみたいだし。

（モーターボートかよ！）

これ、たぶん俺でも動かせるぞ。船舶免許はないけれど、三浦さんにくっついてモーターボートには何度か乗ったことがある。そのとき見た運転席と、これはほぼ一緒だからだ。

いや、一緒と言っちゃモーターボートに失礼だ。なにしろあっちには計器とブレーキがついていたんだから。

『ああ、無線があるよ』

そんなことを考えていた俺に、ドゥエインは壁にかかっていた黒いマイクのようなものを渡してくれた。……ていうか、これは、あれだ。修学旅行でバスガイドさんが持ってる、あれにそっくりだ。

『歌ってもいいよ』

歌うか。俺は愛想笑いを返しながら、無線をもとの位置に戻した。

『あ、ライトもつくけど』

そうですか。

初日の午後は、トイレとシャワーの掃除でほぼ潰《つぶ》れた。夕暮れが近づいているので、影が濃くなってきている。灯《あか》りは、まだついていない。

「グッジョブ」

デッキに戻るとジョンに頭をぐしゃぐしゃといじられ、セグンドに飲み物を勧められた。

そこで俺は一息つきながら、船を見て気になっていたことをたずねてみる。

『あの、ポロロッカのとき、どうやってエントリーするんですか？』

船底がフラットな船で、ポロロッカの大波にどう対処するのか。乗ったままというのはイメージできないけど、陸からエントリーというのも無理な気がした。

だってうねりは、正面から向かってくるのではなく、横へと流れていく。それにネットの映像で見たポロロッカは、陸地を水圧で削りながら進んでいたのだ。立ってるだけで危ないような場所から、エントリーなんてできるわけもない。

するとジョンは「ああ」という顔をした後、両手を前に出す仕草をする。

「モーターサイクル。オンザウォーター。ライト？」

もしかするとそれは、ジェットスキーのようなもののことだろうか。俺がそう言うと、ジョンはぶんぶんとうなずく。

『ジェットスキーで波を追っかけて、それに乗るんだよ。エキサイティングだろう？』

「エ、エキサイティング!?」

そりゃそうだけど、ちょっと待て。俺はサーフボードには乗れるけど、ジェットスキーには乗れない。ていうか、運転しながらどうやってボードを出すんだ。

俺が眉間《みけん》に皺《しわ》を寄せているのに気づいたジョンは、安心させるようにこう言った。

「ノープロブレム、エイ。ドライバーイズ、セグンド＆クルッ。ユーアーオンリーライド」

セグンドとクルッが操縦するから心配するな。そう言われても、ジェットスキーからのエントリーには違いない。

(後で、バディ・ジュニアとセグンドに聞いてみよう)

サーファー同士なら、もっと直接的なアドバイスが聞けるはずだ。陽が落ちはじめたアマゾンを見ながら、俺は椅子に身体を預ける。

しかしバディ・ジュニアは、もっと違うものに身体を預けていた。

「シフフフッ！　ラ〜イド〜ン」

音程が外れまくった歌を歌いながら、ハンモックに身体を預けるバディ・ジュニア。頭は酒に預けまくっているらしく、何を聞いてもおかしなミュージカルみたいな返事しかしない。

「こりゃあ確かに、契約書にサインさせたくなるねえ！」

その隣で剛くんが、ややろれつの回らない口調で話す。どうやら例のカシャッサを分けてもらったらしい。匂いを嗅《か》ぐと、アルコールがつんと鼻にくる。

使い物にならない二人はさておき、俺はセグンドを捜しに行く。しかし船内を捜しても、彼の姿が見えない。そこでクルッにたずねてみると、笑いながら指で上を示した。

「ルーフトップ」

ルーフは屋根で、トップは上。ということは、屋根の上？　俺が上を見上げると、クルッは操舵室の横に梯子《はしご》があると教えてくれた。

ペンキの剝《は》げかかった、作り付けの梯子。それを登ると平坦《へいたん》な屋根の上に出る。その真ん中に、セグンドは一人で座っていた。

（どうしようかな）

目を閉じているわけではないけれど、ちょっと瞑想《めいそう》しているようにも見える。その雰囲気を壊してはいけないような気がして、俺はためらった。すると、セグンドの方が気づいて手を上げてくれる。

「オイ」

セグンドは手招きをして、隣を示した。そこで俺はおそるおそる屋根に足をかける。もっと滑るかと思っていたが、劣化したペンキがざらついて程よいグリップになっている。

「オイ、セグンド」

腰を下ろして、俺はふと我に返った。波の乗り方って、なんてたずねればいいんだろう。

「えーと、その……インポロロッカタイム、ハウドゥライド、フロムジェットスキー？」

文法的に色々間違ってるとは思うけど、セグンドはうなずいてくれた。

「ワン。ステップアウト。ツー。ボードアンドユー、オンザウォーター。スリー。パドルアンドテイクオフ。ライト？」

まず降りる。そしてボードと共に水に浮く。最後にパドリングしてテイクオフ。なるほど、そういうことか。俺はうなずいたあと、思わず声を上げた。

「それ、海と同じじゃねえかよ！」

日本語に首を傾げるセグンドに、俺は意味を説明する。するとセグンドは笑って言った。

「イエス、セイム。バット、ショアイズデンジャー」

やることは同じだけど、岸が危険。それはわかってる。

「ソー、ライドオフインセンター。センターオブウェイブ」

だからうねりの真ん中で降りる。それを聞いて、ようやく理解した。

ジェットスキーは、うねりの中心までサーファーを連れてゆくためにあるんだ。

「あー、アンダスタン」

とりあえず、理屈の上では理解できた。でも果たしてそれが自分にできるのかはわからない。

大きなうねりが、絶えず来ている状態の海を想像すればいいのだろうか。たとえば嵐のような、と考えたところで俺は首を振る。嵐には、方向性がない。

（わかってるようで、わかってないな）

ここに来るまでに、何度も何度もポロロッカのことを考えた。それに乗っている自分や、乗れなかった自分。うねる河や、砕ける岸辺。何度も何度も動画を観て、本も読んだ。

でも、考えてるだけじゃ現実に追いつけなかった。

「エイ？」

ふと黙り込んだ俺を心配したのか、セグンドが声をかけてくれる。

「ああ、大丈夫、じゃなくてノープロブレム。オンリーシンキング、アバウトポロロッカ」

うなずくセグンドを見て、俺は思った。そういえば、セグンドは現地の人間なんだよな。ポロロッカが毎年の行事のようにある生活っていうのは、どんなもんだろう。そうたずねたくなったけれど、それを伝えるほどの英語力がなくて俺は口をつぐんだ。

やっぱり、言葉は重要だ。

ゆっくり、ゆっくりと陽が落ちてゆく。遠くの景色が少し見えにくくなるにしたがって、光の色が変わってゆく。

黄色、オレンジ、赤、そして——。

静かな夕暮れの中に、いきなり陽気な声が割り込んで来た。見ると、梯子の辺りからジョンがぴょこんと顔を出して手招きをしている。

「ヘイ！　ガーイズ⁉」

『宴会やるから、降りてきなよ！』

まあそんなようなことを矢継ぎ早に叫んで、またぴょこんと引っ込んだ。それを見たセグンドと俺は、苦笑しながら立ち上がる。

『どっちにしろ、そろそろ降りようと思ってたんだ。暗くなったら梯子は危ないから』

セグンドの言葉に、俺はうなずく。それにもうすぐ、夕飯の時間でもある。

船での夕食は、初めてじゃない。でもアマゾンを行く船の上で、っていうのはやっぱりちょっとわくわくした。天井に灯《とも》るのは、昔を思わせる黄色い光の電球。そのぼんやりとした明るさに照らし出されるのは、色々な国から来た男たち。

「エィ、サウージ！」

乗船おめでとう。そう言って、何度もグラスをぶつけ合う。最初から飲んでいたバディ・ジュニアと剛くんはかなりご機嫌で、ジョンもげらげら笑っている。クルツは静かに飲みながら煙草をくゆらし、セグンドはにこにこ笑いながら俺にコーラを注いでくれる。

電球の周りを、ときたま大きな蛾がかすめる。

床に置いたラジカセから、ブラジルっぽい音楽が流れる。

ときたまアントニオが顔を出しては、料理を置いてゆく。

システィロが夕食を二人分盛りつけて、操舵室《そうだ》に持ってゆく。

ゆるやかでおだやかな時間。

交わされる英語と、ポルトガル語。

なんだか、コーラで酔いそうだった。

しかしその酔いは、パスタを口に入れた途端に吹っ飛んだ。

（まずすぎ!!）

イタリア人が作るんだから、パスタはうまいに違いない。そう思っていたのに、これはあんまりだ。

俺はパスタをすくっていたフォークを、思わず皿に戻す。

「どうしたのかなあ、泳くん？　船酔いでもしたあ？」

カシャッサのグラスを片手に、剛くんがのんきな顔で聞いてきた。

「大丈夫。ただ、このパスタ――」

味つけがヘンだし、巻こうとするとぶちぶち切れるのは、なんでかな。そう言おうと思った瞬間、剛くんが笑顔でそれをかき込む。

「ん？　パスタがどうかしたあ？」

「いや、その、パスタは久しぶりだな、って」

「あー、そうなんだー」

へらへらと笑いながら、剛くんは隣に置いてあるステーキのようなものにかぶりついた。火を通しすぎてがっちがちの上、塩味すらついていないようなそれを、嬉《うれ》しそうに頬張る。

（剛くんは、僻地《へきち》に慣れてるんだったよな）

食事に関して、「虫が入らなければ上等」と言っていたことを思い出し、俺は小さくため息をつく。フォークも刺さらないような肉を横目に、俺は他の皆をうかがう。しかし、見るまでもなかった。俺以外の全員は酔っぱらっていて、味なんかこれっぽっちも気にしちゃいないのだ。

まあ初日だし、やること一杯あったし。アントニオだって疲れてるんだろう。俺は無理やり自分を納得させながら、硬い肉を口に突っ込んだ。

夕食の後、仕事を終えたアントニオが宴会に加わり、『ビールだけ』といいながらドゥエインとシスティロもそれぞれ飲む。二人は交代で船を動かしているはずなんだけど、いいんだろうか。

正直、俺には酒の良さがまだわからない。ビールやワインくらいは飲めるけど、ものすごくうまいと思ったことはない。でも、それを口にすると子供だと思われそうだから黙っている。

それに第一、サーフィンの前に二日酔いだったりしたら洒落《しゃれ》にならない。

やることのなくなった俺は、へべれけの剛くんからハンモックの吊《つ》るし方を聞き出して寝床を作ってみた。

(これって寝返り打ったら、落ちるのかな)

布一枚でできたハンモックは、みるからに頼りない。おそるおそる乗ろうとして、バランスを崩した俺は派手に尻餅《しりもち》をつく。

「うははは！　ブロウイット!!」

言葉はわからないが、言われている意味は思いっきりわかった。俺はバディ・ジュニアをじろりと睨《にら》んだ。

「お尻だよ、泳くん。お尻から入るんだ、こうやって！」

剛くんが、ギャグにしか見えない動きで実演してくれる。そこで中心に腰かけるようにすると、自然に布が身体を包み込んできた。

「あ。きもちいい、かも」

すっぽりと包まれる感覚は、かなり新鮮で、でもどこか懐かしいような気がする。これなら、落ちることなく眠れるだろう。

(でも、熟睡できるのかな)

そう思いながらも、布の感触が心地好《よ》くてふと目を閉じる。

なんとなく、二階堂と話したかった。山下とでもいい。だらだら喋《しゃべ》って、くだらないことで笑い合いたい。学校の帰り、ファストフードの店内でダベりたい。いつものように、いつもの奴と、いつもの場所で。いつでもできるはずのことなのに、なんだか無性にそうしたい。

ホームシックとはちょっと違う。でも、そこはかとない寂しさが、払えない靄《もや》のように漂っていた。

聞こえるのは、皆の声とエンジン音。そしてときおり、何かが跳ねる水音。

俺はそれ以上何も考えられずに、眠りに落ちていった。

＊

痛みで、目が覚めた。

「うわ、いてえ!」

思わず声を上げると、視界に剛くんの顔がにゅっと現れる。

「おはよう、泳くん。大丈夫?」

「ああ、おはよう」

言いながら、ハンモックの中でゆっくりと身体を起こした。慣れない体勢で寝たので、身体ががちごちに固まっている。

「朝食ができてるけど、すぐに食べられる？」

「うん。ていうか剛くんこそ、大丈夫なの？」

二日酔いとか。俺がたずねると、剛くんはにやりと笑いながらパンツのポケットを叩《たた》く。

「僕には、アマゾンの秘薬がついてるからね」

それが本当か嘘かはわからないけれど、少なくとも二日酔いには効くようだ。痛みの残る関節を曲げ伸ばししながら、俺はふとおかしくなる。そういえば、数日前にもこんな朝を迎えていたっけ。

ミウの柔らかな身体を思い出し、俺はなんとなく視線を下に向ける。寝起きだから当たり前なんだけど、まだちょっと、トイレには行けそうにない。

「グッモーニン」

エブリバディ、とつけようかと思ったが、すれすれで止めておいた。それじゃまるで、英語教室のご挨拶《あいさつ》だ。ていうか「グッモーニン」だって充分にベタでダサいという気がするが、これしか知らないのだからしょうがない。

「モーニン、エイ」

テーブルに肘《ひじ》をついたまま、ジョンが疲れきったような顔を上げる。飲み過ぎは、確かハングオーバーって言ったっけ。映画のタイトルであったから覚えていた。

「ハングオーバー？」

声をかけながら座ると、クルツがどんよりとした表情で答える。

「ハーフイズハングオーバー。バットハーフイズ、ディス」

半分は二日酔い。でも残りの半分は、これ？　クルツの指さした先を見ると、そこには朝食の皿があった。スクランブルエッグと、黒コゲの棒が二本。じゃなくてこれは、焦げたソーセージか。

「ノットグッド？」

そうたずねると、のけぞるように椅子にもたれかかっていたバディ・ジュニアが突然がばりと身を起こす。

「ノットグッド？　ノー！　ディスイズバッデスト!!」

まずいなんてもんじゃねえ、最悪だ。そう言いたいらしい。そこで俺は、恐いもの見たさに自分の皿にフォークを伸ばす。丸焦げのソーセージはわかりやすいから、玉子を一口。

「――なんだこれ」

口元を押さえて、思わず手すりに駆け寄りたくなった。

おかしな匂いの油。その油を、溶き卵が目一杯吸い込んでいる。

「まずいよねえ、これ。揚げちゃったのかなあ」

首を傾げながら、剛くんはそれを一気にかき込んだ。そんな剛くんを見て、セグンドが「オー」と感嘆の声を上げる。

ちなみにソーセージは、外は丸焦げなのに中が冷たかった。冷凍状態のものを、いきなり高温の油に放り込んだんだろう。

「アントニオも、具合悪いんだろうね」

とりあえず無難な果物に手を伸ばすと、剛くんは皿を置いて片手を振った。

「いや？　たぶんすごく元気だと思うよ」

「え？」

「だってほら」

うながされた方を見てみると、アントニオが大きな皿を持ってデッキに上がってくるところだった。そしてそれをテーブルの中央にどんと置くと、「ヴォナペティート！」と笑いながら去って行った。

皿の上には、サラダらしきもの。ぶった切られたキュウリとトマト、それに櫛形《くしがた》に切られたタマネギが散らかっている。俺は好奇心からタマネギを口に運び、次の瞬間思いっきり後悔した。

「……辛っ!!」

調理、なんもされてねえし。

でも口の中がぬるぬるするのは、一応ドレッシング的なものがかかっているからなのだろう。しかし。まったく味らしい味がしない。ただ、玉子と同じ匂いがするだけで。

（もしかして、揚げた後の油を二次利用してんのか？）

にしたって、せめて塩と胡椒《こしょう》とか、味つけは必要だろう。今度こそ俺は手すりに駆け寄り、タマネギの切れ端をアマゾンに吐き出した。こんなんじゃ、魚だって食わない。

「アントニオの料理を素面《しらふ》で食べるのは、みんな初めてだったみたいだよ」

剛くんの言葉に、俺はうなずく。確かに出航しなければ、船の料理を食べるチャンスはない。そして乗船の際に、コックの料理を食べて確認するなんて話も聞いたことがない。

つまり、これは賭《か》けだったんだ。

「ただ、誰も期待はしていなかったらしいよ。食べられれば多少マズくたってしょうがない。そう思っていたんだそうだ」

どんよりとうつむくジョンの意見を、剛くんが翻訳してくれる。

「……テリブルスメル」

クルツが、期せずしてトイレの洗剤と同じ感想をもらした。

「でも、アントニオってイタリア人じゃないの？」

「それが、イタリア系ブラジル人らしい」

「え？　どういうこと？」

「つまり、彼はイタリアの血をひいてはいるものの、彼自身はブラジル生まれのブラジル育ち。そういうことだ」

そこまで聞いて、俺は深くうなずく。ミウやセンが日系だけど日本を知らないように、アントニオはイタリアを知らないのか。

けれどヤマモト家にはムツミさんがいた。彼女がいたからこそ、ミウやセンは断片的にでも日本の味を知っていた。そしてもし、アントニオの家族にそういう人がいなかったら。

（まずいもの作っても、しょうがないか）

俺は皆と同じように、がっくりと肩を落とした。


しばらくして、船が岸から離れたところで停止した。何かあったのかと見ていると、システイロがデッキからホースのようなものを河に投げ込んだ。

「あれは、水を汲《く》み上げてるんだよ」

剛くんの説明によると、このサイズの船にはタンクが常備されていて、水の綺麗《きれい》なところまできたらモーターを動かし、水を吸い上げるのだという。

「あれ、飲むのかな」

「僕らは外国人だから、それはないと思うよ。ミネラルウォーターのペットボトルも、たくさん積んであったし」

むしろあれは、生活用水としてだね。そんな話をしている横を、誰かがさっと走り抜けた。

（ん？）

そして走り抜けたまま、手すりから身を躍らせる。

「ええーっ⁉」

俺は誰かがアマゾンに飛び込んだことよりも、流れのある場所だったことに驚いた。だって水が綺麗ってことはつまり、そこは流れが速いってことだと思ったから。

「助けないと、流される！」

思わず声を上げると、剛くんも真剣な表情をしていた。

「よし。じゃあドゥエインに――」

そう言いかけた瞬間、今度はぶぅんというエンジン音が下の方から聞こえてくる。見ると、ジェットスキーに乗ったクルツが飛び込んだ誰かのもとへと向かっていた。

「いえええい！　アマゾーン!!」

水からぽかりと顔を出したのは、バディ・ジュニア。そうじゃないかと思っていたけど、やっぱり。

よく見るとバディ・ジュニアはちゃっかりウェットスーツを着ていて、水面に浮いている。そして追いついたクルツからショートノーズのボードを受け取ると、いきなりパドリングをはじめた。

最初は流されるかと思ったけど、案外ゆるやかな流れらしく、バディ・ジュニアはボードをコントロールしながらゆっくりと進んでいる。それを見て、俺は急にどきどきしてきた。ここにうねりはない。だから乗ることはできない。でも、ああすることで、たくさんのことがわかる。

河幅や水の質感。浮力の具合。落ちたときの深さ、暗さ。水を掻《か》いたときの重さ。口や目に入ったときの不快感。

（俺も、知りたい）

そう思った瞬間に、服を脱ぎはじめていた。

もとから下半身は水着のパンツを穿《は》いている。そこで俺は階下に駆け下り、荷物の中からラッシュガードを引っ張りだした。ウェットスーツなんて、時間が惜しくて着る気になれない。

不安が、ないわけじゃない。でもそれよりなにより、水に入りたいという気持ちの方が強かった。

「泳くん！」

剛くんが追ってきたので振り返って、河を指さす。

「俺も、行ってくる」

「ちょ、ちょっと待って。危ないよ！」

「大丈夫。バディ・ジュニアは流されてないよ」

「そうじゃなくて！」

「行かせてくれよ」

このじりじりするような、何もしないでいたら泣きたくなるような感じ。

これなんだ。これに動かされて俺は、ここまで来たんだ。

「行きたいんだ」

頭の中で、勝手に漢字がすり変わる。生きたいんだ。

思いっきり、生きたいんだ。

「頼むよ!!」

叫ぶと同時に、ぽんと背中を叩《たた》かれた。

「オーライ、ボーイ」

もめる俺と剛くんの間に、セグンドがするりと身を割り込ませる。柔らかな笑顔。心配するなという風に、俺たちの肩を軽く抱く。

「アイムドライビング、ライト?」

自分がもう一台のジェットスキーを出すから、と言ってくれた。

「……まあ、それならいいか」

それでも、気をつけるんだよ。剛くんが言い終わる前に、俺は手すりを蹴《け》っていた。

いま行くぞ、アマゾン。

どん、と勢いのまま水中に沈む。視界が一瞬にして暗くなり、つかの間パニックの記憶が甦《よみがえ》る。

(落ち着け。大丈夫だ)

自分に言い聞かせながら、身体の力を抜いて水面への浮力を感じた。

上へ。

やがて視界はゆっくりと薄茶色に変わり、ほんのりとした光が見えてくる。俺は水面に顔を出すと、ふうっと大きく息を吸い込んだ。

「泳くん！」

手すりから身を乗り出している剛くんに向かって、軽く手を振る。

「大丈夫だよ。水面の流れはそんなに速くない」

水は、思ったよりも冷たくなかった。そして色に反して、匂いはほとんどしない。少し口に入ったけど、味も特にない。強いていえば、河特有の匂いがするだけだ。ちょっと肩すかしを食らった気分で、俺は水を手ですくう。そうしてみると、ほとんど濁りは見えなくなる。むしろ、薄い麦茶のような透明感のある感じだ。

「エイ！」

エンジン音とともに、セグンドが近づいてくる。モーターに気をつけながらボードを受け取ると、俺はパドリングの体勢に入った。胸にぴたりと吸い付くような、この感触。懐かしくて嬉《うれ》しくて、たまらない。俺は夢中で水をかきながら、アマゾンを味わう。

そういえば、日本を発《た》ってからずっと、ボードに乗れていなかった。この、舳先《へさき》で水を切って進むような視界。ちゃぷちゃぷと身体に当たる優しい水。

嬉しい、嬉しい。全身が喜んでるのがわかる。

しばらく進んだところで、ボードの上に腰かけて波待ちの体勢になってみる。真水のせいか、ボードに上がるときにちょっとだけ力がいった。けれど上に乗ってしまえば、特に浮力に問題は感じなかった。かく水もそこまで重くはないし、これならなんとかいけそうだ。

ただ、落ちてからの浮上にはやはり問題がある。塩水ではないぶん、浮力が弱い。身体を勝手に持ち上げてはくれないのだ。自力で泳いで、上を目指さなければいけない。

（それができなきゃ、確実に事故るわけだ）

俺は覚悟を決めると、あえてボードの上に立ち上がろうとしてプルアウトしてみる。どぶん、再び茶色い闇に包まれる。上が薄明るいのは、今日が快晴だからだ。もしこれが曇りの日だったら、視界はそこまで当てにならない。

ボードに上がって動きを止めると、頬に風を感じた。オンでもオフでもない、ショア。なぜなら岸は両側にあるから。

そしてゆるゆると、流されてみる。カレントほど速くはない。逆らってパドリングしてみると、戻れないほどじゃない。たぶん、河幅が広すぎて流れが分散し、速まりにくいんだろう。

「エイ！」

セグンドの声に振り向くと、そろそろ船に戻ろうというジェスチャーをしていた。そこで俺はうなずき、ジェットスキーに近づく。

まずボードを手渡し、次に自分が上がる。しかしセグンドは、それは良くないという。

「ナウ、カーム。バット、ポロロッカタイムイズデンジャー」

穏やかだからこれでいいけど。でも本番のときは、まず先に自分が上がるように。そう言われて、俺はうなずく。ボードよりも命。そういうことだな。

河から上がって身体を拭《ふ》いていると、剛くんがたずねてきた。

「入ってみて、どうだった？」

そこで俺は、自分が感じたことを伝える。案外いけそうな部分と、ワイプアウト後の不安。

すると剛くんは、しばらく考え込んでからこう言った。

「泳くん、浮きをつけてみたらどうかな？」

「浮き？」

言われた瞬間。マズい、と思った。ライフジャケットのことだろう。

ライフジャケットに関しては、俺も一度は考えた。でもジャケットを着てパドリングなんてできっこないし、立ち上がったときのバランスや風の受け方も変わってくる。だからこの問題は、剛くんが気づかないままでスルーしたかった。

まあ簡単に言えば、『着たくない』。その一言に尽きる。そこで俺は、必死に説得を試みた。

「あのさ、浮きは俺も一度考えてみたよ。でもどう考えても、不可能なんだ」

「不可能って、どういうこと？」

「だってパドリングができないからさ」

しかし剛くんは、俺の言葉に首を傾げた。

「ええ？　パドリングって、こんな小さなものが付いてるだけで、できないわけ？」

「小さなもの？」

俺が聞き返すと、剛くんは床に置いてあった釣り竿《ざお》を持ち上げ、その先についた人差し指サイズの浮きをつまんで見せる。

「こんなでも、身体の下でゴロゴロしたりする？」

「え？　あ、いやあ。ま、ちょっとは気になるって感じかな」

なんだこれのことか、ということを悟られないように俺はそれらしくうなずいた。でも、釣りの浮きってどう使うんだ？

「これをさ、手首とかウェットスーツとかにつけておくと、水中で上下がわからなくなったときの指針になるんじゃないかと思うんだけど」

ああ、そういうことか。俺は感心して、より一層激しくうなずく。

「それなら、もうちょっと大きくてもいいかもしれない。あんまり小さいと、水流にそよぐだけで当てにならないから」

そこで俺たちは色が派手で、浮力の強い浮きを選んだ。俺はそれを試しに紐《ひも》で手首にくくりつけて、もう一度水に飛び込んでみる。すると、浮きは水中でリーシュコードのように広がり、しばらくたった後に水面を示した。

「いい感じだよ」

ただ、問題は落ちてから洗濯機状態が治まるまで、俺が待てるかということだ。その間に息が続かなかったりパニクったりしたら、つけてる意味がない。

（あるいは、水面下がずっともみくちゃだったら）

何をどうやっても意味がないだろう。ただそれを口にすると、心配どころかチャレンジを止められるかもしれないので黙っていることにした。

そんなことを考えながら身体を拭いていると、ジョンが俺にカメラを向けていることに気がついた。

なんで俺を撮るのかと聞くと、笑いながら『メイキング』と答える。

「もしこのCMがヒットしたら、メイキングの映像をつけてDVDで発売するんだってさ」

剛くんの言葉に、ジョンがうなずく。

「でも、そうなりそうもないよね」

この低予算な感じといい、俺をついでに乗せちゃうノリの軽さといい、大ヒットCMとはかけ離れているような気がするんだけど。俺がそう言うと、剛くんも苦笑しながら同意した。

「ま、だからこそ居心地がいいのかもしれないよ。ゆるくって」

ゆるいと言えば、この河の流れはゆるい。それに河幅も狭いし、ベレンの岸辺から見た海のような大河はどこに行ってしまったんだろう。

「風景は『いかにもアマゾンです』って感じだけどさ」

俺がつぶやくと、剛くんがドゥエインに聞いてくれた。

「この船は今、あえて支流を進んでるんだそうだよ」

「支流」

だから河幅が狭いのか。さらに剛くんは続ける。

「アマゾンは河幅が広すぎて、逆に中心に出る方が危険なんだよ。ルートを失いやすいし、何かあったとき岸につけられないから。それに今はポロロッカの直前だから、余計に流れの中心は危険だ」

確かに。俺がうなずいていると、横からセグンドが話に入ってきた。にやにや笑いながら、

「ドゥユノウ?」とジェスチャーで河幅を示す。するとそれに対して、剛くんが答えた。

「フォーハンドレッド、エイティ」

頭の中で、数字を確認するのにしばらくかかった。

「え? よ、四百八十!?」

「そう。四百八十キロメートル。これは一番広い所での幅だけどね」

広い広いとは思っていたけど、それほどとは。俺は思わず、日本での距離に換算しようとしてみる。でも、よくわからない。

「うーんと、東京から京都、って感じかな」

京都まで対岸が見えない。なんだそれ。あまりにも現実離れした数字に、俺はつかの間ぼんやりとする。

「その真ん中なんて、はっきり言って大海原だよね。だから通常、船は岸に沿って進むんだ」

大海原を、この装備で進むのは確かに無理がある。ていうか「ライトもつくけど?」という船じゃ、はっきり言って自殺行為に近い。

「それにアマゾンは岸に近くても水深はそれなりにあるから、座礁の危険はないしね」

剛くんの言葉は船底の造りを裏付けていて、俺は納得した。しかし納得したところで、また一つ疑問がわいてくる。

「じゃあさ、もしかしてポロロッカのときも支流にいるわけ？」

「そうなるね」

なんとなく、メインの河じゃないところでやるのって気分出ないな。そんな俺の気持ちを見透かしたように、セグンドが親指を立てる。

「タイトイズ、グッド」

それから両手の幅を狭め、口で水音を立ててみせた。

「もしかして、河幅が狭い方が勢いがつくってこと？」

「そういうことらしいね」

それを見たジョンも、うんうんと激しくうなずいている。きっと、狭くて水の勢いがある方が画《え》になると言いたいんだろう。

＊

フライドチキン。フライドフィッシュ。フライドポテト。申し訳のように添えられたパスタ。

昼飯を前にして、皆が沈黙する。

「――やっぱり、アントニオは料理が下手なんじゃないかな」

トマトの水煮缶を上にぶちまけただけ、という味のパスタを口に運びながら俺はつぶやく。ていうか、パスタをまずく作るのって逆に難しいよな。

「オー……」

チキンを口に入れたクルツが、心から残念そうな声を上げる。

「バスタード！」

切れまくるパスタに苛《いら》ついたバディ・ジュニアは、怒りのままに叫んだ。

『いくら味オンチのアメリカ人でも、ここまでひどいものは食べてない！』

でもその気持ちもわかる。だってただのフライドポテトを、どうやったらここまでまずくできんだ。

「油、だな」

妙にクセのある、不思議な匂いの油。それでなんでもかんでも揚げてしまうから、同じようにまずくなるんだろう。そしてメシがまずいと、場が険悪になる。

『おい、ここはリゾートじゃないんだぞ』

味覚をごまかそうと昼間からカシャッサに手を出したバディ・ジュニアにジョンが注意した。

『いいじゃないか。今は仕事の時間じゃないし』

『でも俺たちの関係はビジネスだ』

『うるさいな。この味が我慢できないだけだって』

そこにクルツまでもが参入する。

『ジョン。この味が我慢できるとは、凄《すご》い奴だな』

『なんだと？　我慢して食ってる人間に向かって、なんてこと言うんだ』

一歩間違えばケンカに発展しそうな雰囲気の中、セグンドと剛くんは素知らぬ顔で食事を続けている。これに耐えられるのはいいけど、それってチーム的にはどうなんだろう。

(問題は、材料がちゃんとしてるってことなんだよな)

もしここがもっと食材のない土地で、どうしようもない食材をどうしようもない状況で作ったものだったら、皆文句は言わなかったことだろう。でもアマゾンの港に食材は豊富にあって、調理設備も過不足ない。

(その状態で、これが出てくるんだもんなあ)

しかもこの船には、短くてもあと四日程度は乗るだろう。その間、三食こんなものが出るのだと考えると、酒に逃げたくなる気持ちも理解できる。でも、こんなチームワークでポロッカに挑むのは危険だ。第一俺は、酒が飲めない。

しょうがないので、下手な英語で発言してみる。

「カームダウン、ガイズ。アイウィルクッキング。プリーズウェイト」

それを聞いた皆は、きょとんとした顔をした。『え。なに言ってんの？』みたいな。

「だから、俺が料理してみるんだって」

同じ言葉を剛くんがもう一度通訳すると、セグンドが面白そうな表情をする。

『エイは、料理の経験があるのか？』

『さあ、わからない。でも少なくとも、アントニオよりマシな舌を持ってるよ』

剛くんの言葉に、同が深くうなずく。そして『期待はしてないけど、意気込みは買うよ』

といった表情で、ジョンが手を振った。自信があったわけじゃない。ただ、この材料があるなら、俺の方がマシな物を作ることができそうな気がしたのだ。

とりあえず、陛下のアントニオのところに向かう。

「チャオ、エイ。ナウクッキーング！」

俺に気づいたアントニオは、にっこりと笑いながら鍋《なべ》の中を指さす。見るとピンクっぽいオレンジ色の油の中に、やけにぼってりとしたフォルムの鶏肉《とりにく》が沈んでいた。

（これは、温度が低すぎだろう）

天ぷらでもフライでも、大抵は揚げている音がする。なのにしんと無音なのは、そもそもヤバい。そして鶏肉についている衣は、明らかに小麦粉を練りまくった感じがする。

しばらく待って、ようやく肉が鍋底から浮かびかけたところでアントニオはそれを引き上げた。

（あ）

その状態で、終了かよ。俺が突っ込もうとすると、アントニオは鼻歌まじりにそれを皿の上に放り出す。そして申し訳程度にキュウリのぶつ切りを添えて、俺に差し出した。

「フィニーッシュ！　ボナペティ！」

食えるか。そう言いたかったが、とりあえず受け取った。そしてその場でナイフを借りて、肉を真ん中から切ってみる。生だ。

「オー、ミステイク」

アントニオは、切った肉を再び油の中に放り込む。そして今度は時間をかけて、弱火で煮込む。

「オーライ、オッケー」

……肉が、半分のサイズまで縮んでいた。歯が立たないのは、試すまでもない。俺はつかの間、それから目をそらしてアマゾンの流れを見つめる。ふと、河面《かわも》が波だって魚がぱしゃんと跳ねた。

アントニオに目を戻すと、今度は魚に衣をべっとりと塗り付けて油の中に沈めている。こいつらも、こんな食われ方はしたくないだろうに。

「アントニオ」

ん？　と笑顔で振り向くアントニオ。たぶん、悪気があるわけじゃないんだろう。そう信じたい。

「えーと、アイウォントゥクッキング」

「ユー？」

なにを面白いことを言ってるんだ。そんな表情のアントニオに向かって、俺は訴える。

「イエス。プリーズ」

するとアントニオは、あっさり鍋の前を譲ってくれた。ただ、「どうぞ」というジェスチャーには「やれるもんならやってみな」という半笑いの雰囲気も漂う。

そこで俺は、まずコンロの火を最大にした。そしてその間にまだ手つかずの鶏肉を小さめに切り、塩胡椒《こしょう》をしてから薄く小麦粉をつける。最後に油が熱くなったのを確認したところで、肉を入れた。

じゅん、という音。それがじゅわじゅわぱちぱちに変わって、最後はしゃーっと軽い音。これは、聞き覚えのある流れだ。肉が完全に浮き上がってきたところで、それを引き上げれば唐揚げっぽい料理の出来上がりだ。一つ齧《かじ》ってみると、とりあえず火は通っている。味は、食えないほどひどくはない。でもやっぱり、油に癖がある。

「オー、ヤミー！」

それを口に入れたアントニオが、驚いたような声を上げた。

「イッツテンプーラ？」

俺は首を横に振って「カラアゲ」と答える。するとアントニオは感心した様子で、もう一度つくってみろとうながした。

「本当は、ソイソースとガーリックがあればグッドなんだ」

適当な言葉でつぶやくと、アントニオが戸棚の辺りを探る。

「イズディス？」

そう言って突き出したのは、なんと醤油《しょうゆ》だった。ただ、日本語ではなく中国語が書いてあって、舐《な》めると微妙に甘い。でも、ないより全然いい。さらにアントニオは、生のニンニクを出してくれた。そこで俺はニンニクを刻み、それを醤油に入れて肉に揉《も》み込んだ。

（たしかウーおじさんは、卵とかも一緒に入れて揉んでたよな）

『南仙』の厨房《ちゅうぼう》を思い出しながら、俺は鍋に向かう。そして出来上がった唐揚げは、ニンニクのおかげでかなりまともな味になっていた。

「カラアゲ、イッツソーナイス！」

喜んでもらえたので、俺は残りの肉も唐揚げにして皆のところに持って行く。するとまず、その匂いだけでセグンドが微笑んだ。

「ナイス、スメリン」

そしていち早くそれを口に放り込んだのはバディ・ジュニア。もぐもぐと食べながら、すでに二つめに手が伸びている。

「デリーシャース!!」

クルツとジョンも満面の笑みで、皿はあっという間に空っぽになった。

「ネクスト？」

「エイ。キャンニュークック、モア？」

「プリーズクック、エイ！」

皆の賛辞に気を良くした俺は、今度はパスタを作ろうと皿を持って階下に降りようとした。

そんな俺に、剛くんが声をかける。

「泳くん。日本料理以外は、作っちゃダメだよ」

「え？」

「まあ、『油を変えて』くらいはリクエストしてもいいと思うけど」

とにかく、パスタなんて作らないように。いきなりそう言われて、俺はむっとした。

「皆、喜んでるじゃないか」

「それでも、ダメだよ」

「パスタどころか、目玉焼きだって俺の方がマシなものが作れるし」

「ダメだよ」

「なんで」

そうたずねても、剛くんは理由を言わない。そこで俺はさっさと会話を切り上げることにした。

「『ダメ』だけじゃ、わからないって」

皿を持って調理スペースに戻ると、アントニオが次のパスタを茹《ゆ》でようとしていた。

「あ、沸いてないよ」

ノットボイリング、と言いながら俺はその手を差し止める。そして塩は、と聞くとアントニオは不思議そうな顔をした。

『沸いたら、塩を入れて、パスタはその後に入れるんだ』

そう言うと、ふうん、と軽くうなずく。マジか。茹で方なんて、万国共通だと思ってたのに。

『あと、トマトソースにもニンニクかタマネギがあるといい。最初にみじん切りを油で炒《いた》めると、かなり良くなる。それがないときは、トマトを鍋で煮て濃くするのもいい』

これは、イタリアンが得意な母親の受け売りだ。みじん切り、とかの単語が伝わったかどうかはよくわからないが、たぶん大体の意味は通じただろう。

ふんふんとうなずくアントニオ。これでわかってくれれば、後がぐっと楽になる。

『それから、パスタは袋に書いてある通りの時間で茹でるといいよ』

そうつけ加えると、アントニオが怪訝《けげん》そうな表情をした。

「イッツ、ジャパニーズスタイル？」

「ノー、イタリアンスタイル」

まあ、イタリアっていうほどのものじゃないけど。そんな感じで答えると、アントニオが突然俺を押しのけた。

「ゴー、アップステア」

上に行け？　首をかしげていると、片手を振って不快な表情を見せる。

「ゴー！」

さすがにこれは、言葉がわからなくても理解できた。あっち行け、だ。

すごすごと上に戻るとブーイングが待っていた。

「ホワイ？」

なぜお前が料理してこない。そう突っ込まれて、俺は言葉に詰まる。だって、アントニオが急に機嫌が悪くなったから。

「アントニオイズ、アングリー。バット……」

でも、理由はわからない。俺がそう言うと、バディ・ジュニアが大げさに天を仰いだ。

「ジーザス！」

そしてタイミングの悪いことに、そこにアントニオが皿を持って姿を現す。

「ボナペティ！」

わざとらしいほどの笑顔で、トマトソースのパスタを置いていく。それを恐る恐るすくった
クルツが、残念そうに声を上げた。

「ノー……」

パスタは、口に届く前に切れていた。

皆のがっかりを前に、剛くんは表情を変えずにパスタをかき込む。

「切れやすいのは、こうやって食べるのが正解だと思うんだよねえ」

その隣でセグンドが、うなずきながら同じように皿を持ち上げた。何も、言わない。

俺が立ち尽くしていても、剛くんは何も言わない。

「教えてくれよ」

そうつぶやくと、ようやく剛くんは俺の方を見た。

「何を？」

ほんの少し。バカにしたような目つき。わからないんだあ、みたいな。

「何がダメだったのか、教えてくれよ」

悔しかった。せっかくうまい物を作ったのに、なんでこんな風に扱われるのか、わからなか

った。

「泳くんは、日本料理以外の物も作ろうとしたんでしょ」

だってメニューはパスタだし。少しでもうまくなるなら、その方がいいと思って。そう訴えると、剛くんは首を振った。

「それは、アントニオの仕事だ」

「仕事はわかってるよ。でも、うまいならそれでいいだろ」

「よくないよ」

剛くんは食べ終えた皿を置くと、水をぐっと飲む。

「この料理はうまくない」

「だろ？　だから——」

「でも、だからといってアントニオの仕事を奪うのは間違いだ」

奪う、って。そんな大層なことじゃないだろ。ただちょっと目の前で作って、助言しようと思ってただけで。俺がそう言うと、剛くんはほんの少しだけ、嫌な笑いを浮かべる。

「泳くんは、どこまでも『持てる人』だなあ」

「なんだよ、それ」

「でも『持たざる人』の論理を理解しないと、この先もっと痛い目に遭うよ」

何を言われてるのか、よくわからない。ただ、すごく大切なことを指摘されてる気がした。

でも、それよりなにより、剛くんへのむかつきが勝った。

「そういうの、むかつくんだけど」

「そういうの、って？」

「はっきり言わないで、そのくせ口出ししまくってる」

そう言ってテーブルを叩《たた》くと、視線が俺に集まる。しかし剛くんは相変わらず薄ら笑いを浮かべたままだ。

「むかつくって言われてもねえ。僕は、泳くんがアントニオにしたのと同じことをしてるだけなんだけど」

「はあ？」

俺が？

「だってそうでしょ。料理がまずいからなんとかしてくれ、とはっきり言わずに、目の前で得意げに料理してみせるのって、そういうことじゃない？」

言葉に、詰まった。立ちすくむ俺に向かって、剛くんはさらにたたみかける。

「料理をなんとかしろというのは、客である僕たちが言ってもいいこと。でも『日本料理を作る』という余興を超えて、彼の料理に手を出すのは、彼の仕事を奪うことになる」

「奪うなんて、そんなつもりじゃ」

「わかってるよ」

そこで初めて、剛くんは優しい笑みを浮かべた。

「好意だとか金銭じゃないとか、そんなことは、はじめっからわかってる。でもそういう言いわけは、ここでは意味がないんだ」

　言いわけ。俺は、言われている言葉の意味を理解しようと必死に考える。

「アントニオは、コックとしてこの船に雇われてる。そしてコックの前で、君が彼より優れているところを皆に見せつけたら、どうなると思う？」

「どうって、料理がマシになる……」

「違うよ。彼が解雇される。あるいは、給料が下がる。それだけだ」

　そんな。俺が口を開こうとすると、剛くんは首を振った。

「料理が下手とかそういうことは、この場合は関係ない。彼の仕事を奪うということは、彼の収入を奪うということだ」

　ぐうの音も出ない、という言葉を本の中では知っていた。でも、まさかこんな風に実感することになるとは、思わなかった。言われてみれば、俺以外の皆は文句ばかり言っていた。そして自分で作った方がマシだというものも、文句を言いながら食べていた。

（それが、オトナな対応ってやつなのか……？）

　ぶうぶう文句を言って、天を仰いで、子供っぽい態度だとばかり思っていた。しかしそれが、相手の立場を尊重することだなんて、想像もつかなかった。

（イタすぎだろ、俺）

　テーブルの脇に立ち尽くす俺を、全員が見ている。剛くんと交わしている言葉はわからないにしても、雰囲気で何が起こってるのかは、なんとなくわかるはずだ。その上で、あえて口出しをしてこない。そんな対応が、イタい上にむかつく。なんでもかんでもバカ騒ぎにするバディ・ジュニアまで黙ってるなんて、反則だろ。俺は両手を握りしめて、絞り出すようにたずねた。

「……俺は、どうしたらいい？」

すると剛くんは立ち上がって、俺の肩をぽんと叩く。

「とりあえず、客として文句言ってみたら？」

「え？」

「油がまずいなら、変えてくれって言えばいい。文句と要求は、客の権利だ。彼の仕事の侵害にはならない」

俺がこくりとうなずくと、剛くんは後部のリゾートチェアに向かった。

残された俺に、セグンドが声をかけてくれる。

「ネバマインド」

たぶんドンマイ、みたいなことだろう。俺は小さく「サンキュー」と返した。

一人になりたい、と思ったとき小さい船は不便だ。どこを向いても、誰かがいる。そこで俺は、セグンドが上っていた屋根に出ることにした。昼下がり。まだ日は高く、じりじりとした日射しが肌を灼《や》く。一応、風は吹いているものの、体感温度を下げるほどのものではない。もっと灼かれたい。灼かれまくって、小さな影になってしまいたい。

茶色い水が滔々《とうとう》と流れるアマゾン。岸辺に延々と続く緑。そんな中、俺はあまりにもちっぽけで、あまりにも、ガキだった。

(——親切と、手を出すことは違うんだな)

きっと、エリがいたらすげえ勢いで怒られたことだろう。ていうかあの態度の悪かった男に、

「だからニホンジンのガキなんて、ろくなもんじゃねえ」って殴られるかもしれない。

なんとなく、文句は口に出しちゃいけないものだと思ってた。少なくとも日本では、文句を言った方がちょっと悪者っぽくなる。だからそんなことを思っても、言わない場面の方が多かった。でも。

『口に出して言わなきゃ、通じるわけないでしょ』

今になって、エリの言いたいことが本当にわかった。

たとえば俺が皿を運ぶのに慣れてないからって、エリが全部運んでしまったらどうなるか。

「親切で」「何も言わずに」さっと仕事を取られたら、俺はどう思うのか。

「難しい、んだよっ」

俺はアマゾンに向かって、吐き捨てるようにつぶやいた。

わかりきって退屈なはずの世界が、実はわからないことだらけだった。それが悔しくて、負けた気がして、たまらなかった。

負けた気分は、なかなか回復しない。けれど屋根の上に長い間いると、マジで熱射病にかかりそうになったので、すごすごと下りた。それがまた、負け犬気分を倍増させる。

（……あーあ）

誰とも目を合わさない方法は、あと一つしかない。俺はハンモックをかけると、中にころりと転がり込んで目を閉じた。

悔しい、悔しい、悔しい。こんな悔しさは、体験したことがない。

だから、どうしたらいいのかもわからない。大人だったら、こんなときこそ酒を飲むのかもしれない。でもこの船に乗っている奴らは、そんな雰囲気で酒を飲んだりしていない。

ただわかることと言えば、誰かを恨んだり憎んだりしたら、もっとこの状態がひどくなるということだけだ。

身体を丸めて、ぐっと口を閉じる。わめき散らしたいけど、それもまたガキっぽくて嫌だ。

（水に、入りたい）

それも台風スウェルみたいに、ぐわんぐわんに巻かれたうねりの中に。その中でかき回されて、もみくちゃにされたい。

でも今は、船が動いているわけで。

俺はここで、じっとしてることしかできなかった。

軽く、背中を叩かれる。

「エイ。ウェイクアップ？　ＯＫ？」

目を開けると、クルツの顔が上にあってびっくりした。

「あ、ああ。イエス。ライト」

いつの間にか寝てたんだな。そう思って時計を見ると、すでに夕方だ。

（ふて寝のはずが、マジ寝になってたのか）

船の外の光が、柔らかく鈍ってきている。俺は両手で顔をこすると、ハンモックから下りた。

そんな俺に、クルツは再び声をかける。

『アントニオが呼んでるよ』

思わず、振り返った。

「アントニオが？」

俺の言葉に、クルツはうなずく。どういう用件なのか、表情が読めない。

『行ってくればいい』

そう言われて、とにかく階段を下りる。断る理由も、思いつかなかった。

キッチンスペースに、アントニオの後ろ姿が見える。昼間は追い払われた相手に、どう声をかけるべきなのか。つかの間悩んだが、呼んだのはアントニオなんだと思い直して口を開いた。

「ハイ」

「ハイ、エイ」

振り返ったアントニオは、ごく普通の表情をしている。とりあえず、ケンカを売られることはなさそうだ。

「ウァッツ、マター？」

何か用、とたずねてみると、アントニオは俺にパスタの袋を差し出した。

「プリーズ、リード」

意味がわからず袋を見つめていると、アントニオはそれを裏返して字の印刷された部分を指さす。

「プリーズリード、ディス」

読め、ってどういうことだ。とりあえず英語表記はあるから、わかるといえばわかるけど。でもここにはポルトガル語だってイタリア語だって載ってるじゃないか。

業を煮やしたのか、アントニオは俺に袋を押しつける。

「アイウォントゥノウ、ハウトゥクックディス」

どうやって料理するのか、知りたい。頭の中で変換された言葉を、気持ちが理解するまでに時間がかかった。もしかして。でも。

「オーケー」

俺は、できるだけゆっくりと、自分がわかる範囲で『おいしいパスタの茹《ゆ》で方』を音読する。

『1、鍋《なべ》に多めの湯を沸かし、沸いたらひとつまみの塩を入れる。2、――』

俺の言葉を聞きながら、アントニオは確認するように鍋を取り出し、水を入れてみせる。そのくらいでいいよ、と俺がうなずくと、次に塩を取り出し、どれくらいだとたずねる。

『パスタ100グラムに対して、水は1リットル。塩はティースプーン半分』

ちなみにこの袋は一キロ入りだから、塩はスプーン五杯。そうつけ加えた。

『3、茹で時間は8分。少し早めに引き上げれば、アルデンテになる』

そして添え書きにある『簡単レシピ』みたいなものを読んで、終了。

『バターをまぶして粉チーズをかける、あるいはオリーブオイルをまぶしてトマトソースをかけるだけで、とてもおいしいパスタの出来上がり――』

アントニオはうなずきながら「バター&チーズ、オリーブオイル&トマト」とつぶやく。ずっと、こうやって覚えてきたんだろうか。

「あー、アントニオ？」

また、怒られるかもしれない。でも、それでも言いたかった。

『パスタは茹でてるとき、一本取り出して食べてみるといい。それで「あと少し」ってときに引き上げれば、余熱で火が通ってちょうどよくなる。逆に「ちょうどいいな」だと、茹ですぎになるんだ』

ゆっくりと、下手な英語で伝える。「茹ですぎ」を「タイムオーバー」と表現したのは、合っているのだろうか。

「……ジャパニーズスタイル？」

アントニオが、こちらをうかがうような表情でたずねてきた。しかし俺は、あえて首を横に振る。

「ノー。イタリアンスタイル」

ケンカを売ってるのか。そう思われるかもしれなかった。でもアントニオは真顔で、軽くうなずく。

「テイスト、グッド？」

「オフコース」

だからそうしてもらえると嬉《うれ》しい。そうつけ加えると、アントニオは再びうなずいた。

黒髪に、黒い目。適当に生えた無精髭《ひげ》。彫りが深くて、もし日本にいたら『ちょいワル親父』系のモデルに余裕でなれそうな雰囲気がある。なのに。

アントニオは、字が読めない。


そんなこと、考えてみたこともなかった。

俺より遥《はる》かに年上のおっさんが、普通に字が読めないなんて。

（病気、っていう感じでもないし）

一瞬、学習障害とかそういう単語が頭をよぎった。けど、逆に考えすぎな気もした。

でも、こんなの日本じゃあり得ない。だってアントニオは目も見えるし、会話もできる。それなのに、字だけが読めないなんて。

「……大人なのに」

思わずつぶやくと、「ウァッツ？」とジョンに聞き返された。そこで俺は、アントニオは字が読めないので驚いたと伝える。するとジョンは、少しだけ皮肉な笑みを浮かべた。

『日本みたいな国ばかりじゃないよ』

何も、言い返せなかった。これが『持てる人』ってことなのか。

貧困。義務教育が普及してない。親自身も字が読めない。あるいは一つの民族で固まってしまうために、学校に行かない。理由は、様々にあるだろう。でも、と俺は思う。それで大人になるまで字が読めないなんて、おかしくないか。

だって、文字を知りたいだけなら学校に行かなくても覚えられる。ていうか日本人だったら、学校には行かなくても読み書きくらいは覚える。もし貧乏でも、望めばそれくらいの機会は与えられるはずだ。

（ていうか、放っとかない）

あいうえおくらいは俺にだって教えられるし、それを誰かに頼むことだってできる。なのに、それをそのままにしておいてるってことは、ある意味大人の怠慢と言えるんじゃないだろうか。

それが『持てる人』の論理だと、また剛くんに突っ込まれるかもしれない。でも、大人が真剣に教えようとすれば、学校がなくても貧乏でも、字くらいは読めるようになると思う。

そんなことを考えているとき、夕暮れの河面に一艘《そう》の手漕《てこ》ぎボートが現れた。木を削ったままのカヌーに、小学生くらいの男の子が二人乗っている。見ると、その両手に魚を下げている。売りに来たのだろうか。

『現地の子供だね』

笑顔で手を振る子供に、ジョンが手を振り返す。それを見ていて、ふと「ジャングルの中に住んでたら、読み書きは無理かな」と思う。ブラジルは、日本の何倍も国土のある国だ。物や情報がリアルに届かない場所っていうのも、あるのかもしれない。

ふと気づくと、子供たちは船のすぐ近くまで来ている。そして階下から、アントニオの声が聞こえてきた。魚を買ったのだ。

(——今夜は魚か)

焼くのか、揚げるのか。ぼんやりとそんなことを考えていた俺は、もっと大切なことに思い至った。

「ちょ、ちょっと待ったあ!!」

日本語で叫びながら、階段を駆け下りる。するとそこには、鍋に油を注ごうとしているアントニオの姿があった。

「その油!」

またお前かよ、と言わんばかりの顔をしたアントニオに向かって、俺は単語丸出しで話しかけた。

「オイル! ウァッツカインド! オイル!」

「ハア?」

おかしいんじゃねえのか。そうつぶやいて背中を向けようとするアントニオ。俺はその手を取って、油の缶のラベルを読む。

「デンデオイル……?」

なんだこりゃ。変な名前。そう心の中でつぶやいた瞬間、俺は張り手をくらっていた。

「いって！」

とはいえ、本気でぶっ叩《たた》いたわけじゃなく、注意の意味合いがあったらしい。

「デインジャー、ボーイ！　イッツオンファイア！」

火の前で暴れるな。そう言ってアントニオは人差し指を左右に振る。子供にするようなその仕草と「ボーイ」の響きに、一瞬ムカつく。でも、そんなことより言わなきゃならないことがある。

「ソーリー、アイノウ。じゃなくて、油を替えてくれ。えっと、チェンジオイル、プリーズ！プリーズチェンジディスオイル、フォーオリーブオイル！」

とにかくあの油での調理を阻止すれば、食える物ができるはず。俺はその一心で、必死にアントニオに訴えた。

「アイドントライク、ディスフレーバー！」

「……イズディス？」

デンデオイルを見下ろして、アントニオが不思議そうな表情を浮かべる。そこで俺は、外国人である俺はその匂いに慣れないのだと説明した。すると「ふーん」とでも言いたげな顔をして、アントニオは油をオリーブオイルに替えてくれた。

「サンキュー！　サンキュー！」

「……ウェルカム」

俺のあまりの喜び様に、アントニオはちょっとひいたみたいに見える。そのせいなのか、妙に丁寧にデンデオイルを指さして説明してくれた。いわく、あれはパームから取れるオイル。つまりヤシ油で、「デンデ」というのはどうやらヤシの木の名前らしい。そしてこのあたりでは、もっともポピュラーな油として使われているのだとか。

「ルック」

小皿に油を垂らすと、どろりと濁って妙に赤い。黙って出されたら、ラー油かと思うだろう。そして鼻を近づけると、甘い匂いがする。

(この甘い匂いが、しょっぱい料理に変なフレーバーをつけてたんだな)

デザートに使われていたなら、むしろいい匂いだと思うだろう。でも、できれば肉や魚には使わないでほしい。俺がさらに訴えると、アントニオはようやく笑ってうなずいてくれた。もしかしたら、ガキの好き嫌いだと思われたのかもしれない。でもそんなのは、食事の問題の前には小さなことだ。

「本当はおいしいオイルなんだけどねえ」

魚のフライを嚙《か》みちぎりながら、剛くんがつぶやく。

「本当は、ってどういう意味」

口をきくのはまだちょっと悔しいけど、それでも気になったのでたずねてみる。

「たぶんアントニオが使ってるのは、一番安くて精製度合いがゆるいけど、フレッシュだったら素敵においしいやつだよ。でも時間と共に酸化が進んで、さらにあのキッチンで直射日光にさらされて、味が落ちまくってる」

そういうことか。俺がうなずくと、剛くんは残念そうにつぶやく。

「フレッシュだったら、肉だって魚だって最高の味になるのにな」

「……味がわからないガキで、悪かったね」

「別に。好みの分かれる味であることは否定しないよ。その証拠に、他の皆も喜んでるだろう？」

ジョンにクルッ、バディ・ジュニアはオリーブオイルで揚げた魚を、『固い』『揚げすぎ』『スナックかよ！』と突っ込みながらも楽しそうに食べている。でもそんな中、ブラジル人のセグンドは今までと同じようなテンションで食事を続けていた。それをちらりと見て、剛くんはつぶやく。

「僕も、こっちに来て間もない頃は、よくお腹を壊した」

「そうなの？」

「幸い泳くんやチーム・ジリオンのメンバーはそういう体質じゃなかったみたいだけど、デンデオイルは身体に合わない場合があるんだ」

クリスピーな魚を齧《かじ》りながら、ふと思いついてポテト用のケチャップをつけてみた。うまい。

「何度もお腹を壊して、具合が悪くなって。でも、無理して食べ続けてるうちに、身体も慣れて味もおいしいと思うようになったんだ」

「……なんで」

なんでそこまでして、慣れようと思ったのか。味が好きだったとか？　俺の問いかけを聞いて、剛くんは静かに首を横に振る。

「くだらない、こだわりってやつだよ」

こだわり。その言葉は、妙に剛くんにハマった。何にもこだわりがなさそうで、でもすべてにこだわりがありそうで。

「ふーん……」

気の利いたことを言いたかったけど、何も浮かばなかった。だから俺は、考えるふりをして暗い河を見つめた。

電球の灯《あか》りに、虫が集まっている。くるくる、くるくる。いつまでも終わらない不思議なダンスを眺めていると、眠くなる。

ときおり、何かが跳ねる水音。

背後では、すっかり出来上がったバディ・ジュニアの笑い声。

悪くない。

こういうのはなんか、悪くない。

『エィも飲まないか？』

突然声をかけられて、俺ははっと顔を上げる。

『若いのはわかってるけど、たまには一杯くらいどうだ？』

バディ・ジュニアがグラスを片手に、笑っていた。正直言うと、飲んでみたかった。でもポロロッカの前に飲んじゃいけないような気もしてたし、飲むなら剛くんに内緒で飲もうと思ってた。

俺が剛くんをちらりと見ると、剛くんはバディ・ジュニアにたずねる。

『明日はまだ、波は来ないのか？』

「オフコース」というバディ・ジュニアの答えに、剛くんはうなずきながら俺を見た。

「今日なら、いいんじゃない？」

剛くんの『許可』を得てからというのは、なんだか悔しい。まるで親に許された夜遊びみたいで、これっぽっちもわくわくしない。でもまあ、カシャッサを堂々と飲めるわけだし。

ライムのような柑橘《かんきつ》類を適当に切って、筒状の容器に入れる。そこに適当に砂糖をざかざか放り込んで、上から木の棒でぐしゃぐしゃに潰《つぶ》す。そしてそこに水とカシャッサを注いで、容器に蓋《ふた》をして上下に振り回す。

「イッツ、カイピリーニャ！」

陽気な声とともに、差し出されるグラス。

色々言いたいことはある。分量が適当すぎやしないかとか、その木の棒はその辺に転がってたやつじゃないのかとか、その容器はさっき誰かが直飲《じかの》みしてただろとか。

色々言いたいことはあったが、今言うべき言葉は一つ。

「——サウージ」

それだけだった。

甘酸っぱくて、飲みやすい。それが最初の印象だった。なので、簡単に飲み干せた。というより、おいしく飲めてしまった。

「お酒っぽくないね」

そう言うと、剛くんが苦笑する。

「でも、カシャッサはサトウキビの焼酎《しょうちゅう》だよ。口当たりは良くても強いお酒だから、気をつけて」

「わかってるって」

どこまでも保護者的な口調の剛くんに背を向けて、俺は宴会の輪に加わった。

「オー、エイ！」

「グローインアップ、ボーイ？」

皆にはやされながら二杯目を飲んでいると、アントニオがフライドポテトの皿を運んで来た。何気なくつまんでみると、うまい。オリーブオイルの味と、揚げすぎでクリスピーになったポテトが、いい感じに合わさっている。それを食べたジョンが、大げさな素振りでアントニオに抱きつく。

「グローリア！　アントーニオ！」

確かにえらい。こんなうまいポテトを作ったアントニオはえらい。だから俺も、両手で握手した。

「すげーよ！　アントーニオ！」

するとなぜか全員から「アントニオ」コールが沸き上がり、アントニオはその場でカイピリーニャを飲み干すことになった。そして最高にうまいポテトをつまみながら、さらに飲んでいると再びアントニオが上ってきた。

「イッツ、スペシャール！」

褒めてくれたからおまけだよ、と言って皿を置いてゆく。それは不格好な一口サイズのドーナツで、雨の雫《しずく》のように角が突き出ている。口に入れると、さくさくで熱くて甘い。

「うーまーい！」

俺が声を上げると、セグンドが言葉の意味を聞いてきた。そこで「うまい」は「ヤミー」だと教えると、今度は全員で「ウーマーイ！」の大合唱になった。それからセグンドがギターを取り出し、バディ・ジュニアが適当な箱を打楽器がわりにして、セッションがはじまった。外国の曲でわからないかと思いきや、クイーンやレッチリなんかをやってくれたため、俺もそれなりに楽しめた。そして、そこから記憶がない。

＊

眩《まぶ》しい光で目が覚めた。ハンモックの中で寝返りを打とうとすると、河面から照り返すぎらぎらとした朝日に顔を直撃される。

「うわ……」

たまらず起き上がると、喉《のど》の渇きに気がついた。床に置いてあったミネラルウォーターのボトルを手に取ると、一気に飲み干す。

(酔いつぶれた、って感じなのかな)

でも幸いなことに、二日酔いにはなっていないらしい。汗でべとべとになったTシャツを脱ぎ、船の手すりに近づく。もし停泊していたら、そのまま河に飛び込もうと思っていた。

しかし、手すりから河を覗《のぞ》き込んだ俺は自分の目を疑った。

河が、二色に染め分けられているのだ。

(……まだ、酔ってんのかな?)

両手で頬を叩《たた》いてから、もう一度目をこらす。間違いない。

茶色と黒。二色の流れが、きっぱりと分かれたまま流れている。

「――なんだこれ」

思わずつぶやいたとき、船首の方から水音が聞こえた。音の方に身を乗り出すと、バケツで河の水を汲《く》んでいる剛くんの姿が見える。

「ああ、おはよう」

「なにやってんの」

近づいてバケツを覗き込む。水以外、何も入っていない。

「水の調査だよ」

調査？　俺が聞き返すと、剛くんはうなずきながら河を指さした。

「あっちの茶色い流れは、今まで僕たちがさかのぼってきたソリモンエス河。そしてこの黒い流れは、アマゾンに流れ込む最大の支流、ネグロ河」

「えっと、よくわからないんだけど。つまり俺たちが今までさかのぼってきたのは、アマゾンじゃないわけ？」

「いや、アマゾンだよ。本流の名前がソリモンエス河なんだ」

ややこしいな。俺が文句を言うと、剛くんは笑う。

「アマゾンは大きすぎて、一つじゃくくれないことが多いね。いくつもの国を跨《また》いだりしてるし」

もう一度、バケツを水に投げ込む。

「そして、僕の目的はこのネグロ河。ここの水を採取するために、船に乗ったんだ」

そう言えば、剛くんは仕事でこの船に乗ってるんだった。俺は今さらのように思い出す。

「製薬会社なのに、なんで河の水が必要なの」

「それがなんと、この水はちょっとした薬だったりするんだ」

「え？　この水が？」

正直、頼まれても飲みたくないような黒っぽい水。けれどその中にはミネラル分が多く含まれていて、飲むと胃腸に良いのだと剛くんは言う。

「酔い覚ましに、効くかもね。飲む？」

「いいよ」

剛くんはバケツの水を小さなボトルに移し、そこに日にちと時間を書き込む。

「ネグロ河の水は自浄作用が強くて、生活圏のすぐ下流でも東京の上下水道より大腸菌が少ないんだ」

「へえ」

「もともとアマゾン河は、ダムが一つもないことから『世界一健康な河』って言われてるんだけど。その中でも自浄作用がある水っていうのは、これからの研究課題としてはなかなか良くてね」

風を受けながら、剛くんは河を見つめる。

「それを研究するために、世界中からここに人が集まってる」

誇らしげな顔。俺は、ちょっとだけ剛くんをカッコいいなと思った。

「ところで、二つの流れが混じってるところは見た？」

「え？　ずっとこのままじゃないの？」

「さすがにそれはないよ。混じったところを過ぎたのはついさっきだから、まだ屋根の上に上れば見えるかもしれない」

そう言われて、俺は急いで梯子《はしご》を上る。そして船尾の方に目を向けると、そこには黒と薄茶色が混じり合うもやもやとした部分が見えた。

しかし再び船首に目を向けると、そこには並走するような二つの流れがある。

「なんで最初から混ざらないのかな」

階下に戻って剛くんにたずねると、いい質問だとばかりに肩を叩かれた。

「そうそう、そこがまた面白いんだ。これは両河川の水温差と水流の速度差、比重などが原因と言われてるんだけどね。とりあえず一番の原因は、温度差らしいんだ」

剛くんがドゥエインに声をかけると、船が徐行運転になる。

「泳くん、皆を起こしてきてくれないかな。この二つの流れを同時に体感するには、このポイントがベストだからさ」

そこで俺は、皆のハンモックを揺さぶりながら声をかけた。

「グッモーニーン！　ウェイクアップリーズ！」

「ウアット？」

半目ですごむクルツに、まだ目が覚めてないバディ・ジュニア。俺はそんな全員に「リバーイズ、ストレインジ！」と叫んだ。すると、ジョンががばりと身を起こした。

「ヴィディオ！」

そう叫びながら、ハンディカメラを取り出す。そしてその声に後押しされるようにして、クルツもまたカメラを持って手すりに駆け寄った。

「ヒヤイズトゥーリバー！」

二つの河がある。そう言ってジョンは忙《せわ》しなくカメラを動かす。セグンドは前にも見たことがあるのか、特に驚いた様子はない。

『皆、下に降りて河に手を入れてごらん。面白いよ』

剛くんの言葉を聞いて、皆の顔に疑問符が浮かんだ。しかしとりあえず物は試しと、ばたばたとキッチンのある階下に降りる。

『今ドゥエインが、二つの流れの真ん中に船を移動させてる』

最初は黒い水に寄っていた船が、徐々に茶色い流れに近づいていく。そしてちょうどその真ん中に来たところで、剛くんは手すりから身を乗り出して河に手を差し入れた。

『まずは黒い方』

言われるがままに、河の水に触れる。なんとなく、なまあたたかい。

『次に、茶色い方』

船の反対側にぞろぞろと移動して、また手を下ろす。しかし下ろした瞬間、誰もが驚きの声を上げた。

「冷たい！」

温度差があるとは聞いたけど、ここまで違うとは。

『黒いネグロ河は平均27度。対して茶色いソリモンエス河は平均22度。5度も違うんだよ』

『色だけじゃなく、温度まで違うとは！』

クルツはそうつぶやいたあと、俺には理解できない難しい言葉を使って剛くんと会話していた。

「温度が違うってことは、そこにいる生物層も違うだろうっていう話だよ。しかも合流後、それらはどうなるのか、とか」

さすがにそっちは専門じゃないから、よくわからないけどね。剛くんは今度は茶色い方にバケツを投げ込んで、水を採取する。

「それ、さっきも取らなかったっけ」

「取ったよ。でも時間と距離と共に、水質が変化してる可能性もあるから、ここからはできるだけまめに取っていきたいんだ。だってこの流れは、数キロにわたって並走してるんだから」

開いたバッグの中には、軽く百個はありそうな樹脂製の容器の山。あらかじめ貼ってあるラベルには、日にちと時間と場所が書き込めるようになっていた。

「こんなに汲んで、意味あるの？」

「あるよ。これでわかることは山ほどある。たとえば朝の河と夜の河では、水温が違う。ということは、そこに含まれる微生物だって違うはずだ。じゃあ一日の中で、一番有益なバクテリアの多い時間はいつか？　そういうことを割り出していけば、いつか薬のヒントにたどりつく」

薬のヒント。聞き慣れないフレーズに首を傾げると、剛くんはさらに説明してくれる。

「僕の仕事は、メディスン・ハンター。でも実際に薬を作るのは、研究室にいる人たちだ」

それはそうだろう。俺だって、剛くんが一人で薬草をすりつぶしてるとは思わない。

「そして僕は、その人たちに『薬になりそうなもの』を探しては届ける」

「実際に、薬になったものはあるの？」

「市販の薬という意味なら、まだないね。でも実験中の新薬の一成分としてなら、ある」

「一成分、って……」

「だって市販の薬って、複数の役割を担ってるでしょ。頭痛薬でたとえるなら、鎮痛、解熱、筋肉弛緩《しかん》、吐き気防止、副作用防止、みたいな」

その中の一つを、見つけるだけでも大変なんだよー。剛くんは、再びバケツを投げ入れながらのんびりと答えた。

「ドラッグストアがあちこちにあって、同じ薬でも種類が選べる。それが当たり前になってるのって、結構すごいことなんだけどね」

それを聞いて、はっとした。選べる状態にあること。人が道ばたで死なないような場所に住んでいること。

(もしかすると)

よく、親父は「病院で死ぬのなんか、嫌だなあ」と言っていた。そして実際、じいちゃんはそうなりかけた。

(でも)

病院で手厚い看護を受けながら死ねるなんて、と言いたい人もいるはずだ。いや、もしかすると世界レベルでは、そっちの方が多いかもしれない。たとえば昨日、カヌーでやってきた男の子が密林の奥で病気になる。でもあそこから最寄りの村まで、いったいどれくらいの距離があることだろう。

医者にかかりたくても、かかることができない。そんな場所で暮らす人がいる。

（もし、そこに薬があったら）

死ぬかもしれない人が、助かる。いや、助かる可能性が高まる。

「……剛くんは、すごい仕事をしてるんだな」

思わずつぶやくと、剛くんは照れくさそうに笑った。

「すごくはないけどね、いつかどこかで人の役に立つ仕事だとは思ってるよ」

なんだよ。またカッコいいじゃないか。ずるいぞ。


剛くんの、バケツ投げが止まらない。

「いつまでやるの？」

昼飯の間も時計を見ながら、立ち上がってバケツを投げ込みに行く剛くん。

「一時間ごとに、一日」

「一日、って」

「さっきも言ったと思うけど、朝と夜じゃ温度も違うし、成分も変わるかもしれない。だから二十四時間分のデータが欲しいんだ」

「……手伝おうか？」

見かねて申し出ると、笑って首を横に振る。

「泳くんを信頼してないわけじゃないよ。でも、こういうことはできるだけ一人の人間がやった方がいい。数値的に、信頼のおけるものになるからね」

「そうなんだ」

「うん。まあ、本当言うと、手伝ってもらった方が楽なんだけど」

トマトソースのパスタをフォークに巻き付けながら、剛くんは腕時計を見た。俺は『巻くことのできるパスタ』に感動しつつ、それを頬張る。

「ああ、そろそろかな」

立ち上がって、舳先《へさき》へと向かう。そんな剛くんと入れ違いに、システィロがやってきた。そして開口一番、とんでもないことを発表する。

『明日あたり、ポロロッカが来るかもしれないと、ドゥエインが言ってる』

瞬間、皆の口がぽかんと開いた。

「……トゥモロウ？」

ジョンの質問に、システィロはうなずく。

「メイビー」

ウソだろ。そんな気分で、俺は河を見た。昨日と、何も変わらない。

「ワットタイム？」

クルツが、冷静な声でたずねる。

「ドーン。イッツ、アーリーモーニング」

夜明け頃。それを聞いたとたん、急に心臓が動き出したような気がした。

夜明け頃、それは来る。

大きな、大きな波が。

ポロロッカが来る。それはわかっていたことだし、それを目指してここに来たはずだった。なのに、興奮が止まらない。

「ヒヤカムザ、ウ〜エイブ！」

適当な歌を大声で歌いながら、バディ・ジュニアがボードにワックスがけをはじめる。セグンドは静かに柔軟を繰り返し、俺は装備の安全確認をした。

『無事に戻ってこそ冒険』

三浦さんの言葉を、何度も頭の中で繰り返す。そう、熱くなったら危険だ。冷静にうねりを見て、危なそうだったら見送ること。それができなきゃ、志村さんに教わった意味がない。

でも、熱くなるな、なんて、無理だ。

『機材のチェックは済んだか？　万全で備えろよ！　同じ波は、二度と来ないんだからな』

『そんなことわかってるに決まってるだろ。お前こそ、ジェットスキーから落ちるなよ』

『俺が落ちると思うのか？　落ちたら○○にくそくらえ、って言ってやる！』

クルツとジョンが、まるでケンカをしているような口調で話している。

「いよいよだね」

剛くんも、興奮を隠しきれない様子で河を見つめる。俺はうなずくと、その場で軽くジャンプした。

飛び込んでやる。この流れの中に、そしてうねりのど真ん中へ。

＊

「メイビー」は「たぶん」。

だから、必ずしもそうじゃないのはわかってた。わかってたけど、これはちょっとどうなのか。

「イッツ、レイニン……」

手すりにもたれたままジョンがつぶやくと、その後をバディ・ジュニアが続けた。

「キャッツアンドッグス……」

なんだっけこれ。ことわざ？　構文？　英語の授業かなんかで、聞いた覚えがある。ぼんやりと外を眺めていると、目の前の光景が答えなのだとようやく気づいた。

「ああ、どしゃ降り――」

ていうか、「どしゃ」どころじゃない。「どか」降りだ。

システィロの言葉に浮かれていた、罰だろうか。日が落ちる頃にぽつりと降ってきた雨は、どんどん勢いを増して今はもう数メートル先も見えない。

『雨期だってことを、忘れてたな』

クルツのつぶやきに、俺はうなずく。それでもまあ、風がないだけでも幸いだった。雨は手すりを濡《ぬ》らすものの吹き込みもせず、ただまっすぐに上から下へと落ち続けている。

『ドゥエインが、水かさが増して危険だから船をさらに細い支流に入れるってさ』

セグンドの報告に、再び全員がうなだれる。

「あーあ……」

雨の中、バケツ投げを敢行していた剛くんも残念そうな声を上げる。支流に入ったら、その時点で水を採取する意味もない。

「まだ、帰り道があるよ」

励まそうとして言うと、剛くんは首を振る。

「でも、それはきっとポロロッカ後の水だよ。通常とは違う。データっていうのは、同じ条件の下でないと」

「そっか」

俺はテーブルに肘《ひじ》をつき、ため息をついた。

「そういう意味では、雨水が混じった時点でダメなんだけど」

でも貧乏性だから、ついこの水も、って思って採っちゃったけどね。言いながら剛くんは、にやりと笑って何かを取り出す。

「でも、実はそれも計画のうちだったりして」

「どういうこと？」

「ポロロッカ前後の河の水質。これについては、まだ調べた人がいないんだ。だってポロロッカのときに船を出そうなんて人は、なかなかいないからね」

言いながら、テーブルの上に採取用の瓶を数本置いた。それには『ポロロッカ前日』、『ポロロッカ当日』、『ポロロッカ翌日』とそれぞれラベルが貼られている。

「逆流した河に、河底の砂は巻き上げられる。それによって、沈殿していた成分が再び河の水に混じり、水質は変わる。もっと大規模に調べたら、どこまで海水がさかのぼって、汽水域が広がるかとかが、わかるかもしれない。これは、生物学的にも重要なデータだよ」

そんなことまで考えてたのか。俺はびっくりして、剛くんの顔をまじまじと見つめる。

「――泳くんのメールが、ヒントをくれたんだ」

「ヒント……」

「そう。発想のヒント。アマゾンにポロロッカという現象があることは、僕だって当然知ってた。でもその流れの中に船を出すっていう発想が、僕たちのような研究側の人間にはなかった。だから新鮮だったよ」

「そうなんだ」

「だってポロロッカの水質を調べようにも、河岸は危険で近寄ることができない。だから無理だろう、って思ってたんだ」

ま、せいぜい橋の上からバケツを下ろすくらいしか考えつかなかったね。そう言って、剛くんは三つの瓶を俺の方へと押しやった。

「――この瓶がすべて満たされたとき、泳くんはどんな気持ちでいるんだろうね」

俺は、空っぽの軽い瓶を持ち上げながら首を傾げる。

「わかんないな」

もしかしたら、それをわかるためにここまで来たのかもしれない。


「あのとき、僕はちょっと仕事に行き詰まってたんだ」

メールからは、楽しそうな印象しか受けなかったけど。俺が言うと、剛くんはうなずいた。

「仕事が楽しいのは本当。でも新しいことが見つけられなくて、どん詰まりだったのも本当。だからずっと、僕はヒントを探してた。今の状況をブレイクスルーするためのとっかかりってやつをさ」

手すりに跳ね返る雨を見ながら、剛くんはつぶやく。

俺が今まで見ていた剛くんは、何でもわかってそうで、何でもできそうだった。フットワークが軽くて、日本から遠く離れた場所でも口笛を吹きながら歩いてそうな、そんな感じ。でも、何でもできる人なんてそうそういない。当たり前のことだけど、俺は今さらながらそれを実感した。

「あのさ、聞いてもいいかな」

「何？」

「剛くんは、なんでブラジルに来たの？」

インドア派でおとなしかった剛くん。だから剛くんの両親は、この仕事が決まったときに猛反対したのだと母親は言っていた。だとしたら、反対されてもしたい何かが、ここにはあるのかもしれない。

しかし剛くんは、不思議そうに首を傾げた。

「なんでって——会社から辞令が出たから、かな」

「え？　自分で選んだわけじゃないんだ？」

「そりゃそうだよ。ブラジル行きたいです、はい、どうぞ、なんていくわけないし」

でも、断るという選択肢はあったんじゃないだろうか。

「まあね。最初はちょっと考えたよ。でもブラジルなんて、こんな機会でもなければ来れないかなって思ってさ」

「アウトドアとか、大丈夫だったの？」

「全然、大丈夫じゃなかったよ。だから必死で勉強した。でも生き物は好きだったから、結果オーライってとこかな」

「……そうなんだ」

ここまで聞いても、なんとなく何かが足りない気がした。剛くんが、ここにいる理由。そしてこうなった理由。俺は、それが知りたかった。

「ポルトガル語は、得意？」

「これも全然。ヤマモトさんがいなけりゃ、きっとものすごく孤独だったと思うよ」

「食べ物は、すぐなじめた？」

「昨日話したよね。デンデオイル。あれが身体に合うまでは、ちょっとつらかったな」

ブラジルに特に興味がなく、言葉もできず、好きな料理があったわけでもない。じゃあ、何で――。

「何で大人なのに、楽しそうなんだろう？」

言ってから、自分がびっくりした。なんだそれ。

けど、言われた側の剛くんは別に気にしてないみたいだ。

「何でって、ねえ」

考えながら、ふと顔を上げてバディ・ジュニアに声をかける。

『なあ。エイにこんなこと言われたんだけど、どう思う？』

するとバディ・ジュニアは、考えもせず鼻で笑った。

「ワッツハプン？　キディー？」

言葉が変換される前に、身体が動く。気づくと俺は、バディ・ジュニアの胸ぐらを摑《つか》み上げていた。

「ガキって言うなよ！」

そんな俺を見て、バディ・ジュニアは不思議な表情をする。悔しそうな、でもどこか優しい感じ。視線はまるで、遠いどこかを見ているような。

「――イッツ、ナチュラル」

自然？　俺が首を傾げると、剛くんが「当たり前、って意味だよ」と助け舟を出してくれる。

「ソー、アダルトイズ、フルオブプレジャー」

直訳すると、『大人は喜びに溢《あふ》れてる』。つまり。

「大人は楽しくて、当たり前……？」

楽しいのは、子供じゃないのか。俺がたずねると、バディ・ジュニアはきっぱりと首を横に振る。

『大人は、子供の楽しさを超える楽しさを経験できる。自分の人生を自分で好きな方に変えることができる。大人は、フリーだ』

フリー、という言葉が印象的だった。自由。でも世の中には、色々な自由があると剛くんは言ってたよな。

「自由だから、楽しい？」

俺がふと手を緩めると、横からジョンが口を挟んできた。

『俺はそうは思わないね』

「え？」

『大人でも子供でも、楽しく生きられるかどうかはその人物次第だ。ただ、大人の方がチョイスできることが増えるってだけのことだと思うね』

今度はチョイス、という単語が引っかかった。選ぶ自由。じゃなきゃ、自由を選ぶ？

『でも、それもどうかと思うな』

今度はクルツが口を出してくる。ちょっと待て。この展開はどこかで経験した覚えがあるぞ。

『大人の自由には、責任が伴う。対して、子供の自由は無責任だ。俺は、無責任な方が楽しいんじゃないかと思う』

『いやいや、責任があるからこそ楽しめるってもんじゃないかな』

ついに、剛くんまで参戦しだした。それにセグンドが落ち着いた声で賛同する。

『俺もそう思う。無責任な自由は、いつか飽きる。本当に楽しいのは、責任を伴う自由だ』

そして俺を置き去りにしたまま、そこにいた全員が議論に加わってゆく。しまいには議論を聞きつけたアントニオとシスティロまで来て、なんだか話はおかしな方向に転がりだす。

そんな中、いきなりシスティロが上を指さした。

『じゃあ、あれだ！　ここで一番大人な奴に聞いてみればいいじゃないか！』

それってつまり、ドゥエインのことか。

『確かに一番歳はとってるけど……』

アントニオがなんとなく『年寄り』っぽいニュアンスでつぶやく。それをものともせず、システィロが階段を上ってドゥエインに声をかけた。するとドゥエインは、操舵室《そうだ》から半身を乗り出して叫ぶ。

『そりゃ、大人の方が楽しいに決まってるだろう！』

それはなんでだ！　とバディ・ジュニアが叫び返す。するとドゥエインは、雨に濡《ぬ》れながらも力強く言い放った。

『なぜなら、子供は女を抱けないからな！』

一瞬、全員がフリーズした。しかしドゥエインはそんな皆の前で、片手を筒状にして、上下に動かしてみせる。

「……エロおやじ」

俺がつぶやくと、隣で剛くんがぶっと噴き出した。

『あっ、でもママ以外のおっぱいを触っても許されるのはガキのときだけじゃないか』

すごいことを思いついたように、システィロが手を打つ。それに対して、ジョンとクルツがそれぞれ声を上げた。

『でもそれって服の上からだろ！』

『そうだ！　裸が見られないなら、そんなの意味がない！』

その発言を聞いて、俺はふと首を傾げる。なんでだろう？　俺は、ガキの頃に女の裸をたくさん見た覚えがある。ただ、それはいろんな年齢の女であって、性的な記憶ではまったくないのだけど。

ぼんやりとした記憶を辿《たど》ると、その中に手ぬぐいや桶《おけ》が見えてくる。

「風呂《ふろ》か」

そこで俺は、システィロを突《つっ》いた。

『知ってるか？　日本では、共同の風呂場に入るとき、小さいガキなら女と一緒の方に入れるんだぜ』

「リアリー⁉」

マジかよ、みたいな反応が面白くて、つい誇張してしまう。

『日本のガキは、女の裸が見放題だ。だから日本のガキが一番楽しい！』

見放題の大半は、たるんだ皮膚と段々腹のおばさんだということは、あえてふせておく。そしてそれを裏付けるかのように、剛くんが続けた。

『そういえば、日本には「コンヨク」っていう素晴らしい風呂のシステムもあるんだぞ。それはなんと、大人の男と女が素っ裸で同じホットタブに入るんだ』

それを聞いたセグンドが、いきなり叫ぶ。

『日本に行く！　絶対行く！』

ここにもエロおやじ予備軍が。いつも穏やかなセグンドの豹変《ひょうへん》に、俺はちょっと引いた。

『俺も！　俺も行くから！　そんときはエイ、案内ヨロシク！』

それに乗っかるようにシスティロが手を挙げ、二人は意気投合する。

『そんで一緒に飲もうぜ‼』

いや。ていうか俺、もうしばらくは未成年なんで。

「――ソーリー」

ちょっとしたお祭り騒ぎが終わった後に、俺はバディ・ジュニアに声をかけた。

「ン？」

思い切り忘れてるようだったので、俺はTシャツの首回りを指してみせる。さっきは摑んだりして、悪かったと。

「アー、ドンケア。オーライ」

気にすんなよ、と言ってくれた。さらに首のところに指を入れて『もともと伸びきってたし』と笑ってくれる。だるだるのTシャツに、伸びた栗色の髪。一歩間違えるとホームレスっぽい感じの見た目に、笑い上戸の冗談好き。でも。

（大人、なんだよな）

じゃあ、大人ってなんだろう。どうやったら、大人になれるんだろう。時間？　それとも経験の数だろうか。

河の匂いに満ちた水っぽい空気を吸い込んで、俺はふっと息を吐く。まあ、いいか。とりあえず、ここにいる大人は皆楽しそうだ。

しかし次の瞬間。のんびりとハンモックに腰かけようとした俺は、そのままフリーズする。

目の前で、真っ白な光が弾《はじ》けたのだ。

「……え？」

視界がいきなりライトアップされ、今まで見えなかった河岸や木々、それに河面の流れまでもが目に焼きつけられる。

そしてまたいきなり、ライトが消える。

（な、何だ？）

目の前で起こっていることが呑《の》み込めず、俺はバディ・ジュニアに話しかけようとした。しかし声を出す前に、全身が震える。

それが轟音《ごうおん》によるものだと気づいたのは、音が小さくなってからだった。

「サンダー！」

誰かの声が聞こえる。

雷？　そんなバカな。少なくとも俺の知ってる雷は、こんな衝撃波を送ってはこない。

「デインジャー！　テイクケア！」

危険、気をつけろ。そう言われた瞬間に、次の光が目の前に広がった。ぱん、と白く照らされたアマゾン。カメラのストロボを焚《た》いたような、一瞬の静けさ。

きれいだな。

雨がストップモーションで、細い銀の糸に見える。色合いはなぜかモノトーンで、ちょっと水墨画を思い出させた。雨に煙る森。幾千の雨粒で模様を穿《うが》たれる、水面。

そして光が消える。

次に、衝撃。びりびりと指先が震える。

「音」が触れるなんて、初めて知った。

もはや、耳では音だとすらわからない。ただ、鼓膜が同じように震えているだけだ。

「エブリバディ、ギャザリン！　センターオブシップ！」

誰かの声に従って、船の中心に集まる。とはいえ、ほぼ素通しの船だ。あんまり意味はないような気がする。

「ノオオ——!!」

叫び声。でも、俺はなぜだか恐くなかった。風景が、きれい過ぎたから。

間近で起こる光と轟音のライブから、目を離すことができない。

こんなの、見たことがない。ちょっと、想像を超えてる。

(あれ?)

小刻みに揺れ続ける床の上で、俺は思い出す。どこかで、似たようなフレーズを聞いたような気が。

「もっと柱に寄って!」

剛くんに腕を掴《つか》まれて、気がついた。そうか。いつかのメール——。

その瞬間、また、ぱん、と白い光が弾けた。


雷がどれくらい続いたのかは、わからない。ただ、気がついたときには全員が疲れて床に座り込んでいた。しかも、バディ・ジュニアに至ってはいびきまでかいている。

「サンダーイズゴーン。エブリバディ、レストプリーズ」

ドゥエインの指示に従って、おとなしくハンモックにもぐり込む。

「グッナイ」

誰にともなく、俺はつぶやく。すると誰からか、返事があった。

「ハバ、ナイスドリーム」

夢か。でも眠って見る夢と、思い描く夢が同じ言葉っていうのは、考えてみると不思議だ。

(――夢の中、なんだよな)

思い描いていたことを叶《かな》えつつある。そういう意味では、俺は正に夢の中にいる。こういうのを「夢中」って言うんだろうか。

雨のせいで、いつも以上に水気を含んだ空気が、毛布のように身体を包んでいる。じっとりと湿った世界で目を閉じると、いつしか自分の輪郭が溶けてしまいそうに感じた。

ぼんやりと、ミウのことを思う。温かくて湿った場所。肌の境界がなくなって、ひとつになることを教えてくれた。

今。俺とアマゾンは、ひとつだ。

いや、もしかしたらもっと大きなものとも。

＊

翌日は快晴。昨日の雷雨がなかったかのような青空を、ぽかんと見上げた。

「極端だなあ」

「こっちの自然は、極端なのが多いよ。どかんと降って、ばきっと晴れる」

日本の繊細な自然とはだいぶ違うよね。そう言って笑う剛くんの隣で、俺はうなずく。

「うん。でもわかりやすくて、いいや」

「へえ」

もう何度めかになる、剛くんの意外そうな顔。

「何？」

「いや？」

なんとなく、答えを追求するのにも飽きたから、そのまま黙って空を見ていた。なんでこんなに、きれいなんだろう。

『しかし、他の船を見ないな』

インスタントコーヒーを片手に、クルツがやってきた。

『そりゃそうさ。ポロロッカに備えて、皆逃げてるんだから』

剛くんの意見に、クルツはうなずく。リフュージ、というのは逃げるという意味で合ってたっけ。

『逃げるといえば、ピラニアも逃げてるって話だな』

「ピラニア？」

俺が声を上げると、クルツがにやりと笑った。

「エイ。ユーシンク？　ウィルビービット、バイピラーニャ。イフユーフォール」

ワイプアウトしたら、ピラニアに噛《か》まれると思ってたんだろう。

「ザットウィルビーライト？」

違うか？　そう言われて、俺はしぶしぶうなずく。

「アイソウ。ア、リトルビット」

でも正直、落ちたらピラニアどころじゃないだろうと思ってた。すると剛くんがクルッに突っ込む。

「バット、ユーシンクソー、トゥー？」

「アー……ライト」

なんだ。俺が笑うと、クルッはふんと鼻を鳴らした。

『俺は、最初にセグンドから聞いたんだよ』

「ああ。セイムトゥーミー」

にやりと笑い返してやる。そんな俺に向かって、剛くんは説明してくれた。

「あのさ、ポロロッカのときは生き物だって避難してるんだよ。逆流に巻き込まれたら、誰かに噛みついてる余裕なんかないからね」

「そっか。河の中だって大騒ぎなんだな」

そうそう、と剛くんは岸辺の緑を指さす。

「本当は、アマゾンってもっと騒がしいんだ。ことに夜は、動物の鳴き声や魚の跳ねる音、虫の声なんかで満たされてる。でもこの船に乗ってから、夜は静かだ。河以外に住む生き物たちも、避難してるんだろうね」

「ふうん」

だからさ、と剛くんは英語で言いなおした。

『こんなとき、河の真ん中にいるのは馬鹿な人間だけってこと』

思わず、クルツと俺は顔を見合わせる。

『言っただろ。サーファー以外に船を出す奴はいないって』

そりゃそうか。俺たちは、誰からともなく声を上げて笑い出した。

「ボーディストイズ、フーリッシュ！」

「サーファーイズ、ストゥーピッド！」

馬鹿だよな。誰に頼まれたわけでもないのに、こんなところまできて。金と時間と手間をかけて、それで何が残るわけでもない。でも。

「バット――」

俺がつぶやくと、クルツが後を続けた。

「サーフィンイズ、エキサイティング」

「ソー、エキサイティング！」

興奮する。どきどきする。わくわくする。それだけだ。

でも、それだけで何が悪い？　理由とか、得とか損とか、いいとか悪いとかじゃない。

最高。ただ、それだけを求めるために、ここまで来たんだ。

午後は、各々ポロロッカに備えた。とはいえ昨日フライングしたおかげで、それなりに準備はできている。だからせいぜい機材の手入れをしたり、ストレッチをするくらいしかない。

皆、どこかのびのびとした表情で時間を過ごしている。

(フライングして、よかったのかもしれない)

はやる気持ちが一旦《いったん》ならされて、少し引いたところからものが考えられる。まさかポロロッカ前日に、自分がこんなに穏やかな気持ちでいるとは思わなかった。

アントニオが作ったマカロニのベーコンとトマト和《あ》えを食べながら、俺たちはシスティロを交えて話しあう。

『波が来たら、まず俺のジェットスキーが一台出る。もしそれが御しきれないようだったら、サーフィンはステイだ』

セグンドの言葉に、皆がうなずいた。

『それが大丈夫だったら、一度戻って、今度はバディ・ジュニアを乗せて出る。そして彼が波に乗れたら、そのまま後ろについていく』

『俺はいつ出ればいい？』

クルツはカメラを持って、間近から撮影する予定になっている。

『俺とバディ・ジュニアが軌道に乗ったら、システィロに乗せてもらって並走すればいい』

『じゃあ、エイのタイミングは？』

システィロの質問に、ジョンが腕組みをした。

「イッツ、ディフィカルト」

確かに、タイミングが難しい。それがわかっているから、俺は文句を言わなかった。

『チーム・ジリオン』の皆は、コマーシャルの撮影のためにここに来ている。だからまずはバディ・ジュニアが波に乗っているシーンを撮らなければ話にならない。俺のことが後回しになるのは、しょうがないのだ。

『俺は二番めのうねりでもいいよ。乗れさえすれば』

そう言うと、バディ・ジュニアが首を振った。

『ここまで来て、最初のうねりを見過ごさせるなんて！』

『そうだけど、エイが映ったら困るだろ』

ジョンの言葉に、バディ・ジュニアは椅子を蹴《け》って立ち上がる。

『そんなことは問題じゃない！』

いや、問題だろう。そう思う俺に、今度はセグンドがびしっと指を突きつけた。

「ビコーズ、ヒーイズサーファー！」

なんだかなあ。自然と顔がにやけてくる。乗れるのももちろんだけど、俺のことを『子供』じゃなくて『サーファー』だと捉《とら》えてくれているのが嬉《うれ》しい。

「サンキュー」

そう言って、二人に手を差し出した。固い握手。そんな俺たちを見て、ジョンがため息をつく。

「オーライ。アイハブア、アイディア」

考えがある。そう言って、ジョンは人差し指を立てた。

『まず、エイには書類にサインしてもらわないといけない』

「ワット？」

『君の画像が、テレビジョンやインターネットで世界中に配信される可能性があるからだ』

もちろん、できるだけそうならないよう努力はする。そうつけ加えて、ジョンはセグンドを見た。

『システイロとクルツが安定したら、もう一度船に近づいてエイを乗せてやってくれ』

「オーライ」

『要するに、サーフィン中のサーファーを一人にする危険がなければいいんだ。これでいいだろう？』

「サンキュー、ソーマッチ！」

俺はジョンの手をぐっと握りしめる。でも、セグンドだってサーファーじゃないのか？

「セグンド。ユーウォントゥートライ、ザファーストウェイブ？」

乗りたいんじゃないのか。そうたずねると、セグンドは笑って首を横に振った。

「ビコーズ、アイリブインヒヤ」

ここに住んでるから、前にもちょっと乗ったことがあるし、来年だってチャンスがある。だから最初は君たちに譲るよ。そう言われて、俺は納得した。

書類にサインをしていると、剛くんが「服を脱がないように」とか、「ヤバい言葉を叫ばないように」とか余計な部分ばかりを訳してくる。

「脱がないし、叫ばないから」

「そう？　でも気をつけるに越したことはないよ」

あとでインターネットの無料動画とかに『アマゾンでピーな言葉を連発する日本人』とか書かれるからさ。にやにやと笑う剛くんに向かって、俺は宣言する。

「俺は絶対、記録に残ってまずいことはしないから！」


その夜。バディ・ジュニアは酒を飲まなかった。いや、正確には誰も酒を飲まなかった。

『力をつけろよ』

そう言ってアントニオは、肉のたっぷり入ったミートソースパスタを持ってきた。それを食べながら、打ち合わせの確認をする。剛くんはそんな俺たちを横目に、自分の研究の準備をしていた。

皿を下げに来たシスティロは、何か言おうとしたようだが、そのまま肩をすくめて去っていった。

ドゥエインが顔を出すと、皆の間にさっと緊張が走った。

『大丈夫だ。明日は、必ず来る』

その一言で、空気が再びゆったりと流れ出す。

「アイプロミス」

約束する。だから安心して寝ろ。『これは船長命令だ』そうつけ加えて、ドゥエインはにやりと笑った。そんなドゥエインを見ていると、ちょっと四方さんを思い出す。「休み時間にはきちんと休め」とか「休むことも仕事のうちだ」とか、そういうことをよく言ってたっけ。

「あとは寝るだけ、か」

実際、それしかやるべきことはない。ハンモックを吊《つ》るし終わると、それぞれがリラックスした体勢に入った。俺は、ころりと横になって目を閉じる。

不思議な雰囲気だった。

ゆるやかなのに、どこか張りつめている。

飛び込む一秒前の気分なのに、静かな凪《なぎ》を感じる。

とろとろと眠いのに、脳の端がきんと冴《さ》えている。

するとセグンドが、ギターを出して曲を奏ではじめた。

夜の中に、やわらかく溶け出すような曲だった。

＊

目が、覚めた。

でもまだ朝じゃない。やっぱり、頭のどこかが興奮していたんだろうか。

俺はハンモックを抜け出し、トイレに向かう。ぎしぎし鳴る床板。どこかを踏み抜いてしまわないか、ちょっと不安になった。電球の黄色い光に照らされた船は、どこか懐かしい恐さを思い出させる。灯《あか》りをつけたぶんだけ、暗さが増したような、そんな空間。手すりの向こうはとろりと濃い暗闇。水は夜、空よりも黒い。ただ、その中にゆらめく光が見える。

トイレから出ても、誰も起きていない。俺は少し考えてから、手すりの外にひょいと顔を出して上を見上げた。空が、明るい。

迷わず屋根に登ると、思わず声が出た。

「すっげえ……」

月の光が、こんなに明るいなんて。

ジャングルの上にぽかりと浮かぶ満月。そういえばポロロッカは、満月のときに起こるんだっけ。

自分の手を見ると、手の深い皺《しわ》がはっきりと見える。これなら電気なんかつけなくても、充分に用が足りそうだ。

俺はざらつく屋根に腰を下ろして、あらためて月を見上げる。すごい。

月がきれいだな、と思ったことはある。

家の近所でよく見るのは、黄色くて小さくて、童話の挿絵みたいな月。でも海辺に出るとそれがちょっと変わって、神秘的になる。水平線から伸びてくる月の光は、波と共にゆらゆらと揺れて、ずっと眺めていても飽きない。

林間学校や、ハワイで見た月は、それなりに大きく見えた。

でも、こんな風に圧倒されたことはなかった。

空に浮かんでいるはずなのに、じっと見ているとこっちに向かってじりじり迫ってくるような気がする。どんどん、どんどん大きくなって俺を押しつぶしてしまいそうなほどに。

しかも、ただ黄色いだけじゃない。表面のクレーターや、ざらざらした質感まで見えてくる。肉眼なのに、天体望遠鏡で見たようなものがそこにある。

(なんかちょっと、気持ち悪いかも)

リアルすぎる。ていうか、生々しすぎる。

少なくともこれは、俺の知っている月じゃない。これは何かもっと別の、得体の知れない生き物だ。

心臓がどきどきして、手に汗をかく。

負けられない。唐突に、そう思った。

俺はお前なんかに押しつぶされてる場合じゃない。もっとすごいことが、待ってるんだ。そう思って月を睨《にら》み返す。すると月は少しだけ遠ざかり、景色の一部に戻った。

落ち着いてから辺りを見ると、また違う風景がそこにはあった。

月光に照らされるジャングル。昼間に見た緑色は影を潜め、薄墨色と銀色の間のような色に染められている。まるでモノクロ写真のようなのに、映っているものは熱帯のジャングル。そのギャップが、なんとも不思議だった。

幅の狭い支流に停泊しているせいか、岸が近い。二階建ての船からは木々の梢《こずえ》まで眺めることができるのに、生き物の気配がない。剛くんが言っていたように、皆どこかへ避難してしまったのかもしれない。

ときおり、船がゆるりと揺れる。

月と俺。

ここには、月と俺しかいなかった。

＊

次に目が覚めたのは、システィロの声でだった。

「エブリバディ、ウェイクアップ！」

時計を見ると、まだ早朝といってもいい時間。けれどシスティロは、あと一時間もしたら波が来るからと皆を起こして回っている。

『起きた奴から朝食を食べて、準備を整えておくんだ！』

俺はハンモックから身を起こすと、両手で軽く頰を叩《たた》いた。静かな、けどとても大きなうねりが、身体の中に盛り上がっていた。

「いい感じだね」

トーストを齧《かじ》りながら、剛くんが微笑む。

「慌ててないし、つんのめった感じもない。これはもしかすると、もしかするかな」

「もしかすると、ってどういう意味」

「案外、楽しめるかも」

俺はうなずいて、フライドポテトを口に放り込む。

「うん。楽しみたいな」

乗るだけじゃなく、落ちるだけじゃなく、楽しむことができたら。それはある意味、理想と言ってもいい。楽しむだけの余裕を持ってポロロッカに立ち向かえたら、きっと色々なものが見えるだろう。

そうなれば、いい。俺はコーヒーを飲み干すと、準備に向かった。

とはいえ、機材的な部分はできているのでまずは身体のストレッチをはじめる。船に乗ってから、というよりも旅に出てからずっと本気のサーフィンをしていないから、入念にほぐしていく。手、足、体幹、首、どこもきちんと動いている。当たり前のことだけど、それが安心を与えてくれた。

河にはあの後も何回か入った。だから淡水のパドリング感覚は摑《つか》めているし、河の水の雰囲気もわかっている。でも、やっぱり水に入る前には観察しないと。サーフィンの基本中の基本。自分が入る場所の情報を得るために、俺はドゥエインにたずねた。

『サーフィンは、この支流でやるのか？』

するとドゥエインは、首を横に振る。

『ここは避難場所だ。細すぎて、いい波は来ないだろう』

だからサーフィンは、もう少し幅の広い場所でやる。そう言って、指を一本立てた。

「ジャストテンミニッツ」

あと十分で、ポイントに着く。いよいよだ。

支流の分かれ目を過ぎると、幅の広い河に出た。しかし広いとは言っても、俺の知る日本の河レベルの広さだ。向こう岸まで何十キロというアマゾンのレベルからすると、話にならないほど狭い。

「泳くん」

バケツを放り込んでいた剛くんが、ふと真剣な顔で手招きした。

「見てごらん。水が、前に進んでる――」

「え？」

手すりから流れを覗《のぞ》き込むと、俺は自分の目を疑った。だってこの船は、下流から上流に向かって進んでいるはずだ。ということは、常に流れに逆らってるはずで。

「なんだ、これ――」

ゆるやかに逆流しはじめた河を見て、俺は言葉を失った。

「もうすぐ、なんだね」

こくりとうなずくと、隣で同じように河を覗き込んでいたセグンドがつぶやく。

「エイ、ストレイン」

「ワット？」

単語の意味が摑めずに聞き返すと、セグンドは両手を耳の横に当てた。

「ストレイン、ユア、イヤーズ」

聞いてみろ、とかそういう意味らしい。そこで俺は同じように両手を耳の横に当てて、目を閉じてみた。すると。

音が、聞こえてきた。

最初は、ごく遠い小さな音だった。それこそ、耳に手を当てないと聞き取れないほどの。さー。ざー。ざーっ。ざざー。

それが、近づいてくるにつれどんどん大きくなってくる。

ざざざざざ。どどどどど。

水音のはずなのに、どこか重い音だった。それに首を傾げていると、今度は尋常じゃない音が聞こえてくる。

がががが。ごうんごうんごうん。

「……ヒヤカムザ、ウェイブ？」

いぶかしげなバディ・ジュニアの声に、セグンドがうなずく。

「イッツ、タイム」

「サウンドイズワット？」

この音はなんだ。そうたずねるバディ・ジュニアに、セグンドは微笑んだ。

「イッツ、ポロロッカ。ミーニングイズ、ビッグノイズ。ラウドサウンド」

「大きな音──」

がしゃがしゃがしゃ。どかんどかんどかん。ざんざんざん。

重低音で響き渡る音が、近づいてくる。ていうか、この音はヤバい。こんな船なんか、簡単に呑《の》み込まれてしまいそうだ。

河下に目をこらすと、茶色い波が見えてくる。

「あれだ！　シー！　ザッツ、ウェイブ！」

俺が指さすと、カメラをかまえたクルツが身を乗り出した。それにつられるようにして、俺も身を乗り出す。

まるで土砂崩れだ。見た瞬間、そう思った。

茶色の波は、近づくにつれて高くなる。ピークまで盛り上がったそれは、三メートルくらいあるだろうか。その波頭が、トップで砕けて一気に崩れ落ちる。その勢いで水は滝壺《たきつぼ》のように渦を巻き、すべてのものを呑み込んでゆく。

「河岸が……！」

俺は思わず声を上げた。だって信じられないことに、波が河の両岸を削り取っている。いや、岸どころじゃない。木もどこかの家の柵《さく》も、河に近い場所にあるものは、根こそぎ巻き込まれていく。

「……アンビリーバブル」

ジョンがカメラを向けたのは、林のような場所。まとまって生えている木が、まとまったまま大地からえぐり取られていく。

「これはもう、災害って言っていいレベルだね」

茶色がかった水を汲《く》み上げながら、剛くんがつぶやいた。これじゃ水だって、ぐちゃぐちゃに混ざってすごいことになってそうだ。

「うん……」

手すりを摑む手に、力が入った。

ざー。ざざざざざ。ごうんごうんごうん。巨大な力が近づいてくる。

そんな中、また違う音が聞こえてきた。がつん、ごとん、がきん。見ると、セグンドがジェットスキーを船尾にセットしている。

「レディ？」

俺たちを振り返りながら、勢いよくエンジンをかけた。

「イエス、イッツレディ！」

セグンドの問いかけに、バディ・ジュニアが叫ぶ。それが合図のように、セグンドはジェットスキーに跨《また》がって河に躍り出た。

真っ茶色の水の中で、ジェットスキーの白い船体が目立つ。

セグンドは、波に先行するように走っている。

「うわ……」

ともすれば追いつかれてしまいそうな距離。大丈夫だとわかってはいても、どこかハラハラする。セグンドは波の左右を確かめるように往復すると、すぐに船に戻ってきた。とはいえ、船に上がるには手間がかかる。だから軽く横付けして、手で船を摑んでいるだけだ。

「OK。レッツゴー」

セグンドはシートに腰を下ろしたまま、バディ・ジュニアを手招きする。ボードを脇に抱えたバディ・ジュニアは嬉《うれ》しそうにその後ろに飛び乗った。

「ナウ、ジ、アドベンチャー！」

そのかけ声とともに、ジェットスキーが滑り出す。後を追うようにして、システイロとクルツも河に出た。俺はそんな四人を、一瞬たりとも見逃さないように目で追う。

波の前、数十メートル。そこでセグンドは船体を安定させる。するとすかさずバディ・ジュニアがエントリーの体勢をとった。どうやって着水するんだろう。と思った瞬間、バディ・ジュニアはボードを抱えたまま水に落ちた。

「えっ？」

思わず声を上げると、水面に顔を出したバディ・ジュニアがすかさずパドリングの体勢に入る。わざと落ちたのか。

背後に迫る波。それに負けないくらいの、力強いパドリング。スピードで負けたら、呑まれてしまう。けれどバディ・ジュニアはそれをものともせず、うねりを捉《とら》えて立ち上がった。

「乗った！」

「イエス！」

「ガッチャ！」

「やった！」

それぞれが、それぞれの言葉で叫ぶ。

乗ってしまえば、うねりは穏やかに見えた。バディ・ジュニアは軽くカットバックを繰り返しながら、アップスンダウンズを入れている。プロサーファーだけあって、さすがにうまい。どんな景色が見えるんだろう。今、どんな気分だろう。表情までは見えないけど、バディ・ジュニアはゆとりのあるライディングを楽しんでいるようだ。

あれならいけるかも。そう思った瞬間、名前を呼ばれた。

「エイ！」

セグンドが水上で手招きをする。バディ・ジュニアが安定したので、後ろをシスティロとクルツに任せたのだ。そこで俺は船尾に駆け下りて、ジェットスキーが横付けされるのを待つ。

「いよいよだね」

剛くんが、肩を叩《たた》いた。

「エンジョイ！」

アントニオが、親指を立てる。

俺は二人に向かってうなずくと、ジェットスキーにまたがった。

いくぞ。

後部座席に座ったとたん、激しいエンジン音とガソリンの臭いに包まれる。そして足もとでは、茶色い水が派手にしぶきを上げていた。ぐん、と加速するスピード。振り落とされないように、片手をセグンドのぶっとい腰に回す。上下のバウンド。もう片方の手で、ボードをしっかり身体の脇に引き寄せた。

顔を上げる。目の前には、大海原のような景色。ただ、そこにあるのは水平線ではなく、河幅一杯になって向かってくるうねりだ。いつ降りよう。うねりとの距離を測りながら、俺はボードの端を握りしめる。そんな俺のためらいを察したかのように、セグンドが声を張り上げた。

「ネクストターン！　グッドポイント！」

「オーケー！」

覚悟を決めろ。俺は遠心力を感じた直後、うねりを背後に捉えた地点で水に飛び込んだ。バディ・ジュニアのように落ちるのではなく、前方に向けて浅い水深で水に潜る感じ。これは志村さんと考えた、ドルフィン・スルーの応用だ。

予想より、水流が速い。身体をもみくちゃにされる前に、俺は急いで水を掻《か》く。バディ・ジュニアくらい筋力がなければ、深い場所からの立て直しはできないだろう。

顔が出た。すかさずパドリングに入る。

膝下《ひざした》から爪先《つまさき》のあたりに、うねりの「引き」を感じる。

掻く。掻く。掻く。

耳元には、間近に迫った水音。ざざざざざ。ごうんごうんごうん。

掻く。掻く。掻く。

後ろが、少しだけ持ち上がる気配。今、だ。

全力で掻く。掻ききる。逃さない。掻く。

ふ、と浮く感触。

引っ張られながら前に進む、あの感覚がやってきた。それを捕まえるため、両手に力を入れてボードを掴《つか》む。胸を引きつけるようにして、中間姿勢へと移行する。スタンス！　顔を上げ続けろ。ポジション！　片足を立てる。セット！　ショアはどっちだ。

ざざざざざ。引力。ざざざざざ。しぶき。


立ち上がった。


両足に祈った。何があっても、ボードの上に貼りついていますように。

腰に祈った。低く低く、重心を決してそらさないように。

目に祈った。波のフェイズを見極め、確かなラインを探し出せるように。

すべての筋肉と神経。ついでにもしあるならば第六感まで総動員。

だから頼む。

俺に、この景色を見せてくれ。

立ち上がってからは、まだ余裕がなかった。行き過ぎてカットバック。そして端に寄りすぎてアップスンダウンズ。忙《せわ》しなく身体を動かしていると、船より近い場所から声がした。

「エイーッ!! ユー、ディディーッ!!!」

バディ・ジュニアが満面に笑みを浮かべて近づいてくる。その向こうには、途切れのないうねり。そしてもっと向こうには、緑のジャングル。

「――お」

俺も見たぞ。

そう言おうとして、日本語だと気づいた。そこで両の拳《こぶし》を振り上げ、肚《はら》の底から声を出す。

「イ、エエエ――イ!!!」

両手に風を感じた。気持ちいい。最高だ。でも、あれ? 身体がゆっくり傾いてゆく。

(バランス――ッ!!)

両手を上げ、腰を伸ばしてしまった状態でボードに乗れる奴なんていない。ていうか、両手を上げるのは一瞬にするべきだった。普通ああいうポーズは、プルアウト前提でやるべきものだろう。

なんてことを、ほんの数秒の間に考えた。そして俺は、アマゾンの藻くずと消える。

なんかちょっと、学習しろって感じだ。

馬鹿だ。そう思いながら、目を開く。当然のごとく、視界は茶色。遠くに薄ぼんやりとした光が見えるけど、それも一瞬のうちに泡に包まれて消えた。

(やっぱ、すんごい巻き)

ウェットスーツの胸元につけた浮きを手で探ってみると、水流に負けてなびいている。もしかして、とは思っていたけれど実際に役に立たないとわかると、なぜか笑えた。

(なんかなあ、ちっぽけだよなあ)

人間の工夫なんかぶっ飛ばして、進むポロロッカ。その有無を言わせない感じが、逆に爽快《そうかい》だった。

ぐるんぐるん回って、息が苦しくて、光も見えなくて、手は精一杯もがいてる。なのにおかしいなんて。俺、どっか変になったのかもしれない。

(死ぬのかな)

そんなことを考えたら、身体の力が抜けた。そして次の瞬間、俺は水面に放り出される。

「え？」

まるで巨大な魚に呑《の》み込まれて、吐き出されたようだった。

何が起こったのかわからないままあたりを見回すと、セグンドが近づいてくるのが見える。

「エイ！　アユ、オーライッ？」

手を差し伸べてくれたので、とりあえずつかまった。足首を探ると、ボードはきちんとつながっている。これならもう一度トライできる。俺はまずそのことに安心した。

落ち着いた状態でもう一度周りを見ると、前方に去ってゆく第一波が見える。俺はあれに巻き込まれた後、文字通り吐き出されたらしい。つまり、このうねりには二つの巻きがあるということだ。

一つめは、俺が巻き込まれたもの。これは前から後ろへと働く力で、だからこそ俺は無事に出てくることができた。そしてもう一つは、水面から河底へと働く力。これは台風スウェルと同じで、巻き込まれたらやばい種類の巻きだ。

(ラッキー、だったんだろうな)

酸素不足のせいか、頭ががんがんする。でも気分は冴《さ》えている。そこで俺は深呼吸を繰り返して、身体に酸素を送り込む。頑張れ、俺の身体。せっかく無事に出て来られたんだから、せめてもう一度トライするチャンスをくれ。

「……アイムオッケー!」

頭痛が薄れたところで、セグンドに声をかける。するとセグンドは心配そうな表情で振り返った。

「リアリー?」

俺はもう一度ボードを抱え直し、声を張り上げる。

「イエス、サンキュー! ソー、プリーズトライアゲイン!」

セグンドはうなずくと、エンジンを全開にして第一波を追いかけはじめた。そして崩れていないけれど、高さもあまりない部分を選んで乗り越える。

（あ。これもいいなあ）

ジェットスキーで乗るうねりは、安定感があって景色を楽しめた。縦横無尽に移動できる自由さは、サーフィンにはないものだ。

（でも）

今はこっちだ。俺はセグンドの示したポイントで、再び飛び込む。一度乗ったから、雰囲気は摑めた。あとは、どれだけ維持できるかだ。俺はボードに立ち上がると、今度は慎重にアップスンダウンズを繰り返す。

「エイ！　ウェルカムバック」

バディ・ジュニアの声が聞こえたけど、顔を向けるのはやめて片手だけ上げた。

「サンキュー！　アイルトライイット！　ライクユー」

同じようにロングライドをしてみたい。そう告げると、バディ・ジュニアの声が遠ざかっていく。

「オーケー！　ダンシン！」

踊れ、か。そうだな。踊らないとな。イメージと違うフェイズをこなしながら、俺はステップを踏むようにバンピングを入れた。ダンスができるわけじゃない。でも、恥ずかしがって小さくなってたら、見えるものも見えてこないってことを俺は学んだ。

とにかく飛び込め。踊れ。楽しめ。

頬に風を感じる。視線を遠くにやると、ショアが後方へ過ぎ去っていくのがわかった。岸へとたどり着くんじゃなくて、ただ前へと進む。そんなうねりに乗っているのは、わかっていてもやっぱり不思議だった。

(動く歩道、みたいな?)

自分が動いているのか、景色が動いてるのかわからない。そんな感覚にとらわれる。

しばらくすると、このうねりに慣れてきた。持てる限りの技術を駆使して、なんとか乗り続けているわけだけど、ほんのちょっとだけ景色を眺める余裕が生まれたのだ。

「バド?」

バディ・ジュニアの愛称を叫ぶと、どこからともなく声が返ってきた。

「イエス、ヒヤ!」

声とともに、ふわりと気配が寄ってくる。慎重に首を回すと、そこにはバディ・ジュニアの姿があった。

「エンジョイ?」

そうたずねる彼の姿勢は、陸上にいるように自然だ。ボードの上に立ったまま、するすると移動しているのを見ると、まるで水の上を滑る仙人のようにも思える。

「エンジョイ!」

叫びながら思う。そりゃもう、最高だ。だって俺は今、終わらない波に乗っているんだから。

色々言いたいことはあったけど、今は英語を使う脳みそが足りない。そこで俺は、さっき聞いた言葉をそのまま返す。

「ナウ、アイムダンシン！」

踊ってるよ。楽しんでるよ。違う景色が見えたよ。

だってほら、自分が進む先に果てが見えない。どこまでも続く、茶色い河。まるで長い長い道のようにも見える。

（ずっとずっと乗ってたら、どうなるんだろう？）

岸に乗り上げたりして。でもそうなるまで、どれだけ時間がかかることか。微妙に痛くなってきた筋肉を意識しながら、俺は端でバンピングをしてうねりに復帰する。でもやっぱり、ふくらはぎあたりがぷるぷるして思うように動かない。

（何分、乗った？）

普通、サーフィンで海の上にいる時間なんてたかが知れてる。国内ならロングライドが成功したって、二分がせいぜいだ。なのに今、俺は少なくとも三分以上は乗っている。だから慣れない状態に、身体が悲鳴を上げているのだ。

圧倒的に筋力が足りない。まだ余裕のあるバディ・ジュニアを見て、俺は悔しくなる。乗れる程度の技術はある。でも、乗り続けることができないんだ。

「ちっくしょう……！」

まだまだ先へ行けるうねりを、諦《あきら》めるなんてできない。俺は震える足で、必死にボードを踏みしめた。でも、サスが利かない。

何度めかのボトムターンで、そのときはやってきた。足が空しくボードの上を滑り、俺はワイプアウトする。

「くっそ――!!」

叫び声は、未《いま》だ続く大きな音に呑み込まれて消えた。

ざざざざざ。どどどどど。

もう一回トライしたい。もっともっと、乗っていたい。俺の筋肉は、もう一回くらい頑張れるはずだ。しかし俺の腕の震えに気づいたセグンドは、問答無用でジェットスキーを船に向ける。

「ワンスモア!」

そう叫ぶ俺に、セグンドは叫び返した。

「エイ! ユーニード、レスト!」

「ノーレスト! ノーサンキュー!」

片手で背中を叩《たた》くと、セグンドが乱暴にハンドルを切る。俺はボードごと振り落とされないように、必死でその背中にしがみつく。やがてジェットスキーは、船にぶつかるようにして止まった。

「ゲッダウン!」

それでも背中にしがみついていると、セグンドは俺を振りほどいて船体を舫《もや》ってしまう。

「プリーズ、セグンド！」

一生に一度のお願い。そう言いたい気分で、俺は船を見上げる。しかし返ってきたのはこんな一言。

「ゲッダウン！　ユー、フーリッシュ!!」

降りろ、馬鹿。そう言われて、俺はかっとなった。ボードを船の手すりから放り込み、自分も梯子《はしご》に足をかける。しかし、うまくのぼれない。震える手を剛くんが摑《つか》んで、引き上げてくれた。

「お疲れ」

「サンキュ」

甲板に着くのももどかしく、ずぶぬれのままセグンドを追いかける。

「セグンド！　ウェイト！」

しかしセグンドは、振り返りもしない。そして階下に向かって叫ぶ。

「アントーニオッ!!」

腹が減ったのか？　まさか、そんなわけないだろうと思いながら、俺はセグンドの後ろに迫る。そしてひょこりと顔を出したアントニオを見て、驚きのあまり足を止めた。そんな俺を押しのけながら、セグンドが何か叫ぶ。けれど早口のポルトガル語で、何を言っているのかまったくわからない。

『俺の乗る時間を潰《つぶ》す気か、このクソガキが』、だってさ」

半笑いの剛くんが、いらない通訳をする。

「あのさあ。俺がわかんないように、文句言ってくれてたんじゃないのかよ」

「でも、わかった方がいいでしょ」

「まあね」

俺はふっと息を吐いて、床にどかりと座り込んだ。その前を、短パンとラッシュガードに身を包んだアントニオが通り過ぎる。そう、アントニオもこの船の乗組員なんだ。

「エンジョイ！」

ばたばたと乗り込む二人に、俺は声をかけた。するとセグンドがにやりと笑って、親指を立てる。

「オーケー、ブラッド」

その後また何かポルトガル語でつけ加えてから、剛くんに手を振った。俺は手を振りながら、剛くんにたずねる。

「ブラッド、ってなんだっけ」

「ガキ、とか小僧みたいな感じ」

ああ、そう。俺は手近に転がっていたスポーツドリンクのボトルを開けて、一気に流し込む。なまぬるくて、甘くて、少ししょっぱい。ごくごく飲んで、息を吸って、また飲んだ。

突然、笑いがこみ上げてくる。なんだよ、セグンドの奴。

大人みたいな顔して、落ち着いた奴みたいな態度で、でも乗りたい気持ちは誰よりも子供っぽくて熱いじゃないか。

「最後、なんて言ってったの」

剛くんを見上げると、にやにや笑っている。

「ホントに知りたいの？」

「教えろよ」

すると剛くんは、手すりを指さして言った。

「『このクソガキが、それを乗り越えてダイブしないようにちゃんと見張っとけよ。でなきゃ落ち着いて楽しめないからな』」

「はは」

「おまけに『ばーかばーか』みたいなのも」

「なんだよそれ」

俺はボトルを持ったまま立ち上がると、手すりにもたれて河を眺める。少し離れた所で、セグンドがボードの上に立っているのが見えた。腰が低くて、安定している。ずんぐりとした身体を生かした、着実なテクニックだった。

「セグンドー！」

大声で叫んでも、こちらを向かない。どうせ聞こえないのはわかってる。だから思いっきり叫んだ。

「ばーかばーか！」

「……泳くん」

「もう一回乗せろー！　クソオヤジー！」

叫んでいると、バディ・ジュニアがこちらに気がついた。そこで俺は大きく手を振る。

「楽しめよー！　クソオヤジたちー！」

やってやったという気持ちはある。でも、やりきったという感じはない。

だからもう一度河に入りたかったが、それは無理だった。セグンドが乗りに行ってから三十分後には、大きなうねりが終わりかけていたのだ。

「あーあ」

ぐずぐずに崩れたフェイズを、俺はなごり惜しい思いで見つめる。でも、なごり惜しいのは俺だけじゃない。波に乗った全員が、同じようにため息をついている。

それでも腐らないのは、明日があるからだった。

「ゼアイズチャンス、ワンスアゲイン」

ドゥエインの読みでは、明日も同じ規模の波が来るという。だからバディ・ジュニアは酒瓶の栓を抜かないし、クルツはビデオカメラの充電を欠かさない。

「イメージイズ、ハウ？」

俺はジョンのカメラを覗《のぞ》き込む。そこには今日撮影した画像が小さく映っていた。

まあまあだね。そう言いながらも、ジョンは画像を早送りして指さす。

『でもここなんか、いい感じだろ？』

遠景から、バディ・ジュニアに寄っていくショット。ジェットスキーの振動が、画面に躍動感を与えている。

『一緒に乗ってる感じがするね』

ジョンはうんうんとうなずいて、さらに早送りを続ける。

「アンド、トゥディズベスト」

そこには、両手を振り上げたままワイプアウトしていく俺の姿があった。しかもそれをスローにして、また巻き戻してを繰り返す。これじゃまるでコントだ。

『いい感じの曲を入れといてくれよ』

そう言うと、ジョンは「オフコース！」と親指を立てた。

気持ちのいいテンションは、まだ続いている。でも乗る前と違うのは、皆が少しずつ貪欲《どんよく》になっていることだった。今日わかったことを生かして、明日はもっと長く乗ってやろう。もっといい画《え》を撮ろう。そんな雰囲気が、満ち満ちている。俺はこういう感じを、久しぶりに思い出した。

誰かを蹴落《けお》とすわけじゃなく、自分が一番になりたいわけじゃなく、なのにものすごく狙ってる。何かをつかまえてやろうと前のめりになってる。

「イッツ、ソー、ソー」

『サーフィンって、突き詰めると競技にはなりにくいんだよね』

ふと、三浦さんの言葉を思い出す。

『だって結局、波と自分の問題だから』

テクニックじゃなく、スタイルじゃなく、誰かとの競り合いじゃなく、波と自分の問題。その意味が、今はよくわかる。

俺はバディ・ジュニアみたいにカッコよく乗れないし、セグンドみたいに安定したライディングもできない。じゃあどうするか。

結局、俺は俺でしかない。俺ができることを、するだけだ。


「それにしても」

夕食後のコーヒーを飲みながら、剛くんは俺を見る。

「今から筋トレって、どういうこと？」

「いや。なんかちょっと」

筋力不足で乗り続けられなかったのがくやしくて、と告げると、剛くんは笑い声を上げた。

「明日までに筋肉がついてるといいね！」

「余計なお世話だよ」

それでも俺は、腹筋を繰り返す。

明日までにどうにかなるなんて、思ってはいなかった。それでも、あがいてみたかった。やるべきことは全部やって、間に合わないであろうことも全部やって、それで明日を迎えたかった。

だって俺は、俺のベストで踊りたかったから。

「フルムーン！」

手すりから身を乗り出したジョンが、今夜の満月を撮影している。でもカメラの画面で見る月は、大きいけれど生々しくなかった。あの妙な気持ち悪さ。あれを体験できただけでも、ここに来た甲斐《かい》はあったのかもしれない。

湿った河の匂いに、ぬるい風。半乾きの甲板の感触。セグンドのつけているきつい香水に、アントニオの手から立ち上るニンニク臭。ビデオには映らないものたちに、俺は感覚をこらす。

「エイ」

カメラを向けられて、俺は身体を起こした。きっとここに映る俺も、生々しくないんだろうな。

「アイムウェイティング、トゥモロウ」

そう言ってから、ふと日本語でつけ加えた。

「月が、綺麗《きれい》だよ」

＊

大きな音が聞こえる。

どどどどど。ざざざざざ。ざんざんざん。

近づいてくる。うねりがぐいぐい盛り上がる。手すりから身を乗り出す。

「来た！」

同時に、バディ・ジュニアを乗せたジェットスキーが飛び出す。俺はたまらず、手すりにかじりつくようにして見守る。茶色い水しぶきの中、バディ・ジュニアが立ち上がる。

「エイ！」

呼ばれた瞬間に、手すりを飛び越えていた。まるでアニメの登場人物のように、ジェットスキーの座席に飛び乗る。じゃなくて飛び落ちる。

首を後ろに引っ張られるような加速。上下にバウンドする船体。目や口に飛び込んでくるしぶき。風。また風。

「グッドラック！」

セグンドの合図で、大きく息を吸って水に飛び込む。またもやもみくちゃ。顔が水面に出た瞬間、もう一回深呼吸。

自分の位置を確認して、ボードに腹這《はらば》いになる。水を掻《か》く。掻く掻く掻く。

ざざざざ。ごごごご。

ほんの少し、足が引っ張られる気配。掻く。掻きまくる。持ち上がる。盛り上がる。セット。スタンス。立ち上がる。

顎《あご》を引いて、顔を上げる。風が当たる。

昨日とは違う景色が、見えた。

「ああ――」

自然と声が出た。そうだ、ここは海じゃない。そしてこの波は、同じ陸に向かって、寄せては返すゆりかごのような波じゃないんだ。

これは世界一強引な一方通行。返さない波に、俺は乗っている。

進む。進む。前に進む。

見えるのは緑のジャングル。たまに家か納屋のような建物が、岸に近い場所に現れては消える。壊れているのは、昨日の波のせいだろうか。頬に風を受けながら、俺は過ぎてゆく景色を楽しんだ。

けれど身体は、いつの間にか強《こわ》ばりはじめている。ベテランのバディ・ジュニアだって、乗っていられたのは十五分。記録に残っている最長記録は三十分。人間の筋力と緊張感には、限界がある。

まだ。まだ乗りたい。そう思うほどに、身体が強ばる。そんな中、声が聞こえてきた。バディ・ジュニアの声だ。何か言っているようだけど、聞き取れない。顔を向けるとワイプアウトしてしまいそうなので、とりあえず耳を澄ます。

「ファアアア――ック！」

おいおいおい。思わずそっちを見てしまいそうになった。それって、俺ですら知ってる「ピー」な台詞《せりふ》だろ。

「アアアースホ――ッッ!!」

だからさ。カメラはいいのかよ。思わず、笑いそうになった。でもそれをこらえる方が難しくて、結局、笑った。笑いながら、叫んだ。

「ばっかじゃねえ！」

口に出したとたん、身体がすっと軽くなった気がした。ああ、だからバディ・ジュニアも叫んでるのかな。ならば、と連呼してみる。

「ばーかばーかばーか！」

アタマ悪過ぎだろ。自分の語彙《ごい》の少なさが、さらに笑えた。どうせなら、もっとバカなことを言いたい。もっともっと軽くなりたい。

そこで本能的に出た台詞は。

「ちんこ――っ!!」

妙に、すかっとした。だから気持ちよくて、もっと言いたくなった。

「あはははは！　ちんこ丸出しーっ！」

本当に出したわけじゃない。でももし一人だったら、出してたと思う。そのぐらいの勢いで、俺はちんこちんこと叫び続けた。

もう、落ちるかと思ってたのに。なのに俺はまだ、ボードの上で風を受けている。

（なんでだろう？）

身体はぎしぎし痛いし、足は強く踏ん張れない。でもなんだか、今が一番安定している気がした。

人生より数年足りないだけの、サーフィンライフ。その中の一番がよりによってアマゾンだなんて、おかしすぎる。またこみ上げてきた笑いで、腹筋が緩む。いけないと思って強く引き締めた瞬間、微妙なバランスが崩れた。

そうか、笑ってた方がいいのか。

笑って、ほどよく力を抜いて。疲れた身体が取る、楽な姿勢に頭の中も合わせる。「こうしなくちゃ」とか「ああしなくちゃ」なんて考えずに、俺は俺の身体に従う。

それでいいんだ。

あとはせいぜい、ちんことかうんことか言ってるくらいで。

「ばっかみてえ！」

俺なんて、俺の身体以下の存在なんだ。カラダ、えらい。

心なんて、いらない。オレ、いらない。

だんだん、考えてることが単純になってくる。

風、カゼ、きもちいい。アシ、いたい。ちょっとさむい。ちょっとあつい。

進む、すすむ。さきにいく。きもちいい。

どどどどど。ざざざざざ。

遠くで何かの声がする。ヒト？　なに言ってるのか、よくわからない。

「〇〇ー！」

なに？

「エィー！」

――エィって、なんだっけ？　あ、オレか。

「エーイ！」

うねりじゃない音が、近づいてくる。ばりばりうるさいなあ。カゼがひゅんひゅんいうのを、もっと聞いていたいのに。

そのとき、足もとにおかしな感触があった。ぼよん、うにゃんとした横波。ボードのトップが軽く持ち上がったけど、オレはバランスをとってしのぐ。これでまだ遊べるぞ。そう思っていたら、今度はもっと大きな横波が来た。

「あれっ？」

なんだこれ。カラダがかたむいてゆく。がんばれカラダ。でも、かたむきはとまらない。

「やべ」

水の動きに、カラダはついていけなかった。

落ちながら、波の来た方角を見る。するとそこには、河に突き出た桟橋のようなものの残骸《ざんがい》が水流に揉《も》まれていた。あれにぶつかって、不規則な波が生まれたんだな。そう思いながら、俺は水に落ちる。今度こそおしまいか。

でも、楽しかったな。もう一回乗りたいな。あ、セグンドの番だから、譲らなきゃ。でないとあいつ、またガキみたいに怒るんだろうな。

茶色い水に沈みながら、ぼんやりと感じる。満足感と、それでもまだ狙ってる感じ。いいな。これからもずっと、こんな感じでいけたら、きっと。

きっと大人になるのも、悪くない。いや、もしかしたらジンセイってやつだって、なかなか――。

がん。いきなり頭が揺れた。

そこで俺の意識は、一回飛んだ。ような気がする。

その次の瞬間、目が覚めた。いや、正しくは気がついた。

「なに？」

わけがわからず口を開いたとたん、大量の水が流れ込んでくる。がぼがぼ水を飲んで、むせようにもまだ水中だということに気づく。

(え？　え？　え？)

鼻がつんと痛い。何が起こったのかわからない。慌てて手足をばたつかせても、もはやどっちが上だかわからない。

(――溺《おぼ》れる！)

パニックに襲われかけたところで、今までの経験を思い出す。こうならないために、俺は色々やってきたはずだろう。落ち着け。落ち着いていれば、死にはしない。大丈夫。そう自分に言い聞かせたところで、ようやく身体のばたつきが止まった。そしてほんの少しだけ、上昇する感覚。その方向に向かって、思い切り水を掻《か》く。

(もたないかも)

上へ向かってはいるが、水を飲んだせいで息が持たない。俺は力を振り絞って、水を掻く。

水面の明るさが見えてきた。ギリギリ間に合う。顔を出して、水を吐き出す。ボードにつかまろうと足首を探ると、リーシュコードが途中でぶつりと切れていた。

(あーあ)

それでもまあ、生きてるからラッキーってことにするべきだな。立ち泳ぎをしながら、俺はセグンドの姿を探す。にしても、立ち泳ぎがつらい。体力の限界までボードに乗っていた上に、溺れかけたせいか。

「エーイ!!」

エンジン音と共に、セグンドの声が聞こえてきた。

「ヒャー！」

手を上げるけど、まだ遠い。やがて気づいてくれるだろうと待っていても、なかなか来ない。

そのうちに、足がどんどん重くなってくる。

(やばい)

必死で声を上げ続けても、うねりの音とエンジン音に邪魔されて、セグンドまで届かない。

身体が、どんどん流れに負けていく。やばすぎる。

「セグーンドーーッッ!!」

声を張り上げる。死ぬかもなんて言ってたけど、まさかホントにここで死にたいわけじゃない。死にたくない。

「ここだーーっっ!! ここーーっっ!!」

少しずつ、水に負けていく。首が水没して、顎《あご》が浸《つ》かりきって、もうすぐ口も危ない。

「うわあああーっ！」

必死に叫んだ。叫んだ。叫んだのに、来てくれたのはセグンドじゃなかった。

がつん。顔面に何か固いものが当たった。

「いっ!!!」

口を開けた拍子に、また水を飲んでしまう。喉《のど》の奥に、鉄っぽい匂い。たぶん、鼻血も出てるんだろう。視界が悪くなったのは、目をやられたからか。

頭がぼんやりとしてくる。でもここで沈んだら、本当に終わりだ。カラダも心も、必死に警報を鳴らしている。終わるな、終わるな。

終わりになりたくなかったから、俺は目の前にある何かを摑《つか》んだ。ごつごつとした手触り。

（流木……？）

とりあえず、沈まないならなんでもいい。俺は必死でそれにしがみつく。

「エ――ィ!!」

そこでようやく、セグンドが気づいてくれた。

「アユ、オーライッ!?」

流木にぶつけないよう、ジェットスキーを慎重に近づける。

「全然、大丈夫じゃねえよ……」

引っ張り上げられて、俺は肩で息をする。でもまだ助かったわけじゃない。船までは、しがみついていないと。

「アイム、タイアード。ソー……」

疲れているから、うまく摑まっていられないかもしれない。そう、言いたかった。でも言葉が出て来なかった。

「オーケー、ドントマインド」

雰囲気で察してくれたのか、セグンドはジェットスキーを静かに進めた。とはいえうねりの中なので、たまにバウンドする。そのたびに俺は、震える手で必死にしがみついた。

「泳くん!」

船の脇に着くと、剛くんが手を差し伸べてくれる。でも片手を引っ張ってもらうだけじゃ船に上がれなくて、しまいにはアントニオとジョンが二人掛かりで俺を抱え上げてくれた。

「――サンキュー」

俺が告げると、アントニオは無言でうなずく。ジョンは「ノープロブレム」と言いながら、真剣な表情をしていた。俺が甲板に横たえられると、剛くんがタオルやドリンクを抱えてくる。

「大丈夫? 頭は痛くない?」

頭の下に枕がわりのタオルを入れられ、スポーツドリンクを手渡された。一口飲むと、口の中で沁《し》みた。どこか切ったんだろう。顔をしかめる俺を見て、剛くんはさらにたずねる。

「吐き気は?」

「ない。と思う」

痛みを無視して飲むと、少しだけ気持ちが落ち着いた。

「もう一回聞くけど、頭痛はない?」

「ない……のかどうか」

わからない。そう言って頭を触ると、激痛が走る。

「いてっ!」

指をそろそろ動かすと、額のあたりが強烈に痛かった。同時に、ぬるぬるしたものに触れる。

こっちも切れてるのか。

「痛いのは頭の外側か。それなら一安心」

剛くんは近くの箱から瓶を出し、中の液体をペーパータオルにたっぷり含ませる。それをぺたりと顔に張り付けられると、さらに痛さが増した。

「いでで!」

「これは消毒薬。沁みるのはしょうがないよ」

血を拭《ふ》き取るようになすられると、痛みはマックスレベルになる。歯を噛《か》み締めて耐えようとすると、今度は口の中が痛んだ。

「しばらく押さえといて」

新しいペーパータオルを額に載せられ、俺は黙ってうなずく。その間にも剛くんは忙《せわ》しなく動き、傷のサイズにあったガーゼを切り出したり、それを留めるためのテープを出したりしていた。

「うん、ちゃんと止まるね。これなら大丈夫」

そう言って傷に軟膏《なんこう》を塗り込む。指でぐりぐりされて、俺はまたもや悲鳴を上げた。

「いってえよ!」

「痛いのは生きてる証拠。よかったね」

「そりゃそうだけど」

軟膏の後にもう一種類何かの薬を塗って、ガーゼを載せて留められる。そして「これ飲んで」と錠剤を手渡された。

「何これ？」

「鎮痛解熱剤。もし感染症になったら、抗生物質もあるから安心しなよ」

救急箱らしきものを示した剛くんを、俺はぼんやりと見つめる。なんとなく、違う人みたいだった。

「剛くん」

「なに？」

「――医者？」

そうたずねると、苦笑しながら薬瓶を指さす。

「ただの、製薬会社の社員だよ」

「にしたって、手際いいよ」

「そりゃまあね。ブラジルの、しかもアマゾン地域に行くって決まってからは、最低限の医療知識を仕込んできたから」

だって人のいないところで病気や怪我をしたら、本当に生死にかかわるからね。そう言われて、俺はうなずく。

「ああ、あんまり頭を振らないようにね」

「え？」

「頭は、後が恐いから」

そんなこと言われると、振るどころか横を向くのさえ恐くなる。俺は仰向《あおむ》いたまま、船の天井を見るとはなしに見た。

するとと視界に、ジョンがフレームインしてくる。

「イッツオーケー?」

「ああ……ノープロブレム」

そう返すと、ジョンは笑顔で俺の手を握った。

「サンクゴッド。ユア、ウェルダン」

「ソーリー、ウェルダンイズワッツミーン?」

言ってくれた単語の意味がわからないので、適当な英語で聞き返す。するとジョンは親指を立てて言った。

「ウェルダンイズ、ナイス。ユー、デディッ」

よくやった、みたいな感じか。「サンキュー」と応《こた》えていると、今度はアントニオが顔をのぞかせた。

「エイ。ドリンクイット」

仰向けのまま、コップを手渡される。いやこれ無理だから。そう思っていたら、剛くんから「ゆっくりなら起きてもいいよ」と言われて半身を起こす。

手渡されたコップの中には、紫色のどろりとした液体が入っていた。正直、あんまり食欲をそそる雰囲気じゃあない。

「グッドフォーヘルス」

そう言われると、断れない。ちらりと剛くんを見ると、笑顔でうなずき返してきた。

「それはアサイーっていうアマゾン原産の実のジュースだよ。鉄分やカルシウムが多いから、健康ドリンクとしてよく飲まれてる」

「……そうなんだ」

おそるおそる口をつけてみると、思ったよりも全然おいしかった。ただ、どろりと濃いので妙に腹にたまる。

「泳くんは今、特に鉄分が必要だからいいと思うよ」

ジュースを飲んでいると、今度はドゥエインが降りてきた。

「アユ、オーライ？」

「アイムオッケー。サンキュー」

ドゥエインはうなずくと、俺の傷をのぞきこむ。

「ユーヒット、ドリフトウッド」

何かにぶつかった。でもそれがわからなかったのでたずねると、「ウッドインザウォーター」という答えが返ってきた。水の中の木。

「あ。流木か」

そういえば、ボードから落ちる前に壊れた桟橋を見たっけ。もしかしたらあれの残骸《ざんがい》が流れてきたのかもしれない。

「セグンドが、最初の流木を警告したんだって言ってるよ」

剛くんがドゥエインの話を訳してくれた。なんでも、ドゥエインは今回のチャレンジを船長として船の上から双眼鏡で見ていたらしい。

「セグンドの動きがおかしいから注目したら、泳くんの方に大きな木が流れてくところだったって」

言われて、やっと思い出す。確かにあのとき、誰かの声が聞こえていた。でも俺は妙にハイになってて、それをちゃんと聞いてなかったんだ。

「その直後、泳くんが水に落ちて、最初の流木と衝突した。それで沈みかけていたところに、次の流木がぶつかってきたんだって」

本当に死んでてもおかしくなかったんだな。ぼんやりとそんなことを考える。恐怖心が湧いてこないのは、まだどっかがハイになってるからだろうか。

「ユーディドゥントダイ、ユアグレイト」

お前は死ななかった、えらいぞ。ドゥエインの皺《しわ》だらけの笑顔を見て、俺はじいちゃんを思い出す。そうだ。じいちゃんだって死ななかったんだから、えらいんだ。

死なないっていうのは、えらいことなんだな。

「……サンキュー、ソーマッチ」

俺がしみじみとつぶやくと、ドゥエインが何やら早口で言って肩を叩《たた》いた。

「『それにしても、女とやれる以外の天国に行かなくてよかったな！』って言ってるよ」

剛くんに向かって、俺は顔を向ける。

「訳さない方が、よかったな」

「ついでに『男とでも天国に行ける奴はいるけど、エイはどっちだ？』だって」

「……ドゥエイン、ユアヘッドイズ、ヘブン」

そう告げると、ゲラゲラ笑いながら「イッツトルゥー！」と頭を指さした。俺は口の端で笑うと、目を閉じる。ちょっと疲れた。


いい匂いで、目が覚めた。

「エイ、キャンユーリメンバーミー？」

そうたずねられて、俺は相手をぼんやりと見返す。

「……バディ・ジュニア」

「ライト。ハングリー？　キャンユーイートランチ？」

どうやらもう昼飯の時間らしい。身体を起こすと、擦り傷のせいであちこちが痛んだ。

「……サムシング、トゥードリンク」

腹が減っているのかどうか、わからない。でも喉《のど》が渇いていたので、とりあえずジュースを頼んだ。なんとなく、甘いものが飲みたかった。

「ボナペティ！」

アントニオを真似て、バディ・ジュニアが俺の前にボトルを差し出す。『オレンジジュース』と書かれてはいるけど、オレンジの果汁なんて一滴も入っていなそうな、着色料と香料ばりばりのジュース。普段なら まず飲まないであろうそれを、俺は一息で飲み干した。うまい。

『もう一本持ってきてやるよ』

そう言って階下へと下りていくバディ・ジュニア。その背中をぼんやりと眺めながら、俺は身体をゆっくりと倒した。眠い。

次に目が覚めたとき、辺りはオレンジ色の光に満ちていた。

もう夕方か。俺は身体を起こすと、ゆっくりと立ち上がる。ずっと寝ていたせいか、身体の節々が痛い。そこで俺は軽いストレッチをしながら、辺りを見回す。なんだか、人気がない。

「モーニン、エイ」

テーブルセットのそばから、人影がぬっと現れた。夕映えの逆光で、一瞬誰かわからない。

「ああ、クルツ。モーニン」

大柄なクルツが、かがみ込んで俺の頭を指さす。

「アーユーオーケイ?」

「イエス。ノーペイン。ノープロブレム」

皆はどうしたのかとたずねると、クルツは指で上を示した。

「サンセットクルージン」

なんだそれ。ハワイやグアムあたりの観光じゃあるまいし。俺が笑うと、クルツがジュースのボトルを持ってきてにやりと笑った。

「エイ。レッツゴートゥー、サンセットバー」

梯子《はしご》を上って屋根に出ると、そこには皆が集まっている。

「やあ、泳くん。具合はどう？」

ビール瓶を持った剛くんに、俺は軽くうなずく。

「大丈夫みたいだよ」

「それはよかった」

「エイ！　ヒヤ！」

バディ・ジュニアの手招きにしたがって、俺は屋根の端に腰を下ろす。年月を経た樹脂の、ざらざらとした肌触り。太陽の熱が残っているせいか、ほんのりとあたたかい。

あぐらを組んで顔を上げると、そこにはオレンジ色の河が広がっていた。河面《かわも》が、おだやかに凪《な》いでいる。照り返しが眩《まぶ》しくて、俺は目を細める。

ポロロッカが、終わったのだ。

「……フィニッシュ？」

俺がつぶやくと、バディ・ジュニアが微笑みながらうなずく。

「イッツ、フィニッシュド」

「そっか。終わったのか」

やわらかな風が吹いている。普段はうるさいほどにおしゃべりなバディ・ジュニアが、それきり黙ったままビールを飲んでいた。そっと振り返ると、屋根の反対側でセグンドが座禅を組むようにして目を閉じていた。その隣では、ジョンがやはり黙ったまま煙草を吸っている。そして剛くんは、片膝《かたひざ》を立ててそこに顎《あご》を乗せていた。そんな光景を、一番後ろからクルッがビデオで撮影している。

それぞれの、終わりがある。それぞれの、思いがある。でもとにかく今は、ただ同じようにオレンジ色に染まっている。

あたたかくてやわらかくて、静かな時間。

一瞬、サーフィン後の気だるい夕暮れを思い出す。でも、あれとは全然違う。同じオレンジ色に彩られてはいても、ここは静かだ。波の音がしない。

永遠、という言葉がぽかんと浮かび上がる。

ずっと前からこうしてここにいて、これからもずっとこうしているような。そんな風に思った。オレンジ色の光の中、やわらかな風に吹かれながら、河を眺めながら。こんな風に、死ねたら。

(……ん？)

死にたいなんて、思ったことすらない。昼間は死にたくなくて、叫んでいた。なのにふと出てきた。ものすごく自然に出てきた。

町で見た死体を思い出してみる。あのときほど、恐くはない。たぶんこういう風景の中で死体を見ても、あれほど恐いとは感じない気がする。なんとなくだけど、自然の中では死体も自然なんじゃないだろうか。

(ホントに見たら、また違うのかもしんないけど)

でも今は、少しだけ受け入れられるような、そんな気持ちになっていた。そういえばミウは、どうしてるだろうか。あの夜はほんの数日前のことなのに、もうずっとずっと昔のことみたいだ。

(もう一回、したいな)

今ならもうちょっと、いい感じにできそうな気がする。一緒に楽しんで、一緒に笑いたい。いや、ホントはもう一回おっぱいが見たい。

もしここにミウがいて、ここで二人っきりだったら。たぶんエロいこともすごく自然な気がする。そういう雰囲気になるだろうし、そうしちゃいけない理由もないから。

死のことを考えても、いいと思える。

エロいことを考えても、いいと思える。

不思議な気分だった。

それにしても、と俺はつぶやく。

『……屋根が抜けるんじゃないのか』

船のメンバーがいないとはいえ、男が六人。樹脂がいくら丈夫だからって、乗りすぎだろう。その証拠に、撮影アングルを変えようとクルツが移動するたび、屋根はたわんで揺れる。

するとそれを聞いたバディ・ジュニアが大きな声で笑った。

「イッツ、トゥルー！　ルーフイズ、スクリーミン！」

屋根が悲鳴を上げている。直訳だけど、まさにそんな感じ。

『それじゃ、壊さないうちに下りるか』

ジョンが腰を上げると、皆も立ち上がって梯子の方に歩き出す。

「あ。ウェイト。いきなりひとつの場所に集まったら……」

まずいって。そう英語で言おうとした瞬間、みしみしと嫌な音がした。

「スプレッド！」

散れ、みたいなことをクルツが叫ぶ。でも間に合わなかった。ぼりん、と鈍い音をたててセグンドの片足が沈む。

「オマイガッ!!」

かくしてヴィンチ号の屋根には、『チーム・ジリオン』の足跡が刻まれることとなった。

＊

目の前で、セグンドが腕を組んでいる。

『エイが余計なことを言うから、あんなことになった』

子供みたいに口を尖《とが》らせて、わざとらしい音を出す。

『なんだよ。先に屋根に上ってたのはそっちだろ』

『でもあんなことを言われなきゃ、バラバラに下りてたはずだ』

そんなこと言われても。俺はセグンドの腹回りを見つめる。

『……一番重いんだから、どういう状況だってセグンドが踏み抜いてたはずだ』

『なんだとー!?』

セグンドが本気で怒りだしたので、俺は軽く両手を挙げた。

「ソー、ワットシュッドアイドゥ？」

で、どうしろと？　そうたずねると、セグンドはにやりと笑ってシステイロを呼ぶ。

「ドゥイット、ユアセルフ」

そう言って、システイロは床に工具箱を置いた。

「マジかよ。リアリー？」

大工じゃないんだし。俺がためらっていると、システイロが箱を俺の方に向けて蹴《け》り飛ばす。

『今まで客扱いしてやってたんだから、ちゃんと働け』

「なんだと!?」

ムカついて言い返そうとした瞬間、システイロがさらに言い放った。

『ポロロッカに乗るまでは、大めに見てやってたんだ』

……そう言えば、働く約束だったっけ。俺がしぶしぶうなずくと、セグンドが肩を叩《たた》いた。

『今は暗くて危ないから、明るくなってからでいいぞ』

修理の責任から逃れたセグンドは、さわやかな笑顔を浮かべた。ちっくしょう。

「エニシングトゥーイート？」

下から上ってきたアントニオに聞かれて、俺は首をひねった。腹は減っているけど、これといったリクエストはない。

『今あるものでいいよ』と答えると、アントニオはうなずいた。その横から、ジョンが口を挟む。

「アイニード、マカロニアンドチーズ！」

それって素材だろ。俺がつぶやいていると、さらにその後ろからバディ・ジュニアが叫んだ。

「アイウォント、ハンバーガー！」

アメリカ人って感じだよなあ。しかし同じアメリカ人のクルツは、その二人に向かって文句を言う。

「ストップザ、チャイルドライクディッシュ。ユア、アメリカーン！」

子供っぽいものはやめろか。するとジョンとバディ・ジュニアはそろってクルツに言い返す。

『お前はイモでも食ってろ！』

そうか。クルツはドイツ系だったっけ。でも、だからといってここまでわかりやすい台詞《せりふ》を言わなくても。そんな中、茶化すようにセグンドが「フェイジョアーダ！」と間《あい》の手を入れると、剛くんまでもがそれに乗っかった。

「スシ！　ミソスープ！　ニクジャーガ！」

本当に食いたいのかよ。それに最後の、明らかに日本語だし。

「アポーパーイ！」

「ホットドッグ！」

「ポムフリット！」

「テンプーラ！」

口々に騒ぎ立てる奴らに向かって、ついにアントニオが叫ぶ。

「ノットアスキン、ユー！」

お前らには聞いてないんだよ！

そう言って、もう一度俺にたずねた。

「エニシングトゥーイート？」

たぶん、頭を打って寝てたから気を遣ってくれてるんだろう。セグンドとシステイロをじろりと睨《にら》んでから、アントニオは俺の方を向いた。いい奴だな。

何が食べたいだろう。日本食？　洋食？　中華？　俺はふと、家のキッチンを思い出した。親父の好きなクリームシチュー。母親の好きなイタリアン。そして俺は、最近中華が好きだった。

でもなんとなく、どれもピンとこない。

「……カレー？」

突然、泡のように浮かんできた。そうか、カレーか。

おふくろの味ってわけじゃないけど、家に帰ってカレーの匂いがしてるとなんだか嬉《うれ》しかった。でもって、出たら絶対おかわりしてた。けど。

「……できないよな」

だってここにカレー粉があるとは思えないし。それに第一、アントニオはカレーライスなんて料理を知らないだろう。俺がそんなことを考えていると、突然アントニオの背後で剛くんが手を挙げた。

「できるよ、カレー！」

「え？」

「カレー粉、持ってるんだ。米はフェイジョアーダの付け合わせで使うから、あったと思うよ」

「ワット？」

首を傾げるアントニオに、俺はカレーのことを説明する。すると意外なことに、アントニオは軽くうなずいた。

「シー。アイノウ、インディアンディッシュ」

カレーは知っている。でも詳しい作り方は知らないから、教えてくれ。アントニオの言葉に、今度は剛くんがうなずく。

「アイティーチ、ユー。泳くんは、休んでるといいよ」

「サンキュ。それとありがとう」

おいしいカレーを作ってくるからさ。剛くんとアントニオが揃って階下へ姿を消すと、俺は手持ちぶさたになった。そこへ、ジョンがハンディカメラを持って近づいてくる。

「エイ。アイルショウ、ザ、ヴィディオ」

小さな画面を覗《のぞ》き込むと、そこには俺が映っていた。今日の映像らしい。

「ザックール」

客観的に見ても、このライディングは案外悪くない。俺はちょっと嬉しくなって、画面を見つめていた。しかしその嬉しさは、長くは続かなかった。

『ちんこ……っ!!』

……誰だ、このバカ。俺は、頭を抱えたくなった。

「ジョン、ソーリー。ディスワードイズ、ノットグッド」

俺が股間《こかん》を示すと、ジョンはげらげらと声を上げて笑い出した。

「オーケー、ドンウォーリー！　サウンドイズオフ！」

まあ、動作に問題があるわけじゃないから、音を消して音楽でものせてしまえば大丈夫なんだろう。それにしても、バカすぎる。

（……だから、ああいう契約書があるのか）

人は、ハイになったとき何をするかわからない。今回は言葉だったからよかったものの、これでパンツでも下げてたら、俺は一生立ち直れない。

「エーイ。ホワットダズ『チンコ』ミーン？」

なんとなく察してる雰囲気で、バディ・ジュニアがにやにやと首を傾げる。そこで俺はきっぱりと嘘を答えてやった。

「アイム、グレイト！」

するとバディ・ジュニアは、ためらいもなく叫ぶ。

「アイム、チンコー!」

それにのっかって、セグンドも叫ぶ。

「チンコ、トゥー!」

ついでにジョンとクルツまで加わって、その場は「チンコ」の大合唱。メニューの言い合いからはじまって、もういい加減にしろって感じのノリだけど、しょうがない。なにしろ俺たちは、ポロロッカという一大イベントを乗り越えたばっかりなんだから。

緊張から解き放たれて、もうバカ丸出し。それがこの夜の俺たちだった。

全員が下ネタを叫びながら酒を飲み、げらげらと笑い合う。

剛くんの作ったカレーを『世界一デリシャス』と言いながら、食いまくる。

剛くんは剛くんで、『これがポイント』とか言って、薬箱から出した漢方薬をカレーにふりかける。

俺は皆に『未成年だから、ビール』と言われながらカシャッサを注がれた。きつめのアルコールが、疲れた身体に回りまくる。

「あー、なんかエンジョーィ」

もともとおかしい英語が、さらに怪しくなってきた。

「オー、エンジョーィ」

でも相手もおかしいから、まあいいか。

「エンジョイポロロッカ！」

「エンジョイポロロッカ！」

もう、乾杯のきっかけは何でもよかった。とにかくグラスを合わせて、笑い合って、しまいには床にぶっ倒れた。倒れながら、笑った。起きてまた乾杯して、カレーをかき込み、また笑った。途中で一回吐いたような気もするけど、かまわず飲んだ。

楽しくて楽しくて、楽しいまま俺は意識を失った。

＊

鳥が鳴いている。

朝日のまぶしさに顔をしかめながら目を開けると、俺の横には壁があった。

（あれ？）

なんでハンモックに寝てないんだろう。そう思いながら身体を起こすと、頭がずきんと痛んだ。やばい。打った後遺症が今頃出たか。じゃなくて。

「……これが、二日酔いってやつか」

ものすごく気持ちが悪くて、とにかく何か飲みたい。よろよろと立ち上がると、ちょうどいい所に手すりがあった。ちょっと待て。てことは。

俺は、手すりにそって寝ていた。

（そりゃまぶしいはずだ）

直射日光の差し込む場所で、俺はぐったりと手すりにもたれかかる。何もかけずに寝ていたせいか、温まった手すりが冷えた身体に心地好《よ》い。

河面が、きらきら光ってきれいだ。

少し離れたところには、ぽこぽこと泡が浮き出ている。何か生き物がいるんだろうか。ココココ、という声は猿なのか、鳥なのか。

突然、目の前を何かがざっと横切る。向こうの梢《こずえ》が揺れたのは、そいつが飛び移ったせいかもしれない。

（なんか色々、いたんだな）

ポロロッカのせいで、避難していた生き物が一気に河に帰ってきた。昨日までの激しいけど静かなイメージとは違って、ざわざわぺちゃくちゃ喋《しゃべ》ってるような感じ。でもこれも、悪くない。

色々な生き物といえば、こっちもそうだ。俺は船内を振り返ると、ため息をついた。チーム・ジリオンは、全員人類とは思えない状態で寝ている。

バディ・ジュニアはなぜか顔にだけタオルをかけて死人みたいだし、クルツは椅子に座ったままのけぞって口を開けていた。セグンドは狭いテーブルの上で大きな身体を丸め、ジョンはなぜかそのテーブルの真下に横たわっている。

そして剛くんは。

マサイ族もびっくり。立ったまま梯子《はしご》に身体を突っ込んで眠っていた。

（あーあ）

もはや誰かに毛布をかけてやるとか、そういうレベルじゃない。俺は皆を放ったまま、階下から飲み物を取ってくる。手すりにもたれて、河を眺めながら水を飲んだ。頭は痛いけど、水がうまい。

時間が経って皆が起きだす頃、俺は屋根の上にいた。

「おーい、泳くん。大丈夫？」

下から顔を出す剛くんに、俺はうなずく。

「大丈夫だよ。どうせパテを塗るだけだから」

セグンドが踏み抜いた屋根は樹脂製。ということは、板を当てて釘《くぎ》を打ったら、またそこから割れる。だから修理は樹脂のパテを絞り出して、塗り付けるだけという簡単なものだった。

ただ、日が昇ってからの屋根はとにかく暑い。二階堂と働いた、夏祭りのやぐら組みを思い出す。暑くて重くて、でも楽しかったあの日。

なんだか、バイトしてたのがすごく昔のことみたいに思える。いや、本当言うとそれだけじゃなくて、日本にいた頃全部が昔のことみたいに感じられてしょうがなかった。

アマゾンの日射しにじりじりと炙《あぶ》られながら、日本のことを考えてみる。二階堂はどうしてるだろう。何か変わったニュースはあるだろうか。でも、そこまでだった。無理に考えようとしても、これっぽっちも興味がわいてこない。二階堂にメールを送りたいとも思えない。

（薄情、かな）

仮にも友達だったはずなのに、この感覚はなんだろう。まるで今までの人生が、前世だったくらいの遠さになっている。

「さてと」

塗り付けた樹脂をならしてから、俺は梯子を下りる。そろそろメシの時間だ。

「ハイ」

どこからともなく、呼び止められた。俺は梯子に摑《つか》まったまま、下を見る。けれど階下に人の姿はない。

「ユー、ユー！」

なんだか妙にしわがれた声。誰か酒で喉《のど》でもやられたのか。そう思って首を傾げると、いきなり近くに何かが飛んできた。

「うわっ！」

驚いて身をよじると、梯子から落ちそうになる。そんな俺を見ていたのか、下からげらげらと笑う声が響く。

「ふざけんなよ！　ユー、キディング！」

体勢を立て直して叫ぶと、河に小さなボートが浮かんでいた。その中に、オールを持ったばあさんが立っている。どうやらそのばあさんが、オールでこっちに水を飛ばしたらしい。

「エッグ！」

「はあっ⁉」

「エッグ‼」

片手でカゴを持ち上げて、ばあさんが叫ぶ。どうやら、卵を売りに来たらしい。

「ウェイト！　アイアスクフォークッカー」

アントニオに聞かないと。そう思って梯子を下りようとすると、ばあさんはさらに叫ぶ。

「エーッグ！　エ……ッグ‼」

「プリーズ、ウェイト！」

「エエエエ……ッグ‼」

……英語は、「ユー」と「エッグ」しかわからないらしい。そこで俺は手で「待て」のジェスチャーをしてから、階下に下りた。食材を取りに船室に入っていたアントニオに声をかけると、「オー、ナイス」と笑いながら出てきた。ちょうど切らしていたんだろう。

手すりにもたれてアントニオがばあさんに声をかける。するとばあさんは、器用にオールを操ってボートを船に寄せた。ポルトガル語で話しているから意味はわからないけど、どうやらアントニオはばあさんにまけろと言っているようだ。

しかしばあさんは譲らない。そのくせ、帰ろうともしない。とにかく自分の言い値で売らなきゃ帰らないという決意に満ちている。そんなばあさんに苛立《いらだ》ったのか、アントニオの口調が荒くなる。つられてばあさんも喧嘩腰《けんかごし》になっていく。

「ナォン！」

「ナォーン！」

ノーと言いあいながらも、アントニオは値段交渉のため指を一本立てていた。その指が二本ほど増えたところで、ばあさんはボートを船にぴたりと着ける。俺がカゴを受け取ると、アントニオがばあさんに金を払った。

「アフターポロロッカイズ、トゥーエクスペンシブ」

不満げにアントニオがつぶやいた。そうか。ばあさんは今の状態を当て込んで売りつけに来てたのか。たくましいな。

カゴの中の卵は、糞《ふん》と泥と草で薄汚れている。

「うわ、きったね」

そう口にした瞬間、普段食べている卵の殻が綺麗《きれい》なのは、洗われていたからだと気づいた。

きっと色々、洗われていたんだろう。俺の知らないところで、俺の知らない誰かが、色々な物事を綺麗にして、俺に見せてた。見せてくれていたのか、見せられていたのかはわからない。

ただ、俺は綺麗に洗われたものばかりを見てきた。

知識としては知っていた。畑から引き抜いたばかりの大根は泥だらけで、産みたての卵は糞まみれ。肉は動物の死骸《しがい》だし、魚だって血が出る。知ってはいたけど、わからなかった。

でも今は、わかる。それがいいとか悪いとかは、関係ない。

汚い卵は、うまかった。

「新鮮だねえ」

目玉焼きをぱくつく剛くんに、俺は今朝のばあさんの話をする。

「ああ、みんな日常に帰ってきてるんだね」

「日常？」

何かが、ちくりと刺さった。

「うん。だってこの時期のポロロッカは、非日常だからね。祝祭とかイベントって言ってもいいくらいだよ」

だから避難するし、それに乗じた商売も成り立つわけ。そう言われて、俺はうなずく。

「大きな力で、色んなものが流されて、運ばれる。それはぱっと見、ただのマイナスであり破壊に見える。でも」

「でも？」

「たまった河底のゴミが流され、水がかき回されるおかげで新鮮な酸素が送り込まれる。プランクトンが息を吹き返し、乾いた中州にも水が注がれる」

「それが、祝祭ってことか」

「そう。災害みたいに言われがちだけど、ポロロッカのリセット効果はすごいよ。これがあるから、アマゾンの水はいつも新鮮なのかもしれない」

動かない水は腐る。俺は二階堂の家にあった、カメの水槽を思い出す。あの臭い。あのぬるつき。そういえば、魚の水槽には大抵酸素を循環させるためのポンプが付いていたっけ。

「いつでも新鮮、か」

腐りたくないと思った。このままじゃ腐ると思った。だから初めて自分から動いた。そうしたら、世界の色が変わった。

手すりの向こうを眺めて思う。確かに旅は、何かを変える。だから馬場さんは、いつでも旅に出ているんだろうか。あるいは母親もそうだったのか。

(でも)

誰もが旅に出られるわけじゃない。なのに、腐ってない人がいる。たとえば四方さん。あの人は、毎日自分の仕事をやっているだけなのに、色がついて見えた。

それは、なんでなんだろう？

どうしたら、そうなれるんだろう？

そして俺は、どうなるんだろう？

「エイ」

ジョンがカメラを片手に、俺を呼んでいる。

『ちょっとこれ、見ておいてくれないか』

そう言って、ビデオの再生ボタンを押す。するとそこには、最初に船に乗り込んだ日の俺がいた。あたりをきょろきょろと見回し、船の床を慣れない足取りで歩いている。

無意識の自分を初めて見て、ちょっとびっくりした。俺って、こんな顔してるんだ。

『面白いね』

少し照れくさいけど、見ていて楽しい。ほんのちょっと前のことなのに、すごく昔のことに思えるようなのも不思議だ。

『使われたくない部分があったら、教えてくれ』

そう言われて、顔を上げる。

『この後、編集に入るんだ。帰国してからメールでやりとりしてもいいんだけど、目の前で先に見てもらった方がいいかと思って』

リターン。その単語が、耳に残った。

（そうか。戻るんだ）

がちゃがちゃという物音に振り返ると、背後でクルツが機材を梱包《こんぽう》している。トランクにつけられたタグから、俺はそっと目をそらす。

薄々わかってはいた。今は非日常で、だからこそなんでもかんでも新鮮だってことくらい。

でも、もうすぐこの旅は終わる。俺はまた家に戻り、学校へ行くだろう。親や二階堂に旅の報告をし、いつもの場所でサーフィンをする。そのとき、世界はまた色をなくすんだろうか。

（わからない）

きっと帰ってしばらくは、興奮状態が続くだろう。でも時間が経つにつれ、興奮は薄れる。

そのとき、俺はどうなるのか。

（ゆっくり、忘れていくのかな）

潮が引くように、絵の具が褪《あ》せるように、ゆっくりと。

ぞっとした。

自分がいつかおっさんになったとき、誰かに向かって「俺は昔、ポロロッカに乗りにアマゾンへ行ったんだぞ」と自慢げに話していたら。

怖い。俺は、この旅を終えるのが怖い。

それでも時間は、流れていく。俺がどうあがいたって、それはもう、確実に。

「下りは、早いよ。あと一日ちょっとで、港に戻る」

剛くんに言われて、行きは河を遡《さかのぼ》っていたのだと思い出した。

「じゃあ、もしかして今夜が最後の夜？」

「そうなるね。泳くんも荷物をまとめておいた方がいい」

俺はうなずきながら、午後の日差しを受けてきらめく河を見つめる。明日には、ここを離れるのか。

ここに来るまでには、すごく時間がかかった。ポロロッカに乗りたいと思ってから、バイトして、親を説得して、旅行会社とやりあって、ここまできた。なのに、帰るのはあっという間。

（……なんだかな）

沈んだ気持ちで荷物を整理していると、突然背中にキックしてくるバカがいた。振り返るまでもない。

「トゥナイト。バディ・ジュニアだ。ウィーアライブア、グッドプレイス！」

「ハア？」

なんだそれと聞き返すと、バディ・ジュニアはにやにやと笑う。

「シークレーット！」

とにかく天国みたいなところだから、楽しみにしてろよ！　そう言い残すと、いきなりハンモックを吊《つ》って仮眠に入ってしまった。

あのにやにや笑いからして、くだらない場所である可能性は高い。でも「アライブ」って、どこに着くんだろうか。この近くに、町なんてあるのかな。

坦々《たんたん》と、時間は過ぎる。もう使わないものをしまい、干していたウェットスーツも取り込む。

そして、最後の夕焼けが訪れた。

「……まだなのかよ」

最後の夕焼けをしみじみと見つめ、最後の夕食をしみじみと嚙《か》み締めた俺は、剛くんに向かってそうつぶやいた。時間はもう十一時。しみじみは、もうし尽くした。

「正直、眠いんだけど」

「うーん、でももうすぐ着くみたいだよ」

あ、あれじゃない？　剛くんが手すりの向こうを指さす。それを見て、俺は一瞬自分の目を疑った。なんだあれ。真っ暗な河の上に、派手なネオンサインが点滅してる。

「ジャストアライブ！」

甲板で、バディ・ジュニアとジョンが飛び跳ねた。

「ステイン・アライブ！」

ちょっと待て。それはもしかして、英語版オヤジギャグか？　そうたずねる間もなく、ヴィンチ号がネオンサインに近づく。渡し用の板を持ったシスティロが、素早くそれを渡した。

「ゴー！　レッツゴー！」

だから、剛くんを呼ぶふりしてオヤジギャグ飛ばすなって。

「エーイ！　カモーン！」

はいはい。

板を渡ると、そこは水上の掘建て小屋だった。いかだみたいな床板に、薄い壁。隙間だらけの板の間から、光が漏れてる。いや、光だけじゃない。何より音が漏れまくってる。それも、時代遅れのユーロビートみたいなやつが。

「何だここ」

思わず日本語でつぶやくと、なんとなく意味がわかったのかクルッが答える。

「ディスコ、ガスステーション、スタンド……」

ディスコはわかるとしても、ここがガソリンスタンドと売店とは。日本じゃあり得ない組み合わせに、俺は笑った。

でもまあ、確かに船の給油地点は必要だ。小屋の周囲に繋《つな》がれた船を見て、軽く納得する。長い船旅の間、卵ばあさんみたいな物売りだけに頼ってられないし。

バディ・ジュニアがドアを開けると、音と光が一気に流れ出した。ものすごい音量に、俺は思わず耳を塞《ふさ》ぐ。そんな俺に向かって、ジョンが叫んだ。

「ダンス？」

いきなり踊れって言われても。そう思った瞬間、バディ・ジュニアが奇声を発しながら光の中心へと飛び込んでいった。そしてそのまま、踊りだす。

テンションが違いすぎる。そう思って他のメンバーを見ると、適当にばらけて動いてた。そこで俺も、まずはフロアを歩いてみることにした。すると壁際にコンビニっぽい品揃えの棚があることを発見する。スナックにジュースに電池に懐中電灯。コンビニというよりは、田舎の商店か。特に欲しいものもなかったので、そのまま歩いているとバーカウンターに着いた。

「なんか一応、カクテルもあるみたいだよ」

一足先に飲みはじめていた剛くんが、グラスを掲げる。酒か。飲んでもいいけど、飲まなくてもいい。いっそ船に戻って寝てようか。そんなことを考えていたとき、目の前を女の子が通り過ぎた。

「あ！」

思わず、声が出てしまった。それが聞こえたのか、女の子が振り向く。

「ハイ」

にっこりと笑いかけられて、思わず笑い返してしまった。すると女の子が近寄ってきて「へえ」という顔をする。たぶん、珍しがられたんだろう。

「ボア・ノイチ！」

音楽に合わせて軽く身体を揺らしながら、女の子がこっちを見た。見たっていうか、見つめられた。出会って数十秒なのに、思いっきり濃い。腕組みして胸の谷間を持ち上げ、ものすごくわかりやすく腰を振ってる。誘われてるのは、わかる。でもって君は可愛い。可愛い上にすっごいエロい。でも今、俺が興味があるのは……。

「ホェア？」

どこ、と聞きながら彼女の持っているものを指さす。

「ホェアイズディス、バイ？」

冷たくて甘くてミルキーな、アイスクリーム。船の上では決して出てこなかったもの。そして気づいた瞬間、もうそれしかないってくらい、俺はアイスが食いたくなった。でも、さっきの一角にはアイスケースなんてなかった。

しかし女の子は、不思議そうに首をかしげる。英語が通じないんだ。ヴィンチ号での対応に慣れていた俺は、そのことに気づくのに少し時間がかかった。とはいえ、ポルトガル語でたずねようにも、よくわからない。俺はつかの間悩んだ末、アイスクリームをもう一度指さして、言ってみる。

「アイウォント、アイスクリーム！」

思いっきり英語だろ。心の中で突っ込みが入るが、彼女は察してくれた。

「……ラー」

一気に興味をなくした顔で、女の子がバーカウンターを指さす。そうか。氷があるんだから、冷凍庫もあるよな。俺は彼女に礼を言うと、カウンターに駆け寄った。

「ワンアイスクリーム、プリーズ！」

するとと、問答無用でバニラの棒アイスが出てくる。どうやらアイスはこれだけしかないらしい。俺はビニールをむしり取ると、まるで子供のようにアイスを舐《な》めまくった。うまい。目が覚めるくらい、うまい。

立て続けに二本を平らげたところで、ようやく気分が落ち着いた。そこでふと笑いがこみ上げてくる。こんな状況で、なんで俺は普通にしてるんだろう？

掘建て小屋みたいなディスコで、地元の女の子に思いっきり誘われて、なのにそれを断ってアイス食って、ついでに今は適当に身体も揺れてる。

（なんだかなあ）

踊っている人の人種はバラバラ。インディオっぽい濃い顔の人もいれば、白人っぽい人もいる。さっきみたいな若い女の子もいれば、年上でいかにも「商売」してる女の人もいる。肉体労働者っぽい男は筋肉を見せびらかしてるし、陽気な声を上げてる男は飲みまくってる。

ごちゃごちゃ混み合った店内には、酒と煙草と他人の体臭がむんむんと重なりあって、音楽と一緒に揺れている。俺は懐かしのユーロビートに笑いながら、カシャッサを注文した。

＊

目が覚めたら、朝。俺のしみじみの最後のチャンスは、あのディスコまでだったらしい。

ヴィンチ号は昼前に港に着き、荷下ろしをし、最後に俺たちが下りた。なんだかやることがあって、ばたばたしているうちにその時が来てしまった。

「エイ。エンジョイ？」

ドゥエインが差し出した手を、俺はしっかりと握る。

「イエス。アイワズエンジョイド、ベリーマッチ」

ごつごつして、皺《しわ》と傷がいっぱいの手だった。

『これからは、女とやりまくるから！』

そう言うと、ドゥエインは片手の指で丸を作って、そこにもう片方の手の指を出し入れした。

その下品なジェスチャーに笑いながら、次はシスティロに手を伸ばす。

「エイ。ワズザトイレット、クリーンド？」

「オフコース！」

でもあの強烈な洗剤は、買い替えた方がいいんじゃないのか。それに対して、システィロは大げさにうなずいた。

最後は、アントニオ。

「エイ。ユア、ナイスクッカー」

「サンキュー。ユートゥー！」

パスタがすごくうまくなったよ。その言葉に、顔をほころばせる。

「ボナペティ！」

ヴィンチ号の乗組員と皆が、握手とハグを繰り返した。自然と感謝の念がこみ上げてくる。想像していたよりもずっと楽な旅だったのは、きっとこの船に乗ったからだ。

頬に風が当たる。ほんの少し泥臭くて、どこか懐かしいような匂い。

「ボン・ボヤージュ！」

よい航海を。手を振る三人に向かって、俺も手を振る。手すりにもたれて小粋なポーズをとるアントニオ。モップを振り回すシスティロ。ドゥエインはサングラスをかけて、いつになく船長らしい顔をしている。

本当なら、ここが次のしみじみポイントだったはずだ。なのに。

「……フーッ！　グッドラァァ……ック！」

「シーユー！　シーユースゥウウ……ン!!」

バディ・ジュニアとジョンの大騒ぎのおかげで、また台無しだ。しかもようやく船から離れて歩き出した瞬間、それを待っていたかのようにシスティロが船から駆け下りるし、ドゥエインに至ってはトイレに入りやがった。

まあ、港で買い出しもしなきゃいけないし、生理現象は仕方ないよな。そんなもんだとつぶやきながら皆で歩いていると、分かれ道のところでセグンドが立ち止まった。

『俺は車を取ってこなきゃいけないから、ゴーとエイとは、ここでお別れだ』

突然そう言われて、しかもがつんと手を握られて、俺はまたも呆然《ぼうぜん》とする。

「エイ。ユア……キッドスティルモア!」

「ざけんなよ!」

思わず日本語で叫び返したところを、激しくハグされた。

「アレンディッソ、ポルファボール、ヴェンハ」

「え?」

「また来いよ、だって」

剛くんの通訳にうなずいている間に、セグンドはもう歩き出している。その背中に向かって、俺は叫ぶ。あんたもな。

「キッドスティルモア、ユートゥー!」

笑いながら、セグンドが手を振り返した。

「さてと」

港を抜け、その先の市場を過ぎて道路に出たところで、剛くんが立ち止まる。

「ジリオンの皆は、ここでセグンドの車を待って、ホテルに向かうそうだ。僕たちは空港に向かうから、ここでお別れになる」

「そっか」

なんとなく、ブラジルを出るまで一緒にいるんだと思ってた。でも当たり前のことだが、空港に行ったところで目指す都市が違う。なにしろ、ブラジルは広い。

「それじゃあ」

俺は三人に向き直った。まずはジョン。

「サンキュー。アイムエンジョイド！」

それと、船に乗せてくれてありがとう。そう伝えると、にやりと笑って親指を立てる。

「シーユーイン、ユーチューブ！」

俺はジョンから、『チーム・ジリオン』と書かれたアドレスの紙を受け取った。

「ザ、イメージビカムスマート。サンクストゥーユー」

君のおかげで映像がカッコよくなった。クルツはそう言いながら、ちょっと泣きそうな顔をする。

「……アイムリマインデッド、ユース」

「青春を思い出しちゃうんだってさ」

無骨な顔して、一番センチメンタルだったのか。俺はクルツの手を両手で握る。

「アイワズグラッドトゥー、シーユー」

会えてよかった。心から、そう思う。

最後に、しみじみクラッシャーことバディ・ジュニアが両手を腰に当てて待っていた。

「ウィーウィルミート、アゲイン」

いきなり再会を約束されて、俺はとまどった。日本に来る予定でもあるのか？

「ホェア、いや、ホェン？」

俺の質問に、バディ・ジュニアは両手を広げる。

「サムウェア、サムデイ。オンザウェイブ」

「ああ……」

「ビコーズ、ウィーアー、サーファー！」

「イエス！」

俺は初めて、自分から他人の胸に飛び込んでいった。

いつかどこかの波の上で、また会おう。

男と抱き合うなんて、考えてみたこともなかった。

試合後のスポーツ選手ならまだわかるけど、サーフィンは思いっきり個人競技だし、団体競技は苦手だった。だから、こんな風に他人と触れ合うことはなかったし、これからもないと思ってた。

でも、今は力一杯、自分の方から抱きしめている。

バディ・ジュニアの剝《む》き出しの腕は日焼けの火照りで熱く、サンオイルのせいでちょっとぬるついた。河の水を何度もくぐったTシャツから、少し泥の匂いがする。

人は、熱い。

熱くてすごく、生々しい。

それは、ミウも同じだった。

てことは、きっと、俺も。

感動の別れ、になりかかってた。でも、剛くんがタクシーを止めた瞬間にそれは終わった。

「ああ、早く乗らないとメーター進んじゃうから」

荷物積んで。言われるがままにトランクに向かい、荷物を放り込む。

「それじゃエブリバディ、アデオス・アミーゴス！」

剛くんの勢いにつられて、俺も手を振った。

「シーユー！」

俺はタクシーの窓から身を乗り出し、皆に向かって叫ぶ。

「ユア、ワンダフルガイズ！」

それに応《こた》えるように、バディ・ジュニアが叫び返した。

「ユア、ナイスチンコ……ッ！」

またもやわき起こる「チンコ」の大合唱に、俺は車内で笑い転げる。最高だ。

皆の姿が見えなくなったところで、ようやく車内に身体を収める。

「ごめん。足で蹴《け》ったりしなかった？」

そう言いながら剛くんを見て、俺は思わず固まってしまった。

剛くんが、号泣している。

「ご、ごめん。ちょっと感動っていうか、その……」

「いや、いいんだけど」

涙を滝のように流して、鼻を盛大にかみまくる剛くん。その轟音《ごうおん》に、タクシーの運転手が驚いてバックミラーからこっちを見ている。

「さ、さっき。ああでもしないと、持たなかったんだ」

「そうなんだ」

だから不自然なほど、せかしてたのか。

「別に泣いてもいいんじゃない？」

そういう場面なわけだし。俺が言うと、剛くんはいきなり背筋を伸ばす。

「駄目だよ。泳くんを差し置いて大人の僕が泣くなんて」

「今、泣いてるけど」

「我慢できるはずだったんだ」

もう一回鼻をかんでから、剛くんは俺に頭を下げた。

「ごめん」

「なにが？」

「もっとずっと、子供だと思ってたんだ」

それは別に、謝るべきことじゃないような気がする。だって実際未成年だし。

「泳くんがポロロッカでサーフィンをしたいって聞いたときは、正直本当には来ないだろうって思ってた。だからまず、ブラジルに一人で来た時点で驚いた」

「……俺も、本当に来れるとは思ってなかったよ」

「来たからには、ちゃんと手配しないと。そう思ってるうちに、泳くんはミウちゃんといい感じになってた。そこで今度は『あーあ、わかりやすく引っかかったな』って思った。でも君は、案外ちゃんとしてた」

わかりやすく引っかかって、悪かったな。

「どうせ強がりだろう。心の中では舞い上がってるんじゃないのか。そう思っていたけど、泳くんは真正面からそれを受け止めてた。そのことで偉ぶるでもなく、卑下するわけでもなく」

本当は、その両方があった。でも事件に巻き込まれたり、ミウと話をしたりしているうちに、そのどちらも消えてしまっただけだ。

「……僕だったら、とてもそんな風には振る舞えない。すごいと思ったよ」

黄色い土ぼこりを上げながら、タクシーが未舗装の道路を走る。

「いや、そんな。俺は別に」

「もちろん、子供らしいところは他にたくさんあった。だから僕はちょっと意地悪な気持ちで、泳くんに社会科の勉強をさせた。それはわかってただろう?」

「ああ、うん」

何かにつけて語られた、世界の話。それを聞くたび、俺は自分がどんなに無知で幼稚かを、思い知らされた。

「でも泳くんは、怒りも、拗《す》ねもしなかった」

それはエリのところで、先にきつい授業を受けていたおかげだろう。「死ねばいい」に比べたら、剛くんの言葉はとてもわかりやすくて親切だったから。

「そして船に乗り——僕はついに、言うことがなくなった」

言われてみれば、その「社会科の勉強」は減っていた。でも、それってどういう意味なんだ。

「船に乗ったら、社会科どころじゃなく、サーフィンのことしか考えてなかったからだろ」

俺が笑うと、剛くんは静かに首を振る。

「君が、大人になったからだ」


ホテルに着いたとき、俺は一瞬ためらった。船旅の前と同じホテルなのに、気後れする。

（これはちょっと、なあ）

茶色い水で洗っていたせいで、薄汚れて見えるTシャツ。ほとんど水着と化したハーフパンツにビーサン。ついでに髪の毛はごわごわで、日焼けした肌に至っては、黄色人種を超えている。

別に、不潔ってわけじゃない。ただ見た目が小汚いだけだ。でも船の中では、皆そうだった。

それに港付近にいる人々もそうだったから、ここに来るまで気がつかなかった。

「船のドレスコードは、陸じゃ通用しないんだね」

剛くんが苦笑しながら、フロントに向かう。その後ろを、微妙に避けるようにして女の人が通り過ぎた。あーあ。

そして部屋に入り、ベッドに寝転んだ瞬間、俺は声を上げた。

「やわらかっ！　なんだよこれ！」

ふかふかで、ぼよんぼよんで、気持ちいい。ベッドって、こんなに柔らかかったのか。

「さすがにハンモックとは違うね。ちょうどいいから、夕方まで仮眠しようか」

剛くんの言葉に、俺はぶんぶんとうなずく。これじゃあっという間に眠ってしまいそうだ。

でもおかしなことに、眠れなかった。

剛くんは、あっという間に眠っていた。疲れが出たんだろう。俺だって同じはずだ。なのに眠れないのは、興奮しているからだろうか。

（違うな）

認めてしまったら、悲しくなる。だからあえて、気づかないふりをしたかった。でも、船とここはあまりにも違う。違いすぎる。

ベッドはハンモックのように俺を包み込んでくれないし、エアコンは船のエンジン音の百倍静かだ。そして何より、ここには俺と剛くんの二人しかいない。

船の上では、いつも皆が一緒だった。食べるときも寝るときも、いつも誰かがいた。エンジンはうるさいし、ポロロッカもうるさい。終わったら終わったで、野生動物の気配がざわざわうるさい。その上、バディ・ジュニアやジョンがもう本当にうるさい。

だから、寂しさなんて感じる暇がなかった。ここは涼しくて、静かだ。

でも俺は、蒸し暑くてうるさいところに戻りたい。

皆でわいわい言いながら、飯を食いたい。

ケンカしながら、水に飛び込みたい。

朝のトイレを奪い合いたい。

そうしたい。

俺は、仰向《あおむ》けのまま両手で目を覆った。大人なんかじゃないよ。

それでも身体は疲れていたらしく、いつの間にか眠っていたらしい。

夕方に剛くんに起こされた俺は、シャワーを浴びてから夕食に何が食べたいかを聞かれた。

「逆戻りみたいで悪いんだけど……」

「ん？」

「できればホテルみたいなところじゃなくて、市場で食べたいな」

綺麗《きれい》なレストランの気分じゃないんだ。そう伝えると、剛くんはうなずく。

「オッケー。じゃあ市場に行こう」

そこでまたタクシーに乗り込み、港を目指した。市場が近づくと、黄色い電球の灯《あか》りが見えてくる。まるで夏祭りの屋台みたいな、懐かしい感じの色だ。

「さてと。何にしよう？」

通路をビーチサンダルでぺたぺたと歩きながら、両脇の店を観察する。直火《じかび》の上で肉をジュージュー焼いている店。魚のフライを揚げている店。ジュース屋台に、バー屋台。

そんな中、俺はふと懐かしい香りを嗅《か》いだ。

「これ、焼き魚かな」

炭火で魚を焼いている店を覗《のぞ》き込むと、店の兄ちゃんが笑顔で手招きをする。

「そういえば、せっかくのアマゾンなのに、魚をあんまり食べてなかったね」

「じゃあ、ここにしよう」

板を渡しただけのカウンターに並んで座ると、剛くんが兄ちゃんに話しかける。すると兄ちゃんは、後ろから魚の刺さった串《くし》を持ってきた。

「ピラニア、パクー、トゥクナレ、クリマタ」

魚を説明してくれるのはいいが、ピラニア以外まったくわからない。剛くんにたずねると、ピラニアとパクーは食べたことがあるが、他は未経験だと言う。

「両方とも白身でおいしかったよ。あ、でもこのお兄さんはトゥクナレがおすすめだって言ってる」

「だったらそれにしてみるよ」

「そうしたら、僕がクリマタにしてみよう」

注文すると、兄ちゃんはそれぞれの魚に塩をふり、炭火の上に置いた。思いっきり塩焼きだ。

日本以外でも、こういう食べ方があるとは。

「ポルファボール、コマ！」

へいお待ち、みたいな感じでどかんと魚が出てきた。そしてそのあとを追うように、カレーライスのような皿が出てくる。

「こんなの、注文したっけ」

首を傾げると、剛くんが笑った。

「これは魚の付け合わせだよ。つまり、焼き魚定食ってわけ」

大量の飯と野菜の横に、豆の煮込みがかけられたものを見て、俺はつぶやく。

「明らかに付け合わせの方が多いだろ」

とはいえ、焼き魚に白い飯という組み合わせは確かに定食だ。しかしそこに添えられたスプーンとフォークを見て、俺は笑う。これで魚を食べるのか。

「乾杯でもする？」

魚をフォークで持ち上げた剛くんに、俺はうなずいた。明日は飛行機でベレンに戻るけど、市内には戻らない。つまりこれが、ブラジル最後の晩餐《ばんさん》だ。

「いい旅にしてくれて、ありがとう」

言いながら、魚同士をごんとぶつける。

「こちらこそ。ついでに研究材料まで手に入れられたから、助かったよ」

そのまま魚にかぶりつき、柔らかな白身を口一杯に頬張った。きつめにふられた塩と、少なめの脂が絶妙に混じりあう。確かにトゥクナレは、うまい。

瓶のまま出されたビールを飲みながら、剛くんは静かにつぶやく。

「泳くんのおかげだ」

「何が？」

「泳くんのおかげで、僕も大人になった気がする」

「なんだよそれ。じゅうぶん大人だろ」

冗談っぽく返すと、剛くんは小さく笑いながら瓶を置いた。

「う一ん、まあそうなんだけどね。新たに見えてきたものがあるっていうか、ねえ」

「見えてきたもの？」

「大人だと思ってた自分の、子供っぽいところとか、子供の中にこそある大人っぽさとか。そういうのってきっと、色んな年齢の人と接しないとわからないいんじゃないかな」

なんとなく、剛くんの言いたいことがわかった。たとえば俺は一人っ子で、自分の部屋で一人で寝ている。一緒に住んでいるのは両親だけだから、俺はずっと大人の中にいたことになる。でももし上と下に兄弟がいて、自分とは年齢の違うガキと接していたら。そうしたら、違う自分になっていただろうか。

「俺は今回、色んな年齢に加えて色んな人種も経験したし」

ってことは、すっげえ大人になるんじゃね？　わざとらしく得意げな顔をしてみせると、剛くんが俺の皿にクリマタのでかい一切れを置く。

「うまいの？」

「いや、罰ゲーム。けっこう泥臭い」

なんだそれ。俺は笑いながら、クリマタにかぶりついた。河の匂いがする。いかにも淡水魚って感じの、生臭さ。

「そんじゃこれ、お返し」

俺はトゥクナレではなく、山盛りの野菜を剛くんの皿に移動させた。

「えー」と文句を言う剛くんに「罰ゲームだから」と言い放つ。

俺よりしみじみしやがって。しかもいい話して、泣いて。罰ゲームなら、俺より剛くんが似合いのはずだ。大人なら、受け止めろよな。


翌朝。ブラジルなのにうまくないコーヒーを飲んで、ベレンへと発《た》った。

「……あのさあ」

ベレンの空港でチェックインを済ませ、フライトの時間までと入ったカフェで俺はたずねる。最初から気になってたのに、ずっと聞けなかったこと。

「剛くんは、なんでこの仕事を選んだの？」

そうたずねると、剛くんは一瞬きょとんとした顔をした。

「なんで？　そうだねえ。なんでってほど理由はなかったかも。薬学科を出て、就職活動をしてたらここの会社に受かったってだけの話で」

こっちが選べるほど、求人もなかったしね。剛くんはコーラを飲みながら、ふと思いついたように俺を見た。

「そういえば、『何で大人なのに、楽しそうなんだろう』って言ってたよね」

「あ、うん」

自分で聞いておいて、忘れてた。でもあのときは、確かドゥエインがエロいことを言ってめちゃくちゃになったから。

「ホント言うと、僕も就職した頃は全然楽しくなかった。自分がやりたいこともやらせてもらえなかったし、会社を辞めようとか思ってた」

「そうなんだ」

「うん。でもね……」

ぱたぱたと変わってゆくフライトスケジュール。大きな空港ではデジタル表示が当たり前の時代に、それはちょっと古くさく思えた。けれど剛くんはそれを見て、なぜだか微笑む。

「やっぱお金もらえるから、いいかなって」

なんだそれ。俺は思わず、飲んでいたソーダを噴き出しそうになった。

「ひでえ!」

「いやあ、でも本当だからさ。しかも製薬会社って、他業種より給料が高かったんだよね」

「あーそう」

「それにさ、ちょっと冷静になって考えてみたら、会社を辞めたら本当にやりたかったことからも遠ざかることに気がついちゃったんだ」

薬の研究と開発がしたいとは思ってたけど、会社以外でそれができるのは大学の研究室くらい。でももしそれを趣味にしたら、器具を揃えるだけで破産する。

「だったら、やりたいことに近い場所に留《とど》まるのもいいかなって」

「……やりたいことに、近い場所」

それはわかるような、わからないような。俺が首を傾げると、剛くんは笑ってコーラを飲み干した。

「世の中、というか社会ってのは案外単純でさ。なりたいものややりたいことの近くにいて、それが好きだって言い続けてれば、かなりの確率でそれに関わることができるんだ」

「それってどういうこと？」

聞き返すと、剛くんは俺を指さした。

「今の泳くんみたいな感じだよ」

俺みたい？　俺は思わず、自分の胸元を見下ろした。

「ポロロッカに乗りたいって思ってから、泳くんは何をした？」

「バイト、かな」

「それだけじゃないだろ。たくさん調べて勉強して、ご両親を説得して、声を上げ続けた。そうしたら、何かが変わったはずだ」

言われてみると、確かにそうだ。

『南仙』のバイトは、事情を話したジョージから紹介された。引っ越しのバイトでは、馬場さんが旅の知識を教えてくれた。三浦さんからのサポートなしには、両親の説得だって難しかっただろう。そして何より、二階堂がいなかったら、動き出すことはなかった。

「頑張れよ」。色々な人が、色々な形で俺の背中を押してくれた。

また何かが、変わる。音を立てて、変わってゆく。

「そっか」

俺を乗せてくれたチーム・ジリオンの皆。ヤマモト家の人々。そして。

「……剛くん、ありがとう」

本当に、ありがとう。頭を下げると、剛くんはにっこりと笑った。

「ちなみに僕はね、会社の中でずっと新薬の開発に関わりたいと言い続けてきた。そしたらなんと、アマゾンに飛ばされた」

「想定外すぎるね」

「うん。開発どころか、新薬の素材探しっていう部署になったわけなんだけど、僕はすごく満足してる。だってアマゾンなんて、自分一人じゃ絶対に来られなかったところだからね」

「言い続けてて、よかったよ」

一人じゃ絶対に来られない。それは、俺も一緒だ。

「うん」

「しかもその任期中に、甥《おい》っ子が来て、ポロロッカに乗ったりしてさ」

「うん」

「だから僕は今、すごく楽しいんだ」

うん、しか言えなかった。短い間の出来事と感謝が、めちゃくちゃにぎゅっと詰まってて、言葉がうまく出てこない。

「泳くん」

「ん?」

「そろそろかも」

剛くんの指が、フライトスケジュールの表示板を指さした。

「そういえば、あんな感じなんだよね」

ぱたぱたと裏返っては、繰り上がってゆくスケジュール。

「ちょっとずつカードが裏返っては、飛び立つときに近づいてく」

「うん」

今度はなんとなく、わかった。俺は立ち上がると、荷物を手にした。

「それじゃあ、姉さんと義兄《にい》さんによろしく」

「うん。じゃあ」

またね。そう言って、俺は剛くんに手を振る。

飛び立つ時が来たのだ。

＊

帰りの飛行機では、やっぱりうんざりした。どんなに旅行が好きでも、フライト時間が長すぎるのは問題だ。船と違って、飛行機には自由に動ける場所が少なすぎる。

じっとしているのがあまりにも苦痛だったので、俺はトイレの前や翼の横のスペースに行って屈伸や柔軟をした。すると、同じようにふらふら歩いている人が案外多いことに気づいた。

『用もないのに、よく会うな』

白人の兄ちゃんに話しかけられて、俺は肩をすくめる。

「ビコーズ、ウィーハブロングロングタイム」

「アー、シュアー」

ヒマだよなー。そう言って兄ちゃんは、俺の真似をして屈伸をはじめた。

「ハウオールド？」

「アイム、シックスティーン」

そう答えた瞬間、兄ちゃんががばりと身を起こした。

『うわ。日本人、若《わ》けえ！』

「……ああ」

『てか同い年だよ、俺ら！』

そう言われて、今度はこっちが驚いた。

「マジかよ？」

だってその顔、その雰囲気、明らかに二十五歳くらいだろ。

「ワールドイズ、スティルラージ。イズントイット？」

俺の言葉に、兄ちゃん、じゃなくて同い年の奴は声を上げて笑った。

サンパウロでは、またもや暇を持て余した。今さら本を買う気もしないし、テレビはポルトガル語なのでわけがわからない。しょうがないので店を眺めていたら、俺は誰にも土産物を買っていないことに気がついた。

とはいえ、残金にそこまで余裕はない。キーホルダーをいくつか買って、買い物は終了。次に腹がへったのでカフェに入り、ステーキサンドとビールを頼んだ。ブラジルは牛肉が安いから、俺の小遣いでも立派な肉が食べられる。

なんてことも、今ようやく実感している。だってこれまで、俺は自分の財布を開けて食事をしなかったから。

ブラジルに着くなり、剛くんからヤマモト家に連れて行かれ、その後はずっと剛くんと一緒。ヴィンチ号に乗るのに金は払ったけど、一回の食事ごとに払ったわけじゃないから、実感はなかった。

「デリシオッソ？」

おいしい？　カフェのウエイトレスが、通りすがりにたずねる。

「エステゥムント、デリシオッソ」

すっごく。そう答えると、嬉《うれ》しそうにポケットから何かを出した。

「コマ！」

食べなさい。そう言いながら、テーブルの端に置いていく。なんだろうと思ってみると、それは小さなチョコレートだった。銀紙を剥《む》いて口に放り込む。そしてふと、遠いカカオの産地のことを思い出した。甘いだけじゃない、色々な味がした。

ロサンゼルスのカフェでは、ビールが飲めなかった。年齢確認のためパスポートを見せろと言われ、そこで俺は自分が未成年なことを思い出した。

「ミスティク！」

とおどけてみせても、レジの男はにこりともしない。それどころか、睨《にら》みつけてくる。まあしょうがないか。なにしろ俺は白人からすれば『若けえ！』んだし。

空港内をふらふらしていると、何回か人に話しかけられた。最初のおっさんは『子供が一人で大丈夫か』と言い、四番目のばばあは『私に何か恵んでもらおうと思っても無駄よ』と言った。荷物が少なくて、あまりにも身軽なのが問題だったらしい。

説明に困る相手から話しかけられるくらいなら、こっちから話しかければいい。そう気づいた俺は、同じように待ち時間を持て余していそうな奴に自分から声をかけた。するとこれが、意外と面白い。イタリア人にインド人にアメリカ人。巨大空港ならではの人種の豊富さに、俺は驚いた。

イタリア人の兄ちゃんは自国のメシを自慢しまくり、インド人のじいさんは旅の苦労をしみじみと語った。そしてアメリカ人の姉ちゃんは、くだらない冗談を言いながら巨体を揺らして笑う。ついでにその冗談を「くだらない」と指摘したら、いきなりすごい勢いで怒りだした。

もちろん、どの会話も英語だった。でもアメリカ人を除けば、お互い自分の国の言葉じゃなかったから、逆にわかりやすかったような気もする。

成田行きの便に乗った途端、日本人がたくさんいた。不思議なことに、なぜだかすぐに「あ、日本人だ」と思う。中国人でも日系人でもありなのに、なんでだろう。雰囲気だろうか。

日本に向かう飛行機では、日本語の映画がかかった。音楽も馴染《なじ》みのあるものだし、俺はあまり退屈せずにすんだ。ただ、やはり座っている時間の長さに耐えきれず、機内をうろうろした。

するとなぜだか、妙に目立ってしまった。

『日本人は、さすがに礼儀正しいね』

そう言ったのは、バーコーナーで話しかけたアメリカ人のビジネスマン。

「ソー？　イズントイット？」

そんなもんかな。俺が首を傾げると、彼は笑って通路を指さした。

『そう思うなら、一番前まで行って、振り返ってみるといい』

言われるがままにファーストクラスの手前まで歩いて、俺はくるりと振り返る。するとそこには、きれいに並んだ人々の顔があった。

「うわ」

小さく声を上げると、一番近くにいた人がいぶかしげな表情を浮かべる。

「あ、なんでもないです。すいません」

言いながら通路を引き返すと、ビジネスマンがグラスを上げて笑っていた。

『優等生だらけの教室みたいだったろ』

確かに。俺がうなずくと、彼はバーコーナーの軽食を指さす。

『だからほら、休み時間におやつも食べない』

じゃあ俺らは優等生じゃないってわけか。そう答えると、彼はうなずいた。でもそのおかげで、エコノミークラス症候群にはならないだろ。俺がうろうろ歩き回ってみせると、彼は声を上げて笑った。

*

行儀のいい国。日本に着いて、まずそう思った。不思議だった。

俺は、これまでにも何回か海外に行ったことがある。でもそのときは、こんな風に感じなかった。なのに今は、すごくそれを感じてる。よく「日本は綺麗《きれい》・清潔」という言葉を聞くけど、それとはちょっと違う。確かにトイレも電車もみな綺麗に掃除されているけど、第一印象というほどじゃない。

第一印象は、やっぱり人だ。

「すいませーん」

俺の前にある券売機に近づいた人が、軽く言う。

「ごめんなさい」

鞄《かばん》をぶつけてきた人が、通りすがりに頭を下げる。

「お客さま。ご注文はウィンナーカレーでよろしかったでしょうか」

カレースタンドの店員が、笑顔でたずねる。

みんなものすごく丁寧で、低姿勢だ。

これが平和ってことなのかな。俺はカレーを食べながら、通り過ぎる人々を見つめる。トイレよりも電車よりも、日本は女の人が綺麗だ。みんなきちんと化粧をして、ファッションにも気を遣っているのがよくわかる。

ここ二週間の間に、俺は女とは思えないような女も見てきた。おっさんかおばさんかわからないような顔のおばさん（スカートはいてた）に、筋肉むきむきのボディービルダーみたいな女。

きわめつきは、黒い眉毛《まゆげ》がつながってた若い女だろうか。

でもそれとは対照的に、美人が強烈だった。ミウの可愛いエロ路線にはじまり、『セクシー』という言葉のお手本のような姉ちゃん。あるいは、俺の母親に近い歳のはずなのに、現役バリバリの女性。

なんていうか、ブラジルは両極端で、日本は平らにならした感じ。どっちがいいのかは、よくわからない。

そんなことを考えながらカレーを食べ終わったところで、俺はようやく携帯電話を取り出した。取り出したまま、しばらくカウンターの上に放置する。

連絡をしなくちゃいけない。

日本に帰ってきたんだから、家に電話を入れるべきだ。それはわかってる。でも、なんとなくその気になれない。どっちみち家に帰るしかないのに、その気になれない。

だったらせめてメールで、と思うがそれも打つ気がしない。そもそも、二階堂にすらメールしようと思わない。

（……なんだろう）

気持ちを整理するため、俺はもう一杯水を汲《く》んできた。

家が嫌なわけじゃない。二階堂だってそうだ。じゃあ、今俺は何がしたいのか。そう考えると、単純な言葉が浮かんできた。

ここから、またどこかに行きたい。

「そっか」

小さくつぶやく。俺はきっと、まだ旅を終わらせたくないんだ。

旅を終わらせたくなくても、金がない。その事実に、俺は肩を落とした。そこで俺は、しぶしぶ立ち上がる。そんな俺を、隣に座ったおっさんがちらりと見た。

「あ……」

あのさ、俺、ブラジルから帰ってきたところ。でもまだ帰りたくないんだ。あんたはこれから行くところ？　それとも帰ってきたところ？

そう話しかけたかったけど、俺が顔を見返した瞬間、おっさんはふいと視線をそらした。ああ、そうだった。日本って、こうだった。俺はちょっと寂しい気持ちになって、席を立つ。

電車に乗ったら、残念なことに寂しさが加速した。別に冷たくされたわけじゃない。ただ、誰かに話しかけられることもなければ、話しかけることもなかっただけだ。

隣に座った姉ちゃんはイヤホンをして携帯電話をいじっているし、目の前に立ってる兄ちゃんも同じように小さな画面を見つめている。

(声かければ、いいのに)

別にナンパとかじゃなくても、同じことをしてるんだし、話してみてもいいんじゃないだろうか。そんなことを、思う。

反対側の隣を見ると、中年のおばちゃんが何をするでもなく座っている。ぼんやりと床の辺りを見つめたまま、誰とも目を合わせない。やることないなら、俺と話でもしない？　おばちゃんは、どこ行って来たのかな。

空港からの特急は、停車駅も少ない。なのに一人客はずっと一人のままで、それが俺を落ち着かなくさせた。

でも、これが当たり前なんだ。これが日本なんだ。自分に言い聞かせてみても、気持ちは落ちるばかり。暇だったら、誰かと話してみる。そんなことが、いつの間にか当たり前になっていた。それが旅のテンションだということも、薄々わかってる。でも人と人が近い場所から帰ってきたばかりの俺にとって、日本はとても寂しい国だった。

(……マジで、帰りたくねえ)

まるで家出したガキのような気分で、俺はうつむく。そのとき。

電車が突然、がたんと揺れて止まった。

なんだろう。まさか俺の気分に合わせて止まったわけじゃないよな。車内の客が、一様に辺りをきょろきょろ見回す。ここは駅じゃない。ということは、停止信号か。事故か。

『お客さまに申し上げます。この先の電車で急病人が発生したため、その電車が駅に留《とど》まっております。救出作業が終わるまで、今しばらくお待ち下さい』

アナウンスの内容に、皆がざわついた。二人連れやグループ客は、口々に「自殺?」「いや、急病人だろ」などと話している。

ひどいことになっていないといいな。そう思いながらも、電車が停まったことにどこかほっとしていた。そんな中、腕が誰かに突《つつ》かれる。

「ねえ、今のアナウンス、なんて言ったのかしら」

隣の席のおばさんだった。

「あたし、ちょっと耳が遠くて、ああいうの聴き取れないのよ」

「そうなんですか」

俺が事情を説明すると、おばさんはうなずく。

「そういうことなの。でも、どんな病気かしらね。ひどくないといいけど」

「あの」

俺たちの会話に、もう一人加わってきた。声のした方を見ると、反対隣の姉ちゃんだった。

「私も音楽聴いてて、アナウンス聴いてなかったの」

そこでもう一度説明すると、姉ちゃんは軽く天を仰いだ。

「あー、困る！」

「どうしたの？」

おばさんが俺越しにたずねると、姉ちゃんは首を突き出して答える。

「新幹線、乗り継がなきゃいけなくて。もともと結構ギリギリだったから、これじゃ絶対間に合わないんですよー」

「あら、大変ね。でも新幹線なら、とりあえず乗車券はそのまま使えると思うけど」

おばさんの言葉にうなずきながら、姉ちゃんは携帯電話の画面をスクロールしはじめた。

「こういう場合って、特急券は払い戻しできるのかなあ」

「同じ会社の線なら、払い戻してくれそうですけど」

でもこの線は私鉄だったっけ。俺たちが三人で話していると、今度は上から声が降ってきた。

「降りた駅で、遅延を証明する紙を貰《もら》ったらいいんじゃないかな」

見上げると、携帯電話の兄ちゃんが画面をこちらに向けている。

「絶対じゃないけど……席が空いていれば特急券も振り替えてもらえる確率が高いみたいなんで」

「ホント？」

「特にこの線みたいな空港から直通の特急は、確率が高いはず」

それを聞いて、姉ちゃんはほっとしたような表情を浮かべた。

「よかったあ。旅行の最後でお財布にあんまり余裕ないから、払い戻しか振り替えしてもらえないと、危ないんだ」

自分と似た状況に、俺はつい身を乗り出す。

「あ、俺もですよ。俺も自分ちまでのギリギリしか残ってない」

するとつられたように、兄ちゃんもうなずいた。

「俺も。現金はほとんどないな。最後まで遊び倒してきたから」

そんな俺たちを見て、おばちゃんが眉《まゆ》をひそめる。

「あなたたち……」

あ、怒られるかな。俺はちょっとだけ身構えた。しかしおばちゃんは、ため息をつきながらこうつぶやく。

「そんなんじゃ、生き残れないわよ」

「え？」

三人同時に、声が出た。するとおばちゃんは、軽いお説教口調でこう続けた。

「いつでもお財布には、一万円。そういう『もしも金』を作っておかなくっちゃ」

「でも、もう日本だし」

兄ちゃんの反論に、おばちゃんはきっぱりと首を振る。

「海外だから危ない、なんて時代はとうに終わったのよ。だって今ここで大地震が起きたらどうなるの？　停電は？　お金は機械から引き出せなくなって、携帯電話も通じなくなったら？」

「停電は、待てば復旧するんじゃないですかねえ」

うーんと首をひねった姉ちゃんに、おばちゃんはもう一度首を振る。

「原発のことを忘れたわけではないでしょう？　それに、誰かが何かをしてくれるのを待ってたら、確実に死ぬわよ」

死ぬわよ。強い言葉に、兄ちゃんと姉ちゃんはひるんだ。

「死にますよね」

思わず答えると、三人が揃って俺のことを見る。

「人って、必ず死にますよね。だから助かる確率を高めるのって、すごくいいと思います。でも……」

「でも？」

「一万円は、非常時に両替してもらえないかもしれない」

そう言うと、全員が笑った。そして笑ったと同時に、電車ががたんと揺れる。

「あ、動き出した」

もしかしたら。間に合うかも。姉ちゃんが明るい声を出した。

「俺、降りた駅で速攻一万円下ろさなきゃ」

兄ちゃんは携帯電話をポケットにしまって、おばちゃんと俺に笑いかける。

「もちろん千円札をまぜてね」

俺が答えると、そこにおばちゃんが突っ込んでくる。

「あら。非常時の公衆電話には、コインが必要だけど」

「それ常備するのは、重いっすよ」

俺たちは笑いながら、次の駅を待った。


ギリギリの交通費。その言葉に嘘はなかった。

なのに俺は、途中下車をする。家に帰りたくない気持ちはまだ少しあったけど、さっきの電車でかなり楽になった。

一人で動くのって、結構いいな。俺はあらためてそう思う。アマゾンに行こうと思ってから、俺は一人で動くことが多くなった。もともと海に行くときは一人だったけど、海についてしまえば知り合いがいた。

でも今は、誰も知り合いのいない場所でも楽しめる。一人で立っている人がいいなと思える。

俺はようやく携帯電話の電源を入れると、画面を見つめる。

店のドアを開けると、すらりとした立ち姿が目についた。

「ハオ・ジオウ・ブー・ジェン」

久しぶり。ネットで調べた言葉で話しかけてみると、エリが振り向く。

「大げさ。久しぶりってほどじゃないし」

「まあいいだろ。俺は久しぶりって気分なんだ」

そう言いながら席に腰を下ろすと、エリが不思議そうな顔でこっちを見た。

「コーラ一つ」

「なにそれ。懲りてないね。迷惑なんだけど」

「いいだろ。どうせ今は客の少ない時間だし」

がらがらの店内を示すと、エリはふんと顎《あご》を反らしてカウンターへ向かった。

音をたてそうな勢いで、グラスと瓶が置かれる。ついでにエリが、どすんと席に座った。

「旅行の帰り？」

「わかる？」

「にしては、荷物が少ないけど」

よれたシャツに、ごわごわのジーンズ。荷物はデイパックのみ。

「まあ、色々あってさ」

デイパックからお土産を取り出して、エリの前に差し出す。

「これ、お土産」

「もらう意味ないけど」

「なくてもいいから」

俺はエリの手を掴《つか》んで、キーホルダーを手のひらに置いた。

「ちょっと」

エリが、熱いものに触れたように手を引く。でもキーホルダーを落としたりはしなかった。

「あげたいって、思ったからさ」

俺はコーラの瓶を持ったまま、立ち上がる。そして財布から代金を出そうとして、五十円足りないことに気がついた。まずい。

「……ごめん。ちょっと足りなかった」

すげーカッコいい退場だと思ったのに、なんだこれ。

「家帰って、取ってきてもいいかな」

俺がうなだれると、エリが立ち上がってレジへと向かった。そして俺の出した金をレジに入れ、レシートを差し出す。

「おごってあげる」

「え、でも。金は金だし」

「いい。おごってあげたいって、思ったから」

そう言って、またそっぽを向いた。それがなんか、強烈にきた。

すげーなんかしたい。

でもそんなこと言ったら、椅子で殴られそうだから今日はこのまま帰ろう。

いつもなら自転車での道のりを、コーラを飲みながらゆっくりと歩く。街路樹を見ると、桜のつぼみが膨らんでいるのが見える。道路の脇には、柔らかそうな雑草。日本の自然って、なんて優しい感じなんだろう。

家の前の曲がり角で、最後にためらった。ここで電話をかけてみようかとも思ったが、それじゃまるで親父みたいだから却下。取り出した携帯電話をなんとなく見つめているうちに、俺はあることに気づく。そういえば、メールや着信が少ない。

旅の間の履歴をスクロールしていくと、そこに出てきたのは二階堂や山下からのメールが何通か。着信は馬場さんと四方さんからが一回ずつあるだけだった。しかも馬場さんに至っては、かけ間違いらしく『あ、わり。間違えた。ガチャ』で終わり。

(……ひでえ)

四方さんはもっとまともで、『もう帰ったかと思って電話してしまった。申し訳ない。また声をかけさせてもらう』というメッセージが残っていた。

不思議だったのは、家からの着信がなかったことだ。母親の携帯からかかってこないのは、なんとなくわかる。旅先に電話をかけてくるようなタイプじゃないし、なにより弟の剛くんがいるから。けど親父は、そうじゃない。下手したら毎日かけてきてもおかしくないタイプだ。

それが、一度も。なんていうか、不自然だった。

一応同意してくれたはずだが、もしかしたら本当は怒ってたのか。それともただ単に、剛くんに一任したのか。でも、怒ってたら怒ってたで、そういうメールや電話をしてきそうな気がする。それにもし『剛くんに任せる』と決めたところで、帰国予定の今日には連絡を入れてくるはずだ。

（……何、考えてるんだろう？）

いつも勝手に喋《しゃべ》り倒していて、鬱陶《うっとう》しい親父。「ずるいよ」「許さないよ」と駄々をこねた親父。母親に言い負かされて、不承不承うなずいていた親父。それが、一度も。

いつもなら、鍵《かぎ》を開けて家に入る。でもなんとなく、インターフォンを押してみた。

『はい？』

母親の声。

「あー……、俺だけど」

これじゃオレオレ詐欺だ。そう思う間もなく、母親に突っ込まれる。

『どこの俺かしら？』

「わかってんだろ。泳だよ」

『はいはい』

緊張感のない声とともに、ドアが開いた。いつものような服装で、いつものように立っている。

「えっと、ただいま」

「はい。お帰りなさい。ずいぶん荷物が少ないのね。あとから届くの？」

靴を脱ぎながら、俺は首を横に振る。

「ボードは、流されたんだ。それからウェットスーツはかさばるから、ブラジルに置いてきた。あっちで使ってくれるってさ」

これは、セグンドからの提案でもあった。アマゾンにサーフショップは少ないから、もしよければそれを寄付していってくれないか。そう言われて、断る理由はなかった。むしろ、ちょっと恩返しができて嬉《うれ》しいくらいだ。

「そうなの。でもまあ、使ってもらえるならいいのかもね」

「うん」

リビングに入って、なんとなく手持ちぶさたに立っていた。

「なにやってんの。座れば？」

「ああ、うん」

どさりと腰を下ろすと、馴染《なじ》みの感触。なのになんだかちょっと、不思議な気分だった。うまくいえないけど、本当はここで暮らしてる自分がもう一人いて、そいつの留守に上がり込んじゃったみたいな。そんな感じ。

母親が、日本茶を入れてくれた。

「ありがとう」

そう言って湯呑《ゆの》みを受け取りに行ったら、驚いた顔をして俺を見る。

「なんだよ」

「……男の子は、外に出すべきね」

「意味わかんねえ」

久しぶりの日本茶をすすると、妙にうまかった。

「親父は、いるの」

「何言ってんの。今日は平日よ。仕事してるに決まってるじゃない」

そうか。家に戻ったら、親父が待ち構えてる気になってたけど、そういうわけでもないんだな。ほっとした気分で、俺はゆっくりと茶を飲んだ。

「お腹は減ってる？」

「いや、夕食まで大丈夫。カレー食ってきたから」

俺は荷物からキーホルダーを出すと、母親に差し出す。

「これ、お土産」

すると母親は、つかの間顔を歪《ゆが》めた。

「やだわ、もう。パパの気持ち、ちょっとわかっちゃうじゃない」

「なんだよそれ」

俺が聞き返すと、無理やりのような笑顔を浮かべて、背中をどんと押す。

「洗濯もの、あったら出しなさい」

自分の部屋に入っても、まだ現実感が薄い。電車や『南仙』で感じたような手応《てごた》えがないからだろうか。とりあえず床に腰を下ろして、荷物を開く。茶色くなったTシャツに、ラッシュガード。ごわごわのジーンズ。短パン。

一瞬、匂いが広がった。ちょっと生臭くて泥臭い、河の匂い。

茶色い水が、ごうごうと流れる。

俺はヴィンチ号の手すりにもたれて、それを眺めている。

（……帰りたいな）

こういうの、逆ホームシックって言うんだろうか。匂いのついた服を、洗いたくない。でも。

（あーあ）

洗濯機に放り込んで、スイッチを入れる。

「あのさ、洗剤ってどこにあるんだっけ」

キッチンにいた母親にたずねると、なぜかまたおかしな表情をした。

「泳」

「なんだよ、さっきから」

何が言いたいんだよ。そう言うと、母親が俺の方に手を伸ばす。頬を、両手で挟まれる。

「なにすんだよ」

「大きくなっちゃった」

そりゃ確かに、俺は母親の背を追い越してはいるけど。

「こんなに、大きくなっちゃって！」

声が震えていた。目が、うるんでいた。その表情をじっと見ていたら、なんかこっちまでつられそうになったから、慌てて目をそらす。

「こんな短期間で、背は伸びないって」

そう言うと、母親はふっといつもの表情に戻った。

「あら。じゃあ横が伸びたのかしら。ブラジルでおいしい牛肉でも食べた？」

「いや。まずいイタリアンだったよ。後半はうまかったけど」

「なにそれ」

あははと笑って、母親は俺の頬をぶにゅっと押しつぶした。


時計の針が五時を指した瞬間に、ドアが開く。

「た〜だいま〜」

間延びした、親父の声。俺はリビングに下りて行った。

「お帰り」

そう声をかけると、飛び上がらんばかりの勢いで親父が振り返る。

「あ、ああ泳くんか。ちっとも気がつかなかったよ」

「いや。思いっきり気づいてただろ」

「ななな何言ってんの。えっと、『ソウイエバキョウ、カエッテルンダッタナ』」

ものすごく不自然なタイミングで、不自然な喋り。

「『オカエリ。マア、ユックリヤスムトイイ』」

「休んだよ。帰って来たの、三時過ぎだし」

「そ、そうなんだ。『ナガタビデ、ツカレタダロウ』」

「だから、休んだって」

ガチガチに緊張した親父を見て、俺は肩の力が抜けた。怒るどころか、全然変わってない。親父はロボットみたいな動きで上着を脱いで、そのままソファーに腰かける。俺が日本茶を入れて持って行くと、ギギギと音がしそうな感じで顔を上げた。

「はい。お茶」

「え？　あ？」

「だから、お茶だって」

「あ、ありがとう。えっと」

うろたえる親父を見て、俺はちょっと笑う。なんだかな。

「ただいま」

「え？」

「だから、ただいま」

照れくさかった。でも、言わなきゃいけないと思った。

「泳くん」

親父が、母親と同じような表情で俺を見る。だから、なんなんだよ、それ。

「泳くんっ！」

突然、親父が顔をぎゅっと歪めた。

「なに。どっか痛いの」

「そうじゃなくて。泳くんっ!!」

どうでもいいけど、連呼するのはやめてくれないかな。

「なに」

「だからその、普通な受け答え、やめてよ！」

「はあ？」

「もっと『わけわかんねえ』とか『なんでもいいし』みたいなこと言いなよ！」

親父は顔を真っ赤にして、怒りだす。

「ごめん。言われてる意味が、よくわかんない」

「だーかーら！　そうやって『ごめん』とか言わないでよっ!!」

なんていうか、全否定？　でも怒られてる理由がピンとこないせいか、ムカつくこともない。

「どうかしたの？　何かあった？」

ホワッツ・ハプン？　頭の中では、英語だった。

そうたずねると、親父はいきなり立ち上がった。そして、手を振り上げる。

「いって！」

突然ビンタされて、俺は思わず声を上げた。

「何すんだよ」

けれど親父は、この答え方も気に食わなかったらしい。

「『何すんだよ』って、なに、その冷静さ！ あり得ないよ！」

「いや、だって」

あんま痛くなかったし。そう言うと、さらに親父は顔を赤くした。

「手加減したんだよっ！ 別に、殴り慣れてないとかじゃないから!!」

それはもしかすると、殴り慣れてないんだろうな。体育会系じゃないって言ってたし。手よりも口の方が得意そうだし。

「でも、なんで殴んの」

実のところ、俺自身もなんでこんなに冷静なのかよくわからなかった。ただ、目の前で怒っているおっさんに悪気のないことと、何か理由があるらしいことくらいはわかった。だから、たずねた。

「なんでって、なんでって、僕だってわからないよっ！ いや、わかるけどわからない！」

そうか。じゃあわかったら言ってくれ。そう言おうとしたところで、母親がやってきた。

「はいはいはい。なんかどうしようもなくなっちゃったわね」

親父の背中をぽんぽんと叩《たた》いてから、俺に向き直る。

「ごめん。なんか言いたいこと、よくわかんないんだけど」

「そうね。直訳すると『以前だったらそんなちゃんとした挨拶《あいさつ》しないで、ふいっと部屋に行ってたよ！　普通に受け答えして、僕の話をちゃんと聞こうとしてくれて、お茶まで入れてくれるなんて、おかしいじゃん！　泳くんっぽくないよ！』ってとこかしら」

直訳にしては長過ぎじゃね？　と言うと、母親は笑った。

「じゃあ、ひと言で言うわ。『大人みたいで、やだ！』」

「そんなこと言われても」

「困るわよね。でも、確かに泳は変わったわ。だって今まで自分でお茶を入れてくれたことなんて、ないでしょ」

まあ、確かに「入れて」と言われないかぎり、やってなかったかも。

「それに洗濯ものを出すことはしても、洗濯機を動かそうとはしなかったわ」

それも、そうか。でもヴィンチ号に乗っている間は、自分の服は自分で洗濯していたから、それをやろうとしただけだ。

「旅行の間の習慣、ってだけだと思う」

俺の言葉に、母親は首を振る。

「そういう風に説明できること。向き合って話をしてること。それが、すごく大人っぽいのよ」

親父は荒い息をつきながら、その場で突っ立ってる。悔しそうな、でも寂しそうな顔。

弱い平手で張られた頰が、ただぼんやりと熱い。

＊

久しぶりの学校は、これまた現実感が薄かった。満員電車もどこか他人事《ひとごと》で、「ああ、こんな国もあるんだなあ」みたいな気分。制服の集団を見ると、なんで皆同じ服着てるんだ？　と思うし、そもそもなんで皆同じ年なんだ？　と不思議に思う。

こういう感覚は、きっと長くは続かないだろう。それがわかっていてもなお、いつもの風景が新鮮に見える。そしてそれが、なんだか楽しい。

「どう？　久しぶりの日本は」

隣を歩く二階堂の顔を、しげしげと見返す。こいつ、こんな顔してたっけ。

「うん、まあ悪くないね」

「なんだそれ」

「すげえいい！　とかは思わないけど、嫌だなあとも思わない。そんな感じ」

俺が言うと、二階堂は気が抜けたような表情を浮かべる。

「なんかさあ、すげえことして帰ってきたんだから、もっとキラキラしててもいいんじゃね？　正直、俺はそれを期待してたんだけど」

「俺もそうかと思ってたよ。でも、案外普通っていうか、そのまんまだな」

「ふうん」

教室に入ると、山下が軽く手を挙げた。二階堂と山下には昨日メールしたから、二人とも簡単な事情は知っている。

「乗って、どうだったんだ」

「うん、波はすごく良かったな」

「そうか」

山下がにやりと笑う。その横で、二階堂がわざとらしく頬を膨らませた。

「なんだよ。キラキラしてるじゃん」

「そっかな」

「キラキラ、出し渋ってんじゃねえよ」

ちょっと、どきっとした。確かに俺は旅のことを、あんまり喋《しゃべ》っていない。

「まあ、学校じゃなんだし」

そう言うと、二階堂はうなずいた。

「そうだな。ちなみに今、ロックオンされたみたいだぞ」

二階堂が言い終わると同時に、工藤が近づいてくる。

「八田くん、久しぶり。なんかずっと休んでたけど、何してたの？」

あれ、工藤って俺に興味あるのかな。前に助けただけじゃ、こういう絡み方はしないよな、きっと。

「親戚《しんせき》が外国にいるから、遊びに行ってたんだ」

「学校休んでまで？」

「まあ、いつまでそっちにいるかわかんないから」

なんで胸元、開けてないんだろう。それとも尻《しり》や脚の方が自信あるのかな。どっちにしても、工藤に何かしたいとは思わないけど。

「ねえ、外国ってどこ？」

薄い。なんていうか、アピールがものすごく薄くて浅い。これじゃ小学生の女子と一緒だ。

俺はなんとなく、子供と話しているような気になってくる。

「あのさ、工藤って何がしたいの」

「え？」

聞かれるばかりだったので聞き返してみると、工藤はつかの間フリーズした。

「何って、どういう意味」

「そのままの意味。今、何がしたいのかなあと思って」

「何って、その……」

「俺のとこ来て、何がしたいの」

こんなとき、ミウだったらどうするだろう。「わからない？」って言いながら、首に手を回してきたりするんだろうか。エリだったら、絶対こんなことはしない。こんなわかりにくくて、伝わりにくいことなんか。

けれど工藤は、いきなり涙ぐんだ。

「ひどい」

いや。まだ断ってもいないし。俺が何か言おうとした瞬間、二階堂が先に口を開いた。

「つか、ひどいのはそっちじゃね」

「え……」

工藤は口元に当てた手をそのままに、二階堂を見返す。

「だって八田は、別になんもおかしなことは言ってないし」

「おい」

山下が間に入ろうとするのを、二階堂は手で制した。

「あのさ、俺だって別に工藤に悪意はないよ。ただ、勝手に泣かれると八田との間に何かあったみたいだし、一方的にこっちが悪者みたくなるじゃん」

それを聞いて、工藤はきっと顔を上げる。

「二階堂くんには、話しかけてないから」

「ああそう。でも俺は今、工藤に話しかけてるよ。なあ、そういうグジグジしたやり方、古いって思わね？」

おいおい、言いすぎじゃないのか。俺と山下は、思わず顔を見合わせる。

「古いって……」

「泣いたり攻撃したりでどうこうしようっていうの、嫌いなんだよな。昭和の歌謡曲かよって」

これ、本気で泣くだろ。やばいだろ。しかも工藤のダチが、この雰囲気に気づいてざわざわしだしてる。

けれど工藤は、泣かなかった。そのかわり、ぐっと力を込めて二階堂を見つめ返した。

「だって男は、そういうのが好きなんでしょ」

「はあ?」

「ゆるふわの髪でピンク系とか、黒髪でストレートでニーハイとか、スポーティーでポニーテールとか、ちょっと控えめでお馬鹿な感じとか、好きなんでしょ」

「工藤、ちょっと……」

待て。二階堂の制止を振り切って、工藤は続ける。

「『ねえ、あなたの趣味を聞かせて』っていうのが好きなんでしょ? ついでに『あなたのこと知りたいな』っていうのが、究極なんでしょ?」

「おい」

「古いなんて、わかってるっつの! でも、男子の好みが古くて昭和なのっ! そういうダサいのにつきあってやってるこっちの気持ちも理解しろっての!!」

教室が、しんと静まり返る。このあからさまな「やっちゃった」感。男子はぽかんと口を開けてる奴が多く、女子は「あーあ」という顔をしてる奴が多い。

そんな中、二階堂がぽつりとつぶやく。

「俺的には、こっちの方が好みだけど」

怒りで赤かったはずの工藤の顔が、今度は違う意味で赤くなった。

グッジョブ。

「あそこまで言うつもりはなかったんだけどな」

帰り道で、二階堂がため息をつく。

「でも昨日、また姉ちゃんとやりあってさ。それで『いかにも女』アピールに苛々《いらいら》してたんだろうな」

「お前の姉ちゃんって、女っぽいイメージないけど」

「それは家での話。外じゃめっちゃ『ゆるふわ』だよ。その使い分けがまた、こええのなんの」

そういえば、俺の知ってる女はあんまり使い分けてないな。そういう意味では、母親ってけっこういい感じなのかもしれない。ついでに、そんな女を選んだ親父って男も。

「でさ、俺も考えたんだ」

「ん？」

「八田がポロロッカ乗りに行ってる間、俺も何かしたいと思ったんだよ。でもうちはお前んちみたいに物わかりよくねえし、何より姉ちゃんがいる。だから学校休んでまで、ただの旅行ってのは難しい」

「まあな。俺は恵まれてた」

俺がうなずくと、二階堂が笑った。

「お前、やっぱキラキラしてるよ」

「なんだよ、もう」

「言ってることが、いちいちまっすぐで嫌みに聞こえない。ずるいだろ、それ」

パンチを入れながら、ついでにキックのふりまでする。

「……ちょっとな。マジで蹴《け》ってやりたいって思った瞬間もある」

「二階堂」

「でもな、それってお前が悪いんじゃなくて、俺が勝手に嫉妬《しっと》してたわけ。だからこっちも、もうちょっと前に進まないと。なんて考えたわけだ」

夕方には、まだ風が冷たい。二階堂は軽く肩をすくめると、歩きながら軽くジャンプした。

「俺、英語めっちゃ頑張ることにした。それでバイトも続けて、夏休みになったら西海岸に行く。何度も休みのたびに行く。できれば向こうの競技会にエントリーして……それでなんとかなるとは思わないけど、でもやってみたいと思ってさ」

「いいじゃん」

すげえいいじゃん。一回だけのポロロッカより、そっちの方がずっと現実的だ。俺がそう言うと、二階堂は今度こそ本気で俺を蹴った。

「いって！　マジいって！」

「ばーか。お前の夢みたいなセイシュンの冒険に、俺たちがどんだけやられたと思ってんだ」

自覚持ちやがれ。そう言って、中指を立てる。

昨日渡しそびれたお土産を渡すと、山下は「サンキュ」と笑った。

「サッカーは、見れなかったよ。テレビとかなくてさ。船に乗りっぱなしだったから」

現地情報がなくて悪いな。そんな話をする俺に、山下は指で後方を示す。

「おいあれ、なんだ」

見ると、二階堂と工藤がなにやら言い合っている。昨日の続きだろうか。

「だから、そうやって好みを押しつけないでよ。私は自分が似合うものくらい、わかってるし」

「別に決めつけてねえよ。ただ、ショートも可愛いだろうなって言っただけだし」

「いい？　ショートってのは、一部のすっっごく可愛い子を除いて、ほとんど地雷みたいな髪型なのよ。しかも切ってから後悔しても、そうそう伸びないし」

なんかデート中のカップルみたいだな。山下の囁《ささや》きに、俺は激しくうなずく。

「だったら、工藤はすっっごく可愛いんじゃねえの」

「何言ってんの。バカじゃない」

頬を膨らませながらも、工藤は二階堂の側を離れない。なるほど。

そしていつもと違って、言いたいことをそのまま口にする工藤はちょっといい感じだ。あれなら、胸元なんて開けなくても見ていたくなる。

（色んな良さが、あるもんだな）

そしてその良さは、二階堂じゃなきゃ引き出せなかった。それがまた面白い。

「あいつら、つきあうかな」

「さあな。俺の知ったことかよ」

山下はわざとらしく鼻をほじって、うんざりした表情を見せる。

「山下は、相手いないの」

「そんなんいたら放課後、とっとと帰ってるだろ。つか八田こそどうなんだよ。なんかお前、いそうなカンジすんぞ」

中々鋭い。でも彼女はいないよ。そう答えると、山下はふんと鼻を鳴らした。

「なんか進路とかオンナとか空気とかサッカーとか、考えること多すぎだな。正直今、俺はサッカーだけの方が楽だ」

「俺も、実はサーフィンだけの方が楽だ」

「じゃあ、学校は余力だろ」

そう言われて、またしてもどきりとした。そうか。俺はこの場所を自分のメインだと思ってないんだ。だから、話を出し渋ってるのかも。

ああだこうだと自分から報告するのは、恥ずかしいという気持ちがある。でも実はそれ以上に、喋《しゃべ》りたくないという気持ちがどこかにある。でも、それがなんでなのかは今までよくわからなかった。

皆のことが嫌いなわけじゃない。それに旅のことを、後ろめたく思ってるわけでもない。

じゃあ、なんで喋りたくないのか。

(喋ったら、薄っぺらくなるとか)

違うような気がする。

(自慢みたいで、嫌だとか)

それはちょっとだけ、近い。でも一番の本当じゃない。

「余力だろ」と言われてわかったのは、サーフィンが俺のメインだということ。そのメインの人々にちゃんと報告していないから、喋りたくないのかも。

そういえば、海に行ってないな。

ふと、仙人の後ろ姿を見たいと思った。

「ねえ」

廊下で声をかけられて振り向くと、そこには同じクラスの女子が立っていた。

「言うチャンスなかったから、言っとく。前、かばってくれてありがと」

「……ああ」

ちょいエロくて、目立ってた彼女。そういえばあの揉《も》め事が、山下と近づくきっかけだった。

「別にいいよ。自分がしたいようにしただけだし」

「そっか」

彼女は軽くうなずくと、にっこりと微笑む。おお、すげえ可愛いじゃん。

「可愛いな」

思わずつぶやく。

「はあ？　何言ってんの」

「いや。ただ可愛いなって思ったから」

口にした瞬間、彼女が顔をしかめた。

「あんた、キャラ変わりすぎ！」

ついてけないし。そう言われて、俺は苦笑する。そうだよな。きっと以前の俺だったら、こんな奴とまともにつきあってられないだろう。

「……そういえばここんとこ休んでたけど、なんかあったの？」

ふと真面目な顔でたずねられた。

「うん。まあ色々あったよ」

そう答えると、彼女は深くうなずく。あ、これはちょっと誤解されたかな。つらいこととかあって、それでキャラ変わるっていうのもありがちな話だし。でも、いきなりブラジルに行って来たって話すのも、どうかと思うよな。まだ、二階堂たちにも話してないし。

「あ、でも」

とりあえず訂正しようと思ったとき、すでに彼女は納得した顔をしていた。

「まあ、色々あるよね」

ふっと息を吐いて、彼女は俺を見上げる。

「言わなくていいよ。言いたくないこともあるだろうし」

それがなんだか、今の気分にハマった。だから訂正する気を、なくした。

「うん」

素直にうなずくと、彼女は俺の肩をぽんぽんと叩《たた》く。

「でも色々あって、あたしはいいと思う。だっていろんな色がたくさんあるってことは、人生がカラフルってことだと思うから」

だから元気出しなよ。そう言って、彼女は帰って行った。

そういえば、アマゾンにはいろんな色があった。黒と白だけじゃなくて、夜明けや日没の燃えるような赤。夕映えのピンク。ジャングルは緑のグラデーションで、河はベージュと白濁した灰色。人の肌や髪や目の色、それぞれに違う色があって、それぞれ似合っていた。港の市場には野菜の緑が溢《あふ》れていたし、魚の銀色や肉の桃色も目についた。

でも、今はここの色もわかる。廊下の茶色に、制服の紺色。ひるがえるスカートはグリーン系のチェックで、ソックスは紺色。窓から射し込む光は柔らかくて薄い黄色で、俺の身体をあたためてくれていた。

海に行こう。

翌日。俺は学校をさぼった。

さんざん休んでおいてそりゃねえだろとは思うものの、気持ちが止まらなかった。だって今日は、いい風が吹いてる。

携帯で風のチェックをしながら、電車の揺れに身を任せていると、やがて海が見えてきた。

これこれ。なんだか無性に、嬉《うれ》しかった。

(なんで海は、無条件に嬉しいのかな)

河も嬉しいけど、なんていうかこの嬉しさはちょっと違う。駅から海へと続く道をたどり、数メートル先に波打ち際が見えた時点で、俺は自然と笑顔になる。

そうか。ここには、いつでも波がある。

(ん？)

なにか大切なことに気がついたような感じがするけど、それはうまく言葉にならない。でもまあ、それはそれでいい。今はとにかく、久しぶりの海が嬉しい。

「……こんちはー」

おそるおそる、『波乗屋』に顔を出した。早朝だからというわけじゃなくて、「学校を休んでまで海に来てはいけないよ」という三浦さんの言いつけを思いっきり破ってるからだ。でも、ここまで来て顔を出さないのも逆に変だし。

「泳くん！」

モップを片手に振り向いた三浦さんは、ものすごくびっくりした顔をしていた。

「すいません。学校、さぼっちゃったんですけど、でも、どうしても海に来たくて——」

「駄目じゃないか」

やっぱり。俺が肩を落とすと、三浦さんがその肩をぎゅっと摑《つか》む。

「帰ってきたなら、ちゃんと連絡してくれないと、駄目じゃないか。僕も志村くんも、ずっと心配してたんだよ」

「あ——」

ありがとうございます。俺が頭を下げると、三浦さんの顔が軽く歪《ゆが》んだ。どうして皆、この顔をするんだろう。

「とにかく、座るといい。なにか飲み物を持ってこよう」

奥に向かおうとする三浦さんを、俺は引き止めた。

「あ、いいです。すぐに海に入りますから」

「なんだ、つれないな。せっかく土産話を聞かせてもらおうと思ったのに」

「上がったら、ゆっくり話しますから」

三浦さんはうなずくと、俺の目をじっと見つめる。

「じゃ、ひとつだけ」

「なんですか」

「終わらない波は、どうだった?」

俺は、思わず笑ってしまった。

「三浦さん。ポロロッカは、すごく長いけど、終わる波でしたよ」

そう。フィニッシュド。あれは、終わったことだ。

「あ、そう」

「でも、よかった」

行ってよかった。乗れてよかった。いや、見られただけでもよかった。色々まとめて、とにかくよかった。そんな気持ちが、一気に溢れそうになった。

「なら、よかった」

そんな俺の気持ちを見透かしたのか、三浦さんはさらりと流してくれた。ありがたい。

厚手のウェットスーツのジッパーを上げ、軽く深呼吸をした。まだ寒い季節。それも早朝だから、ほとんど人はいない。ローカルは、もうちょっと海が温まってから来るんだろう。

俺は軽く準備運動をしながら、カレントを見つめる。うん。いい感じだ。

波打ち際に足をひたすと、さすがに冷たかった。でも、かまわずにざぶざぶと進んでいく。パドリングをしながらいくつかのうねりを乗り越え、ウェイティングのポイントを目指す。

顔に、水しぶきがかかる。しょっぱい。そうそう、しょっぱい。これだよ、これ。塩水が入らないように目を細めると、海面が朝日を浴びてきらきらした何かに変わる。

そして、きらきらの先に先客がいた。

「やあ。早いね」

昨日会ったみたいな気軽さで、仙人が片手を上げる。

「おはようございます」

軽く頭を下げると、仙人はにこりと笑った。

「今日は、いい波がきてるよ」

「そうみたいですね」

「楽しみだね」

ぷかぷかと浮きながら、仙人は水平線に向き合う。その背中に向かって、俺は話しかける。

「あの。俺、行ってきました」

「ん？　どこに？」

「終わらない波に、乗ってきたんです。じゃなくて、本当はそれだって終わる波なんですけど、その——」

ポロロッカに乗りに、ブラジルに行ってきたんです。そう告げると、仙人は軽くうなずいた。

「そうなんだ」

「はい」

「よかったね」

そう言われて、俺はこくりとうなずく。そっか。俺はきっと、仙人に話したかったんだ。

「あの。ポロロッカって、『大きな音』って意味らしいんです」

あのねあのね。聞いて聞いて。まるで小学生のガキみたいに、俺は前のめりになる。

「へえ。面白いね」

本当に大きな音だったの？　そう聞かれて、俺は答える。

「波の音っていうより、そもそも水の音だとは思えませんでした」

どかどかどか。がしゃんがしゃんがしゃん。あの音を思い出して、俺は笑った。

「楽しかったんだね」

「なんか、すごすぎて」

笑うしかないっていう感じでした。俺の言葉に、仙人は目を細める。

「大きな音、かあ」

頬を、潮風が撫《な》でる。

「きっとこれからも、聞こえるよ」

「え？」

「いいうねりを見つけたとき。これだっていう流れを見つけたとき。そういうとき、ここから大きな音が聞こえる」

そう言って、仙人は胸の辺りを叩《たた》いた。

「それって——」

俺が口を開きかけたとき、仙人がふと真顔になる。

「いいのが、来るよ」

「え？」

「ほら、ショルダーも取り放題だ」

もっと話を聞いてほしくて、俺はつかの間迷った。でも、次の瞬間慌ててボードに腹這《はらば》いになった。この波は、今しかない。

パドリングを数回繰り返したところで後ろを見ると、仙人がひらひらと手を振っている。ありがとう。俺はそう叫びながら、高まるうねりを足もとに引きつけた。

もっと。もっと高く。もっと大きく。最大点を待って。

テイクオフ。

全身が、風に洗われた。

それから俺は何本かいいうねりを捉《とら》えて、早朝の海を楽しんだ。仙人は相変わらず乗る素振りも見せずに、ただ波の上に浮かんでいる。まだ話したい気持ちはあったけど、海の上では波が最優先。俺はそれを守った。

『波乗屋』に戻ると、三浦さんが熱いうどんを用意してくれていた。鼻水を垂らしながらそれを食べて、俺はようやく旅の詳しい話をはじめる。

「まあ——なんていうか、盛りだくさんだね」

船に巡り合うまでの話や、コーヒーの話。剛くんの仕事や、卵売りのばあさんの話。もちろん、ミウとのことは話さなかったけど。

小さな話まで、うんうんと聞いてくれる三浦さん。俺はそれがものすごく嬉《うれ》しくて、今度こそガキのように話し続けた。

仙人と三浦さん。二人のサーファーに話を聞いてもらって、俺はなんとなくほっとした。ようやく、旅が終わった気がしたのだ。

(終わった、か)

寂しいような気もするけど、これでいいんだという気もした。

駅までの道すがら、コンビニで時間を潰《つぶ》す。うどんだけじゃカロリーが足りない気がしたから、チョコレートを買って口に放り込む。ふと、これはどうやってここまで届いたのかなと考えたりして。

十時。時間を確認してから、俺は携帯電話を取り出す。終わったなら終わったで、やらなきゃいけないことがある。

『はい。南海トラベルです』

軽やかな女性の声。

「すみません、八田と言いますが、ジョージさんをお願いします」

少々お待ち下さい。アップテンポな曲が流れたあと、聞き覚えのある声が流れ込んでくる。

『ウェルカムバック！　旅は楽しかったですか？』

「うん。楽しかったよ」

『それで？旅行が終わったからって、報告しに電話をかけてきたわけじゃないですよね』

もちろん。俺が笑うと、ジョージも電話の向こうでくすりと笑った。

『ふうん。旅はいいですね』

「なんだよそれ」

『いいえ、コチラの話です。それよりご用件は？』

歩きながら、道路の先にある海を見た。

「次の旅に、出たいんだ」

『気が早いですね。いつ頃？』

「わからない。行き先もまだ決まってない。ついでに、金もない」

『はい？』

いぶかしげなジョージの声。

「だから、『南仙』で旅行費を貯《た》めさせてほしいんだ」

『ああ——そういうことですか』

ちょっとだけ、嫌な感じの間が空いた。

『で、ここだけの話——もうつきあってたりするんですか？』

お前はエスパーか。そう言いたくなるのを、ぐっとこらえる。

「誰と誰が、ですか」

生乾きの髪に、風が冷たい。でも携帯電話を持つ手は、じっとりと汗ばんでいた。まるで、アマゾンのように。

『ふうん。まあ別にいいですけど』

それじゃウーさんに連絡しておきますから。あっさりと言われて、俺は大きな息を吐いた。

よし。

電車の中でうたたねをしていると、二階堂からメールが届く。

『なにさぼってんだよ』

『わり。ちょっと海行ってきた』

『セレブか』

お前だって授業中だろうが。そう返すと、笑った顔の絵文字だけが届いた。不意に、あの夏の日を思い出す。サーフィン帰りにこうやってメールして、二階堂の家に行ってダベって、ゲームして。

なんだかものすごく、昔のことみたいに感じる。

時間はずっと続いてて、さっきと今はつながってる。なのにあの日が、どかんと離れた遠いところみたいな気がするのは、なんでだろう。

俺は俺なのに。

家に帰ると、当たり前だけど母親に叱られた。

「なにやってんの」

「ごめん。でも、今日だけだから」

「本当？　『今日だけ』が毎日続いたら、こっちにも考えがあるわよ」

わかってるよ。そう言いながら、俺は階段に足をかける。

「それと、剛には連絡したの？　こっちからもちゃんとお礼を言いたいから、よかったらコレクトコールかけてってメールしてちょうだい」

剛くんには、帰国した日の夜にメールしていた。でもそれは「とりあえず」の報告だったから、俺としても、もう一度きちんとしたメールを送るつもりだった。

「ああ、うん。書いとくよ」

部屋に入り、パソコンを立ち上げる。フリーメールのページにログインすると、メールがたくさん届いていた。剛くんからのは日本語だからわかるとして、英語のタイトルは誰からだろう。

ゆっくり読んでいくと、上のいくつかはチーム・ジリオンの面々からだった。

『DVD化は無理だったから、動画サイトにアップしておくよ』

というジョンからの報告と、サイトのアドレス。

『顔は見えにくい物を選んだし、声も聞こえにくいから安心してくれ』

とはクルツから。個人情報の問題に加えて、「ちんこ」問題も解消済み、と言いたいのだろう。

ミウからのメールは、案外あっさりしていた。

『楽しかった！　また来てね！』

でも、それがミウらしいような気もする。そこで俺も『俺も楽しかった！　また会おう！』

と書いて送った。すごく短いけど、本当の気持ちだった。

（あ。気持ちよかった、って書けばよかったかな）

でもそれじゃエロメールか。つかサイトでブロックかけられて届かねえし。俺は一人で苦笑する。

剛くんには、けっこう長く書いた。帰ってきてからの流れや、今日海に行ったこと。そしてジョージに電話したことまで。

『次の旅を、考えてるよ』

そこまで書いて、よかったら電話してくれと母親の言葉を書き添える。

いつか、皆に恩を返したい。そう思うものの、具体的には何をしたらいいのかわからない。ただ、ミウがいつか日本に来ることがあったら、俺はミウにこの国を見せたいと思った。サムライはいなくて、食事は和洋中ごちゃまぜで、ついでに自殺率も高い。でも荷物を席に置いて立っても盗まれなくて、どの国の料理でもけっこううまくて、薬と病院に恵まれたこの国を。

これが、俺の国だよ。そう胸を張って言えるわけじゃないけど、たぶんそこまで悪くもない。やっと、そう思えるようになった。

（――そういえば）

チーム・ジリオンのメンバーに関しては、具体的にするべきことがあったっけ。それを思い出した俺は、追伸として短いメッセージを送信した。

『もし日本に来ることになったら、俺が責任を持って混浴の温泉に連れていくから！』

これでようやく旅の後片付けが終わった。俺はベッドに横になると、あっという間に意識を失った。

どこからか、音が聞こえる。

どかどかどか。がしゃがしゃがしゃ。どかんどかんどかん。

振動が、身体の奥に響く。揺り動かされる。でもそれが心地好《よ》くて、俺は音に身を任せる。

（大きな音だなあ）

音は、波だ。

また、うねりが高まってくる。次の波が、もうすぐそこまで来ているんだ。

どくんどくんどくん。

身体の中から聞こえる音に、俺は耳を澄ます。

もうちょっと。引きつけて。力を溜《た》めて。そして。

＊

朝。家を出ようとすると、親父がついてきた。

「時間が合うのは、久しぶりだからさ」

別に嫌だったらいいけど。そう言いながら、隣を歩く。

「嫌じゃないけど、ね」

でも毎日は困るな。そう言うと、親父はまたちょっと顔を歪《ゆが》める。

「なんだよ。『絶対ヤダ』とか期待されてても、困るからな」

予防線を張ると、親父は子供のように口を尖《とが》らせた。

「……なんかさあ、可愛くなくなったよね。泳くん」

今度はいきなり何を言い出すのか。つうか否定？

「なんだよそれ。ひどくない」

俺が言い返すと、なぜかちょっと楽しそうに親父はつぶやいた。

「うん。可愛くない」

この歳になって、親から可愛いとか言われたいわけじゃないけど。でも言われて嬉《うれ》しくもない。

「可愛くなくて、悪かったな」

俺の言葉に、親父はうなずく。

「うん。可愛い泳くんは、もういないんだね」

「はあ？」

「僕の言葉にいちいち噛《か》みついて、見ないふりしてすっごく反面教師にしてて、いつもつまらなそうにほっぺたを膨らませてた、可愛い泳くん。そんな泳くんが、いなくなったんだよ」

言われてることが合ってるだけに、ムカついた。ムカついたけど、ちょっと笑えた。そっか、俺、そんなだったのか。

「じゃあ、今はどんななの」

「何を言っても真正面から受け止めて、逆に隙がない。正攻法でムカつくね。もっとひねくれたらいいのに」

そのとき親父が足を止めて、俺を真正面から見つめた。

「これで終わりだなんて、思わないことだよ」

「え？」

「これから何度も、こういうチャンスがある。乗り越えるべきものがくる」

まるで仙人のような台詞《せりふ》だな。俺はちょっとびっくりして、親父の顔を見返す。

「でも僕は、正攻法しか使えない馬鹿は嫌いだから、必ずしも乗り越えなくてもいいと思う。よけたり、いなしたり、方法はいくらでもある。そういうのをたくさん経験して、ひねくれて、すれていけばいいと思う」

「……それ、何の話」

「わかんなくてもいいよ。いや、今わかられたらもっとムカつくから、わかんないままにしといて」

「意味不明すぎるし」

本当は、少しだけわかった気がする。でも、それを言うとまた怒りそうだから、俺は口にしなかった。

駅に近づくにつれ、人が増えてくる。皆つまらなそうな顔をして、歩いている。モノトーンの世界。でも、近くで見たらちょっと違う。

親父と俺は言い合いしながら歩いてるし、ちょっと先を行く背広の兄ちゃんは指がリズムを刻んでる。あくびをしてる姉ちゃんのスカートはけっこう短めで、足がよく見える。野菜ジュース片手のおっさんに、ジャンプ片手の中坊。皆、それぞれ好きなことをしながら歩いてる。

「これ」

俺は鞄《かばん》に手を突っ込むと、底をかき回す。確か、昨日買ったやつを入れといたはずだ。

チョコレートを差し出すと、親父はびっくりしたように足を止める。

「え。なに？」

「甘いもん、好きだろ」

嫌ならいいけど。そう言って引っ込めようとすると、親父はものすごい勢いでチョコレートをむしりとった。そして、その場で剝《む》いて口に入れる。

「……別に、今すぐ食べなくてもいいのに」

「いいんだよ。食べたかったんだ」

怒ってるんだか、笑ってるんだかわからない。真っ赤な顔をしてチョコレートを食べる親父を見ていられなくて、俺は一歩を踏み出した。

「ごめん。やっぱ先に行くよ」

だって絶対、耐えきれずに笑うから。そこは言わずに駆け出す俺に、親父が声をかけてきた。

「泳くん、楽しい？」

ああ。楽しいよ。

（完）

謝辞

左記の方々に、心からのお礼を申し上げます。

プロサーファーの大野《おおの》修聖《まさとし》さんからは、実際にポロロッカに乗った貴重な体験を聞かせていただきました。

南米に精通した片岡恭子《かたおかきょうこ》さんからは、ブラジルの生の情報を教えていただきました。

連載を通して、もっとも長い期間担当だった深沢亜希子《ふかざわあきこ》さんは、物語の最高の伴走者でした。

単行本の刊行時には伊知地《いちぢ》香織《かおり》さん、さらに文庫化に際しては森亜矢子《もりあやこ》さんに、そのバトンがより良い形で引き継がれています。

そしていつものように、素敵な装幀《そうてい》をして下さった石川絢士《いしかわけんじ》さん。親本は静けさの中に高まる緊張感を、文庫はさわやかな躍動感を表現して下さいました。

瀧井朝世《たきいあさよ》さんには、身に余る丁寧な解説を書いていただきました。

さらに営業や販売など、様々な形でこの物語に関わって下さった方々。

波を乗り切る力をくれたK。

そして今、このページを読んでくれているあなたに。

参考文献

『オーパ!』
『オーパ、オーパ!! アラスカ篇カリフォルニア・カナダ篇』
『オーパ、オーパ!! アラスカ至上篇コスタリカ篇』
『オーパ、オーパ!! モンゴル・中国篇スリランカ篇』 *以上すべて 開高健(集英社文庫)
『どこへ行っても三歩で忘れる 鳥頭紀行 ジャングル編』西原理恵子・勝谷誠彦(角川文庫)
『アマゾンのほほん熱風録』堤剛太(無明舎出版)
『アマゾンにかけた夢』藤崎康夫(国土社)
『ナマズ博士赤道をゆく』松坂實(世界文化社)
『ジパング少年』(全15巻)いわしげ孝(小学館ビッグコミックス)
『ショートボード・ビギナーズ・バイブル』小林弘幸・監修(スキージャーナル)
「月刊サーフィンライフ」(マリン企画)
「サーフィン・ア・ゴーゴー 千葉&湘南」(マリン企画)
「胸がドキドキ」ザ・ハイロウズ(作詞・甲本ヒロト/真島昌利)

解説

瀧《たき》井《い》朝《あさ》世《よ》

海嘯《かいしょう》。潮の満ち引きに関係し、海が逆流して波が河をさかのぼる現象を言うらしい。ブラジルのアマゾン河で月二回起きるそれはポロロッカと呼ばれており、雨期に当たる春先には、河を何百キロもさかのぼる大きな波になるという。そんな自然現象を知った日本の高校一年生の男の子が思いついたのは、なんと……。スポーツ、思春期、家族、友達、学校、そして恋といったモチーフをちりばめ、少年の冒険と成長を描く長篇『大きな音が聞こえるか』。『小説 野性時代』に連載され、二〇一二年に単行本が刊行された。本書はその文庫化作品である。著者の『青空の卵』に始まる〈ひきこもり探偵〉シリーズや『先生と僕』に始まる〈二葉《ふたば》と隼人《はやと》の事件簿〉シリーズなどの日常の謎系の連作集を愛読してきた人は、本作がミステリ要素のない直球の青春小説だというと驚くかもしれない。それでも、読み進めれば、これまでに多くの成長小説や仕事小説、そして家族の物語を発表してきた著者らしさが詰まった一作だと分かるだろう。

八田《はった》泳《えい》は高校一年生。IT企業の社長を父に持ち金銭面で不自由なく育ち、学校もエスカレーター式のため大学受験の心配もない。サーフィンという趣味はあるものの、目的もない毎日に退屈している。でも夏休みのある日、母親の弟、つまり叔父《おじ》の七尾《ななお》剛《ごう》がブラジルに赴任したと知り調べるうちに、件《くだん》のポロロッカの存在を知る。そして思うのだ。この〝終わらない波〟に乗ってみたい、と。

泳のように恵まれた環境にあるのに不満げな少年を「甘えている」と思う人もいるだろう。ただ、人の生き方が多様化してロールモデルが見つけにくい今、「なりたいタイプの大人がいない」という悩みにはうなずけるところがある。自分も一〇代の頃にそんな思いを抱いたことがあるし、そこから脱却するためには時に闇雲に動くことも必要だと、経験上知っている。そしてその通り、泳は自ら動き出す。

　本書の特徴は、目標を実行に移すまでの道のりを駆け足で描かない点だ。夢を実現することだけでなく、その過程での体験が自分の血肉になるのだということがよく分かる。高校生がブラジルに行くとなると、事はそう簡単ではない。親は賛成してくれるのか、学校はどうするのか、資金はどうするのか、旅の計画はどのように立てればいいのか。ひとつひとつの問題のクリアの仕方が、実に丁寧に描かれていく。友人・二《に》階堂《かいどう》とともに始めるアルバイトにしても、ティッシュ配りで人間扱いされずに凹《へこ》む経験に始まり、引越し屋や中華料理屋でのスタッフや客とのやりとりを通して、泳にはさまざまな気づきが訪れる。このあたりは、著者の『切れない糸』や『シンデレラ・ティース』、『ホテルジューシー』や『和菓子のアン』、また『ワーキング・ホリデー』に始まる〈ホリデー〉シリーズにも共通する仕事小説の流れを感じさせる。

家族小説としての一面にも注目しておきたい。甘えん坊の子供みたいな父親が強烈なインパクトを残すが、それでも起業して成功した人物だけに、論理的な話し合いをしたがる模様。だがブラジル行きに反対するつもりが、愛する妻の「私は大賛成」の一言で考えを覆すという、甘いといえば甘いが柔軟な人でもある。この家族の美点は、みんなでとことん話し合う点、そして両親が心から息子を愛している点だ。旅に出る前の泳はそんなことには気づいていない、あるいは当たり前だと思っているようだが、この親の愛情が彼の心根の良さを育《はぐく》んだのだと、大人の読者には分かる。愛すべき一家だ。

もちろん旅行記としても秀逸だ。前半ではどんな準備が必要かが、かなり具体的に描かれている。旅行代理店の台湾人、ジョージがいい味を出していて、その軽妙な会話で物語として読ませるが、その内容はかなり実践面で参考になるのではないか。後半はいよいよ旅に出発するわけだが、待ち受けるのは数々のカルチャーショック。思わず浮ついてしまうような体験もあれば、食欲を失うほど衝撃的な出来事もある。そこで何度も主張されるのは、世界には自分とまったく異なる環境、暮らし、考え方を持つ人々が存在する、ということだ。当たり前といえば当たり前。でもその体験を通して時に戸惑い、時に落ち込み、時に人と衝突してしまう泳の姿を通して、他者との真心のこもった交流とは何かを問いかけてくるところが、本書の美点だ。大事なのは、相手と自分の違いを理解した上で歩み寄っていく姿勢なのだと泳は学んでいく。

スポーツ小説としてもワクワクさせてくれる。サーフィン未経験の読者でも、波や風を感じられるほど、身体感覚の描写が優れている。

〈俺なんて、俺の身体以下の存在なんだ。カラダ、えらい。心なんて、いらない。オレ、いらない。〉

一瞬だけでも泳と一緒にその境地を味わえるだけでも、この物語は一読の価値がある。紙幅の都合ですべてに細かく言及できないが、他にも恋や友情、教室内の微妙な人間関係など身近な要素が盛り込まれ、とにかく青春のすべてが詰め込まれていると言いたい力作長篇。

後半になって響いてくるのは〈選択〉という言葉だ。世の中には自分が食すものを選べない人もいると知った時、泳はこう考える。

〈選んで、選んで、ロールプレイング・ゲームみたいだとか言いながら、ここまで来た。でも、そう思えるのだって、選ぶことができたからなんだ。〉

他にも、叔父の剛と「持てる人」「持たざる人」について言葉を交わす場面がある。もちろん選べる立場にいる泳は恵まれていて、そうでない人たちが不幸だというような区切り方はしていない。ここにもまた、生きる環境によって価値観は違う、という大事なメッセージがこめられているのだ。もうひとつ、〈自由〉という言葉も心に刻まされていく。船上で大人たちが〈自由〉についてそれぞれの考えを述べるものの最後は冗談で締めくくられるのは、それがそう簡単に回答のでるテーマではないからだろう。

人生には選択できるもの、できないものがある。そして自由だからといって幸福とは限らない。それを踏まえた上で、人は自分の最善の道を探すものなのだ。泳の「なんでこの仕事を選んだの？」という質問に対する剛の答えが「夢を叶《かな》えて万歳！」という内容でないところにも、そんなメッセージが感じられる。剛の誠実な言葉のひとつひとつが好ましい。そしてその著者の思いは、この物語自体が「夢を叶えて万歳！」という瞬間で終わらないところにも強く表れている。

そう、成長小説として素晴らしいのは、冒険が終わった後の日々にもページが割かれているところだ。少年は確かにひとまわり大きくなって、非日常から日常に戻ってくる。でも、そのまま日々を過ごすうちに旅の記憶は薄れ、また冒険の前の自分に戻っていくことを泳は自覚している（そういう客観的な目を持っているところも彼の魅力だ）。何かを成し遂げる体験は貴重だ。しかしそれで満足していたら、人はまた停滞するだけだ。人生は続いていくというのに、ひとつの貴重な体験だけをガソリンにして生き続けるのは難しい。むしろ、何かを求め続けるエネルギーこそが、人生の原動力。

ラストで読者は気づくだろう。これで物語が終わるのではなく、ここからまた新たな物語が始まるのだ、と。泳の挑戦は続いていく。その姿に、幾つになっても人は、何かを求めるものなのだ、と気づかされる。自分にもこの先「大きな音」が聞こえるかどうか、耳をすませていたい――そんな風に大人にも思わせる、老若男女が楽しめるこの青春小説は、著者の新たな代表作なのである。

本書は二〇一二年十一月に小社より単行本として
刊行された作品を文庫化したものです。

大《おお》きな音《おと》が聞《き》こえるか

坂木《さかき》 司《つかさ》

平成27年 7月25日　初版発行

発行者●郡司 聡

発行●株式会社KADOKAWA
〒102-8177　東京都千代田区富士見2-13-3
電話 03-3238-8521（カスタマーサポート）
http://www.kadokawa.co.jp/

角川文庫 19276

印刷所●株式会社暁印刷　製本所●株式会社ビルディング・ブックセンター

表紙画●和田三造

ISBN978-4-04-103235-0　C0193

角川文庫発刊に際して

角川源義

第二次世界大戦の敗北は、軍事力の敗北であった以上に、私たちの若い文化力の敗退であった。私たちの文化が戦争に対して如何に無力であり、単なるあだ花に過ぎなかったかを、私たちは身を以て体験し痛感した。西洋近代文化の摂取にとって、明治以後八十年の歳月は決して短かすぎたとは言えない。にもかかわらず、近代文化の伝統を確立し、自由な批判と柔軟な良識に富む文化層として自らを形成することに私たちは失敗して来た。そしてこれは、各層への文化の普及滲透を任務とする出版人の責任でもあった。

一九四五年以来、私たちは再び振出しに戻り、第一歩から踏み出すことを余儀なくされた。これは大きな不幸ではあるが、反面、これまでの混沌・未熟・歪曲の中にあった我が国の文化に秩序と確たる基礎を齎らすためには絶好の機会でもある。角川書店は、このような祖国の文化的危機にあたり、微力をも顧みず再建の礎石たるべき抱負と決意とをもって出発したが、ここに創立以来の念願を果すべく角川文庫を発刊する。これまで刊行されたあらゆる全集叢書文庫類の長所と短所とを検討し、古今東西の不朽の典籍を、良心的編集のもとに、廉価に、そして書架にふさわしい美本として、多くのひとびとに提供しようとする。しかし私たちは徒らに百科全書的な知識のジレッタントを作ることを目的とせず、あくまで祖国の文化に秩序と再建への道を示し、この文庫を角川書店の栄ある事業として、今後永久に継続発展せしめ、学芸と教養との殿堂として大成せんことを期したい。多くの読書子の愛情ある忠言と支持とによって、この希望と抱負とを完遂せしめられんことを願う。

一九四九年五月三日

角川文庫ベストセラー

ホテルジューシー　坂木　司

天下無敵のしっかり女子、ヒロちゃんが沖縄の超アバウトなゲストハウスにて繰り広げる奮闘と出会いと笑いと涙と、ちょっぴりドキドキの日々。南風が運ぶ大共感の日常ミステリ!!

バッテリー　全六巻　あさのあつこ

中学入学直前の春、岡山県の県境の町に引っ越してきた巧。ピッチャーとしての自分の才能を信じ切る彼の前に、同級生の豪が現れ!?　二人なら「最高のバッテリー」になれる！　世代を超えるベストセラー!!

ラスト・イニング　あさのあつこ

大人気シリーズ「バッテリー」屈指の人気キャラクター・瑞垣の目を通して語られる、彼らのその後の物語。新田東中と横手二中。運命の試合が再開された！　ファン必携の一冊！

晩夏のプレイボール　あさのあつこ

「野球っておもしろいんだ」——甲子園常連の強豪高校でなくても、自分の夢を友に託すことになっても、女の子であっても、いくつになっても、関係ない……野球を愛する者、それぞれの夏の甲子園を描く短編集。

グラウンドの空　あさのあつこ

甲子園に魅せられ地元の小さな中学校で野球を始めたキャッチャーの瑞希。ある日、ピッチャーとしてずば抜けた才能をもつ透哉が転校してくる。だが彼は心に傷を負っていて——。少年達の鮮烈な青春野球小説！

角川文庫ベストセラー

図書館戦争
図書館戦争シリーズ①
有川　浩

2019年。公序良俗を乱し人権を侵害する表現を取り締まる『メディア良化法』の成立から30年。日本はメディア良化委員会と図書隊が抗争を繰り広げていた。笠原郁は、図書特殊部隊に配属されるが……。

図書館内乱
図書館戦争シリーズ②
有川　浩

両親に防衛員勤務と言い出せない笠原郁に、不意の手紙が届く。田舎から両親がやってくる!? 防衛員とバレれば図書隊を辞めさせられる!! かくして図書隊による、必死の両親攪乱作戦が始まった!?

図書館危機
図書館戦争シリーズ③
有川　浩

思いもよらぬ形で憧れの〝王子様〟の正体を知ってしまった郁は完全にぎこちない態度。そんな中、ある人気俳優のインタビューが、図書隊そして世間を巻き込む大問題に発展してしまう!?

図書館革命
図書館戦争シリーズ④
有川　浩

正化33年12月14日、図書隊を創設した稲嶺が勇退。図書隊は新しい時代に突入する。年始、原子力発電所を襲った国際テロ。それが図書隊史上最大の作戦（ザ・ロンゲスト・デイ）の始まりだった。シリーズ完結巻。

別冊図書館戦争Ⅰ
図書館戦争シリーズ⑤
有川　浩

晴れて彼氏彼女の関係となった堂上と郁。しかし、その不器用さと経験値の低さが邪魔をして、キスから先になかなか進めない。純粋培養純情乙女・茨城県産26歳、笠原郁の悩める恋はどこへ行く!? 番外編第1弾。

角川文庫ベストセラー

図書館戦争シリーズ⑥
別冊図書館戦争Ⅱ
有川　浩

〝タイムマシンがあったらいつに戻りたい？〟図書隊副隊長緒形は、静かに答えた──「大学生の頃かな」。平凡な大学生だった緒形はなぜ、図書隊に入ったのか。取り戻せない過去が明らかになる番外編第2弾。

星やどりの声
朝井リョウ

東京ではない海の見える町で、亡くなった父の残した喫茶店を営むある一家に降りそそぐ奇跡。才能きらめく直木賞受賞作家が、学生時代最後の夏に書き綴った、ある一家が「家族」を卒業する物語。

カブキブ！１
榎田ユウリ

歌舞伎大好きな高校生、来栖黒悟の夢は、部活で歌舞伎をすること。けれどそんな部は存在しない。そのため、先生に頼んで歌舞伎部をつくることに！　まずはメンバー集めに奔走するが……。青春歌舞伎物語！

カブキブ！２
榎田ユウリ

初舞台を無事に終えたカブキ同好会の面々。クロの代役として飛び入り参加した阿久津が予想外の戦力になり、活気づく一同だが、文化祭の公演場所について、人気実力兼ね備える演劇部とのバトル勃発……⁉

カブキブ！３
榎田ユウリ

大舞台である文化祭を無事終えた、カブキブの面々。部活メンバー同士の絆も深まる中、4月の新入生歓迎会で、短い芝居をすることに！　演目は「白浪五人男」。果たして舞台は上手くいくのか⁉

角川文庫ベストセラー

800 川島　誠

優等生の広瀬と、野生児の中沢。対照的な二人の高校生が走る格闘技、800メートル走でぶつかりあう。緊張感とエクスタシー。みずみずしい登場人物がおりなす、やみくもに面白くてとびきり上等の青春小説。

夏のこどもたち 川島　誠

朽木元。中学三年生。五教科オール10のちょっとした優等生。だけど僕には左目がない——。クールで強烈な青春を描いた日本版『キャッチャー・イン・ザ・ライ』ともいえる表題作に単行本未収録短編3編を収録。

海辺でロング・ディスタンス 川島　誠

海辺の町で三兄弟の末っ子として育った僕は、これまで何をするにしても、兄たちが踏み固めていった道を通ってきた。だけどこの春、僕は初めて兄たちと違う道を選んだ……それは、走ること。

ファイナル・ラップ 川島　誠

高校三年生の健は、陸上部の長距離ランナー。勉強も恋愛も上手くいかず、将来を描けずにいたある日、兄を事故で失ってしまう……。悩みながらも大人になってゆく少年を、柔らかな筆致で描いた傑作青春小説。

金曜のバカ 越谷オサム

天然女子高生と気弱なストーカーが繰り返す、週に一度の奇天烈な逢瀬の行き着く先は——？（「金曜のバカ」）バカバカしいほど純粋なヤツらが繰り広げる妄想と葛藤！　ちょっと変でかわいい短編小説集。

角川文庫ベストセラー

GOSICK ―ゴシック― 全9巻　桜庭一樹

20世紀初頭、ヨーロッパの小国ソヴュール。東洋の島国から留学してきた久城一弥と、超頭脳の美少女ヴィクトリカのコンビが不思議な事件に挑む――キュートでダークなミステリ・シリーズ!!

GOSICKs ―ゴシックエス― 全4巻　桜庭一樹

ヨーロッパの小国ソヴュールに留学してきた少年、一弥は新しい環境に馴染めず、孤独な日々を過ごしていたが、ある事件が彼を不思議な少女と結びつける――名探偵コンビの日常を描く外伝シリーズ。

あなたがここにいて欲しい　中村航

大学生になった吉田くんによみがえる、懐かしいあの日々。温かな友情と恋を描いた表題作ほか、「男子五編」「ハミングライフ」を含む、感動の青春恋愛小説集。

僕の好きな人が、よく眠れますように　中村航

僕が通う理科系大学のゼミに、北海道から院生の女の子が入ってきた。徐々に距離の近づく僕らには、しかし決して恋が許されない理由があった……『100回泣くこと』を超えた、あまりにせつない恋の物語。

あのとき始まったことのすべて　中村航

社会人3年目――中学時代の同級生の彼女との再会が、僕らのせつない恋の始まりだった……『100回泣くこと』『僕の好きな人が、よく眠れますように』の中村航が贈る甘くて切ないラブ・ストーリー。

角川文庫ベストセラー

トリガール！　中村　航

「きっと世界で一番、わたしは飛びたいと願っている」人力飛行機サークルに入部した大学1年生・ゆきなは、パイロットとして鳥人間コンテスト出場をめざす。年に1度のコンテストでゆきなが見る景色とは⁉

退出ゲーム　初野　晴

廃部寸前の弱小吹奏楽部で、吹奏楽の甲子園「普門館」を目指す、幼なじみ同士のチカとハルタ。だが、さまざまな謎が持ち上がり……各界の絶賛を浴びた青春ミステリの決定版、〝ハルチカ〟シリーズ第1弾！

初恋ソムリエ　初野　晴

ワインにソムリエがいるように、初恋にもソムリエがいる⁈　初恋の定義、そして恋のメカニズムとは……お馴染みハルタとチカの迷推理が冴える、大人気青春ミステリ第2弾！

空想オルガン　初野　晴

吹奏楽の〝甲子園〟——普門館を目指す穂村チカと上条ハルタ。弱小吹奏楽部で奮闘する彼らに、勝負の夏が訪れた‼　謎解きも盛りだくさんの、青春ミステリ決定版。ハルチカシリーズ第3弾！

千年ジュリエット　初野　晴

文化祭の季節がやってきた！　吹奏楽部の元気少女チカと、残念系美少年のハルタも準備に忙しい毎日。そんな中、変わった風貌の美女が高校に現れる。しかも、ハルタとチカの憧れの先生と親しげで……。